LOBO MAU

Para Matthias.
Heaven is a place on earth with you.

Nele Neuhaus

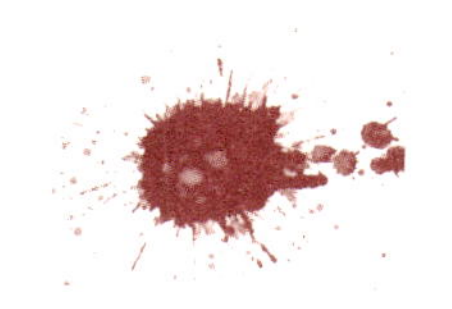

LOBO MAU

Suspense Policial

Tradução

KARINA JANNINI

Título do original: Böser Wolf.

Publicado em 2012 por Ullstein Verlag.

Texto de acordo com as novas regras ortográficas da língua portuguesa.

1ª edição 2014.

Editor: Adilson Silva Ramachandra
Editora de texto: Denise de C. Rocha Delela
Coordenação editorial: Roseli de S. Ferraz
Produção editorial: Indiara Faria Kayo
Editoração Eletrônica: Join Bureau
Revisores: Nilza Agua

Dados Internacionais de Catalogação na Publicação (CIP)
(Câmara Brasileira do Livro, SP, Brasil)

Neuhaus, Nele
Lobo Mau : suspense policial / Nele Neuhaus ; tradução Karina Jannini. – 1. ed. – São Paulo : Jangada, 2014.

Título original: Böser Wolf.
ISBN 978-85-64850-86-6

1. Ficção policial e de mistério (Literatura alemã) I. Título.

14-11823 CDD-833

Índices para catálogo sistemático:
1. Ficção policial e de mistério : Literatura alemã 833

Jangada é um selo editorial da Pensamento-Cultrix Ltda.

Direitos de tradução para o Brasil adquiridos com exclusividade pela
EDITORA PENSAMENTO-CULTRIX LTDA., que se reserva a
propriedade literária desta tradução.
Rua Dr. Mário Vicente, 368 – 04270-000 – São Paulo, SP
Fone: (11) 2066-9000 – Fax: (11) 2066-9008
http://www.editorajangada.com.br
E-mail: atendimento@editorajangada.com.br
Foi feito o depósito legal.

Prólogo

Ele colocou a sacola no chão e foi arrumando as compras na minúscula geladeira. O sorvete da Häagen-Dasz, no sabor preferido dela, estava quase derretido, mas ele sabia que era exatamente assim que ela gostava, bem cremoso, com pedacinhos crocantes de biscoito. Fazia semanas que a vira pela última vez. Embora fosse difícil para ele, nunca a pressionava. Não podia se precipitar, precisava ter paciência. Era ela quem deveria ter vontade de procurá-lo. No dia anterior, finalmente havia entrado em contato, por SMS. E ela logo estaria ali! A expectativa fazia seu coração bater mais rápido.

Seu olhar vagou pelo trailer, onde, na noite anterior, tinha dado uma boa arrumada, e pousou no relógio da pequena cozinha. Já eram seis e vinte! Precisava se apressar, pois não queria que ela o visse naquele estado, todo suado e com a barba por fazer. Depois do trabalho, tinha dado uma passada rápida no barbeiro, para cortar o cabelo, mas o cheiro rançoso do quiosque estava grudado em todos os seus poros. Rapidamente, despiu-se, enfiou as roupas que fediam a suor e fritura na sacola vazia de compras e espremeu-se no chuveiro ao lado da minicozinha. Ainda que o espaço fosse apertado e a pressão da água, muito modesta, preferia o banheiro do trailer aos sanitários coletivos e nada higiênicos do camping, que quase nunca eram limpos.

Ensaboou-se da cabeça aos pés, barbeou-se cuidadosamente e escovou os dentes. Às vezes, tinha de se obrigar a fazer isso, pois, com frequência, a tentação de se desleixar e afundar na autocompaixão e na letargia era grande. Não fosse por ela, talvez tivesse mesmo feito isso.

Alguns minutos depois, enfiou a cueca e uma camisa polo limpas; do armário tirou uma calça jeans. Por fim, pôs o relógio de pulso. Alguns meses antes, na estação central, um penhorista lhe oferecera 150 euros por ele – era muita cara de pau! Treze anos atrás, tinha pago 11 mil marcos por aquela obra-prima de uma fábrica de relógios suíça. Ficou com o relógio. Era a última lembrança de sua antiga vida. Uma última olhada no espelho, depois abriu a porta do trailer e saiu.

Seu coração disparou ao vê-la do lado de fora, sentada na cadeira bamba do jardim. Fazia dias, semanas que esperava ansiosamente por esse momento. Ficou em pé, parado, para poder sentir seu olhar e absorvê-lo por completo.

Como era linda, como era doce e delicada! Um anjinho meigo. Os cabelos louros, cuja maciez e perfume ele já havia sentido, caíam--lhe sobre os ombros. Estava com um vestido sem mangas, que deixava ver sua pele levemente bronzeada e as frágeis vértebras em sua nuca. No rosto, uma expressão concentrada; estava ocupada em digitar alguma coisa no celular e não o notou. Como não queria assustá-la, pigarreou. Ela levantou o olhar, que encontrou o seu. O sorriso começou nos cantos da boca, depois se espalhou por todo o rosto. Ela se levantou de um salto.

Engoliu em seco quando ela se aproximou e parou na sua frente. A expressão de confiança em seus olhos escuros fez com que ele sentisse uma pontada. Santo Deus, como era meiga! Era a única razão pela qual, tempos atrás, ele não se jogara na frente de um trem nem usara de outro modo banal para dar cabo prematuramente daquela sua vida miserável.

– E aí, garota? – disse ele, rouco, colocando a mão no ombro dela. Só por um instante. Sua pele era sedosa e quente. No início, sempre se sentia constrangido de tocá-la.

– O que você disse para a sua mãe? Contou aonde ia?

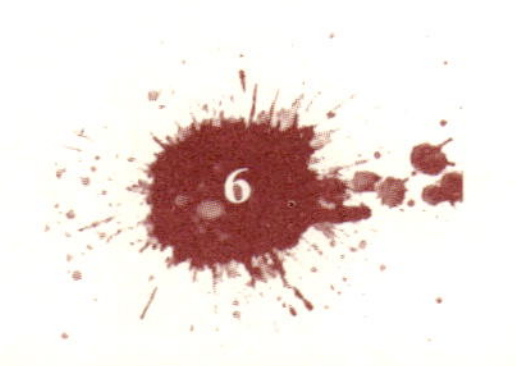

– Esta noite ela foi a uma festa qualquer com meu padrasto, acho que no corpo de bombeiros – respondeu guardando o celular na mochila vermelha. – Eu disse que ia para a casa da Jessie.

– Que bom.

Com o olhar, ele se assegurou de que nenhum vizinho curioso nem algum passante ocasional os observassem. Estava vibrando por dentro de tanta agitação; seus joelhos tremiam.

– Comprei seu sorvete predileto – disse em voz baixa. – Vamos entrar?

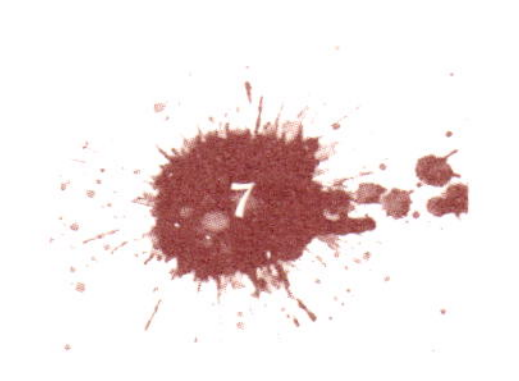

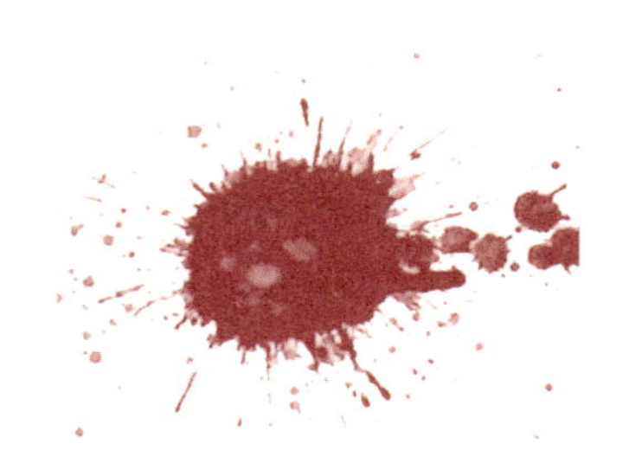

Quinta-feira, 10 de junho de 2010

Ela teve a sensação de ter apagado e caído para trás. Assim que abriu os olhos, viu tudo girar. E estava enjoada. Não, enjoada, não, um trapo. Sentiu cheiro de vômito. Alina gemeu e tentou levantar a cabeça. Onde estava? O que tinha acontecido? E onde estavam os outros?

Pouco antes estavam todos juntos, sentados embaixo da árvore, Mart ao seu lado, com o braço em seus ombros. Uma sensação boa. Deram risada, e ele a beijou. Katharina e Mia ficaram um bom tempo reclamando dos mosquitos, que eram muitos; ouviram música e beberam aquele negócio adocicado – vodca com Red Bull.

Alina ergueu-se com esforço. A cabeça latejava. Abriu os olhos e levou um susto. O sol já estava se pondo. Que horas seriam? E onde estava seu celular? Não conseguia se lembrar de como tinha ido parar ali nem de onde estava. As últimas horas tinham como que se apagado. Um branco total!

– Mart? Mia? Cadê vocês?

Arrastou-se até o tronco do imponente chorão. Precisou de toda a sua força para se levantar e dar uma olhada ao redor. Seus joelhos estavam moles como manteiga, tudo girava à sua volta, e ela não conseguia enxergar direito. Provavelmente, tinha perdido as lentes de contato ao vomitar. Pois, que havia vomitado, disso não tinha dúvida. O gosto na boca era horrível, e seu rosto estava melado. As folhas secas crepitavam sob seus pés descalços. Olhou para baixo. Também tinha perdido os sapatos!

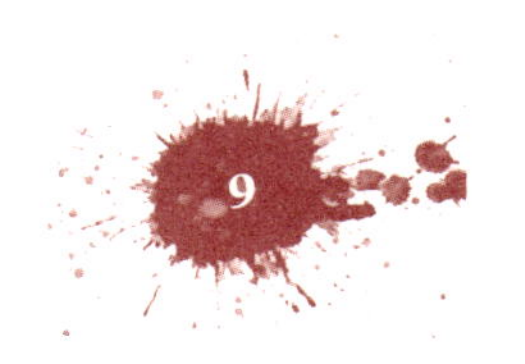

– Mas que merda! – murmurou, lutando contra a vontade de chorar. Se aparecesse em casa naquele estado, ia ser a maior encheção!

De longe chegavam vozes e risadas; o cheiro de carne grelhada penetrou em seu nariz e voltou a piorar o enjoo. Pelo menos, não tinha ido parar no meio do nada; havia gente bem perto dali!

Alina soltou o tronco da árvore e deu alguns passos inseguros. Tudo ao seu redor girava como em um carrossel, mas ela se obrigou a seguir adiante. Mas que filhos da puta! Uns amigos da onça, isso sim! Simplesmente a deixaram ali deitada, bêbada, sem sapato nem celular! Pelo visto, a balofa da Katharina e aquela mal-humorada imbecil da Mia ainda se divertiram bastante à custa dela. Elas iam ver só uma coisa, amanhã, na escola! E com o Mart ela não trocaria nem mais uma palavra na vida.

Só no último momento é que Alina percebeu a ribanceira íngreme e parou. Havia alguém lá embaixo! Entre as urtigas, bem na beira da água. Cabelos escuros, uma camiseta amarela – era o Alex! Caramba, como é que tinha ido parar lá embaixo? O que tinha acontecido? Praguejando, Alina pôs-se a descer. Queimou as panturrilhas nuas nas urtigas e pisou em algo pontiagudo.

– Alex! – Agachou-se ao lado dele e sacudiu seu ombro. Ele também estava fedendo a vômito e gemeu baixinho. – Ei, acorde!

Com a mão, espantou os mosquitos, que não paravam de zumbir ao redor da cabeça dele.

– Alex! Acorde! Vamos! – Puxou suas pernas, mas ele era pesado como chumbo e não se mexeu.

Um barco a motor passou no rio, lançando uma onda. A água gorgolejou nos juncos e lavou as pernas do Alex. Alina perdeu o fôlego de susto. Bem na sua frente, uma mão pálida saiu da água, como se quisesse agarrá-la.

Recuou de um salto e soltou um grito assustado. Na água, entre os caules dos juncos – a menos de dois metros de distância do Alex –, estava Mia! Alina pensou ter reconhecido seu rosto debaixo da superfície da água. No lusco-fusco difuso do anoitecer, viu cabelos claros e longos e olhos arregalados e sem vida, que pareciam olhar diretamente para ela.

Como que paralisada, Alina fitou a imagem de horror. Em sua cabeça reinava apenas confusão. Que diabos tinha acontecido ali? Outra onda moveu o corpo morto de Mia; seu braço saiu da água escura, pálido como o de um fantasma, como se a garota estivesse pedindo socorro.

Alina sentia o corpo inteiro tremer, embora ainda fizesse um calor insuportável. Seu estômago se contorceu, ela cambaleou, virou-se e vomitou nas urtigas. No entanto, em vez de vodca e Red Bull, saiu apenas bile amarga. Soluçando desesperadamente, subiu a ribanceira íngreme arrastando-se de quatro, com o matagal arranhando seus joelhos e suas mãos. Ah, como queria estar em casa, no seu quarto, na cama, em segurança! Só queria estar longe daquele lugar horrível e esquecer tudo o que tinha visto.

Pia Kirchhoff digitava no computador o último relatório sobre as investigações da morte de Veronika Meissner. O sol brilhava desde cedo no telhado plano do prédio em que ficavam as salas da delegacia de homicídios, e o mostrador digital com a previsão do tempo, sobre o parapeito da janela ao lado da mesa de Kai Ostermann, indicava 31°C. Temperatura ambiente. Do lado de fora, certamente deveria estar fazendo três graus a mais. Todas as escolas haviam cancelado as aulas por causa do calor. Embora todas as portas e janelas estivessem abertas, não soprava nenhum vento que trouxesse alívio. O braço de Pia grudava no tampo da mesa quando ela o apoiava. Suspirou e imprimiu o relatório, que, em seguida, guardou na pasta fina. Só estava faltando o relatório da autópsia, mas onde o tinha colocado? Pia se levantou e procurou-o nas bandejas de documentos, para final-

mente poder encerrar o processo. Fazia dois dias que cuidava sozinha do posto na delegacia de homicídios, pois seu colega Kai Ostermann, com quem dividia o escritório, estava em Wiesbaden desde quarta--feira, fazendo curso de aperfeiçoamento na Polícia Criminal Federal. Kathrin Fachinger e Cem Altunay estavam participando de um seminário nacional em Düsseldorf, e na segunda-feira o chefe tinha saído de férias para destino desconhecido. A reuniãozinha que a doutora Nicola Engel, superintendente da Polícia Criminal, havia marcado para o começo da tarde para comemorarem a promoção de Pia a inspetora-chefe acabou sendo cancelada por falta de convidados, mas Pia não ficou chateada. Não gostava de badalação ao seu redor, e a mudança de cargo era apenas uma formalidade técnico-administrativa, nada além disso.

– Onde foi parar esse maldito relatório? – murmurou irritada. Faltava pouco para as cinco horas, e às sete tinha o encontro da turma da escola, em Königstein. Raramente o trabalho em Birkenhof lhe deixava tempo para os contatos sociais; por isso, estava ansiosa para rever as antigas colegas depois de 25 anos.

Uma batida à porta aberta a fez se virar.

– Oi, Pia.

Não acreditou no que via. À sua frente estava seu ex-colega Frank Behnke. Parecia mudado. Havia trocado seu visual de sempre – jeans, camiseta e botas gastas, estilo caubói – por um terno cinza-claro, camisa e gravata. Os cabelos estavam um pouco mais compridos do que antes, e seu rosto já não era tão macilento, o que lhe conferia um aspecto melhor.

– Oi, Frank – respondeu, surpresa. – Quanto tempo!

– E mesmo assim você me reconheceu na hora. – Sorriu, irônico, enfiando as mãos nos bolsos das calças e examinando-a da cabeça aos pés. – Você parece ótima. Ouvi dizer que subiu na carreira. Logo vai herdar o lugar do velho, não é?

Como já acontecia antes, desta vez Frank Behnke também conseguiu facilmente irritar Pia num piscar de olhos. A pergunta educada sobre como ele estava ficou entalada em sua garganta.

– Para começo de conversa, não "subi" na carreira. Meu cargo mudou, nada além disso – respondeu friamente. – E a quem você está se referindo com "o velho"? Por acaso seria o Bodenstein?

Behnke apenas deu de ombros, ainda com o sorriso irônico nos lábios e mascando chiclete. Esse hábito ele não tinha perdido.

Após uma saída vergonhosa da delegacia de homicídios, dois anos antes, ele apelou contra sua suspensão e teve ganho de causa na justiça. Contudo, foi transferido para a Agência Estadual de Investigação, em Wiesbaden, o que o pessoal da Inspeção Criminal Regional não lamentou nem um pouco.

Passou por ela e sentou-se na cadeira de Ostermann.

– Foi todo mundo viajar, não é?

Pia apenas resmungou alguma coisa e continuou a procurar o relatório.

– A que devo a honra da sua visita? – perguntou, em vez de responder.

Behnke cruzou os braços atrás da cabeça.

– Pois é, pena que você seja a única a quem posso dar a boa notícia em primeira mão – disse. – Mas os outros vão ficar logo sabendo.

– Do quê? – Pia lançou-lhe um olhar desconfiado.

– Eu já estava cheio de trabalhar na rua. Dei muita mancada – respondeu, sem tirar os olhos dela. – O Comando de Operações Especiais e a delegacia de homicídios já fazem parte do passado. Sempre tive as melhores avaliações, e acabaram perdoando meu pequeno deslize.

Pequeno deslize! O Behnke tinha feito a colega Fachinger perder as estribeiras e ainda cometeu outras faltas que justificaram sua suspensão.

– Eu estava com problemas particulares na época – continuou. – Isso foi levado em conta. Consegui algumas qualificações adicionais na Agência Estadual de Investigação e agora estou na K134, o Departamento de Investigação Interna; sou responsável pelas denúncias e suspeitas contra membros da polícia e pela prevenção contra a corrupção.

Pia achou que tivesse entendido errado. Frank Behnke como investigador interno? Que absurdo!

– Com os colegas dos outros Estados, desenvolvemos nos últimos meses um novo conceito estratégico, que entrará em vigor a partir do dia 1º de julho em todo o país. Vamos melhorar a fiscalização técnica e administrativa dentro das repartições subordinadas, sensibilizar os funcionários e assim por diante... – Cruzou as pernas e balançou o pé. – A doutora Engel é uma diretora competente, mas diversas delegacias nos informaram a respeito de falhas recorrentes, cometidas por alguns colegas. Eu mesmo me lembro muito bem de alguns incidentes absolutamente preocupantes que ocorreram nesta casa. Obstrução da justiça na instituição, falta de investigação de alguns crimes, consulta não autorizada de dados, transmissão de documentos internos a terceiros... só para mencionar alguns exemplos.

Pia interrompeu sua busca pelo relatório da autópsia.

– Aonde você está querendo chegar?

O sorriso de Behnke ganhou um ar malicioso; em seus olhos surgiu um brilho desagradável, e Pia teve um mau pressentimento. Ele sempre gostou de bancar o superior e poderoso em relação aos mais fracos, um traço do seu caráter que ela desprezava. Como colega, Behnke foi uma verdadeira praga por causa da sua inveja e do seu eterno mau humor; como responsável pela investigação interna, podia se tornar uma catástrofe.

– *Você* deveria saber disso melhor do que eu. – Levantou-se, contornou a mesa e parou bem perto dela. – Afinal, todo mundo sabe que você é a queridinha do velho.

– Não faço ideia do que você está falando – respondeu Pia, impassível.

– Não faz mesmo? – Behnke aproximou-se tanto dela que Pia se sentiu incomodada, mas refreou o impulso de se afastar. – Na segunda-feira venho fazer uma inspeção interna aqui. Provavelmente não vou precisar cavar muito fundo para encontrar alguns cadáveres.

Apesar do calor tropical que estava fazendo no escritório, Pia sentiu um calafrio, mas conseguiu aparentar tranquilidade, embora internamente estivesse fervendo; conseguiu até sorrir. Frank Behnke era um sujeito rancoroso e mesquinho, que nada esquecia. A antiga frustração ainda o corroía e, nos últimos anos, provavelmente tinha se multiplicado por dez. Ele tinha sede de vingança por uma injustiça e humilhações supostamente sofridas. Não seria nada inteligente transformá-lo em inimigo, mas a irritação de Pia era mais forte do que sua razão.

– Bom, então – disse com ironia e voltando para sua busca –, muito sucesso no seu novo trabalho como... cão farejador de cadáveres.

Behnke virou-se para a porta.

– Seu nome ainda não está na minha lista. Mas isso pode mudar rapidinho. Bom fim de semana.

Pia não reagiu à inequívoca ameaça que vibrou em suas palavras. Esperou até ele desaparecer para pegar o celular e ligar para Bodenstein. Ouviu o toque da chamada, mas ninguém atendeu. Droga! Com toda certeza seu chefe não fazia a menor ideia da má surpresa que o esperava no trabalho. Ela sabia muito bem a que Behnke havia aludido. E, para Oliver Bodenstein, isso poderia ter consequências extremamente desagradáveis.

Três garrafas retornáveis equivalem a um pacote de macarrão. Cinco garrafas, à verdura para complementar. Essa era a moeda com que ele calculava.

Antes, em sua antiga vida, nunca dera importância às embalagens retornáveis; jogava-as no lixo sem pensar. Justamente essas pessoas,

como ele havia sido um dia, garantiam-lhe naquele momento sua provisão básica. Tinha acabado de receber doze euros e cinquenta de um comerciante de bebidas pelas duas sacolas com garrafas vazias. O explorador unha de fome lhe pagava seis euros por hora, sem registrá-lo, para ele passar 11 horas por dia em pé naquela lata de sardinha, às margens da zona industrial, em Fechenheim, grelhando salsichas e fritando batatas e hambúrgueres. Se à noite faltasse um centavo no fechamento do caixa, descontava do seu salário. Naquele dia tinha dado tudo certo, e ele não seria obrigado a mendigar seu dinheiro, como de costume. O gordo estava de bom humor e já tinha lhe pago antecipado o salário de cinco dias.

Juntando com os rendimentos da sua coleta de garrafas retornáveis, tinha cerca de trezentos euros na carteira. Um pequeno patrimônio! Por isso, em um ímpeto de ousadia, permitiu-se não apenas cortar o cabelo, mas também fazer a barba no barbeiro turco que ficava na frente da estação. Depois de passar no supermercado Aldi, ainda sobrou o suficiente para pagar dois meses de aluguel do trailer.

Estacionou a *scooter* escangalhada ao lado do trailer, tirou o capacete e pegou a sacola de compras no bagageiro.

O calorão estava acabando com ele. Nem mesmo à noite refrescava muito. De manhã, já acordava molhado de suor. No quiosque miserável, feito de chapa fina e ondulada, a temperatura chegava a sessenta graus, e a umidade desagradável fixava o cheiro de suor e gordura rançosa em todos os seus poros e cabelos.

No começo, quando ainda acreditava firmemente que conseguiria recuperar sua antiga situação financeira, era para o trailer arruinado no camping em Schwanheim ser uma solução temporária. Mas nada se mostrou tão duradouro em sua vida quanto aquele estado provisório – já fazia sete anos que vivia naquela maloca.

Abriu o zíper da barraca acoplada ao trailer, que décadas antes devia ter sido verde-escura, até as condições atmosféricas desbotarem-na em um tom indefinido de cinza-claro. Foi pego em cheio pelo ar quente. Dentro do trailer fazia alguns graus a mais do que do lado de fora; estava abafado e com cheiro de mofo. De nada adiantava limpar e arejar o local; os odores já estavam impregnados nos estofados e em todas as fendas e frestas. Mesmo depois de sete anos ele os achava desagradáveis. Mas não havia alternativa.

Depois de cair no fundo do poço, seu lugar era ali, na favela dos fracassados, às margens da metrópole, como um criminoso condenado a pertencer à classe inferior. Ninguém ia parar naquele lugar para passar as férias nem para admirar o horizonte cintilante de Frankfurt, símbolo da riqueza que se transformou em vidro e concreto do outro lado do rio. A maioria dos seus vizinhos era de aposentados que empobreceram sem culpa de nada ou pessoas fracassadas como ele, que em algum momento rolaram escada abaixo. Com frequência o álcool desempenhava o papel principal em suas histórias de vida, que se assemelhavam de maneira deprimente. Ele próprio bebia, no máximo, uma cerveja à noite e não fumava, cuidava do corpo e da aparência. Também não queria saber do Hartz IV,* pois só de pensar em ter de pedir alguma coisa e depender da arbitrariedade limitada de funcionários indiferentes já achava insuportável.

Um pingo de amor-próprio era a última coisa que lhe restava. Se o perdesse, poderia se matar no mesmo instante.

– Olá!

Uma voz na frente da barraca o fez virar-se bruscamente. Atrás da sebe seca que circundava a minúscula porção de terreno onde ficava seu trailer havia um homem.

– O que quer?

O homem se aproximou. Hesitou. Seus olhos pequenos, parecidos com os de um porco, moveram-se rapidamente e com desconfiança da esquerda para a direita.

---

* Subsídio pago pelo governo aos desempregados. [N. da T.]

– Me disseram que o senhor ajuda quem tem problemas com alguma autoridade. – Sua voz esganiçada opunha-se de modo grotesco à sua aparência maciça. Gotas de suor brotavam em sua cabeça meio calva, e um odor penetrante de alho se sobrepunha a exalações corporais ainda mais desagradáveis.

– Sei. Quem disse isso?

– A Rosi, do quiosque. Disse para eu procurar o doutor que ele ia me ajudar. – O grandalhão ensebado e suado voltou a olhar ao redor, como se temesse ser visto, depois tirou furtivamente um rolo de notas do bolso da calça. Notas de cem e até algumas de quinhentos. – Pago bem.

– Entre.

À primeira vista, o sujeito lhe pareceu antipático, mas isso não tinha a menor importância. Não podia escolher a clientela, seu endereço não estava em nenhuma lista telefônica, muito menos tinha página na internet. Porém, como antigamente, ele só se vendia até certo ponto, e esse boato também se espalhou nos círculos afins. Com seus antecedentes e a liberdade condicional, que ainda estava em curso, não ia se meter em nada que pudesse levá-lo de volta à cadeia. Quem fazia propaganda dele eram donos de bares e gerentes de quiosques que tinham infringido alguma regra, aposentados desesperados, que tinham sido enganados em excursões com direito a cafezinho e em vendas de porta em porta, desempregados ou imigrantes que não entendiam o complicado sistema da burocracia alemã, e jovens que haviam caído cedo demais na armadilha das dívidas por terem se deixado atrair pelas tentações de uma vida a crédito. Quem o procurava pedindo ajuda sabia que ele só trabalhava mediante pagamento em dinheiro.

Em pouco tempo perdeu a compaixão inicial. Não era nenhum Robin Hood, e sim um mercenário. Por dinheiro vivo e pagamento adiantado, preenchia formulários oficiais à mesa de fórmica arranhada no seu trailer, traduzia a linguagem cifrada do serviço público em linguagem compreensível, dava consultoria jurídica em todas as situações e, assim, melhorava sua renda.

– Do que se trata? – perguntou ao visitante, que, com um olhar examinador, captou os indícios visíveis da pobreza e pareceu ganhar segurança em relação a ele.

– Cara, está quente aqui dentro. Você tem uma cerveja ou um copo d'água?

– Não. – Nem se deu ao trabalho de ser amigável.

Definitivamente, a época das mesas de reunião revestidas de mogno em salas climatizadas, das bandejas com garrafas de água e suco e copos colocados de cabeça para baixo tinha acabado.

Ofegante, o grandalhão tirou uns papéis enrolados do bolso interno do colete de couro engordurado e estendeu-os a ele. Papel reciclado, impresso em letras miúdas. Secretaria da Fazenda.

Ele abriu o papel úmido de suor, alisou-o e leu-o rapidamente.

– Trezentos – cobrou sem levantar o olhar. Afinal, dinheiro enrolado em bolso de calça não é declarado. O grandalhão suado ia poder pagar mais do que a tarifa que ele costumava cobrar dos aposentados e desempregados.

– O quê? – protestou o novo cliente, como esperado. – Por uma papelada mixuruca como esta?

– Se encontrar alguém que faça por menos, fique à vontade.

O grandalhão murmurou algo incompreensível, depois colocou a contragosto três notas verdes sobre a mesa.

– Pelo menos você vai me dar um recibo?

– Claro. Mais tarde minha secretária entrega para o seu motorista – respondeu com sarcasmo. – Agora sente aí. Preciso de uns dados seus.

* * *

O trânsito parou na Baseler Platz, na frente da Friedensbrücke*. Fazia algumas semanas que a cidade estava um verdadeiro canteiro de obras, e ela ficou irritada porque não tinha pensado nisso e foi para o centro em vez de pegar o trevo viário de Frankfurt e ir por Niederrad até Sachsenhausen. Enquanto se arrastava em ritmo de tartaruga pela ponte sobre o rio Meno, atrás de um caminhãozinho caindo aos pedaços com placa da Lituânia, Hanna pensava na conversa desagradável que tivera com Norman naquela manhã. Ainda estava muito pê da vida por causa da estupidez e das mentiras dele. Não tinha sido nada fácil mandá-lo embora sem aviso prévio depois de 11 anos, mas ele tampouco lhe dera alternativa. Antes de sair espumando de raiva, xingara-a de tudo quanto foi nome e lhe fizera ameaças horríveis.

Seu smartphone deu um leve toque, ela o pegou e abriu o e-mail. Sua assistente tinha lhe enviado uma mensagem. No campo do assunto estava escrito "Catástrofe!!!" e, em vez de um texto, havia apenas um link para a revista FOCUS online. Hanna clicou nele com o polegar e se sentiu mal ao ler o título.

"*Hanna sem coração*"** lia-se em negrito, ao lado de uma foto sua que não a favorecia nem um pouco. Seu coração começou a acelerar; sentiu a mão direita tremer descontroladamente, e segurou com força o smartphone. "*Ela só pensa nos lucros. Os convidados do seu programa são obrigados a assinar um contrato leonino antes de abrirem a boca. E o que dizem lhes é prescrito por Hanna Herzmann (46). No programa cujo tema era 'Meu senhorio quer me despejar', o pedreiro Armin V. (52) deveria falar de seu aborrecimento com o senhorio; porém, diante das câmeras, foi rotulado pela apresentadora como um nômade que mora de aluguel. Ao protestar depois da transmissão, ficou conhecendo o outro*

---

* Ponte em Frankfurt am Main. (N. da T.)

** A autora faz um jogo de palavras entre o nome da personagem, Hanna Herzmann, e o título do artigo, que em alemão é "Hanna Herz-los", literalmente "Hanna sem coração". [N. da T.]

lado da compassível Hanna Herzmann e seus advogados. Agora Armin V. está desempregado e sem moradia: seu senhorio acabou por despejá-lo. História parecida ocorreu com Bettina B. (34). Mãe solteira de cinco crianças, esteve em janeiro no programa de Hanna Herzmann. Desta vez, o tema era: 'Quando os pais desaparecem'. Ao contrário do que havia sido combinado previamente, Bettina B. foi apresentada como uma mãe sobrecarregada e alcoólatra. Também no seu caso, a transmissão do programa teve consequências desagradáveis: ela recebeu uma visita do juizado de menores."

– Merda – murmurou Hanna. O que era publicado na internet nunca mais podia ser apagado. Mordeu o lábio inferior e refletiu, concentrada.

Infelizmente, o artigo dizia a verdade. Hanna tinha um faro infalível para temas interessantes e não hesitava em fazer perguntas desagradáveis e trazer a sujeira à tona. No fundo, pouco se importava com as pessoas e seus destinos muitas vezes trágicos; em seu íntimo, chegava a desprezar a maioria por sua vontade de mostrar suas fraquezas apenas para ganharem 15 minutos de fama. Diante das câmeras, Hanna conseguia tirar das pessoas seus segredos mais íntimos e, ao mesmo tempo, tinha o dom de parecer compassível e interessada.

No entanto, muitas vezes a verdadeira história não era suficiente; por isso, era necessário dramatizar um pouco. E esse era o trabalho do Norman, que o chamava de *pimp my boring life** e gostava de distorcer a realidade além de qualquer limite do sofrimento. Se isso era moralmente correto ou não, Hanna não queria nem saber; afinal, o sucesso medido pelos índices de audiência justificava sua tática. É bem verdade que as cartas de reclamações escritas pelos convidados enganados enchiam várias pastas, pois, na maioria das vezes, só depois de serem expostos ao escárnio dos colaboradores do programa é que percebiam o papelão que tinham feito em público. Raramente chega-

---

* Futrique minha vida entediante. [N. da T.]

vam a prestar queixa, pois todos que quisessem participar do programa eram obrigados a assinar contratos apurados, absolutamente incontestáveis do ponto de vista jurídico.

Buzinaram atrás dela. Hanna despertou de seus devaneios. O congestionamento havia se dissipado. Pediu desculpas com a mão e acelerou. Dez minutos depois, entrou na Hedderichstraße e estacionou nos fundos de um prédio onde ficava sua empresa. Colocou o smartphone na bolsa e saiu do carro. A cidade era sempre um pouco mais quente do que o Taunus; o calor se represava entre as casas e transformava o ambiente em uma sauna. Hanna correu para o saguão climatizado e entrou no elevador. Até chegar ao quinto andar, ficou encostada na parede fria, observando-se criticamente no espelho. Nas primeiras semanas depois de se separar de Vinzenz, tinha ficado bastante abatida e deprimida, e as moças da maquiagem tiveram de usar de todo o seu profissionalismo para devolver-lhe a aparência a que os espectadores estavam acostumados. Mas, naquele momento, Hanna estava se achando bem razoável, pelo menos à luz fraca do elevador. Tingiu os primeiros fios prateados não por vaidade, mas apenas para se preservar. A televisão era impiedosa: os homens podiam ter cabelos grisalhos, mas para as mulheres isso significava serem banidas dos programas culturais ou culinários do horário vespertino.

Mal Hanna saiu do elevador no quinto andar e Jan Niemöller apareceu na sua frente, como se tivesse surgido do nada. Apesar da temperatura tropical que predominava do lado de fora, o diretor executivo da Herzmann Production vestia uma camisa preta, jeans pretos e, para dar um toque final, um cachecol enrolado no pescoço.

– A bruxa está solta aqui! – saracoteou Niemöller ao seu lado, agitando os braços finos. – Os telefones não pararam de tocar e ninguém conseguia te encontrar. E por que fiquei sabendo pelo Norman, e não por você, que o demitiu sem aviso prévio? Primeiro você manda a Julia embora, agora o Norman. Quem é que vai trabalhar aqui?

– Durante o verão, a Meike vai assumir o lugar da Julia, isso já foi esclarecido. E, para começar, vamos trabalhar com um produtor independente.

– E você nem me consultou!

Hanna examinou Niemöller friamente.

– Decisões relativas à equipe são assunto meu. Eu o contratei para que você cuidasse da parte comercial e me desafogasse.

– Ah, então é assim que você vê as coisas. – Ele ficou logo magoado.

Hanna sabia que, no fundo, Jan Niemöller era apaixonado por ela ou, antes, por seu brilho, que também se refletia nele como seu sócio, mas ela o estimava apenas como tal; não era seu tipo de homem. Além disso, nos últimos tempos, ele andava muito possessivo; era preciso mostrar o lugar dele.

– Não, não é assim que vejo as coisas, é assim que as coisas *são* – respondeu, com um pouco mais de frieza. – Sua opinião é importante para mim, mas ainda decido sozinha.

Niemöller já estava abrindo a boca para protestar, mas Hanna o cortou com um gesto.

– A emissora odeia esse tipo de publicidade. Nossa posição já não é muito boa; com os índices de audiência de merda que tivemos nos últimos meses, não me restou alternativa a não ser mandar o Norman embora. Quando nos tirarem do programa, então todos vocês podem procurar outro trabalho. Deu para entender?

Irina Zydek, assistente de Hanna, apareceu no corredor.

– Hanna, o Matern já ligou três vezes. Assim como todas as redações de jornais e de televisão, menos a Al-Jazira. – Sua voz tinha um tom de preocupação.

Às portas das salas apareciam os outros colaboradores; a insegurança geral era visível. Certamente tinha-se espalhado o boato de que o Norman havia sido despedido sem aviso prévio.

– Nos encontramos daqui a meia hora na sala de reuniões – disse Hanna ao passar. Primeiro tinha de ligar para Wolfgang Matern. Problemas com a emissora era a última coisa que queria naquele momento.

Entrou em sua sala bem iluminada, a última do corredor, jogou a bolsa em uma cadeira e sentou-se atrás da mesa. Enquanto o computador se iniciava, folheou rapidamente os pedidos de retorno de ligação que Irina havia anotado em post-its amarelos; em seguida, pegou o telefone. Apertou a tecla de discagem rápida com o número de Wolfgang Matern e respirou fundo. Ele atendeu em segundos.

– Aqui é Hanna Sem Coração – disse.

– Bom saber que você ainda consegue encarar essa história com humor – respondeu o diretor executivo da Antenne Pro.

– Mandei meu produtor embora sem aviso prévio porque fiquei sabendo que durante anos ele alterou as histórias de vida dos meus convidados quando a verdade lhe parecia muito entediante.

– E você não sabia disso?

– Não! – Colocou toda a indignação de que era capaz nessa mentira. – Estou perplexa! Eu não tinha como analisar todas as histórias, precisava confiar nele. Afinal, esse é, ou melhor, era seu trabalho!

– Por favor, me diga que isso não vai se transformar em uma catástrofe – disse Matern.

– Claro que não. – Hanna recostou-se. – Já tenho uma ideia de como virar o jogo.

– O que quer fazer?

– Vamos admitir tudo e pedir desculpas aos convidados.

Por um momento, fez-se silêncio.

– A fuga para a frente – concluiu Wolfgang Matern, por fim. – É por isso que te admiro. Você não se esconde. Vamos conversar a respeito amanhã no almoço, está bem?

Hanna pôde até ouvir seu sorriso, e foi como se lhe tirassem um peso do coração. Às vezes, suas ideias espontâneas eram as melhores.

* * *

O Airbus ainda não tinha parado, e já se ouviam os cliques dos cintos de segurança sendo soltos e as pessoas se levantando, apesar do aviso para que permanecessem em seus assentos até o estacionamento completo da aeronave. Bodenstein ficou sentado. Não estava nem um pouco a fim de ficar em pé, espremido no corredor, e ser empurrado pelos outros passageiros. Ao olhar para o relógio, viu que havia chegado na hora. O avião tinha pousado pontualmente às 20h42.

Desde aquela tarde sentia-se aliviado pela certeza de que, após dois anos turbulentos e caóticos, sua vida tinha finalmente encontrado um norte. Sua decisão de ir a Potsdam para o processo contra Annika Sommerfeld e, por conseguinte, pôr um ponto final em toda aquela história tinha sido mais do que acertada. Sentia-se como que livre de um peso que estava carregando desde o último verão; não, na verdade, desde aquele dia em novembro, dois anos antes, quando percebeu que Cosima o estava traindo. O fracasso do seu casamento e a questão com Annika o tiraram completamente do eixo emocional, causando danos consideráveis à sua autoestima. Nos últimos tempos, seus problemas pessoais fizeram com que perdesse a concentração e cometesse erros que antes nunca lhe teriam escapado. Contudo, nas últimas semanas e nos últimos meses, também constatara que seu casamento com Cosima havia sido tudo menos a perfeição na qual ele tinha acreditado por mais de vinte anos. Por inúmeras vezes teve de ceder e agir contra a própria vontade em prol da harmonia, dos filhos e da aparência. Agora, isso tinha acabado.

Aos poucos, a fila no corredor começou a andar. Bodenstein se levantou, tirou a mala do bagageiro e seguiu os outros passageiros até a saída.

Do portão A49 até a rua era uma boa caminhada. Em alguma parte do percurso, acabou seguindo uma indicação errada, como sempre acontecia naquele aeroporto gigantesco, e foi parar na área de

embarque. Desceu a escada rolante até o andar de desembarque e saiu para o ar quente da noite. Faltava pouco para as nove. Às nove, Inka passaria para pegá-lo. Bodenstein atravessou a faixa dos táxis e parou junto às vagas de embarque e desembarque. Já de longe viu o Landrover preto e sorriu espontaneamente. Quando Cosima prometia pegá-lo em algum lugar, sempre aparecia pelo menos 15 minutos atrasada, só para irritá-lo. Com Inka era bem diferente.

O utilitário parou ao seu lado, ele abriu a porta traseira, jogou a mala de rodinhas no banco e entrou na frente.

– Oi. – Ela sorriu. – Fez bom voo?

– Oi. – Bodenstein também sorriu e pôs o cinto de segurança. – Fiz, sim, foi tudo bem. Obrigado pela carona.

– De nada, imagine.

Ela ligou a seta esquerda, deu uma olhada por sobre o ombro e entrou novamente na faixa dos carros que rodavam lentamente.

Bodenstein não tinha contado a ninguém por que tinha estado em Potsdam, nem mesmo a Inka, embora nos últimos meses ela tivesse se tornado uma verdadeira amiga. Esse assunto era muito pessoal. Encostou a cabeça no apoio do banco. Sem dúvida, a história com Annika Sommerfeld tinha um lado bom. Finalmente ele havia começado a pensar sobre si mesmo. Foi doloroso o processo de autoconhecimento que o permitira entender que apenas raras vezes ele realmente tinha feito o que queria. Sempre acabava cedendo aos desejos e às exigências de Cosima, por benevolência, por pura comodidade ou talvez até por senso de responsabilidade, mas isso não tinha importância. No final, tinha se tornado uma vaquinha de presépio, um marido submisso que deixara de ser atraente. Não é de admirar que Cosima, que odiava a rotina e o tédio mais do que tudo, tivesse arrumado um amante.

– Antes que eu me esqueça, recebi as chaves da casa – disse Inka. – Você pode dar uma olhada nela ainda esta noite.

– Ah, é uma boa ideia. – Bodenstein olhou para ela. – Só que antes você precisa me levar para casa para eu pegar meu carro.

– Posso te levar depois para sua casa; senão vai ficar muito tarde. A casa ainda não tem luz.

– Se não for te incomodar...

– Não incomoda, não. – Ela sorriu. – Estou livre esta noite.

– Bom, então vou aceitar sua oferta.

A doutora Inka Hansen era veterinária e administrava, com dois colegas, uma clínica para cavalos no bairro de Ruppertshain, em Kelkheim. Graças a seu trabalho, ficou sabendo da casa, um sobrado semigeminado, cujo construtor tinha ficado sem dinheiro. Fazia meio ano que a construção estava parada, e a casa foi posta à venda por um preço relativamente bom.

Meia hora depois, chegaram ao canteiro de obras e foram se equilibrando sobre uma tábua de madeira até a porta da casa. Inka abriu e eles entraram.

– Já tem piso e todas as instalações. Mas é só – disse Inka enquanto caminhavam pelos cômodos do térreo.

Em seguida, subiram as escadas até o primeiro andar.

– Uau! A vista é espetacular! – constatou Bodenstein. Ao longe, viam-se as luzes cintilantes de Frankfurt do lado esquerdo e o aeroporto bem iluminado do lado direito.

– Sem nenhuma construção na frente – confirmou Inka. – E, quando está claro, dá para ver até o castelo, Bodenstein.

Às vezes a vida toma mesmo uns desvios estranhos. Tinha 14 anos quando se apaixonou perdidamente por Inka Hansen, filha do veterinário de cavalos de Ruppertshain, mas nunca teve coragem de se declarar para ela. E assim foram acontecendo equívocos que o levaram a fazer faculdade longe. Então, primeiro apareceu Nicola em seu caminho, depois, Cosima. Nunca mais pensou em Inka, até se reencontrarem em meio à investigação de um homicídio, cinco anos antes. Na época, ele ainda acreditava que seu casamento com Cosima duraria para sempre, e provavelmente teria mais uma vez perdido Inka de vista se a filha dela e seu filho não tivessem se apaixonado. No ano anterior, ambos se casaram e, na cerimônia, ele, pai do noivo, sentou-se ao lado dela, mãe da noiva. Tiveram uma boa conversa, depois se telefonaram algumas vezes e saíram outras para jantar juntos. Ao longo dos meses, desenvolveram uma verdadeira amizade, e os telefonemas e jantares logo se tornaram habituais. Bodenstein gostava da companhia de Inka, estimava-a muito como interlocutora e boa amiga. Inka era uma mulher forte, segura de si, que dava muito valor à sua liberdade e à sua independência.

Bodenstein estava gostando muito da sua vida daquele jeito, a não ser por sua moradia. Não podia viver para sempre na casa do cocheiro na propriedade de sua família.

À luz evanescente, visitaram toda a casa, e Bodenstein foi ficando cada vez mais entusiasmado com a ideia de se mudar para Ruppertshain e viver mais perto de sua filha caçula. Fazia alguns meses que Cosima também estava morando em Ruppertshain. Havia alugado um apartamento em Zauberberg, antigo sanatório de tuberculosos, onde também tinha seu escritório. Após meses de acusações, contra-acusações e ofensas, Cosima e Bodenstein voltaram a se entender como raramente acontecia antes. Dividiam a guarda de Sophia, que para Bodenstein estava acima de tudo. A cada dois finais de semana ficava com a caçula, e às vezes também durante a semana, quando Cosima tinha algum compromisso.

– Realmente, é perfeita – disse entusiasmado ao terminar de olhar tudo. – Sophia vai ter seu próprio quarto e, quando estiver maior, vai poder vir sozinha aqui ou até ir de bicicleta para a casa dos meus pais.

– Também pensei nisso – respondeu Inka. – Quer que eu te coloque em contato com o corretor?

– Quero, sim. – Bodenstein anuiu.

Inka fechou a porta da casa e caminhou na frente dela sobre a prancha de madeira até a rua. A noite estava um pouco enevoada, e entre as casas ainda pairava o calor do dia. Sentia-se um odor de carvão e carne grelhada no ar; de um dos jardins ecoavam vozes e risadas. Na casa do cocheiro, que ficava um pouco afastada da propriedade, não havia vizinhos, nenhuma janela iluminada em outras casas nem faróis de carros passando, a não ser os dos clientes do restaurante do castelo. Em noites escuras, sobretudo no inverno, nas horas avançadas a vida mergulhava por completo no silêncio da floresta. Dependendo do estado de espírito, esse silêncio podia ser deprimente ou tranquilizador, mas Bodenstein já estava farto dele.

– Imagine que, se der certo, seremos quase vizinhos – disse ele.

– Você iria gostar? – perguntou Inka sem pensar.

Parou ao lado do carro, virou-se e olhou para ele. À luz dos postes, seus cabelos louros naturais brilhavam como mel. Bodenstein admirou novamente seus traços claros, as maçãs salientes do rosto e sua bela boca. Os anos e o trabalho duro como veterinária não tinham feito mal algum à sua beleza. Pegara-se várias vezes pensando por que ela nunca teve marido nem namorado fixo.

– Claro. – Ele contornou o carro até a porta do passageiro e entrou. – Seria ótimo. Que tal darmos uma passada rápida no Merlin para comer uma pizza? Estou com uma fome de leão.

Inka sentou-se atrás do volante.

– Tudo bem – respondeu, após uma ínfima hesitação, e deu a partida.

Já era a terceira vez que Pia rodava por entre as ruelas de paralelepípedos da cidade velha de Königstein, procurando em vão um lugar adequado para estacionar e praguejando por causa do tamanho do seu carro. Bem à sua frente, uma perua saiu de uma vaga, e ela estacionou habilmente de ré no espaço. Após uma última olhada no retrovisor, apanhou a bolsa e saiu. Nunca tinha ido a um encontro da turma da escola e estava realmente ansiosa para rever suas ex-colegas de classe. Passou pela sorveteria, e seu olhar parou em uma grade, atrás da qual se escancarava a escavação de uma construção. Ali ficava a casa em que dois anos antes o corpo de Robert Watkowiak fora encontrado. Por certo, não deve ter sido fácil para o corretor vender o imóvel onde havia ocorrido uma morte.

Pia atravessou a rua de pedestres e entrou à direita, na altura da livraria, perto do parque da Villa Borgnis. Já de longe ouviu risadas e um vozerio, que superava o murmúrio do chafariz circundado por um canteiro de flores. Virou na esquina e sorriu. As mesmas tagarelas de sempre!

– Piiiiia! – exclamou uma ruiva com voz estridente, indo em sua direção de braços abertos. – Que bom te ver!

Abraços efusivos, um beijo de cada lado do rosto.

Sylvia deu um largo sorriso e contemplou-a. No momento seguinte, Pia estava rodeada por rostos conhecidos e constatou surpresa que suas antigas colegas haviam mudado muito pouco. Alguém colocou um copo de Aperol Spritz* em sua mão. Beijos, sorrisos, mais abraços efusivos, alegria sincera com o reencontro. Sylvia proferiu um discurso animado, interrompido várias vezes por risadas e assobios, depois desejou a todos os presentes bom divertimento. Yvonne e Kristina lhe entregaram como agradecimento e em nome da turma de 1986 um grande ramalhete de flores e um vale para um fim de semana em um spa, e Pia segurou-se para não rir. Típicos presentes de quem é da região do Taunus! Mas eram de coração, e Sylvia se comoveu. Pia bebericou do seu copo e fez uma careta. Aquela coisa adocicada não era exatamente sua bebida preferida, mas estava na moda e, infelizmente, tirava todo o gosto do bom e velho *prosecco*.

– Pia?

---

* Aperitivo com *prosecco*, Aperol, club soda e uma fatia de laranja. [N. da T.]

Ela se virou. À sua frente estava uma mulher de cabelos escuros, em cujos traços adultos ela logo reconheceu a menina de 15 anos, tal como a conservara na lembrança.

– Emma! – exclamou, incrédula. – Não sabia que você também viria hoje! Que bom te ver!

– Também fico feliz por te ver! Confirmei minha presença em cima da hora.

Olharam-se, depois riram e se abraçaram.

– Ei! – O olhar de Pia parou então na barriga redonda de sua amiga de juventude. – Você está grávida!

– Pois é, imagine só. Aos 43.

– Hoje em dia, a idade já não é problema – respondeu Pia.

– Tenho uma filha, Louisa, de 5 anos. E, na verdade, achei que fosse parar por aí. Mas, muitas vezes, imprevistos acontecem. – Emma deu o braço a Pia. – E você? Tem filhos?

Pia sentiu a já conhecida pontada que essa pergunta sempre lhe causava.

– Não – respondeu de passagem. – Só criei cavalos e cães.

– Pelo menos você pode trancá-los à noite em algum lugar.

Ambas riram.

– Nossa, não imaginei que a gente fosse se rever um dia – Pia mudou de assunto. – Há alguns anos encontrei Miriam por acaso. Em algum momento todo mundo volta para o belo Taunus.

– Pois é, até mesmo eu. – Emma soltou o braço. – Desculpe, preciso me sentar um pouco. Esse calorão me deixa acabada.

Sentou-se suspirando em uma das cadeiras. Pia tomou lugar ao seu lado.

– Miriam, você e eu – disse Emma. – Éramos o verdadeiro trio infernal. Nossos pais nos odiavam. Como está a Miri?

– Está bem. – Pia tomou mais um gole da bebida alaranjada. Ainda estava muito quente, e sentia a boca seca de tanto falar. – No ano passado, ela se casou com meu ex.

– Como é que é? – Emma arregalou os olhos. – E... você... quer dizer... deve ter sido horrível para você, não foi?

– Não, não. Está tudo bem. Henning e eu nos entendemos agora melhor do que nunca, e de vez em quando trabalhamos juntos. Além disso, eu também já não estou sozinha.

Pia voltou a se recostar e olhou para o outro lado do terraço. Era um pouco como estar em uma antiga excursão da escola. Aqueles que antes já eram amigos agora voltavam a se encontrar. Atrás do alto cedro, à luz dos holofotes, resplandecia a torre do castelo em ruínas, diante do céu azul-escuro da noite, no qual as primeiras estrelas emitiam um brilho fraco. Uma noite tranquila, sem preocupações. Pia estava feliz por ter ido ao encontro. Raras vezes em seu tempo livre conseguia estar com outras pessoas.

– Me conte de você – exortou Pia sua antiga colega de classe. – O que tem feito?

– Fiz magistério, mas depois de dois anos em uma escola fundamental em Berlim fui para o Serviço de Cooperação com Países em Desenvolvimento.

– Como professora? – quis saber Pia.

– No começo, sim. Mas depois quis ir para as regiões em crise. Realmente fazer alguma coisa. Assim, fui parar no *Doctors worldwide*, na área de logística. E ali me senti no meu elemento.

– O que fez lá?

– Organização. Transporte de medicamentos e material médico. Eu era responsável pela tecnologia de comunicação, pela acomodação e alimentação dos colaboradores. Formalidades alfandegárias, planejamento de rota, frota de veículos, manutenção e administração do acampamento, segurança do projeto e contato com a equipe local.

– Nossa! Parece emocionante.

– E era. Geralmente nos deparamos com condições catastróficas, zero de infraestrutura, autoridades corruptas, tribos rivais. Há seis anos, na Etiópia, conheci meu marido. Ele é médico no *DW*.

– E como agora você veio parar justamente aqui?

Emma bateu de leve na barriga.

– No último inverno, quando percebi que estava grávida, Florian, meu marido, insistiu para que eu voltasse para a Alemanha com a Louisa. Afinal, na minha idade, a gravidez é considerada um risco. Estou morando na casa dos pais dele, em Falkenstein. Talvez você já tenha ouvido falar no nome do meu sogro, o doutor Josef Finkbeiner. Há muitos anos ele fundou a Associação *Sonnenkinder e. V.*

– Claro, já ouvi sim – anuiu Pia. – A instituição para mães solteiras e seus filhos.

– Isso mesmo. Uma coisa realmente fantástica – confirmou Emma. – Só quando o bebê nascer é que vou poder fazer alguma coisa lá também. Por enquanto estou só ajudando um pouco a organizar a grande comemoração do aniversário de 80 anos do meu sogro, no início de julho.

– E seu marido ainda está em alguma região de catástrofe?

– Não. Faz três semanas que voltou do Haiti e agora dá palestras sobre o *DW* em toda a Alemanha. Na verdade, nos vemos pouco, mas pelo menos os finais de semana ele passa em casa.

Um garçom veio com uma bandeja. Emma e Pia pegaram um copo d'água cada uma.

– É realmente muito bom te ver – Pia levantou o copo, sorrindo. – A Miri também vai gostar de saber que você está de volta ao país.

– Podemos marcar um encontro, nós três. Conversar um pouco sobre os velhos tempos.

– Boa ideia. Espere, vou te dar meu cartão. – Pia pegou a bolsa e vasculhou-a em busca de um cartão de visita. Ao mesmo tempo, percebeu que seu telefone, que estava no modo silencioso, vibrava e piscava. – Desculpe – disse entregando o cartão a Emma. – Infelizmente, preciso atender.

– Seu marido? – perguntou Emma.

– Não, meu trabalho.

Na verdade, Pia estava de folga naquele dia, mas se houvesse alguma suspeita de homicídio e os colegas do serviço de prontidão fossem de outra delegacia, sua folga estaria cancelada. Aconteceu justamente o que ela temia: uma adolescente havia sido encontrada morta em Eddersheim.

– Já estou indo – disse ao policial em serviço, que já estava no local. – Meia hora. Por favor, me mande novamente o endereço exato por SMS.

– Você trabalha na Polícia Criminal? – perguntou Emma, surpresa, levantando o cartão. – Pia Kirchhoff, inspetora da Polícia Criminal.

– A partir de hoje, inspetora-*chefe* da Polícia Criminal – Pia deu um sorriso maroto.

– O que querem de você a esta hora?

– Encontraram um corpo. Infelizmente sou responsável por esses assuntos.

– Divisão de homicídios? – Os olhos de Emma se arregalaram. – Nossa, que emocionante! Você também anda com revólver?

– Com pistola. E, para falar a verdade, não é muito emocionante, não. Na maioria das vezes é frustrante. – Pia contorceu o rosto e se levantou. – Não vai dar para eu me despedir de todo mundo. Se alguém perguntar por mim...

Deu de ombros. Emma também se levantou.

– Sabe de uma coisa? Você está convidada para a nossa festa de verão. Pelo menos assim a gente se vê de novo. E se a Miriam quiser, leve-a com você, está bem? Eu realmente ficaria muito feliz.

– Vou com prazer. – Pia abraçou a amiga. – Até breve.

Conseguiu sair sem ser notada. Dez e dez! Que droga! Uma adolescente morta. A noite ia ser longa. E como estava completamente sozinha, caberia a ela a desagradável tarefa de conversar com os pais. A consternação e o desespero dos familiares era a pior coisa em seu trabalho. Enquanto caminhava na rua de pedestres até o carro, seu celular deu um toque, e o visor se acendeu. O policial em serviço

mandou o SMS. *Mönchhofstraße, Hattersheim-Eddersheim, na altura da barragem*. Pia abriu o carro, deu partida no motor e abriu as janelas para deixar entrar um pouco de ar fresco. Inseriu o endereço no GPS, afivelou o cinto de segurança e partiu.

– A rota está sendo pesquisada – informou amigavelmente a voz feminina do computador. – A rota está na direção apresentada.

22,7 quilômetros. Horário de chegada: 22h43.

* * *

Hanna entrou na pequena Stichstraße, à beira da floresta, ao final da qual ficava sua casa. As luzes externas, acesas pelos detectores de movimento, iluminaram a residência. Pisou no freio. Tomara que não tivesse a infeliz surpresa de deparar com Vinzenz ou até mesmo Norman esperando por ela! Mas então viu diante da garagem dupla um Mini vermelho vivo, com placa de Munique, e respirou aliviada. Pelo visto, Meike havia chegado um dia antes do anunciado! Manobrou o carro ao lado do de sua filha e desceu.

– Oi, Meike! – exclamou e sorriu, embora não estivesse muito animada. Primeiro por causa da discussão horrível com o Norman; depois, da conversa com Wolfgang Matern. Tinham ficado até as sete em uma reunião com toda a equipe para discutir a crise na empresa; em seguida, Hanna e Jan se encontraram com uma produtora independente, que por uma hora e meia ficou fazendo exigências absurdas e fumando um cigarro atrás do outro em um bar enfumaçado, cheio de caras de terno, em uma travessa da Goethestra e. Pura perda de tempo.

– Oi, Hanna. – Meike se levantou do último degrau da escada. Duas malas e uma bolsa de viagem estavam na frente da porta da casa.

– Por que você não ligou dizendo que chegaria hoje?

– Tentei umas vinte vezes – respondeu Meike, em tom de crítica. – Por que deixou o celular desligado?

– Ah, hoje tive uma porção de aborrecimentos – suspirou Hanna. – Uma hora simplesmente desliguei o celular. Você podia ter ligado no escritório.

Deu um beijo na bochecha da filha, que reagiu fazendo uma careta; depois, abriu a porta e ajudou Meike a levar a bagagem para dentro.

A mudança de Berlim para Munique parecia ter feito bem a Meike. Desde que se viram pela última vez, sua filha tinha engordado. Seus cabelos tinham crescido, e suas roupas estavam um pouco mais normais. Talvez finalmente em breve deixasse de lado aquele visual de mendigo em final de puberdade.

– Está bonita.

– Você, não – respondeu Meike, observando Hanna de maneira crítica. – Deu uma boa envelhecida.

– Obrigada pelo elogio.

Hanna tirou os sapatos e foi para a cozinha pegar uma cerveja bem gelada na geladeira.

O relacionamento com Meike sempre fora complicado, e, depois dessa troca de palavras, Hanna já não estava certa se tinha sido uma boa ideia pedir que a filha trabalhasse temporariamente como assistente de produção durante as férias. O que as outras pessoas diziam sobre ela pelas costas nunca lhe interessou, mas a hostilidade de Meike a preocupava cada vez mais. Ao telefone, sua filha foi logo esclarecendo que aceitaria o trabalho não para lhe fazer um favor, mas apenas por razões financeiras. Mesmo assim, Hanna ficou feliz por ter Meike por perto durante o verão. Ainda não tinha se acostumado a morar sozinha.

Ouviu-se o barulho da descarga no banheiro e, pouco depois, Meike entrou na cozinha.

– Está com fome? – perguntou Hanna.

– Não. Já comi alguma coisa.

Exausta, Hanna sentou-se em uma das cadeiras da cozinha, esticou as pernas e mexeu os dedões doloridos dos pés. *Hallux rigidus* nos dois, este era o preço por trinta anos de salto alto. Usar sapatos com mais de quatro centímetros de salto estava se tornando cada vez mais uma tortura, mas também não podia sair por aí de tênis.

– Se quiser uma cerveja gelada, ainda tem algumas garrafas na geladeira.

– Prefiro fazer um chá-verde. Você deu para beber agora? – Meike encheu a chaleira de água, pegou uma caneca de porcelana no armário e remexeu as gavetas até encontrar o chá. – Talvez seja por isso que o Vinzenz deu no pé. Você realmente consegue espantar todos os caras.

Hanna não reagiu às provocações da filha. Estava cansada demais para se envolver em um duelo verbal como os que antes travavam todos os dias. Normalmente, a agressividade mais exacerbada costumava atenuar-se depois de algumas horas, e Hanna tentava fazer ouvidos de mercador até ela zerar por completo.

Meike era filha de pais separados. Seu pai, conhecido por só reclamar de tudo e pavonear seus conhecimentos, saíra de casa quando ela tinha 6 anos e depois, a cada dois finais de semana, aparecia para mimá-la e instigá-la contra a mãe. Essa lavagem cerebral ainda estava fazendo efeito, 18 anos depois.

– Eu gostava do Vinzenz – disse Meike então, cruzando os braços pequenos e muito finos por cima dos seios, que mal mereciam essa denominação. – Ele era engraçado.

Foi uma criança totalmente normal, mas na adolescência quase chegou aos cem quilos por problemas emocionais. Aos 16, praticamente parou de comer, e sua anorexia levou Meike a passar alguns anos em uma clínica para pessoas com distúrbios alimentares. Com 1,74 m de altura, chegou a pesar 39 quilos, e por um período Hanna temia todos os dias receber uma ligação de alguém da clínica, dizendo que a filha tinha morrido.

– Eu também gostava dele. – Hanna bebeu o último gole de cerveja. – Mas acabamos nos distanciando.

– Não é de admirar que ele tenha dado o fora. – Meike bufou com desprezo. – Não dá para respirar do seu lado. Você parece um tanque de guerra: passa por cima de todo mundo sem pensar nas perdas.

Hanna suspirou. Não sentia irritação com as palavras ofensivas, só uma profunda tristeza. Aquela jovem, que para protestar contra ela quase tinha morrido de fome, nunca iria gostar dela de verdade. E a própria Hanna era culpada disso. Durante a infância e a adolescência de Meike, sua carreira fora mais importante do que a filha; por isso, deixara o campo livre para seu ex-marido com uma sensação de alívio e praticamente sem discutir. Meike nunca percebeu as manipulações pérfidas do pai e durante anos o idolatrou sem críticas. Não percebeu que ele estava apenas se vingando de Hanna através dela. E Hanna evitava abordar o assunto.

– Então, é assim que você me vê – disse em voz baixa.

– É assim que todo mundo te vê – respondeu Meike asperamente. – Você só se importa com você mesma.

– Não é verdade – contestou Hanna – Por você, eu...

– Ah, pare com isso! – Meike revirou os olhos. – Você não fez nada por mim! Para você só existem o seu trabalho e os seus namorados.

A chaleira começou a assobiar. Meike desligou o fogo, verteu a água na xícara e mergulhou o saquinho de chá dentro dela. Seus movimentos desarticulados denunciavam sua tensão. Hanna adoraria pegar a filha nos braços, dizer-lhe palavras bonitas, conversar e rir com ela, perguntar-lhe sobre sua vida, mas não o fazia porque temia ser rejeitada.

– Arrumei sua cama lá em cima, no seu antigo quarto. As toalhas estão no banheiro – disse jogando a garrafa vazia no cesto. – Me desculpe, tive um dia cansativo.

– Tudo bem. – Meike nem olhou para ela. – A que horas preciso estar lá amanhã?

– Às dez está bom para você?

– Sim, claro. Boa noite.

– Boa noite. – No último segundo, Hanna desistiu de chamá-la de Mimi, seu apelido de infância, que Meike não gostava de ouvir de sua boca. – Fico feliz por você estar aqui.

Nenhuma resposta. Mas também nenhuma ofensa. Já era um progresso.

– O que aconteceu? – Pia curvou-se para passar por baixo do cordão de isolamento, depois de se espremer em meio a uma multidão inquieta.

– Esta noite houve uma festa de verão na associação esportiva do outro lado – esclareceu o colega uniformizado.

– Sei. – Pia olhou ao redor.

Um pouco mais adiante, havia veículos operacionais dos bombeiros, duas ambulâncias com a luz do giroflex piscando, mas a sirene desligada; ao lado, uma viatura da polícia, dois automóveis civis e a perua Mercedes prata do Henning. Atrás, um trecho bem iluminado da floresta. Ela contornou a quadra de vôlei de praia, feita de areia, e deu uma rápida olhada na porta lateral aberta de uma ambulância, na qual uma jovem de cabelos escuros estava sendo atendida.

– Foi ela quem achou o corpo – explicou um dos socorristas. – Está em estado de choque e com uma taxa de 2 mg/g de álcool no sangue. O doutor está lá embaixo, na margem do rio, cuidando dos outros bebuns.

– O que aconteceu? Passaram dos limites com a bebida?

– Não sei. – O socorrista deu de ombros. – Pela identidade, esta aqui tem 23 anos. Já está meio crescidinha para esse tipo de coisa.

– Como chego ao rio?

– Seguindo a trilha, é só descer até a margem. O portão já deve estar aberto.

– Obrigada. – Pia prosseguiu. A trilha passava pelo campo de futebol. As luzes dos holofotes estavam acesas, e do outro lado do alambrado havia mais curiosos se comprimindo do que na frente, junto ao isolamento. Desacostumada a usar salto alto, Pia mal conseguia caminhar. Os faróis acesos dos veículos dos bombeiros e das ambulâncias ofuscavam-na tanto que ela não conseguia enxergar onde estava entrando. Diante de um portão de ferro aberto, funcionários do corpo de bombeiros guardavam seus maçaricos.

Na escuridão, dois socorristas caminharam em sua direção carregando uma padiola; o médico de emergência passou ao seu lado, suspendendo uma garrafa de infusão.

– Boa noite, senhora Kirchhoff – cumprimentou-a. Já se conheciam de ocasiões semelhantes, em horários igualmente indecentes.

– Boa noite. – Pia deu uma olhada no rapaz. – O que aconteceu com ele?

– Estava inconsciente ao lado dos corpos. Está bem alcoolizado. Estamos tentando despertá-lo.

– Tudo bem. Nos vemos mais tarde. – Foi se equilibrando pela trilha, acompanhada pelo olhar dos curiosos que estavam atrás do alambrado da quadra, e amaldiçoou em silêncio os escarpins aos quais não estava nem um pouco acostumada.

Poucos metros mais adiante, encontrou dois oficiais uniformizados e o colega Ehrenberg, da divisão de roubos, que estava de plantão naquele dia e havia ligado para ela.

– Boa noite – disse Pia. – Vocês poderiam dar um jeito de afastar as pessoas ali da quadra? Não quero ver fotos nem filmes de um corpo no Facebook.

– Claro.

– Obrigada. – Pia ouviu o resumo da situação descrito por Ehrenberg, depois prosseguiu e pensou com inveja nos colegas que, naquele momento, aproveitavam confortavelmente sua folga. De longe, ouviu vozes exaltadas e logo imaginou o que estava acontecendo. Após cinquenta metros, chegou ao local bem iluminado à margem do rio. Aos pés de uma ribanceira íngreme estavam o doutor Henning Kirchhoff, seu ex-marido, e Christian Kröger, chefe do Serviço de Identificação da Inspetoria Criminal Regional de Hofheim, vestidos com o macacão branco de proteção, à luz intensa dos holofotes, como dois marcianos em um palco montado no meio de um lago. Ambos se acusavam reciprocamente de moleque e incompetente, um com superioridade cáustica, outro com ira inflamada.

No rio, logo atrás dos juncos, uma embarcação da Polícia Fluvial mudou de direção e, com um farol potente, expôs a faixa de terra da margem a uma luz intensa.

De uma distância conveniente, três colegas da Polícia Científica acompanhavam a acirrada discussão com um misto de resignação e paciência.

– Nossa, inspetora-chefe! Que vestido chique! – observou um deles, assobiando com reconhecimento. – E que belas pernas!

– Obrigada. Qual o problema ali? – quis saber Pia.

– O de sempre. O chefe afirma que o doutor estaria destruindo deliberadamente as provas – disse o outro e levantou sua câmera. – Mas já tiramos as fotos.

Pia pôs-se a descer, torcendo para não cair e aterrissar diretamente nas urtigas de um metro de altura, que vicejavam à esquerda e à direita da pequena trilha.

– Não estou acreditando! – exclamou Kröger, nervoso, ao olhar para ela. – Agora até você está pisoteando as pistas de DNA! Primeiro foi o Ehrenberg, o espertinho, depois o maldito legista metido a besta, mais o médico de emergência e agora também você! Por que vocês não conseguem ter, pelo menos, um pouco de consideração? Como é que ainda vamos poder trabalhar direito aqui?

A pergunta era totalmente justificada. A área onde ambos estavam media, no máximo, cinco metros quadrados.

– Boa noite, senhores. – Pia não deu atenção ao rompante de Kröger; já estava acostumada com ele. Era um perfeccionista, que preferia trabalhar sozinho por algumas horas no local do crime e nos arredores antes que outra pessoa os contaminasse.

– Oi, Pia – cumprimentou-a Henning. – Você testemunhou as agressões verbais que esta criatura me dirigiu novamente da maneira mais primitiva?

– Seus problemas de cooperação não me interessam – respondeu Pia, sem meias palavras. – O que aconteceu aqui?

Kröger olhou-a rapidamente, depois arregalou os olhos e fitou-a com expressão de assombro.

– É a primeira vez que vê uma mulher de vestido? – perguntou--lhe bruscamente. Sem Jeans e sapatos baixos, sentia-se deslocada e curiosamente desprotegida.

– Não. Mas... você, sim. – Em outro momento, a expressão de reconhecimento em seus olhos talvez a tivesse lisonjeado, mas naquele momento só a irritou.

– Viu o suficiente? Então já pode me contar o que temos aqui. – Estalou os dedos diante do rosto. – E aí?

Kröger pigarreou.

– É... sim. Hum. A situação encontrada foi a seguinte: o rapaz inconsciente estava deitado de bruços exatamente onde se encontra o doutor legista. A perna esquerda estava na água. E a moça, onde ainda está agora.

O corpo da adolescente pendia entre os juncos e o matagal da margem, flutuando de costas, com os olhos bem abertos. Um braço emergia da água. A cada leve onda, ela parecia se mover.

Pia observou a pavorosa cena à luz fria do holofote. Por um momento, sentiu-se quase subjugada pela monstruosidade do fato de um ser humano ter de morrer tão jovem, antes de ter tido a oportunidade de viver.

– Um pouco mais acima, embaixo do chorão, encontramos garrafas vazias de vodka e latas vazias de Redbull. Além disso, algumas roupas, sapatos, um celular e muito vômito – disse Christian Kröger. – Pelo visto, alguns adolescentes conseguiram ter acesso sem autorização a este terreno cercado para poderem beber sem serem incomodados. Só que a situação acabou saindo de controle.

– Como está o garoto? – quis saber Pia.

Henning já tinha examinado o rapaz inconsciente antes de ele ser levado pelo médico de emergência.

– Também encheu a cara – respondeu. – E vomitou. O zíper das calças estava aberto.

– E o que você conclui?

– Talvez quisesse se aliviar. Aí despencou da ribanceira. Está com arranhões recentes nas mãos e nos antebraços. Deve ter se machucado ao tentar impedir a queda.

O que podia ter acontecido ali?

Pia deu um passo para o lado, a fim de abrir espaço para a equipe do Kröger. Em dois, tiraram da água o corpo da moça.

– Não pesa nada. É pele e osso – disse um dos homens.

Pia agachou-se ao lado da jovem morta. Vestia um top claro com alças finas e uma minissaia jeans, que havia deslizado para cima e pendia ao redor da cintura. A luz não era suficiente, mas Pia teve a impressão de que o corpo pálido e ossudo da garota estava coberto de manchas escuras e vergões.

– Henning? Isso aqui não são hematomas? – Pia apontou para a barriga e as coxas da moça morta.

– Hum. Pode ser. – Henning iluminou o corpo com a lanterna e franziu a testa. – Sim, são hematomas e lacerações lavadas.

Observou com cuidado primeiro a mão esquerda da moça, depois a direita.

– Kröger? – chamou.

– O que foi?

– Posso virá-la?

– Pode.

Henning entregou a lanterna a Pia e, com as mãos envolvidas por luvas, virou a moça de bruços.

– Santo Deus! – balbuciou Pia. – O que é *isto*?

A parte inferior das costas e as nádegas da jovem estavam totalmente dilaceradas; os ossos da coluna vertebral, as costelas e um osso da pelve cintilavam esbranquiçados através do tecido muscular mais escuro.

– São ferimentos produzidos pelas hélices de uma embarcação – julgou Henning e olhou para Pia. – A moça não morreu nem esta noite, nem aqui. Já está faz tempo na água. A descamação das mãos está bem avançada. Provavelmente foi trazida pela corrente.

Pia se levantou.

– Você acha que ela não tem nada a ver com os outros jovens? – perguntou.

– Sou apenas o médico-legista – respondeu Henning. – Descobrir isso é trabalho seu. O fato é que a moça não morreu nesta noite.

Pia esfregou os braços pensativa e estremeceu, embora não estivesse nem um pouco com frio. Olhou ao redor, tentou imaginar o que teria acontecido ali.

– Vou tentar descobrir alguma coisa com a moça que os dois encontraram – disse. – Por favor, levem a jovem morta para o Instituto Médico Legal. Espero que o promotor público dê logo a autorização para a autópsia.

– Espere! – cortês, Kröger ofereceu-lhe o braço para ajudá-la a subir o barranco, e ela o aceitou.

– Obrigada. – Pia deu um breve sorriso quando chegaram ao topo. – Mas não vá se acostumando.

– Pode ter certeza de que não. – Ele sorriu, irônico. – Só quando você estiver de vestido de noite e sapatos inadequados para um terreno impraticável.

– Você tem andado muito com o Henning. – Pia sorriu também, irônica. – Dá para perceber pelo seu modo de se expressar.

– Embora ele seja um desgraçado metido a besta, seu vocabulário é incrível. Sempre aprendo alguma coisa a cada trabalho que fazemos juntos.

– Então, logo vai poder dizer que trabalhar com ele é, para você, uma espécie de aperfeiçoamento profissional.

Kröger ergueu a mão para se despedir e pôs-se a descer.

– Ah, Pia! – exclamou. Ela se virou.

– Se estiver com frio, no meu carro tem um casaco de lã.

Pia acenou com a cabeça e dirigiu-se à ambulância.

A noite na companhia das antigas colegas de classe e o inesperado encontro com Pia fizeram bem a Emma. Alegre e bem-humorada, abriu a porta gregoriana verde-escura da mansão de seus sogros, na qual Florian, Louisa e ela ocupavam o primeiro andar. Tendo crescido em um impessoal conjunto de casas geminadas em Niederhöchstadt, Emma se apaixonou à primeira vista pela casa grande de tijolos vermelhos e desgastados pelo tempo, com suas janelas brancas e salientes com pinázios e torretas. Gostava do teto alto e ornamentado das salas, das estantes envidraçadas, dos ornamentos do assoalho, do corrimão em arco com filigrana. Era charmosa. A mãe de Florian chamava de rococó o estilo de construção da casa, mas Florian o depreciava, chamando-o de estilo de confeiteiro. Achava-o *kitsch* e exagerado e, para tristeza de Emma, não pretendia morar ali para sempre. Por ela, poderia passar a vida inteira ali.

A mansão ficava à beira de um grande parque, que chegava até a floresta. Logo ao lado encontrava-se a sede da Associação *Sonnenkinder e. V.* Até o pai de Florian fundá-la nos anos 1960, fora um asilo para idosos; mais tarde, construiu-se um edifício na frente, onde atualmente ficavam a administração, o jardim de infância e as salas de treinamento. Atrás do parque encontravam-se três bangalôs com acesso próprio, nos quais colaboradores próximos do sogro de Emma viviam com suas famílias. Na verdade, a casa do meio tinha sido construída para Florian, mas ele não quis morar lá; por isso, também estava alugada.

Já no carro, Emma tinha tirado os sapatos. Com aquele calor, seus tornozelos e pés ficavam inchados o dia inteiro; à noite era quase insuportável andar de sapatos. A escada de madeira rangeu sob seu peso. Por trás dos vidros foscos da porta de três folhas, viu uma luz cintilar. Abriu a porta sem fazer barulho e entrou na ponta dos pés. Florian estava sentado à mesa da cozinha diante de seu laptop. Estava tão concentrado que não a notou. Emma ficou por um instante parada junto ao batente da porta, observando o contorno nítido do seu perfil. Mesmo após seis anos, ainda ficava fascinada ao vê-lo.

No entanto, quando se conheceram no acampamento na Etiópia, não foi amor à primeira vista. Ela trabalhava como diretora técnica do projeto, e ele, como sua contraparte médica. No início, só brigavam. Para ele, nada acontecia rápido o suficiente, e ela ficava irritada com seu ar de superioridade e impertinência. Não era nada fácil mandar trazer medicamentos e aparelhos técnicos por mais de cem quilômetros em estrada de terra. Mas, no fundo, trabalhavam pela mesma causa, e embora ficasse muito irritada com seu comportamento, ele a havia impressionado profundamente como médico. Por seus pacientes, trabalhava até a exaustão, às vezes 72 horas sem parar, e, em casos de emergência, improvisava só para poder ajudar e curar.

O doutor Florian Finkbeiner não era de fazer as coisas pela metade; era médico de corpo e alma e amava sua profissão. Uma vida humana que não conseguisse salvar era para ele uma derrota pessoal. Foi essa contradição de caráter que levou Emma aos poucos a sentir--se atraída por ele; por um lado, era um filantropo compassivo, por outro, um cético contemplativo, que podia até parecer meio cínico. Às vezes, mergulhava em uma profunda melancolia, que podia se converter em estados depressivos, mas também sabia ser engraçado, charmoso e extremamente divertido. Além disso, era o homem mais bonito que já tinha conhecido.

Na época em que Emma confessou estar apaixonada por ele, uma colega a advertiu. "Se não quiser se machucar, esqueça-o", disse. "Esse cara carrega os problemas do mundo inteiro nas costas. Mas talvez seja mesmo o ideal para você, com essa sua síndrome de querer ajudar todo mundo", acrescentou zombando. Emma logo reprimiu a dúvida que essas palavras despertaram nela. Era impossível não ter de dividir um homem como Florian com sua profissão e seus pacientes, mas aquilo que restasse dele lhe bastaria. Seu coração transbordou de ternura ao vê-lo sentado ali. Os cabelos escuros e cacheados, a barba por fazer, os olhos castanhos e calorosos, a boca sensível, a pele delicada do pescoço.

– Oi – disse baixinho. Ele se assustou com um sobressalto, fitou-a e fechou o laptop.

– Meu Deus, Emmi! Você precisa me assustar desse jeito? – gaguejou.

– Desculpe. – Ela apertou o interruptor. As lâmpadas halógenas no teto mergulharam a cozinha em uma luz clara e cintilante. – Não foi minha intenção.

– A Louisa choramingou a tarde toda – disse ele ao se levantar. – Não quis comer, estava com dor de barriga. Li umas histórias para ela; agora está dormindo.

Pegou-a nos braços e beijou-lhe a face.

– Como foi o encontro da classe? Deu para se divertir? – perguntou colocando a mão na barriga dela. Há tempos não fazia isso. Um pouco mais do que cinco semanas, e a gravidez, que desde o começo não estava sendo muito favorecida pelo destino, chegaria ao fim. Florian não queria outro filho; na verdade, ela tampouco, mas acabou acontecendo.

– Deu, sim, foi muito interessante ver todos depois de tanto tempo. De certa forma, até que não mudaram muito. – Emma sorriu.

– E reencontrei minha melhor amiga da época, que eu não via desde o último ano da escola.

– Que bom! – Florian também sorriu, depois lançou um olhar ao relógio da cozinha, acima da porta. – Diga uma coisa: tudo bem se eu der uma passada na casa do Ralf para tomar uma cerveja?

– Claro. Depois de uma tarde com a Louisa choramingando, você merece.

– Não vou demorar. – Beijou-a de novo na face e enfiou os sapatos que estavam ao lado da porta de entrada. – Até mais!

– Até. Divirta-se.

A porta se fechou e a luz da escada se acendeu. Emma deu um suspiro. Nas primeiras semanas depois que chegou do Haiti, Florian ficou estranho, mas nos últimos dias parecia ter se recuperado. Emma conhecia suas fases melancólicas, nas quais ele se afastava e se fechava em si mesmo. Geralmente essas fases passavam após alguns dias, mas desta vez durou muito mais tempo. Embora ele próprio tenha sugerido ficar em Falkenstein até o bebê nascer, deve ter se sentido estranho ao voltar de repente para a Alemanha e viver na casa dos pais, da qual tinha fugido havia mais de 25 anos.

Emma abriu a geladeira, pegou uma garrafa de água mineral e serviu-se de um copo. Depois, sentou-se à mesa da cozinha. Após tantos anos agitados de vida nômade, que a conduziram às regiões mais distantes do globo, achava bastante atraente a ideia de finalmente poder estabelecer uma moradia e criar raízes. No próximo ano, Louisa começaria a escola, então, de todo modo, já não daria para viver em um acampamento qualquer. Florian era um excelente cirurgião, arranjaria facilmente um trabalho em qualquer clínica na Alemanha. Contudo, aos 46 anos, já não era tão jovem. Segundo havia dito pouco tempo antes em uma conversa sobre o assunto, seus chefes possivelmente seriam mais jovens do que ele. Além disso, não conseguia se imaginar dia após dia em um hospital, tendo de lidar com vítimas degeneradas e gordas de tanto comer. Tinha dito isso com a mesma veemência com que estabelecia seus objetivos, e Emma entendeu que nada o faria mudar de ideia.

Bocejou. Já estava na hora de ir para a cama. Colocou o copo na máquina de lavar e apagou a luz. No caminho para o banheiro, deu uma olhada em Louisa, que dormia profunda e pacificamente, cercada por seus bichinhos de pelúcia. O olhar de Emma pousou sobre o livro que Florian havia lido para a menina e sorriu. Sabe-se lá por quanto tempo teve de ler! Louisa era louca por lendas e contos de fadas, conhecia as histórias de cor, fosse João e Maria, Rapunzel, Branca de Neve, Chapeuzinho Vermelho ou o Gato de Botas. Com cuidado, fechou a porta. Floriam ia saber se encontrar em sua nova vida. Em algum momento teriam sua própria casa e seriam uma família de verdade.

* * *

O campo de futebol tinha se esvaziado, mas atrás do cordão de isolamento, na direção da eclusa, curiosos ainda se apertavam, ávidos por sensacionalismo, e, nesse meio-tempo, representantes da imprensa também haviam chegado. Pia tentou mais uma vez encontrar o chefe. Em vão. Embora seu celular estivesse ligado, ele não atendia. Com Kai Ostermann, inspetor da Polícia Criminal, teve mais sorte, e ele logo respondeu.

– Desculpe por incomodar – disse Pia. – É que resgatamos um corpo do rio, em Eddersheim, pouco antes da barragem. Acho que vou precisar da sua ajuda.

– Claro – respondeu Kai, sem dizer uma palavra sequer sobre a hora avançada. – O que devo fazer?

– Preciso da autorização para a autópsia já pela manhã. E talvez você possa dar uma checada nas queixas de pessoas desaparecidas. É uma adolescente entre 14 e 16 anos, loura, bem magra, de olhos castanho-escuros. O Henning acha que ela está morta já há alguns dias.

– Tudo bem. Vou agora mesmo para o escritório.

– Ah, por favor, tente encontrar o chefe. – Pia terminou a conversa e mandou um SMS para Bodenstein. Fazia quatro dias que ele tinha desaparecido; no entanto, na semana anterior, havia dito a ela que estaria de volta a partir de quinta-feira à tarde.

– Senhora Kirchhoff! – exclamou um homem com a câmera de uma estação de rádio sobre o ombro. – Será que podemos fazer umas imagens?

Por puro hábito, Pia quis recusar, mas acabou mudando de ideia. Uma reportagem na televisão poderia ajudar a esclarecer a identidade da garota morta.

– Sim, podem – disse, então. Pediu a um dos policiais da patrulha, que estavam junto ao cordão de isolamento, para acompanhar os cinegrafistas e jornalistas até o local onde o corpo havia sido encontrado. HR, SAT1, RTL Hessen, Antenne Pro e Rheinmaintv. Todos preferiam ouvir noticiário policial a música no rádio.

Uma das ambulâncias já tinha ido embora com o rapaz em coma alcoólico; em seu lugar estava uma viatura do Instituto Médico Legal.

Pia bateu à porta lateral da ambulância que permaneceu no local; imediatamente a abriram.

– Posso falar com a moça? – perguntou.

O médico de emergência fez que sim.

– Ainda está em choque, mas já conseguimos estabilizá-la. – Pia subiu no veículo e sentou-se ao lado da garota no assento dobrável. Tinha um rosto pálido, mas bonito, com traços infantis, olhos arregalados, nos quais Pia leu medo e pavor. O horror pelo qual ela deve ter passado não a deixaria jamais.

– Olá – disse Pia amigavelmente. – Sou Pia Kirchhoff, da Polícia Criminal de Hofheim. Pode me dizer seu nome?

– A... Alina Hindemith.

Tinha um cheiro desagradável de álcool e vômito.

– Mas há pouco você disse que se chamava Sabrina – interveio o assistente de resgate. – E sua identidade...

– O senhor poderia nos deixar a sós, por favor? – Pia interrompeu-o.

– Eu... eu posso explicar – sussurrou a garota, dirigindo o olhar ao teto da ambulância. – Foi bobagem minha, mas... mas peguei emprestada a identidade da minha irmã mais velha. Somos... somos muito parecidas.

Pia suspirou. Infelizmente, esse truque quase sempre funciona em todos os supermercados na Alemanha.

– Eu... eu comprei... bebida com ela. Vodca e aguardente. – Começou a soluçar. – Meus pais me matam se souberem.

– Quantos anos você tem, Alina?

– Quin... quinze.

Quinze anos e 2 mg/g de álcool no sangue. Que maravilha!

– Consegue se lembrar do que aconteceu?

– Pulamos o portão. O Mart e o Diego conheciam o lugar e disseram que aqui ninguém iria nos incomodar. E então... então ficamos sentados... bebendo.

– Quem mais estava junto?

A garota olhou rapidamente para ela, depois franziu a testa. Parecia ter dificuldade para se lembrar.

– O Mart e o Diego e... e eu. E a Katharina e o Alex... e... – Alina se calou e olhou para Pia horrorizada. – A Mia! Eu... eu não sei o que aconteceu exatamente, me deu um branco. Mas então vi a Mia deitada na água! Ai, meu Deus, meu Deus! E o Alex estava tão bêbado que não consegui acordá-lo!

Seu rosto se contorceu, depois as lágrimas correram.

Pia deixou-a chorar por um momento. A adolescente no rio não podia ser Mia, que havia bebido com Alina e seus amigos. Era muito raro Henning se enganar, e os ferimentos causados pela hélice de uma embarcação confirmavam que a garota morta já estava havia mais tempo na água. O celular de Pia tocou; era Kai Ostermann. Infelizmente, ele só podia dizer que suas consultas não tinham dado nenhum resultado. Pia agradeceu e desligou.

Perguntou à moça o sobrenome e o endereço do rapaz inconsciente e, em seguida, o telefone dos pais dela. Depois de anotar tudo, desceu da ambulância e conversou rapidamente com o médico de emergência.

– Ela está estável e pode ir para casa – disse ele. – Amanhã, vai sentir uma ressaca daquelas, não há como escapar.

– E o rapaz? – quis saber Pia.

– Já foi encaminhado para Höchst. Temo que, no caso dele, a consequência não vai ser apenas uma bela ressaca.

– Boa noite, senhora Kirchhoff – disse alguém. Pia virou-se. Atrás dela estava um homem de cabelos escuros, com uma barba de três dias, jeans desbotados, camiseta e mocassins gastos, que lhe parecia vagamente conhecido. Precisou de alguns segundos para reconhecer o doutor Frey, promotor-chefe.

– Ah... Olá, doutor Frey – gaguejou, surpresa, e quase deixou escapar um "que roupas são *essas*?". Sempre o via de terno, colete e gravata, barbeado e com os cabelos impecavelmente penteados com gel. Por sua vez, ele também a examinou com o mesmo misto de curiosidade e espanto.

– Eu estava em um encontro de classe quando a central ligou – explicou ela, um pouco sem graça, sua aparência.

– E eu, em um churrasco com a família e amigos. – O promotor Frey também pareceu achar necessário dar uma justificativa para suas roupas inabituais. – Me informaram sobre o corpo encontrado, e como eu estava em Flörsheim mesmo, disse que assumiria o caso.

– Ah, sim, que... que bom. – Pia ainda estava meio confusa com a metamorfose do promotor, que não julgava capaz de ter amigos nem de participar de um churrasco descontraído no final da tarde. Ele exalava um leve odor de bebida alcoólica e um hálito de menta. Pelo visto, não era totalmente imune aos prazeres mundanos. Um lado inteiramente novo desse calvinista, conhecido por sua disciplina de ferro e sua compulsão por trabalho, que Pia imaginava viver apenas em seu escritório ou na sala do tribunal do júri.

– A senhora vai ligar para os pais dos dois de cara cheia? – disse o médico de emergência, dando impulso na porta lateral da ambulância.

– Vou, claro. Pode deixar que cuido disso – disse Pia.

– Me disseram que a senhora está conduzindo a investigação. – O promotor Frey pegou-a pelo braço e puxou-a um pouco para o lado, para que a ambulância pudesse passar.

– Estou, sim – anuiu Pia. – Meu chefe ainda está de férias.

– Hum. O que exatamente aconteceu aqui?

Pia resumiu a situação.

– Achei melhor deixar a imprensa ter acesso ao local onde foi encontrado o corpo – concluiu seu relato. – Até agora, meu colega não conseguiu descobrir nenhuma queixa de pessoa desaparecida que combinasse mesmo que aproximadamente com a garota morta. Talvez o público possa ajudar a esclarecer sua identidade.

O promotor franziu a testa, mas acabou concordando.

– O esclarecimento rápido de uma morte é sempre desejável – respondeu. – Vou dar uma olhada. Nos vemos mais tarde.

Pia esperou até ele desaparecer na escuridão, depois digitou no celular o número que a adolescente lhe dera. Uma brisa começou a soprar, e ela sentiu frio. O pessoal da imprensa estava voltando.

– A senhora poderia nos dar algumas informações?

– Daqui a pouco. – Pia caminhou alguns metros na direção da margem do rio, para poder falar sem ser incomodada, pois do outro lado da linha atendeu uma voz masculina bastante desperta. – Boa noite, senhor Hindemith. Meu nome é Kirchhoff, da Polícia Criminal de Hofheim. É sobre sua filha Alina. Não se preocupe, ela está bem, mas eu gostaria de lhe pedir para vir até Eddersheim, junto à barragem. Não há como errar.

Os homens da funerária vieram pela trilha carregando a padiola com o corpo dentro de um saco. Imediatamente, as luzes das câmeras se acenderam. Pia foi até a viatura de Kröger, que, como sempre, estava aberta, pegou o casaco azul-escuro de lã no banco traseiro e o vestiu. Em seguida, juntou os cabelos na nuca e os prendeu com um elástico, fazendo um coque. Assim já se sentia um pouco mais à vontade e preparada para aparecer na frente das câmeras.

Desde o fim da tarde que se fazia churrasco e se bebia por toda parte no camping. Nos meses de verão, a vida social dos moradores acontecia principalmente ao ar livre, e, com o passar das horas, o nível de ruído e de álcool aumentava. Risadas, gritaria, música – ninguém respeitava ninguém, e, às vezes, acontecimentos por si sós insignificantes transformavam-se em discussões vociferantes e intensas entre vizinhos, que sóbrios já não eram fáceis de suportar. Normalmente cabia ao guarda do camping acabar com as brigas, mas o calor atiçava as agressões e, nas últimas semanas, foi preciso chamar a polícia várias vezes antes que houvesse mortos e feridos.

Já fazia anos que ninguém o convidava, pois ele sempre recusara todos os convites. Uma confraternização com os outros moradores do camping era a última coisa que queria e, com um passado como o dele, não havia dúvida de que seria melhor ninguém saber quem ele realmente era e por que vivia ali. O locador era o único a quem, em algum momento, dissera seu verdadeiro nome, e duvidava de que ele se lembrasse. Não havia um contrato oficial pelo aluguel do trailer. Para não levantar nenhuma suspeita, pagava o aluguel em dinheiro e pontualmente. Seu endereço oficial era uma caixa postal no correio de Schwanheim. Não havia como receber correspondência no camping. E era melhor assim.

Fazia anos que estava acostumado a sair para passear quando havia alguma comemoração à noite, regada à bebida. O barulho não o incomodava, mas, desde que começou a trabalhar no quiosque, mal conseguia suportar o cheiro de carne e salsicha assada que chegava até ele. Percorreu o caminho ao longo do Main e sentou-se por um momento em um banco. Geralmente, o rio que fluía com indolência o acalmava, mas naquele dia seu rumorejar constante estava aguçando cada vez mais sua percepção, deixando-o em um estado de aflição no qual a miséria de sua vida lhe mostrava toda a sua falta de perspectiva com tanta clareza como raras vezes acontecera antes. Para escapar do círculo insensato dos seus pensamentos, começou a correr ao longo do rio até Goldstein, depois voltou.

Normalmente, o completo esgotamento físico era o melhor meio para pôr um fim nos pensamentos amargos. Mas desta vez não estava funcionando. Talvez fosse por causa do calor insuportável. A ducha fria trouxe apenas um breve alívio; depois de meia hora, já estava todo suado de novo, virando-se inquieto de um lado para o outro. De repente, ouviu o toque estridente do seu celular, que estava ligado ao carregador em cima da mesa. Quem poderia ser àquela hora? Levantou-se e deu uma olhada no visor, depois atendeu a ligação.

– Sinto muito incomodar tão tarde – disse uma voz grave e rouca do outro lado da linha. – Ligue a TV. Está em todos os canais.

Antes que pudesse responder, só ouviu o sinal de ocupado. Pegou o controle remoto e ligou o pequeno televisor aos pés da cama.

Segundos depois, viu o rosto sério de uma mulher loura na tela. Atrás dela, luzes azuis piscavam; entre as árvores iluminadas por holofotes, cintilava água escura.

"*... encontrado o corpo de uma jovem*", ouviu a mulher dizer. "*Segundo as primeiras verificações, o corpo estaria há alguns dias na água. Esperamos mais informações após a autópsia.*"

Ficou paralisado.

Dois homens colocaram uma padiola com o corpo envolvido em um saco dentro de uma viatura da funerária. Atrás deles, duas figuras vestidas com macacões de proteção carregavam sacos plásticos; depois, a câmera voltou-se para a eclusa.

"Não longe da barragem de Eddersheim, foi encontrado hoje o corpo de uma jovem no Meno", disse o locutor. *"A identidade da moça é desconhecida, e a polícia aguarda indicações por parte da população. O fato despertou a lembrança de um caso semelhante, ocorrido há alguns anos."*

Um senhor piscou à claridade da luz.

"Olha, uma moça já foi encontrada aqui no rio. Foi do outro lado, em Höchst, no parque Wörthspitze. Até hoje não descobriram quem fez aquilo com a coitadinha. Se bem me lembro, já faz uns dez anos e..."

Desligou a TV e ficou no escuro. Sua respiração estava acelerada, como se ele tivesse corrido.

– Nove – murmurou, reprimido. – Faz nove anos.

O medo percorreu seu corpo e o fez estremecer. O assistente social que o acompanhava na liberdade condicional sabia que ele morava ali. Portanto, para a polícia e o Ministério Público não seria difícil encontrá-lo. O que iria acontecer agora? Será que se lembravam dele?

Todo o cansaço havia desaparecido, e seus pensamentos se atropelavam. Já não dava para pensar em dormir. Acendeu a luz, pegou o balde e um frasco de desinfetante no armário ao lado da cozinha. Eles viriam, revistariam tudo e descobririam seu DNA no trailer! Isso não podia acontecer de jeito nenhum, pois, se infringisse os termos da condicional, voltaria imediatamente para a cadeia.

Com cuidado, Pia abriu a porta de casa, preparada para impedir que os cães irrompessem latindo, com sua alegre recepção, e acordassem Christoph. Mas não havia nenhum cão esperando por ela; em vez disso, sentiu cheiro de carne assada e viu a luz acesa na cozinha. Colocou a bolsa e a chave do carro sobre o aparador do vestíbulo. Na cozinha, os quatro cães estavam sentados e acompanhavam com devoção sincrônica todos os movimentos de Christoph, que estava em pé junto ao fogão, de shorts, camiseta do pijama e avental, e segurava um garfo trinchante em cada mão. O exaustor estava ligado no máximo.

– Oi – disse Pia, surpresa. – Está acordado ou sonâmbulo?

Os cães viraram apenas rapidamente a cabeça e abanaram a cauda, depois voltaram a se concentrar na cena do fogão, que lhes parecia muito mais fascinante.

– Oi, amor! – sorriu Christoph. – Eu estava quase dormindo quando lembrei que tinha deixado os bifes a rolê na geladeira. Prometi para a Lilly fazer bifê a rolê no almoço de boas-vindas.

Pia sorriu. Pôs-se a seu lado e o beijou.

– Será que existe algum outro homem na Alemanha fazendo *bife a rolê* à uma e meia da manhã, com um calor de uns 26 graus? Inacreditável.

– E fiz até o recheio – acrescentou Christoph, não sem orgulhar-se. – Mostarda, pepino, toucinho e cebola. Promessa é promessa.

Pia tirou o casaco de Kröger, pendurou-o no encosto de uma cadeira e sentou-se em outra.

– Como foi o encontro da classe? – quis saber Christoph. – Deve ter sido divertido para você ficar tanto tempo.

– Ah, o encontro da classe. – Pia tinha esquecido por completo. As mulheres rindo e tagarelando no terraço da Villa Borgnis sob o céu estrelado, escuro e aveludado lhe pareceram um trailer do inofensivo *Heile Welt*,* passado antes do filme de terror chamado realidade. E, nessa realidade, uma adolescente tinha morrido.

Chutou os sapatos, que, depois da caminhada no meio do mato, teriam de ir direto para o lixo.

– Sim, foi bem legal. Mas infelizmente tive de ir trabalhar.

– Trabalhar? – Christoph se virou e ergueu as sobrancelhas. Ele sabia o que trabalho noturno queria dizer na profissão de Pia. Raras vezes era algo inofensivo. – Alguma ocorrência ruim?

---

* Filme austríaco sobre três adolescentes e seus conflitos. [N. da T.]

– Sim. – Pia apoiou os cotovelos na mesa e esfregou o rosto. – Muito ruim. Uma adolescente morta, dois jovens em coma alcoólico.

Christoph poupou a si mesmo e a ela de um clichê como "Ah, meu Deus, sinto muito".

– Quer beber alguma coisa? – perguntou em vez disso.

– Quero. Uma cerveja bem gelada seria a melhor coisa agora, embora esta noite mais uma vez eu tenha tido a confirmação de que o álcool não resolve problema nenhum, só cria alguns.

Quis se levantar, mas Christoph abanou a cabeça.

– Fique sentada. Eu pego.

Colocou os garfos trinchantes de lado, cobriu os bifes e diminuiu o fogo. Em seguida, pegou duas garrafas de cerveja na geladeira e as abriu.

– Quer copo?

– Não, não precisa.

Christoph entregou a garrafa a Pia e sentou-se ao seu lado à mesa.

– Obrigada. – Deu um longo gole. – Acho que você vai ter de ir sozinho buscar a Lilly amanhã. Como só eu estou de serviço, vou ter de ir à autópsia. Sinto muito.

No dia seguinte, Lilly, a neta de 7 anos de Christoph, chegaria da Austrália para passar quatro semanas em Birkenhof. Quando Pia soube da notícia algumas semanas antes, ficou tudo menos entusiasmada. Afinal, Christoph e ela trabalhavam em período integral, e não se podia deixar uma criança pequena sozinha no sítio. O que mais a irritou foi o egoísmo de Anna, filha do meio de Christoph. Seu companheiro, pai da menina, era biólogo marinho e na primavera assumira a coordenação de um projeto de pesquisa na Antártica. Anna queria acompanhá-lo de todo jeito, mas com uma filha em idade escolar era impossível. Christoph recusara seu pedido de ficar com a menina por esse tempo, justificando que ela era a mãe e responsável pela criança, portanto, tinha de abrir mão desse tipo de coisa. Anna implorou, até que Christoph e Pia acabaram aceitando ficar com a menina nas duas semanas de férias do inverno australiano. Das três filhas de Christoph, Anna era a única de que Pia não gostava muito. Por isso, não se surpreendeu quando as duas semanas se transformaram em quatro. Astuta como era, Anna deve ter dado um jeito com a escola de Lilly e conseguido uma dispensa para a filha. Típico. Assim, conseguiu, mais uma vez, impor sua vontade.

– Não tem problema. – Christoph esticou a mão e acariciou a face de Pia. – O que aconteceu?

– Ainda está tudo um pouco misterioso. – Deu um segundo gole. – Um adolescente de 16 anos, que entrou em coma depois de uma bebedeira, e uma garota que tiramos do Meno. Deve estar há tempos no rio; seu corpo foi dilacerado pela hélice de um barco.

– Parece horrível.

– E é. Não temos ideia de quem seja a moça. Não há nenhuma queixa de desaparecimento.

Por um momento, ficaram sentados à mesa da cozinha, terminaram a cerveja e se calaram. Esta era uma das muitas qualidades que Pia estimava em Christoph. Com ele podia não apenas conversar, mas também ficar em silêncio, sem que esse silêncio se tornasse incômodo. Ele sabia perceber muito bem quando ela queria ou não falar sobre alguma coisa ou simplesmente precisava de uma companhia silenciosa.

– Já são quase duas horas. – Pia se levantou. – Acho que vou tomar um banho rápido e depois vou para a cama.

– Já estou quase terminando. – Christoph se levantou também. – Só vou dar uma arrumada na cozinha.

Pia pegou seu pulso. Ele parou e olhou para ela.

– Obrigada – disse baixinho.

– Por quê?

– Por existir.

Ele deu aquele sorriso de que ela tanto gostava.

– Só posso dizer o mesmo – sussurrou e a abraçou. Pia se aninhou nele e sentiu os lábios dele em seu cabelo. E, naquele instante, ficou tudo bem.

* * *

– Vamos para a casa do tio Richard, só você e eu – disse o papai, piscando para ela. – Lá você vai poder andar de pônei e depois também abrir os presentes.

Ah, sim, andar de pônei! E sozinha com o papai, sem a mamãe nem os irmãos! Ficou feliz e muito ansiosa. Embora já tivesse ido algumas vezes com o papai à casa do tio Richard, não conseguia se lembrar direito dela nem dos pôneis; era estranho. Mas ficou muito feliz, pois o papai também tinha trazido para ela um vestido novo e lindo, que já poderia vestir antes de sair.

Olhou-se no espelho, tocou com a ponta dos dedos o chapeuzinho vermelho na cabeça e riu. Era um autêntico vestido de tirolesa, com saia curta e avental. O papai fez duas tranças nos seus cabelos, e ela ficou exatamente como a chapeuzinho vermelho do seu livro de contos de fadas.

Sempre lhe trazia presentes, que era um segredo do papai e dela, pois nunca trazia nada para os outros. Só para ela, que era sua preferida. A mamãe tinha ido passar o fim de semana fora com os irmãos; por isso, ela tinha o papai só para si.

– Trouxe mais alguma coisa para mim? – perguntou curiosa, porque a grande sacola de papel ainda estava cheia.

– Mas claro! – Ele sorriu em tom conspirador. – Aqui. Quer ver?

Ela fez que sim, fervorosa. Ele tirou outro vestido da sacola de papel. Era vermelho, e o tecido pareceu frio e bem macio aos seus dedos.

– Um vestido de princesa para minha pequena princesa – disse. – E ainda comprei sapatos para combinar. Vermelhos.

– Nossa, que legal! Posso ver?

– Não, mais tarde. Precisamos ir. O tio Richard já está nos esperando.

Deixou que a pegasse no colo e aninhou-se nele. Adorava sua voz profunda e o cheiro de tabaco do seu cachimbo que emanava das suas roupas.

Pouco depois, estavam sentados no carro. Andaram por um bom tempo, e, quando via alguma coisa que conhecia, ficava toda agitada.

Era uma brincadeira que fazia com o papai quando partiam juntos para alguma excursão secreta. Era assim que ele chamava, pois ela não podia contar nada aos irmãos; do contrário, eles ficariam com ciúme.

Em algum momento, a rua acabou; andaram pela floresta até uma clareira onde ficava uma casa grande de madeira, com uma varanda e janelas verdes.

– Igualzinho ao meu livro de contos de fadas! – exclamou agitada e ficou feliz ao ver os pôneis no campo, na frente da casa. – Posso andar de pônei? – Escorregou irrequieta do assento.

– Claro! – O pai riu e estacionou a Mercedes ao lado de outros carros. Sempre havia alguma comemoração na casa do tio Richard, o que também a alegrava, pois todos eram amigos do papai e davam presentes e doces para ela.

Desceu do carro e correu para os pôneis, que se deixaram acariciar. O tio Richard saiu da casa e perguntou que pônei ela queria montar. Preferia o branco, que se chamava Floquinho; disso ela sabia. Estranho que se lembrasse do nome, mas não de como era a casa por dentro.

Após meia hora, entraram. Todos a cumprimentaram alegremente e admiraram o vestido de tirolesa e o chapeuzinho vermelho. Ela deu uma voltinha e riu.

– Pronto, agora vamos tirar esta roupa. – O papai colocou a sacola de papel em cima da mesa e a despiu. Tio Richard a segurou no colo e ajudou-a a colocar o outro vestido e as meias de seda, que eram de verdade, como as da mamãe. Os outros riram porque eles se atrapalharam com as fitas presas a um cinto. Foi muito engraçado!

Mas o mais bonito era o vestido – um verdadeiro vestido de princesa, todo vermelho! E os sapatos vermelhos combinando, com salto!

Olhou-se no espelho e ficou muito orgulhosa. O papai também ficou orgulhoso. Conduziu-a pela sala até a escada, como em um casamento. O tio Richard foi na frente e abriu uma porta. Ficou surpresa. No quarto havia uma verdadeira cama de princesa com dossel!

– Do que vamos brincar? – perguntou.

– De uma coisa muito divertida – respondeu o papai. – Também vamos trocar de roupa. Espere aqui e seja boazinha.

Ela fez que sim. Subiu na cama e ficou pulando nela. Todos haviam admirado seu vestido e foram tão bonzinhos com ela! A porta se abriu, e ela soltou um grito assustado ao ver o lobo. Mas depois acabou rindo. Não era um lobo de verdade, era o papai fantasiado! Que bom que só ela e o papai tinham esse segredo. Pena que depois não conseguia se lembrar de nada. Pena mesmo.

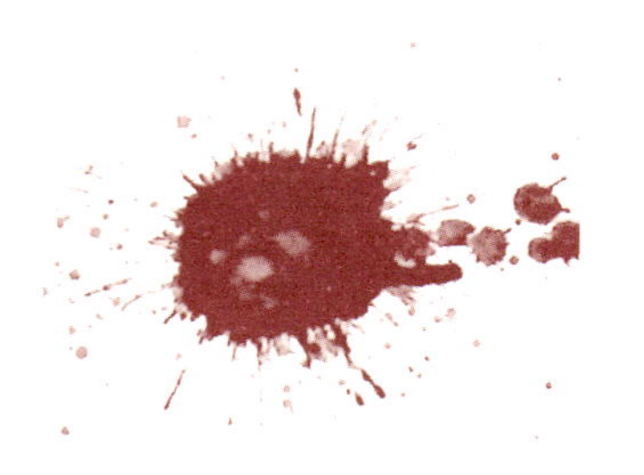

Sexta-feira, 11 de junho de 2010

Hanna Herzmann tinha dormido mal, um pesadelo após o outro. Primeiro, Vinzenz era convidado do seu programa e acabava com ela na frente das câmeras; depois, Norman a ameaçava e, de repente, se transformava naquele homem que a perseguiu durante meses, até ser tirado de circulação pela polícia e pegar dois anos de cadeia como reincidente.

Às cinco e meia, finalmente se levantou, entrou debaixo do chuveiro para tirar o suor frio e pegajoso da pele e sentou-se ao computador com uma xícara de café. Que horror era a internet, cheia de histórias idiotas.

Droga! Hanna massageou o ponto entre as sobrancelhas com o polegar e o indicador. Se já não fosse tarde demais para limitar o estrago, ela teria de agir rápido, antes que outros convidados insatisfeitos com seu programa se sentissem estimulados a fazer o mesmo que Armin V. e Bettina B. Imagine quanto isso poderia se propagar! Mesmo que no momento seu programa ainda não estivesse seriamente ameaçado, a diretoria da emissora não iria apoiá-la para sempre. Ainda era cedo demais para ligar para o Wolfgang; por isso, decidiu espairecer correndo um pouco. Durante a corrida, conseguia refletir melhor. Vestiu a roupa de ginástica, prendeu os cabelos em um rabo de cavalo e enfiou os tênis. Antigamente, corria todos os dias, mas desde que o problema nos pés piorou, parou de praticar.

O ar ainda estava fresco e claro. Hanna inspirou fundo, expirou e fez um pouco de alongamento nos degraus da escada na frente da porta de casa; depois, ligou o iPod e procurou pela música que estava

a fim de ouvir. Desceu a rua até a esquina, onde ficava o estacionamento, entrou na floresta e começou a correr. Cada passada doía terrivelmente, mas ela cerrou os dentes e se forçou a continuar. Já depois de uns cem metros, sentiu umas pontadas na lateral, mas não parou. Não iria desistir. Hanna Herzmann nunca desistia! Durante a vida inteira encarou as adversidades e os problemas como desafio e estímulo, não como motivo para enfiar a cabeça na areia. E as dores eram apenas uma questão mental, pela qual as pessoas não podiam se deixar impressionar. Se ela fosse diferente, nunca teria tido tanto sucesso. Ambição, persistência, perseverança – essas características nunca a deixaram perder a coragem, mesmo em tempos difíceis.

Com seu programa de reportagens *Tintim por Tintim*, 14 anos antes, Hanna desenvolvera um formato totalmente novo e revolucionário, que causou sensação e índices de audiência incríveis. O conceito era tão simples quanto genial: uma mistura bastante variada de eventos explosivos e atuais, que mobilizavam as pessoas no país inteiro, além de trajetórias pessoais, dramas humanos, adornados com convidados importantes, e tudo em noventa minutos no horário nobre; algo assim nunca havia sido feito até então. Com o sucesso vieram os imitadores, mas nenhum programa concebido de maneira semelhante era tão popular como o seu. Sua presença na mídia tinha alguns efeitos colaterais bastante lucrativos: ela estava entre os rostos mais conhecidos da televisão e era requisitada em todos os lugares. Se o cachê fosse bom, apresentava festas de gala e premiações, desenvolvia ideias e conceitos para outros formatos de programa e recebia um bom dinheiro. Dez anos antes, fundara a *Herzmann Production* e, nesse meio tempo, produziu ela própria o seu programa.

O lado ruim do sucesso profissional era o estrago em sua vida pessoal. Aparentemente, nenhum homem aguentava ficar ao lado dela. As palavras de Meike na noite anterior surgiram de repente na cabeça de Hanna. Seria verdade? Ela era um tanque de guerra que passava por cima de todas as pessoas?

– E se fosse? – murmurou com certo despeito. Ela era assim mesmo. Não precisava de homem nenhum em sua vida.

Ao chegar à primeira encruzilhada na floresta, optou pelo caminho mais longo e virou à direita. Sua respiração tinha se normalizado, seus passos se tornaram mais elásticos. Havia encontrado o ritmo da corrida e quase já não sentia as dores. Por experiência, sabia que elas logo desapareceriam por completo. Mais alguns minutos, e seu corpo liberaria a endorfina, desligando a dor e o cansaço. Agora podia deixar os pensamentos orbitar ao redor do seu problema e desfrutar da natureza. O cheiro de mato que emanava da floresta apenas nas primeiras horas da manhã; o chão macio, que para a corrida era muito mais agradável do que o asfalto. Passava pouco das sete horas quando chegou à margem da floresta e viu a cúpula branca do templo Baha'i iluminada pelo sol que já se erguia no céu. Embora tenha passado muito tempo sem correr, ainda não estava ofegante. Não tinha perdido todo o seu condicionamento físico. Precisava de vinte minutos para retornar atravessando a floresta até o condomínio de fim de semana, como era chamado aquele pedaço de Langenhain onde ficava sua casa. Estava molhada de suor quando se pôs a caminhar, mas desta vez era um suor mais agradável, resultante de exercício físico, e não de medo como na noite passada. E ela também tinha desenvolvido uma estratégia que, mais tarde, durante o almoço, discutiria com Wolfgang. Hanna tirou os fones do ouvido e remexeu os bolsos do seu casaco em busca da chave de casa. Ao passar, olhou superficialmente para seu carro, que na noite anterior não tinha estacionado na garagem, e sim ao lado do Mini da Meike.

O que era *aquilo*?

Hanna não conseguia acreditar no que estava vendo. Os quatro pneus do seu Panamera preto estavam no chão! Com o antebraço, secou o suor da testa e se aproximou. Um pneu vazio ainda podia acontecer, mas não os quatro. Apenas quando observou melhor o carro é que viu o pior. Ficou perplexa. Seu coração disparou, os joelhos ficaram bambos, e sentiu os olhos se encherem de lágrimas; lágrimas de uma ira desamparada. Alguém tinha riscado a lataria preta e brilhante do capô e escrito uma palavra. Uma única palavra, brutal e inequívoca, em letras grandes e canhestras. VADIA.

* * *

Bodenstein colocou uma xícara na saída da máquina de café e apertou o botão. O moedor fez um barulho e, segundos depois, o aroma delicioso do café se espalhou pela minúscula cozinha.

Inka levou-o para casa pouco depois da meia-noite. Enquanto comiam pizza, praticamente foi o único que falou, mas só notou isso quando ela o deixou no estacionamento na frente de casa. Desde que foram visitar a outra casa, Inka ficou taciturna, o que era raro, e Bodenstein se perguntou se tinha dito ou feito alguma coisa que pudesse tê-la aborrecido. Será que não tinha agradecido o suficiente por ela ter ido buscá-lo no aeroporto e conseguido a chave da casa? Em sua euforia por causa da sensação de liberdade com a qual voltara de Potsdam, passou a noite falando apenas de si mesmo e de sua situação. Não era seu estilo se comportar assim. Bodenstein decidiu ligar mais tarde para Inka e pedir desculpas.

Terminou de beber o café e espremeu-se no minúsculo banheiro sem janela, que achou ainda mais escuro e apertado depois do banheiro quase luxuoso do hotel em Potsdam.

Estava mais do que na hora de finalmente encontrar um lar de verdade – com móveis próprios, um banheiro decente e uma cozinha com mais do que um fogareiro de duas bocas. Já estava cheio dos dois dormitórios na casa do cocheiro, com o teto baixo, as janelas pequenas, pouco maiores do que frestas, e os batentes baixos das portas, nos quais sempre batia a cabeça. Assim como estava cheio de morar como hóspede na casa dos pais e do irmão, principalmente porque sabia que sua cunhada preferia ter um inquilino pagador na casa do cocheiro a um parente, que só contribuía com sua parte nas despesas. Ela sempre perguntava, sem o menor pudor, quando ele finalmente iria se mudar e, nos últimos tempos, chegara a aparecer com potenciais inquilinos.

À luz fraca da lâmpada de 40 Watts sobre o espelho, Bodenstein mal conseguia se barbear direito. Tinha sonhado a noite toda com a casa que visitara na véspera com Inka. Na manhã daquele dia, ainda sonolento, imaginou sua decoração. Sophia teria seu próprio quarto e moraria bem perto, e ele finalmente poderia voltar a receber visitas. A casa em Kelkheim estava praticamente vendida; na semana seguinte, iria se encontrar com os compradores e o tabelião. Com a metade do dinheiro, ele certamente poderia comprar o sobrado geminado em Ruppertshain.

Ouviu barulho e vozes do lado de fora. Um segundo café o animou. Colocou a xícara na pia, pegou o paletó e a chave do carro, pendurada ao lado da porta. No estacionamento, operários do município de Kelkheim descarregavam grades de isolamento de seus caminhões laranja, e ele se lembrou de que naquela noite haveria um show de jazz no pátio. Regularmente o município alugava o pátio da propriedade para eventos culturais, e o dinheiro vinha bem a calhar para seus pais. Bodenstein fechou a porta e cumprimentou os operários com a cabeça enquanto se dirigia para o automóvel. Atrás dele, buzinaram, e ele se virou. Marie-Louise, sua competente cunhada, parou ao seu lado.

– Bom dia! – exclamou enérgica. – Tentei várias vezes falar com você pelo telefone. A Rosalie recebeu um convite para o *Concours des Jeunes Chefs Rôtisseurs** em Frankfurt! Na verdade, ela mesma queria te contar a novidade, mas ninguém conseguiu te achar. O que aconteceu com seu celular?

Havia dois anos, Rosalie, filha mais velha de Bodenstein, decidira não fazer faculdade depois de terminar a escola, e sim começar um

---

* Concurso dos jovens chefes, encarregados dos assados. [N. da T.]

curso de gastronomia. No início, Cosima e ele acharam que a principal razão para essa decisão tinha sido o cozinheiro cinco estrelas por quem Rosalie estava secretamente apaixonada, e contaram com o fato de que, após alguns meses sob o comando do rigoroso francês, ela jogaria a toalha. Mas Rosalie tinha talento e trabalhava com entusiasmo. Concluiu o curso com as melhores notas. O convite para o concurso da Chaîne des Rôtisseurs era uma grande distinção e um reconhecimento por seu desempenho.

– Passei a manhã toda sem sinal. – Bodenstein ergueu seu smartphone e deu de ombros. – Estranho mesmo.

– Bom, também não entendo nada dessas coisas – disse Marie-Louise.

– Mas eu entendo! – Seu filho de 8 anos debruçou-se do banco traseiro para a frente e esticou a mão para fora da janela. – Deixa eu ver!

Achando graça, Bodenstein entregou o celular a seu sobrinho mais jovem, mas seu sorriso foi embora após cinco segundos.

– Não podia mesmo funcionar. Você ainda está com o modo de voo ativado, tio Oli – informou o garoto experiente, passando o dedo na touchscreen. – Veja só o símbolo do avião. Pronto, agora vai voltar a funcionar.

– Ah... obrigado, Jonas – balbuciou Bodenstein.

Do banco traseiro, o menino acenou benevolente com a cabeça, e Marie-Louise riu, não sem malícia.

– Ligue para a Rosalie! – exclamou e acelerou.

Raras foram as vezes em que Bodenstein se sentiu tão burro. Não estava acostumado a voar muito, e no dia anterior, pela primeira vez usou o modo de voo do seu iPhone; mesmo assim, só porque seu vizinho de poltrona lhe mostrou no avião como ativá-lo. No voo de ida, ele simplesmente desligou o aparelho.

Enquanto se dirigia para o carro, o telefone produziu uma verdadeira cacofonia de sons: entraram dúzias de SMS, pedidos de retorno de ligação, indicações de chamadas perdidas e, como se não bastasse, alguém estava ligando.

Pia Kirchhoff! Atendeu.

– Bom dia, Pia – disse. – Só agora vi que você tentou falar comigo ontem. É que...

– Não leu o jornal hoje? – interrompeu-o sem delicadeza, um sinal claro de que estava sob forte pressão. – Ontem à noite tiramos uma adolescente morta do Meno, perto da barragem de Eddersheim. Você vem hoje ao escritório?

– Vou, claro. Já estou a caminho – respondeu, entrando no carro. Rapidamente, pensou em ligar para Inka do carro, mas depois decidiu passar na casa dela à noite para agradecer-lhe pessoalmente com um ramalhete de flores.

Dirigir estava ficando cada dia mais difícil. Se continuasse assim, logo não caberia mais atrás do volante por causa da barriga ou já não alcançaria o acelerador e o freio com os pés. Emma virou à esquerda, na Wiesbadener Straße, e deu uma olhada no retrovisor. Louisa olhava fixamente pela janela. Não abriu a boca durante todo o trajeto.

– Ainda está com dor de barriga? – quis saber Emma, preocupada.

A menina abanou negativamente a cabeça. Normalmente, falava como uma matraca. Alguma coisa não estava bem com ela. Estaria com algum problema no jardim de infância? Teria brigado com outras crianças?

Alguns minutos depois, parou na frente da escolinha e desceu do carro. Louisa já sabia tirar o cinto de segurança e descer sozinha; dava muita importância a essa autonomia. Em seu estado, Emma ficava feliz por não ter de tirar a menina do automóvel.

– O que você tem? – Emma ficou parada na frente da porta da escolinha, agachou-se e olhou atentamente para Louisa. De manhã, a

menina tinha comido sem apetite e não se opusera a vestir a camiseta verde de que não gostava porque, segundo ela, pinicava.

– Nada – respondeu a menina, desviando o olhar.

Não fazia sentido pressioná-la. Emma pensou em ligar mais tarde para a educadora e pedir para ficar de olho em Louisa.

– Bom, então, divirta-se bastante, meu amor! – disse, beijando a filha na face. A menina respondeu com um beijo forçado e, pela porta aberta, dirigiu-se ao seu grupo sem o entusiasmo de sempre.

Pensativa, Emma voltou para Falkenstein, estacionou o carro e decidiu dar um passeio no amplo terreno da propriedade, pelo qual se espalhavam os edifícios pertencentes à Associação Sonnenkinder e. V. Perto da mansão de seus sogros ficava o núcleo da associação, o prédio da administração com salas de seminários, maternidade, creche, jardim de infância e as instalações de assistência às crianças maiores, cujas mães trabalhavam. Um pouco mais adiante se encontrava a casa para mães e filhos, que antigamente havia sido uma casa de repouso. E ainda havia outras construções, a horta, a oficina, as instalações técnicas e, na outra extremidade do parque, os três bangalôs formavam o limite da propriedade.

De manhã cedo, o ar ainda estava frio e fresco, e Emma precisava de um pouco de exercício. Deambulou pelo caminho que serpenteava pelo parque à sombra de carvalhos, faias e cedros muito antigos, entre gramados verdejantes, cuidadosamente aparados, e rododendros em flor, até o prédio da administração. Gostava na natureza exuberante e do perfume que a floresta nas proximidades exalava nos finais de tarde quentes de verão. Embora vivesse ali havia apenas meio ano, desfrutava da vista de todo aquele verde com todos os seus sentidos. Era um verdadeiro bálsamo para os olhos, em comparação com as paisagens miseráveis e secas nas quais vivera e trabalhara nos últimos vinte anos. Já Florian sentia como perturbadora a fertilidade provocante da natureza. Recentemente havia criticado o pai, dizendo que o desperdício de água chegava a ser obsceno. Josef ficou contrariado e reagiu à crítica, respondendo que a água para regar as áreas verdes vinha das cisternas que recolhiam água da chuva.

Toda conversa entre Florian e os pais acabava em controvérsia após algumas frases. Os assuntos mais inofensivos ele inflamava em discussões desnecessárias, que geralmente terminavam com ele se levantando e saindo.

Emma achava seu comportamento desagradável. Descobria um lado teimoso e ignorante em seu marido que não lhe agradava. Ele não admitia, mas ela percebeu que Florian não se sentia nem um pouco à vontade na casa dos pais, no mundo da sua infância. Queria entender por que seu marido se sentia assim, pois achava seus sogros anfitriões amigáveis e discretos, nunca se metiam na vida deles, muito menos apareciam em sua casa sem avisar.

– Bom dia! – exclamou alguém atrás dela, que se virou. Um homem de barba e rabo de cavalo passava pelo caminho de bicicleta e parou ao seu lado.

– Olá, senhor Grasser! – Emma levantou a mão para cumprimentá-lo.

Seus sogros tinham Helmut Grasser como caseiro, mas, na verdade, ele era muito mais que isso. Era um autêntico faz-tudo e estava sempre de bom humor. Quando os sogros precisavam ir a algum lugar, era motorista; montava estantes, trocava lâmpadas, mas também era responsável pela conservação dos edifícios e fazia a inspeção geral da manutenção do parque e das áreas verdes. Com sua mãe, Helga, que trabalhava na cozinha, vivia no bangalô do meio.

– E então, a televisão voltou a funcionar? – perguntou ele, e seus olhos escuros, circundados por uma guirlanda de pequenas rugas de expressão, brilharam risonhos.

– Ah, ainda sinto vergonha. – Emma riu sem graça. Dois dias antes, tinha ligado para Grasser, pedindo-lhe para dar uma olhada em sua televisão, que não estava funcionando; mas na verdade o único

problema era que ela tinha selecionado o canal de vídeo no controle remoto. Grasser deve tê-la achado uma alienada!

– Melhor do que se estivesse quebrada de verdade. Hoje à tarde vou trocar o misturador na sua cozinha. Posso passar por volta das duas?

– Pode, claro. – Emma fez que sim, contente.

– Ótimo. Então, até mais tarde! – Grasser sorriu e tomou impulso com sua bicicleta.

Justamente quando Emma estava passando pelo prédio da administração, a caminho da mansão, Corinna Wiesner, chefe administrativa da Sonnenkinder e. V., saiu pela porta de vidro, com o celular na orelha, e caminhou a passos rápidos até ela. Parecia concentrada, mas ao ver Emma, sorriu e terminou a conversa.

– Esta festa está me dando nos nervos! – exclamou, alegre, e guardou o celular. – Bom dia! Como você está? Parece um pouco cansada.

– Bom dia, Corinna – respondeu Emma. – Pois é, não dormi muito esta noite. Tivemos um encontro de classe.

– Ah, sim, é verdade. E então? Foi bom?

– Sim, foi divertido.

Corinna era uma pessoa cheia de energia, dona de uma serenidade quase inabalável, de uma memória como de computador, e nunca ficava de mau humor. Como chefe administrativa, tinha um trabalho que não conhecia folga: cuidava da equipe, das compras, da organização, da colaboração com serviços de assistência social à criança e ao adolescente, mas também conhecia todas as moradoras do abrigo de mães e todas as crianças no jardim de infância. Para tudo e todos, Corinna tinha ouvidos e tempo. Além disso, tinha quatro filhos, sendo que o mais novo era apenas dois anos mais velho que Louisa. Emma se espantava a cada dia em ver como ela dominava toda essa carga de trabalho sem nunca descansar. Ela própria e o marido, Ralf, haviam sido alunos na Sonnenkinder. Ralf fora criado pelos sogros de Emma, e Corinna, adotada por eles quando bebê. Ambos eram os melhores e mais antigos amigos de Florian.

– Mas a mim não parece que você teve uma noite divertida. – Corinna colocou amigavelmente o braço em cima do ombro de Emma. – O que aconteceu?

– Estou um pouco preocupada com a Louisa – admitiu Emma. – Faz alguns dias que ela está se comportando de modo meio estranho, diz que tem dor de barriga e anda apática.

– Hum. Você não a levou ao pediatra?

– O Florian a examinou, mas não encontrou nada.

Corinna franziu a testa.

– É melhor ficar de olho – aconselhou. – Mas você está bem, não está?

– Estou. Bom, espero que o bebê venha logo – respondeu Emma. – O calor está acabando comigo. Mas, pelo menos, aos poucos o Florian parece se sentir melhor. As últimas semanas foram bastante difíceis.

Por um momento, contou a Corinna o comportamento alterado de Florian, e Corinna aconselhou-a a ter paciência. Segundo ela, não era fácil para um homem adulto voltar à casa dos pais, principalmente para alguém que tinha passado anos em regiões de crise, sob máxima tensão, e, de repente, desembarcava em um mundo de opulência.

– Fico feliz. – Corinna sorriu. – Talvez a gente ainda consiga fazer um churrasco, todos juntos, antes de o bebê nascer. Faz séculos que não vejo o Flori, embora ele more só a alguns metros de nós.

Seu celular tocou, e ela deu uma olhada no visor.

– Ah, desculpe, vou precisar atender. Nos vemos mais tarde, na casa do Josef e da Renate por causa da lista de convidados para a recepção e a festa.

Consternada, Emma observou-a ir com passos enérgicos até o abrigo das mães. Como assim não via Florian há séculos? Ele não esteve na noite passada na casa dela e do Ralf?

Em um relacionamento como o deles, no qual tantas vezes e por tanto tempo ficavam separados, a confiança tinha máxima prioridade. Emma confiava em seu marido; não sabia o que era ciúme. Nunca duvidara de nada do que ele lhe contava. Mas, de repente, uma ínfima chama de desconfiança se acendeu em seu íntimo e se instalou em sua cabeça. Só de suspeitar que ele havia mentido despertou nela uma estranha sensação de vazio.

Lentamente, Emma pôs-se em movimento.

Com certeza haveria uma explicação bastante simples para Corinna não ter visto Florian no dia anterior. Afinal, já era bem tarde quando Florian saiu de casa. Talvez Corinna já estivesse dormindo depois de um duro dia de trabalho.

Isso mesmo, pode ter sido exatamente isso. Afinal, por que Florian mentiria para ela?

* * *

Ele terminou o telefonema e fitou a tela da TV. Cordões de isolamento da polícia em vermelho e branco; na frente deles, policiais irritados, tentando evitar que os curiosos pisassem no local do crime. Os funcionários da Polícia Científica ainda trabalhavam em busca de pistas importantes, que nunca encontrariam ali. Nem em Eddersheim. A barragem ficava apenas a alguns quilômetros dali. Ele sabia onde era.

Corte.

O prédio do Instituto Médico Legal de Frankfurt, na Kennedyallee. Na frente dele, uma repórter com expressão séria falando para a câmera. Inseriram a foto da moça morta, e ele engoliu em seco. Tão bonita, tão loura e tão... morta. Um rosto jovem e delicado, com maçãs salientes e lábios carnudos, que nunca mais ririam. Aparentemente, estavam trabalhando duro no Instituto Médico Legal. Não parecia realmente morta, mas apenas como se estivesse dormindo. Segundos depois, estava olhando para ele com olhos grandes, quase com reprovação. De susto, seu coração disparou até ele entender que se tratava de uma reconstrução do rosto, uma animação por computador, mas o efeito era incrivelmente realista.

Tateou à procura do controle remoto e voltou a ligar o som.

"... estima-se que tinha 15 ou 16 anos. Estava vestida com uma minissaia jeans e um top amarelo com alças finas, tamanho 34, da marca H&M. Alguém viu essa moça nos últimos dias ou semanas ou pode dar alguma indicação sobre sua residência? Informações úteis podem ser dadas em qualquer posto policial."

Surpreendia-o um pouco o fato de a polícia já estar pedindo ajuda à população logo depois de ter encontrado o corpo. Pelo visto, os tiras não tinham a menor ideia de quem era a garota e torciam para que alguma obra do acaso levasse ao esclarecimento do crime.

Infelizmente – isto ele sabia desde o telefonema recebido há pouco –, era quase certo de que não havia nenhuma informação útil que pudesse conduzir a algum esclarecimento. Qualquer metido a besta se veria forçado a ligar para a polícia para afirmar que viu a adolescente em algum lugar, e os tiras acabariam seguindo uma porção de pistas inúteis. Era uma perda de tempo totalmente sem sentido e um bloqueio de recursos importantes!

Estava para desligar a televisão e ir para o trabalho quando o rosto de um homem apareceu na tela. A visão o sobressaltou. Uma onda de sentimentos havia muito tempo reprimidos jorrou de seu íntimo mais profundo. Ele tremeu.

– Seu desgraçado... – murmurou e sentiu crescer a conhecida ira desamparada e a antiga amargura. Sua mão apertou com tanta firmeza o controle remoto que acabou quebrando o compartimento das pilhas, fazendo-as saltar para longe. Nem percebeu.

– Ainda estamos no início das investigações – disse o promotor--chefe, doutor Markus Maria Frey. – Obviamente, antes do resultado da autópsia não podemos dizer se foi acidente, suicídio ou até assassinato.

O queixo anguloso, os cabelos escuros, esticados para trás e transpassados pelas primeiras mechas grisalhas, a voz empática e refinada e os olhos castanhos, que tão enganosamente despertavam confiança e pareciam amigáveis. Mas esse era seu truque. Don Maria, como secretamente era chamado no Ministério Público de Frankfurt, era um homem de duas caras: com trocadilhos, eloquência e charme, entendia aqueles que lhe pareciam úteis para conseguir o que queria, mas também podia agir de modo totalmente diferente.

Várias vezes, ele próprio já havia olhado no fundo dos seus olhos, até em sua alma obscura e carcomida pela ambição. Frey tinha sede de poder, mas nenhuma compaixão; era arrogante e ávido por prestígio. Por isso, não o surpreendia que tivesse assumido as rédeas das investigações. O caso prometia muita atenção pública, e era justamente esta a ambição de Frey.

O celular voltou a tocar, ele atendeu. Era seu chefe, do quiosque de batata frita, com uma voz estridente de raiva.

– Por acaso você sabe que horas são, seu vagabundo? – berrou o gordo. – Sete horas são sete horas, nem oito nem nove! Ou você chega em dez minutos, ou então pode...

Tomou a decisão no segundo em que viu o promotor Frey na televisão. Um trabalho como aquele no quiosque, ele poderia arrumar a qualquer hora. Agora, sua prioridade era outra.

– Vá tomar no cu – disse, interrompendo aquele gordo explorador. – Procure outro idiota.

Assim, encerrou a conversa.

Havia muito que fazer. Podia se preparar, pois, cedo ou tarde, a polícia apareceria por ali para revistar suas coisas e virar o trailer de cabeça para baixo. Ainda mais agora, que Don Maria tinha assumido o controle. E o desgraçado tinha uma memória de elefante, especialmente no que se referia a ele.

Ajoelhou-se e puxou uma caixa de papelão pardo que estava embaixo do banco no canto. Com cuidado, colocou-a em cima da mesa e levantou a tampa. Em cima de tudo, havia um envelope transparente com uma foto dentro. Pegou-a e examinou-a com atenção. Que idade ela devia ter quando a foto foi tirada? Seis? Sete?

Com carinho, passou o polegar pelo rosto delicado da criança e, por fim, o beijou, antes de guardar a fotografia em uma gaveta, embaixo de uma pilha de roupas. A saudade doía como uma facada. Respirou fundo. Depois, voltou a fechar a caixa, colocou-a debaixo do braço e saiu do trailer.

* * *

Bodenstein e Pia deixaram a sala do serviço de prontidão no térreo da Inspeção Criminal Regional, que durante a noite tinha sido praticamente transformada em uma central do Comando Especial. Era a única sala grande do prédio, que, sob a condução do diretor criminal Nierhoff, várias vezes fora palco de coletivas de imprensa espetaculares, pelas quais o antecessor da doutora Nicola Engel nutria especial predileção. Durante toda a turbulenta reunião, Pia tentou se lembrar do que queria dizer ao chefe. Sabia que era importante, mas já não lhe ocorria.

– Mais uma vez, nossa chefe se saiu muito bem – disse Pia quando deixaram a área de segurança e se dirigiram ao estacionamento.

– É verdade, hoje ela esteve em ótima forma – confirmou Bodenstein.

Pouco antes das nove, um enviado do Ministério Público de Frankfurt, jovem e extremamente zeloso, fizera uma aparição digna de cinema. Com dois colegas, entrou repentinamente na reunião, tomou a palavra com arrogância e repreendeu Pia na frente de todos os funcionários do Comando Especial "Sereia", pois, na opinião dele, ela havia se precipitado em passar muitas informações à imprensa. Ultrapassando totalmente suas competências, chegou a exigir que confiassem a ele e à sua repartição a condução das investigações. Antes de Pia conseguir responder alguma coisa, a doutora Engel interveio. Ao lembrar-se de como ela havia colocado o pequeno esnobe em seu devido lugar com algumas palavras frias, Pia não pôde deixar de rir.

A doutora Nicola Engel era uma mulher elegante. Em seu tailleur de linho branco, parecia uma adolescente e até mesmo um tanto frágil entre todos aqueles homens e uniformes, mas essa visão enganava. As pessoas sempre cometiam o erro fatal de subestimá-la, e o jovem promotor pertencia à categoria de homens arrogantes que, por princípio, subestima as mulheres. Nicola Engel era capaz de acompanhar em silêncio uma discussão por muito tempo, mas quando finalmente dizia alguma coisa, suas palavras atingiam o alvo com a precisão infalível de um míssil intercontinental, geralmente com o mesmo efeito aniquilador.

O promotor recuou rapidamente ao ver o fracasso total de sua missão, mas não sem mandar que Pia fosse a Frankfurt para a autópsia, que de todo modo ela queria acompanhar.

A despeito de todos os temores iniciais, nos últimos dois anos a doutora Nicola Engel havia se tornado uma boa superintendente, com um estilo rígido mas justo de condução, sempre defendendo seus colaboradores e nunca deixando transparecer ao público os problemas internos. Dentro da Inspetoria Criminal Regional de Hofheim, sua autoridade era incontestada e tratada com respeito, pois, ao contrário do seu antecessor, não gostava de política, mas fazia questão de um bom trabalho por parte da polícia.

– A Engel é boa mesmo – disse Pia passando a chave do carro para Bodenstein. – Pode dirigir? Tenho de ligar de novo para Alina Hindemith.

Bodenstein fez que sim.

Após a reunião, ele, Ostermann e Pia conversaram com os jovens que, no dia anterior, haviam participado da bebedeira. Com a adolescente que encontrara o corpo, Pia pegou o nome dos outros jovens e convocou-os, junto com seus pais, a comparecerem à delegacia. Duas moças e dois rapazes, cabisbaixos e profundamente desconcertados, mas pouco úteis. Nenhum deles teria notado a adolescente morta entre os juncos; todos afirmaram que não conseguiam se lembrar de nada do que havia acontecido. Todos os quatro mentiram.

– Vou te dizer uma coisa: eles deram no pé quando viram a garota morta – disse Pia, procurando na bolsa o número de telefone de Alina. – Tenho certeza de que, na fuga, simplesmente deixaram para trás o amigo Alex, exatamente como fizeram com Alina.

– Com isso, na pior das hipóteses, se tornariam culpados por terem se calado sobre a possível morte do amigo. – Bodenstein parou na saída e ligou a seta para a esquerda. Na falta de ar-condicionado, andaram com as janelas abaixadas até o calor represado se reduzir a uma medida suportável. – Com toda certeza os pais fizeram a cabeça deles.

– Também acho – concordou Pia com o chefe. Do hospital em Höchst não vieram boas notícias. Alexander, de 16 anos, ainda estava inconsciente e respirava com a ajuda de aparelhos. Os médicos não excluíam uma sequela no cérebro em virtude da falta de oxigênio.

Embora tivessem consumido grande quantidade de álcool, deixar alguém inconsciente, que ainda por cima era um amigo, simplesmente à própria sorte não fora um delito menor por parte desses jovens. Com toda certeza, nem todos estavam caindo de bêbados como afirmaram, pois, nesse caso, não teriam conseguido escalar o portão alto.

Desde as primeiras horas da manhã, os telefones na central de operações tocavam quase sem interrupção. Como sempre, quando a população era convocada a ajudar, também ligava todo tipo de louco, dizendo ter visto a garota que havia morrido nos lugares mais estapafúrdios. Era um trabalho penoso ir atrás de todas as indicações, mas talvez em alguma delas houvesse uma dica correta; nesse caso, valia a pena. Na noite anterior, os repórteres tinham mencionado o caso ainda não esclarecido de outra adolescente morta no rio Meno, no ano de 2001, e agora a imprensa não parava de falar nesse assunto. Para tranquilizar o público e coibir as críticas ao trabalho da polícia, que surgiam sempre muito rápido, era preciso apresentar logo algum resultado da investigação, custasse o que custasse. Essa havia sido a argumentação de Pia para explicar por que tinha informado o público antecipadamente – e Nicola aceitara sua justificativa, bem como o promotor-chefe Frey na noite anterior.

Bodenstein entrou na A66, na direção de Frankfurt, enquanto Pia tentava em vão falar com Alina ao telefone. O pai disse que ela não estava.

– Esse monte de mentiras me enoja – resmungou Pia, irritada. – Se fosse o filho deles que estivesse inconsciente na UTI, estariam agora pegando no nosso pé.

– De todas as coisas, acho extremamente preocupante quando os pais ensinam aos filhos como é fácil livrar-se da responsabilidade pelos próprios delitos – concordou Bodenstein. – Esse reflexo de se livrar de qualquer culpa e jogá-la sobre os outros é um sinal da completa decadência da moral em nossa sociedade.

Ostermann ligou.

– Diga uma coisa, Pia: onde você colocou o processo da Veronika Meissner? Estou com o relatório da autópsia em cima da mesa; não posso tê-lo perdido aqui.

À primeira vista, Kai Ostermann podia até parecer um *nerd* meio caótico, com óculos de armação de metal, rabo de cavalo e roupa desleixada, mas enganava. Sem dúvida, era a pessoa mais estruturada e organizada que Pia já havia conhecido.

– Procurei o relatório ontem – respondeu. – A pasta com o caso deveria estar embaixo da minha mesa.

Nesse segundo, lembrou-se do que tinha de tão urgente para contar a Bodenstein.

– Aliás, sabe quem apareceu ontem no escritório? – perguntou depois de terminar a conversa com Ostermann. – É melhor você ir pelo trevo viário de Frankfurt e passar pelo estádio. Se entrarmos na cidade, vamos chegar muito atrasados.

– Não faço ideia. – Bodenstein ligou a seta. – Quem?

– Frank Behnke. De terno e gravata. E ainda um pouco mais antipático do que antes.

– Não diga!

– Agora ele está na Agência Estadual de Investigação. No Departamento de Investigação Interna! – exclamou Pia. – A partir de segunda-feira, vai realizar um inquérito conosco. Supostamente houve queixas e indicações de irregularidades.

– Está brincando? – Bodenstein abanou a cabeça.

– Falta de investigação de crimes, consulta não autorizada de dados. Oliver, ele está de olho em *você*. Não te perdoou pela humilhação que você o fez passar na época do caso Branca de Neve.

– O que é que *eu* o fiz passar? – quis saber Bodenstein. – Ele se comportou de maneira inaceitável. Deve o inquérito e a suspensão apenas a seu próprio comportamento, não a mim.

– Só que, pelo visto, ele enxerga as coisas de outro modo. Você o conhece, sabe como é esse idiota rancoroso!

– Tudo bem, e daí? – Bodenstein deu de ombros. – Não é culpa minha.

Pensativa, Pia mordeu o lábio inferior.

– É que estou com medo – disse em seguida. – Você se lembra da primeira vez que trabalhamos juntos?

– Claro. O que está querendo dizer?

– O caso de Friedhelm Döring. A castração. Foi arquivada uma investigação da lesão corporal grave contra o veterinário, o advogado e o farmacêutico.

– Sim, mas não para favorecer ninguém – respondeu Bodenstein, consternado. – Afinal, mandamos a Polícia Científica à sala de operações da clínica veterinária, mas não havia nenhum tipo de pista aproveitável, nem uma única prova! Não posso sair por aí torturando os suspeitos para conseguir tirar alguma coisa deles!

Pia notou que, aos poucos, seu chefe estava ficando de mau humor quanto mais parecia refletir a respeito dessa repreensão.

– Só quis contar isso para você ficar preparado – disse. – É que tenho certeza de que o Behnke vai começar justamente por aí.

– Obrigado. – Bodenstein sorriu, irritado. – Acho que você tem razão. Mas ele que não ponha muito as manguinhas de fora, pois não é nenhum santo.

– O que está querendo dizer? – Pia ficou curiosa. Lembrou-se da relação tensa que desde o primeiro dia se instalara entre Behnke e a doutora Engel. No passado, circularam boatos de que a aversão recíproca e manifesta de ambos tinha a ver com um antigo caso em que se envolveram na época em que trabalhavam na divisão de homicídios de Frankfurt. Um informante da polícia de Frankfurt foi morto por um colega na execução de uma prisão.

– Uma história antiga – respondeu Bodenstein evasivamente. – Faz muito tempo, mas não prescreveu. O Behnke que se cuide se tentar me passar uma rasteira.

* * *

– Que droga! – reclamou Hanna quando a luz verde logo à sua frente mudou para vermelho. Alguém tinha ocupado a última vaga livre do estacionamento da Junghofstraße bem diante do seu nariz. Deu uma olhada no retrovisor, engatou a marcha a ré e manobrou o Mini, que Meike lhe havia emprestado, na rampa do estacionamento. Ainda bem que não havia ninguém atrás e que a rampa era larga o suficiente para essa manobra. Já eram dez para o meio-dia! Tinha marcado um almoço com Wolfgang no KUBU ao meio-dia em ponto. Ao seu lado, no banco do passageiro, estava um envelope transparente com o plano de batalha que ela havia elaborado de manhã para limitar os danos.

Virou à direita, na Junghofstraße e, no semáforo, entrou na Neue Mainzer. Pouco antes do Hilton, manteve-se à direita, no sentido da Bolsa de Valores, e descobriu do lado esquerdo uma vaga entre um furgão e um sedã. Ligou a seta, acelerou e entrou à esquerda. Ignorou de propósito a buzina irritada e a gesticulação do motorista do carro atrás dela, que foi obrigado a frear bruscamente. Cortesia e consideração não vinham ao caso na guerra travada no centro da cidade por vagas de estacionamento. Se estivesse com seu carro, a vaga seria pequena demais, mas o Mini cabia direitinho.

Hanna desceu do carro e segurou a pasta de documentos debaixo do braço. Naquela manhã mesmo mandou alguém ir buscar o Panamera e levá-lo ao conserto. O gerente da oficina ligou para ela uma hora depois para lhe perguntar se ela iria prestar queixa contra autor desconhecido por dano material.

– Vou pensar – respondeu e concordou que o capô riscado e os quatro pneus furados fossem conservados como provas. VADIA. Quem tinha feito aquilo? Norman? Vinzenz? Quem mais sabia onde ela morava? Passou a manhã inteira banindo esse pensamento angustiante da cabeça, mas agora ele voltava ao primeiro plano.

Hanna decidiu pegar um atalho, mas se arrependeu dessa decisão logo em seguida, pois a Fressgass estava lotada. Diante dos cafés e restaurantes, todos os lugares embaixo dos grandes guarda-sóis estavam ocupados; quem trabalhava nos escritórios e nas lojas da redondeza aproveitava o horário de almoço para tomar sol; adolescentes com pouca roupa, mães com carrinhos de bebê e aposentados perambulavam sem a habitual pressa de Frankfurt ao longo da rua comercial. O calor desacelerava toda a cidade.

Hanna adaptou seu passo ao ritmo lento. Tinha renunciado ao salto alto e ao *tailleur* naquele dia, vestindo em vez deles jeans brancos, camiseta e *sneakers* confortáveis. Atravessou a Neue Mainzer em meio a um grupo de turistas japoneses e entrou no terraço do KUBU saindo da Opernplatz. Noventa por cento do público do meio-dia era de homens de terno dos prédios vizinhos, onde ficavam as torres dos bancos; poucas mulheres de *tailleur* e alguns turistas formavam a minoria. Wolfgang estava sentado a uma mesa na beira do terraço, à sombra de um plátano, e estudava o cardápio.

Quando ela se aproximou da mesa, ele olhou para cima e sorriu satisfeito.

– Oi, Hanna! – Levantou-se, beijou-a na face esquerda e na direita e, impecavelmente, puxou a cadeira para ela. – Tomei a liberdade de pedir uma garrafa de água e pão.

– Obrigada. Ótima ideia, estou mesmo com uma fome gigantesca. – Pegou o cardápio e deu uma rápida olhada nas especialidades. – Vou querer o prato do dia. Sopa de alho selvagem e linguado.

– Parece bom. Vou querer o mesmo. – Wolfgang fechou o cardápio. Segundos depois, a garçonete chegou e tirou os pedidos. Dois pratos do dia e uma garrafa de Pinot Grigio.

Wolfgang apoiou os cotovelos na mesa, entrelaçou os dedos e olhou-a, indagador.

– Estou realmente curioso para saber o que você está pensando em fazer.

Hanna verteu um pouco de azeite de oliva no pequeno prato, espalhou um pouco de sal grosso e pimenta por cima e molhou um pedaço de pão branco. Com a agitação daquela manhã, nem tinha tomado café; seu estômago roncava, e ela estava prestes a ficar de mau humor de tanta fome.

– Vamos para a ofensiva – respondeu mastigando. Colocou a bolsa no colo e dela tirou o envelope transparente. – Já entramos em contato com as pessoas que prestaram queixa contra nós. Amanhã vou a Bremen encontrar o homem e, à tarde, a Dortmund, encontrar a mulher. Ambos se mostraram bastante acessíveis.

– Parece bom. – Wolfgang anuiu. – Nosso conselho administrativo e os representantes dos acionistas estão bem preocupados. Não podemos nos permitir uma publicidade ruim neste momento.

– Eu sei. – Hanna afastou uma mecha de cabelos da testa e bebeu um gole de água. À sombra, a temperatura até que era suportável. Wolfgang tirou a gravata, enrolou-a e enfiou-a no bolso interno do paletó, que estava pendurado no encosto da cadeira. Hanna lhe explicou sua estratégia em frases sucintas, e ele ouviu com atenção.

Quando a sopa foi servida, concordaram que tentariam limitar os danos provocados.

– De resto, como você está? – quis saber Wolfgang. – Parece um pouco cansada.

– Tudo isso tem me abalado bastante – confessou. – O problema com o Norman e todo esse aborrecimento. Além disso, ontem à noite a Meike voltou a se comportar muito mal. Acho que nunca vamos nos entender.

Com Wolfgang podia falar francamente, não precisava representar. Fazia uma eternidade que se conheciam. Ele havia acompanhado sua guinada na carreira, de apresentadora de jornal na radiodifusora de Hessen a estrela badalada da televisão. E quando ela precisava ir a algum lugar e não tinha nenhum homem a seu lado, sempre podia recorrer a ele como acompanhante. Com Wolfgang não tinha segredos. Foi o primeiro a quem contou que estava grávida, antes até de contar ao pai de Meike. Foi seu padrinho de casamento e padrinho de batismo de Meike; ouvia-a com atenção quando ela sofria por amor e se alegrava quando ela estava feliz. Sem dúvida, era seu melhor amigo.

– Como se não bastasse, hoje à noite alguém furou os quatro pneus do meu carro e riscou o capô. – Conscientemente, relatou o fato como que de passagem, como se não a afetasse muito. Se abrisse espaço para os demônios do medo em sua vida, eles se tornariam poderosíssimos.

– Como é que é? – Wolfgang ficou realmente assustado. – Quem pode ter feito uma coisa dessas? Você ligou para a polícia?

– Não. Até agora, não. – Hanna limpou o prato com um pedaço de pão e abanou a cabeça. – Provavelmente foi algum idiota invejoso que se sente incomodado com o Panamera.

– Você deveria levar isso a sério, Hanna. Seja como for, fico preocupado porque você mora sozinha naquela casa gigantesca perto da floresta. E as câmeras de vigilância?

– Preciso mandar trocá-las – respondeu. – No momento, não passam de enfeite.

A garçonete apareceu, serviu o vinho branco e dispôs os pratos de sopa. Wolfgang esperou até ela sair novamente, depois colocou a mão sobre a de Hanna.

– Se eu puder ajudar em alguma coisa... você sabe, é só me dizer.

– Obrigada. – Hanna sorriu. – Eu sei.

De repente ela se deu conta de como era feliz por Wolfgang não ser casado nem ter um relacionamento sério. A razão para seu celibato não estava em sua aparência. Embora não fosse nenhum Adônis, não deixava de ser atraente. Ao contrário da maioria dos homens que conhecia, os anos lhe fizeram bem e deram a seus suaves traços juvenis uma masculinidade angulosa que lhe caía bem. Seus cabelos haviam ficado grisalhos nas têmporas, e as rugas de expressão ao redor dos olhos tinham se aprofundado, mas isso também lhe caía bem.

Alguns anos antes, teve uma namorada, uma advogada chata e sem graça, com a qual chegou a levar um relacionamento sério, mas ela não caiu nas graças do pai de Wolfgang. Por alguma razão, o namoro chegou ao fim. Wolfgang nunca falou a respeito, mas tampouco teve outra namorada fixa depois disso.

O linguado foi servido. No KUBU, a comida nunca demorava na hora do almoço, pois os clientes do almoço executivo não tinham muito tempo.

Hanna pegou o guardanapo.

– Não vou deixar que me intimidem – disse, enérgica. – No que se refere ao meu programa, primeiro temos de descascar esse abacaxi. Você acha que minha estratégia pode funcionar?

– Acho que sim – respondeu Wolfgang. – Você consegue ser convincente até quando não está convencida de alguma coisa.

– Isso mesmo! – Hanna pegou sua taça de vinho e brindou com ele. – Vamos conseguir.

Ele brindou com ela. A preocupação em seu olhar cedeu espaço a uma discreta decepção. Mas Hanna não chegou a notar.

Em torno do Instituto Médico Legal, na Kennedyallee, já não havia lugar para estacionar. Bodenstein acabou parando na Eschenbachstraße, e eles andaram algumas centenas de metros a pé. A decisão de Pia de ir a público havia provocado considerável interesse por parte da mídia. Os jornalistas se apertavam nas calçadas, interpelando quem entrasse ou saísse do Instituto. Um repórter reconheceu Bodenstein e Pia, e rapidamente ambos se viram cercados e assediados. Dos gritos e das perguntas, Pia entendeu que de algum lugar vinha o boato de que, além da moça, na noite anterior outro jovem teria sido vítima do fenômeno "coma alcoólico", e agora o bando ávido de jornalistas pedia detalhes. Por um breve momento, sentiu-se insegura. Será que os caras da imprensa tinham conseguido informações mais atualizadas do hospital do que ela própria? Será que Alexander tinha morrido?

– Por que a senhora não comunicou que havia um segundo morto? – um jovem elevou a voz e apontou seu microfone para Pia como uma arma. – O que a polícia pretende com isso?

Não era a primeira vez em sua vida que se espantava com a agressividade e o nervosismo de alguns repórteres. Por acaso pensavam que conseguiriam alguma informação se gritassem?

– Não há um segundo morto – respondeu Bodenstein no lugar de Pia e afastou energicamente o microfone. – E agora nos deixem passar.

Demorou alguns minutos até conseguirem chegar à porta do Instituto. No interior do prédio predominava uma temperatura fresca e um silêncio quase solene; em algum lugar, alguém digitava no teclado de um computador. As portas do auditório, na extremidade do corredor revestido de madeira, estavam abertas; as fileiras de assentos estavam vazias, mas Pia ouviu uma voz e deu uma olhada na grande sala. O promotor-chefe, doutor Markus Maria Frey, caminhava de um lado para outro, falando ao telefone, desta vez devidamente vestido de terno e colete e com os cabelos minuciosamente repartidos ao meio. Ao notar Pia, encerrou o telefonema e guardou o celular. Sua expressão irritada desapareceu.

– Queria me desculpar pelo comportamento do meu jovem colega hoje de manhã – disse, cumprimentando primeiro Pia, depois Bodenstein, com um aperto de mão. – O senhor Tanouti ainda exagera um pouco no zelo.

– Não tem problema – respondeu Pia. Ficou meio surpresa de ver o doutor Frey ali, pois não era comum ele aparecer para uma autópsia no Instituto Médico Legal.

– Bem, a superintendente Engel lhe deu a lição de que estava precisando. – Um sorriso passou rapidamente por seu rosto, mas ele logo voltou a ficar sério. – Que história é essa de segundo morto?

– Felizmente não é nada – respondeu Bodenstein. – Minha colega ligou há meia hora para o hospital. Embora o estado do rapaz encontrado ontem perto do corpo continue grave, ele está vivo.

Enquanto desciam as escadas até o porão do Instituto, o telefone do promotor-chefe voltou a tocar, e ele ficou para trás.

A sala de autópsia I era pequena demais para conter todos. Henning Kirchhoff e seu chefe, o professor Thomas Kronlage, realizavam juntos a autópsia da moça retirada do Main e eram auxiliados por dois assistentes. O Ministério Público havia convocado três funcionários, entre os quais o esquentado ambicioso daquele dia de manhã; um fotógrafo da polícia, de cujo nome Pia não se lembrava, completava o grupo.

– Fechado por superlotação – cochichou Ronnie Böhme, colaborador de Henning, para Pia, quando ela e Bodenstein se espremeram junto da mesa de autópsia.

– Isto aqui não é nenhuma aula de medicina legal para juristas – reclamou Henning para o promotor-chefe Frey. Eles se conheciam bem; afinal, não era raro que os médicos-legistas fossem convocados pelo

Ministério Público ou pelo tribunal como peritos. – É mesmo necessário que quatro de vocês venham ao mesmo tempo para nos empatar?

Os representantes do Ministério Público cochicharam entre si; em seguida, dois deles deixaram a sala com indisfarçável alívio. No local permaneceram o doutor Frey e o vigilante Merzad Tanouti.

– Assim é melhor – resmungou Henning.

A autópsia de uma pessoa tão jovem significava para todos os presentes um forte estresse psíquico; a atmosfera era de tensão, e o próprio Henning se poupava de qualquer cinismo. Crianças e jovens mortos causavam verdadeira consternação em todos os interessados. Não era a primeira vez que tanto Bodenstein quanto os promotores presenciavam uma autópsia judicial, e Pia já havia passado inúmeras noites naquela sala ou na vizinha, de número 2, quando ainda era casada com Henning. Para pelo menos conseguir ver seu marido de vez em quando, muitas vezes não lhe restava alternativa, pois sua relação com o trabalho beirava o fanatismo.

Pia já tinha visto cadáveres em todos os estágios de decomposição e em todos os estados possíveis e impossíveis, além de ter sentido seu cheiro: corpos encontrados na água, em incêndios, esqueletos, vítimas de acidentes de trânsito, de calamidades ou terríveis suicídios. Foram muitas as vezes em que Henning e ela ficaram em pé, junto da mesa de autópsia, conversando sobre fatos do cotidiano e às vezes até brigando. Sobretudo as digressões sobre medicina legal, com as instruções de um professor tão rigoroso como Henning, acabaram aguçando o olhar de Pia para o trabalho com a cena do crime.

Contudo, Pia nunca ficava impassível quando era convocada a comparecer ao local de um crime ou onde havia sido encontrado um cadáver. Havia situações e circunstâncias tão extremas ou cruéis que ela precisava reunir todas as suas forças para manter seu profissionalismo. Como a maioria de seus colegas, Pia entendia seu trabalho não como missão contra o crime neste mundo; porém, uma das principais razões pelas quais ela gostava de fazer seu trabalho, por mais frustrante e deprimente que muitas vezes pudesse ser, era a de que, ao esclarecer as circunstâncias das mortes, tinha a sensação de poder demonstrar respeito às vítimas e, pelo menos, restituir-lhes um pouco de sua dignidade humana. Pois quase não havia nada mais indigno do que um corpo sem nome, uma pessoa que teve sua identidade roubada, que foi enterrada ou simplesmente largada em algum lugar como se fosse lixo. Nenhum destino podia ser mais triste do que uma pessoa morta ficar semanas ou meses dentro de casa sem que ninguém sentisse sua falta.

Eram esses casos, felizmente raros, que faziam Pia reconhecer o verdadeiro sentido do seu trabalho. E ela sabia que com muitos colegas se passava o mesmo. No entanto, muitos deles temiam a medicina legal; por isso, no passado, Pia costumava assumir espontaneamente a tarefa. Tão logo um cadáver era colocado ali, na reluzente mesa de aço, sob a clara luz néon, ele deixava de ser assustador. Em si, a autópsia nada tinha de tenebroso nem misterioso; o procedimento judicial seguia um protocolo estritamente preestabelecido, que começava com o exame externo do corpo.

De *scooter*, era como dar meia volta ao mundo. Embora seu traseiro estivesse pegando fogo após uma hora e meia naquele assento de plástico, ele aproveitou a viagem. O vento quente acariciava sua pele; o sol nos braços nus lhe fazia bem. Sentiu-se realmente jovem. Durante tantos anos, não teve tempo nem oportunidade de fazer um tour de motocicleta. Com certeza, já fazia vinte anos que viajara com seus melhores companheiros, de quem ele se lembrava tão bem. De fato, com suas motos dos anos 1980, foram até o Mar do Norte, sempre pelas estradas vicinais. À noite, acampavam e, às vezes, quando estavam com muita preguiça para armar as barracas, também dormiam sob o céu claro, cheio de estrelas. Embora não tivessem muito dinheiro, eram livres como nunca. E também como nunca mais foram depois. Naquele verão, ficou conhecendo Britta na praia de St. Peter-Ording e por ela se apaixonou à primeira vista. Ela era de Bad Homburg, e, depois das férias, continuaram a se encontrar. Como estudante de Direito, ele tinha acabado de passar no primeiro exame nacional; ela também tinha acabado de concluir seu curso de vendas no atacado e no varejo e trabalhava em uma loja de departamentos, na seção de roupas femininas.

Nem meio ano depois, casaram-se. Os pais dela foram generosos e organizaram um verdadeiro casamento dos sonhos. Cartório de registro civil, igreja, uma carruagem com quatro cavalos brancos. Uma festa para duzentos convidados no castelo de Bad Homburg. Fotos do casamento no parque, sob os imponentes cedros. Lua de mel em Creta. Após o segundo exame nacional, ele conseguiu um emprego em um dos melhores escritórios de advocacia de Frankfurt, especializado em direito comercial e penal tributário. Ganhava muito bem. Compraram um terreno para poderem construir a casa dos seus sonhos. Em seguida, nasceu sua filha, que ele amava acima de tudo; mais tarde, o filho. Tudo era perfeito. Nas noites de verão, faziam churrasco junto com os amigos e vizinhos. No inverno, iam esquiar em Kitzbühel; no verão, viajavam para Maiorca ou Sylt. Foi promovido, tornou-se sócio – com pouco menos de 30 anos – e se especializou em direito penal. Seus clientes deixaram de ser os sonegadores de impostos ou empresários que seguiram pelo mau caminho, e passaram a ser assassinos, sequestradores, chantagistas, estupradores, traficantes de drogas e homicidas. Seus sogros não gostaram da escolha, mas para Britta não fazia diferença. Ele ganhava mais do que os maridos das suas amigas, e podiam ter tudo que quisessem.

Pois é, a vida era maravilhosa, embora ele trabalhasse oitenta horas por semana. O sucesso o embriagou, a imprensa já o designava como o novo Rolf Bossi*. Circulava com naturalidade entre os seus

* Famoso advogado de defesa alemão. [N. da T.]

eminentes clientes, era convidado para aniversários e casamentos. Sem pestanejar, cobrava honorários de mil marcos por hora, e valia cada centavo para seus clientes.

Tudo isso tinha se passado muito tempo atrás. Em vez da Maserati Quattroporte e do Porsche 911 Turbo, agora dirigia uma *scooter* caindo aos pedaços. Havia trocado a mansão com jardim, piscina e todo luxo que se podia imaginar por um trailer. Mas embora as aparências da vida tivessem mudado, por dentro ele continuava o mesmo, com todos os desejos, sonhos e anseios secretos. Geralmente, conseguia dominá-los. Às vezes, não. Às vezes, seu ímpeto interno era mais forte do que qualquer razão.

Havia deixado as últimas casas de Langenselbold para trás. Agora só faltavam três quilômetros. A propriedade era difícil de achar, exatamente como queriam seus moradores. Na época, procuraram bastante até encontrarem o lugar adequado: um sítio arruinado, com um grande terreno atrás de um pedaço de floresta e que não era visível de nenhuma rua. Fazia anos que estivera ali e ficou impressionado ao ver como o haviam transformado. Parou a *scooter* diante de um portão de ferro de dois metros, com pontas afiadas. Imediatamente, as câmeras com sensores de movimento apontaram suas objetivas para ele. O sítio tinha se tornado uma fortaleza inexpugnável, circundada por uma cerca provida de uma lona opaca pelo lado de dentro. Tirou o capacete.

– *Benvenuto, dottore avvocato* – rangeu uma voz saída do interfone. – Chegou pontualmente para o almoço. Estamos no celeiro.

O portão duplo se abriu lentamente, e ele entrou. Onde antes havia o curral e o chiqueiro e eram depositadas toneladas de esterco, agora se encontrava um ferro-velho. O celeiro, cuidadosamente reformado, abrigava a oficina. Na esplanada pavimentada, viam-se Harley Davidsons cromadas e perfeitamente alinhadas, ao lado das quais sua *scooter* em estado lastimável parecia um parente pobre. Do outro lado, alguns Staffordshire Bullterrier latiam em um canil, atrás de grades estáveis e que inspiravam confiança.

Apertou a caixa de papelão debaixo do braço e contornou o celeiro. Talvez se assustasse se não soubesse o que o esperava ali. Em uma grande churrasqueira pendente eram assados bifes, e às mesas e nos bancos estavam sentados condenados a pelo menos mil anos de cadeia. Um dos homens, um grandalhão robusto com barba bem feita e lenço na cabeça, levantou-se do seu lugar à sombra e dirigiu-se a ele.

– *Avvocato* – disse com voz rouca e grave, envolvendo-o rápida e fortemente com seus braços musculosos, tatuados desde os ombros até a ponta dos dedos. – Seja muito bem-vindo.

– Ei, Bernd. – ele sorriu. – Bom te ver de novo. Com certeza faz dez anos que estive aqui.

– Nunca mais passou aqui porque não quis. A loja está indo bem.

– Você sempre foi um mecânico talentoso.

– Isso é verdade. E conto com uns rapazes muito bons. – Bernd Prinzler acendeu um cigarro. – Já comeu?

– Obrigado. Estou sem fome. – Só o cheiro de carne assada revirou seu estômago. Além disso, não tinha percorrido cinquenta quilômetros de estradas vicinais com sua moto barulhenta para comer. A tensão da expectativa, que desde o telefonema de Bernd, na noite anterior, ele só estava conseguindo controlar com muito esforço, o fez estremecer e disparou seu coração. Tinha esperado tanto tempo por aquele momento! – Você disse ao telefone que tinha novidades para mim?

– Isso mesmo. Um monte. – O grandalhão piscou. – Não aguentou esperar, não é?

– Para falar a verdade, não – admitiu. – Já tive de esperar muito tempo por isso.

– Bom, então venha. – Bernd colocou o braço sobre seus ombros. – Daqui a pouco tenho de buscar as crianças na escola. Mas você vai se virar bem sozinho.

* * *

– Quarenta e um vírgula quatro quilos de peso corporal para 1,68 m de altura – disse o professor Kronlage. – É uma grave subnutrição.

O corpo enfraquecido da garota estava coberto de cicatrizes antigas e relativamente recentes. À luz forte das lâmpadas de néon, eram claramente visíveis. Queimaduras, contusões, arranhões e hematomas – provas impressionantes de vários anos de maus-tratos que ela havia sofrido.

Uma moça entrou na sala.

– As imagens – disse apenas e, de maneira nada cortês, espremeu-se por entre Bodenstein e Pia, sem cumprimentá-los. Sentou-se ao computador, que ficava sobre uma mesinha junto da parede, e começou a digitar no teclado. Pouco depois, o esqueleto da adolescente morta apareceu na tela. O tempo em que se prendiam raios-x em preto e branco nas caixas de luz fazia parte do passado.

Kronlage e Kirchhoff interromperam o exame externo do corpo, aproximaram-se do computador e analisaram o que viam: fraturas no rosto, nas costelas e nas extremidades, semelhantes aos ferimentos externos parcialmente antigos e cicatrizados, mas parcialmente recentes. Podiam-se reconhecer 24 fraturas.

Pia estremeceu ao imaginar o horrível martírio que teria sofrido aquela adolescente. No entanto, para os médicos-legistas, mais importantes do que as fraturas eram as diferentes marcas de amadurecimento do esqueleto. Ossificações das placas do crescimento nos ossos do crânio e nas extremidades das articulações dos longos ossos tubulares permitiram uma primeira estimativa da idade.

– Tinha pelo menos 14 anos, mas no máximo 16 – disse Henning Kirchhoff, por fim. – Mas logo vamos poder ver com mais exatidão.

– Em todo caso, essa menina foi maltratada por muitos anos – completou o professor Kronlage. – Além disso, a palidez anormal e a ausência quase total de vitamina D no sangue, conforme o resultado dos testes do laboratório, são suspeitas.

– Até que ponto são suspeitas? – quis saber o jovem promotor.

– Na verdade, a chamada vitamina D não é exatamente uma vitamina, mas um hormônio esteroide neurorregulador. – Kronlage olhou para ele pela borda de seus óculos em forma de meia-lua. – O corpo humano o produz quando a pele é exposta ao sol. Hoje em dia, a falta de vitamina D assumiu uma extensão quase epidêmica no mundo todo, pois os dermatologistas e as autoridades sanitárias fomentam a histeria do câncer de pele e aconselham as pessoas a ficarem longe do sol ou a usarem protetores solares com fator trinta ou mais. Só que...

– E o que isso tem a ver com a adolescente morta? – interrompeu-o Tanouti, impaciente.

– Ouça com atenção o que estou dizendo – repreendeu-o Kronlage.

Em silêncio, o promotor aceitou a bronca e só deu de ombros.

– Um valor de 15 a 18 nanogramas por mililitro de sangue, tal como constatado após os meses de inverno em uma pesquisa em série, feita nos Estados Unidos, já é considerado um déficit elevado. O ideal é de 50 a 65 nanogramas por mililitro de sangue – continuou o professor. – No soro sanguíneo dessa moça, foram constatados quatro nanogramas por mililitro.

– E daí? O que podemos concluir a partir disso? – A voz de Tanouti soou ainda mais impaciente.

– O que o *senhor* vai concluir, não faço ideia, meu jovem – rebateu Kronlage, tranquilo. – Para mim, esse fato, ligado à palidez e à estrutura óssea porosa, reconhecível pelas imagens radiográficas, demonstra que esta adolescente passou um longo período sem ser exposta à luz do sol. Isso pode significar que foi mantida presa.

Por um momento, fez-se silêncio. Um celular começou a tocar.

– Me desculpem – disse o promotor-chefe Frey, deixando o recinto.

O estado geral da adolescente era muito ruim; seu corpo estava extremamente subnutrido e desidratado; os dentes estavam cariados e nunca tinham visto um dentista. Desse modo, não havia a possibilidade de identificá-la através da arcada dentária.

O exame externo do corpo estava concluído; ia começar, então, a autópsia. Com um escalpelo, Kronlage cortou de uma orelha à outra; em seguida, dobrou o couro cabeludo para a frente e deixou a seu assistente a tarefa de abrir o crânio com a serra oscilatória, a fim de retirar o cérebro. Ao mesmo tempo, Henning abria as cavidades torácica e abdominal com um único corte vertical do pescoço ao quadril. Costelas e esterno foram separados com a serra de osso; os órgãos extraídos foram imediatamente examinados sobre uma pequena mesa de metal, acima daquela onde era feita a autópsia, e amostras de tecido foram retiradas. Estado, tamanho, forma, cor e peso de cada órgão foram constatados e registrados.

– O que temos aqui? – perguntou Henning mais a si mesmo do que aos presentes. Tinha recortado o estômago para retirar amostras de seu conteúdo.

– O que é isso? – quis saber Pia.

– Parece... tecido. – Henning alisou um dos fragmentos viscosos com duas pinças e segurou o farrapo contra a luz. – Sofreu um bocado por causa do ácido gástrico. Bom, talvez o pessoal do laboratório consiga descobrir mais coisas.

Ronnie Böhme entregou-lhe um envelope plástico, que etiquetou imediatamente.

Os minutos se passaram, transformando-se em horas. O promotor-chefe não apareceu mais. Os médicos-legistas trabalhavam concentrados e meticulosamente, e Henning, que era responsável pela ata, ditava as constatações ao microfone que trazia pendurado no pescoço. Eram quatro da tarde quando Ronnie Böhme recolocou os órgãos dissecados no cadáver e costurou os cortes. A autópsia estava terminada.

– Não há dúvidas de que a morte foi provocada por afogamento – concluiu Henning, encerrando a sessão. – Contudo, há graves ferimentos internos, causados por chutes ou golpes contra a barriga, o tórax, as extremidades e a cabeça, que mais cedo ou mais tarde também levariam à morte. Rupturas no baço, nos pulmões, no fígado e no reto. Além disso, sérios ferimentos na vagina e no ânus indicam que a moça sofreu abuso sexual pouco antes de morrer.

Bodenstein ouvia calado e com expressão petrificada. Às vezes, anuía com a cabeça, mas não fazia nenhuma pergunta. Kirchhoff olhava para ele.

– Bem, sinto muito, Bodenstein – disse. – Está excluído o suicídio. Mas se foi acidente ou assassinato, agora cabe a vocês descobrir.

– Por que você exclui o suicídio? – quis saber Pia.

– Porque... – começou Henning, mas não continuou.

– Doutor Kirchhoff – interrompeu-o o jovem promotor, que, de repente, parecia ter pressa. – Quero seu relatório da autópsia amanhã cedo na minha mesa.

– Mas claro, senhor promotor. Amanhã cedo estará na sua bandeja de correspondências. – Henning sorriu com amabilidade exagerada. – Devo digitá-lo de próprio punho?

– Por mim, tanto faz. – O promotor Tanouti era tão ofuscado por sua própria importância que não percebia que, em questão de segundos, estava se transformando no funcionário mais impopular da sua repartição. – Aí podemos comunicar à imprensa que a moça morreu afogada no rio.

– Não foi isso que eu disse. – Henning tirou as luvas de látex e jogou-as no cesto de lixo ao lado da pia.

– Como assim? – O jovem recuou um passo na sala de autópsia. – O senhor acabou de dizer que não há dúvidas de que a moça morreu afogada.

– Sim, e ela morreu afogada mesmo. Mas o senhor me interrompeu antes que eu pudesse esclarecer por que excluo a hipótese de suicídio. Aliás, ela não morreu afogada no Meno.

Pia olhou perplexa para seu ex-marido.

– Em casos de afogamento em água doce, o tecido pulmonar incha tanto que salta quando a caixa torácica é aberta. Chamamos esse

fenômeno de enfisema aquoso. Mas não foi o que aconteceu aqui. Em vez disso, formou-se um edema pulmonar.

– E o que isso significa, exatamente? – ladrou o promotor, irritado. – Não preciso de nenhuma aula de medicina legal, mas de fatos!

Henning examinou-o com desprezo. Em seus olhos ardeu uma faísca de ironia. O promotor Tanouti havia queimado o próprio filme para sempre com ele.

– Conhecimentos um pouco mais profundos na área de medicina legal nunca são prejudiciais – disse com um sorriso sarcástico. – Principalmente quando se quer causar boa impressão sob os *flashes* da imprensa.

O jovem promotor enrubesceu e deu um passo na direção de Henning, mas logo teve de recuar, pois Ronnie Böhme empurrou a maca com o corpo da garota em cima dele.

– Um edema pulmonar se forma, por exemplo, em água salgada. – Henning tirou os óculos e limpou-os com toda a calma em um lenço de papel. Em seguida, segurou-os contra a luz e, com os olhos apertados, conferiu se estavam limpos o suficiente. – Ou por afogamento em água clorada, por exemplo, em uma piscina.

Pia trocou um rápido olhar com seu chefe. De fato, este era um detalhe extremamente importante. Era bem típico do Henning revelá-lo apenas no final.

– A moça morreu em água clorada – disse, por fim. – Uma análise precisa da amostra da água encontrada nos pulmões será entregue pelo laboratório nos próximos dias. Com licença. Pia, Bodenstein, senhor promotor, tenham um bom dia. Tenho de digitar a ata da autópsia.

Piscou para Pia e saiu.

– Que idiota metido a besta! – resmungou o jovem promotor atrás de Henning Kirchhoff, depois também foi embora.

– É... cada um encontra seu próprio mestre – comentou Bodenstein, seco.

– E o rapazinho aí encontrou o dele duas vezes hoje – respondeu Pia. – Primeiro a Engel, depois o Henning. Por hoje, deve ser suficiente para ele.

* * *

Quando Emma voltou com Louisa do jardim de infância, a mesa do café já estava posta no terraço. Seus sogros estavam sentados em cômodas poltronas de ratã, à sombra de uma pérgula coberta por hera e uma glicínia de flores violeta, jogando palavras cruzadas no tabuleiro.

– Oi, Renate! Oi, Josef! – exclamou Emma. – Estamos de volta.

– Pontualmente para o chá com bolo. – Renate Finkbeiner tirou os óculos de leitura e sorriu.

– E pontualmente para a minha vitória por três a dois – completou Josef Finkbeiner. – Quagga. Dá 48 pontos. Ganhei de você.

– Que raio de palavra é essa? – rebateu Renate, indignada. – Esta você acabou de inventar.

– Não inventei, não. Um quagga é uma espécie extinta de zebra. Admita que hoje simplesmente fui melhor. – Josef Finkbeiner riu, inclinou-se até sua mulher e beijou-a na face. Em seguida, empurrou a poltrona para trás e abriu os braços. – Venha com o vovô, princesa. Mandei encher a piscininha só para você. Não quer ir colocar rapidinho o seu maiô?

– Oba! – exclamou Emma, que adoraria se deitar na piscina. Antes era imune ao calor, mas essas temperaturas, ligadas à elevada umidade do ar, eram quase insuportáveis.

Louisa aceitou de bom grado o abraço do avô.

– Vamos vestir o maiô? – perguntou Emma.

– Não. – Louisa soltou-se do avô e subiu em uma poltrona. Seu olhar estava fixo na mesa. – Prefiro bolo.

– Então, está bem. – Renate Finkbeiner riu e levantou as tampas que havia colocado sobre os bolos para protegê-los dos insetos. – O que você prefere: bolo de morango ou *cheesecake*?

– *Cheesecake*! – exclamou Louisa com os olhos brilhantes. – Com chantili!

A sogra cortou um pedaço de bolo para Louisa e Emma, depois serviu à última uma xícara de darjeeling. Em velocidade recorde, Louisa devorou o doce.

– Quero mais um pedaço – pediu de boca cheia.

– Como é a palavrinha mágica? – perguntou o avô, que havia arrumado o jogo.

– *Pufavô* – murmurou Louisa, com sorriso maroto.

– Mas só um pedacinho – advertiu Emma.

– Não! Quero um pedaço bem grandão! – contestou Louisa, e um pedaço do bolo caiu da sua boca.

– Ai, ai, ai, que modos são esses, princesa? – Josef Finkbeiner abanou a cabeça, em tom de desaprovação. – Mocinhas bem-educadas não falam de boca cheia.

Louisa olhou hesitante para ele, sem saber ao certo se ele estava falando sério ou brincando. Mas ele olhou para ela com rigor, sem sorrir, e ela engoliu o último pedaço de bolo.

– Por favor, vovó – disse Louisa segurando o prato para sua avó. – Mais um pedaço de *cheesecake*, por favor.

Emma calou-se ao ver sua filha lançar para o avô um olhar que pedia reconhecimento.

Ele anuiu e piscou para a criança. Louisa sorriu no mesmo instante, e Emma sentiu uma pequena pontada semelhante ao ciúme.

Por mais que se esforçasse, não conseguia ter acesso à filha. Desde que passaram a morar ali, sentia ainda mais dificuldade. Muitas vezes, sentia-se realmente excluída. Louisa simplesmente não a respeitava. Em compensação, obedecia a seu sogro e a Florian sem contestar, quase com alegria. Qual seria a razão para isso? Faltava-lhe autoridade? O que estaria fazendo de errado? Corinna achava que era normal as meninas serem as queridinhas declaradas dos pais e justamente nessa idade entrarem em atrito com a mãe. Emma havia lido a mesma coisa em diversos manuais de educação, mas não deixava de ser doloroso.

– Agora vou deixar as senhoras sozinhas em sua hora do chá. – Josef Finkbeiner levantou-se, segurou a caixa do jogo de palavras cruzadas debaixo do braço e inclinou-se, fazendo Louisa rir alto. – Renate, Emma, princesa, desejo a vocês uma ótima tarde.

– Vovô, não vai ler nada para mim? – gritou Louisa.

– Hoje, infelizmente, não vai dar – respondeu o avô. – Preciso sair. Mas amanhã eu leio.

– Tudo bem – aceitou Louisa. E não disse mais nada.

Se Emma tivesse feito uma recusa como essa, teria recebido um ataque de raiva. Espetou com o garfo o último pedaço de bolo e olhou para seu sogro. Estimava-o e gostava muito dele, mas em momentos como esse ele sempre lhe transmitia a sensação de que ela era um verdadeiro zero à esquerda em matéria de educação infantil.

O ar quente era preenchido pelo zumbido das abelhas que, com diligência, recolhiam néctar nas roseiras e nos canteiros de flores ao redor do terraço. Mais adiante, no parque, ressoava o barulho de um cortador de grama, e sentia-se o cheiro de erva recém-cortada.

– Por acaso você está com a lista de convidados? – disse a sogra, arrancando Emma de seus pensamentos. – Ah, você não imagina como fico feliz por finalmente rever todos os meus filhos.

Emma tirou a pasta da bolsa e empurrou-a até a sogra. Ficou feliz por Corinna ter pedido para ela cuidar dos convidados, da configuração e do envio dos convites. Isso lhe dava a sensação de realmente pertencer à família e de ser mais do que uma hóspede. Havia feito a lista em um arquivo do Excel. A ela mesma, 95% dos nomes não diziam nada, já Renate dava um pequeno grito de alegria a cada nome marcado com um visto, que correspondia à confirmação de comparecimento.

Seu entusiasmo sincero comoveu Emma.

Renate era uma mulher que levava a vida com um sorriso alegre e simplesmente ignorava o que era negativo. Não se interessava nem um pouco pelo que acontecia no mundo, não lia jornal nem assistia às notícias na televisão. Quase sem esconder seu desprezo, Florian descrevia sua mãe como alheia à realidade e de uma superficialidade que chegava a ser cansativa. De fato, às vezes era difícil suportar sua alegria persistente, mas era sempre melhor do que a própria mãe de Emma, que tinha mania de criticar tudo e uma irritação depressiva.

– Nossa! Como o tempo passa! – suspirou Renate, passando as mãos nos olhos úmidos. – Faz tempo que todos são homens e mulheres adultos, mas ainda os vejo como crianças à minha frente quando leio seus nomes.

Bateu de leve na mão de Emma.

– Fico muito feliz que você e o Florian estarão presentes desta vez.

– Também ficamos muito felizes – respondeu Emma, embora não tivesse absoluta certeza de que Florian realmente se sentisse feliz com a recepção e a festa de verão. Não simpatizava muito com a obra de seus pais, na qual tinham investido a maior parte de seu patrimônio.

– Chega! – Emma ainda conseguiu impedir que Louisa pegasse outro pedaço de bolo. – Você ainda tem metade no prato.

– Mas eu só gosto do recheio! – protestou Louisa, mastigando.

– Mas vai ter de comer a massa também. Ou vai fazer a vovó jogá-la no lixo?

Louisa fez beicinho.

– Quero mais bolo! – pediu.

– Mas, meu amor, você já comeu dois pedaços grandes! – respondeu Renate.

– Mas eu quero! – insistiu a criança, com o olhar ávido.

– Não. Chega! – disse Emma decidida e tirou o prato de Louisa. – Daqui a pouco é hora de jantar. Conte para a vovó o que vocês fizeram hoje na escolinha.

Obstinada, Louisa apertou os lábios, compreendendo que, de fato, não podia esperar um terceiro pedaço de bolo e caiu no choro. Desceu da poltrona e, brava, olhou ao redor.

– Nem pense! – advertiu Emma, mas era tarde demais. A pequena chutou o bebedouro de cerâmica para aves, que escorregou da pedra onde se encontrava e se estilhaçou no chão.

– Meu amor, o bebedouro tão bonito! – exclamou a sogra.

Emma viu que Louisa já tinha o próximo objetivo em mira, um vaso de gerânios. Levantou-se de um salto e agarrou a filha pelo braço antes que ela pudesse cometer outro desatino. Louisa defendeu-se de sua investida, com um grito agudo capaz de estilhaçar copos, além de desferir chutes e debater-se. Emma estava acostumada aos eventuais rompantes de temperamento de sua filha, mas a intensidade de sua raiva a assustou.

– Eu quero bo-lo! Eu quero bo-lo! – gritou, vermelha como um pimentão e totalmente fora de si. As lágrimas jorravam de seus olhos, e ela se jogou no chão.

– Agora chega de teatro! – Sibilou Emma. – Vamos para casa até você se acalmar.

– Sua boba! Sua boba! Bolo! Eu quero bo-looo!

– Deixe ela comer mais um pedaço – interveio Renate.

– De jeito nenhum! – Emma lançou à sogra um olhar faiscante de raiva. Como ela poderia impor-se a Louisa se seus sogros torpedeavam toda medida de educação como aquela?

– Bolo! Bolo! *Bolooo!* – Louisa foi crescendo em sua histeria, ficando vermelha, e Emma estava prestes a perder a paciência.

– É melhor subirmos – disse. – Sinto muito. Alguma coisa não anda bem com ela nesses últimos dias.

Arrastou a filha, que não parava de berrar, para dentro de casa. A tarde pacífica tinha chegado ao fim.

* * *

Havia dias que eram feitos de uma mera sucessão de simples banalidades do cotidiano, rotineiros demais para serem lembrados. A maioria das pessoas deixa que esses dias passem despercebidas, medem o correr dos anos por aniversários, feriados ou alguns acontecimentos importantes, aos quais sua vida acaba se reduzindo em retrospectiva. Fazia muitos anos que Pia já tinha se acostumado a escrever um breve diário, no qual anotava sucintamente os acontecimentos do dia. Às vezes se divertia sozinha com as bobagens que registrava, mas essas anotações triviais lhe davam a satisfação de sentir sua vida de maneira consciente e de não deixar que algum dia passasse como simplesmente inútil.

Pia diminuiu a velocidade e manteve-se à direita, para deixar passar o trator que havia entrado no túnel pelo outro lado. Levantou a mão para cumprimentar, e Hans Georg, agricultor que tinha uma propriedade mais acima, em Liederbach, e que todo ano comprimia feno e palha para ela, saudou-a de volta.

Em dias como aquele, geralmente o diário permanecia vazio. O que iria anotar? *Encontrado o corpo de uma adolescente; interrogatório de jovens obstinados; autópsia das 12 às 16 horas; 126 informações inúteis, recebidas pelo telefone; desvencilhei-me das perguntas da imprensa; não comi nada o dia inteiro; acalmei Kathrin Fachinger; cortei a grama à noite*? Sem chance!

Pia havia chegado a Birkenhof. Acionou o controle remoto, que fez o portão abrir-se lentamente à sua frente. Esse luxo era uma das muitas inovações que Christoph e ela fizeram na propriedade nos últimos meses, depois que o município de Frankfurt finalmente arquivara a ordem de demolição que os ameaçava havia anos. Pela janela abaixada, sentiu o odor de grama recém-cortada, e constatou que Christoph havia se antecipado a ela. As faixas de relva entre as pereiras, à esquerda da rampa coberta com cascalho, às quais a propriedade devia seu nome,* haviam sido meticulosamente aparadas.

---

* Em alemão, Birkenhof significa, literalmente, "sítio das pereiras". [N. da T.]

Tinha sido correta a decisão de não comprarem Rabenhof em Ehlhalten. Só a reforma da propriedade os endividaria por uma eternidade, e como no último verão o Departamento de Fiscalização de Construções lhes dera sinal verde para reformar a casa em Birkenhof, preferiram investir o dinheiro na modernização da casinha bem simples que já havia no local.

Pia estacionou na frente da garagem e desceu do carro. Depois de dez meses vivendo em meio a andaimes, entulho, chão aberto, latas de tinta e argamassa, fazia algumas semanas que tudo tinha ficado pronto. A casa tinha ganho um andar, um novo telhado, novas janelas, isolamento térmico e, sobretudo, um aquecimento eficaz, pois o antigo aquecimento elétrico costumava presenteá-los com contas altíssimas de luz. Agora, um moderno trocador de calor por ar e células solares no telhado cuidava do aquecimento e da água quente. Com esses investimentos, gastaram até o último centavo de seu limite de crédito, mas transformaram o que era provisório em um verdadeiro lar. Os belos móveis de Christoph foram retirados do depósito, onde ficaram guardados depois que ele vendeu sua casa em Bad Soden.

Após aquele dia cansativo, Pia só queria tomar uma ducha, comer alguma coisa e beber uma taça de vinho no terraço. Os cavalos ainda estavam no cercado, a porta da casa estava escancarada, mas não se via nenhum sinal dos cachorros. Ao longe, ouviu o motor de um trator. Provavelmente, Christoph estava trabalhando no campo de trás, e os cachorros lhe faziam companhia. Então o trator vermelho apareceu. No assento dobrável ao lado do motorista, uma pequena figura loura saltitava, agitando os braços.

– Piiiiiiaaaa! Pia! – uma voz clara cobriu o estrépito do motor. Meu Deus! Com toda aquela confusão que não lhe dera descanso o dia todo, havia se esquecido completamente de que Lilly chegaria naquele dia! O entusiasmo de Pia se deteve. Adeus sossego e descanso com uma taça de vinho!

Christoph parou embaixo da nogueira. Lilly desceu do trator com a velocidade de um macaco e correu para Pia.

– Pia! Pia! Estou tão feliz! – exclamou, e seu sorriso tomou conta de seu rostinho cheio de sardas. – Estou tão feliz por estar de novo na Alemanha!

– Eu também! – Pia deu um sorriso maroto, abriu os braços e pegou a menina no colo. – Bem-vinda a Birkenhof, Lilly!

A menina envolveu o pescoço de Pia com os braços e apertou o rosto contra sua face. Sua alegria era tão sincera e espontânea que Pia ficou comovida.

– É tãããão bonito aqui, de verdade! – articulou a menina, simplesmente. – Os cachorros e os cavalos são tão fofos, e tudo aqui é tão bonito e verde, muito mais do que em casa!

– Que bom! Fico feliz. – Pia sorriu. – O que achou do seu quarto?

– Muito legal! – respondeu com olhos brilhantes e segurando a mão de Pia. – Sabe de uma coisa, Pia? Nem cheguei a estranhar, porque sempre nos falamos pelo Skype. E isso é muito legal. Com certeza nem vou sentir saudade de casa.

Christoph havia estacionado o trator e vinha atravessando o pátio, seguido pelos quatro cães, cujas línguas quase chegavam ao chão.

– O vovô e eu demos uma volta de trator, e os cachorros correram junto com a gente o tempo todo – contou Lilly, entusiasmada. – Levei os cavalos para o cercado, junto com o vovô. Sabia que ele fez minha comida preferida? Do jeitinho que eu tinha pedido: bife a rolê!

Arregalou os olhos, passou a mão na barriga, e Pia deu risada.

– Oi, vovô – disse a Christoph, sorrindo. – Espero que vocês tenham deixado um pouquinho da sua comida preferida para mim. Estou com uma fome de leão!

* * *

Louisa finalmente adormecera. Por duas horas, havia ficado sentada em um canto do seu quarto, com olhar fixo e o polegar na boca. Quando Emma tentou pegá-la, a menina se defendeu com chutes. Em dado momento, curvou-se, cansada, e Emma a colocou na cama. Esse comportamento peculiar assustou Emma mais do que o rompante incontrolado de raiva que tivera antes. Prendeu a babá eletrônica embaixo do braço e saiu da casa. Embora a reunião com Corinna estivesse marcada apenas para as sete horas, Emma esperava conseguir ter uma breve conversa a sós com seu sogro. Talvez ele pudesse lhe dar algum conselho de como lidar com Louisa.

No térreo, a porta da casa dos sogros estava apenas encostada. Emma bateu e entrou. Por causa do calor, as venezianas estavam fechadas. Havia uma penumbra crepuscular e um frescor agradável. O odor de café recém-passado pairava no ar.

– Olá! – exclamou. – Josef? Renate?

Ninguém respondeu. Talvez ainda estivessem do lado de fora, no terraço.

Emma parou na frente do grande espelho da entrada e quase levou um susto ao ver sua própria imagem. Contorceu o rosto. Não estava nem um pouco atraente. Madeixas úmidas haviam se soltado do coque e enroscavam-se em sua nuca; seu rosto estava avermelhado e brilhava como pele de toucinho. As nádegas e as coxas sempre foram suas regiões problemáticas, que ela conseguia disfarçar muito bem. Mas agora tinham assumido dimensões de elefante. Como se não bastasse, suas pernas inchavam com o calor. Deprimida, passou as mãos no traseiro. Não era de admirar que Florian não sentisse vontade de dormir com ela fazia meses. Com aquela aparência!

De repente, ouviu vozes abafadas e aguçou os ouvidos. Emma não era do tipo de mulher que fica escutando atrás das portas, mas a conversa tinha um tom tão alto que era impossível não perceber trechos de algumas frases. Uma porta foi aberta, e Emma reconheceu a voz de Corinna, que, estranhamente, parecia furiosa.

– ...morrendo de vontade de cancelar essa festa! – sibilou.

Emma não conseguiu ouvir direito a resposta de seu sogro.

– Para mim, tanto faz! Cansei de avisar que não era para exagerar – rebateu Corinna, áspera. – Realmente já estou cheia disso! Como se eu não tivesse mais nada para fazer!

– Espere aí! Corinna! – exclamou o sogro.

Passos rápidos se aproximaram. Era tarde demais para ir para a cozinha ou outro cômodo.

– Ah, oi, Emma! – Corinna examinou-a com uma expressão peculiar nos olhos, e Emma sorriu sem graça. Torceu para que a amiga não pensasse que havia escutado sua conversa atrás da porta.

– Oi, Corinna. Eu... cheguei meio cedo e... e... ouvi vozes... então, pensei que vocês já tivessem começado.

– Que bom que já está aqui. – De sua irritação, já não havia nenhum sinal. Deu o largo sorriso de sempre. – Assim podemos repassar alguns pontos relativos aos convidados e à organização dos assentos antes que os outros cheguem. Vamos para o terraço.

Emma anuiu, aliviada. Embora quisesse muito saber o que havia deixado Corinna tão furiosa, não podia perguntar, pois, com isso, confessaria que de fato havia ouvido a conversa, mesmo que involuntariamente. Seu olhar passou pela porta aberta do escritório, e viu seu sogro sentado à mesa, com o rosto enterrado nas mãos.

Segunda-feira, 14 de junho de 2010

A atmosfera na sala do serviço de prontidão da Inspeção Criminal Regional de Hofheim era tensa. Durante o fim de semana inteiro o telefone tocou quase ininterruptamente. Chegavam centenas de informações da população; várias pessoas diziam ter visto a adolescente em algum lugar. Inicialmente, algumas pareciam promissoras; contudo, após um exame mais preciso, não se mostravam consistentes.

Não havia nenhuma queixa de desaparecimento, nenhuma pista quente no caso "Sereia", nem mesmo uma pista morna. Não tinham avançado nenhum passo em comparação com sexta-feira, e, cada dia que passava, a chance de conseguir um resultado rápido na investigação diminuía.

Pia recapitulou os dados da autópsia.

– A adolescente tinha cerca de 15 ou 16 anos. Múltiplos ferimentos em todo o corpo permitem concluir que foi muito maltratada por um longo período. A maioria dos ferimentos não foi tratada clinicamente. Entre eles há fraturas no braço, no antebraço e na clavícula, cicatrizadas na posição errada. – A brutalidade que se escondia por trás dessas palavras aparentemente tão lapidares era inconcebível. – Foram constatadas inúmeras cicatrizes no tronco, nos braços e nas pernas, além de vestígios de abuso sexual e marcas de queimadura supostamente feitas por cigarro. A isso se acrescenta uma extrema carência de vitamina D, uma palidez significativa e alterações raquíticas da estrutura óssea, o que permite concluir que a garota não era exposta à luz do sol havia muito tempo.

– Quanto tempo ela ficou na água? – quis saber um colega, que normalmente trabalhava em outro departamento, mas, como todos os funcionários da Inspeção Criminal Regional que não estavam trabalhando em um caso no momento, tinha sido convocado para o Comando Especial.

– O tempo na água foi de cerca de 12 a 24 horas – respondeu Pia. – A hora da morte não pode ser determinada com precisão, mas ocorreu no máximo dois dias antes de o corpo ter sido encontrado.

Kai Ostermann anotava os dados na lousa, que até então ficara vazia, a não ser pelas fotos do corpo e do local onde havia sido encontrado.

– A causa da morte foi afogamento – continuou Pia. – Contudo, ela sofreu contusões tão sérias, provavelmente chutes e golpes no abdômen e no tórax, que, de todo modo, não teria chances de sobreviver. Na autópsia foram constatadas rupturas no fígado, no baço e na bexiga, que provocaram intensas hemorragias internas na cavidade abdominal. Se não tivesse morrido afogada, mais tarde teria morrido de hemorragia interna.

Reinava um silêncio sepulcral, exceto pelo toque abafado do telefone na vizinha sala de vigilância. Os 24 homens e as cinco mulheres que estavam sentados e em pé diante de Pia não se moviam. Ninguém tossiu, pigarreou nem recuou a cadeira. No rosto do grupo, Pia leu o que ela mesma sentia: perplexidade, consternação e horror. Muitas vezes, não era fácil lidar com as terríveis consequências de atos motivados pela emoção, mas o que aquela adolescente possivelmente tinha sofrido durante anos ultrapassava toda imaginação. A maioria de seus colegas era pai de família; para eles, era difícil – para não dizer impossível –, em um caso como esse, conseguir manter a distância interior de proteção.

– Mas o maior enigma até agora é o fato de que a adolescente não morreu afogada no rio Meno, e sim em água clorada – concluiu Pia seu relato. – Estamos aguardando uma análise precisa. Alguém tem alguma pergunta?

Todos balançaram negativamente a cabeça. Nenhuma pergunta. Ela se sentou em seu lugar e passou a palavra a Kai Ostermann.

– A roupa da adolescente era barata e foi comprada em loja de departamentos, como existem aos milhares – disse Kai. – É impossível reconstruir onde, quando e por quem foi comprada. Não há histórico dentário porque ela nunca foi a um dentista. Exceto por esse misterioso pedaço de tecido, infelizmente o conteúdo estomacal também não nos permite tirar nenhuma conclusão que possa nos ajudar. Estamos de mãos vazias.

– E a imprensa está pressionando – completou Pia. – Estão fazendo comparações com o caso de nove anos atrás. Vocês sabem do que estou falando.

Todos concordaram com a cabeça. Nove anos antes, uma adolescente, supostamente originária da Ásia Menor, havia sido encontrada morta no Meno, na altura do parque Wörthspitze, enrolada em uma capa de edredom com estampa de leopardo e presa ao peso de um suporte de guarda-sol. O Comando Especial "Leopardo" empregou enormes esforços para descobrir a identidade da moça. Investigadores viajaram até o Afeganistão, o Paquistão e o norte da Índia e penduraram cartazes de busca por toda parte. Embora se oferecesse uma alta recompensa, não obtiveram nem mesmo duzentas informações, e nenhuma delas levou a um sucesso na investigação.

– Como pretende proceder? – perguntou a doutora Nicola Engel.

– Gostaria de mandar fazer uma análise isotópica para que saibamos de onde vem a adolescente e onde residiu nos últimos anos. Isso poderia nos fazer avançar um bocado – respondeu Bodenstein, pigarreando. – Além disso, precisamos de uma análise da água corrente do Meno, para descobrirmos em que ponto do rio o corpo foi deixado.

– Já solicitei essa análise – anunciou Christian Kröger. – Pedi urgência.

– Ótimo. – Bodenstein anuiu. – Para começar, vamos proceder exatamente assim, mantendo estreito contato com a imprensa e o público. Ainda tenho esperança de que alguém vai se lembrar de alguma coisa e nos procurar.

– Tudo bem. – A superintendente da Polícia Criminal estava de acordo. – O que aconteceu com o rapaz encontrado ao lado do corpo?

– Consegui falar com ele ontem – respondeu Pia. – Infelizmente, não consegue se lembrar de nada. Um clássico apagão total. Com uma taxa de 3,3 mg/g de álcool no sangue, não é de admirar.

– E os outros jovens?

– Dizem que não viram a moça morta. – Pia bufou. – Dois deles não estavam muito alcoolizados, e tenho certeza de que estão mentindo. Mesmo assim, não acho que viram alguma coisa que possa ser útil para nós. Realmente foi apenas uma coincidência.

Seu celular tocou.

– Desculpem – disse ao grupo, pegou o aparelho e saiu da sala. – Alô? Henning? Alguma novidade?

– Lembra-se dos restos de pano encontrados no estômago da adolescente? – respondeu seu ex-marido, como sempre sem se deter em cumprimentos nem explicações. – O tecido é de algodão e fibra de elastano. Talvez ela tenha comido o pano porque estivesse com fome; do contrário, ele não teria chegado a seu estômago nem a seu intestino. Conseguimos preparar bem alguns fragmentos. Talvez seja interessante para vocês. Vou lhe enviar três fotos como anexo.

Como o grupo já estava mesmo para deixar a sala de reuniões, Pia subiu até seu escritório e sentou-se à mesa. Abriu o programa de e-mail e esperou até o servidor descarregar a mensagem de Henning. Impaciente, tamborilou na borda do teclado. Obviamente, Henning não tinha se dado ao trabalho de compactar o anexo, e o computador precisou de alguns minutos para carregar três vezes 5,3 Megabytes. Por fim, conseguiu abrir a primeira foto e fitou a tela sem nada entender.

Kathrin Fachinger e Kai Ostermann entraram na sala.

– O que você tem aí? – perguntou Ostermann, curioso, atrás dela.

– O Henning me enviou umas fotos dos restos de tecido encontrados no estômago da garota – respondeu Pia. – Mas não estou reconhecendo nada.

– Me deixe dar uma olhada.

Pia afastou um pouco a cadeira e deixou para Kai o teclado e o *mouse*. Ele diminuiu o tamanho das fotos. Em três, observaram as imagens dos fragmentos de tecido.

– O pedaço maior tem quatro por sete centímetros – explicou Kai. – São letras! O pano é rosa, com estampa de letras brancas.

Kathrin e Pia inclinaram-se para a frente.

– Isto poderia ser um S – supôs Kathrin. – Um I, depois um N ou M, e um D ou P.

– E nesta imagem aqui dá para decifrar um O – disse Kai.

– S-I-N(M) – D(P) e O – anotou Pia em seu *desk pad*.

Kai leu o e-mail ao qual Henning havia anexado as fotos.

– O ácido gástrico já havia se misturado ao tecido. Não era possível constatar nenhum DNA estranho. No tecido não foram encontradas marcas de dentes; ele havia sido rasgado ou cortado em pequenas partes.

– Mas como pode ter ido parar no estômago dela? – pensou Kathrin em voz alta.

– Henning acha que ela pode tê-lo comido porque estava com fome – respondeu Pia.

– Meu Deus! – Kathrin contorceu o rosto. – Imagine só! A que ponto uma pessoa deve estar desesperada para comer tecido?

– Talvez tenha sido obrigada – sugeriu Kai. – Afinal, essa moça passou por tanta coisa que acho isso perfeitamente possível.

Do corredor vinham vozes altas.

– ... agora não tenho tempo para essas baboseiras – ouviram seu chefe dizer. Pouco depois, Bodenstein apareceu no vão da porta.

– Acabou de chegar uma informação que parece muito promissora – anunciou. – Pia, vamos sair agora mesmo.

Atrás dele surgiu Behnke.

– Chama de baboseiras um inquérito oficial do Departamento de Investigação Interna? – perguntou, presunçoso. – Desça do pedestal, senhor *von* Bodenstein; do contrário, isso poderá ter consequências desagradáveis.

Bodenstein virou-se e abaixou o olhar para Behnke, que ele ultrapassava em quase uma cabeça.

– Não vou me deixar ameaçar pelo senhor. – Sua voz soou glacial. – Quando meu caso atual tiver sido esclarecido, estarei à disposição da grande inquisição. Antes, não tenho tempo.

Behnke ficou inicialmente vermelho, depois, pálido. Seu olhar passou furtivamente por Bodenstein. Somente então ele percebeu a presença de seus ex-colegas.

– Nossa, Frank! – sorriu Kathrin, irônica. – Você ficou bonito nas suas roupas novas!

Behnke sempre tivera problemas com as mulheres, especialmente com as colegas do mesmo patamar ou superiores a ele. Mas seu especial objeto de ódio era Kathrin Fachinger, que o denunciara por lesão corporal após seu ataque, provocando, assim, sua suspensão.

Como antes, a falta de autocontrole era seu ponto fraco.

– Ainda te pego! – Em sua ira, acabou deixando escapar sua imprudência na frente de testemunhas. – Pego vocês todos! Vocês ainda vão ter uma surpresa.

– Sempre me perguntei que tipo de pessoa trabalharia de espião contra seus próprios colegas – respondeu Kathrin, com repugnância. – Agora sei. É preciso ser um cara rancoroso que gosta de fazer intriga e consumido pelo complexo de inferioridade. Traduzindo: um pobre coitado.

– Isso não vai ficar barato – sibilou Behnke, que começou a se dar conta de que havia dado bandeira. Deu meia-volta e saiu a passos rápidos.

– Você realmente podia ter evitado essa, Kathrin – Bodenstein criticou severamente a colega mais jovem. – Não quero aborrecimentos desnecessários.

– Sinto muito, chefe – respondeu Kathrin, sem lamentar. – Mas esse pigmeu cheio de veneno não vai me aborrecer. Sei de muita coisa sobre ele... e sobre o Erik Lessing.

Essa observação enigmática deteve Bodenstein, que levantou as sobrancelhas.

– Falamos sobre isso depois – disse em tom de advertência.

– Com prazer. – Kathrin enfiou as mãos nos bolsos das calças jeans e levantou o queixo com ar combativo. – Meu assunto preferido.

* * *

– Ela ficou com raiva porque não teve a vontade satisfeita. Isso é totalmente normal na idade dela, todas as crianças fazem birra uma vez ou outra. – Florian se levantou e colocou sua xícara de café na pia. – Sinceramente, Emmi, acho que você não devia supervalorizar o episódio. Hoje ela estava de novo totalmente normal, não estava?

Emma olhou hesitante para o marido.

– Estava, sim.

– Isso é fase. – Florian estreitou-a nos braços. – Não está sendo fácil para nenhum de nós.

Emma abraçou-o pela cintura e encostou-se nele. Momentos de intimidade como esse eram raros, e ela temeu que se tornassem mais raros ainda quando o bebê chegasse.

– Podíamos sair por uns dias. Só você, Louisa e eu – disse ele para espanto dela.

– Você tem tempo?

– Consigo tirar uns quatro, cinco dias. – Soltou-a; as mãos dela ficaram em seu ombro. – Faz dez meses que não tiro férias, e nas últimas semanas não fui muito agradável.

– É verdade. – Emma sorriu.

– É que... – Calou-se, buscou as palavras adequadas. – Sei que você se sente bem aqui, mas para mim chega a ser... claustrofóbico de repente voltar a viver na casa dos meus pais.

– Mas é só uma solução transitória – disse Emma, na verdade, sem estar convencida do que dizia.

– Acha mesmo?

Ela leu o ceticismo em seus olhos.

– Bom, me sinto muito bem aqui – admitiu –, mas posso entender que para você seja estranho. Se receber outro trabalho no exterior, num primeiro momento as crianças e eu poderíamos ficar na Alemanha, mas, se continuar aqui, deveríamos procurar um lugar para nós.

Finalmente o sorriso chegou aos olhos de Florian. Ele pareceu realmente aliviado.

– Obrigado pela compreensão – disse e voltou a ficar sério. – Nas próximas semanas vão decidir o que haverá para mim no futuro, então vamos poder planejar.

Foi para o quarto para fazer as malas, pois logo teria de partir para uma viagem de conferências nos novos Estados da Federação. Embora fosse ficar novamente alguns dias fora, fazia semanas que Emma não se sentia tão aliviada. Pôs as mãos na barriga.

Mais cinco semanas, e o bebê estaria ali.

Finalmente Florian tinha admitido que não se sentia bem naquela casa, depois de semanas quase sem falar com ela, a não ser pela comunicação do dia a dia sobre futilidades.

Tudo acabaria bem.

Meia hora depois, despediram-se, e ela resistiu ao impulso de abraçá-lo e não soltá-lo mais.

– Ligo para você quando chegar, está bem?

– Sim. Boa viagem.

– Obrigado. Cuide-se.

Pouco depois, desceu as escadas fazendo barulho e a porta da casa se abriu com o leve guincho de dobradiças não lubrificadas e fechou-se com um estalo suave.

Emma deu um suspiro, depois foi para a lavanderia. Talvez simplesmente estivesse sensível demais naquele momento. Sem dúvida, Corinna tinha razão: no fundo, para Florian, toda aquela situação também não era fácil. E quando o bebê chegasse...

Emma abriu a porta da lavanderia e girou o antigo interruptor, até ouvir seu estalo e os tubos de luz néon no teto se acenderem. Por uma claraboia entrava um pouco da luz do dia no cômodo em que ficavam as máquinas de lavar e secar. Varais estendidos atravessavam o espaço, havia um aroma de sabão em pó e amaciante no ar. Enquanto ela separava da pilha de roupas as peças escuras, claras, as delicadas e as que deviam ser fervidas, seus pensamentos vaguearam pelo início de seu relacionamento. Na época em que Florian e ela constataram que eram ambos da região do Taunus, sentiram-se um pouco mais em casa no exterior. Curiosamente, no meio do nada, conversavam sobre conhecidos em comum, e isso acabou simulando uma proximidade que, na verdade, nunca havia existido. Não chegaram a ter muito tempo para se conhecerem melhor. Após algumas semanas, ela já ficou grávida e eles se casaram às pressas no acampamento, pois Florian tinha de ir para a Índia. Durante meses, comunicaram-se apenas por e-mail, e ela acabou se apaixonando pela pessoa que supunha estar por trás das maravilhosas formulações, das reflexões críticas, das palavras cheias de afeto e do desejo lisonjeiro. Ele escrevia sobre sinceridade e confiança e sobre como era feliz por tê-la encontrado. Mas quando estava em carne e osso à sua frente, tudo mudava. Suas conversas permaneciam superficiais, nunca chegavam nem perto da qualidade, da profundidade e da intimidade dos inúmeros e-mails. Ela sempre sentia o gosto insosso da decepção, um embaraço e o medo subliminar de importuná-lo e requisitá-lo demais com sua necessidade de proximidade e carinho. Os abraços nunca duravam o tanto que ela gostaria; assim, nunca conseguiu desfrutar muito deles, pois já sabia que ele se afastaria a qualquer segundo, restaurando a distância. Ele nunca conseguiu lhe dar a sensação de proteção pela qual ansiava cada fibra do seu corpo.

Emma acreditou e esperou que isso viesse com o tempo, que ele fosse se abrir e reconhecer o que ela desejava dele, mas não foi o que aconteceu. E desde que passaram a viver na casa dos pais de Florian, mais do que antes ela sentia que não conhecia direito seu próprio marido.

– Ah, droga, você está se preocupando demais – ralhou consigo mesma. – Ele é assim mesmo.

Pegou uma calça jeans, virou-a do avesso e vasculhou os bolsos para não lavar moedas, lenços de papel ou chaves por descuido. Seus dedos tocaram algo liso. Tirou-o do bolso e ficou paralisada. Sem acreditar, Emma olhou perplexa para o objeto que estava no bolso da calça, e sua mente recusou-se a entender seu significado. Sentiu calor, depois muito frio; o coração se contraiu, e as lágrimas brotaram em seus olhos.

Em uma fração de segundo, todo o seu mundo ruiu com uma trovoada. Na palma de sua mão havia uma embalagem aberta de camisinha. Mas faltava o conteúdo.

– Olá, senhora Herzmann. Infelizmente, seu celular está desligado, por isso estou tentando no telefone fixo. Por favor, ligue para mim, não importa o horário. É muito importante. Obrigada!

Leonie Verges nunca tinha ligado para a casa de Hanna; além disso, sua voz tinha um tom tão urgente, que Hanna pegou o telefone e digitou o número de sua terapeuta, embora estivesse completamente exausta e a única coisa que quisesse naquele momento fosse uma

cerveja gelada e cama. A mulher devia estar com a mão no telefone, pois atendeu logo na primeira chamada.

– Senhora Herzmann, sinto muito por incomodá-la tão tarde... – Leonie Verges calou-se, pois se deu conta de que não era ela quem tinha ligado. – Ah... quer dizer, obrigada por retornar a ligação.

– Está tudo bem? – quis saber Hanna. Nunca tinha visto a terapeuta nervosa e descontrolada. O fracasso de seu quarto casamento em um período de vinte anos lhe dera mais trabalho do que poderia imaginar; por isso, depois de se separar de Vinzenz, Hanna decidiu fazer psicoterapia. Ninguém podia saber, pois se a imprensa sensacionalista descobrisse, no dia seguinte ela leria a notícia em destaque e na manchete do jornal, com todas as letras. Hanna se deparou com Leonie por acaso na internet. Seu consultório era meio fora de mão, mas não muito distante de onde ela morava. Na fotografia, tinha um ar simpático, e sua especialidade parecia adequada ao problema de Hanna.

Nesse meio-tempo, já tinha ido a 12 sessões, mas não estava tão certa de que aquilo era o melhor para ela. Ficar remexendo nos abismos do passado não correspondia a seu modo de encarar a vida. Era uma pessoa que vivia no aqui e no agora e que olhava para a frente. Após a última sessão, bem que teve vontade dizer à terapeuta que não queria marcar outra hora, mas, no último segundo, acabou marcando.

– Está... quer dizer, não está – disse Leonie Verges, por fim. – Nem sei como devo dizer... É um assunto muito... bem... delicado. Será que poderia vir até meu consultório?

– Agora? – O olhar de Hanna passou pelo visor do carregador. – São quase dez horas. Do que se trata?

Não estava com a menor vontade de sentar-se de novo no carro e dirigir até Liederbach.

– Bem... é... é uma história muito explosiva, que para você, como jornalista, poderia ser bastante interessante. – Leonie Verges baixou a voz. – Não posso dizer mais pelo telefone.

Exatamente como a esperta senhora Verges tinha intencionado, o instinto jornalístico de Hanna reagiu a essa formulação como o cão de Pavlov ao toque do sino. Estava ciente da manipulação, mas sua curiosidade profissional era mais forte do que seu cansaço.

– Chego em meia hora – disse simplesmente e desligou.

Meike não pretendia mais sair e lhe emprestou generosamente seu Mini. Cinco minutos depois, Hanna engatou a marcha a ré e partiu. Deixou a capota abaixada e inseriu o iPhone no console; depois, selecionou a música que queria ouvir. Só ouvia música quando dirigia ou corria. O carrinho tinha um extraordinário aparelho Harmann Kardon, e, mesmo com o teto aberto, o som era sensacional.

Àquela hora, o ar estava tépido e agradável; a floresta próxima exalava um odor delicioso. O cansaço tinha ido embora.

Freddie Mercury, o cantor mais talentoso de todos os tempos, começou a cantar. Sua voz fez Hanna sentir um calafrio agradável na espinha, e ela apertou a tecla do volume até os baixos vibrarem em seu diafragma. *Love don't give no compensation, love don't pay no bills. Love don't give no indication, love just won't stand still. Love kills, drills you through your heart...*

O Mini sacolejou na rua, que nos últimos anos ganhara muitos buracos e remendos, até ficar parecendo uma colcha de retalhos. Na Hauptstraße, Hanna virou à esquerda.

– Agora estou realmente curiosa – disse para si mesma e acelerou.

* * *

A observação de Kathrin Fachinger ficou a tarde toda girando na cabeça de Pia. Como Kathrin havia ficado sabendo de segredos do passado de Behnke? Infelizmente, Bodenstein não dissera mais nenhuma palavra sobre o assunto, mas Pia suspeitava que tivesse algo a ver com a questão mencionada por seu chefe no caminho para o Instituto Médico Legal. Mas como Kathrin poderia saber a respeito?

Quando Pia chegou em casa, às nove e meia da noite, Lilly já estava na cama. Tirou os sapatos e pegou uma cerveja na geladeira. Christoph estava sentado no novo terraço, que, durante a reforma da casa, havia surgido nos fundos da casa. No final da tarde, havia ligado para ele para lhe dizer que não precisava esperá-la para jantar.

– Oi – disse ela e lhe deu um beijo.

– Oi. – Ele tirou os óculos e colocou o livro que estava lendo ao lado de uma pilha de jornais e papéis impressos.

– O que está fazendo aqui? – Pia sentou-se no banco, tirou o elástico dos cabelos e esticou as pernas. Quase não dava para ouvir ali o rumor constante da estrada próxima, e a vista para o jardim e o pomar de macieiras da vizinha Elisabethenhof, até as montanhas do Taunus ao longe, oferecia um cenário muito mais atrativo do que o panorama do antigo terraço. Grilos cantavam, e havia um cheiro de terra úmida e lavanda no ar.

– Na verdade, eu queria escrever este artigo para uma revista científica, que estou empurrando com a barriga há dias – respondeu Christoph, dando um largo bocejo. – Prometi terminá-lo até amanhã, mas está me faltando a concentração necessária.

Pia achou que Lilly não lhe tivesse dado sossego o dia inteiro, mas, ao contrário dos seus temores, tudo parecia ter corrido bem. A menina tinha passado o dia com Christoph no zoológico e se comportado bem. Ele a deixara aos cuidados dos dois pedagogos do zoo.

– E aí? Ainda estão vivos? – perguntou Pia em tom de ironia.

– Estão, sim, e muito entusiasmados com ela.

– Não vão ousar dizer nada contra a neta do diretor do zoológico – afirmou Pia, que, intimamente, continuava achando Lilly uma pentelha malcriada. Às vezes era um amor, mas não deixava de ser uma pentelha também.

– Você não conhece aqueles dois – respondeu Christoph. – Afinal, não temos nenhuma ditadura no zoológico.

A chama da vela dentro da lanterna sobre a mesa tremulou; três mariposas suicidas dançavam perigosamente perto da luz. Dormitando, os quatro cachorros estavam deitados nas placas de basalto, que irradiavam o calor do dia como um aquecedor de assoalho. A eles se juntaram o gordo gato preto e sua companheira cinza tigrada, que tinha aparecido de repente na primavera e, desde então, escolhera Birkenhof como lar. A gata manteve-se um pouco afastada, mas o gato desfilou todo solene por entre o emaranhado de pernas e corpos esticados dos cães até encontrar o lugar que lhe agradava. Enrolou-se entre as patas dianteiras e a barriga de Simba, mistura de Husky. Um rosnado saiu da garganta do cachorro, mas não era nenhuma ameaça, e sim puro deleite.

Pia sorriu ao ver essa inusitada amizade entre os animais e sentiu o estresse e a tensão do dia irem embora.

– Falando em ditadura – ela tomou um gole de cerveja –, hoje estourou uma verdadeira bomba no trabalho. Um clássico caso de denúncia no melhor estilo Stasi,* e isso em Glashütten.

– Parece emocionante.

– Antes de tudo, lamentável ao extremo. – Pia, que acreditava que nada mais poderia realmente abalá-la, ainda ficava perplexa com a profunda maldade das pessoas.

– Um casal de idade que mora em Glashütten nos ligou – contou a Christoph. – Há seis meses, seus vizinhos teriam mantido a adolescente que encontramos no Main escondida em sua casa e a teriam explorado como empregada. A pobre coitada teria sido obrigada a fazer os trabalhos mais humilhantes; nunca teria visto a luz do dia. Seria pálida como uma albina. E há alguns dias teria desaparecido.

Abanou a cabeça ao pensar na situação.

---

* Abreviação de *Ministerim für Staatssicherheit*, serviço secreto da antiga Alemanha Oriental. [N. da T.]

– O casal nos contou verdadeiras histórias de terror. Maus-tratos, festas noturnas com sexo, gritos, festivais de espancamento. Na noite de terça para quarta, teriam visto os vizinhos carregarem um corpo para dentro do porta-malas do carro. Oliver perguntou por que não avisaram a polícia antes, e eles disseram que tinham medo, porque o homem era violento. Então, fomos até lá e tocamos a campainha. Como reforço, levamos quatro colegas da patrulha. A mulher abriu a porta com uma criança no braço. Meu Deus, que vergonha! – Pia revirou os olhos. – Dei de cara com a Moni, minha ex-colega de escola, que revi no encontro da turma! Ela sorriu sem desconfiar de nada e ficou feliz ao me ver. Vou lhe dizer uma coisa: queria ter afundado no chão de tanta vergonha que senti.

Christoph ouviu com um misto de divertimento e incredulidade.

– Conclusão: descobrimos que a adolescente sueca que trabalha como *au pair* na casa da Moni se encontra em perfeita saúde e que tem alergia ao sol, por isso sai muito pouco ao ar livre. E, de fato, houve várias festas nas últimas semanas, pois primeiro foi aniversário do marido da Moni, depois o dela.

– E o corpo no porta-malas?

– Uma sacola com tacos de golfe.

– Que absurdo!

– Pois é, para você ver. No começo, a Moni ficou uma fera, depois acabou dando risada. Faz três anos que construíram a casa ali. A casa dos ex-melhores amigos dos vizinhos havia sido derrubada porque eles mudaram para um asilo. E desde então os velhos não tinham nada melhor para fazer que não fosse contar bobagens. Chamaram o filho mais velho da Moni de traficante de drogas, o que lhe causou problemas na escola, e da filha disseram na igreja que ela era garota de programa.

– Isso já é suficiente para um processo de difamação.

– Foi o que meu chefe aconselhou à Moni. – Pia ainda não conseguia acreditar. – Do contrário, esses velhos maldosos nunca vão entender o que estão causando com essas fofocas idiotas.

– Quando os vizinhos implicam, nem a pessoa mais devota consegue viver em paz. – Christoph se levantou. Espreguiçou-se e bocejou. – Hoje o dia foi longo, e amanhã com certeza a Lilly vai estar com a corda toda às seis da manhã. O vovô aqui precisa ir para a cama.

Pia observou-o e riu.

– Por favor, não vá se acostumar! – avisou ela.

– O que está querendo dizer? – perguntou Christoph, sem entender.

– Referir-se a si mesmo como “vovô”. Não é nada sexy...

Christoph sorriu, irônico. Seus dentes brancos cintilaram na escuridão. Juntou as revistas e os papéis, pegou sua taça vazia e a garrafa de vinho tinto.

– Já pensou? A mamãe tomando uma ducha rápida e depois indo para a cama com o vovô? – zombou ele.

– Só se eu puder entrar debaixo da sua manta térmica para reumatismo – rebateu Pia.

– É tudo o que eu mais queria – respondeu ele, apagando a vela. Os cães pularam, bocejaram, se sacudiram e trotaram para dentro da casa; os gatos preferiram dormir ao ar livre.

– Vamos dar uma olhada na Lilly – disse Christoph.

Foram até seu antigo quarto, que agora fazia as vezes de quarto de hóspedes. Ele colocou o braço nos ombros de Pia, e por um momento observaram a menina, que dormia tranquila.

– Ela não é tão má assim – disse Christoph baixinho. – Aliás, hoje fez um desenho para você.

Apontou para a escrivaninha.

– Ai, que fofo! – Pia ficou emocionada; depois, observou melhor o desenho. A emoção foi embora na hora. – Você viu o que ela desenhou?

– Não – respondeu Christoph. – Ela fez o maior segredo.

Pia mostrou-lhe a folha, e Christoph teve de sair do quarto, pois começou a ter um ataque de riso.

– Que monstrinha! – murmurou.

O desenho mostrava uma figura bem gorda, com um rabo de cavalo louro ao lado de um cavalo e quatro cães. Por cima, a legenda: *Para Pia, mia kerida vó postissa.*

* * *

O grande portão estava fechado, e Hanna precisou de um momento até encontrar a campainha à luz fraca de um poste. Normalmente, o portão da propriedade ficava todo aberto e permitia a quem passasse olhar seu interior arrumado com capricho. Sem dúvida, Leonie Verges tinha jeito com plantas. Não fosse psicoterapeuta, conseguiria facilmente um trabalho como paisagista. Em sua propriedade, as flores e o verde eram suntuosos, havia esculturas entre vasos, gamelas e canteiros, nos quais cresciam flores e arbustos. Em um local protegido, junto à parede da casa, havia até mesmo um abricoteiro.

Ouviram-se passos atrás do portão. Em seguida, uma trava foi empurrada e uma portinha à esquerda do portão se abriu.

– Ah, é você! – disse a senhora Verges com voz abafada.

Estaria esperando outra visita àquela hora? Ela esticou a cabeça para fora e olhou para os dois lados da rua vazia atrás de Hanna.

– Aconteceu alguma coisa? – Hanna estava um pouco confusa por causa do comportamento estranho da sua terapeuta, que era sempre tranquila e ponderada.

– Entre – respondeu a senhora Verges, voltando a fechar o portão com a trava. O olhar de Hanna pousou sobre um enorme automóvel, estacionado como um tanque de guerra no meio do pátio de paralelepípedos e que profanava o encanto daquele pacífico Jardim do Éden com sua monstruosidade ameaçadora. A luz das luminárias do pátio refletia-se na pintura preta, nos vidros escurecidos e partes cromadas.

O sino da igreja vizinha bateu 11 vezes, e, de repente, Hanna teve um mau pressentimento. Hesitou.

– O que...? – começou, mas a terapeuta empurrou-a de leve à sua frente, porém com determinação, na direção da porta da casa.

Em seu interior se represava o calor do dia. Estava abafado, e Hanna começou a suar. Por que Leonie Verges e sua visita estavam enfiadas dentro de casa, e não fora?

No corredor, a terapeuta parou e pegou o pulso de Hanna.

– Não estou certa de que seja uma boa ideia metê-la nesta história. – Falava quase cochichando. Seus olhos escuros pareciam insolitamente grandes. – Mas os outros estão aqui... bom... outra opinião.

Os *outros*! A combinação de portão fechado, carro preto monstruoso e o comportamento estranho da senhora Verges levava a crer que, na casa, uma aliança secreta a esperava para iniciá-la em um ritual repulsivo.

– Leonie, espere. – Hanna não cochichou. Não suportava segredinhos e, depois de um dia horrível como aquele, não estava a fim de mais nenhuma surpresa desagradável. – O que está acontecendo aqui?

– Vamos lhe explicar tudo – escusou-se a mulher. – Você mesma poderá decidir o que acha.

Soltou o pulso de Hanna e percorreu o corredor até a cozinha. O murmúrio se interrompeu quando Hanna passou pela porta. À mesa da cozinha estava sentado um homem, que se virou para ela. O cômodo parecia baixo e pequeno demais para a montanha de músculos e pele bronzeada e tatuada que se levantou da cadeira. O homem devia ter, pelo menos, dois metros de altura. Ao olhá-lo, involuntariamente soaram no cérebro de Hanna todos os sinais de alarme. Barba preta por fazer, cabelos compridos, reunidos em uma trança, olhos escuros e atentos, que a escanearam dos pés à cabeça em um segundo. O homem vestia camiseta branca, jeans e botas estilo caubói, mas a tatuagem azul-escura em seu pescoço era bem visível. Hanna engoliu em seco. Só os membros dos Roadkings de Frankfurt podiam usar aquela tatuagem. Que diabos fazia um deles na cozinha da sua terapeuta?

– Boa noite – disse o gigante com uma voz curiosamente rouca e estendeu-lhe a mão. No anular da mão direita, usava um anel espesso de prata, decorado com uma caveira. – Sou o Bernd.

– Hanna – respondeu, apertando-lhe a mão.

Somente então percebeu o segundo homem. Um olhar perturbador, vindo de olhos de um azul glacial, percorreu todo seu corpo como uma descarga elétrica sem aviso prévio, fazendo com que seus joelhos tremessem por um momento. Mal notou o restante de seu rosto. Era um pouco mais alto do que ela, mas, ao lado do gigante, parecia um anãozinho. Naquele instante, deu-se conta da sua própria aparência: sem maquiagem, cabelos suados, presos de qualquer jeito em um coque, camiseta, jeans e tênis. Normalmente, não saía de casa daquele jeito nem para correr!

– O que quer beber, Hanna? – perguntou Leonie Verges atrás dela. – Água, Coca-Cola light, cerveja sem álcool?

– Água – respondeu, sentindo sua irritação inicial transformar-se em curiosidade, que ultrapassava o mero interesse profissional por uma boa história. Que dupla mais estranha era aquela? Por que aqueles dois homens estavam sentados às 11 da noite na cozinha da Leonie Verges? Por que, sem conhecê-la, achavam que ela seria adequada para ser envolvida em alguma coisa? Agradecendo, pegou o copo d'água e sentou-se no banco do canto, junto da pequena mesa quadrada com toalha encerada e quadriculada. Mr. Blue Eyes sentou-se à sua esquerda, Leonie e o gigante, nas cadeiras.

– Se incomoda se eu fumar? – perguntou o grandalhão, inesperadamente gentil.

– Não.

Ele pegou o maço de cigarros, e ouviu-se o estalo de um isqueiro. Em seu rosto de pedra, esboçou-se um breve sorriso quando percebeu o pedido nos olhos dela.

– Por favor. – Empurrou-lhe o maço. Ela pegou um cigarro, agradeceu com um aceno de cabeça e constatou que seus dedos tremiam. Fazia quatro semanas que não fumava. A primeira tragada teve o efeito de um baseado em seu sistema nervoso central. Depois da segunda e da terceira, e a vibração dentro dela se evaporou. Sentiu o olhar do Mr. Blue Eyes quase fisicamente, sua pele esquentou bastante, e seu coração acelerou. Percebeu que ele não lhe havia dito seu nome. Ou disse e ela não prestou atenção? Perguntar naquele momento lhe pareceu indelicado.

Por um instante, reinou um silêncio tenso, um examinando o outro, até que, finalmente, Leonie tomou a palavra. Estava sentada tranquilamente em sua cadeira, como se estivesse em uma sessão de terapia, mas em sua aparência relaxada Hanna notou uma forte tensão e viu rugas ao redor dos olhos e da boca, que em outras situações mal eram visíveis.

– A razão pela qual pedimos que você viesse até aqui hoje não é totalmente altruísta – disse. – Vamos lhe contar do que se trata, depois você poderá decidir se vai considerar o todo uma história que possa ser interessante para o seu programa ou não. Caso não tenha interesse, simplesmente esqueça a conversa. Mas, antes de lhe contarmos os detalhes... – ela hesitou por um instante – ...deve saber que é uma questão altamente explosiva, que pode ser extremamente desagradável e perigosa para muitas pessoas.

Aquilo estava cheirando a problema, e, no momento, problemas eram a última coisa de que Hanna precisava.

– Por que se dirigiram justamente a mim? – perguntou ela, enquanto Mr. Blue Eyes pegava a jarra de vidro com água e pedras de gelo que estava sobre a mesa. Suas mãos se tocaram, ela retirou a sua, como se tivesse se queimado.

– Desculpe – murmurou sem graça.

Ele apenas deu um curto sorriso, serviu-a primeiro, depois a si mesmo.

– Porque você não tem medo de lidar com temas espinhosos – respondeu o gigante no lugar de Leonie. – Conhecemos seu programa.

– Normalmente, não falo sobre meus pacientes – observou Leonie. O dever de confidencialidade já me obriga a isso, mas, nesse caso especial, me senti dispensada dessa obrigação. Espero que você entenda por quê.

A curiosidade de Hanna havia sido despertada, mas ela ainda hesitava. Geralmente, trabalhava de outro modo. Ela própria e sua equipe encontravam os temas que a interessavam em jornais, na internet, na rua. No entanto, para ser sincera, esse tipo de pesquisa tinha perdido seu lado estimulante. Por seu programa já havia passado uma porção de famílias que recebiam o subsídio Hartz IV, netos trapaceiros, mães adolescentes, filhos criminosos de imigrantes, vítimas de médicos incompetentes e casos semelhantes. Isso não surpreendia mais ninguém. Estava mais do que na hora de mostrar uma história que realmente fizesse estourar os níveis de audiência.

– Do que se trata? – perguntou, tirando o gravador da bolsa. – Se conhecem meu programa, também devem saber de que nos ocupamos. Os destinos humanos estão em primeiro lugar.

Colocou o gravador sobre a mesa.

– Tudo bem se eu gravar a conversa?

– Não – disse o homem de olhos azuis, de cujo nome ela não se lembrava. – Sem gravações. Simplesmente ouça. Se não quiser participar, você deve esquecer que houve este encontro.

Hanna olhou para ele. Seu coração começou a bater. Não conseguia sustentar aquele olhar por muito tempo. Em seus olhos reconheceu um misto de força e sensibilidade, que, de certo modo, a fascinava e inquietava. E, desta vez, viu mais do que apenas seus olhos. Um rosto bem talhado e magro, com testa alta. Nariz reto, queixo marcante, boca larga e delicada, cabelos levemente grisalhos – um homem excepcionalmente atraente. Quantos anos devia ter? Quarenta e cinco, quarenta e seis? O que tinha a ver com o gigante motociclista? Por que estava ali, na cozinha da Leoni Verges? Que segredo pesava em sua alma?

Ela baixou o olhar. Sua decisão havia sido tomada, exatamente naquele segundo. A questão em si lhe interessava, mas o que a fez decidir foi outra coisa. De maneira totalmente inesperada, aquele estranho de boa aparência, com olhos azuis constrangedores, mexeu com alguma coisa em seu íntimo mais profundo, da qual ela não fazia ideia que ainda existisse.

– Me contem do que se trata – disse Hanna. – Não tenho medo de temas espinhosos. E estou sempre pronta para uma boa história.

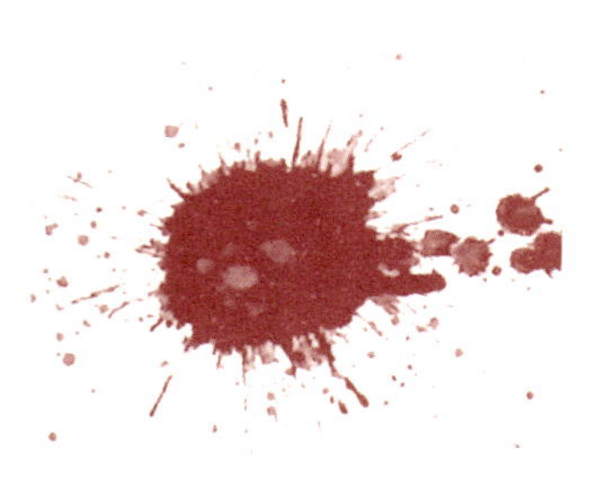

DUAS SEMANAS DEPOIS
Quinta-feira, 24 de junho de 2010

As reuniões de equipe da delegacia de homicídios voltaram a ocorrer na sala de sempre, no primeiro andar. Haviam desocupado a sala do serviço de prontidão atrás da sala de vigilância e a restituído à sua verdadeira função.

Duas semanas após a descoberta do corpo da adolescente, não tinham se aproximado muito da solução do caso, apesar das dispendiosas investigações. Os agentes da Comissão Especial "Sereia" seguiram inúmeras indicações e interrogaram várias pessoas, mas toda pista acabava em um beco sem saída. Ninguém conhecia a adolescente morta, ninguém sentia sua falta. Uma análise isotópica comprovou que a garota havia crescido perto de Orsha, na Bielorrússia, mas havia passado os últimos anos de sua breve vida na região dos rios Reno e Meno. O DNA masculino, encontrado sob uma de suas unhas, acendendo uma breve centelha de esperança, tampouco levou adiante, pois não estava compreendido em nenhum banco de dados.

Todas as embarcações que passaram pelo Meno no período concernente ao crime foram identificadas e investigadas, sendo que, obviamente, foi necessário restringir-se àquelas que tinham radar ou foram registradas ao passarem pelas eclusas. Investigaram até mesmo as embarcações-restaurante que atracam no Meno, em Frankfurt, bem como as que realizam excursões. Contudo, as muitas lanchas particulares que circulavam pelo Meno não passaram pelo pente fino. Quanto às inúmeras possibilidades de despachar um corpo de cima de uma ponte ou diretamente da margem do rio, o enorme esforço técnico e da equipe não foi proporcional ao resultado ínfimo.

A imprensa, que estava sedenta por resultados, acusou a polícia de agir por agir e desperdiçar inadvertidamente o dinheiro dos impostos.

– Infelizmente, a colaboração com os colegas de Minsk também não nos fez avançar – Oliver Bodenstein traçou um balanço frustrante. – Por lá também não existe queixa de desaparecimento que remeta à nossa adolescente morta. Até agora, nem mesmo a divulgação de cartazes na região de Orsha deu resultado.

Nem a roupa da garota nem os restos de tecido encontrados em seu estômago levaram a uma pista concreta ou, pelo menos, a um início promissor de investigação.

Bodenstein olhou para o grupo silencioso. As semanas de maior estresse no foco do público, isto é, quinze dias de operação contínua, sem descanso, estavam pagando seu tributo. Ele notou o esgotamento e a resignação no rosto cansado de seus colegas e entendeu perfeitamente o estado de espírito de todos, pois ele se sentia do mesmo modo. Raras vezes vivenciou um caso com tão poucas evidências como aquele.

– Sugiro que agora vocês vão para casa descansar um pouco – disse. – Mas fiquem disponíveis, caso aconteça alguma coisa.

Bateram à porta, a doutora Nicola Engel entrou. No mesmo momento, o laptop de Ostermann fez soar um discreto sinal.

– Recebemos a confirmação – anunciou a superintendente da Polícia Criminal. – Bodenstein, na semana que vem você vai a Munique. Nossa sereia vai ser tema do programa *Aktenzeichen X Y.** Pelo menos, vale a tentativa.

Bodenstein anuiu. Tinha conversado com Pia a respeito. Infelizmente, no dia seguinte, começariam justamente no Estado de Hessen as férias de verão, e muitas pessoas estariam viajando, mas o programa

* Programa de televisão que conta com a colaboração dos espectadores para esclarecer crimes sem solução. [N. da T.]

televisivo era uma última oportunidade de talvez ainda receberem algumas informações úteis.

– Ei, pessoal – disse Kai Ostermann. – Acabei de receber um e-mail do laboratório de Wiesbaden. Eles finalmente analisaram a água dos pulmões da garota.

O fato de a adolescente ter morrido afogada em água clorada era um dos maiores enigmas desse caso. Bodenstein não estava entre aqueles que confiavam nos resultados de laboratório, mas insistiu para que se fizesse uma análise da água. Nutria uma esperança quase desesperada de alguma informação útil.

– E então? – perguntou, impaciente. – Qual foi o resultado?

Com expressão concentrada, Ostermann passou os olhos pelo relatório.

– Hipoclorito de sódio, hidróxido de sódio – leu. – São os componentes químicos dos tabletes de cloro para piscinas e banheiras de hidromassagem. Além deles, também foram constatados poucos vestígios de sulfato de alumínio. Infelizmente, nada que pudesse nos dar uma pista autêntica. Portanto, acho que vamos continuar procurando agulha no palheiro.

– Em uma piscina pública ela não se afogou, senão, em algum momento, o caso teria vindo à tona – disse Kathrin Fachinger. – E se iniciássemos uma convocação pela imprensa, pedindo que todos que tenham piscina ou banheira de hidromassagem em casa se identifiquem?

– Isso não tem cabimento – contestou Pia. – Há milhares de casas na região com piscina e principalmente com banheira de hidromassagem.

– De todo modo, aquele em cuja piscina a garota morreu afogada não vai se identificar – completou Kai.

– Se formos examinar todas as piscinas particulares, nos próximos anos teremos trabalho até não poder mais – acrescentou Cem Altunay, que havia postergado suas férias na Turquia e enviado mulher

e filhos na frente. – Quer intimar todo dono de piscina ou banheira a nos apresentar a análise da sua água?

– Muito engraçado – respondeu Kathrin, ofendida. – Só estava querendo dizer que...

– Tudo bem – Bodenstein interrompeu sua jovem colega. – Embora esse resultado não nos tenha levado diretamente a uma pista quente, talvez seja uma valiosa pecinha de mosaico, caso venhamos a ter uma suspeita concreta.

– Terminamos? – Pia lançou um olhar a seu relógio. – Ainda tenho meio dia de folga.

– Sim, por hoje é só – Bodenstein fez que sim. – Mas, por favor, fiquem disponíveis para o caso improvável de aparecer alguma coisa.

Todos anuíram, e o grupo se desfez. Kai pegou a pasta de investigação, apertou o laptop embaixo do braço e seguiu Cem e Kathrin pelo corredor.

– Também precisamos ir – disse a doutora Engel.

Bodenstein se virou.

– Aonde? – perguntou surpreso.

– Na minha agenda está marcado que hoje, às 14 horas, você tem o interrogatório na Agência Estadual de Investigação – respondeu, examinando-o. – Esqueceu?

– Droga, esqueci. – Bodenstein abanou a cabeça. Às 18 horas, Cosima e ele tinham um encontro com o tabelião e o comprador da casa, que havia sido marcado para o final da tarde por causa das investigações. Torceu para que aquele interrogatório ridículo não demorasse mais de uma hora.

Depois da discussão com Bodenstein, duas semanas antes, Frank Behnke havia desfeito seu tribunal provisório de inquisição em uma das salas vizinhas e, sem conseguir nada, voltou para a Agência Estadual de Investigação. Contudo, dois dias depois, uma intimação oficial para Bodenstein chegara inesperadamente à sua mesa. *Audiência seguida de parecer sobre a suspensão da investigação policial no caso de grave lesão corporal em detrimento do senhor Friedhelm Döring, em 7 de setembro de 2005, por suspeita de inexistência de delito ou obstrução da justiça em exercício.*

– Por que quer me acompanhar? – quis saber Bodenstein de sua chefe, enquanto caminhavam no corredor. – Seja como for, é pura perda de tempo.

– Não vou permitir que atribuam esse tipo de suspeita ao diretor da minha delegacia – respondeu. – O Behnke está travando uma vingança pessoal, e pretendo lembrá-lo de certas coisas, caso necessário.

– Olá, Hanna. – Wolfgang levantou-se de sua mesa e, sorrindo, foi ao encontro dela. – Que bom ver você!

– Oi, Wolfgang. – Deixou-se beijar nas bochechas. – Obrigada por me atender em tão pouco tempo.

– Bom, você realmente me deixou bastante curioso – respondeu, oferecendo-lhe um lugar à mesa de reuniões. – Quer beber alguma coisa?

– Não, obrigada. – Hanna pendurou a bolsa no encosto da cadeira e esfregou os braços. – No máximo, um vinho quente.

Na grande sala predominava uma penumbra crepuscular, e o ar-condicionado produzia um frio de arrepiar.

– Você vai levar um choque quando sair daqui! Lá fora faz 35 graus!

– Até eu sair do escritório vão ser 11 horas; já não vai estar tão quente. – Wolfgang sorriu e sentou-se à sua frente. – Fazia tempo que você não dava notícias.

Uma leve repreensão oscilou em sua voz, e Hanna logo ficou com a consciência pesada.

– Eu sei, tenho me comportado como uma amiga infiel. Mas há uma razão para isso. – Baixou a voz. – Por acaso, deparei com uma história muito louca. Uma verdadeira bomba. Mas é tão inacreditável que primeiro tive de falar com algumas pessoas antes de poder me convencer de tudo. Pode acreditar, vai dar o que falar! E, de preferência, eu gostaria de tratar desse tema no primeiro programa depois das férias de verão; assim, já podemos fazer uma boa propaganda dele semanas antes, para que meia Alemanha esteja às 21h30 em ponto sentada no sofá na frente da TV.

– Você está mesmo entusiasmada! – constatou Wolfgang, que inclinou a cabeça e sorriu. – Tem mais alguma coisa por trás do que está me contando?

– Que nada! – Hanna deu uma breve risada, que soou um pouco artificial até mesmo para seus ouvidos. Wolfgang realmente a conhecia muito bem, ela sempre se esquecia disso. – Mas uma história incrível como essa eu nunca pesquei. É absolutamente exclusiva.

Ela havia conseguido controlar com maestria a crise que Norman provocara com seu falatório imprudente e, ao se arrepender publicamente, escapou do ameaçador prejuízo à sua imagem ganhando pontos no índice de audiência. A emissora e os acionistas ficaram satisfeitos, ela acabou encontrando um novo e competente produtor e reprimiu o fato, dando-o por encerrado. Após três dias, seu carro deixou a funilaria como novo, e nem se sentiu abalada quando Meike lhe anunciou, pouco antes, que se mudaria para Sachsenhausen e ficaria o restante das férias no apartamento de uma amiga, que estava passando o verão no Chile ou na China. Tudo que antes lhe parecia incrivelmente importante tornara-se secundário. Desde aquela noite na cozinha de sua terapeuta, havia acontecido alguma coisa com ela que nem ela própria conseguia entender direito o que era.

– O tema é altamente explosivo. A pessoa de que se trata quer permanecer no anonimato, mas isso não é problema. – Tirou algumas folhas da bolsa e mostrou-as a Wolfgang. Quando ele quis pegá-las, Hanna puxou-as de volta. – É *top secret*, Wolfgang. Confio que você não vai falar a respeito com ninguém.

– Claro que não – assegurou, fazendo-se de ofendido. – Nunca comentei com ninguém sobre o que você já me confiou.

Ela lhe entregou as folhas repletas de texto, e ele começou a ler.

Foi difícil para ela dominar sua impaciência.

Leia mais rápido, pensou. Diga alguma coisa!

Mas ele permaneceu calado, com rosto inexpressivo. O único sinal externo de suas emoções foi uma nítida ruga perto da raiz do nariz, que ia se aprofundando à medida que ele lia.

Hanna teve de se controlar para não bater com a mão na mesa.

Finalmente, ele levantou o olhar.

– E aí? – perguntou, esperançosa. – Criei muita expectativa? A história é pura dinamite! Por trás dela, há uma tragédia humana de proporções apocalípticas! E tudo isso não são suspeitas; conversei pessoalmente com a maioria das pessoas afetadas! Me deram nomes concretos, locais, datas, fatos! Pode imaginar que, no começo, não consegui acreditar em tudo isso! Com uma boa publicidade por parte da imprensa, essa história vai dar índices de audiência como não se viam há anos!

Wolfgang continuava calado. Eloquência não era o seu forte. Às vezes, precisava de minutos para formular em detalhes o que queria, de maneira que, frequentemente, ela se sentia uma imbecil, pois falava demais e muito rápido, interrompendo-o antes do tempo e estando dez pensamentos à frente até ele responder à pergunta original.

– Hanna, não quero ofendê-la, mas, se me perguntar, acho esse tema muito... batido. Já apareceu e ainda aparece sempre na imprensa – disse após uma longa e enervante pausa. – Acha mesmo que alguém ainda se interessa por esse tipo de coisa?

Sua enorme expectativa desmoronou como um castelo de cartas ao reconhecer o ceticismo nos olhos dele. Ficou extremamente decepcionada e, ao mesmo tempo, irritada. Com ele, mas, sobretudo, consigo mesma. Mais uma vez, tinha sido muito precipitada, muito eufórica.

– Sim, acho. Além do mais, sou da opinião de que não dá para conscientizar o público suficientemente sobre esse tema. – Ele esticou a mão e se esforçou para fazer com que sua voz soasse serena. – Sinto muito ter roubado seu precioso tempo.

Ele hesitou, não fez menção de lhe entregar as folhas; em vez disso, colocou-as no tampo da mesa e arrumou-as até que elas formassem uma pilha organizada.

– No fundo, você é quem decide que temas vai tratar no seu programa. – Wolfgang sorriu. – Mas você queria meu conselho, por isso eu o dei. – Ficou sério. – Não trate desse tema.

– Como é que é? – Achou que tivesse ouvido mal. O que estaria passando pela cabeça dele?

Ele baixou rapidamente o olhar, mas ela percebeu sua expressão estranha. Entre suas sobrancelhas viam-se rugas de tensão. O que o estaria inquietando?

– Como amigo, aconselho que você não traga esta história a público – disse em voz baixa. – É um tema explosivo. Você não imagina no que está se envolvendo. Estou com um mau pressentimento. Se for verdade o que está escrito aí, as pessoas envolvidas no caso não vão deixar barato verem-se associadas a esse tipo de coisa.

– Está com medo da reputação da emissora? – quis saber Hanna. – Tem medo de um mandado judicial? Ou do quê?

– Não – respondeu. – Me preocupo com você. Não está avaliando direito essa história.

– Há anos lidamos com temas espinhosos – contestou Hanna. – É a marca registrada do meu programa.

Observaram-se por algum tempo em silêncio, até ele ceder e suspirar.

– Seja como for, você vai fazer o que quiser. – Esticou a mão e colocou-a brevemente sobre a dela. – Só lhe peço para pensar bem mais uma vez.

Ela gostava muito do Wolfgang. Era seu melhor amigo, e o mais velho também. Hanna conhecia seu lado bom, mas também suas fraquezas. Wolfgang era uma pessoa ligada a números, racional, confiável e cuidadosa. Mas justamente essas boas qualidades o prejudicavam, pois, por outro lado, era indeciso, um cricri covarde, a quem simplesmente faltava coragem para assumir um risco.

– Tudo bem – Hanna fez que sim e deu um sorriso forçado. – Vou fazer isso. Obrigada pelo conselho.

* * *

Naquela sexta-feira à tarde, o centro comercial Main-Taunus estava um inferno. Só depois de muito procurar é que Pia encontrou uma vaga no estacionamento.

– O que vamos comprar? – perguntou Lilly curiosa, saltitando inquieta a seu lado.

– Preciso buscar uns sapatos no sapateiro – respondeu Pia. – Mas, primeiro, você e eu vamos precisar comprar alguma coisa para vestir hoje à noite.

– O que vai ter hoje à noite?

– Eu te falei. – Pia pegou a mão de Lilly, para não perdê-la na multidão. – A avó da Miriam vai dar uma festa e vamos até lá.

– O vovô também vai?

– Não, hoje ele está em Düsseldorf.

– Ah, que pena.

– Não sou suficiente como companhia? – brincou Pia.

– Claro que é! – garantiu Lilly. – Mas o que mais gosto é estar com os dois juntos!

Pia passou a mão na cabeça da menina. Às vezes, Lilly conseguia tirá-la do sério com sua tagarelice constante, mas sua sinceridade desarmada sempre a comovia. Até que ia sentir um pouco de saudade da pequena quando ela voltasse para a Austrália, dali a duas semanas.

– Podemos comprar um DVD também? – pediu Lilly quando passaram pelo Media Markt. Pia deu uma rápida olhada pela vitrine e, ao ver a multidão, abanou a cabeça.

– Primeiro vamos tratar do que é importante.

Havia passado a semana inteira pensando em ir ao centro comercial para dar uma olhada em um vestido de verão, mas, quando chegava tarde da noite em casa, já não tinha vontade de se lançar à multidão. Na internet encontrara um belo vestido, mas justamente o seu tamanho só voltaria a ser entregue no início da primavera. Aí já não precisaria de vestido de verão.

– Olha só, ali tem sorvete! – Lilly apontou entusiasmada para a sorveteria e puxou a mão de Pia. – Queria taaanto um sorvete! Está tão quente!

– Mas aí não vamos poder entrar nas lojas. – Pia continuou a puxá-la. – Mais tarde.

Até entrarem na loja em que Pia tinha esperança de encontrar um vestido, Lilly avistou cinco coisas que queria de todo jeito.

Pia ficou irritada.

– Se continuar a me encher a paciência, não trago mais você para fazer compras – disse energicamente. – Primeiro vamos comprar as roupas, depois vemos o resto.

– Você é uma chata – respondeu Lilly, ofendida, amarrando uma tromba.

– Você também – rebateu Pia, sem se abalar.

Se a medida era correta ou não do ponto de vista pedagógico, Pia não sabia, mas funcionou. A menina ficou quieta.

Na primeira loja, Pia não encontrou nada de que gostasse. Na segunda, escolheu dois vestidos, que, no entanto, não caíram bem, pois mais pareciam aventais. Isso só piorou seu humor. Odiava ter de se trocar em provadores apertados com aquele calor. Além do mais, sua imagem no espelho, banhada em suor à luz néon intensa e impiedosa, deixava-a frustrada. Alguém bem que podia dar uma dica aos gerentes de lojas de departamento: certamente, uma iluminação suave nos provadores estimularia muito mais as vendas. Na terceira loja, encontrou o que queria. Ordenou expressamente que a menina esperasse do lado de fora, mas assim que se viu apenas de calcinha e sutiã e tentou entrar no vestido, Lilly enfiou a cabeça no provador.

– Vai demorar muito? Preciso fazer xixi – disse.

– Estou quase terminando. Vai ter de esperar um momento.

– Quanto é um momento?

– Cinco minutos.

– Mas não vou conseguir segurar por tanto tempo – choramingou a menina.

Pia não respondeu. O suor corria por seu rosto e por suas costas; não estava conseguindo fechar o zíper.

– Você está muito gorda – constatou Lilly.

Foi a gota d'água.

– Já para fora! – disse, irritada. – Trate de esperar aí quietinha que já vou!

A pequena espevitada mostrou-lhe a língua e abriu toda a cortina para irritá-la. Duas moças, esbeltas como gazelas e com quadril estreito, vestindo tops tamanho zero, olharam para Pia e deram uma risadinha.

Pia amaldiçoou em pensamento a avó de Miriam e sua maldita festa de caridade, depois a si mesma, por ter aceitado ir a Frankfurt. Ao ver o vestido, acalmou-se um pouco. Caía bem e era bonito, além de não ser muito caro.

Ao sair do provador, não viu Lilly em lugar nenhum. Provavelmente estava escondida em algum lugar entre as araras, só para irritá-la. Pia foi até a caixa e entrou na fila que lhe pareceu mais curta. Uma decisão errada, pois a cliente à sua frente tinha comprado 14 peças e seu cartão não estava funcionando. Nervosa, Pia procurou a menina com o olhar. Finalmente conseguiu pagar. Apertou a sacola embaixo do braço e saiu em busca de Lilly.

A pestinha não estava nem no setor de roupas femininas, nem naquele de roupas masculinas! Perguntou a uma vendedora onde ficavam os toaletes. Como eram no piso de baixo, desceu as escadas rolantes. Mas também ali não encontrou a menina. Aos poucos, a irritação de Pia foi se transformando em preocupação. Não estava acostumada a se responsabilizar por uma criança. Depois de procurar em vão por toda a loja e de perguntar a todas as vendedoras por uma menina de tranças louras, saiu. Uma massa de gente se movia pelos corredores. Como iria encontrar a menina no meio daquela multidão? Ficou com calor. Pensou nos casos em que crianças desaparecem sem deixar rastro nos centros de compras, pois caíam na conversa de um estranho que lhes oferecia um sorvete ou um brinquedo e acabavam indo embora com ele.

Entrou depressa na loja de bijuteria, em cuja vitrine Lilly havia visto um colar rosa de pérolas que queria de todo jeito. Nem sinal dela. Ninguém tinha visto a menina. Nem na sorveteria, nem na seção de DVDs do Media Markt, no primeiro andar. Tomada pelo pânico, voltou correndo para o chafariz. Deu encontrões em pessoas estranhas e teve de aceitar os xingamentos. Primeiro imaginou que daria uma bronca em Lilly, mas depois de meia hora só rezava em silêncio para reencontrar a menina ilesa.

Diante do guichê de informações havia uma fila.

– Por favor, poderiam me deixar passar na frente? – perguntou ofegante. – Estou procurando uma criança que se perdeu de mim na multidão.

A maioria foi compreensiva e a deixou passar, exceto duas vovós, que insistiram que suas causas eram mais importantes do que uma criança perdida. Com toda a tranquilidade, uma delas adquiriu três cupons de compra, e a outra perguntou onde ficava uma loja, sem entender o que a mulher da informação lhe explicou. Finalmente, chegou a vez de Pia.

– Por favor, poderia anunciar o nome da minha... – Interrompeu-se. E agora? O que Lilly era dela? *Poderia anunciar o nome da neta do meu companheiro?* Soaria muito ridículo.

– Pois não? – Entediada, a toupeira rechonchuda junto ao balcão de informações ficou olhando para ela e, sem cerimônia, coçou-se com suas unhas pintadas na altura do decote.

– Eu... – começou Pia pela segunda vez, e optou pela variante menos complicada. – Perdi minha filha – lançou. – Poderia anunciar o nome dela?

– Como ela se chama? – perguntou a gorducha, sem pressa. – Onde quer marcar o ponto de encontro?

– Ela se chama Lilly. Lilly Sander.

– Como?

Santo Deus, que mulher imbecil!

– L-I-L-L-Y – soletrou Pia, impaciente. – Ela deve me encontrar no chafariz. Não, espere, é melhor na sorveteria. Ela não conhece bem aqui.

Finalmente, a anta conseguiu transmitir uma mensagem razoavelmente inteligível, mas Pia temeu que Lilly pudesse achar que não se referia a ela.

– Obrigada – disse e foi até a sorveteria, para continuar procurando. O que mais poderia fazer? Seus joelhos tremiam, seu estômago se contorcia, e deu-se conta de que aquela sensação era medo. Forçou-se a não pensar em tudo que poderia acontecer a uma menina de 7 anos, linda e loura.

Pela primeira vez na vida entendeu o que realmente devem sentir os pais de crianças desaparecidas. Desamparo e incerteza eram um verdadeiro inferno. Quão horrível devia ser ter de suportar esses sentimentos por semanas, meses ou até anos! Também entendeu quão pouco consolador era para os pais quando a polícia lhes assegurava que faria todo o possível para encontrar seu filho.

Em toda criança loura Pia achava reconhecer Lilly. Seu coração sempre dava um pulo, depois se seguia a decepção, que fez lágrimas

de desespero subirem-lhe aos olhos. As pessoas passavam por ela, empurrando-se lentamente, e, em dado momento, Pia já não aguentou esperar nem ficar sem fazer nada. Simplesmente foi embora. Tinha de procurar por conta própria; do contrário, enlouqueceria. Todos os conselhos vazios de sangue-frio, que ela mesma já havia dado a pais de crianças desaparecidas, haviam sido esquecidos. Carregada com a bolsa e a sacola de compras, correu para todas as lojas em que havia estado com Lilly. Voltou à sorveteria, à loja de bijuterias, à de artigos de decoração, em que Lilly tinha visto um bichinho de pano. Por fim, passou uma segunda vez no Media Markt. Perguntou a inúmeras pessoas por Lilly, mas novamente ninguém tinha visto a garota.

Ao final, decidiu deixar a sacola no carro e continuar sua busca sem bagagem. No caminho para o estacionamento, pensou em ligar para os colegas da patrulha. Geralmente as pessoas levavam mais a sério policiais uniformizados fazendo perguntas do que uma mulher suada e em pânico.

O que diria a Christoph? Não podia voltar para casa sem a menina! Vasculhou a bolsa em busca da chave do carro. Levantou o olhar e não acreditou no que viu. Junto à traseira do carro, Lilly estava agachada, abraçando os joelhos.

– Pia! – exclamou dando um salto. – Onde você esteve esse tempo todo?

Pia sentiu-se como se estivesse desabando com estrondo da face norte do Eiger.* De repente, seus joelhos amoleceram, e, de alívio, ela começou a chorar. Largou a bolsa, a sacola e a chave do carro e apertou a menina em seus braços.

– Santo Deus, Lilly! Que susto você me deu! – murmurou. – Procurei por você no centro comercial inteiro!

– Eu estava muito apertada para ir ao banheiro – Lilly abraçou o pescoço de Pia e apertou a bochecha contra a dela. – Depois não te

---

* Montanha nos Alpes Berneses, na Suíça. [N. da T.]

achei mais. Pensei... pensei que você... estivesse brava comigo e tivesse ido embora sem mim...

A pequena também soluçou.

– Ah, Lilly, meu amor, eu jamais faria isso. – Pia passou a mão por seu cabelo e balançou-a nos braços; por ela, não a soltaria mais. – O que acha de tomar um sorvete primeiro e depois comprar uma roupa para você, para nos recuperarmos do susto?

– Oba! – Sob as lágrimas cintilou um sorriso. – Boa ideia tomar sorvete.

– Então, vamos. – Pia se levantou. Lilly segurou firme a sua mão.

– Também não vou te deixar nunca mais – prometeu.

Após 15 minutos, o caso estava encerrado. A tentativa de Behnke de desacreditar seu ex-chefe fracassou de maneira lamentável. Com base nas atas e nos relatórios existentes, Bodenstein conseguiu provar, sem deixar dúvidas, que havia examinado detalhadamente os indícios contra os três suspeitos no caso das lesões corporais graves em Friedhelm Döring, em 2005, antes de ser obrigado a suspender as investigações por falta de provas.

A comissão, composta por três funcionários do Departamento de Investigações Internas, deu-se por satisfeita e dispensou Bodenstein e a doutora Nicola Engel. Behnke ficou sentado em silêncio, com o rosto vermelho e cozinhando de raiva como uma panela de pressão. Bodenstein não se surpreenderia se, de repente, de suas orelhas saísse um assobio estridente.

Enquanto Nicola Engel conversava com o coordenador da sede da polícia, subordinado ao Departamento de Revisão Interna, Bodenstein ficou esperando do lado de fora e aproveitou para checar seu iPhone. Nenhuma mensagem importante. Ficou feliz que toda aquela história tivesse transcorrido rapidamente, pois não queria adiar o compromisso no tabelião. Na semana anterior, tinha entrado em acordo com o construtor falido da casa geminada em Ruppertshain, e dias antes recebera sinal verde do banco para um financiamento. Inka logo entrou em contato com as empresa de mão de obra para que retomassem o trabalho em meados de julho. A perspectiva de que no máximo em meio ano voltasse a viver entre suas próprias quatro paredes e de que o tempo de sublocatário na casa dos pais chegasse ao fim deu a Bodenstein uma verdadeira motivação. Após dois longos e tristes anos totalmente sem rumo, sentia que finalmente estava no controle da situação e que podia determinar sozinho o caminho a ser tomado na vida. Alguns homens com mais de 50 anos eram atingidos pela crise da meia-idade; ele fora acometido um ano antes. Enquanto esperava pela superintendente da Polícia Criminal, pensou em móveis que queria comprar e no paisagismo do jardim. Será que iria sofrer ao esvaziar a casa que havia construído com Cosima e na qual moraram por 25 anos?

– Bodenstein!

Virou-se. Frank Behnke caminhava em sua direção. Esforçava-se para reprimir a raiva que flamejava em seus olhos, e, por um momento, pela cabeça de Bodenstein passou a ideia maluca de que Behnke sacaria uma arma e o mataria no corredor da Agência Estadual de Investigação, só para descarregar sua frustração acumulada.

– Não sei o que vocês tramaram – sibilou. – Mas vou descobrir. Vocês estão todos mancomunados.

Bodenstein examinou seu ex-colaborador mais próximo. Não ficou feliz com o fracasso de seus esforços para provar uma falha sua nem sentiu aversão. Behnke lhe dava pena. Alguma coisa tinha dado muito errado na vida dele. A amargura o consumira, e, naquele momento, seu pensamento era marcado pelo complexo de inferioridade e pelo desejo de vingança. Por muito tempo, Bodenstein protegera o colega mais jovem e demonstrara mais tolerância por ele do que pelo resto de sua equipe. Tempo demais. Behnke não ouvira nenhuma advertência e acabou indo tão longe que Bodenstein teve de se distanciar dele para não ser engolido pelo turbilhão dos acontecimentos.

– Frank, vamos pôr um ponto final nessa história – disse Bodenstein em tom conciliatório. – Da minha parte, vou esquecer tudo isso e não vou guardar mágoa de você.

– Ah, quanta indulgência! – Behnke sorriu maliciosamente. – Estou me lixando se você vai ficar magoado ou não. Desde que a Kirchhoff entrou para a equipe, você virou as costas para mim. Não vou esquecer isso. Nunca. A partir desse dia, eu me tornei a segunda opção. E sei muito bem que a Kirchhoff e a Fachinger sempre falaram mal de mim. Aquelas filhas da mãe me ridicularizaram! E você permitiu isso.

Sem acreditar no que estava ouvindo, Bodenstein franziu a testa.

– Vamos devagar – rebateu. – Não vou permitir que fale nesse tom das colegas. Nada disso é verdade...

– Claro que é! – Behnke o interrompeu, e Bodenstein entendeu a proporção colossal e doentia que seu ciúme havia tomado. – Você sempre foi dominado pelas mulheres. Sua mulher lhe pôs um belo par de chifres. E...

Fez uma pausa dramática, cruzou os braços e sorriu com hostilidade.

– E, por acaso, sei muito bem que você transou com a Engel!

– É verdade – disse uma voz atrás dele. Nicola Engel sorriu friamente e com muito autocontrole. – E não foi uma vez só, caro colega. Estávamos mesmo apaixonados. Há cerca de 30 anos.

Bodenstein observou como Behnke lutava desesperadamente para não perder a pose ao perceber que esse suposto trunfo virava fumaça diante de seus olhos.

Nicola Engel aproximou-se dele, que recuou. Um gesto automático de submissão que o irritou ainda mais.

– Espero que tenha consciência de que, graças à minha intervenção, está recebendo sua última chance na polícia com este trabalho aqui – disse em voz baixa, porém cortante. – No futuro, não deveria deixar-se levar por motivos pessoais no trabalho; do contrário, vai acabar apagando lousa nas academias de polícia. Acabei de ter uma conversa com seu diretor, na qual lhe garanti que o colega Bodenstein e eu não vamos mais pronunciar uma palavra sequer sobre essa questão desagradável. Pela terceira ou quarta vez salvei sua pele, Behnke. Com isso, finalmente estamos quites. Espero que estejamos entendidos.

Frank Behnke engoliu em seco com os dentes cerrados e anuiu com resistência. A hostilidade em seus olhos claros era homicida. Sem dizer palavra, virou-se e foi embora.

– Esse ainda vai se dar mal – profetizou Nicola Engel, sombriamente. – Uma bomba-relógio prestes a explodir.

– Eu não devia tê-lo protegido por tanto tempo – respondeu Bodenstein. – Foi um erro. Na verdade, ele deveria ter feito terapia.

Nicola Engel levantou as sobrancelhas e abanou a cabeça.

– Não. O erro foi ele ter sobrevivido ao suicídio.

A frieza com que disse isso chocou Bodenstein. E, ao mesmo tempo, entendeu por que ela tinha decolado na carreira e ele não: a doutora Nicola Engel não tinha escrúpulos. Sem dúvida, tinha talento para subir ainda mais.

Desde que Florian saíra de casa, Emma sentia-se vulnerável e insegura. A prova de sua infidelidade e seu silêncio persistente diante de suas acusações e perguntas fizeram com que ela se conscientizasse claramente de que, no íntimo, nunca estivera realmente segura em relação a ele. Não podia confiar no marido, e isso a deprimia mais do que o fato de ele a ter traído.

O centro de Königstein estava lotado. Emma teve de ir até o castelo Luxemburg para encontrar um lugar para estacionar. Talvez não encarasse tudo aquilo dessa forma se já não estivesse no final da gravidez. Mas talvez a situação também não tivesse chegado àquele ponto se ela não estivesse parecendo uma morsa. Lutou contra as lágrimas enquanto atravessava o playground e o parque rumo à zona de pedestres. Torceu para não encontrar ninguém conhecido. Não estava a fim de conversa nem de bate-papo sobre trivialidades. As pessoas esperavam das grávidas a expectativa feliz pelo bebê, e não lágrimas.

Emma buscou na livraria três livros que havia encomendado, depois se sentou no vizinho Café Kreiner, na última mesa livre sob a marquise. Estava banhada em suor, e tinha a impressão de que suas pernas iam estourar a qualquer momento. Mesmo assim, pediu um sorvete de chocolate com chantili. Àquela altura, já não fazia diferença.

O que iria acontecer? Em pouco mais de duas semanas teria o bebê, depois ficaria na casa dos sogros com duas crianças pequenas, sem um verdadeiro lar, sem marido e sem dinheiro. Nos últimos tempos, essa incerteza estava lhe tirando o sono e pesando como uma sombra ameaçadora sobre ela. Mas pior ainda era o fato de que em breve Florian pegaria Louisa para passar o fim de semana com ele. Achou que ele ficaria feliz por se ver livre da família, mas para sua surpresa, insistiu em seu direito de buscar a filha a cada dois finais de semana. Emma não se sentia nada bem ao pensar que só concordara a contragosto quando ele fizera essa sugestão. Não seria melhor voltar atrás em seu consentimento? Afinal, não sabia para onde ele levaria a filha. Supostamente estava vivendo em uma pensão! Isso não era ambiente adequado para uma criança de 5 anos, que, ainda por cima, estava passando por uma fase difícil.

Emma tomou o sorvete de chocolate. As pessoas ao seu redor conversavam e riam, estavam despreocupadas e alegres. Seria ela a única que tinha preocupações?

Ninguém sabia o que havia acontecido entre ela e Florian. Para os outros, era perfeitamente normal Florian passar semanas ou meses em algum país estrangeiro. Aos sogros, Emma havia falado de uma viagem de conferências, e eles aceitaram a mentira sem questionar.

Só que no mais tardar naquele dia, quando Florian fosse buscar Louisa, ela teria de contar a verdade.

– Oi, Emma.

Assustada, teve um sobressalto e olhou para cima. À sua frente estava Sarah, carregada de sacolas de compras.

– Não queria assustá-la. – A amiga colocou a bolsa e as sacolas ao lado da mesa. – Posso me sentar um pouco com você?

– Oi, Sarah. Sim, claro.

– Nossa, está um calorão hoje!

O calor não causava nenhum problema a Sarah. Mesmo com quarenta graus à sombra, ela nunca suava. A irmã adotiva de Florian era uma bonequinha graciosa, com grandes olhos pretos arredondados e traços delicados. Como sempre, seus cabelos pretos e brilhantes estavam entrelaçados em uma espessa trança. Ela vestia um vestido sem manga verde-tília e *peep toes* de camurça, um contraste perfeito com sua pele morena e acetinada, herança de seus antepassados indianos. Emma sentiu uma inveja ardente de sua silhueta, que não precisava passar fome nem praticar esporte.

– Você parece triste. – Sarah colocou a mão no braço de Emma. – Aconteceu alguma coisa?

Emma soltou um suspiro e deu de ombros.

– O que está te afligindo? – quis saber Sarah.

Emma abriu a boca para dar uma resposta espontânea. "Nada", era o que queria dizer. "Estou bem."

– É alguma coisa com o Florian?

Às vezes, Sarah chegava a ter uma enorme capacidade de clarividência. Emma mordeu os lábios. Era uma pessoa disciplinada e pragmática, não uma daquelas mulheres que choram e se lamentam com as amigas. Desde pequena, estava acostumada a resolver os próprios problemas; sentia dificuldade em falar sobre eles. Preferia reprimir as preocupações ocupando-se sem descanso; vivia muito bem assim.

Subitamente, começou a pensar demais. Isso não era bom.

– Pode se abrir comigo. – A voz de Sarah era suave. – Você sabe. Às vezes ajuda botar pra fora o que está nos oprimindo.

Falar, falar, falar! Era justamente o que ela não queria.

– O Florian está me enganando – sussurrou, por fim.

De repente, as lágrimas vieram-lhe aos olhos.

– Desde novembro do ano passado que ele não dorme comigo! – desabafou. – Antigamente, fazíamos sexo pelo menos três vezes por semana, e agora... quando tento tocá-lo, ele nem se mexe. É tão humilhante!

Limpou as lágrimas, que, no entanto, voltaram a brotar em seu rosto, como se um dique em seu interior tivesse sido rompido.

– Afinal de contas, ele também contribuiu para o fato de eu estar assim! Fico achando que ele... que ele quer me punir! Droga, *odeio* estar grávida! E não estou nem um pouco feliz com a chegada do bebê!

– Emma! – Sarah inclinou-se para a frente e pegou as mãos dela. – Não diga isso! Um bebê, um novo ser, é a coisa mais maravilhosa do mundo! É o maior privilégio que nós, mulheres, temos. Claro que é difícil e doloroso, e temos de fazer muito sacrifício, mas tudo isso a gente esquece quando o bebê chega. Muitos homens são inconscientemente ciumentos, é verdade, alguns ficam até com medo da parceira e da criança que cresce em seu ventre. Então, costumam ter um comportamento irracional, mas isso passa. Acredite em mim. Você precisa ser um pouco tolerante com seu marido. Ele não está te ferindo de propósito.

Emma fitou incrédula sua amiga.

– Você... você acha certo o comportamento do Florian? – sussurrou. – Há duas semanas encontrei uma embalagem vazia de camisinha nos seus jeans, e ele ficou me devendo uma explicação! Não disse nada quando perguntei se tinha outra mulher! Em vez disso, fez as malas e saiu de casa para ir morar em alguma... alguma pensão em Frankfurt! Tive a impressão de que ficou realmente feliz por ir embora. Longe de mim e dos pais! Certa vez, chegou até a sugerir que eu vivesse aqui até o bebê chegar!

Sarah ouviu calada.

– Vai saber o que fez e quantas vezes me enganou quando ia passar semanas inteiras, sozinho em algum acampamento! – balbuciou Emma. – Ah, droga, não aguento mais tudo isso!

Soltou-se das mãos de Sarah. Diante de seus olhos dançavam pontos pretos, ficou tonta. Com aquele calor, sua circulação andava enlouquecida. O bebê tinha acordado; sentiu como ele a chutava. De repente, teve a impressão de estar carregando um corpo estranho e indesejado no ventre.

– Estou completamente sozinha! – soluçou, desesperada. – O que vou fazer com a Louisa quando tiver de ir para o hospital? Como tudo isso vai continuar? Para onde vou com duas crianças, sem dinheiro?

Sarah acariciou o braço de Emma.

– Mas conosco você está em boas mãos – disse, compassiva. – Vai ter seu bebê na nossa maternidade. Louisa ficará com a Renate, a Corinna ou comigo e poderá te visitar a qualquer momento. E, se tudo correr bem, já no dia seguinte você voltará para casa.

Emma não tinha pensado nisso. Deus sabe que sua situação não era nenhuma exceção. A Associação Sonnenkinder era especializada em mulheres desafortunadas, como ela naquele momento, que haviam sido abandonadas pelo marido! Mas isso não lhe serviu de consolo, muito pelo contrário. A constatação fez com que a situação emergencial em que se encontrava se mostrasse em toda a sua extensão. Ao mesmo tempo, em sua cabeça insinuava-se uma terrível suspeita. Será que Florian, que não queria um segundo filho, a tinha descarregado intencionalmente na casa dos seus pais para não ter de assumir nenhuma responsabilidade nem ficar com a consciência pesada quando fosse embora com outra mulher? Não seria este um jogo de cartas marcadas, uma solução elegante para se ver livre dela?

Com desconfiança, examinou a mulher que despreocupadamente tomara como amiga. Talvez Sarah já soubesse disso! E Corinna e seus sogros!

– O que você tem? – Sarah pareceu sinceramente preocupada, mas isso também poderia ser fingimento. De repente, Emma percebeu que já não podia confiar em ninguém. Abriu a carteira, deixou cinco euros em cima da mesa e se levantou.

– Eu... eu preciso buscar a Louisa – gaguejou e saiu apressada.

Em vez do trem expresso anunciado, um trem comum chegou à plataforma 13 da estação central de Hamburgo com quinze minutos de atraso. Com isso, sua reserva de assento, com a qual ficara feliz ao ver a quantidade de gente esperando na plataforma, tornou-se inútil. O trem estava tão cheio que não conseguiu lugar e precisou ficar no corredor, com a mochila presa entre os pés.

A maior garantia das ferrovias alemãs era não oferecer garantia nenhuma. Embora já se pudessem carregar bilhetes em smartphones e fazer reservas pela internet, na realidade do dia a dia, o serviço não era melhor do que trinta anos atrás.

Nunca gostou que pessoas estranhas chegassem muito perto dele; por isso, na vida que levava antes, preferia andar de avião ou de carro. A mulher ao seu lado estava com um perfume tão forte e barato que parecia ter tomado um banho com ele e lavado suas roupas nele. Da esquerda vinha um cheiro acre de suor, e algum viajante tinha comido alho.

Em situações como essa, seu olfato supersensível, do qual antes se orgulhava, revelava-se uma tortura.

Pelo menos a curta viagem para o norte tinha valido a pena. Recebera o que queria. Embora só tenha podido dar uma olhada superficial nas fotos que haviam sido salvas no discreto pen drive, elas mostravam exatamente o que, secretamente, ele esperava. Milhares de fotos e alguns arquivos de vídeo da melhor qualidade, que no mercado negro valiam uma pequena fortuna. Se a polícia o pegasse com o material, seria o seu fim, mas ele tinha de correr o risco.

Deu uma olhada no celular. Nenhuma chamada, nenhum SMS. No terno cinza da marca Brioni, um resquício da sua antiga vida, com camisa e gravata, não sobressaía entre os tantos outros executivos; ninguém reparou nele, a não ser uma mulher bonita, de cabelos escuros, que estava sentada à sua frente, na diagonal, junto da janela, e não parava de fitá-lo quando achava que ele não a estava percebendo. Sorriu, coquete e um pouco desafiadora, mas ele não retribuiu o sorriso. A última coisa de que estava a fim naquele momento era de uma conversa fiada. Na verdade, na volta, queria ler ou dormir no trem, mas não dava para fazer nada disso em pé, então começou a sonhar acordado, saboreou lembranças agradáveis, que, no entanto, foram turvadas por dúvidas crescentes.

Por que ela não ligava para ele? Havia escrito para ela naquela manhã, dizendo que durante o dia só poderia ser encontrado por telefone ou SMS. Desde então, sentia-se tenso e esperava uma resposta. Em vão. Quanto mais silencioso ficava seu celular, mais cresciam suas dúvidas. Em pensamento, repassou toda conversa e toda formulação, tentando lembrar se poderia tê-la ofendido, magoado ou irritado. A euforia com que se preparara de manhã para a viagem a Hamburgo tinha passado.

Somente meia hora antes de o trem chegar a Frankfurt seu celular vibrou com um zumbido no bolso da calça. Finalmente! Embora fosse só um SMS, já era alguma coisa. Ao ler a mensagem, sorriu espontaneamente e, ao levantar o olhar, seus olhos encontraram os da mulher de cabelos escuros. Ela levantou brevemente as sobrancelhas, desviou a cabeça e fez questão de mostrar que estava olhando pela janela. Desta ele estava livre.

* * *

Os refletores se apagaram, os câmeras recuaram seus aparelhos e tiraram os fones de ouvido. O público no estúdio aplaudiu.

– Terminou, pessoal! – exclamou o diretor. – Obrigado.

Hanna respirou fundo e tentou soltar a musculatura contraída do rosto, após duas horas de constante sorriso. O especial de verão, com noventa minutos sobre o tema "Destino ou acaso", último programa antes das férias, havia exigido dela toda a sua concentração. Quase não conseguiu refrear os convidados. Foi um trabalho árduo dar tempo suficiente para todos falarem, e, entre um e outro, o diretor, através do ponto, não parava de tagarelar no ouvido de Hanna, até que durante um *establishing shot* ela o mandou calar a boca porque sabia o que estava fazendo.

Pelo menos a equipe tinha funcionado. Meike e Sven, o novo produtor, já haviam desenvolvido anteriormente um trabalho perfeito. Hanna conseguiu fugir para seu camarim antes que o público pudesse cercá-la com pedidos de autógrafos. Não estava muito a fim de uma festa depois do programa no terraço da cobertura, mas devia à sua equipe e aos convidados pelo menos meia hora de sua presença. A maquiagem estava lhe dando coceira, e, graças ao calor dos refletores, estava completamente suada. Na noite anterior não tinha conseguido pregar o olho, mas, embora estivesse exausta, seu corpo vibrava de energia e vontade de viver. Fazia dias que se sentia como se estivesse sob alta tensão, e o aborrecimento que Norman lhe causara já tinha sido esquecido havia tempos.

Hanna pegou o celular, desabou em uma poltrona e bebeu uns goles de água mineral morna. Droga, de novo sem sinal naquele abrigo antibomba atômica! Os estúdios da Antenne Pro e das outras emissoras que pertenciam à *holding* ficavam em uma área comercial horrível em Oberursel. No primeiro andar, os redatores, os diretores financeiros e outros funcionários tinham suas salas; já a administração havia mudado em algum momento para um imóvel mais representativo – fazia dois anos que o alto escalão tinha sua sede em uma mansão no estilo *Jugendstil* perto do Palmengarten, em Frankfurt Westend.

– Hanna? – Meike entrou, como sempre, sem bater. – Não vai subir? Os convidados já estão perguntando por você.

– Em dez minutos – respondeu Hanna.

– Seria melhor em cinco – disse Meike, batendo a porta atrás de si.

Não fazia sentido se trocar. Lá em cima, no terraço da cobertura, certamente devia estar fazendo os mesmos trinta graus. E se quisesse voltar logo para casa, seria melhor subir naquele instante, antes que todos ficassem bêbados e já não a deixassem ir embora. Hanna trocou os escarpins por sapatilhas, pegou a bolsa e saiu do camarim.

Na cobertura se celebrava. Naquele dia, de maneira um pouco mais intensa do que de costume. Os especiais de verão e de Natal sempre foram um desafio para todos os colaboradores. Ao contrário dos programas normais, os convidados desses especiais eram personalidades e muito mais cansativos do que os joões-ninguém, que de todo modo se sentiam intimidados pela televisão e nada exigiam.

O sinal voltou já na escada, e o celular de Hanna despertou. Ela parou no patamar sob o terraço e deu uma olhada rápida nas mensagens que haviam chegado. Parabéns de Wolfgang pelo sucesso do programa, um pedido de retorno de Vinzenz, diversos SMS e e-mails, mas não aquilo que estava esperando. Hanna sentiu uma pontada de decepção. Paciência não era a qualidade mais eminente do seu caráter.

– Hanna! Espere um pouco! – Jan Niemöller sempre subia de dois em dois degraus. – Foi um programa excelente! Parabéns!

– Obrigada.

Ele parou sem fôlego ao seu lado, tentando abraçá-la, mas Hanna desviou.

– Por favor, não – disse. – Estou toda suada.

O sorriso se apagou no rosto de Niemöller. Ela subiu os degraus restantes, e ele a seguiu.

– Já falou com o Matern hoje? – ele quis saber.

– Não. Por quê?

– Hoje à tarde ele me ligou e estava meio estranho. Vocês brigaram?

– Por que está dizendo isso?

– Bom, ele hesitou para falar. Por causa do primeiro programa depois das férias de verão.

– Ah, é? – Hanna parou e virou-se. Por acaso não tinha dito ao Wolfgang que ele não deveria dizer nem uma palavra sequer sobre o assunto?

– O que aconteceu? Do que se trata? – Niemöller observou-a com um misto de curiosidade e desconfiança. – Faz dias que está difícil encontrar você.

– Estou trabalhando em um grande tema – respondeu Hanna, aliviada por Wolfgang, aparentemente, ter mantido a boca fechada. Tinha de lhe pedir sigilo mais uma vez. – Um verdadeiro rojão.

– Mais uma vez, do que se trata?

– Vai ficar sabendo quando eu mesma tiver mais informações.

– Por que tanto segredinho? – reclamou seu colega diretor, desconfiado. – Geralmente decidimos juntos o que fazemos. Ou alguma coisa está acontecendo pelas minhas costas?

– Nada está acontecendo – respondeu Hanna com rigor. – E ainda não está na hora de falar do assunto para o grupo todo.

– Mas para o Matern você já falou a respeito... – começou Niemöller, magoado como uma primeira-bailarina que perdera o papel para outra no Cisne Negro.

– Jan, deixe de ser infantil. Você vai saber de tudo cedo o suficiente – interrompeu-o Hanna. – E, por acaso, o Wolfgang é não apenas o diretor do programa, como também um bom amigo.

– Se você não estiver enganada – rosnou Niemöller, com ciúme.

Hanna deu mais uma olhada em seu smartphone antes de colocá-lo na bolsa; depois, estampou no rosto seu sorriso profissional.

– Venha – disse, conciliatória, dando-lhe o braço. – Vamos comemorar. Temos todos os motivos para isso.

– Minha vontade de comemorar foi embora – respondeu Niemöller, desvencilhando-se bruscamente dela. – Vou para casa.

– Tudo bem. – Hanna deu de ombros. – Boa noite, então.

Se tinha achado que ela iria lhe implorar para acompanhá-la, estava muito enganado. Ele estava ficando cada dia mais chato com essa sua possessividade. Talvez ela devesse procurar um sucessor para ele ou, melhor ainda, uma sucessora.

* * *

A lista de convidados daqueles que se apressavam pelo jardim da maravilhosa mansão da avó da Miriam, no nobre bairro de Holzhausen, era como a nata da sociedade requintada de Frankfurt e Vordertaunus. Nomes antigos, nomes novos, dinheiro antigo e dinheiro novo; todos se divertiam lado a lado, e a atmosfera era generosa. Quando Charlotte Horowitz fez o convite para apresentar jovens músicos talentosos, todos compareceram. Naquele dia, um pianista de 17 anos era o centro das atenções. Por causa da aventura no centro comercial Main-Taunus, Pia acabou chegando atrasada e só conseguiu assistir às últimas notas da apresentação de um verdadeiro virtuose.

Mas não lamentou muito, pois sua prioridade era a excelente comida, cuja qualidade era garantida pela vovó Horowitz.

Junto ao bufê, encontrou Henning.

– E aí? Pontualmente atrasada de novo? – provocou. – Já está dando para notar.

– Só se for você – respondeu Pia. – Ninguém aqui está prestando atenção em mim. Além do mais, não sou muito fã dessa martelação de piano.

– A Pia não tem sensibilidade para as artes – constatou Lilly, sabichona. – Foi o que o vovô disse ontem.

– Como seu avô tem razão! – respondeu Henning, rindo.

– Tudo bem, admito. – O olhar de Pia deslizou o olhar pelas delícias tentadoras e pensou por onde deveria começar. Estava verde de fome.

Miriam veio até ela de braços abertos e beijou-a nas bochechas.

– Que vestido chique! – notou. – É novo?

– É, foi lançado hoje pela Chanel – brincou Pia. – Pela bagatela de dois mil euros.

– Não é verdade! – intrometeu-se Lilly, indignada.

– É brincadeira – disse Pia. – Conte à Miriam a nossa aventura e por que chegamos tão atrasadas e perdemos esse *maravilhoso* pianista.

Piscou para a amiga. Miriam sabia que ela não ligava a mínima para os discípulos de música da sua avó. Lilly falou da aventurosa história no centro comercial, sem se esquecer dos detalhes, como o preço do vestido de Pia – 59,90 euros. Era o que deviam ter custado, aproximadamente, dez centímetros quadrados do vestido de Miriam.

– Essa menina ainda vai me tirar do sério – Pia revirou os olhos.

– Ei, Pia, olha lá, aquele moço ali, eu conheço do zoológico Opel! – A menina apontou para um casal que estava com um rapaz de cerca de 18 anos junto a um grupo de pessoas.

– Não se apontam as pessoas com o dedo – repreendeu Pia.

– E se aponta com o que, então? – perguntou Lilly.

Pia respirou fundo e deu de ombros.

– Esqueça. Vá brincar. Mas, por favor, fique por perto e venha até mim a cada 15 minutos.

Obediente, a menina se afastou e foi direto até o rapaz. Tímida, não conhecia ninguém.

– Diga uma coisa, Henning: aquele homem ao lado do rapaz não é o promotor Frey? – perguntou Pia, apertando os olhos. – O que ele está fazendo aqui?

– Markus Frey faz parte do conselho administrativo da Fundação Finkbeiner – esclareceu Miriam no lugar de Henning, tomando de colherinha a sopa gelada de pepino com casca de crustáceo caramelizada que estava em um copinho de aguardente. – Você o conhece?

– Tanto quanto os outros promotores de Frankfurt – respondeu Pia. – Recentemente ele esteve no local em que foi encontrado um corpo e, no dia seguinte, até mesmo na autópsia.

– Vocês conseguiram avançar no caso? – quis saber Henning, abaixando a voz. – Aliás, ali vem vindo a Charlotte. Aproveite logo para escapar. Estou vendo claramente o seu esforço para controlar sua voracidade.

Pia lançou-lhe um olhar aniquilador. Para escapar era tarde demais, pois a avó de Miriam já a tinha avistado. Por razões inexplicáveis, havia muito tempo Pia tinha caído nas graças da velha senhora, e desde que, alguns anos antes, esclarecera o assassinato de um conhecido próximo, convidava-a para toda ocasião possível e imaginável. Demorou meia hora exata para Pia finalmente voltar às proximidades do bufê.

O ar tinha ficado pesado, e os mosquitos, irritantes. A meteorologia tinha anunciado para aquela noite um forte temporal. Antes que ele desabasse, Pia queria ir para casa. Rapidamente, carregou um prato com uma porção de delícias e saiu à procura de Miriam, que acabou encontrando na companhia de Henning e alguns outros conhecidos em um pavilhão sob a antiga e maravilhosa castanheira do jardim. A atmosfera estava alegre, todos se conheciam bem, e as brincadeiras reinavam. Novamente, o vestido de Pia foi o assunto preferido das observações zombeteiras de Henning, até que ela se cansou.

– Alguém que sai por aí com uns óculos desses devia ficar calado quando o assunto é moda – disse, e os presentes riram.

– Mais uma vez se vê que você não sabe de nada. – Henning contorceu o rosto. – Só a armação custou oitocentos euros, sem contar as lentes.

– Onde você as conseguiu? – sorriu Pia, irônica. – Por acaso comprou da Nana Mouskouri?*

O grupo caiu na risada, e Henning, que não gostava muito quando zombavam da sua cara, ficou ofendido.

* Cantora e política grega. [N. da T.]

De repente, Pia se lembrou de Lilly, que já não via há um bom tempo.

Muitos convidados entraram na casa ou já tinham ido embora, pois o dia seguinte era de trabalho; além do mais, durante a semana, não se ficava na casa dos outros até a meia-noite. Era falta de educação. No jardim, Pia não viu sinal de Lilly e logo ficou nervosa. Uma preocupação dessas por dia já está de bom tamanho.

– Talvez eu deva implantar um rastreador subcutâneo nessa menina – disse para Miriam e Henning, que a ajudaram a procurá-la. – Hoje já envelheci uns dez anos.

Finalmente encontraram Lilly no salão que dava para o jardim. Ela e seu colega de brincadeiras do zoológico Opel estavam deitados em um sofá, dormindo, e Lilly tinha escolhido justamente a coxa do promotor-chefe como travesseiro. A mão do promotor repousava levemente sobre a cabeça da menina enquanto ele conversava com outros dois senhores, sentados nas poltronas da frente.

– A bela e a fera – murmurou Henning, irônico. – Que idílio!

– Ah, senhora Kirchhoff, doutora Kirchhoff. – O promotor-chefe sorriu espontaneamente. – A menina é sua. Não queria acordá-la, mas também vou ter de ir embora.

– Já vou liberá-lo. – Pia ficou um pouco sem graça, como se tivesse sido flagrada como mãe desnaturada. – Sinto muito. Espero que a Lilly não o tenha incomodado.

– Não, não, não se preocupe, tivemos uma conversa muito agradável. – Dom Maria Frey afastou-se um pouco para o lado e levantou-se; em seguida, ergueu com cuidado a criança que dormia e entregou-a para Pia. – Uma menina encantadora, tão segura de si e alegre.

Lilly pendeu como um saco nos braços de Pia, com a cabeça apoiada em seu ombro.

– Dá para carregá-la ou quer que eu a leve até seu carro? – perguntou Frey, preocupado.

– Não, muito obrigada. Dá para levá-la, sim. – Pia sorriu.

– Tenho três filhos – explicou o promotor-chefe. – Este mocinho aqui, Maxi, é meu mais novo; acho que ele e Lilly se conheceram na escolinha do zoológico.

– Ah, sim – respondeu Pia.

As pessoas sempre conseguiam surpreendê-la. O promotor-chefe durão tinha um lado humano e afetuoso.

Pia despediu-se educadamente. No caminho para o carro, Lilly acordou.

– Estamos indo para casa? – murmurou de maneira quase incompreensível.

– Por hoje chega – respondeu Pia. – Já são quase 11 horas. O vovô deve estar preocupado, querendo saber onde estamos.

– Foi tão legal hoje com você, Pia! – Lilly bocejou e abraçou o pescoço dela. – Gosto taaanto de você, Pia. Você é minha mamãe alemã.

Disse isso com tanta simplicidade e sinceridade em sua franqueza de criança que Pia engoliu em seco. Já tinha se esquecido da rejeição inicial e de todo aborrecimento.

– Também gosto muito de você – sussurrou.

No trevo viário em Kriftel, Hanna saiu da rodovia e pegou a L3011 no sentido de Hofheim. Suada e exausta, não via a hora de tomar uma ducha ou, melhor ainda, ficar um pouco na piscina. Acima de tudo, precisava dormir algumas horas, pois, na noite seguinte, faria a apresentação de uma estreia na casa de espetáculos de Wiesbaden e, por isso, precisava estar em forma.

Obviamente não conseguiu sair da festa meia hora depois. Jan simplesmente foi embora, bravo e magoado como um garotinho, deixando-a sozinha com os convidados. Até pouco depois da meia-noite, dissimulou sua contrariedade; depois, aproveitou o temporal que estava se armando como pretexto para deixar a festa. Foi difícil concentrar-se nas conversas, tantas eram as coisas que lhe passavam pela cabeça. Meike. Os riscos no seu carro. A história estranha em que sua terapeuta estava envolvida. Norman, que a ameaçara por telefone, mas que não aparecera mais. Porém, o que mais a ocupava era Mr. Blue Eyes. Até mesmo durante o programa pegou-se pensando nele algumas vezes.

Tinham se aproximado muito, não apenas em sentido físico, mas Hanna ainda sabia pouco sobre ele, não conseguia avaliá-lo realmente. Alguns anos antes, talvez ela até entrasse às cegas em um caso amoroso, mas as decisões erradas que já havia tomado na vida no que diz respeito aos homens fizeram com que ela se tornasse precavida. No rádio começou a tocar uma música de que ela gostava. Aumentou o volume no volante. A música saiu vibrando das caixas de som, e ela cantou junto, em voz alta. Havia começado a ventar, e relâmpagos cintilavam no céu. O temporal já havia varrido Oberursel, transformando as ruas em rios caudalosos. Em alguns minutos, também a alcançaria. À luz dos faróis, alguma coisa na rua passou correndo à sua frente, e, instintivamente, ela virou o volante para a esquerda. Sentiu uma corrente de adrenalina pelo corpo; diminuiu a velocidade. Felizmente não vinha nenhum carro na direção contrária; do contrário, teria sido por pouco. Passadas algumas centenas de metros da saída para Kreishaus, ligou a seta e virou no sentido de Langenhain. Pouco antes do cemitério, um carro escuro a ultrapassou.

– Idiota! – murmurou Hanna, que, assustada, pisou no freio. Que suicida para ultrapassar alguém em um lugar com tão pouca visibilidade! Depois viu o que era. No vidro traseiro do veículo acendeu-se um sinal vermelho. POLÍCIA – FAVOR SEGUIR!

Mais essa agora! Provavelmente estavam dirigindo atrás dela, viram a manobra que ela fez para se desviar e acharam que ela estivesse bêbada. Na festa depois do programa, ela só tinha tomado duas cervejas com limonada, que mal atingiriam a taxa 0,5 mg/g de álcool no sangue.

O carro escuro virou à direita no grande estacionamento da floresta. Com um suspiro, Hanna ligou a seta, diminuiu o volume da música e parou atrás da viatura da polícia. Abaixou o vidro.

Dois homens desceram, um policial à paisana iluminou seu carro com uma lanterna.

– Boa noite – disse. – Controle de tráfego. Carteira de motorista, identidade e documentos do carro, por favor.

Hanna pegou a bolsa que estava no assento do passageiro e dela tirou a carteira. Estava feliz por ter consigo todos os documentos. Tanto mais rápido poderia continuar a viagem. Seus dedos tamborilaram impacientes sobre o volante enquanto o tira à paisana ia até a viatura. O segundo permaneceu na frente do seu carro, na diagonal.

Deveria escrever um SMS para Mr. Blue Eyes? Ou seria melhor esperar que ele fosse o próximo a se manifestar? De maneira alguma queria despertar a impressão de que estava correndo atrás dele.

As primeiras gotas pesadas de chuva caíram no para-brisa, o vento rumorejou nas grandes árvores ao redor. Que demora! Já faltava pouco para uma hora da manhã.

Finalmente, o policial voltou.

– Por favor, desça e abra o porta-malas.

Se ela se opusesse, talvez ainda a fizessem assoprar no bafômetro; portanto, era melhor fazer logo o que estavam pedindo. Provavelmente, estavam entediados em seu turno da noite, e um carro como o dela sempre despertava atenção e inveja. Desde que passou a dirigir o Panamera, nunca foi tantas vezes parada pela polícia. Hanna apertou um botão, o porta-malas se abriu e ela desceu.

Gotas frias de chuva atingiram sua pele pegajosa. Havia no ar um cheiro de vegetação, alho selvagem, asfalto úmido e aquele odor metálico que a terra exala no verão, quando é molhada depois de longas fases de seca.

– Onde estão o triângulo, o colete refletivo e a caixa de primeiros socorros?

Santo Deus, eles estavam mesmo sendo detalhistas! A chuva se intensificou, e Hanna começou a tremer de frio.

– Aí estão o triângulo e o colete. – Apontou para a parte embaixo da cobertura do porta-malas. – E aqui está a caixa de primeiros socorros. Satisfeitos?

Um relâmpago cintilou.

Com o canto do olho, Hanna percebeu um movimento. O segundo policial apareceu de repente atrás dela. Ela sentiu a respiração em sua nuca, e seu cérebro registrou instintivamente o perigo.

Eles não são policiais! – passou por sua cabeça quando mãos fortes agarraram seus braços. Num piscar de olhos, curvou-se para a frente, dando ao mesmo tempo um passo para trás. O agressor soltou-a, de maneira que ela conseguiu se virar e chutar sua genitália com o joelho. A reação de Hanna foi puro reflexo. No curso de autodefesa que havia feito depois que aquele maluco a perseguira por quase dois anos, aprendera no nível básico "Libertando-se de ataques" como se defender quando se é agarrado. O homem cambaleou, encolheu-se e a xingou. Hanna aproveitou o momento para fugir, mas não contava com o segundo cara. Um golpe atingiu a parte de trás de sua cabeça. Pontos luminosos explodiram diante dos seus olhos como fogos de artifício; seus joelhos cederam, e ela desmoronou. Percebeu vagamente as pernas e os sapatos dos homens, a perspectiva tinha mudado. Viu o chão lamacento, no qual se formavam poças sob a chuva que se intensificava, mas não entendeu o que estava acontecendo. Por um momento, sentiu-se sem gravidade, perdeu a orientação. Em seguida, de repente ficou tudo seco, escuro e quente. Tudo corria tão rápido, que nem teve tempo de sentir medo.

Adorava ficar no estábulo. Para ela, era o lugar mais bonito no mundo todo. Nenhum dos seus irmãos gostava tanto de cavalos como ela, e

muitas vezes tampavam o nariz quando ela saía do estábulo cheirando a cavalo. Gostava de fazer volteio, era boa nisso, e como era muito graciosa e leve, podia fazê-lo não só quando era obrigada, mas também nas atividades da série livre. Desfrutou da sensação de segurança e leveza que sempre a percorria quando treinava sobre as costas do cavalo, enquanto os outros não conseguiam fazer aqueles movimentos nem mesmo no chão.

Depois da aula, ajudou Gaby, a professora de volteio, a cuidar do Asterix. Pôde raspar seu casco e levar o cavalo até sua baia. Asterix era o cavalo mais querido do mundo. Tinha o pelo branco, doces olhos castanhos e uma crina prateada. As outras meninas do grupo de volteio já tinham ido embora, mas ela não estava a fim de ir para casa. Sentou-se no boxe do Asterix, embaixo do comedouro, e ficou olhando o cavalo branco saborear seu feno.

– Ei! – soou de repente a voz de Gaby bem em cima da sua cabeça. – Ainda está aí? Vamos logo, senão você vai passar a noite no estábulo.

Não tinha nada contra. Ali, sentia-se segura. Ali, seus pesadelos não chegavam. Gaby abriu a baia e entrou.

– O que você tem, hã? Quer que eu te leve para casa? – A professora de volteio agachou-se à sua frente e olhou para ela. – Lá fora já está quase escuro. Seus pais vão ficar preocupados.

Ela abanou a cabeça. Só de pensar em ir para casa, sentiu-se mal de tanto medo, mas não podia dizer nada, era um segredo que não podia contar a ninguém; tinha prometido ao pai com todas as letras. Mas na última noite voltou a ter pesadelos e aquele medo dos lobos. Pois alguém viria para comê-la se falasse a alguém do segredo, era o que o tio Richard tinha lhe dito recentemente. Por puro medo, não se atreveu a ir ao banheiro e acabou fazendo xixi na cama. Por isso, naquela manhã, a mamãe ficou uma fera e os irmãos riram dela.

– Não quero ir para casa – disse baixinho.

– Por que não? – quis saber Gaby, olhando para ela.

– Porque... porque... meu pai sempre me machuca muito.

Não ousava olhar para a moça. Muito tensa, agora que tinha quebrado a promessa ficou esperando acontecer alguma coisa horrível. Mas não aconteceu nada, e arriscou erguer a cabeça. Gaby estava muito séria, como nunca a vira antes.

– Como assim? – perguntou. – O que ele faz?

A coragem se dissolveu por completo. Não ousava dizer mais; porém, de repente, teve uma ideia.

– Será que não posso ir para a sua casa com você? – perguntou. Gaby gostava dela, tinha orgulho da sua melhor aluna, como sempre dizia. Já tinha estado na casa da professora de volteio com outras meninas; viram fotos de cavalos e tomaram chocolate. Gaby era grande e nunca tinha medo de nada. Iria protegê-la dos lobos.

– Infelizmente não dá – respondeu Gaby, para sua decepção. – Mas posso te levar para a sua casa e falar com a sua mãe.

Ela olhou para Gaby e lutou contra as lágrimas que começaram a brotar.

– Mas o lobo mau – sussurrou.

– Que lobo mau? – Gaby se levantou. – Será que você não teve um pesadelo?

Decepcionada, abaixou a cabeça e se ergueu. Gaby quis pegá-la no colo, mas ela se desvencilhou.

– Tchau, Asterix – disse ao cavalo; depois, saiu da baia e deixou o estábulo, sem dizer mais nada. Somente então veio o medo, e as lágrimas queimavam como fogo por trás das suas pálpebras. E se agora os lobos fizessem alguma coisa com a Gaby, só porque ela não tinha ficado de boca fechada e lhe contado o segredo?

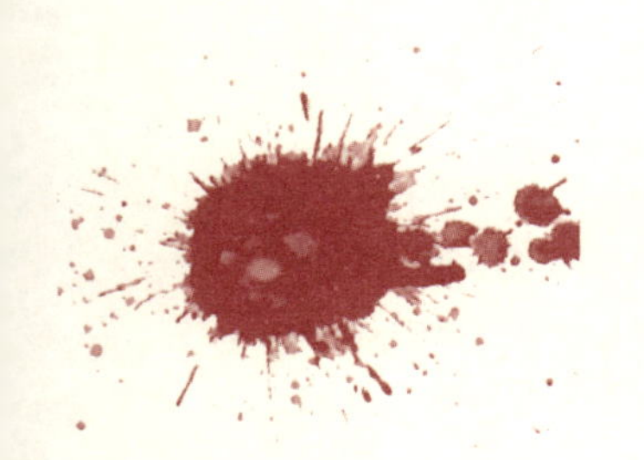

Sexta-feira, 25 de junho de 2010

— O celular dela continua desligado. E ela também não está atendendo no fixo.

Meike olhou para o grupo e viu rostos desnorteados e preocupados. Fazia meia hora que os nove funcionários da Herzmann production GmbH estavam sentados ao redor da mesa oval na sala de reuniões, tomando litros de café e ficando cada vez mais inquietos. Como um rebanho de ovelhas sem a ovelha-chefe, pensou com ironia.

– Já mandou um SMS? – perguntou Irina Zydek, que há uma eternidade era assistente de Hanna e praticamente fazia parte do inventário da empresa. Por razões inexplicáveis, era louca por Hanna, embora esta não a tratasse com especial simpatia. Ao longo dos anos, com serenidade estoica, acompanhou a chegada e a partida de uma série sem fim de maridos, admiradores, amantes, diretores executivos, produtores, assistentes de produção, redatores, estagiárias e diretores financeiros. Quem não se desse bem com ela não teria a menor chance de se aproximar da grande Hanna Herzmann. Irina era de uma fidelidade abnegada, e mesmo que por fora pudesse parecer um rato cinzento, por dentro era um Cérbero, durona e incorruptível.

– Como é que ela vai ler se o celular está desligado? – respondeu Meike. – Deve ter dormido demais e perdido a hora. Ou então a bateria está descarregada.

Irina levantou-se, foi até a janela e deu uma olhada no pátio.

– Desde que a conheço, Hanna nunca se atrasou sem avisar – disse. – Estou ficando preocupada.

– Ah, bobagem. – Meike deu de ombros. – Logo aparece por aí. Ontem a festa terminou tarde.

Muito provavelmente, deve ter ido festejar na casa de algum cara. Havia homem no meio, disso tinha certeza. Meike conhecia muito bem os sintomas típicos de quando sua mãe estava apaixonada. Bastava que os hormônios a dominassem para ela esquecer todo o resto. Nas últimas semanas, andava mudada, desligava o celular e, às vezes, demorava horas para ser encontrada. Além disso, não dissera uma palavra quando Meike lhe anunciara que passaria o verão na cidade, em plena Sachsenhausen, em vez de ir para sua casa naquele fim de mundo, onde Judas perdeu as botas. Na verdade, Meike estava esperando que ela pedisse e implorasse chorando; intimamente, já estava até gostando, mas Hanna mal reagiu ao seu comunicado. "Se você prefere", foi o que disse, mais nada. Novamente algum cara era mais importante do que ela, pensara Meike, e agora sua suspeita parecia se confirmar. Claro que Hanna não lhe contara nada, e Meike preferia morder a língua a perguntar. Estava pouco se lixando para a vida da mãe, e se não estivesse precisando de dinheiro com tanta urgência, nunca que teria aceitado aquele trabalho.

– Um de nós deveria ir até lá dar uma olhada. – Jan Niemöller parecia tresnoitado. Com olhos vermelhos e barba por fazer, estava nervoso. – Ontem a Hanna estava muito estranha.

Claro, ela queria encontrar seu garanhão, pensou Meike com desprezo, mas se absteve da observação mordaz. Comentários negativos sobre a mãe não eram bem-vindos ali. Irina e Jan deliberavam sobre o melhor procedimento, e Meike se perguntava o que motivava aqueles dois.

Era simplesmente absurdo Jan pagar aquele mico. Entre ele e Irina ardia uma competição tão grande que nem mesmo com quarenta graus de febre ficariam em casa, por puro medo de que, em sua ausência, o outro pudesse ganhar pontos na luta pelos favores de Hanna. Entregavam-se a verdadeiras batalhas de ciúme quando se tratava de decidir quem faria o quê, quando e como para Hanna, e ela, de maneira desprezível, tirava vantagem dessa guerrinha tola de jardim de infância.

Irina e Jan continuavam a discutir. Meike empurrou a cadeira, jogou a bolsa no ombro e se levantou.

– Embora eu não esteja nem um pouco a fim de ir até Langenhain agora, é o que vou fazer. Para que vocês relaxem de uma vez por todas.

– É gentil da sua parte – disseram ambos em uníssono, em um raro momento de acordo.

– Caso ela dê notícias nesse meio-tempo, ligo para você. – Irina sorriu aliviada.

Meike estava feliz por sair da empresa. Naquele dia, certamente não voltaria ao escritório. Não com aquele tempo maravilhoso.

Pela primeira vez após duas semanas agitadas, voltava-se à ordem do dia na delegacia de homicídios. Não havia novas pistas nem indicações, e o telefone da linha direta tocava apenas raramente. Nos jornais, catástrofes e acontecimentos atuais já haviam tirado a moça morta no rio Meno das manchetes.

Mesmo assim, Bodenstein se ocupava intensamente do caso mais recente. No final da manhã, teve uma conversa detalhada com o redator do Aktenzeichen X Y por telefone e depositou grandes esperanças no programa. O único porém era o dia da transmissão, que caía justamente na primeira semana das férias de verão no Estado de Hessen. Sobre a mesa de sua sala, abriu a pasta com o caso "Sereia" e juntou os documentos que levaria na semana seguinte para Munique. Não era a primeira vez que Bodenstein se apresentaria ao público em um estúdio de televisão. Por duas vezes o programa rendera dicas úteis que acabaram levando à prisão do criminoso; uma terceira vez, sua participação de nada servira. Estava anotando as informações que o redator iria precisar de antemão junto com as fotos e as provas quando alguém bateu à sua porta.

– Temos um chamado de urgência, chefe – disse Kai Ostermann. – Já consegui falar com a Pia; estará aqui em dez minutos.

Seu olhar pousou sobre os documentos cuidadosamente selecionados.

– Mas também posso tentar mandar Cem e Kathrin. Ainda estão cuidando do caso de suicídio em Eppstein.

– Não, não, está tudo bem. Vou até lá. – Bodenstein levantou o olhar. Um pouco de ar fresco não lhe faria mal. – Talvez você possa colocar as fotos e os pedaços de roupa ainda hoje no correio. Escrevi o endereço aqui.

– Claro. – Ostermann anuiu. – Vocês precisam ir para Weilbach. Uma mulher em um porta-malas. Infelizmente não sei de mais nada.

– Onde exatamente? – Bodenstein se levantou. Pensou se deveria levar o paletó. Em pouco tempo, o temporal da última noite tinha providenciado um resfriamento enganador. Aquele dia estava mais insuportável do que os anteriores, pois ao calor tinha se associado uma umidade que parecia tropical, beirando os setenta por cento.

– Em algum lugar no campo atrás da área de descanso da rodovia de Weilbach no sentido de Frankfurt. Também já mandei Kröger para lá.

– Ótimo. – Bodenstein pegou o paletó no encosto da cadeira e saiu do escritório.

Andava muito ocupado com o caso da adolescente morta, retirada do rio. Em sua carreira na Polícia Criminal tivera dois casos que, apesar dos intensos esforços, até então não tinham sido esclarecidos. Ainda trabalhava na delegacia de homicídios de Frankfurt quando um menino de 13 anos foi encontrado morto em um túnel de pedestres no bairro de Höchst e, em 2001, o corpo de uma menina foi encontrado no Meno, na altura do parque Wörthspitze, em Nied. Em ambos os casos, tratava-se de jovens, quase crianças, vítimas de crimes bárbaros. As mortes permaneceram impunes e até aquele momento os criminosos estavam soltos. Será que tinha acontecido uma terceira vez? O índice de esclarecimento de crimes contra a vida era relativamente alto na Alemanha, mas ainda não ter nem uma única pista depois de quase três semanas era mau sinal.

* * *

– Hanna?

Meike ficou parada no vestíbulo, tentando ouvir alguma coisa. Embora tivesse a chave da casa, tocou a campainha duas vezes, pois não estava a fim de surpreender a mãe em flagrante com algum homem na cama.

– Hanna!

Nada. Não havia ninguém em casa. Meike foi até a cozinha, depois atravessou a sala de jantar e a de estar até o escritório. Deu uma olhada no cômodo, que parecia tão caótico como sempre. No quarto, no andar de cima, a cama estava arrumada, as portas dos armários estavam abertas, algumas roupas estavam penduradas em cabides dentro do armário, vários pares de sapatos estavam espalhados pelo chão.

Provavelmente, mais uma vez sua mãe não teria conseguido decidir que roupas vestiria na noite do programa. As que sua estilista selecionava apenas raramente lhe agradavam; preferia usar suas próprias roupas. O quarto não parecia de ter sido palco de uma tórrida noite de amor; ao contrário, dava a impressão de que Hanna não tinha voltado para casa.

Meike desceu.

Não gostava daquela casa, que lhe dava arrepios. Quando criança, achava legal morar em uma rua em que nunca passavam carros. Andava de patins e quadriciclo com os filhos dos vizinhos. Brincavam de pular elástico e amarelinha e passeavam na floresta. Mas depois a casa se tornou uma inimiga. Após meses de brigas, seus pais se separaram, o pai sumiu de repente e a mãe a deixava sozinha com garotas que trabalhavam como *au pair* e nunca eram as mesmas. E, quando ficou mais velha, tornou-se um inferno ficar mofando em Langenhain, à beira da floresta, enquanto a vida acontecia em outro lugar.

Meike abriu a caixa de correio, tirou um bolo de cartas e olhou-as rapidamente. De vez em quando ainda chegava correspondência para ela. Um bilhete que estava entre as cartas caiu no chão. Meike se abaixou e o pegou. Era uma página arrancada de uma agenda.

Esperei até 1h30, leu. *Queria ter visto você. Celular sem bateria! Aqui vai o endereço, BP já sabe. Me ligue. K.*

O que significava aquilo? E que endereço era aquele em Langenselbold, que esse tal de K tinha escrito?

A curiosidade de Meike havia despertado. Não admitiria nem para si mesma, mas a mudança pela qual sua mãe havia passado nas últimas semanas a irritava. Hanna agia em segredo, não dizia a ninguém aonde ia nem onde tinha estado; nem mesmo Irina sabia de alguma coisa. Será que esse "K", que queria ter visto sua mãe, era seu novo namorado? E quem era BP, que já sabia de alguma coisa?

Meike deu uma olhada no celular. Faltava pouco para as 11. Tinha tempo mais do que suficiente para ir rapidamente até Langenselbold e dar uma olhada no que se escondia por trás daquele endereço.

* * *

Bodenstein apertou o botão que abria a porta e entrou na antecâmara. Com a cabeça, cumprimentou o segurança que estava sentado na sala de vigilância, atrás de um vidro blindado, e o deixou passar. Pia já o esperava no carro, com o motor ligado. Entrou no carro e respirou aliviado. Ela havia conseguido um carro de serviço com ar-condicionado, e estava agradavelmente fresco em seu interior.

– Sabe de mais alguma coisa? – quis saber Bodenstein enquanto tentava pegar o cinto de segurança.

– Parece que encontraram o corpo de uma mulher em um porta--malas – respondeu Pia. Virou à esquerda, no sentido da rodovia. – Conseguiu ir ao encontro com o tabelião ontem à noite?

– Consegui. A casa foi vendida.

– Foi ruim?

– Por incrível que pareça, não. Talvez ainda fique, quando a esvaziarmos. Mas como deu certo com a casa em Ruppertshain, a despedida vai ser mais fácil. – Bodenstein pensou no seu encontro com Cosima, na noite anterior, no tabelionato de Kelkheim. Era a primeira vez que a via desde sua triste separação, quase dois anos antes, e conseguia conversar com ela de maneira bastante objetiva, sem que alguma coisa o afetasse. Já não tinha nenhum sentimento, nem bom nem ruim, pela mãe de seus três filhos, com a qual havia passado mais da metade da vida. Era assustador, mas, ao mesmo tempo, um alívio. Talvez essa fosse a base para que eles se reencontrassem no futuro.

Na viagem a Weilbach, contou a Pia sobre o interrogatório na Agência Estadual de Investigação e sobre a derrota de Behnke. O toque estridente do celular de Pia interrompeu-o e lhe tirou a decisão de contar ou não à sua colega sobre o confronto final entre Behnke e Nicola Engel no corredor da Agência.

– Pode atender para mim? – pediu Pia. – É o Christoph.

Bodenstein atendeu e segurou o celular junto à orelha de Pia.

– Infelizmente não sei até que horas vou trabalhar hoje. Acabamos de receber um chamado e estamos a caminho – disse. – Hum... sim... Grelhado está ótimo. Ainda tem salada de macarrão na geladeira, mas se for ao supermercado, então não se esqueça de comprar sabão em pó; me esqueci de escrever na lista.

Uma típica conversa de casal, como Bodenstein tivera tantas vezes no passado com Cosima. Nos últimos dois anos, em que sua vida privada assumira um estado excepcional, muitas vezes chegou a sentir falta desse tipo de intimidade. Quanto mais tentava se convencer de que sua nova liberdade seria uma oportunidade emocionante, mais sentia falta em seu íntimo de um verdadeiro lar, onde pudesse compartilhar sua vida com outra pessoa. Não tinha nascido para viver sozinho por muito tempo.

Pia ouviu por um instante, murmurou algumas vezes, concordando, mas uma hora sorriu de um jeito que Bodenstein apenas raramente a via sorrir.

– Tudo bem – terminou a conversa. – Ligo mais tarde.

Bodenstein desligou o telefone e o colocou no console.

– Por que está sorrindo desse jeito? – perguntou, curioso.

– Ah, é a menina – respondeu Pia simplesmente, sem olhar para ele. – Ela é uma graça. De vez em quando, diz umas coisas... – Voltou a ficar séria. – Pena que logo vai ter de ir embora.

– Dias atrás você dizia outra coisa – disse Bodenstein, achando graça. – Estava totalmente irritada e marcava no calendário os dias que faltavam para ela partir.

– É verdade. Mas, nesse meio-tempo, Lilly e eu acabamos nos entendendo – admitiu Pia. – Uma criança como ela em casa realmente muda tudo. Principalmente porque subestimei as responsabilidades que, de repente, a gente acaba tendo. Às vezes, ela é tão independente que me esqueço de quanto, na verdade, ainda precisa de proteção.

– Nisso você tem razão. – Bodenstein anuiu. Em dezembro, sua caçula faria 4 anos, e, quando ela ficava com ele a cada duas semanas ou mesmo durante uma semana, ele sempre percebia quanta atenção uma criança pequena exigia, mas quanta alegria também proporcionava.

Na saída para Hattersheim, deixaram a A66 e entraram na L3265, no sentido de Kiesgrube. Já de longe viram o local do ocorrido, pois em um campo havia um helicóptero de resgate, cujas pás giravam lentamente em ponto morto.

Às margens de um trigal vizinho, havia veículos operacionais da polícia, uma ambulância e uma viatura de resgate. Ela diminuiu a velocidade e acionou a seta, mas antes que pudesse entrar no caminho para o campo, um colega uniformizado pediu que parasse no acostamento. Desceram do carro e percorreram os últimos cinquenta metros a pé. Bodenstein se deparou com uma muralha de calor úmido. Seguiu Pia por uma faixa estreita de grama, pois o caminho encharcado pelo temporal estava isolado. O trigo não havia superado a noite sem danos; o forte aguaceiro havia quebrado ou abatido muitos talos.

– Por favor, deem a volta ali por fora! – gritou Christian Kröger, mostrando com o braço a direção do campo, em que uma trilha havia sido demarcada com um cordão de isolamento. O chefe da Polícia Científica e seus três colaboradores já estavam em seus macacões brancos com capuz, um trabalho nada invejável com aquele calor de matar. Ao longo e ao largo não se via nenhuma árvore que pudesse oferecer sombra.

– O que temos aqui? – quis saber Bodenstein ao se aproximarem de Kröger.

– Uma mulher no porta-malas de um carro, nua e inconsciente – respondeu Kröger. – Nada bonito de ver.

– Não está morta? – perguntou Bodenstein.

– Acha que agora levam cadáveres de helicóptero ao Instituto Médico Legal? – respondeu Kröger, sarcástico. – Não, ainda está viva. Duas pessoas do serviço de manutenção das rodovias viram o carro da área de descanso e acharam estranho. Vieram até aqui, infelizmente sem tomar cuidado para não apagar algumas pistas.

Um pecado mortal aos olhos de Kröger. Mas quem, além de um policial, pensaria logo em um crime ao ver um carro sem dono parado no campo?

– O carro não estava trancado, e a chave estava na ignição. Em seguida a encontraram.

Ao passar, Bodenstein olhou dentro do porta-malas aberto do Porsche Panamera preto e viu grandes manchas escuras, provavelmente de sangue. Dois médicos de emergência estavam ocupados na ambulância.

– A mulher foi gravemente ferida – respondeu um deles à pergunta de Bodenstein. – Além disso, está totalmente desidratada. Uma ou duas horas a mais dentro do porta-malas fechado com esse calor e ela não teria sobrevivido. Estamos tentando recuperá-la para poder transportá-la. Sua circulação está mal.

Bodenstein não se incomodava com esse tipo de expressão, pouco qualificada. Médicos de emergência eram soldados de linha de frente, e justamente a equipe que trabalhava de helicóptero devia ver mais horrores do que uma pessoa normal seria capaz de suportar. Conseguiu ver de relance os hematomas e lacerações no rosto da mulher.

– Foi espancada e violentada – constatou o médico sobriamente. – E de maneira bastante brutal.

– Meu colega disse que estava nua – disse Bodenstein.

– Nua, com mãos e pés amarrados com lacres e a boca amordaçada com uma fita de tecido – confirmou o médico. – Só um filho da puta para fazer uma coisa dessas.

– Chefe?

Bodenstein se virou.

– Conversei com os dois rapazes que encontraram a mulher – disse Pia em voz baixa, colocando-se à sombra da ambulância. – Me contaram que o estacionamento atrás da área de descanso é conhecido em certos grupos como ponto de encontro para quem quer fazer sexo anonimamente.

– Acha que ela pode ter marcado um encontro com alguém aqui e teve uma má surpresa? – O olhar de Bodenstein vagou pelos campos até a área de descanso. Havia tanta gente doente e perversa solta no mundo que, às vezes, só de pensar nisso era quase insuportável.

– É possível. – Pia anuiu. – Além disso, os colegas investigaram a placa do veículo. Está registrado no nome de uma empresa em Frankfurt. Herzmann production, na Hedderichstraße. No carro não havia bolsa nem documentos. Mas o nome Herzmann me diz alguma coisa.

Pensativa, franziu a testa.

O nome logo veio à memória de Bodenstein. Não era de assistir muito a televisão, mas talvez o tenha lido recentemente em algum lugar ou simplesmente era fácil de guardar porque continha uma aliteração.

– Hanna Herzmann – disse ele. – A apresentadora de televisão.

* * *

Uma cama, uma mesa, uma cadeira, um armário de compensado claro. Uma pequena janela, obviamente com grades. Em um canto, um vaso sanitário sem tampa, uma pia; em cima dela, um espelho de metal. Cheiro de desinfetante. Oito metros quadrados que seriam seu mundo pelos próximos três anos e meio.

A porta pesada fechou-se com um estalo abafado atrás dele. Estava sozinho. O silêncio era tão grande que conseguia ouvir a pulsação nos ouvidos, e lhe sobreveio a necessidade desesperada de pegar o celular e ligar para alguém, qualquer pessoa, só para ouvir uma voz humana. Mas já não tinha celular. Nem computador. Nem roupa própria. A partir daquele dia era pau-mandado, prisioneiro, estava inteiramente entregue aos humores e às regulamentações de carcereiros indiferentes. Já não podia fazer o que queria; o estado de direito havia tirado seu privilégio de dispor livremente de sua vida.

– Não vou aguentar – pensou.

A partir daquele dia em que a Polícia Criminal apareceu com um mandado de busca, pôs sua casa e seu escritório de pernas para o ar e apreendeu seu computador, ele ficou em estado de choque. Lembrou-se da perplexidade de Britta, do horror em seus olhos quando colocou as malas diante da porta e gritou que nunca mais queria vê-lo. No dia seguinte, foi notificado com mandado judicial provisório que o proibia de ver os filhos. Os amigos, seus colaboradores e seus sócios se afastaram. E, por fim, o prenderam. Por risco de fuga e destruição das provas. Não havia fiança.

As últimas semanas, a prisão preventiva, o processo – tudo lhe parecia totalmente irreal, um sonho confuso, do qual acordaria em algum momento. No dia anterior, quando a juíza lera o processo e ele entendera que, de fato, o mandariam para a prisão por 36 meses e que seus filhos, que eram o que ele mais amava no mundo, teriam 12 e 10 anos quando voltasse a vê-los, não acreditou que era forte o suficiente para suportar e superar tudo aquilo. Manteve a calma quando, debaixo da tempestade de flashes disparados pela horda da imprensa sensacionalista, tiraram-no algemado da sala do tribunal do júri, em que ele passara anos da sua vida do outro lado, do lado correto.

Sem demonstrar emoção, tinha superado até mesmo o procedimento humilhante da total privação de direitos que a entrada de um recém-chegado aguardava na prisão, bem como o exame médico. Mesmo quando vestiu o uniforme gasto e áspero da instituição, que antes dele tantos outros homens já haviam vestido, e quando o funcionário com expressão indiferente enfiou suas roupas em um saco e pegou seu relógio e sua carteira, seu entendimento se recusou a aceitar a imutabilidade da situação.

Virou-se e fitou a porta arranhada da cela. Uma porta sem maçaneta nem trinco, que ele nunca abriria sozinho. Naquele segundo, deu-se conta, com amarga clareza, de que aquela era a realidade e de que não acordaria de um pesadelo. Seus joelhos amoleceram, o estômago se contorceu. De repente, sentiu puro medo e pânico. Diante da solidão e do desamparo. Diante dos outros presos. Condenado por estupro de crianças, entrava no patamar mais baixo da hierarquia da cadeia; por isso, para sua própria segurança, colocaram-no sozinho em uma cela.

Havia perdido o controle sobre sua vida e nada podia fazer. Sua vida autônoma pertencia ao passado, seu casamento estava arruinado e sua reputação, irreparavelmente destruída. Tudo que constituía sua personalidade, sua vida e ele próprio, toda a sua identidade, tinha desaparecido, junto com sua camisa, seu terno e seus sapatos em um saco de roupas verde.

A partir daquele dia, era apenas um número. Por mil e oitenta infinitos dias.

O toque do sino arrancou-o do sono profundo. Seu coração disparou, ele estava molhado de suor e precisou de alguns segundos para entender que tinha sonhado. Esse sonho, que por muito tempo não o atormentara, foi tão real e impressionante que pôde ouvir o chiado das solas de borracha no chão de linóleo cinza e sentir o cheiro inconfundível de urina, suor masculino, comida e desinfetante que predominava na cadeia.

Com um gemido, levantou-se e foi até a mesa para pegar o celular, cujo toque o havia despertado. Estava quente e abafado no trailer, e o ar, tão denso e viciado que quase dava para cortá-lo. Na verdade, só queria ter descansado um pouco, mas acabou pegando firme no sono. Seus olhos ardiam e suas costas doíam. Tinha lido uma porção de apontamentos, artigos de jornal, transcrições de fitas, anotações de conversas, atas de reuniões e registros em diários até o amanhecer. Não era nada fácil filtrar os fatos mais importantes e inseri-los em um contexto que fizesse sentido.

Encontrou o celular embaixo de uma montanha de papéis. Apenas algumas chamadas, mas, para sua decepção, não aquela que estava esperando tanto. Com um clique no mouse, despertou o laptop de sua hibernação, digitou a senha e deu uma olhada na caixa de entrada do seu e-mail. Também nada. A decepção percorreu seu corpo como um veneno insidioso. O que estava acontecendo? Será que ele tinha feito alguma coisa errada?

Levantou-se e foi até o armário. Hesitou por um instante antes de abrir a gaveta. Entre as camisetas, tocou a foto e a pegou. Os olhos escuros. O cabelo louro. O sorriso meigo. Na verdade, deveria tê-la jogado fora, mas simplesmente não era capaz. A saudade que sentia dela doía como uma facada. E não havia absolutamente nada que pudesse aliviar essa dor.

* * *

– Você chegou ao destino – anunciou a voz do aparelho de navegação. – O destino encontra-se do lado esquerdo.

Meike diminuiu a velocidade e olhou ao redor, desnorteada.

– Onde? – murmurou, tirando os óculos escuros. Encontrava-se no meio da floresta. Após a claridade cintilante, inicialmente viu apenas árvores e matagal, um verde denso e escuro, salpicado aqui e acolá por manchas douradas de sol. Porém, de repente, notou um caminho coberto com cascalho e uma caixa de correio feita de chapa de metal, como as que conhecia dos filmes americanos. Decidida, Meike ligou a seta e entrou no caminho sinuoso, que percorreu aos solavancos. Sua tensão aumentou. Quem era BP? E quem era K? O que a estaria esperando no final daquele caminho no meio da floresta? Passou a última fileira de árvores. A luz clara estourou na sua cara e a ofuscou. Para seu espanto, atrás de uma curva surgiu inesperadamente uma verdadeira fortaleza. Um portão de metal com câmeras de vigilância e uma cerca espessa, coroada com arame farpado. Placas de advertência ameaçavam o visitante indesejado com mutilação por mordida de cães, corrente elétrica e minas.

Que diabos era aquilo? Uma zona paramilitar restrita em pleno distrito de Main-Kinzig? Que tipo de história era aquela que sua mãe estava seguindo? Meike engatou a marcha a ré e voltou pelo caminho de cascalho que tinha tomado até alcançar uma bifurcação. O caminho parecia ter sido pouco utilizado, mas conduzia na direção que ela queria. Quando estava longe o suficiente do caminho principal, para que ninguém visse o vistoso carro vermelho, pegou o binóculo no porta-luvas, fechou a capota e prosseguiu a pé. Após cerca de cinquenta metros terminava o percurso. Meike manteve-se à direita e, pouco depois, chegou à beira da floresta. O portão de metal estava bem longe; ali ela estaria fora do alcance das câmeras, instaladas apenas acima do portão. Um pouco mais adiante, Meike descobriu um posto de observação, à margem de um viveiro de abetos. Por sorte estava de jeans e tênis, pois as urtigas e os cardos chegavam a um metro de altura. O posto de observação parecia não ser utilizado há muito tempo; os degraus de madeira da escada estavam cobertos de musgo e tudo indicava que estavam podres. Meike subiu com cuidado, tateando e testando a estabilidade da estrutura antes de sentar-se. De fato, ali de cima tinha uma vista perfeita.

Ajustou o binóculo e viu um galpão com portões bem abertos, diante dos quais havia pelo menos vinte motocicletas, só máquinas cromadas, principalmente Harley Davidsons, mas também duas ou três Royal Enfields. Ao lado, separado por um alambrado, havia um ferro-velho cheio de peças de motocicletas e automóveis, pneus e tambores de óleo. À sombra de uma grande castanheira, junto do galpão, havia mesas e bancos e uma churrasqueira pendente que fumegava, mas ao redor não se via viva alma. Do outro lado do grande pátio, em canis gradeados, dormitavam tranquilos ao sol os cães de guarda anunciados nas placas de advertência.

Exceto pelo ronco distante do motor de um avião, o silêncio era total. Nos arbustos ao redor zumbiam zangões e abelhas; no fundo da floresta, um cuco.

Do seu lugar elevado, Meike inspecionou o restante da gigantesca propriedade. Entre árvores altas havia uma casa, cercada por um jardim bem cuidado, com arbustos cuidadosamente aparados, canteiros floridos e um gramado verde-esmeralda. Não longe do terraço, brilhava uma piscina azul, e um pouco mais atrás do jardim havia um playground com balanço, caixa de areia, trepa-trepa e um escorregador. Um idílio pacífico entre cercas de arame farpado, motocicletas pesadas e cães de guarda agressivos por trás de espessas grades. Muito estranho. O que seria aquilo ali?

Com o iPhone, Meike tirou algumas fotos, depois ativou a localização no Google Maps. Com o zoom, aumentou a imagem de satélite, mas, para sua decepção, ela parecia ter alguns anos, pois nela não se via nem a cerca nem o ferro-velho. No passado, devia ter sido o terreno de algum sítio, antes que uma organização obscura se entrincheirasse ali. Aquilo tudo estava cheirando a alguma atividade criminosa. Drogas? Autos e motos roubados? Tráfico de pessoas? Talvez alguma coisa política?

Meike voltou a pegar o binóculo e o direcionou para a casa.

De repente, teve um sobressalto. Atrás de uma janela no térreo havia alguém segurando um binóculo com uma mão na frente dos olhos e, com a outra, um telefone junto ao ouvido. E esse alguém estava olhando justamente na sua direção! Droga, tinha sido descoberta!

Desceu correndo a escada de madeira; um degrau estalou e se rompeu. Meike perdeu o equilíbrio e caiu de costas nas urtigas. Xingando, pôs-se de pé novamente; bem na hora, pois da floresta vinha um carrão preto, com vidros espelhados, seguido por quatro motos. Só que o comboio não se dirigiu para a propriedade, e sim seguiu roncando pelo caminho coberto de grama, que dava direto no posto de observação. Meike não hesitou por muito tempo e saiu correndo pela floresta, abrindo caminho por entre as urtigas, os arbustos espinhentos e o matagal. Medo sempre foi uma palavra estrangeira para ela. No tempo em que viveu em Berlim, morou no pior bairro da capital; sabia defender a própria pele quando era atacada. Mas ali era diferente. Estava no meio do nada e não dissera a ninguém aonde tinha ido.

O carro e as motos pararam, portas se abriram. Vozes. Meike arriscou-se a olhar para trás, viu cabeças coberta por lenços, correntes de ouro, couro preto, barbas, tatuagens. Por acaso a fortaleza era o quartel-general de uma gangue de motoqueiros? Um cão latiu, mas logo voltou a ficar quieto. Ouviu estalos no matagal. Tinham mesmo colocado um animal feroz atrás dela! Meike correu o máximo que pôde e esperava alcançar seu carro antes que o bicho a pegasse e atacasse. Não duvidou nem por um segundo de que na enorme propriedade haveria milhares de possibilidades de fazer com que visitantes indesejados desaparecessem sem deixar rastro. Imagens de fossas, tambores com ácido e caçambas de concreto relampejaram em sua cabeça. Quanto ao seu Mini, provavelmente os motociclistas o fariam em pedacinhos em um piscar de olhos, o esconderiam no ferro-velho ou o jogariam na prensa de sucata com seu corpo no porta-malas. Foi quando viu uma coisa vermelha brilhar entre os troncos! Meike teve a sensação de que seu coração saltaria do peito a qualquer momento, estava com dor no baço e sem fôlego, mas conseguiu pegar a chave do carro e apertar o controle remoto. No mesmo instante, o cão cortou seu caminho. O pacote de músculos malhado de preto precipitou-se até ela arreganhando os dentes. Meike viu dentes brancos como neve, fauces vermelho-escuras escancaradas e ouviu um arfar rouco.

– Para baixo! – gritou uma voz masculina, e Meike obedeceu sem refletir. No segundo seguinte, estourou um tiro ensurdecedor. O cão, que já havia iniciado o salto, parece ter parado no ar, e seu corpo se chocou com um barulho surdo contra o para-lama do Mini vermelho.

* * *

– Vi Hanna pela última vez ontem à noite, na festa depois do programa. – O diretor executivo da Herzmann production GmbH, um homem magro, alto, no final dos 40 anos, de cabeça raspada e barbicha, para a qual, na verdade, já não tinha idade, olhou para Pia com seus olhos de coelho, de borda avermelhada, através das lentes grossas de seus óculos pretos de tartaruga. Não havia dúvida de que tinha dormido muito pouco.

– Quando foi isso?

– Por volta das 11. – Jan Niemöller, vestido de preto dos pés à cabeça, deu de ombros. – Talvez 11 e dez. Eu mesmo já tinha saído da festa. Não sei dizer quanto tempo ela ficou por lá.

– Até pouco antes da meia-noite – disse Irina Zydek, a assistente de Hanna Herzmann. – Antes de cair o temporal.

– Ela lhe disse se ia para algum lugar? – perguntou Pia.

– Não. – Niemöller abanou a cabeça. – Nunca fazia isso. De todo modo, sempre mantinha segredo sobre sua vida pessoal.

– Você fala como se ela estivesse morta – indignou-se Irina Zydek, assoando o nariz com força. – Hanna não mantinha nada em segredo; só não queria que você metesse o nariz em tudo.

Niemöller calou-se, ofendido. Pelo visto, entre ambos não reinava uma grande simpatia.

– A senhora Herzmann estava sem documento, celular e bolsa quando a encontraram – disse Pia. – Chegamos à empresa graças à placa do carro. Onde ela mora?

– Em Langenhain, uma localidade de Hofheim – respondeu a assistente. – Rotkehlchenweg 14.

– O que podem dizer da vida particular dela no momento?

– Há alguns meses, Hanna... quero dizer, ela e o marido se separaram – respondeu Jan Niemöller.

Pia logo percebeu uma breve hesitação.

– *Ela* se separou ou *eles* se separaram? – procurou saber.

– Hanna se separou de Vinzenz – respondeu Irina, determinada.

– A senhora é bem íntima da sua chefe! – constatou Pia.

– Sou, sim. Sou assistente da Hanna há mais de 15 anos, e ela guarda apenas poucos segredos de mim. – Irina Zydek sorriu, destemida, mas seus olhos reluziram. Estava lutando contra as lágrimas.

– Tem o endereço e o telefone do senhor Herzmann?

– Kornbichler – corrigiu Irina. – Vinzenz Kornbichler. Hanna não adotou o nome dele ao se casar; manteve o nome de solteira. Infelizmente, tenho apenas um número de celular. Espere um momento, vou procurá-lo.

Enquanto procurava o número no tablet, Pia deixou o olhar vagar pela grande sala de reuniões. Hanna Herzmann era onipresente. Com uma beleza deslumbrante e segura de si, várias imagens dela sorriam nas paredes ultrabrancas. Que sensação deveria causar ter a própria imagem permanentemente diante dos olhos? Muitas pessoas conhecidas e bem-sucedidas têm alguma fraqueza de caráter. Seria a de Hanna Herzmann a vaidade?

Pia observou os inúmeros cartazes e fotos emoldurados e pensou no rosto cruelmente espancado da mulher que já vira várias vezes na televisão. Quem teria feito aquilo?

Uma hora antes havia chegado a informação do hospital de que Hanna Herzmann sofrera ferimentos internos extremamente graves e de que teria de passar por uma cirurgia de emergência. Detalhes viriam mais tarde, após um exame médico-legal detalhado.

A brutalidade sem limites com que os criminosos agiram levavam à suspeita de que deveria haver emoções em jogo: ódio, raiva, decepção. E, por sua vez, desses sentimentos só seria capaz quem conhecesse pessoalmente a vítima e talvez até tivesse algum relacionamento com ela.

– Houve algum problema ou alguma mudança nos últimos tempos? Aborrecimento com alguém? Ameaças? – quis saber Bodenstein, que até então se mantivera fora da conversa.

A assistente e o diretor executivo da empresa tinham superado o primeiro choque intenso e o horror com a má notícia e puseram-se na defensiva. Por um instante, fez-se completo silêncio na grande sala. Pelas janelas meio abertas entrou o rumor abafado da rua; um bonde passou veloz.

– Qualquer pessoa com tanto sucesso como a Hanna tem invejosos – disse Niemöller, esquivando-se. – É absolutamente normal.

– Mas não é normal espancar alguém, violentá-lo e trancá-lo nu no porta-malas do seu carro – respondeu Bodenstein, sem papas na língua.

Jan Niemöller e Irina Zydek trocaram um rápido olhar.

– Há cerca de três semanas Hanna demitiu nosso produtor, que trabalhou aqui por muitos anos – confessou Irina. – Mas Norman jamais faria algo tão horrível. É incapaz de fazer mal a uma mosca. Além do mais... ele não é chegado a mulheres.

Pia sempre se espantava ao ver como as pessoas eram capazes de avaliar erroneamente o ser humano. Mesmo a criatura mais pacífica podia se tornar um homicida ou assassino caso se visse em uma situação aparentemente sem saída ou em um estado emocional fora do comum, que já não conseguisse controlar. Muitas vezes, o álcool também desempenhava um papel, e um homem incapaz de fazer mal a uma mosca se transformava em um criminoso cruel, motivado pela emoção, que em um excesso de violência perdia todos os limites.

– Segundo as estatísticas, a menor parte dos crimes violentos é cometida por profissionais frios – disse Pia. – Na maioria dos casos, os criminosos provêm do próprio ambiente. Como se chama o homem que a senhora Herzmann demitiu e onde podemos encontrá-lo?

Irina Zydek ditou-lhe relutante um nome e um endereço em Bockenheim.

– Eu me lembro de recentemente ter lido o nome da senhora Herzmann nas manchetes – disse Bodenstein. – Não se tratava dos convidados do seu programa que se sentiram destratados?

– Esse tipo de coisa acontece de vez em quando – atenuou o diretor executivo. – As pessoas expõem a própria vida diante da câmera e só mais tarde se dão conta do que revelaram. Depois reclamam, e isso é tudo.

Parecia bastante irritado com o fato de Bodenstein não estar sentado à mesa, e sim perambulando pela sala.

– Mas nesse caso deve ter sido algo mais do que uma simples reclamação – insisitiu Bodenstein da janela. – A senhora Herzmann se retratou posteriormente em um programa.

– Sim, é verdade. – Jan Niemöller escorregava de um lado para o outro, desconfortável em sua cadeira. Seu pomo de adão saliente subia e descia.

– Gostaríamos de ter os nomes e os endereços de todas as pessoas que já reclamaram. – Bodenstein pegou um cartão de visita e entregou-o a Niemöller. – Seria bom se pudesse me passar isso logo.

– Infelizmente, é uma lista bem longa – admitiu o diretor executivo. – Nós...

– Ai, meu Deus! – interrompeu-o Irina Zydek. – Preciso ligar para a Meike! Ela não faz ideia do que aconteceu!

– Quem é Meike? – quis saber Bodenstein.

– A filha de Hanna. – A assistente pegou o celular e apertou uma tecla. – Está trabalhando conosco nas férias de verão como assistente de produção. Como Hanna não apareceu hoje de manhã para a reunião da redação e também não podia ser encontrada pelo celular, Meike foi até a casa dela. Na verdade, já deveria ter dado notícia faz tempo.

– Quando o papai vai chegar? – perguntou Louisa pela décima vez, e a cada pergunta Emma era atingida no coração.

– Às duas horas. Em cinco minutos.

A menina estava ajoelhada no largo parapeito da janela da cozinha desde que Emma fora buscá-la, uma hora antes do habitual, no jardim de infância. No braço, segurava seu bichinho de pelúcia preferido e não tirava os olhos da rua. Agitava-se de impaciência e parecia não ver a hora de finalmente ver-se livre dela. Isso feriu Emma mais do que saber da infidelidade de Florian.

Louisa sempre fora agarrada ao pai, embora Florian fosse pouco presente e apenas raramente cuidasse da filha. Porém, quando estava em casa, os dois eram inseparáveis, e Emma se sentia excluída. Volta e meia ficava quase com ciúme dessa ligação simbiótica entre pai e filha, na qual ela se sentia dispensável.

– Ali! Estou vendo o carro do papai! – exclamou Louisa de repente, descendo ligeira do parapeito. Apanhou sua bolsinha, correu para a porta e saltitou inquieta de uma perna para outra. Suas bochechas ardiam e, alguns minutos depois, quando Florian subiu as escadas, ela abriu a porta e voou para seus braços, exultante de alegria.

– Papai! Papai! Vamos ao zoológico agora?

– Se você quiser, meu amor, vamos lá. – Esfregou sorrindo as bochechas nas dela, e a menina enlaçou seu pescoço com os bracinhos.

– Oi – disse Emma ao marido.

– Oi – respondeu ele, evitando seu olhar.

– Aqui está a bolsa da Louisa – disse. – Coloquei algumas roupas, um pijama e outro par de sapatos. E duas fraldas. Às vezes ela ainda precisa usá-las à noite...

O nó na garganta ameaçou sufocar sua voz. Que situação horrível! Será que aquilo iria se repetir a cada catorze dias, aquela entrega fria e contratual? Teria de pedir a Florian para voltar para casa e simplesmente ignorar sua infidelidade? Mas e se ele não se envolvesse? Talvez estivesse feliz por ter escapado dela.

– Está levando a separação a sério? – perguntou ela, com voz embargada.

– Você me colocou para fora – lembrou-lhe, ainda sem olhar para ela. Um estranho em quem ela já não confiava. Tanto pior ter de lhe entregar sua filha naquele momento.

– Você ainda está me devendo uma explicação.

Nenhuma palavra de Florian, nenhuma justificativa, nenhuma desculpa.

– Conversamos na semana que vem – esquivou-se, como sempre.

Louisa agitou-se impaciente no braço do pai.

– Vamos, papai – insistiu, sem imaginar quão cruéis eram suas palavras irrefletidas e, portanto, sinceras para sua mãe. – Quero ir logo.

Emma cruzou os braços e lutou tão duramente contra as lágrimas que começavam a vir-lhe aos olhos que quase se esqueceu de respirar.

– Por favor, cuide bem dela. – De sua boca não saiu mais do que um sussurro.

– Sempre cuidei bem dela.

– Quando estava presente. – Não pôde controlar o tom amargo de sua voz. Fazia tempo que essa crítica ardia em seu íntimo.

Florian e seus pais mimavam Louisa de todas as maneiras, tanto que ela era a única que mostrava regras e impunha limites à menina. Com isso, obviamente, ela se tornava pouco querida de Louisa.

– Você sempre foi um pai de fim de semana. Deixa o estresse do dia a dia para mim e, nos finais de semana, cobre-a de tudo aquilo que, por razões pedagógicas, ela não recebe de mim. Isso não é justo.

Finalmente, ele olhou para ela. Mas não disse nada.

– Aonde vai com ela?

Tinha direito de saber isso; era o que lhe tinham dito a senhora do juizado de menores e uma advogada do direito de família, com a qual conversara por um bom tempo ao telefone na semana anterior. Para que uma das partes recusasse o direito de visitas, deveriam existir razões graves, como abuso de álcool ou drogas. A funcionária do juizado de menores lhe explicara que, no caso de crianças pequenas, dormir fora de casa geralmente não era permitido, mas a decisão ficava a critério dela.

Por um bom tempo ela pensou se deveria insistir para que Florian trouxesse Louisa de volta à noite, mas depois acabou cedendo. Fazia dias que Louisa esperava pelo fim de semana com seu papai, e a última coisa que Emma queria era fazer de sua filha vítima dos jogos egoístas de poder dos pais.

– Estou morando em um apartamento em Sossenheim – disse Florian, com frieza. – É um anexo no subsolo. Embora só tenha dois cômodos, cozinha e banheiro, é perfeitamente suficiente.

– E onde a Louisa vai dormir? Quer levar a caminha de viagem dela?

– Vai dormir na minha cama. – Colocou a menina no chão e pegou a bolsa que Emma havia preparado. – Afinal, foi assim que dormiu até agora, todas as noites, quando eu estava aqui.

Era verdade. Noite após noite, Louisa entrava na cama deles, e Florian sempre a deixava dormir ali, embora Emma protestasse e dissesse que a menina precisava acostumar-se com a própria cama. De manhã, quando se levantava, ambos ainda ficavam trocando afagos, dando risadinhas e gritando alegres. Dormiriam exatamente da mesma forma naquela noite e na seguinte. Com uma diferença: ela não estaria junto. De repente, uma palavra relampejou por sua cabeça, uma palavra horrível e repugnante, que a funcionária do juizado de menores havia mencionado ao enumerar as razões para que uma das partes fosse privada do direito de visitas.

– Por acaso chegou a pensar em que impressão isso poderia dar? – Emma ouviu-se dizer. – Um adulto e uma menina pequena sozinhos em um apartamento? E na *mesma* cama?

Notou a musculatura da mandíbula de Florian vibrar e seu olhar flamejar. Por um momento, fitaram-se em silêncio.

– Você é doente – disse, cheio de desprezo.

No andar de baixo, uma porta se abriu.

– Florian? – A voz de sua sogra ecoou no corredor da casa.

Louisa pegou a mão do pai.

– Ainda preciso dar tchau à vovó e ao vovô! – Puxou Florian para a porta.

Emma agachou-se e passou a mão nas bochechas da filha, mas esta já não tinha olhos para ela.

– Divirta-se – desejou Emma.

Um segundo a mais, e não conseguiria conter as lágrimas. Deixou o marido e a filha para trás e refugiou-se na cozinha. Mas não conseguiu resistir ao impulso de vê-los ir embora. Pela janela da cozinha, observou como Florian afivelava o cinto em Louisa, sentada na cadeirinha no banco traseiro do carro. O pai dele estava em pé nos degraus diante da porta; a mãe o acompanhou até o carro e segurava sorrindo a bolsa com as coisas de Louisa. O que ele lhes teria contado? Com certeza, não a verdade.

Em seguida, Florian entrou no carro, sentou-se e partiu. Por um véu de lágrimas, Emma viu os sogros acenando para o carro que desaparecia. Apertou o punho contra a boca e começou a soluçar.

Perdi meu marido, pensou. E agora estou perdendo também minha filha.

* * *

Christian Kröger e sua equipe já esperavam na frente da casa quando Pia e Bodenstein chegaram ao Rotkehlchenweg.

– O que estão fazendo aqui? – perguntou Kröger, surpreso. – Ela morreu?

– Quem você estava esperando? – perguntou Bodenstein, por sua vez.

– Bom, alguém da 13ª – respondeu.

Os colegas da 13ª delegacia se ocupavam dos crimes sexuais, mas dois deles estavam de férias e o terceiro não ficou nem um pouco triste quando os da 11ª assumiram o caso.

– Infelizmente, vai ter de se contentar conosco – disse Bodenstein.

Irina Zydek havia entregado a eles uma chave da residência depois que tentou em vão encontrar Meike Herzmann. A casa, que um corretor imobiliário certamente elogiaria como "mansão de executivo", ficava no final de uma rua sem saída, junto da floresta, e já tinha visto tempos melhores. O telhado estava coberto de musgo, o reboco branco tinha manchas esverdeadas, as lajes do caminho que conduzia até a casa e os degraus de mármore travertino gritavam por uma boa lavagem a vapor.

– A primeira coisa que eu faria seria cortar esses abetos – disse Pia. – Tiram toda a luz.

– Nunca consegui entender por que as pessoas plantam abetos no jardim da frente – concordou Bodenstein. – Principalmente quando se mora tão perto da floresta.

Enfiou a chave na fechadura da porta.

– Pare! Tire as mãos desta porta! – gritou Kröger atrás deles com um tom de pânico na voz. Bodenstein soltou a chave, como se tivesse se queimado, Pia se virou assustada e, instintivamente, pegou a arma.

Será que Kröger tinha visto algum fio metálico que pertencesse ao mecanismo de acionamento de uma bomba ou algum atirador de elite estaria à espreita atrás de um arbusto?

– O que foi? – O susto havia percorrido todos os membros de Pia.

– Vocês precisam vestir os macacões e colocar o protetor nos sapatos. – Kröger dirigiu-se até eles com dois sacos plásticos selados, contendo as vestimentas a serem usadas em cenas de crime. – Vocês não podem entrar e espalhar seus cabelos e as escamas da sua pele por toda parte.

– Diga uma coisa: você enlouqueceu? – Irritado, Bodenstein repreendeu o colega do serviço de investigação. – Quase morri de susto com o seu grito!

– Desculpe. – Christian Kröger deu de ombros. – Tenho dormido pouco nos últimos dias.

Pia guardou a arma. Abanando a cabeça, pegou o pacote da mão dele e o abriu. Diante da porta, ela e Bodenstein vestiram os macacões e os protetores de plástico para os sapatos.

– Podemos entrar agora? – perguntou Bodenstein com exagerada cortesia.

– Vão brincando – resmungou Kröger. – Não são vocês que depois precisam aturar os chatos implicantes do departamento de controle, quando temos de fazer a vigésima análise de DNA no laboratório só porque espalharam seus microscópicos traços genéticos em alguma cena do crime.

– Tudo bem – Pia acalmou o colega.

Por dentro, a casa era muito maior do que parecia por fora. Mármore travertino, ferro forjado e madeira escura dominavam um grande e sombrio saguão de entrada com uma escada para o andar superior. Pia olhou ao redor, depois foi até o aparador, à esquerda da porta de entrada.

– Hoje alguém já pegou a correspondência e a colocou aqui – constatou. – Deve ter sido jogada pela fenda da porta.

– Provavelmente foi a filha. – Bodenstein entrou na cozinha. Sobre a mesa, viu copos usados e quatro garrafas vazias de cerveja; na pia, pratos e talheres com restos de comida. No sofá de couro preto da sala havia uma manta de pele sintética, toda amarrotada, como se alguém tivesse tirado uma soneca ali. Sobre a mesa de centro, mais copos e um cinzeiro com algumas bitucas de cigarro. Um verdadeiro paraíso de DNA para a equipe de Kröger.

Pelas janelas que iam até o chão via-se um terraço em um amplo jardim. Em comparação com o restante da casa, o escritório, que ficava do outro lado do saguão de entrada, parecia desarrumado. Pilhas de papel e pastas; as gavetas de um gaveteiro com rodízios estavam abertas; o conteúdo de um cesto de lixo estava espalhado pelo chão. Pia deixou o olhar vagar pelo cômodo. Era apenas um instinto, indefinível e inquietante, mas já tinha visto tantas cenas de crime que mesmo sem vestígios manifestos de luta ou sangue conseguia perceber, quase até fisicamente, um desequilíbrio, uma perturbação.

– Alguém esteve aqui – disse a Bodenstein. – Algum desconhecido. Vasculhou a escrivaninha e os papéis.

Seu chefe não perguntou por que achava isso. Fazia muito tempo que trabalhavam juntos, e, com suas intuições, Pia já acertara muitas vezes.

Entraram no cômodo. Ali também as paredes eram revestidas de fotografias emolduradas da dona da casa, mas entre elas também havia fotos de família. Diversos homens, mas sempre a mesma menina, desde criança até jovem adulta.

– Deve ser Meike. – Pia observou as fotos. Uma criança alegre e sorridente, que se transformou em uma adolescente gordinha com espinhas e uma expressão mal-humorada e que não parecia sentir-se bem à sombra da mãe deslumbrantemente bela. – E parece que ela teve alguns homens na vida.

– O senhor Herzmann e o senhor Kornbichler ela teve com certeza. – disse Bodenstein, inclinando-se para dar uma olhada na escrivaninha. – Não estou vendo nenhum laptop nem PC.

– Talvez estejam no quarto. Ou então foram surrupiados.

Pia pôs-se ao lado do chefe e observou os papéis espalhados. Anotações, materiais de pesquisa, contratos, esboços de um contrato ou de uma apresentação – tudo escrito à mão.

– Será que alguém como Hanna Herzmann precisa fazer sexo com um desconhecido na área de descanso de uma rodovia? – refletiu Pia em voz alta. – Ela não tem nenhuma dificuldade para encontrar um homem.

– Mas também não se trata disso – respondeu Bodenstein. – Pessoas que fazem isso não estão em busca de um parceiro; só querem o prazer, a excitação, o perigo. Sabe-se lá, talvez ela estivesse procurando justamente isso.

O celular de Pia tocou. Era a médica-legista que tinha examinado Hanna Herzmann antes da operação. Pia aumentou o volume do aparelho para que, com crescente horror, pudessem ouvir juntos o relato. Hanna havia sido não apenas violentada, o que, por si só, já era ruim o bastante. Não, o criminoso abusara dela pela vagina e pelo reto com um objeto, causando-lhe graves ferimentos internos. Além disso, havia sido brutalmente espancada e chutada; prova disso eram as fraturas nos ossos da face, nas costelas, no esterno e no braço direito. A mulher tinha passado por um verdadeiro inferno e sobrevivera apenas por muita sorte.

– Foi puro ódio – disse Pia ao terminar a conversa. – Tenho absoluta certeza de que havia alguma coisa pessoal em jogo.

– Não sei. – Bodenstein quis colocar as mãos nos bolsos, mas constatou que o macacão não tinha abertura para isso. – Abuso sexual com objeto não é pessoal.

– Talvez o criminoso não estivesse em condições físicas de violentá-la – conjecturou Pia. – Ou era homossexual.

– Como Norman, o ex-funcionário.

– Exatamente.

– Precisamos falar com ele agora mesmo.

Continuaram o giro pela casa, mas no andar de cima nada encontraram que indicasse que ali havia estado alguém estranho. No dormitório, a cama estava feita, roupas pendiam por todo lado e, no banheiro, também nada havia de inabitual a ser constatado. Os outros quartos pareciam intactos. No porão havia uma sauna, o compartimento do aquecedor, a lavanderia, uma piscina coberta e um quarto em que, ao lado de um freezer, encontravam-se prateleiras cheias de caixas de papelão. Bodenstein e Pia voltaram para o andar de cima.

– O que está acontecendo aqui? – Junto da porta aberta estava uma moça de cabelos escuros, olhando consternada ao redor. – O que é isso? O que estão fazendo aqui?

Bodenstein e Pia tiraram os capuzes.

– Quem é você? – perguntou Pia, embora logo tivesse reconhecido o rosto. Da adolescente com expressão obstinada nas fotos do escritório de sua mãe, a filha de Hanna Herzmann tinha se transformado em uma jovem adulta. Parecia ter chorado. O delineador borrado tinha deixado manchas pretas nas suas bochechas. Será que já sabia de alguma coisa?

– Eu é que pergunto: quem é *você*? – rebateu Meike com um tom autoritário, que desmentia essa suposição. – Pode me explicar o que está acontecendo aqui?

Não se parecia com a mãe. Os olhos escuros e os cabelos louro-acinzentados lhe causavam um efeito apático; além disso, nada combinava em seu rosto: o queixo era muito pontiagudo; o nariz, muito comprido; as sobrancelhas, muito espessas. Digna de nota era apenas sua boca, com lábios bem carnudos e dentes perfeitos e branquíssimos; sem dúvida, resultado de longos anos de martírio usando aparelhos dentários.

– Sou Pia Kirchhoff, da Polícia Criminal de Hofheim. Este é Bodenstein, inspetor-chefe da Polícia Criminal. E você deve ser Meike Herzmann?

A jovem anuiu com a cabeça, contorceu o rosto e coçou o braço. Seus braços, pouco mais grossos do que os de uma criança de 12 anos, estavam muito vermelhos e cheios de pústulas; talvez ela sofresse de neurodermite.

– Você mora aqui?

– Não. Só estou passando o verão aqui. – Enquanto falava, seus olhos seguiam os agentes da Polícia Científica que circulavam pela casa. – Afinal, o que está acontecendo aqui?

– Sua mãe sofreu um acidente... – começou Pia.

– É mesmo? – Meike Herzmann olhou para ela. – Está morta?

Por um momento, Pia ficou chocada com a frieza indiferente e sem compaixão com que pronunciou tão espontaneamente essa breve pergunta.

– Não, não está – retomou Bodenstein. – Foi atacada e violentada.

– Uma hora, isso ia acontecer. – O olhar da moça era duro como granito, e ela bufou com desdém. – Do jeito que minha mãe tratou os homens a vida inteira, isso não me espanta.

Leonie Verges olhou irritada para o relógio. Já fazia meia hora que esperava por Hanna Herzmann. Não podia ao menos mandar uma mensagem por SMS dizendo que ia se atrasar? Tinham trabalhado duro até ali; ela própria talvez tivesse trabalhado meses, para não dizer anos.

Quando Leonie conhecera sua paciente Michaela, 11 anos antes, na clínica psiquiátrica em Eltville, não fazia ideia do grande problema que essa mulher se tornaria. Logo depois de terminar a faculdade, ela já começara a trabalhar com pessoas traumatizadas, mas, até então, nunca encontrara alguém com uma doença tão incomum. Michaela tinha passado boa parte da vida em clínicas psiquiátricas, mas os diagnósticos imprecisos iam de esquizofrenia, passando por transtorno de personalidade paranoide, neurose autoagressiva de caráter e transtornos esquizoafetivos até chegar ao autismo. Durante décadas, a mulher foi tratada com os mais fortes psicotrópicos, sem que efetivamente se constatasse de onde vinha seu comportamento patológico e o que desencadeava os surtos.

Em inúmeras conversas, Leonie finalmente conseguiu saber aos poucos o que havia acontecido com Michaela. Sua paciência foi submetida a uma dura prova, até descobrir que a mulher parecia não ter memória contínua; em alguns dias, parecia que à sua frente estava sentada uma pessoa completamente diferente, que se comportava e falava de outro modo, que já não sabia do que haviam tratado na última sessão. Mais de uma vez Leonie esteve a ponto de interromper a terapia e desistir de tratá-la, mas depois entendeu o que estava acontecendo com sua complicada paciente: o Eu de Michaela consistia em diversas partes de personalidade, que existiam de maneira independente uma da outra. Quando uma parte da personalidade assumia o controle sobre sua consciência, as outras ficavam totalmente relegadas a segundo plano; na verdade, nem sabiam umas das outras.

A própria Michaela havia ficado completamente chocada com o diagnóstico de Leonie, reagindo com total resistência, mas não havia dúvida. Segundo o sistema de classificação da American Psychiatric Association, o DSM-IV, sua doença pertencia à forma mais grave de dissociação. Michaela sofria de um transtorno de personalidade múltipla, também designado como transtorno dissociativo de identidade.

Foram necessários dois anos até Leonie finalmente descobrir o que estava acontecendo com Michaela; porém, depois da descoberta, ficou muito difícil lidar com a paciente, que, a princípio, não queria aceitar que os grandes períodos que faltavam em sua memória haviam sido vividos por outras partes do seu Eu. Desde o começo, Leonie não teve dúvida de que aquela mulher devia ter vivido alguma coisa horrível que a conduzira a uma extrema dissociação de sua personalidade. De fato, a imagem que finalmente se formou a partir de inúmeros fragmentos de memória era tão cruel e terrível que, muitas vezes, Leonie ficou tentada a duvidar do teor de verdade dessa história. Impossível um ser humano ter sobrevivido a algo do gênero! Michaela sobreviveu porque, em sua primeira infância, sua psique já havia separado, ou seja, dissociado essas vivências. Desse modo, especialmente as crianças conseguem suportar eventos traumáticos como guerras, assassinatos, acidentes graves e catástrofes.

Após mais de dez anos, Michaela ainda não estava curada, mas sabia o que estava acontecendo com ela, o que um *switch*, como se designa a mudança de uma identidade para outra, desencadeava, e conseguiu lidar com isso. Aprendeu a aceitar as outras partes de personalidade. Durante anos viveu de modo totalmente normal. Até o dia em que a adolescente morta foi encontrada no rio Meno.

Leonie pegou o telefone. Tinha de encontrar Hanna Herzmann, pois Michaela não podia ficar para sempre sentada no pátio esperando por ela. A decisão que havia tomado três semanas antes fora corajosa e arriscada ao mesmo tempo. A decisão de levar a público toda a história poderia causar graves consequências a todos os envolvidos, mas Michaela e todos os outros estavam conscientes desse perigo.

O celular de Hanna continuava desligado. Leonie tentou de novo em seu fixo. Ouviu o sinal de chamada cinco vezes, depois, alguém atendeu.

– Herzmann.

Uma voz de mulher, mas não a de Hanna.

– Eh... eu... eh... poderia falar com Hanna Herzmann? – gaguejou Leonie, surpresa.

– Com quem estou falando?

– Verges. Sou... eh... A senhora Herzmann está fazendo tratamento comigo. Tinha um horário marcado às 16 horas.

– Minha mãe não está. Sinto muito.

Antes que Leonie pudesse dizer alguma coisa, ouviu apenas o sinal de ocupado. A mulher, que, pelo visto, era a filha de Hanna, simplesmente havia desligado. Estranho. Preocupante. Embora Leonie não gostasse muito de Hanna, estava ficando seriamente preocupada. Devia ter acontecido alguma coisa. Algo muito grave para ter impedido Hanna de comparecer àquele compromisso. Pois, naquele dia, pela primeira vez, ela encontraria Michaela pessoalmente.

* * *

– Senhora Herzmann? – A policial bateu à porta do lavabo. – Está tudo bem?

– Está – respondeu Meike enquanto apertava a descarga.

– Estamos indo embora – disse a policial. – Por favor, compareça ainda hoje à delegacia de Hofheim para que possamos tomar seu depoimento.

– Pode deixar, eu vou.

Meike observou o próprio rosto no espelho acima da pia e torceu a boca. Pele manchada, pálpebras inchadas, rímel borrado – estava horrível. Suas mãos tremiam, e ainda estava com o zumbido no ouvido; talvez o tiro disparado a menos de 15 metros dela tivesse estourado seu tímpano. O guarda-florestal havia salvado sua vida e, ao mesmo tempo, quis lhe dar uma bronca por ela ter entrado com o carro no meio da floresta. Se já não queria saber de pessoas passeando de carro pela floresta, tolerava menos ainda cães circulando livremente durante o período de defeso. Para isso não havia perdão.

Ao vasculhar a bolsa em busca do delineador, Meike deparou com o nefasto bilhete, colocado naquele dia na caixa de correio. Deveria entregá-lo à polícia? Não, melhor não. Hanna não gostava de brincadeira quando se tratava de alguma investigação para seu programa, e cortaria sua cabeça se ela revelasse justamente aos tiras alguma coisa sobre um projeto ainda secreto. E se de fato isso tivesse alguma coisa a ver com a gangue de motoqueiros, então certamente a polícia não viria nada a calhar.

Meike desistiu de refazer a maquiagem. O tremor aumentou. Deixou que a água fria corresse sobre seus pulsos.

Tinha escapado por um triz dos motociclistas porque simplesmente saiu correndo. Talvez o guarda-florestal tivesse anotado a placa do seu carro, mas dificilmente passaria essa informação para aqueles caras. Na volta para casa, chorou de raiva e foi direto para Langenhain, para tirar satisfação com a mãe. Mas, em vez dela, eram os tiras que estavam em sua casa, afirmando que Hanna havia sido atacada e violentada e fazendo perguntas idiotas.

Para Meike não restavam dúvidas de que sua reação de indiferença tinha impressionado os policiais; conhecia muito bem a expressão que viu em seus olhos: era de aversão. Muitas vezes as pessoas a olhavam desse modo, e ela mesma era culpada disso, pois provocava essa reação com seu comportamento hostil.

Antes tentava ser educada e gentil com todo mundo. Mesmo quando em seu íntimo a situação lhe parecia totalmente diferente, sorria e mentia. Na fase em que era gordinha, os psicólogos lhe diziam que engordava porque engolia tudo. Então, começou a dizer tudo que pensava. Primeiro o fez porque estava totalmente convencida de que isso a ajudaria a ser honesta e correta, mas, com o tempo, passou a sentir um prazer maldoso de magoar as outras pessoas, embora, desse modo, ela se tornasse muito malvista. E, naquele momento, não estava nem chocada com o que os tiras tinham acabado de lhe contar. Ao contrário. Aquilo multiplicava sua ira contra Hanna. Por que ela sempre se metia com essa gente, esses caras antissociais, esses doidos e criminosos perturbados? Quem brinca com fogo acaba se queimando, este era um dos malditos ditados que seu pai sempre repetia, mas que, infelizmente, tinha um fundo de verdade.

Quando os policiais lhe perguntaram se Hanna tinha inimigos ou se tinha brigado com alguém nos últimos tempos, Meike mencionou Norman e Jan Niemöller, que, na noite anterior, tinha esperado por Hanna no estacionamento e a interpelado quando ela saía da emissora.

Também mencionara o nome de seu atual padrasto e contara que, recentemente, alguém tinha riscado o carro de Hanna.

Voltou a pensar no bilhete. Teria Hanna descoberto alguma coisa sobre aqueles motociclistas ou feito algo que tivesse provocado a ira do grupo? Teria sido atacada por eles? Deveria dizer alguma coisa à polícia?

Os joelhos de Meike tremiam tanto que precisou sentar-se na tampa do vaso sanitário. O medo que, de certo modo, havia reprimido, estava voltando e a inundava com uma onda negra. Sentiu-se mal. Abraçou o tronco e inclinou-se para a frente.

Hanna havia sido espancada e violentada, encontraram-na inconsciente, nua e amarrada no porta-malas do carro. Meu Deus! Isso não podia ser verdade! Simplesmente não *era possível* que fosse verdade! Não iria ao hospital, nunca! Não queria ver a mãe assim, fraca e muito ferida.

Mas o que iria fazer? *Tinha* de conversar com alguém sobre tudo aquilo, mas com quem? De repente, as lágrimas começaram a fluir, a correr por suas bochechas, e já não podiam ser detidas.

– Mãe... – soluçou Meike. – Ah, mãe, o que é que eu vou fazer?

O celular zumbia ininterruptamente em seu bolso. Pegou-o. Irina! Treze chamadas, quatro mensagens. Não, não tinha a menor vontade de falar com ela. Seu pai também estava fora de questão, e não tinha nenhuma amiga com quem pudesse falar algo do gênero. Com um pedaço de papel higiênico, secou as lágrimas, entrou na agenda eletrônica e passou os nomes de A para baixo. Parou em um nome. Claro! Havia uma pessoa para quem podia ligar! Por que não havia pensado antes?

* * *

A decadência social de Vinzenz Kornbichler era imensa. Da generosa mansão à beira da floresta o destino o catapultara para o sofá-cama de um apartamento de dois quartos no décimo terceiro andar de uma torre de apartamentos em Limes, bairro de Schwalbach. Quando ele abriu a porta e apareceu à sua frente, Pia conseguiu imaginar o que Hanna Herzmann tinha gostado naquele homem, pelo menos do ponto de vista meramente visual. Vinzenz Kornbichler tinha cerca de 40 anos e, sem dúvida nenhuma, era atraente, de um modo robusto e jovem: olhos castanhos e caninos, cabelos louros e bastos, um rosto simpático e até bonito.

– Entrem. – Seu aperto de mão era firme, e o olhar, direto. – Infelizmente, não posso recebê-los na sala, estou hospedado aqui apenas de modo provisório.

Bodenstein e Pia seguiram-no até um quartinho pequeno e mobiliado com parcimônia. Sofá-cama, armário e uma pequena escrivaninha; na parede, um pequeno espelho; atrás da porta, uma tábua de passar roupa dobrada e um varal de chão.

– Desde quando mora aqui? – quis saber Pia.

– Vim há algumas semanas – respondeu Vinzenz Kornbichler.

– E por quê? O senhor e sua mulher têm uma bela casa.

Kornbichler contorceu o rosto. Os braços musculosos revelavam inúmeras horas de academia; suas roupas bem cuidadas e as unhas aparadas mostravam que ele dava muita importância à aparência.

– Minha mulher se encheu de mim – disse sem pensar, mas em sua voz ressoou um tom amargo. – Tende a trocar de marido de tantos em tantos anos. Por causa de uma bobagem, ela me pôs da porta pra fora e bloqueou todas as contas. Após seis anos em que fiz *tudo* por ela.

– Que bobagem foi essa? – quis saber Pia.

– Ah, uma coisa sem a menor importância, uma puladinha de cerca que ela transformou em um drama enorme – respondeu esquivando-se e olhando-a de relance no espelho. Parece ter gostado do que viu, pois sorriu satisfeito.

Não se aprofundou na razão de sua expulsão do paraíso; em compensação, reclamou do tratamento injusto que recebera e parecia não perceber absolutamente o quanto se tornava suspeito com suas palavras.

– Pelo visto o senhor está com muita raiva – constatou Pia.

– Claro que estou com raiva – admitiu Kornbichler. – Por causa da minha mulher, desisti da minha empresa e agora estou aqui, sem casa, sem dinheiro, sem nada! E ela nem atende ao telefone quando ligo.

– Onde estava ontem à noite? – quis saber Bodenstein.

– Ontem à noite? – Kornbichler olhou surpreso para ele. – A que horas?

– Entre as 23 e as três horas da manhã.

O marido de Hanna Herzmann franziu pensativo a testa.

– Em um bistrô em Bad Soden – disse após refletir brevemente. – A partir das 11, mais ou menos.

– Até que horas?

– Não sei direito. Meia-noite e meia, uma hora talvez. Por que quer saber?

– Há testemunhas que possam comprovar que o senhor esteve lá?

– Sim, claro. Fui com alguns amigos. E os garçons certamente também podem se lembrar de mim. Aconteceu alguma coisa?

Pia lançou-lhe um olhar aguçado. Sua ingenuidade parecia autêntica, mas talvez ele fosse apenas um bom ator. Seria possível que não soubesse o que havia acontecido e por que queriam falar com ele?

– Que carro o senhor dirige? – perguntou Pia.

– Um Porsche 911, 4S Cabriolet. – Vinzenz Kornbichler sorriu insatisfeito. – Até ela me tirar isso também.

– E onde esteve antes de ir a Bad Soden? – Bodenstein fez justamente a pergunta que Pia queria fazer em seguida. Às vezes, Pia imaginava, com uma ponta de divertimento, que Bodenstein e ela eram como um velho casal. Na verdade, não era de admirar, depois de tantos interrogatórios e inquéritos juntos.

Kornbichler ficou visivelmente incomodado com a pergunta.

– Dei umas voltas pela região – esquivou-se. – Por que isso é importante?

– Sua mulher foi atacada e violentada ontem – disse Pia, então. – Foi encontrada hoje gravemente ferida e inconsciente no porta-malas do seu carro. E o vizinho da sua mulher nos contou que ontem o senhor esteve na casa dela.

* * *

Markus Maria Frey havia trocado a roupa chique por jeans e camiseta da escola e estava com dois outros pais junto da churrasqueira a gás. Passara a semana ansioso com a festa escolar. Apesar da agenda apertada, sempre tirava um tempo para os filhos; era presidente do conselho de pais na escola e havia contribuído consideravelmente com a organização da festa. Toda a renda da venda de comida e bebida, além de todas as doações, seria revertida para a reconstrução da biblioteca escolar. A fila diante da churrasqueira não parava de aumentar. Não conseguiam assar a carne tão rápido quanto a vendiam. Os moradores de Königstein eram generosos e contribuíam com prazer quando se tratava de um objetivo beneficente, e o grupo de pais que tinham seus filhos na escola havia decidido arredondar a soma arrecadada.

O tempo estava contribuindo, a atmosfera estava animada e alegre.

Frey ficou na churrasqueira até chegar seu substituto; em seguida, foi apitar um jogo e ajudar nas competições na quadra de esportes. Corrida de saco, de carrinho de mão, apanhar a maçã com a boca dentro do balde d'água, cabo de guerra. As crianças e seus pais estavam se divertindo pra valer, e Markus Maria Frey se divertia pelo menos o mesmo tanto ao assisti-los. Como os pequenos eram dedicados e concentrados! Bochechas vermelhas, olhos brilhantes, risadas alegres de crianças – existia coisa melhor? Apertavam-se ao seu redor quando se iniciava a cerimônia de premiação dos vencedores, mas ele também tinha prêmios de consolação e palavras encorajadoras para as crianças que perdiam. Somente as crianças davam um sentido à vida.

A tarde passou em um piscar de olhos. Tratava-se agora de enxugar lágrimas de decepção aqui, fazer curativo em um joelho ralado acolá ou apaziguar alguma briga.

– Quando o senhor ficar entediado no Ministério Público, será sempre muito bem-vindo aqui no jardim de infância – disse alguém atrás dele. Frey se virou e deparou com o rosto sorridente da senhora Schirrmacher, diretora do jardim de infância municipal.

– Olá, senhora Schirrmacher. – Ele também sorriu.

– Obrigada! – trinou a menina, cujas tranças ele acabara de refazer, e saiu saltitando.

– As crianças adoram o senhor.

– É verdade. – Olhou para a menina que se afastava e se lançava com entusiasmo no alvoroço do pula-pula. – Fico feliz e, para mim, é um verdadeiro modo de relaxar.

– Gostaria de conversar mais uma vez com o senhor sobre o patrocínio do nosso projeto de terapia – disse a senhora Schirrmacher. – Até já lhe mandei um e-mail a respeito, não sei se o senhor se lembra.

Frey estimava muito a engajada educadora. Ela se empenhava com criatividade e entusiasmo pelas crianças que lhe eram confiadas e que vinham, em parte, de famílias problemáticas; além disso, tinha sempre de lutar com o orçamento apertado do caixa escasso da comunidade.

– Claro que me lembro. Já conversei a respeito com o senhor Wiesner, da Fundação Finkbeiner.

Atravessaram o campo em direção às barracas, onde uma fila ainda aguardava para pegar bebidas e churrasco.

– Normalmente não apoiamos projetos externos, mas, nesse caso, decidimos abrir uma exceção – continuou Frey. – É um projeto muito ambicioso, que crianças com famílias socialmente debilitadas também vão aproveitar. Portanto, pode contar comigo e com uma doação de cinco mil euros.

– Nossa, mas isso é maravilhoso! Muito, muito obrigada! – A senhora Schirrmacher ficou com os olhos marejados e, em seu entusiasmo, imprimiu-lhe um beijo na face. – Estávamos com medo de ter de deixar tudo de lado porque não temos recursos.

Markus Maria Frey sorriu um pouco encabulado. Sempre ficava sem graça quando era aclamado por algo sem importância.

– Pai? – Jerome, seu filho mais velho, chegou correndo e ofegante. Na mão, um celular. – Já tocou algumas vezes. Você esqueceu lá na frente, na barraca do churrasco.

– Obrigado, filhão. – Pegou o celular e passou a mão nos cabelos despenteados do filho. Logo o telefone voltou a tocar.

– Me desculpe um instante – disse Frey ao ler o nome no visor. – Infelizmente, vou ter de atender.

– Sim, claro. – A senhora Schirrmacher anuiu, e Frey se afastou alguns passos.

– Agora não é o momento adequado – anunciou, aborrecido. – Posso te ligar...

Calou-se ao perceber a tensão na voz do interlocutor. Em silêncio, ouviu com atenção e, em segundos, sua irritação se transformou em perplexidade. Apesar do calor, sentiu um calafrio.

– Tem certeza? – perguntou em voz baixa e lançou um olhar ao relógio. Ficou parado à sombra de um imponente louro-cereja. De repente, o dia bonito e ensolarado se encobriu com uma névoa cinzenta. – Nos encontramos daqui a uma hora. Marque um ponto de encontro e me avise, está bem?

Seus pensamentos se encavalaram. Seria possível uma pessoa simplesmente desaparecer na Alemanha por 14 anos, sem ser vista em lugar algum? Haveria um enterro sem corpo? Uma lápide, flores e velas em um túmulo vazio? Depois de tudo que havia acontecido, na época a notícia da morte provocara tristeza, mas, sobretudo, alívio. O perigo que todos corriam estava para sempre banido.

Frey terminou o telefonema e, por um momento, fitou o vazio.

Se aquilo que tinha acabado de ouvir fosse verdade, sabia o que significava. Sem dúvida era a pior coisa que poderia acontecer. O pesadelo recomeçaria.

* * *

– Meu Deus! – Kornbichler se levantou e arregalou os olhos. – Eu... eu não sabia disso! Como é que... quero dizer... que merda! Realmente sinto muito.

– Por que esteve em Langenhain? O que queria lá?

– Eu... eu... – Passou a mão pelos cabelos, deslizou, nervoso, de um lado para outro do sofá. Sua imagem no espelho já não lhe interessava. – Vocês... vocês não estão achando que violentei e feri minha mulher, estão?

Sua pergunta não soou indignada, mas assustada.

– Não estamos achando nada – respondeu Bodenstein. – Para nós é suficiente que o senhor responda às nossas perguntas.

– Por que ninguém me ligou para me contar isso? – Kornbichler abanou a cabeça e olhou para seu smartphone. – A Irina ou o Jan poderiam ter me dito!

– O que estava procurando na casa da sua mulher em Langenhain? – Bodenstein repetiu a pergunta de Pia. – E por que não nos disse logo que tinha estado lá?

– Vocês perguntaram sobre o período das 11 às três da manhã – respondeu Kornbichler, prontamente. – Não sabia exatamente do que se tratava.

– E pensou o quê, ao ver a Polícia Criminal querendo falar com o senhor?

– Para ser sincero, não faço ideia. – Deu de ombros.

Pia observou atentamente sua expressão facial. Vinzenz Kornbichler podia estar magoado e com raiva, mas seria capaz da brutalidade cometida contra Hanna Herzmann?

– Sua mulher tinha inimigos? – Bodenstein quis saber. – Chegou a ser ameaçada no passado?

– Sim, havia um cara que a perseguia muito – disse Kornbichler. – Foi pouco antes de Hanna e eu nos conhecermos. Foi parar na cadeia por causa disso.

Parecia interessante. Kornbichler não sabia o nome do homem, mas prometeu perguntar a Irina Zydek.

– E tem um antigo colaborador, Norman Seiler. Esse sentia uma raiva enorme da Hanna – continuou Kornbichler. – Ela o demitiu há duas semanas, sem aviso prévio. Bom, e esse Niemöller também, sempre o achei suspeito. É louco pela Hanna, mas ela não dá bola para ele. Além desses, há toda uma fila de pessoas que foram expostas como convidadas dos *talk shows* e, por isso, se aborreceram muito com Hanna.

Pia fez suas anotações. Embora Norman Seiler tivesse um forte motivo, que ela, como policial, só poderia sonhar, infelizmente também tinha um álibi incontestável. Na antevéspera tinha ido a Berlim de avião e voltado somente na manhã daquele dia, às 11 e meia. Todos os compromissos que havia mencionado foram verificados e confirmados. Já o álibi de Jan Niemöller era fraco. Depois da festa, ele teria ido direto para casa e dormido, mas Meike Herzmann observara que ele havia ficado sentado em seu carro e esperado por Hanna. Sua afirmação de que havia dormido muito era refutada por sua aparência extenuada.

– Recentemente, passei à noite por acaso em Langenhain – disse Vinzenz Kornbichler. Hesitou um pouco antes de continuar. – Já era tarde, pouco antes da meia-noite, e diante da casa havia um carro que eu não conhecia. Um Hummer preto. Pensei: “Ah, que ótimo, ela já encontrou meu sucessor”. Na verdade, queria ter ido embora logo, mas... não consegui resistir. Desci do carro e fui até o jardim. Vi não apenas um, mas dois caras.

Pia lançou um rápido olhar a Bodenstein.

– Quando foi isso? – perguntou.

– Hum... anteontem. Quarta-feira à noite – respondeu Kornbichler. – Senti uma coisa estranha. Mesmo tendo me colocado para fora de casa, ainda gosto da Hanna.

– Por que sentiu uma coisa estranha? – interrompeu Pia.

– Por causa de um dos caras. Um verdadeiro armário de barba e lenço na cabeça... um sujeito assim a gente não quer encontrar nem à luz do dia. Tinha tantas tatuagens que parecia um Smurf. Inteirinho azul, até o rosto.

– E o que o senhor observou? – perguntou Bodenstein. – Os homens ameaçaram sua mulher?

– Não. Só estavam sentados, bebendo e conversando. Por volta da meia-noite e meia, o Smurf gigante foi embora. Hanna entrou no carro com o outro cara alguns minutos depois. Fui atrás deles. – Vinzenz Kornbichler sorriu sem graça. – Não vão pensar que sou de perseguir as pessoas, mas, de certo modo, fiquei preocupado com a Hanna. Ela nunca me falou muito das suas investigações, mas por seu programa já passaram uns bons psicopatas.

– Para onde ela foi?

– Em Diedenbergen percebi que meu tanque estava totalmente vazio. Precisei parar na rodovia para abastecer e acabei perdendo os dois de vista.

– Onde abasteceu? No posto de Weilbach? – Pia tinha a geografia do distrito de Main-Taunus bem clara na cabeça.

– Sim, isso mesmo. A essa hora não se encontra nenhum posto de gasolina aberto.

Pia examinou seu interlocutor com desconfiança. Trinta e seis horas depois, Hanna Herzmann havia sido encontrada no porta-malas do seu carro, justamente a menos de quinhentos metros do posto em que seu marido rejeitado havia abastecido. Mero acaso?

– Chegou a anotar a placa do Hummer preto? – perguntou Bodenstein.

– Infelizmente, não. Era uma placa bem pequena, como as de moto, e estava escuro.

Podia ser verdade o que Vinzenz Kornbichler estava contando. Os copos usados na mesa ao lado do sofá da sala de Hanna Herzmann eram um possível indício de que tinha recebido visitas.

Mas o fato de Kornbichler ter voltado à casa de sua já ex-mulher indicava que ele ainda nutria um forte sentimento por ela. O homem estava magoado, ferido, falido e com ciúme. Tudo isso junto formava uma mistura altamente explosiva; bastaria uma faísca para detoná-la. Teria sido a visão de Hanna entrando no carro com um homem estranho à noite essa faísca?

– Isso foi na quarta – disse ela. – E na quinta?

– Já disse. – Kornbichler franziu a testa.

– Não, não disse. – Pia sorriu, amável. – Então? O que fez na casa na quinta-feira?

– Nada. Nada específico. Só fiquei um tempo no carro. – Sua linguagem corporal traiu seu nervosismo. As mãos que brincavam com o smartphone, o olhar inconstante, o pé balançando. Se no início da conversa ele ainda passou uma impressão de segurança e tranquilidade, sua autoconfiança artificial o abandonava a cada segundo que passava.

Pia tirou da bolsa o envelope transparente com as fotos de Hanna Herzmann com o rosto completamente desfigurado e mostrou-as a Kornbichler sem tecer comentários. Ele deu uma olhada e teve um sobressalto.

– O que é isso? – A indignação era dissimulada, e muito mal, por sinal.

– Sugiro que nos acompanhe, senhor Kornbichler. – Bodenstein se levantou.

– Mas por quê? Acabei de lhes dizer que... – agitou-se o homem.

– Está provisoriamente detido – interrompeu Pia, e recitou a instrução oficial segundo os parágrafos 127 e 127b do Código de Processo Penal sobre seus direitos e obrigações como acusado. – Como não tem residência fixa, pode passar a noite à custa do Estado até verificarmos seu álibi para a noite de quinta-feira.

* * *

Estava frio. Sentia um frio horrível, e seu corpo parecia pesado como chumbo. Em algum lugar do seu cérebro palpitava uma vaga ideia de dor e tormento. Sua boca estava muito seca, e a língua, tão inchada, que não conseguia engolir. Ouviu o toque abafado e regular de um leve bipe e um zumbido, como se tivesse algodão nos ouvidos.

Onde estava? O que tinha acontecido?

Tentou abrir os olhos, mas, apesar de todo o seu esforço, não conseguiu.

Vamos, pensou. Abra os olhos, Hanna!

Foi necessária toda a sua força de vontade para abrir pelo menos uma pequena fresta do olho esquerdo, mas o que viu estava embaçado e impreciso. Um lusco-fusco de fim de tarde, persianas abaixadas diante das janelas, paredes brancas e frias.

Que quarto era aquele?

Passos se aproximaram. Chiado de solas de borracha.

– Senhora Herzmann? – Uma voz feminina. – Está me ouvindo?

Hanna ouviu um ruído inarticulado, que passou para um gemido abafado, e precisou de alguns segundos para entender que esse ruído havia sido produzido por ela.

Onde estou?, quis perguntar, mas seus lábios e sua língua estavam dormentes e insensíveis e não lhe obedeciam.

Um vislumbre de preocupação arrastou-se pela espessa névoa que a circundava. Havia alguma coisa de errado com ela! Aquilo ali não era um sonho, era realidade!

– Sou a doutora Fuhrmann – disse a voz feminina. – A senhora está na UTI do hospital de Höchst.

UTI. Hospital. Isso esclarecia pelo menos aquele bipe e aquele zumbido irritantes. Mas *por que* estava no hospital?

Por mais que Hanna se esforçasse, não havia nenhuma lembrança que pudesse explicar sua situação, só o vazio. Um buraco negro. Apagão total. A última coisa de que conseguia se lembrar era da discussão com Jan depois da festa. Como se tivesse brotado do chão, aparecera de repente no estacionamento diante dela, que, ao vê-lo, levou um susto. Ele estava muito bravo, pegara-a bruscamente pelo braço, machucando-a. Provavelmente ficara com um hematoma no braço. Qual havia sido mesmo o motivo da discussão?

Flashes de memória voejavam em sua mente como morcegos, unindo-se a imagens demasiado voláteis e fragmentadas, para depois se separarem novamente. Meike. Vinzenz. Olhos azuis. Calor. Trovoada e relâmpago. Suor. Por que Jan tinha ficado tão bravo? E de novo aqueles olhos azul-claros, coroados por marcas de expressão. Mas nenhum rosto, nenhum nome, nenhuma lembrança. Chuva. Poças d'água. Escuridão. Nada. Droga.

– Está sentindo dor?

Dor? Não. Um repuxar e um latejar indistintos, que não podiam ser localizados e, embora fossem desagradáveis, não eram insuportáveis. E sua cabeça zumbia. Talvez tivesse sofrido um acidente de trânsito. Que carro ela dirigia mesmo? Curiosamente, o fato de não se lembrar do seu próprio carro a assustava mais do que o estado em que se encontrava.

– A senhora está recebendo um analgésico muito forte, que a deixa sonolenta...

A voz da médica soava como um eco distante; foi se tornando incompreensível e acabou se desfazendo em um encadeamento sem sentido de sílabas.

Sonolenta. Dormir. Hanna fechou o olho esquerdo e apagou.

Quando despertou novamente, já estava quase escuro do lado de fora das janelas. Era difícil manter o olho aberto. Em algum lugar havia uma luminária acesa, que iluminava o quarto apenas de maneira escassa. Hanna percebeu um movimento ao lado da cama. Em uma cadeira estava sentado um homem com um avental e uma touca verdes. Tinha a cabeça abaixada e a mão sobre seu braço, do qual saíam tubos para algum lugar. Seu coração deu um pulo ao reconhecê-lo. Hanna voltou a fechar o olho. Tomara que ele não tenha percebido que estava acordada! Sentia-se incomodada que a visse assim.

– Sinto muito – ela ouviu sua voz, que soou totalmente desconhecida. Teria chorado? Por causa dela? Devia estar mesmo muito mal. – Sinto muito, de verdade – repetia ele, sussurrando. – Não queria que tivesse acontecido isso.

* * *

Bodenstein estava sentado à mesa em seu escritório, pensando em Meike Herzmann. Raras vezes tinha visto tamanha amargura em um rosto tão jovem, tanto medo e tanta raiva reprimida com esforço. Não havia dúvida de que estava sob forte tensão, tão peculiar havia sido a indiferença e a falta de emoção com que reagira ao receber a notícia do ataque à sua mãe. Isso não era normal. Igualmente parcimoniosa fora a reação de Vinzenz Kornbichler. No início, o homem passara uma impressão aberta e sincera, que, no entanto, ao longo da conversa, acabou se invertendo. Não precisava ter contado que já havia estado na casa de sua mulher na quarta-feira. Com isso, tornou-se suspeito. Involuntariamente? Ou teria sido levado pelo ímpeto da declaração, sentido por muitos criminosos quando a consciência começa a pesar demais?

Aonde tinha ido Hanna Herzmann com o desconhecido depois que seu marido teve de desistir da perseguição?

A história de Vinzenz Kornbichler era verdadeira na medida em que, de fato, ele abastecera seu carro no posto da rodovia de Weilbach à 1h13 da noite de quarta para quinta-feira; a gravação em vídeo do posto de gasolina provava isso. Seu álibi para a noite de quinta, o bistrô em Bad Soden, seria verificado pelos colegas naquele mesmo dia. O restante podia ser verdade ou não.

Bodenstein leu mais uma vez o relatório provisório do exame médico-legal de Hanna Herzmann. Como estaria ela agora? Já teria acordado da anestesia e entendido o que havia lhe acontecido? Fisicamente talvez voltasse a se recuperar, mas Bodenstein duvidava que esse tipo de abuso pudesse algum dia ser tratado do ponto de vista psíquico.

Seus ferimentos se assemelhavam àqueles sofridos pela adolescente morta, encontrada no Meno. Que monstros seriam esses, capazes de uma brutalidade tão animalesca? Fazia mais de vinte anos que Bodenstein se ocupava de homicídios dolosos e culposos, e nunca conseguira entender o que levava uma pessoa a matar outra. Somente quando ele próprio se viu em uma situação em que, por desespero, humilhação e desamparo, perdeu o controle e atacou sua própria mulher é que entendeu quão rapidamente alguém pode se tornar um assassino. Sentiu uma enorme vergonha e arrependeu-se amargamente de sua transgressão, mas, a partir de então, compreendeu o que se passaria na cabeça de quem comete um crime no calor da emoção. Não que esse tipo de comportamento fosse desculpável ou que a frustração e a raiva valessem como justificativa para se acabar com uma vida humana, mas era mais fácil de entender do que aquele excesso de violência sofrido por Hanna Herzmann ou pela garota que eles batizaram de "Sereia".

Bodenstein suspirou. Tirou os óculos de leitura, bocejou e esfregou a nuca dolorida. Do lado de fora tinha escurecido, estava tarde, já passava das 11. O dia havia sido longo; era hora de voltar para casa.

Justamente quando desligou a luminária da mesa e pegou o paletó, o telefone tocou. Um número com prefixo de Hofheim. Antes que a chamada pudesse ser transferida para seu celular, Bodenstein tirou o fone do gancho e atendeu.

– Boa noite, aqui quem fala é Katharina Maisel – disse uma mulher. – O senhor conversou com meu marido hoje, somos os vizinhos da senhora Herzmann. Por favor, me desculpe por incomodar a essa hora.

– Não tem problema – respondeu Bodenstein e, com esforço, reprimiu um bocejo. – O que posso fazer pela senhora?

– Acabei de chegar em casa, e meu marido me contou a coisa horrível que aconteceu. – A voz de Katharina Maisel deixava transparecer o nervosismo pelo qual a maioria das pessoas é tomada ao ligar para a Polícia Criminal. – Vi algo que, a princípio, não achei inabitual, mas agora... diante do acontecido...

– Sei. – Bodenstein contornou sua mesa, acendeu a luminária novamente e se sentou. – Conte-me. O que viu?

Por volta das 22 horas, a senhora Maisel estava no jardim regando os canteiros. Nesse momento, observou perto da casa de Hanna Herzmann um homem que nunca vira antes. Havia chegado em uma *scooter* e esperou um pouco na beira da floresta. Após cerca de dez minutos, percebeu que ela o olhava com desconfiança. Em seguida, enfiou alguma coisa na fenda de correspondência da porta da casa de Hanna Herzmann e foi embora.

– Isso é interessante. – Bodenstein fez algumas anotações. – Poderia descrever esse homem ou sua *scooter*?

– Sim, posso. Passou a menos de dez metros de mim e me cumprimentou gentilmente com a cabeça. Hum, acho que devia ter uns 45 anos. Bem-arrumado, muito esguio, cerca de um metro e oitenta. Cabelos curtos, louros escuros, já um pouco grisalhos. O que mais chamou a atenção foram seus olhos. Nunca vi olhos tão azuis.

– A senhora é uma boa observadora – disse Bodenstein. – Seria capaz de reconhecer esse homem?

– Com toda certeza – afirmou a senhora Maisel. – Mas isso não é tudo. Naquela noite, não consegui dormir. Estava muito quente, e era a primeira vez que nosso filho saía sozinho com seu carro. Fiquei inquieta e preocupada por causa do temporal. Por isso, sempre dava uma olhada pela janela. E da janela do nosso quarto dá para ver a entrada da garagem da senhora Herzmann. Ela chegou em casa à 1h10 e, como sempre, entrou na garagem.

Repentinamente, o cansaço de Bodenstein tinha desaparecido. Endireitou-se.

– Tem certeza?

– Tenho. Conheço o carro da senhora Herzmann. Ela sempre abre a garagem com o controle remoto e, logo depois de entrar, fecha o portão do mesmo modo. Nem precisa sair. Da sua garagem, entra diretamente em casa.

– Reconheceu a senhora Herzmann? – perguntou Bodenstein.

– Hum... reconheci o carro. Não era nada excepcional, não fiquei olhando com atenção. Quinze minutos depois chegou nosso filho, então, fui dormir.

Bodenstein agradeceu à vizinha e encerrou a conversa. Não duvidava do que ela havia visto, mas sua observação era um enigma para ele. Até então, Pia e ele tinham partido do princípio de que alguma coisa havia acontecido a Hanna em seu caminho para casa, mas, pelo visto, ela só fora atacada e violentada em casa. Vinzenz Kornbichler conhecia os hábitos de sua mulher e sabia que havia uma passagem direta da casa para a garagem. Mais tarde, o criminoso deve ter colocado Hanna Herzmann no porta-malas do seu carro e dirigido até Weilbach. Mas como saiu dali? Será que se tratava de dois criminosos? Teria Kornbichler um cúmplice? Ou estariam seguindo uma pista errada? Talvez o gigante tatuado que Kornbichler diz ter visto tivesse alguma coisa a ver com o caso.

Bodenstein pegou o telefone e discou o número do celular de Christian Kröger, que atendeu de imediato.

– Vocês inspecionaram a garagem de Hanna Herzmann? – quis saber Bodenstein, depois de contar rapidamente ao colega sobre a declaração da vizinha.

– Não – respondeu após uma breve hesitação. – Droga, como é que não pensei na garagem?

– Porque não imaginamos que a casa pudesse ser o local do crime. – Bodenstein conhecia o perfeccionismo de seu colega e sabia como se aborrecia por poder ter deixado passar alguma coisa importante.

– Vou agora mesmo para lá – disse Kröger, decidido. – Antes que aquela louca apague alguma pista.

– De quem você está falando? – perguntou Bodenstein, confuso.

– Da filha. Aquela ali não bate bem. Mas, pelo menos, deixou uma chave da casa comigo.

Bodenstein deu uma olhada no relógio. Quase meia-noite, mas estava bem acordado e, de todo modo, não ia conseguir dormir.

– Sabe de uma coisa? Também vou – disse. – Consegue chegar lá em meia hora?

– Só se você me der uma carona; senão, vou ter de ir a Hofheim primeiro.

* * *

Seus dedos deslizaram pelo teclado do laptop. O temporal na noite anterior trouxera apenas um rápido refresco; naquele dia estava mais abafado e quente do que antes. Durante o dia todo, o sol havia ardido impiedosamente sobre o trailer e esquentado a lataria. Computador, televisão e geladeira irradiavam um calor adicional, mas já não fazia diferença se a temperatura era de 40 ou 41 graus. Embora quase não se mexesse, o suor corria por sua cabeça e pingava do queixo em cima do tampo da mesa.

Inicialmente, pôs-se a trabalhar com a intenção de filtrar apenas os fatos mais importantes da quantidade desordenada de anotações, registros em diário e atas, mas depois a sugestão dela de fazer daquilo um livro não o deixara mais. O trabalho concentrado o desviava de querer saber se tinha dito ou feito algo que a pudesse ter aborrecido. Até então, ela tinha sido a confiança em pessoa; era absolutamente atípico faltar a uma hora marcada sem avisar. Para ele, era um mistério aquela completa falta de comunicação havia mais de 24 horas. No começo, seu celular ainda estava ligado, mas agora estava desligado, e ela não respondia a nenhum dos seus SMS e e-mails. No entanto, estava tudo certo quando se despediram no começo da manhã de quinta-feira. Ou não estava? O que teria acontecido?

Interrompeu o trabalho e pegou uma garrafa d'água, que quase escorregou de sua mão. A água condensada havia soltado o rótulo, e o conteúdo estava quase em temperatura ambiente.

Levantou-se e esticou-se. Sua camiseta e os shorts estavam molhados de suor; ansiava por uma refrigeração. Por um instante, entregou-se à dolorosa lembrança de seu escritório climatizado no passado. Na época, tomava esse luxo como algo natural, exatamente como o frescor de uma casa com bom isolamento térmico e janelas com três camadas de vidro. Antigamente, nunca que conseguiria se concentrar direito com aquele calor infernal. O ser humano se acostuma a tudo quando precisa. Até aos extremos. Para sobreviver, ninguém precisa de vinte ternos sob medida, nem de 15 pares de sapatos feitos à mão, nem de 37 camisas Ralph Lauren. Também dá para cozinhar com um fogareiro, duas panelas e uma frigideira; não é necessária uma cozinha de cinquenta mil euros, com bancada de granito e ilha de cocção. Tudo coisa supérflua. A felicidade está na frugalidade material, pois, quando já não se tem nada, tampouco é preciso ter medo de perder alguma coisa.

Fechou o laptop e apagou a luz para não atrair mais mosquitos e mariposas, pegou uma garrafa de cerveja na geladeira e sentou-se do lado de fora, diante da barraca, em uma caixa vazia de cerveja. No camping, a tranquilidade reinava insolitamente cedo; a mistura de álcool e calor parecia paralisar até mesmo os vizinhos mais animados. Tomou um gole e olhou para o enevoado céu noturno, no qual as estrelas e a foice da Lua só podiam ser vagamente reconhecidas. A cerveja ao final do expediente era um dos poucos rituais que mantinha. Antigamente, ia todas as noites com os colegas ou clientes a um bar em algum lugar no centro para tomar uma saideira antes de voltar para casa. Fazia muito tempo.

Nos últimos anos, quase não havia nada a que se apegasse, e sobreviveu muito bem assim. Só que agora era diferente. Por que não tinha conseguido manter uma distância profissional? O silêncio dela deixava-o mais inseguro do que ele queria admitir. Proximidade demais era tão prejudicial e perigoso quanto falsas esperanças. Ainda mais para um proscrito como ele.

Um barulho de motor se aproximou. Um borbulhar vigoroso e abafado, o típico som de uma Harley em baixa rotação. Logo soube que a visita era para ele e, alerta, levantou a cabeça. Nenhum dos rapazes tinha aparecido ainda no camping. A luz do farol roçou seu rosto. A máquina parou na frente da cerca do jardim, o motor rumorejou em ponto morto; ele se levantou da caixa de cerveja e avançou hesitante.

– Ei, *avvocato* – cumprimentou o motorista sem descer da moto. – Trouxe um recado do Bernd. Não quis dizer pelo telefone.

Reconheceu-o à luz fraca do poste que ficava a cinquenta metros de distância e respondeu a seu cumprimento com um aceno de cabeça.

O homem lhe entregou um envelope dobrado.

– É urgente – disse à meia-voz, e voltou a desaparecer na noite.

Olhou-o ir embora até o barulho do motor dissipar-se ao longe. Em seguida, entrou no trailer e abriu o envelope.

– Segunda-feira, 19h – estava escrito no bilhete. – Prinsengracht 85. Binnenstad. Amsterdã.

– Finalmente – pensou e respirou fundo. Teve de esperar muito tempo por esse contato.

Antigamente, sexta-feira era seu dia preferido na semana. Michaela sempre ansiava pelas tardes de sexta, quando ia para o volteio no picadeiro. Mas fazia duas semanas que não ia. Na última, dissera que estava com dor de barriga, e não era mentira. Naquele dia, tinha dito à mãe que estava se sentindo mal. E também não era mentira. Já na escola se sentira mal. No almoço, mal engoliu uma garfada de comida e logo pôs tudo para fora. Os irmãos desapareceram logo depois do almoço. Naquele

dia começavam as férias de outono e, com elas, o acampamento com barracas ao estilo dos índios americanos, que todos ansiavam havia muito tempo. Armariam as barracas em uma clareira da floresta, se sentariam ao redor de uma grande fogueira à noite, assariam salsichas e cantariam.

Michaela deitou-se na cama, deixou a porta encostada e ficou ouvindo os rumores da casa.

O telefone tocou, ela pulou como que eletrizada e saiu correndo do quarto, mas chegou tarde demais. Sua mãe já tinha atendido no andar de baixo.

– ... está de cama... vomitou... também não sei o que está acontecendo com ela... Sei... hum... sei. Obrigada por me dizer. Sim, claro. É um absurdo. Ela vive fantasiando que meu marido e eu às vezes não sabemos o que fazemos... Sim, sim, obrigada. Na semana que vem ela irá com certeza. O picadeiro é tudo para ela.

Estava em pé, no alto da escada; seu coração batia como louco, e sentiu-se tonta de medo. Devia ter sido Gaby ao telefone, pedindo notícias dela! O que teria dito à sua mãe? Rapidamente, voltou para o quarto e puxou a coberta sobre a cabeça. Nada aconteceu. Os minutos passavam, transformavam-se em horas. Escurecia do lado de fora das janelas.

Naquele momento, os outros é que estavam treinando volteio com o Asterix! Como gostaria de estar lá! Michaela apertou o rosto contra o travesseiro e soluçou. Papai chegou em casa. Podia ouvi-lo lá embaixo, conversando com a mamãe. De repente, a porta se abriu. A luz se acendeu e sua coberta foi arrancada.

– Que tipo de absurdo você andou dizendo a essa Gaby? – A voz do papai soou zangada. Sentiu a boca seca; seu coração batia até na garganta. – Fale! Que história mentirosa você andou contando?

Engoliu em seco. Por que não tinha ficado com a boca fechada? Gaby a tinha traído. Talvez também estivesse com medo dos lobos.

– Venha – disse o papai. Ela sabia o que ia acontecer, já tinha passado por isso várias vezes. Mesmo assim, levantou-se e seguiu-o. Subiu as escadas. Foi para o sótão. Ele fechou a porta atrás de si e pegou o chicote

em uma viga do telhado. Ela tremeu de frio ao tirar a roupa. O papai pegou-a pelos cabelos, arremessou-a no velho sofá que ficava embaixo do teto inclinado e começou a bater nela.

– Sua mentirosa sem-vergonha! – sibilou, furioso. – Vamos, vire-se de costas! Agora você vai ver! Falar uma coisa dessas de mim!

Fora de si, espancou-a, fazendo o chicote assobiar no ar e atingindo--a entre as pernas. As lágrimas corriam por seu rosto, mas apenas um fraco lamento passava por seus lábios.

– Vou te moer de pancada se você voltar a dizer uma coisa dessas a alguém! – O rosto do papai estava desfigurado de raiva.

Fazia tempo que Michaela, que só conhecia o pai alegre e amoroso, já não estava ali. Lá embaixo, no quarto das crianças, Sandra despertara das profundezas de seu subconsciente. Sandra sempre vinha quando o papai ficava muito bravo e a espancava. Conseguia suportar os golpes, as dores e o ódio. No dia seguinte, Michaela não se lembraria de nada, só ficaria admirada com os hematomas e os vergões. Mas nunca mais confiaria em alguém. Michaela tinha 8 anos.

Sábado, 26 de junho de 2010

Os sustos dos últimos dias haviam redundado em um terrível pesadelo: os motociclistas sinistros, o cão raivoso, o guarda--florestal pronto para atirar, os tiras. Vinzenz e Jan também tinham um papel na trama, Meike já não conseguia se lembrar de quem nem do que havia corrido, mas estava ofegante como um cavalo de corrida depois do Grande Prêmio de Baden-Baden ao acordar às duas da madrugada, banhada em suor. Tomou uma ducha, enrolou-se em uma toalha e sentou-se no pequeno terraço. A noite estava tropical; impossível voltar a dormir.

Desde o dia anterior Meike refletia quase ininterruptamente sobre qual deveria ser o tema de trabalho da sua mãe naquele momento e se teria a ver com o ataque que sofrera. Wolfgang também não fazia a menor ideia. Ficou totalmente chocado quando ela lhe contou o que tinha acontecido com Hanna, e depois que ela lhe contou sobre seu encontro com os motociclistas e o cão de guarda, sugeriu-lhe que fosse provisoriamente morar com ele. Meike ficou feliz, mas recusou gentilmente. Estava velha demais para se esconder em algum lugar.

Apoiou os pés no parapeito do terraço. Depois que os tiras foram embora no dia anterior, vasculhou o escritório da mãe. Em vão. O laptop havia sumido sem deixar rastros, assim como o smartphone. Seu olhar vagou pela fachada do prédio da frente. Com aquele calorão, a maioria das janelas estava bem aberta para permitir que pelo menos um pouco do ar fresco da noite entrasse nos cômodos. Tudo estava escuro, menos uma janela no terceiro andar, atrás da qual cintilava

uma luz azulada. Um homem estava sentado à mesa diante do computador, vestindo apenas uma cueca.

– Mas claro! – Meike deu um salto. O computador no escritório de Hanna! Por que não tinha pensado nisso antes? Vestiu-se rapidamente, pegou a mochila e o molho de chaves e deixou o apartamento. O Mini estava algumas ruas mais adiante, pois à noite não conseguira encontrar de novo nenhuma vaga para estacionar. A pé chegaria mais rápido à Hedderichstraße do que se fosse buscar o carro.

O período entre as duas e as três da manhã era o mais silencioso de toda a noite. Só de vez em quando via um carro. No ponto de bonde da Brückenstraße, esquina com a Textorstraße, estavam sentados dois mendigos, que vociferaram atrás dela, embalados pelo vinho. Meike não lhes deu atenção e continuou a passos rápidos. Uma cidade à noite era sempre sinistra, ainda que as ruas fossem bem iluminadas e até mesmo potenciais estupradores estivessem no sétimo sono àquela hora. Além do mais, trazia na bolsa spray de pimenta ao alcance da mão e a arma de choque de 500.000 Volts, que havia pegado na casa de Langenhain, no dia anterior, e recarregado com uma bateria nova. Marius, antecessor de Vinzenz e terceiro marido de Hanna, em seu típico cuidado excessivo, comprara uma para a mulher quando aquele perseguidor maluco a espreitava em toda parte, mas ela nunca carregara o aparelho consigo. Será que a arma de choque a teria protegido do ataque na noite de quinta se estivesse com ela? Os dedos de Meike apertaram com força o cabo do aparelho quando um homem veio em sua direção. Não hesitaria nem por um segundo em utilizá-lo.

Quinze minutos mais tarde, abriu com a chave central a porta do prédio onde ficava o escritório. O elevador ficava desligado à noite; por isso, precisou subir as escadas até o quinto andar.

Conhecia a senha do computador de Hanna; sua mãe nunca a alterava e fazia anos que usava sempre a mesma combinação de letras e números para todos os logins e, sem a menor preocupação, também para as operações bancárias online. Meike sentou-se atrás da mesa, acendeu a luminária e ligou o computador. Precisou de toda a sua concentração para não pensar na mãe. Desse modo, apaziguava sua consciência pesada, pois ela podia ser mais útil assim do que se ficasse sentada ao lado da cama no hospital.

Do lado de fora das janelas, amanhecia. Hanna recebia uma quantidade enorme de e-mails. Meike passou rapidamente os olhos pelos remetentes e continuou a descer a lista. A última vez que sua mãe verificara os e-mails foi na quinta-feira, às 16h52. Desde então, tinham chegado 132 novas mensagens. Caramba, seria impossível ler todas! Meike tratou de ler os assuntos, pois os nomes dos remetentes não lhe diziam muita coisa.

Uma mensagem de 16 de junho chamou sua atenção. *Res: Nossa conversa*, era o que se lia na janela de assunto. O remetente era Leonie Verges. Esse nome desencadeou uma vaga lembrança na cabeça de Meike. Não fazia muito tempo que tinha ouvido falar dele, mas em que contexto?

Olá, senhora Herzmann, leu. *Minha paciente está pronta para conversar com a senhora pessoalmente em certas circunstâncias; contudo, não irá aparecer publicamente. A senhora conhece as razões. Sua condição é que seu marido e o doutor Kilian Rothemund estejam presentes durante a conversa, que será na minha casa. Conforme combinado, vou mandar os documentos para o senhor Rothemund. Por favor, entre em contato com ele para poder consultá-los. Atenciosamente, Leonie Verges.*

Meike franziu a testa. Paciente? Será que sua mãe estava atrás de algum escândalo médico? Doutor Kilian Rothemund... Kilian. K!

Seria daquele bilhete escrito à mão em que estava o endereço da gangue de motoqueiros?

No mesmo instante, Meike passou da conta de e-mail para a internet e lançou no Google o nome "Leonie Verges". Em Pointoo, Yasni, 123people e jameda, logo obteve uma explicação: Leonie Verges era psicoterapeuta e tinha seu consultório em Liederbach. Não possuía website, mas Meike encontrou no do Centro de Psicotraumatologia a foto, o endereço e um breve currículo da terapeuta. Então se lembrou de quando tinha ouvido o nome: no dia anterior, quando os tiras estavam na casa, ela havia ligado e perguntado por sua mãe.

Portanto, esse enigma estava resolvido. Meike escreveu o nome "Dr. Kilian Rothemund" na barra de pesquisa. Após apenas poucos segundos, o serviço de busca apresentou 5.812 resultados. Curiosa, clicou no primeiro link e começou a ler.

– Puta que pariu! – murmurou ao entender quem, ou melhor, o que era o doutor Kilian Rothemund. – Que nojo!

* * *

– Não há dúvida de que o estupro foi cometido na garagem da casa – disse Bodenstein ao abrir a reunião matinal na delegacia de homicídios. – Quanto ao objeto com que Hanna Herzmann sofreu abuso, trata-se de uma extensão do cabo de madeira de um guarda-sol; já recebemos a resposta do laboratório: o sangue na madeira é do mesmo grupo sanguíneo de Hanna Herzmann. Além disso, puderam ser comprovados vestígios de excrementos, o que corresponde ao diagnóstico do médico-legista.

Mal dormira à noite. Kröger e ele ficaram até pouco depois das três na garagem da casa, fotografando e detectando vestígios de sangue, pegadas e impressões digitais. Em seguida, foi para casa e tentou dormir pelo menos algumas horas, mas em vão. A cronologia dos acontecimentos era confusa e contradizia a primeira teoria, que haviam levantado na véspera.

– O criminoso pode ter esperado por Hanna na garagem – disse Pia. – Isso remete a Vinzenz Kornbichler. Ele certamente sabe como ter acesso à casa, mesmo que já não tenha a chave.

– No início pensei a mesma coisa. – Bodenstein confirmou com a cabeça. – Mas até a 0h50, ele esteve em um bistrô chamado S-Bar, em Bad Soden; foi o que os colegas verificaram ontem. Em seguida, ainda ficou conversando por meia hora com conhecidos na rua. Não, ele definitivamente está fora. Mas me pergunto por que Hanna Herzmann levou tanto tempo para chegar em casa.

Por volta da meia-noite, ela deixou a festa em Oberursel; a vizinha viu seu carro entrar na garagem à uma e dez. Com o auxílio do Google Maps, Kai Ostermann calculou a rota da área comercial, na via An den Drei Hasen, em Oberursel, onde se encontram os estúdios de gravação, até Rotkehlchenweg, em Hofheim-Langenhain: 31,4 quilômetros, 26 minutos de carro. Mesmo que ela tenha ido devagar por causa do temporal, não se leva uma hora inteira para percorrer o trecho.

– Pode haver inúmeras razões para isso – observou Pia. – Ela pode ter parado em um posto de gasolina. Talvez também tenha feito um caminho totalmente diferente.

– Mandei os colegas a todos os postos que ficam no caminho. – Kai olhou para seu laptop. – Se pegou a A661, a A5 e a A66 até o trevo viário em Kriftel, só há dois postos possíveis, a área de descanso Taunusblick e o posto de gasolina Aral, antes da saída para Bad Soden. Se foi pelo Taunus, não havia nenhum posto aberto naquele horário.

– Meike Herzmann disse que Jan Niemöller estava esperando por sua mãe no estacionamento e conversou com ela. – Bodenstein, que havia passado metade da noite quebrando a cabeça para descobrir uma possível cronologia do crime, retomou a palavra. – Para nós ele afirmou que, por volta das 11, a viu pela última vez. Portanto, mentiu. Pedi para uma pessoa trazê-lo aqui.

– O criminoso pode ter atacado Hanna na garagem ou entrado em seu carro em algum lugar ao longo do trajeto – pensou Pia em voz alta. – Em seguida, colocou-a no porta-malas e dirigiu até Weilbach. Por que justamente ali? E como foi embora?

– Talvez tivesse um cúmplice – supôs Cem Altunay. – Ou chamou um táxi na área de descanso.

– Não – refutou Ostermann. – Há câmeras de vigilância na área de descanso.

– E o perseguidor que Kornbichler mencionou? Algum detalhe sobre ele? – perguntou Pia.

– Sim, os colegas também verificaram ontem. – Bodenstein permitiu-se um sorriso sarcástico. – Seria fácil demais, mas o cara morreu no ano passado em um acidente; portanto, não pode ter sido ele.

A porta da sala de reunião se abriu com tudo; Christian Kröger entrou de repente e pôs bruscamente uma foto na mesa.

– Temos um resultado no banco de dados AFIS* – anunciou. – As impressões digitais que encontramos do lado de fora e de dentro do carro, bem como na cozinha e em um copo na casa pertencem a um tal de Kilian Rothemund!

– Por que ele está no nosso sistema? – quis saber a doutora Nicola Engel, que até então tinha ficado calada. Inclinou-se, puxou a foto para si e a observou detalhadamente.

– Abuso sexual infantil e posse de imagens e filmes de pornografia infantil – respondeu Christian Kröger, sentando-se na cadeira vazia entre Cem e Pia. – Ele ficou preso por três anos.

Bodenstein franziu a testa, pensativo. Kilian Rothemund, já tinha ouvido aquele nome.

– Até ser condenado, em outubro de 2001, era advogado em Frankfurt – disse Kai Ostermann com sua memória de computador. – Primeiro trabalhou com direito econômico, depois com direito penal. Escritório de advocacia Ergner Hessler Czerwenka; na época, tinham a conta dos Frankfurt Road Kings.

– Sim, eu me lembro – disse Bodenstein. – Foi um processo bem sórdido.

– Isso explicaria por que ele estuprou Hanna Herzmann com um pedaço de madeira – disse Kathrin Fachinger. – O que o pedófilo ia querer com uma mulher adulta?

---

* Sigla de Automatisches Fingerabdruck-Identifizierungs-System: sistema de identificação automática através de impressão digital. (N. da T.)

Por um momento, reinou o silêncio no grupo. Será que com esse suspeito tinham encontrado o criminoso?

– Posso dar uma olhada na foto? – Bodenstein esticou a mão, e Nicola Engel empurrou-a para ele. Um homem de cerca de 45 anos, muito atraente e sério olhava para ele com seus olhos azuis. Um homem que, à primeira vista, não parecia ter tendências sexuais doentias. Uma lembrança agitava-se no subconsciente de Bodenstein e, com veemência, pedia atenção. O que a tinha desencadeado?

O telefone em cima da mesa tocou. Ostermann atendeu.

Passou a foto para seus colegas e tentou ordenar seus pensamentos.

– Tem os olhos do Paul Newman – notou Pia de passagem, e foi aí que veio a resposta. Como se as peças de um quebra-cabeça caíssem sozinhas nos lugares certos, ele se lembrou.

O que mais chamou a atenção foram seus olhos. Nunca vi olhos tão azuis, havia dito a vizinha Katharina Maisel no dia anterior ao telefone. Foi tomado pela agitação que se instalava naqueles momentos em que era possível reconhecer um caminho no emaranhado de suposições e fatos incoerentes, uma estrutura lógica, uma pista!

– Acho que estamos no caminho certo – disse, sem perceber que havia interrompido Ostermann no meio de uma frase. – A vizinha de Hanna Herzmann viu na noite de quinta-feira, por volta das 22 horas, um homem que chegou com uma *scooter* e jogou alguma coisa na caixa de correio da senhora Herzmann.

Bodenstein empurrou a cadeira para trás e olhou para o grupo.

– Pelo modo como ela descreveu o sujeito, poderia se tratar de Kilian Rothemund.

A noite tinha sido um verdadeiro inferno. Pela primeira vez desde o nascimento de Louisa, Emma havia passado mais de 12 horas longe da filha. Inquieta, andou pela casa, passou roupa e lavou toda a louça

dos armários da cozinha, até finalmente se deitar, esgotada, na cama de Louisa. Sua imaginação foi longe. Florian beijando e dormindo com outra mulher. Isso já era ruim, mas pior ainda era imaginar que Louisa pudesse gostar dessa mulher. Mentalmente, Emma viu Florian, a estranha e Louisa brincando de quebra-cabeça e de jogo da memória, assistindo a *KiKa** e *Era do Gelo*, armando uma alegre guerra de travesseiros, indo passear e tomando sorvete; os três riam e se divertiam, enquanto ela ficava pelos cantos, sozinha e abandonada na casa dos sogros, roendo-se de preocupação e ciúme. Inúmeras vezes Emma pegou o telefone para ligar para Florian, mas não o fez. Também, o que iria perguntar? Como estava Louisa? Estava dormindo bem? O que tinha comido? Você está com outra mulher em casa? Tolice. Não dava.

Emma começou a contar as horas até a tarde de domingo. Como faria para suportar essa dor, essa solidão torturante a cada dois finais de semana?

Soluçando, enfiou o rosto no travesseiro de Louisa e, desamparada em sua raiva, bateu nos bichinhos de pelúcia. Para Florian era fácil começar uma nova vida; já ela em pouco tempo seria totalmente requisitada por um recém-nascido. E, provavelmente, ele iria se aproveitar disso para se aproximar ainda mais de Louisa! Em algum momento, a exaustão venceu a preocupação, e ela adormeceu na cama da filha.

Acordou às sete horas, com os músculos enrijecidos por causa da posição desconfortável na cama muito curta, e alguma coisa tinha machucado sua nuca. Sacudiu o travesseiro e, embaixo dele, achou a tesoura da cozinha, que estava procurando havia alguns dias. O que uma tesoura estava fazendo na cama de Louisa?

Emma levou a tesoura para a cozinha e pensou em perguntar à filha logo no domingo. A ducha quase não lhe trouxe alívio, mas, pelo menos, já não se sentia tão melada e suada.

---

* Programa infantil da TV alemã. [N. da T.]

Corinna tinha marcado uma reunião às nove horas, no seu escritório, por causa da comemoração de aniversário em 2 de julho. Àquela altura, todo mundo já devia saber que Florian tinha se mudado. Emma temia mais a compaixão dos outros do que as perguntas curiosas, mas decidiu ir mesmo assim. Talvez se distraísse um pouco das suas preocupações. Colocou um pouco de pó de arroz na pele oleosa e brilhante do rosto e passou rímel, que, no entanto, logo tirou. Com um cotonete, limpou as manchas pretas sobre os olhos. O lixo do banheiro estava transbordando. Abaixou-se com um suspiro, pegou o cesto e levou-o até a cozinha, para esvaziar seu conteúdo na lixeira. De repente, ficou perplexa. O que era aquilo? Embaixo de lenços de papel amassados e cotonetes havia pedaços de tecido marrom-claro. Ao puxá-los, um olho verde de vidro rolou no chão.

Emma logo identificou os pedaços de pano como o fantoche que Louisa adorava: um lobo marrom-claro, com língua vermelha e dentes brancos de feltro. Estendeu os pedaços na mesa da cozinha e arrepiou-se ao imaginar como sua filha de 5 anos havia usado a grande tesoura da cozinha. Quando tinha feito aquilo? E, antes de mais nada, por quê? Louisa gostava do lobinho mais do que dos outros bichos de pelúcia e fantoches, que tinha aos montes. Ele possuía um lugar de honra ao lado do seu travesseiro, e geralmente ela o carregava consigo o dia todo. Por um longo período, não dormia à noite sem que antes se fizesse para ela uma breve encenação com o lobinho. Emma tentou se lembrar de quando vira o fantoche pela última vez, mas não lhe ocorreu. Sentou-se em uma cadeira da cozinha, apoiou o queixo na mão e observou os restos do fantoche. Havia alguma coisa errada com Louisa. Seria seu comportamento alterado nas últimas semanas realmente apenas uma fase difícil? Será que a menina estava se sentindo desprezada porque os pais estavam muito ocupados consigo próprios? Seria esse ato de destruição uma tentativa infantil de chamar atenção? Mas então, nesse caso, ela poderia simplesmente ter deixado sua obra no chão do quarto, e não escondido os restos em um lugar em que ninguém os encontraria. Era estranho. E alarmante. Abafar o caso e pôr panos quentes já não estavam adiantando de nada. Tinha de ir a fundo na mudança de Louisa. O mais rápido possível.

* * *

Leonie Verges encheu um regador após o outro com água corrente e fresca. Normalmente, fazia isso à noite, para que a água de manhã já estivesse um pouco morna e estagnada, pois era disso que as rosas e hortênsias mais gostavam. Só que, no dia anterior, tinha esquecido. Quando a comprara na Niederhofheimer Straße, doze anos antes, a propriedade estava bem arruinada; o terreno e o celeiro estavam repletos de tralha e sucata. Levou meses até liberar tudo, colocar treliça e plantar canteiros, mas finalmente o espaço se tornara o paraíso que havia imaginado. No muro da casa cresciam rosas-trepadeiras em abundância; o pavilhão nos fundos do terreno quase desaparecia embaixo das flores rosadas de sua espécie favorita de rosa, a New Dawn, que tinha um leve odor de maçã.

Em cima da mesa redonda do jardim, com tampo em mosaico, que ela havia encontrado no lixo e recuperado, um rádio estava ligado, e Leonie sussurrava a melodia enquanto regava as hortênsias, que cresciam vistosas em cachepôs e cestos de vime à meia-sombra. Apesar de todo profissionalismo, muitas vezes o sofrimento humano com o qual era confrontada dia a dia não se apagava, e o jardim na propriedade era o melhor equilíbrio para seu trabalho. Ao cortar as rosas, adubá-las, transplantá-las e regá-las, conseguia divagar, relaxar e reunir novas forças. Depois de molhar as plantas, pôs-se a arrancar as flores murchas dos gerânios.

– Senhora Verges?

Leonie virou-se, assustada.

– Desculpe – disse o homem, que ela nunca tinha visto –, não queríamos assustá-la. Mas estava tão mergulhada em seu trabalho que talvez não tenha ouvido a campainha.

– Aqui fora não dá para ouvir a campainha – respondeu Leonie, examinando os visitantes com desconfiança. O homem tinha cerca de 45 anos, usava uma camisa polo verde e jeans; a falta de tônus muscular indicava que ele passava a maior parte do tempo sentado atrás de uma escrivaninha. Não era nem muito atraente nem feio demais; tinha um rosto mediano e amigável, além de um olhar desperto. A mulher era bem mais jovem do que ele. Era muito magra, e seu rosto pontiagudo parecia consistir apenas em olhos muito maquiados e lábios extremamente vermelhos. Não lembravam em nada as testemunhas de Jeová, que, na maioria das vezes, apareciam em duplas mistas. Leonie não estava a fim de receber visitas; ficou irritada por não ter fechado o portão.

– O que posso fazer por vocês? – perguntou, jogando as flores e as folhas murchas dos gerânios em um balde. Frequentemente os clientes da padaria da frente iam parar em sua propriedade, achando que seu terreno fosse uma loja de jardinagem.

– Sou Meike Herzmann – respondeu a moça –, filha de Hanna Herzmann. Este é o doutor Wolfgang Matern, diretor do programa da emissora para a qual minha mãe trabalha e um grande amigo.

– Sei. – A desconfiança de Leonie aumentou. Como ambos tinham descoberto seu nome e seu endereço? Hanna tinha prometido de pés juntos que não falaria a ninguém sobre a questão.

– Minha mãe foi atacada e violentada na noite de quinta-feira – disse Meike Herzmann. – Está no hospital.

Descreveu em poucas palavras o que havia acontecido com sua mãe, não deixou de mencionar nenhum detalhe repugnante, mas manteve total objetividade, sem nenhuma empatia. Leonie sentiu um calafrio na espinha. Seu pressentimento de que algo ruim tinha acontecido se confirmava. Ouviu em silêncio.

– Que coisa horrível! Mas o que querem de mim? – perguntou, quando Meike se calou.

– Pensamos que talvez a senhora soubesse em que minha mãe estivesse trabalhando no momento. Há uma semana e meia, escreveu a ela um e-mail dizendo que uma paciente sua estaria pronta para se encontrar com ela. E mencionou alguém chamado Kilian Rothemund.

Leonie gelou ao mesmo tempo que, por dentro, começou a ferver. Não tinham deixado suficientemente claro a Hanna quão perigoso era aquele assunto? Apesar de todos os avisos, ela deve ter conversado com alguém e salvado seus e-mails em um computador de livre acesso! Droga, desse jeito, tinha colocado todos em perigo e talvez até arruinado o plano, elaborado com tanto cuidado. Desde o começo, não teve uma sensação boa. Hanna Herzmann era uma egoísta que só queria saber de reconhecimento, firmemente convencida em sua superioridade de que era intocável. Leonie não conseguiu sentir nenhuma compaixão por ela.

– Por acaso, encontrei um endereço em Langenselbold – continuou Meike. – Trata-se de um sítio, ou melhor, do quartel-general de uma gangue de motoqueiros. Estive lá, mas puseram um cachorro atrás de mim.

O medo veio como um veneno insidioso; Leonie começou a suar. Precisou se esforçar para manter sua expressão facial sob controle, e cruzou firmemente os braços trêmulos.

– Já procuraram a polícia? – perguntou.

O homem, que até então nada tinha dito, pigarreou.

– Não, ainda não – respondeu. – Conheço Hanna há muito tempo, ela trabalha há 14 anos para a nossa emissora. E sei como é sensível quando se trata de uma pesquisa sua. Por isso, queríamos primeiro descobrir se o ataque poderia estar relacionado ao seu trabalho.

Com toda certeza havia uma relação, mas sem dúvida era melhor fingir que não sabia de nada.

– A senhora Herzmann começou a fazer terapia comigo há algumas semanas – respondeu Leonie com um tom de lamento na voz. – Não me contou em que estava trabalhando. No e-mail trata-se de uma ex-paciente minha, que a senhora Herzmann por acaso conheceu. Mais não posso lhes dizer.

Leonie sentiu o olhar examinador e quase hostil de Meike Herzmann. *Você está mentindo*, dizia esse olhar, *e eu sei disso*. Mas não lhe restava alternativa, precisava proteger Michaela a todo custo.

O homem agradeceu, entregou-lhe um cartão de visita, que ela guardou no bolso do avental de jardinagem.

– Talvez se lembre de alguma coisa que possa nos ajudar – disse, pousando brevemente o braço sobre o ombro de Meike. – Venha, Meike, vamos.

Deixaram a propriedade, e Leonie olhou-os partir, até entrarem em um carro com placa de Frankfurt, que estava estacionado em uma das cinco vagas da padaria. Em seguida, fechou o portão, passou a trava e entrou em casa. Tinha urgência em telefonar. Muita urgência. Não, melhor não telefonar. Por um momento, ficou indecisa no corredor; depois, pegou a chave do carro, que estava pendurada no porta-chaves ao lado da porta. Iria até lá. Talvez ainda não fosse tarde demais para limitar os danos.

Kai Ostermann precisou de três horas para descobrir que Kilian Rothemund não possuía notificação policial em nenhum lugar. Desde que fora solto, oficialmente já não existia. Nem recebia dinheiro do Estado, nem o Estado dele. O número de celular do assistente social que o assistia na condicional já não era o mesmo; no fixo, só atendia uma secretária eletrônica, que logo comunicava que não era possível deixar mensagens.

– É aqui. – Pia parou o carro na frente de uma caixa de vidro com teto plano e jardim bem cuidado. – Oranienstraße 112.

Saíram do carro e atravessaram a rua. Já de manhã o asfalto estava queimando. Pia conseguiu sentir o calor pelas solas dos tênis. Diante da garagem dupla, um SUV branco; portanto, havia gente em casa. Em sua pesquisa, Kai deparou com o antigo endereço de Rothemund em Bad Soden, e Bodenstein tinha esperança de que os novos proprietários soubessem que fim havia levado o dono anterior da casa.

Pia tocou a campainha ao lado da caixa de correspondência. As discretas iniciais K. H. não revelavam nenhum nome.

– Pois não? – chiou uma voz saída do interfone.

– Polícia Criminal. Gostaríamos de falar com a senhora – disse Pia.

– Um momento.

O momento demorou exatos três minutos.

– Por que estão demorando tanto? – Pia soprou uma madeixa da testa. Algumas pessoas logo abrem a porta de curiosidade quando eles tocam a campainha; em outras, a visita da Polícia Criminal desperta sentimentos de culpa difusos, e temem o encontro.

– Talvez estejam se livrando rapidamente de alguns documentos comprometedores através da fragmentadora de papéis – respondeu Bodenstein, sorrindo com ironia. – Ou estão escondendo o corpo da vovó no porão.

Pia lançou ao chefe um olhar crítico de viés. Esse tipo de humor descontraído era algo novo nele, assim como era novo seu hábito de se barbear de maneira irregular e não mais usar gravata. Sem dúvida, Bodenstein tinha mudado nas últimas semanas, para sua completa vantagem, conforme achava Pia, pois não havia sido fácil trabalhar com um chefe eternamente deprimido e distraído.

– Muito engraçado. – Pia estava para tocar de novo quando a porta se abriu. Uma mulher apareceu no vão. Cerca de 45 anos, muito esbelta e elegante. Ainda era atraente, mas parecia acabada. A partir dos 40, a pele se vinga impiedosamente de quem abusou do sol e tem pouca gordura no corpo.

– Eu estava debaixo do chuveiro – disse, desculpando-se e passando a mão pelos cabelos escuros, ainda úmidos, perpassados por madeixas brancas.

– Não tem problema. Felizmente ainda não está chovendo. – Bodenstein mostrou-lhe sua identificação e apresentou Pia. A mulher reagiu à sua observação com um sorriso inseguro.

– O que posso fazer pelos senhores?

– Senhora...? – começou Bodenstein.

– Hackspiel. Britta Hackspiel – respondeu a mulher.

– Obrigado. Senhora Hackspiel, estamos em busca de alguém que morou aqui. Certo Kilian Rothemund.

O sorriso no rosto da mulher apagou. Ela cruzou os braços e respirou fundo. Toda sua postura corporal sinalizava defesa.

– Por que isso não me espanta? – disse com os dentes cerrados. – Não sei...

Calou-se, quis dizer alguma coisa, mas refletiu.

– Entrem. A vizinhança não precisa ficar sabendo que a polícia voltou.

Bodenstein e Pia entraram em uma antessala envidraçada. A casa inteira parecia ser feita, sobretudo, de paredes de vidro.

– Kilian Rothemund é meu ex-marido. Me separei quando ele foi preso. Foi em 2001 e, desde então, nunca mais o vi. – Britta Hackspiel esforçou-se para manter a serenidade por fora, mas por dentro enfurecia-se uma rebelião feroz, conforme revelavam suas mãos, que deslizavam para cima e para baixo dos seus braços. – Não suportei o fato de ter sido casada com um pedófilo. Na época, meus filhos ainda eram pequenos, e depois pensei muitas vezes se esse porco perverso tinha feito alguma coisa contra eles.

De sua voz saíam repugnância e ódio, que nem mesmo um período maior do que nove anos conseguiram atenuar.

– O que esse homem fez comigo, com meus filhos e com meus pais é simplesmente inconcebível. Os relatos repugnantes na mídia foram um pesadelo para todos nós. Não sei se os senhores conseguem imaginar como é humilhante e horrível descobrir que o homem que acreditavam conhecer de repente se revela alguém que abusa de crianças. – Olhou para Pia, que reconheceu o quanto a mulher estava ferida. – Nossos amigos se afastaram de mim; me senti uma inocente condenada à morte. Muitas vezes me perguntei se podia ter sido culpa minha. Fiz terapia por três anos porque me sentia cúmplice.

É comum que parentes de criminosos tenham sentimentos de culpa e se responsabilizem pelo acontecido. Isso piora quando o círculo de amigos e a vizinhança se afastam. Pia podia imaginar como devia ser horrível de repente ser tachada de mulher de pedófilo e ser corresponsabilizada por isso.

– Por que não se mudou daqui? – quis saber.

– Para onde? – Britta Hackspiel deu um sorriso sem alegria. – Não tínhamos terminado de pagar a casa, não havia mais dinheiro. Embora com a separação eu tenha recebido tudo que me era devido, se meus pais não tivessem me apoiado financeiramente, tudo teria ido para o brejo.

– Sabe onde mora seu ex-marido? – quis saber Bodenstein.

– Não. Nem quero saber. O tribunal impôs uma rigorosa proibição de visita; além disso, ele não está autorizado a se aproximar dos filhos. Se infringir essas regras, vai voltar imediatamente para o lugar a que pertence: a prisão.

Quanta amargura. Uma mulher magoada, cujas feridas não podiam cicatrizar.

Uma BMW preta passou pela garagem dupla ao lado da SUV branca. Um homem alto, careca, com parcos cabelos grisalhos, um menino e uma adolescente loura desceram do carro.

– Meu marido e meus filhos – explicou Britta Hackspiel, nervosa. – Não quero que saibam da razão de sua visita.

O menino tinha cerca de 12 anos; a garota, cerca de 14. Era linda, tinha grandes olhos escuros e pele como leite e mel. Os cabelos louros e compridos chegavam à metade das costas, e Pia pôde imaginar os temores da mãe. Pensou rapidamente em Lilly.

A menina devia ter mais ou menos a idade de Lilly quando Britta Hackspiel descobriu a doentia predileção do marido. Além da terrível sensação de não conhecer direito o marido, vinha a preocupação com os filhos e o banimento da sociedade. Infelizmente, abuso sexual infantil pelo próprio pai não era raridade. No microcosmo fechado da família, era a violência mais praticada e, apesar de todas as campanhas públicas, esse tema continuava sendo um tabu.

Pia entregou a Britta Hackspiel um cartão de visita.

– Por favor, ligue se ficar sabendo de alguma coisa – disse. – É muito importante.

A adolescente subiu as escadas. Em um ouvido, o fone branco de um iPod; no ombro, uma bolsa de onde saía um taco de hóquei.

– Oi, mãe.

– Oi, Chiara. – A senhora Hackspiel sorriu para a filha. – Como foi o treino?

– Legal – respondeu a garota, sem entusiasmo. Um olhar interrogativo passou primeiro por Bodenstein, depois por Pia.

– Bem – disse Bodenstein, virando-se para ir embora. – Muito obrigado pelas informações. Bom fim de semana.

– Para os senhores também. Até logo. – A senhora Hackspiel dobrou o cartão de visita de Pia em um pequeno quadrado, primeiro na transversal, depois no comprimento. Não entraria em contato. Provavelmente, o cartão iria diretamente para a lata de lixo. E, de certo modo, Pia podia entender.

* * *

Às 16 horas, iniciou-se a busca por Kilian Rothemund em todo o país.

Embora a foto já não fosse atual, pois vinha de um computador da polícia e tinha nove anos, era melhor do que nada. Do laboratório de perícia criminal, em Wiesbaden, haviam chegado outros resultados, que conferiam ao caso Hanna Herzmann uma perspectiva totalmente nova. Mesmo tendo sido limpo superficialmente, em um dos copos que estava sobre a mesa da sala na casa de Hanna conseguiu-se encontrar uma digital útil.

– Bernard Andreas Prinzler – disse Kai Ostermann no encontro vespertino na sala de reuniões, à qual compareceu toda a delegacia de homicídios, além de Christian Kröger. – Um homem da pesada. Sua ficha é tão longa quanto um rolo de papel higiênico. Homicídio culposo, lesão corporal grave, porte ilegal de armas, incentivo à prostituição, coação, extorsão. O sujeito cumpriu todo o código penal. Mas sua última condenação foi há 14 anos. Além disso, por muito tempo foi um dos líderes dos Frankfurter Road Kings.

– O gigante tatuado que Kornbichler teria visto na sala – disse Pia. – E quem era o outro homem com quem Hanna saiu mais tarde?

– Kilian Rothemund – respondeu Kai. – Suas impressões digitais estão por toda a casa. Nem se deu ao trabalho de limpar seu copo.

– Ao contrário de Prinzler – complementou Bodenstein. – Por que limpar um copo quando se é visita na casa de alguém?

– Talvez seja puro hábito de alguém que sempre esteve em choque com a lei – supôs Christian Kröger.

– Ou então Prinzler tinha a intenção de voltar – disse Cem Altunay.

– Tudo isso não faz sentido. – Pia balançou a cabeça. – Prinzler e Rothemund visitam Hanna Herzmann, ficam sentados com ela na sala, conversando como velhos amigos. Mais tarde, a senhora Herzmann ainda sai com Rothemund. Na noite seguinte, ele volta à sua casa e joga alguma coisa na caixa de correspondência...

– O que exatamente ele jogou? – perguntou Kathrin Fachinger.

– Ainda não sabemos. Meike Herzmann não atende ao celular – respondeu Pia. – Também não ligou de volta, não é, Kai?

– Aqui, não.

Bodenstein se levantou, pegou a hidrográfica e acrescentou Kilian Rothemund e Bernd Prinzler à lista de nomes no quadro branco, cancelando os de Norman Seiler e Vinzenz Kornbichler.

– E o Niemöller? – Virou-se. – Quem falou com ele?

– Kathrin e eu – disse Cem Altunay. – Não tem álibi para a quinta-feira à noite. Afirma que discutiu com a senhora Herzmann por causa de uma pesquisa. Ficou magoado por ela não ter lhe revelado em que estava trabalhando. Supostamente, foi de Oberursel direto para casa, onde se embriagou de frustração. Infelizmente, não tem nenhuma testemunha.

– Não achei que estivesse mentindo – completou Kathrin Fachinger. – E, para ser bem sincera, parece ser do tipo que não gosta de sair de casa. Mesmo com a melhor boa vontade, não consigo imaginá-lo fazendo isso.

Bodenstein não teceu nenhum comentário à observação. Raramente se consegue enxergar do que uma pessoa é capaz. Ele também achava que Jan Niemöller não era o criminoso, mas tinha esperado dele informações úteis sobre o ambiente em que vivia Hanna Herzmann, sobretudo sobre o trabalho de que estava se ocupando naquele momento.

– Alguma novidade do hospital?

– A senhora Herzmann ainda não está em condições de prestar depoimento – pronunciou-se novamente Cem. Kathrin e ele estiveram no hospital de Höchst, mas Hanna Herzmann ainda não tinha despertado da anestesia após uma segunda operação, e os médicos ainda julgavam seu estado crítico.

– Rothemund deve morar por aqui, em algum lugar da região – disse Bodenstein, pensativo. – Esteve em Langenhain com uma *scooter*.

– Tenho o endereço residencial de Prinzler. – Kai levantou o olhar de seu laptop. – Mora em Ginnheim, na Peter-Böhler-Straße 143. Tenho para mim que Rothemund deve estar abrigado na casa de seu ex-cliente. Afinal, ele também tem culpa no cartório. Talvez interesse a vocês o fato de que Kilian Rothemund foi advogado de defesa de Prinzler em vários casos. Em dois deles, referentes a lesão corporal grave, conseguiu absolvição por falta de provas.

Bodenstein fez que sim. De fato, parecia muito promissor. Contudo, devia-se partir do princípio de que Prinzler não se deixaria apanhar sem resistência.

– Vamos agora mesmo para lá – decidiu, dando uma olhada no relógio. – Kai, ligue para os colegas de Frankfurt. Quero pelo menos seis homens como reforço. Devem estar lá às 17h30 em ponto.

Talvez tivessem sorte e o caso de Hanna Herzmann se esclarecesse em algumas horas, para que pudessem voltar a se dedicar com toda a concentração ao da Sereia, que ainda permanecia sem nome em uma gaveta do necrotério no Instituto Médico Legal de Frankfurt.

* * *

Hanna tinha perdido toda noção de tempo. Desde quando estava ali? Um dia? Uma semana? Qual a data daquele dia? Que dia da semana?

Era quase enlouquecedor não conseguir se lembrar. Mas por mais que se esforçasse, em sua cabeça não havia nada além de uma névoa impenetrável. Tinha perdido determinado período, pois sabia como se chamava, quando era seu aniversário e conseguia evocar tudo minuciosamente, até a briga com Jan na festa depois do show.

Antes de ser levada para uma segunda cirurgia, naquela manhã os médicos lhe disseram que tinha sofrido uma fratura craniana e uma forte concussão cerebral e que uma amnésia passageira não era incomum nesse caso. Aconselharam-na a não se forçar, pois em algum momento a memória voltaria. Fratura craniana. Concussão cerebral. Por que a tinham operado de novo? Por que mal conseguia se mexer?

A porta se abriu, a médica de cabelos escuros, que ela já tinha visto muitas vezes, aproximou-se de sua cama.

– Como está se sentindo? – quis saber amigavelmente.

Que pergunta idiota. Como é que alguém podia se sentir estando em uma Unidade de Terapia Intensiva, sem se lembrar de nada e sem receber a visita da própria filha?

– Muito bem – murmurou Hanna. – O que aconteceu? Por que fui operada?

Pelo menos já estava conseguindo articular as palavras de modo mais ou menos inteligível. A médica controlou os monitores que se encontravam atrás da cama de Hanna; depois, puxou uma cadeira e sentou-se.

– A senhora foi vítima de um crime. Atacaram-na e a violentaram – disse com expressão séria. – Sofreu sérios ferimentos internos e externos. Tivemos de tirar seu útero e um pedaço do seu intestino e, provisoriamente, colocar uma sonda.

Hanna fitou a mulher em silêncio. A compreensão veio em ondas de choque. Não tinha sofrido um acidente, e sim um *estupro*! Não podia ser verdade! Isso acontecia com os outros, não com ela, que era quem relatava esse tipo de coisa! Vítima de um crime. Não, não, não! Não queria ser vítima para ser olhada com curiosidade e compaixão.

– A imprensa já... já sabe? – balbuciou Hanna. Já podia ver bem na sua frente as manchetes dos jornais sensacionalistas: "Hanna Herzmann brutalmente violentada". Talvez ainda com uma foto, que a mostrava desamparada e seminua! Só de imaginar isso sentiu puro horror.

Mas, para seu alívio, a médica balançou negativamente a cabeça.

– Não, o hospital proibiu que se dessem informações à imprensa. Mas a polícia quer falar com a senhora.

Claro. A polícia. Agora ela era uma *vítima*. Uma vítima de estupro. Maculada. Abusada. Violada. Em seu programa, sempre teve mulheres que haviam sido violentadas; conversava com elas sobre seus traumas, medos e os criminosos, sobre os meses ou até anos de psicoterapia e grupos de autoajuda. Fingia compaixão e compreensão, mas, intimamente, desprezava essas mulheres e pensava: culpa de vocês se isso aconteceu. Quem anda por aí toda provocante como uma puta na zona ou retraída como um coelho assustado, tem de contar com o fato de que um dia vai ser atacada e violentada. E agora isso acontecia com ela? Esse pensamento era simplesmente insuportável.

– Não se force a nada. Se quiser, pode conversar com uma psicóloga. – A médica colocou a mão sobre o braço de Hanna. Em seus olhos, Hanna leu compaixão. E esta era a última coisa que queria.

Fechou os olhos. Não queria pensar nisso. Melhor seria se já não tentasse se lembrar de nada. Se não se lembrasse, talvez pudesse reprimir o que havia acontecido. Assim que possível, devia ligar para seu agente, para que ele pensasse em uma história adequada para dizer à imprensa e ao público, pois não daria para esconder por muito tempo que havia acontecido alguma coisa com ela. Um acidente seria bom. Sim, podia ter sofrido um acidente de carro. À luz dos faróis, alguma coisa atravessou furtivamente na sua frente e, por instinto, ela jogou o volante para a esquerda. Hanna assustou-se ao ver a situação tão clara diante de si. Estava voltando para casa quando um animal passou correndo na frente do carro. Conseguiu desviar-se dele e depois... Música alta. O animal no cone de luz dos faróis. Um texugo ou guaxinim. POLÍCIA – FAVOR SEGUIR. O triângulo de advertência. Fragmentos de lembrança relampejavam através da névoa em sua cabeça. Não eram selecionados nem bem-vindos. Tinha sido violentada. Quem a encontrara? Algum estranho que a teria visto fraca, feia e maltratada?

Hanna cerrou os punhos e lutou contra as lágrimas. Santo Deus, que vergonha! Como iria conseguir continuar vivendo?

* * *

Em vez das duas viaturas pedidas, uma completa unidade do Comando de Operações Especiais já estava a postos quando Bodenstein, Kröger, Altunay e Pia chegaram à Peter-Böhler-Straße.

– Mas o que é isso? – perguntou Bodenstein, confuso, ao comandante de operações, ao ver os homens nos uniformes pretos de batalha. Pouco depois, entendeu que, na notificação, Ostermann mencionara que a pessoa a ser detida era um Road King. Desse modo, seu pedido foi reencaminhado pela central ao Departamento de Crime Organizado, e o Comando de Operações Especiais foi acionado.

– Por acaso vocês estão pensando em tocar a campainha e entrar? – perguntou o comandante, altivo.

– Mas claro – respondeu Bodenstein, com frieza. – E é exatamente isso que vamos fazer agora. Não quero nenhum estardalhaço nem provocar desnecessariamente o sujeito com um monte de máquinas de batalha carregadas de testosterona.

O comandante de operações fez uma careta de desprezo.

– Não estou a fim de passar horas escrevendo atas mais tarde porque vocês, xerifes da província, avaliaram mal a situação – disse. – Vou coordenar a ação. Meus rapazes sabem o que fazer.

Ele começaram a chamar a atenção de cada vez mais transeuntes. Curiosos, moradores punham a cabeça para fora da janela ou inclinavam-se sobre a balaustrada das sacadas. Impaciente, Pia abanou a cabeça. Mais uma vez, a boa educação inata de seu chefe estava atrapalhando.

– Se vocês continuarem a discutir, as aves vão logo perceber e sair voando – interveio. – Uma hora também vou querer ir para casa.

– O que é que você tem, afinal...? – começou o comandante de operações, mas seu tom superior e seu comportamento machista aos poucos foram tirando Bodenstein do sério.

– Agora chega – interrompeu-o, enérgico. – Vamos entrar antes que a televisão apareça e nosso alvo veja a própria casa no *Hessenschau*.* Vocês ficam embaixo, garantindo as saídas.

---

* Telejornal do Estado de Hessen. [N. da T.]

– O senhor não está vestindo roupas seguras – resmungou o homem, que se sentiu visivelmente ofendido em sua honra. – Eu e um dos meus rapazes vamos junto.

– Se faz tanta questão. – Bodenstein deu de ombros e pôs-se em movimento. – Mas fiquem na retaguarda.

O prédio de número 143 era um dos vários blocos de apartamentos cinzentos e impessoais dos anos 1960. Na quente tarde de sábado, a vida dos moradores se dava em grande parte ao ar livre. As pessoas estavam sentadas em suas sacadas; no gramado entre os prédios, crianças jogavam futebol; alguns rapazes se ocupavam de consertar um automóvel. Justamente quando estavam se aproximando da porta do prédio, ela se abriu. Duas moças com carrinhos de bebê saíram e os examinaram desconfiadas.

– O que está acontecendo aqui? – perguntou uma ao ver o pessoal do Comando de Operações Especiais.

– Nada. Podem ir andando – ladrou o comandante, nada amigável.

Obviamente, ele conseguiu o contrário. Ambas ficaram paradas, uma chegou a sacar o celular. Pia insistiu para que agissem rápido. Toda a ação já estava chamando muita atenção.

– Prinzler – leu Cem em uma das campainhas. – Terceiro andar.

No corredor, sentia-se cheiro de comida.

– Pia e eu vamos pelo elevador; vocês, pela escada – disse Bodenstein para Altunay e Kröger, apertando o botão do elevador.

– Não prefere ir pela escada? – perguntou Pia, inocente.

Já conhecia a resposta de seu chefe, mas não pôde deixar de zombar dele. No último verão, ele afirmara presunçosamente que perderia alguns quilos sem programas tolos de ginástica e alimentação, pois, no futuro, simplesmente usaria a escada em vez do elevador. Mas desde então ela só o vira subir escada duas ou três vezes quando não havia a alternativa de um elevador em funcionamento.

O elevador chegou.

– Eu me arrependo amargamente do dia em que te confiei meus planos secretos de exercício físico – respondeu Bodenstein, depois de fecharem a porta. – Agora você vai zombar da minha cara com essa observação leviana até o fim dos meus dias. Sugiro que, na volta, a gente desça as escadas.

– Como sempre, então. – Pia sorriu sugestivamente.

Pouco depois chegaram diante de uma porta riscada, na qual estava pendurada uma guirlanda de plástico empoeirada. No capacho, a inscrição “Seja bem-vindo”. Bodenstein apertou a campainha. Atrás da fina porta de compensado, um rádio tocava a todo volume, mas nada se moveu. Após um segundo toque da campainha, o rádio emudeceu. Bodenstein bateu.

Foi tudo muito rápido. Abriu-se uma fenda da porta, e os dois agentes do Comando de Operações Especiais atacaram, passando por Bodenstein e lançando-se contra a porta, que bateu contra a parede. Um grito estridente soou no apartamento, seguido por outro, um golpe surdo e uma tosse sufocada. Como um raio, um gato branco passou correndo e miando por entre as pernas de Pia, em direção à escada.

Pia e Bodenstein apressaram-se em entrar no apartamento. Depararam com uma visão grotesca. Uma delicada senhora de idade, de cachinhos brancos e cuidadosamente ondulados, estava em pé no corredor, com uma lata de spray na mão. Aos seus pés, todo encurvado, o comandante de Operações Especiais no carpete cinza-claro; o outro agente, apoiado contra a parede. Tossia, e seus olhos lacrimejavam. Que belo serviço!

– Mãos ao alto! – Agressiva, a velha senhora apontou a lata para Bodenstein, que nunca havia sido ameaçado por uma octogenária com óculos de leitura de armação dourada na ponta do nariz. Por precaução, obedeceu, tendo em vista a determinação furiosa da mulher.

– Calma! – disse ele. – Meu nome é Bodenstein, sou da Polícia Criminal de Hofheim. Por favor, desculpe meus colegas pelo comportamento rude.

– A vovozinha vai com a gente – grasnou o comandante de Operações Especiais, tentando se levantar. – Isso dá queixa por lesão corporal.

– Então vou prestar queixa contra o senhor por invasão de domicílio – respondeu a velha senhora, sem papas na língua. – Saia da minha casa agora mesmo!

Na escada do prédio, mais moradores se juntaram, esticando o pescoço e cochichando.

– Está tudo bem, Elfriede? – gritou um senhor de idade.

– Está, sim, tudo certo – respondeu a destemida senhora, colocando a lata de gás lacrimogêneo na prateleira do cabideiro. – Mas, para me recuperar do susto, preciso de uma dose de xerez.

Lançou um olhar examinador a Bodenstein.

– Entre, meu jovem – disse. – Pelo menos você tem educação. Não é como esses dois grosseirões, que quase derrubaram minha porta.

Bodenstein e Pia a seguiram até a sala. Móveis rústicos, feitos de carvalho, papel de parede florido, um carrinho de chá repleto de bibelôs, estofados cobertos de almofadas bordadas, pratos e canecas de estanho em uma cristaleira. No meio de tudo, a enorme TV de plasma era um anacronismo. Difícil imaginar que ali entrasse e saísse um homem de dois metros, todo tatuado, de jaqueta e botas de motoqueiro.

– Está servido? – perguntou a velha senhora.

– Não, muito obrigado – recusou Bodenstein gentilmente.

– Sente-se. – Abriu a cristaleira, que continha uma coleção considerável das mais diversas bebidas alcoólicas, pegou uma taça e, de uma garrafa, verteu uma generosa dose. – Por que essa investida ao meu apartamento?

– Estamos procurando Bernd Prinzler – respondeu Bodenstein. – É seu filho?

– O Bernd. É, sim, é meu filho. Um de quatro. Voltou a aprontar alguma coisa? – Elfriede Prinzler virou o xerez, sem demonstrar perturbação.

Christian Kröger apareceu no vão da porta.

– O apartamento está vazio – disse. – Não há sinal de que alguém tenha morado aqui por pouco tempo.

– Quem estava esperando encontrar? Por acaso meu filho? Este eu não vejo há anos. – A velha senhora sentou-se na poltrona diante da TV. Deu uma risadinha. – Me desculpem pelo gás lacrimogêneo – riu consigo mesma, achando graça, e Pia supôs que aquele não era seu primeiro xerez. – Mas é que tem muito bandido rondando por aqui; por isso, sempre tenho um spray por perto. Até mesmo quando vou às compras ou ao cemitério.

– Sentimos muito mesmo – disse Pia. – Nossos colegas foram um pouco precipitados. Não queríamos assustá-la.

– Tudo bem. – Elfriede Prinzler acenou. – Sabe, aos 86 anos, a vida é bastante monótona. Pelo menos agora aconteceu alguma coisa. Por umas semanas, vamos ter sobre o que conversar.

Que bom que ela tinha levado na esportiva. Outras pessoas na mesma situação teriam prestado queixa. E com razão.

– O que querem com o Bernd? – perguntou a senhora Prinzler, curiosa.

– Temos algumas perguntas a fazer a ele – respondeu Bodenstein. – Sabe onde podemos encontrá-lo? Tem o número do telefone dele?

Pia olhou ao redor e foi até um aparador, sobre o qual havia porta-retratos com fotos mais recentes. Na parede estavam penduradas fotografias em sépia, que mostravam uma jovem Elfriede Prinzler e seu marido.

– Não, infelizmente não. – A velha senhora abanou a cabeça, lamentando-se. – Meus outros filhos vêm me visitar regularmente, mas o Bernd leva sua própria vida. Sempre foi assim. De vez em quando chega uma carta para ele, que mando para uma caixa postal em Hanau.

Deu de ombros.

– Enquanto não ouço nada a respeito dele, fico satisfeita. Falta de notícias são boas notícias.

– Este é Bernd? – quis saber Pia, apontando para um porta-retratos prateado. Um Hulk Hogan* de cabelos escuros na frente de um carro preto. A seu lado, uma mulher, duas crianças e um pitbull--terrier branco.

– É – confirmou Elfriede Prinzler. – Feio, todo tatuado desse jeito, não acha? Meu marido, que Deus o tenha, sempre dizia que parecia um marinheiro.

– Quanto tempo tem essa foto?

– Ele me mandou no ano passado.

– Poderia me emprestar? – pediu Pia. – Devolvo-a logo na semana que vem para a senhora.

– Sim, sim, pode levar.

O gato branco voltou e pulou ronronando no colo de Elfriede Prinzler.

– Obrigada. – Pia tirou a foto do porta-retratos e virou-a. Era um cartão-postal, como aqueles que se mandam fazer pela internet.

"Feliz Natal em 2009! É o que lhe desejam Bernd, Ela, Niklas e Felix. Se cuide, mãe!", lia-se no verso. Motociclistas também mandam cartões de Natal para as mães.

Pia observou melhor o carimbo postal e exultou intimamente. O cartão-postal havia sido timbrado em Langenselbold; além disso, na foto, dava para ver parte da placa do carro.

Quinze minutos depois, deixaram o prédio, na frente do qual, naquele meio-tempo, se formara uma multidão. Cem passou o endereço da caixa postal para Kai Ostermann, embora a perspectiva de descobrir alguma coisa sobre o correio no final de semana fosse pequena.

– Pura perda de tempo toda essa ação – resmungou Kröger no caminho para o carro. – Que catástrofe!

---

* Nome artístico de Terrence Gene Bollea, ator e lutador de luta livre. [N. da T.]

– Nem tanto – Pia entregou-lhe a foto em forma de cartão-postal que havia colocado no envelope plástico. – Talvez você possa começar com isto aqui.

– Você é mesmo uma menina muito esperta. – Christian Kröger observou a foto. – Se é que este não é o Hummer preto que estava parado na frente da casa de Hanna Herzmann.

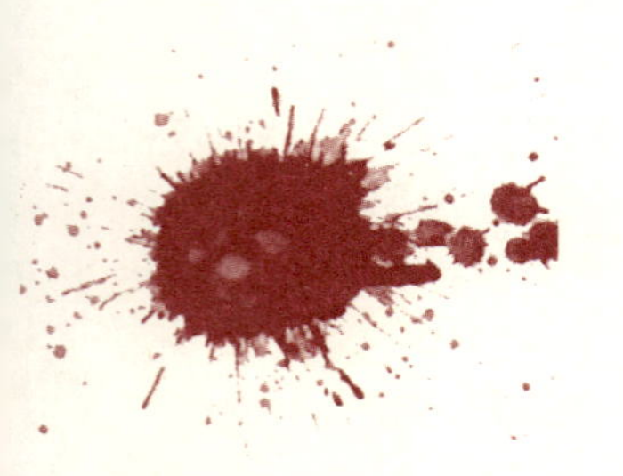

Domingo, 27 de junho de 2010

A rua estava deserta à luz fraca de dois postes. Às dez para as quatro da manhã também já não havia movimento na pensão Rudolph; todas as janelas estavam escuras. Bernd havia lhe recomendado expressamente que ficasse de olho em carros estranhos antes de descer do automóvel e abrir o portão. Chegou até a oferecer-se para levá-la de volta para casa, mas ela recusou. Percorreu a rua lentamente, virou à esquerda na Haingraben e passou novamente pela pensão Rudolph, na Alt Niederhofheim. Nada que chamasse sua atenção. Conhecia os carros dos vizinhos. Todos os outros que havia visto tinham placas com a identificação MTK.* Se continuasse assim, acabaria ficando com mania de perseguição. Leonie parou diante do portão da sua propriedade, desceu e abriu o portãozinho. O detector de movimento reagiu, o refletor sobre a porta da casa se acendeu e mergulhou o pátio em uma luz forte. Empurrou a tranca e abriu o portão grande. Na verdade, não estava com muito medo. Fazia muitos anos que vivia sozinha; mesmo assim, havia alguns dias que estava com uma leve sensação estranha quando escurecia. Suas sensações a enganavam apenas raramente. Se tivesse ouvido seu instinto e mantido Hanna Herzmann longe daquela questão, agora não estaria com esse problema! Seu ressentimento em relação a essa pessoa arrogante e que só queria reconhecimento tinha adquirido proporções incomensuráveis. Por causa dela tinham até brigado!

---

* Placas referentes a Main-Taunus-Kreis, ou seja, ao distrito Main-Taunus. [N. da T.]

Leonie entrou com o carro no pátio e fechou o portão, sem se esquecer de passar a tranca. Em casa, foi para a cozinha e pegou uma garrafa de Coca-Cola light na geladeira. Sua língua estava grudada no palato. Tinha tanta sede que bebeu metade da garrafa de um litro de uma só vez. Com uma mão, digitou um SMS, conforme combinado. *Tudo certo – já cheguei em casa.*

Tirou os sapatos e foi ao banheiro que, na verdade, era reservado a suas pacientes. Os gases a tinham atormentado o dia inteiro, mas não podia soltá-los em qualquer lugar. Depois de se aliviar, abriu a janela do banheiro e saiu. Ao passar, acendeu o interruptor e quase morreu de susto. Bem à sua frente estavam duas figuras mascaradas, de bonés escuros com as abas cobrindo os rostos.

– O... o que vocês estão fazendo aqui? – Leonie tentou fazer com que sua voz soasse firme, embora seu coração estivesse batendo na garganta de tanto medo. – Como entraram?

Droga! O celular tinha ficado na mesa da cozinha. Lentamente, caminhou para trás. Talvez conseguisse subir as escadas correndo, se trancar no quarto e pedir socorro pela janela. Mas será que a chave estava no trinco? Mais um passo para trás. Um metro e meio até a escada. Não olhe para ela, pensou, simplesmente saia correndo e torça pelo efeito surpresa. Com uma arrancada, poderia conseguir. Tensionou os músculos e saiu correndo, mas o maior dos dois homens reagiu muito rápido. Pegou-a pelo braço, e o forte solavanco puxou-a de volta bruscamente. Uma mão agarrou-a pela nuca e empurrou sua cabeça com tanta força contra a parede que ela ficou tonta e caiu. Primeiro, viu estrelas; depois, tudo dobrado. Um líquido quente escorreu por suas bochechas e pingou do seu queixo para o chão. Pensou em Hanna, naquilo que tinha sofrido. Será que agora iriam espancá-la e violentá-la? Leonie sentiu o corpo inteiro tremer. O medo transformou-se em puro pânico quando ouviu um forte barulho. Em seguida, foi pega pelos pés e arrastada pelo chão até a sala de terapia. Conseguiu ver o batente da porta, ao qual se agarrou obstinadamente, e agitou as pernas. Um chute doloroso nas costelas tirou-lhe o fôlego, e ela o soltou.

– Por favor – arfou, desesperada. – Por favor, não façam nada comigo.

* * *

Meike abriu os olhos e precisou de alguns segundos para entender onde estava. Espreguiçou-se comodamente e esticou os braços por cima da cabeça. Do lado de fora da janela, os pássaros gorjeavam; pelas venezianas entrava a luz do sol, desenhando faixas claras no assoalho reluzente. Na noite anterior, já era tarde quando Wolfgang e ela foram comer em Frankfurt. Ela havia bebido muito; por isso, ele voltou a convidá-la a passar a noite em sua casa, pois não gostava nem de imaginá-la sozinha na casa em Langenhain. Desta vez aceitou o convite e não lhe contou que havia algumas semanas estava alojada no apartamento de uma amiga em Sachsenhausen e que já não morava na casa de Hanna, pois desde criança adorava a esplêndida mansão branca de seu padrinho. Antigamente, costumava passar as noites ali quando sua mãe viajava. A mãe de Wolfgang era como uma terceira avó para ela. Meike gostava dela de verdade, e seu suicídio, nove anos antes, lhe causara um profundo choque. Não entendera por que alguém que morava em uma casa tão linda, que tinha dinheiro suficiente e era querida e respeitada por todos havia se enforcado no sótão. Hanna lhe explicara que Christine sofria de uma grave depressão. Meike ainda conseguia se lembrar muito bem do seu enterro. Foi em setembro, em uma bonita e ensolarada tarde de outono. Centenas de pessoas se despediram dela junto ao caixão aberto. Na época, tinha 12 anos, e o que mais a impressionara foi que Wolfgang chorava como uma criança. Seu pai também sempre foi gentil com ela, mas desde o dia em que o vira gritar e xingar Wolfgang, sentia medo dele. Logo após o enterro de Christine Matern, Hanna casou-se pela segunda vez, e Georg, seu novo marido, tinha um ciúme enorme da amizade entre Hanna e Wolfgang; por isso, só raramente iam à mansão em Oberursel.

No dia anterior, Meike tinha passado o dia fora com Wolfgang e aproveitado. Ele nunca a tratara como uma criancinha, nem mesmo antigamente, quando ela era, de fato, uma criança. Durante todos aqueles anos, ele havia sido seu amigo e confidente, a única pessoa com quem conseguia conversar sobre coisas que não queria dizer ao seu pai e muito menos à sua mãe. Wolfgang a visitara nas diferentes clínicas psiquiátricas pelas quais havia passado; não se esquecera de nenhum de seus aniversários e sempre tentara conciliá-la com Hanna. Às vezes Meike se perguntava por que ele não tinha nenhuma mulher. Desde que aprendera o que significava homossexual, pensava se ele não seria um, mas não havia nenhum indício disso. Certa vez perguntara à sua mãe, que apenas dera de ombros. Wolfgang era um solitário, respondera, sempre fora assim.

Hanna! Ao pensar em sua mãe, ficou com a consciência pesada. Ainda não tinha ido visitá-la no hospital. No dia anterior, tinha falado ao telefone com Irina, que, obviamente, já estivera lá. Mas depois do que Irina lhe contara, Meike ficou ainda mais decidida a adiar a visita. Teve um calafrio e puxou a coberta até o queixo. Irina lhe fizera críticas que ela não queria ouvir. Em algum momento iria, mas não naquele dia. Queria ir almoçar com Wolfgang em Rheingau, no seu Aston Martin conversível, que era o máximo. "Para que você se distraia um pouco", dissera ele na noite anterior.

O smartphone sobre o criado-mudo emitiu um zumbido. Meike esticou a mão, tirou o cabo do carregador e desbloqueou o aparelho. Nas últimas 24 horas, havia recebido 22 chamadas anônimas. Por princípio, não atendia quem ligasse de um número desconhecido, menos ainda quando podiam ser os tiras. Desta vez, recebeu um SMS.

Olá, senhora Herzmann. Por favor, entre em contato comigo. É muito importante! Atenciosamente, P. Kirchhoff.

Importante? Para quem? Não para ela.

Meike apagou o SMS e puxou os joelhos até o tórax. Que a deixassem em paz.

* * *

A chamada chegou por volta das nove e dez da manhã na central telefônica da Inspeção Regional de Polícia. Quinze segundos depois, o motorista em serviço informou Bodenstein, que, por sua vez, ligou para Pia, mas ela já estava a caminho do hospital de Höchst para ver Hanna Herzmann.

Enquanto ia para Hofheim, Bodenstein pediu para Kai, Cem e Kröger irem à delegacia e, do carro, ainda ligou para o promotor público em serviço, para solicitar um mandado de busca imediato à morada de Kilian Rothemund. Quarenta e cinco minutos depois do telefonema, a equipe inteira, exceto Pia, estava reunida no posto policial, mas mesmo depois de ouvirem o registro da ligação três vezes, ninguém conseguia dizer se era feminina ou masculina a voz que revelava em apenas duas frases o que até então ninguém sabia.

O homem que vocês estão procurando mora no camping junto ao Höchster Weg, em Schwanheim. E está lá agora.

Era a primeira informação concreta depois que todos os jornais regionais em todo o sul do Estado de Hessen estamparam a foto de Kilian Rothemund.

– Mande duas viaturas para o camping – disse Bodenstein para o motorista. – Vamos para lá agora mesmo. Ostermann, quando chegar o mandado de busca...

Interrompeu-se. Sim, e aí?

– ... mando primeiro como anexo de e-mail para o seu iPhone, chefe – completou Kai Ostermann, anuindo.

– Dá para fazer isso? – quis saber Bodenstein, surpreso.

– Claro que dá. Vou escaneá-lo. – Ostermann sorriu. Embora Bodenstein já soubesse se virar bem com seu smartphone, a moderna tecnologia de comunicação ainda o estressava de vez em quando.

– Mas como...?

– Eu sei como funciona – impaciente, Kröger interrompeu Bodenstein. – Vamos logo, antes que o cara fuja de novo.

Meia hora mais tarde, tinha chegado ao camping à margem do Meno. Duas viaturas estavam no estacionamento, diante de uma construção pintada de amarelo, em que se encontravam um restaurante com o pomposo nome de "Main-Riviera" e os sanitários para os moradores do camping. Bodenstein deixou o paletó no carro e arregaçou as mangas da camisa, que já grudava em suas costas, embora ainda fosse cedo. Ao lado da caçamba que transbordava de lixo e exalava um cheiro desagradável, acumulavam-se caixas vazias de bebida até a calha. Uma janela aberta, com tela quebrada, permitia olhar para uma cozinha suja e apertada. Louça e copos usados ocupavam toda superfície livre, e Bodenstein sentiu um calafrio só de imaginar ter de comer alguma coisa preparada naquele lugar.

Um dos colegas uniformizados encontrou o locatário do "Main-Riviera". Bodenstein e Kröger entraram no terraço de lajotas de concreto, eufemisticamente designado por uma placa de "jardim do restaurante". À noite, luzinhas e palmeiras de plástico, além de uma crescente taxa de álcool no sangue, deviam sugerir uma espécie de ambiente de férias; porém, à luz ofuscante do sol, a feiura decadente se revelava em toda a sua rudeza. Lugares como aquele deprimiam Bodenstein profundamente.

A uma mesa forrada com toalha de plástico, o casal de locatários estava sentado embaixo de um guarda-sol desbotado, tomando tranquilamente seu café da manhã, que parecia consistir sobretudo de café e cigarros. O homem calvo e macilento folheava o *Bild am Sonntag* com dedos amarelados de nicotina, e não ficou muito entusiasmado ao receber a visita da polícia no domingo de manhã, logo cedo. Vestia uma calça xadrez de cozinheiro e uma camiseta, cujo tom amarelado permitia supor que ambas as peças de roupa não viam uma máquina de lavar havia muito tempo; prova disso dava também o penetrante odor de suor velho que emanava do homem.

– Não conheço – resmungou, depois de lançar um olhar desinteressado à foto que Kröger segurava debaixo de seu nariz. A mulher tossiu e apagou o cigarro em um cinzeiro abarrotado.

– Deixa eu ver. – Ela esticou a mão. Dedos roliços, com anéis de ouro e garras pintadas de vermelho, olhos maquiados de preto, cabelos frisados e franja, tal como havia sido moda em sua juventude, nos anos 1960. Irma La Douce, na versão de Schwanheim. Era alta, gordinha, enérgica e, com certeza, não tinha nenhum problema com clientes embriagados. Um odor adocicado de coisa podre, vindo da caçamba de lixo, passou pelo terraço. Bodenstein contorceu o rosto e prendeu a respiração.

– Conhece este homem? – perguntou com voz sufocada.

– Conheço. É o doutor – respondeu, depois de observar a foto com olhar crítico. – Mora no número 49. Seguindo por aquele caminho ali embaixo. Tem uma barraca verde na frente do trailer.

O homem magro lançou um olhar furioso para a mulher, que o ignorou.

– Não quero aborrecimento por aqui. – Devolveu a foto a Kröger. – Se nosso inquilino está encrencado com a polícia, não é problema meu.

Posicionamento bastante razoável, julgou Bodenstein. Agradeceu e apressou-se em deixar o "Main-Riviera" e seus locatários, que começaram a discutir em voz alta. Tinham de encontrar o trailer antes que o careca pudesse avisar Kilian Rothemund por celular. Mandou os colegas atrás dele em todas as direções, pois no grande terreno não havia uma sequência dos números das moradias que, de algum modo, pudesse ser encontrada. Cem Altunay acabou achando o trailer com o número 49, quase na extremidade oposta do lugar. A barraca devia ter sido verde quarenta anos antes, mas o número estava correto.

Alguns jovens estavam sentados em cadeiras de jardim na frente do trailer estacionado no lote vizinho e ficaram olhando com curiosidade.

– Não tem ninguém – gritou um jovem com camisa do time da Alemanha.

Ah, que maravilha.

Segundo disseram os jovens, só iam para lá no verão, a fim de passar o fim de semana e fazer uma farra. O trailer pertencia ao tio do torcedor patriota. Não conheciam muito bem seu vizinho, mas o identificaram na foto sem hesitar. Na véspera, Kilian Rothemund recebera a visita de um cara com uma Harley e, na manhã daquele dia, saíra com sua *scooter*. Nunca conversaram muito com ele; sua comunicação limitava-se principalmente aos cumprimentos.

– Ele nunca se enturmou com ninguém aqui – disse o jovem. – Passa a maior parte do tempo sentado no seu trailer, na frente do laptop. Às vezes recebe visita de umas pessoas estranhas. No bar lá da frente, disseram que era advogado, mas que agora trabalha em um quiosque de batatas fritas. Pois é, a vida é assim.

Bodenstein ignorou a última e precoce observação.

– Que tipo de visitas são essas? – quis saber. – Homens, mulheres?

– Tem de tudo. Ouvi dizer que ele ajuda quem tem problemas com órgãos públicos ou coisa parecida. Algo do tipo "seu advogado no camping".

Os outros jovens riram.

O sobrinho do proprietário do trailer logo se declarou presente como testemunha na revista do trailer de Rothemund, que Kröger abrira sem nenhuma dificuldade.

– O que preciso fazer? – perguntou, curioso, espremendo-se pela cerca de plantas ressecadas.

– Nada. Só ficar junto da porta e olhar – respondeu Bodenstein, quando atravessaram a barraca. – Posso entrar?

– Mas não vá mexer em nada! – advertiu Kröger, que já estava de macacão, luvas de borracha e protetores para os sapatos. No interior do trailer sentia-se um cheiro de mofo, mas estava tudo limpo e arrumado. Kröger abriu os armários.

– Roupas, panelas, livros... está tudo aqui – comentou. – A cama está feita. Mas não vejo laptop em lugar nenhum.

Vasculhou as poucas gavetas e encontrou embaixo de uma pilha de cuecas uma foto amassada.

– Uma vez pedófilo, para sempre pedófilo. – Com expressão de repugnância, entregou a Bodenstein a foto, que mostrava uma linda menina loura de cerca de 5 ou 6 anos.

– É filha dele – disse Bodenstein. – Hoje deve ter uns 14 anos. Mas não está autorizado a vê-la nem ao filho.

– É compreensível. – Kröger continuou a revista, mas, à primeira vista, não encontrou nada suspeito nem comprometedor.

– Vou chamar meus rapazes – disse. – Vamos revirar e pôr tudo de cabeça para baixo. O Kai enviou a você o mandado de busca?

– Eh... não sei. – Bodenstein pegou o smartphone no bolso da calça. – Como faço para ver?

Kröger pegou o aparelho e apertou o botão "home".

– Você nem chegou a pôr um código de bloqueio – constatou com reprovação. – Se perder o celular, qualquer um pode usá-lo para telefonar.

– Sempre esqueço esse código – admitiu Bodenstein. – Vai ficar complicado se eu digitar números errados por três vezes.

– Ah! – Kröger abanou a cabeça e sorriu. Apertou o ícone da correspondência, ao lado do qual havia "I", que anunciava uma informação. – Aqui está a mensagem do Kai. Olhe, você precisa rolar o texto para baixo, aí você encontra o link para o PDF.

– Faça você – disse Bodenstein ao colega, estendendo a mão para pegar o telefone. – Vou ligar para a Pia.

Christian Kröger suspirou.

– Espere, vou mandar o e-mail para mim, assim você pode telefonar. Sinceramente, Oliver, acho que você precisa urgentemente de um curso básico de como lidar com meios de comunicação modernos.

Intimamente, Bodenstein lhe deu razão. De certo modo, tinha perdido o bonde desde que Lorenz saíra de casa. Mas talvez pudesse receber ajuda do seu sobrinho de 8 anos sem que ninguém soubesse.

Kröger entregou-lhe o telefone, e ele digitou o número de Pia, mas, no mesmo instante, recebeu uma ligação. Inka! O que poderia estar querendo com ele em uma manhã de domingo?

– Oi, Oliver – disse. – Ainda se lembra da Rosalie?

– Da Rosalie? – Bodenstein franziu a testa. Será que tinha perdido ou esquecido alguma coisa? – O que tem ela?

– Hoje, ao meio-dia, ela tem a competição de culinária no Radisson Blu – lembrou-lhe Inka. – Cosima não está, e lhe prometemos que iríamos.

Droga! Tinha se esquecido completamente dessa competição de culinária! De fato, tinha prometido solenemente à filha que compareceria; afinal, só o fato de ela participar do evento já era uma grande distinção. Dificilmente Rosalie compreenderia o fato de ele estar longe por razões de trabalho, e sua cunhada Marie-Louise nunca o perdoaria.

– Que horas são agora? – quis saber.

– Vinte para as 11.

– Realmente me esqueci – admitiu Bodenstein. – Mas é claro que vou. Obrigado por ter me lembrado.

– Não há de quê. Então é melhor nos encontrarmos às 15 para as 11 na frente do hotel, certo?

– Sim, vamos fazer isso. Até mais. – Terminou a conversa e soltou um palavrão bem vulgar, coisa que normalmente nunca fazia, o que lhe rendeu um olhar estupefato de Christian Kröger.

– Preciso ir. Assunto de família. Diga para a Pia me ligar se houver alguma novidade.

* * *

Tinha pegado no sono de tão exausta que estava, apesar da posição nada cômoda. A sala estava completamente escura, exceto por uma faixa de luz que penetrava pelas persianas abaixadas, dizendo-lhe que estava dia claro do lado de fora. Quanto tempo teria dormido? A esperança de que os acontecimentos da noite tivessem sido apenas um sonho se evaporou assim que sentiu os lacres que cortavam dolorosamente seus pulsos. A fita adesiva de tecido com que tamparam sua boca e deram várias voltas em sua cabeça estava firme e puxava seus cabelos a qualquer movimento. Mas este era o menor dos males. Haviam-na amarrado a uma cadeira, colocada no meio da sala de terapia, com os tornozelos presos às pernas da cadeira e as mãos atrás das costas, junto ao encosto. No meio do corpo, uma faixa de plástico bem apertada, que a fixava à maldita cadeira. A única parte do corpo que conseguia mover era a cabeça. Embora sua situação fosse péssima, pelo menos ainda estava viva, não havia sido espancada nem violentada. Se pelo menos não estivesse com aquela sede e aquela vontade de fazer xixi!

Em sua mesa, o telefone tocou. Após o terceiro toque, houve uma interrupção e pôde ouvir sua própria voz. "Olá. Você ligou para o consultório de psicoterapia de Leonie Verges. Estarei indisponível até o dia 11 de julho. Por favor, deixe seu recado que retornarei a ligação."

A secretária eletrônica emitiu um sinal, mas ninguém se pronunciou. A única coisa que ouviu foi uma respiração rouca, que parecia ofegante.

– *Leonie...*

Ao ouvir a voz, teve um sobressalto, antes de entender que vinha da secretária eletrônica.

– *Está com sede, Leonie?* – A voz soou nitidamente distorcida. – *Vai sentir mais sede ainda. Sabia que a sede é capaz de causar a morte mais dolorosa que existe? Não? Hum... A regra geral é a seguinte: de três a quatro dias sem água, e você morre. Mas com o calor que está fazendo agora, vai muito mais rápido. Os primeiros sintomas aparecem mais ou menos após um dia, um dia e meio. Por falta de água, a urina vai ficando bem escura, quase laranja; depois, você para de suar. O corpo suga toda a água dos órgãos que não são tão urgentes para ele. Estômago, intestinos, fígado e rins encolhem. Embora não seja saudável, não chega a ser fatal. O bom é que você não precisa mais mijar.*

O interlocutor riu com sarcasmo, e Leonie fechou os olhos.

– A água passa a ser usada pelos órgãos importantes para a sobrevivência, pelo coração e pelo cérebro. Mas, em algum momento, eles também encolhem. O cérebro deixa de funcionar corretamente. Você começa a ter alucinações, ataques de pânico, já não consegue pensar com clareza. Pois é, depois entra em coma. Em seguida, é só uma questão de horas até morrer... Nada bonito de imaginar, não é?

De novo a risada repugnante.

– Sabe, Leonie, é bom escolher melhor as pessoas com quem se relaciona. Você realmente escolheu a escória. Por isso, infelizmente agora vai ter de morrer de sede. Foi gentil da sua parte deixar uma plaquinha pendurada na porta. Pelo menos ninguém vai perturbá-la até você entrar em coma. E se em alguns dias alguém a encontrar, com alguma sorte você será um cadáver bem fresquinho. A não ser que alguma mosca entre por engano na sua casa e deposite alguns ovos nas suas narinas ou nos seus olhos... Mas aí isso já não vai lhe interessar. Bem, boa sorte. E não leve a coisa muito a sério. Todos vamos ter de morrer uma hora.

A risada irônica ressoou nos ouvidos de Leonie; em seguida, a ligação foi desligada, e fez-se silêncio. Até então, Leonie tinha se consolado com o fato de que não estava muito machucada e de que logo alguém a encontraria, mas, aos poucos, foi percebendo a falta de perspectiva de sua situação, e o medo pegou-a em cheio, como um martelo a vapor. Seu coração começou a acelerar, e o suor, a brotar dos seus poros. Desesperada, puxou as amarras, que, no entanto, estavam implacavelmente apertadas e não cediam um milímetro sequer. Com toda força, reprimiu as lágrimas que começavam a surgir. Não apenas porque toda lágrima vertida significava um perigoso desperdício dos recursos hídricos do seu corpo, mas também por medo de que seu nariz entupisse e ela sufocasse, pois não tinha como respirar pela boca.

Calma!, queixou-se em pensamento, mas era mais fácil pensar do que fazer. Estava sentada em sua casa, e na porta havia, de fato, uma plaquinha que, estupidamente, ela havia pendurado no dia anterior: *Férias até 11 de julho*. A placa e as persianas abaixadas não deixavam dúvidas. O celular estava sobre a mesa da cozinha, e o telefone fixo, em cima da escrivaninha, a cinco metros da sua cadeira e, portanto, inatingível. Havia quanto tempo já estava ali? Leonie cerrou os punhos e voltou a abri-los; doeu muito, como se a circulação sanguínea estivesse interrompida. Tentou olhar por cima dos ombros, onde havia um relógio na parede, mas estava escuro demais para conseguir reconhecer alguma coisa. Não podia esperar ajuda de fora. Tinha de se virar sozinha. Ou morrer.

* * *

Emma estava tão fora de si que não viu o semáforo vermelho no cruzamento rumo a Kronberg e por um triz não bateu no porta-malas do carro que havia freado à sua frente. Segurou o volante e praguejou com raiva.

Dez minutos antes, Florian tinha ligado para ela do pronto-socorro de Bad Homburg, para onde havia levado Louisa. Tinha estado com ela em Wehrheim, na fazendinha de pôneis Lochmühle, e a menina tinha caído de um pônei! Já haviam discutido inúmeras vezes sobre o fato de que Louisa ainda era muito pequena para esse tipo de coisa e de que ainda teria de esperar mais um ou dois anos para cavalgar. Mas certamente a menina tinha implorado ao pai, que, querendo de todo jeito marcar pontos com ela, deve ter cedido. O semáforo passou para o verde, e Emma entrou à esquerda, no sentido de Oberursel. Dirigiu mais rápido do que o permitido, mas pouco importava. Florian não dissera o que tinha acontecido com Louisa, mas para tê-la levado ao pronto-socorro não deveria ser algo totalmente inofensivo. Emma logo imaginou a filhinha com ossos quebrados e ferimentos abertos. A única coisa boa nessa catástrofe é que informaria imediatamente o juizado de menores e insistiria para que a menina voltasse à noite para sua casa. Nada de ir dormir em alguma pensão ou apartamento estranho.

Vinte minutos depois, precipitou-se no hall do pronto-socorro. Na sala de espera não havia ninguém, e ela tocou a campainha da porta de vidro fosco. Demorou alguns minutos para que finalmente alguém se dispusesse a abri-la.

– Minha filha está aqui – balbuciou. – Quero vê-la. Agora. Ela caiu de um pônei e...

– Qual o seu nome? – O novato cheio de espinhas, vestido com os trajes azuis do hospital, estava habituado a parentes aflitos e não se deixou impressionar nem perdeu a calma.

– Finkbeiner. Onde está minha filha? – Emma tentou olhar por cima dos ombros dele, mas viu apenas um corredor vazio.

– Queira me acompanhar – disse, e ela o seguiu com o coração em disparada até uma sala de exames.

Pequena e pálida, Louisa estava deitada na maca, com um grande curativo na testa e o bracinho esquerdo atado a uma tala. Emma quase chorou de alívio ao ver que a filha estava viva.

– Mamãe! – sussurrou a menina, levantando a mão sem força. O coração de Emma sangrou nesse momento.

– Ah, meu amor! – Não tinha olhos para Florian, que estava ali em pé, como um poodle molhado, nem para a médica. Emma abraçou Louisa e passou a mão em sua bochecha. Era tão delicada, e sua pele, tão transparente que dava para ver as veias. Como Florian pôde expor uma criaturinha tão frágil a tamanho perigo?

– Não fique brava com o papai – disse Louisa em voz baixa. – Fui eu que teimei para andar de pônei.

No cantinho do seu coração flamejou uma ira ciumenta. Incrível como Florian tinha manipulado aquela menina!

– Senhora Finkbeiner?

– O que minha filha tem? – Emma olhou para o rosto da médica. – Quebrou alguma coisa?

– Sim, o braço esquerdo. Infelizmente a fratura está um pouco deslocada; por isso, vamos ter de operá-la. A concussão cerebral estará curada em alguns dias – respondeu a médica, uma pessoa forte, de cabelos louro-avermelhados e corte estilo pajem, além de olhos claros e atentos. – Além disso...

Fez uma pausa.

– Sim, o que mais? – perguntou Emma, nervosa. Aquilo já não era ruim o suficiente?

– Gostaria de conversar com os dois. Enquanto isso, a enfermeira Jasmina fará companhia a Louisa. Venham comigo, por favor.

Emma quase não teve coragem de deixar a filha sozinha na grande e estéril sala de exames, mas acabou seguindo a médica e Florian à sala ao lado. A médica sentou-se atrás da mesa e indicou-lhes duas cadeiras. Incomodada, Emma sentou-se ao lado do marido, tomando cuidado para não tocá-lo.

– Para mim, é um pouco desagradável dizer isso agora, mas... – A médica olhou de Florian para Emma. – Sua filha tem ferimentos que permitem suspeitar que ela poderia... ter sido molestada.

– Como é que é? – perguntaram Emma e Florian em uníssono.

– Ela está com contusões e hematomas na parte interior de uma das coxas e ferimentos na vagina.

Por um momento, reinou um silêncio sepulcral. Emma ficou como que paralisada de horror. Louisa molestada?

– A senhora enlouqueceu! – Florian levantou-se de um salto. O rosto dele ficou vermelho, depois pálido. – Minha filha caiu de um pônei e talvez de forma infeliz! Sou médico e sei que esse tipo de ferimento pode surgir com uma queda.

– Acalme-se, por favor – disse a médica.

– Não tenho a menor intenção de me acalmar! – gritou Florian, furioso. – Suas críticas são absurdas! Não vou aceitar isso!

A médica levantou as sobrancelhas e recostou-se.

– É apenas uma suspeita – respondeu tranquilamente. – Ficamos mesmo mais atentos a esse tipo de coisa. É claro que esses ferimentos podem ter uma causa totalmente diferente, mas são bem típicos de abuso sexual e não são recentes. Talvez vocês devessem pensar melhor e tentar lembrar se ultimamente sua filha tem andado diferente, se tem mostrado um comportamento que antes vocês não tivessem notado. Ficou mais quieta ou mais agressiva?

Emma não pôde deixar de pensar no lobo de pelúcia dilacerado e no recente ataque violento de Louisa no jardim dos sogros. Gelou e começou a tremer por dentro. Quando contara a Florian sobre o comportamento estranho de Louisa, ele a tranquilizara, dizendo que era uma fase normal do desenvolvimento. Seria isso mesmo? Na época, seu instinto lhe dissera que havia alguma coisa errada com a menina. Santo Deus! Suas mãos agarraram os braços da cadeira. Não ousava terminar de pensar nas coisas horríveis que passaram por sua cabeça, mas já não dava para evitar. E se Florian tivesse abusado da própria filha, que confiava nele e o venerava? E se ela própria, ao expulsar o marido de casa, tivesse aberto as portas para que ele cometesse esse abuso? Sempre se ouvia falar ou se lia a respeito desse tipo de atrocidade, que era cometida dentro do lar por pais que violentavam suas filhas, as engravidavam e as obrigavam ao silêncio. Emma nunca conseguiu acreditar que as esposas e mães de nada sabiam, mas talvez isso fosse possível!

Não conseguia olhar para o homem de quem trazia um filho no ventre. O pai de Louisa. Seu marido. De repente, Florian se tornou tão estranho para ela como nunca o tinha visto antes.

* * *

Pia fechou a tampa do vaso sanitário e se sentou. Com um pedaço de papel higiênico, secou o suor frio da testa e obrigou-se a respirar tranquila e regularmente. Com muito esforço, conseguira sair do quarto de Hanna Herzmann, na Unidade de Terapia Intensiva, e chegar ao sanitário feminino para pôr a alma para fora. No ano anterior, isso acontecera pela primeira vez durante a autópsia de uma vítima de homicídio; só Henning ficara sabendo e não dissera nada a respeito. Desde então, volta e meia acontecia de sua pressão cair quando via uma vítima de violência e sentir-se tão enjoada que precisava vomitar.

Levantou-se, ergueu a cabeça e olhou-se no espelho, onde viu um fantasma pálido com olheiras escuras. Ela própria não sabia por que, após vinte anos na polícia, de repente ficava tão mal. Até então, não havia contado a ninguém a respeito, nem a Christoph nem a seus colegas, pois não estava nem um pouco a fim de ser mandada pela chefe ao serviço psicológico e talvez condenada ao trabalho burocrático. É claro que poderia evitar situações como essas, inventar desculpas e enviar colegas no seu lugar, mas, de modo totalmente consciente, não era o que fazia. Se cedesse a essa fraqueza, poderia pendurar as chuteiras.

Depois de quinze minutos, deixou o sanitário, desceu de elevador até o térreo e dirigiu-se ao seu carro. Bodenstein tinha ligado algumas vezes em seu celular. Ela retornou as ligações, mas ele não atendeu.

Ao chegar à delegacia, ainda estava muito impressionada com a visita feita a Hanna Herzmann. Era totalmente diferente ler os resultados da violência mais brutal em uma sóbria ata de medicina legal e vê-los com os próprios olhos. A mulher já não parecia a mesma; seu rosto estava terrivelmente desfigurado de tantos hematomas, e o corpo estava coberto de contusões, lesões e vergões. Pia sentiu um calafrio ao pensar no olhar apático e apagado de Hanna Herzmann, que havia cruzado o seu por alguns segundos antes de a mulher voltar a fechar os olhos.

Por experiência própria, Pia conhecia o sentimento de ser maculada e violentada. Nas férias de verão após o último ano de escola, conhecera um homem que não queria aceitar o fato de ter sido para ela apenas um flerte passageiro. Seguira-a até Frankfurt, ficara à sua espreita e, por fim, a atacara e a violentara em seu apartamento. Pia havia escondido esse acontecimento até mesmo de seu ex-marido e tentado reprimi-lo e esquecê-lo, mas não conseguira. Nenhuma mulher que alguma vez tenha tido de passar pela experiência de não ter como resistir fisicamente à determinação furiosa de um homem esqueceria essa sensação humilhante de desamparo, os infinitos minutos de medo da morte e a perda da integridade física e da autonomia. Pia não conseguiu continuar morando no apartamento em que tudo acontecera, desistiu da faculdade de direito após dois semestres e se tornou policial. Muitas vezes refletiu sobre a razão que a levara na época a essa decisão, que provavelmente tinha sido tomada de modo inconsciente, mas tinha certeza de que o estupro havia desempenhado um importante papel. Como policial, sentia-se em condições de se defender. Não por causa da pistola que tinha permissão para carregar. Sua autoconfiança tinha mudado; além disso, durante a formação, aprendera como vencer um duelo apesar da inferioridade física.

Entrou em sua sala e não se admirou ao ver Kai sentado à mesa, embora fosse fim de semana.

– Os outros ainda estão em Schwanheim – ele lhe comunicou. – Rothemund não estava mais lá quando chegaram ao trailer onde ele mora.

– Que maravilha! – Pia lançou sua mochila em uma cadeira de visitas e sentou-se atrás de sua mesa. Ainda estava enjoada. – Cadê o chefe?

– Está em alguma missão familiar secreta. Agora, você é a chefe.

Mais essa.

– Aliás, chegaram novos resultados do laboratório – informou Kai. – Segundo a análise de DNA, o esperma encontrado na vagina de Hanna Herzmann é, sem dúvida, de Kilian Rothemund. Mandei uma patrulha até Vinzenz Kornbichler, e ele foi certeiro ao apontar a foto de Rothemund entre aquelas do quarteto de criminosos. Ele é o cara com quem Herzmann saiu na noite do crime.

Pia anuiu lentamente. Com isso, a suspeita contra Rothemund se reforçava. Embora isso não a surpreendesse, para ela continuava a não fazer sentido. Procurou a foto de Rothemund no sistema de informações da polícia e observou-a, pensativa.

O que Hanna Herzmann fizera para atrair tamanho ódio? À primeira vista, Rothemund parecia educado e até simpático. Que abismos haveria por trás do seu rosto bem talhado e daqueles olhos azuis?

– Sabe o que eu estava pensando? – Kai tirou-a de seus pensamentos.

– Não.

– Considerando a correnteza, nossa sereia deve ter chegado ao rio partindo de algum lugar onde o Nidda deságua no Meno. O camping onde mora o Rothemund fica apenas alguns quilômetros rio abaixo.

– Você acha que ele poderia ter alguma coisa a ver com a sereia? – perguntou Pia.

– Pode ser certo exagero – admitiu Kai –, mas as lesões da sereia e da senhora Herzmann são semelhantes. Ambas foram penetradas pela vagina e pelo ânus, ambas apresentam ferimentos provocados por objetos obtusos.

O olhar de Pia voltou à foto de Rothemund no monitor.

– E ele parece tão normal... Até simpático! – disse ela.

– Pois é, quem vê cara não vê coração.

– E quanto ao DNA da sereia? – perguntou Pia. – Alguma novidade?

– Não. – Kai abanou a cabeça e contorceu o rosto. – E isso infelizmente derruba minha teoria sobre Rothemund como o assassino da sereia. Não há registro do DNA, nem na Interpol.

O celular de Pia tocou. Era Christian Kröger. Ele e sua equipe tinham terminado as buscas no trailer de Rothemund.

– Descobriram alguma coisa interessante? – quis saber Pia. Nesse meio-tempo, seu estômago tinha se recuperado e roncava alto.

– O trailer estava um brinco, a cama feita e tudo cuidadosamente limpo com desinfetante à base de cloro, que ele até despejou em todos os ralos. Na porta do trailer encontramos apenas algumas impressões digitais apagadas. A única coisa que talvez possa ser interessante é um fio de cabelo.

– Um fio de cabelo?

– Um fio longo e castanho-escuro. Estava preso entre as almofadas do banco de canto. Espere um pouco, não desligue, Pia...

Pia ouviu Kröger falar com alguém.

Hanna Herzmann tinha cabelos longos e castanho-escuros. Será que tinha levado Kilian Rothemund para casa na quarta-feira à noite? Teria estado em seu trailer? Mas o que unia os dois? Será que as pesquisas de Hanna tratavam dos Road Kings?

– Qual o resultado do pedido de informação sobre o veículo de Bernd Prinzler? – perguntou Pia a Kai, enquanto a conversa de Kröger parecia se degenerar em uma discussão mais longa.

– Infelizmente, outro beco sem saída. – Kai tomou um gole de café. Era viciado em cafeína, bebia café preto de manhã à noite e nem chegava a se incomodar se a bebida estivesse fria. – Embora esteja no nome de Prinzler, o carro está registrado no endereço da mãe dele. No máximo, podemos lhe dar um puxão de orelha por ele não ter atualizado o endereço dentro do prazo.

Pia deu um suspiro. O caso era realmente complicado. Meike Herzmann não entrava em contato. O principal suspeito estava foragido, o segundo era um exemplo perfeito de como era fácil esconder-se atrás de caixas postais e endereços falsos na Alemanha. Ninguém parecia saber em que Hanna Herzmann estava trabalhando, e a companhia telefônica não tinha pressa em levantar sua conta detalhada.

– Estou de volta. – Kröger parecia claramente nervoso. – *Odeio* quando promotores públicos se intrometem no meu trabalho.

– Algum promotor foi fazer a revista no trailer?

– O promotor-chefe Frey, em pessoa – bufou Kröger.

Ainda conversaram rapidamente; depois, Pia recebeu outra ligação. Na esperança de que pudesse ser Meike Herzmann, atendeu-a, embora o número não lhe fosse familiar.

– Pia? Sou eu, Emma. Estou incomodando?

Pia precisou de alguns segundos para entender de quem se tratava. A voz da antiga colega de escola soou trêmula, quase como se estivesse a ponto de chorar.

– Oi, Emma – disse Pia. – Não, você não está incomodando. O que foi?

– Eu... eu... preciso conversar com alguém – respondeu Emma. – Pensei que você talvez pudesse me aconselhar ou conhecer alguém. Louisa, minha filha, foi parar no hospital. E lá... a médica... ai, nem sei como dizer isso.

Soluçou.

– Louisa... ela... ela está com ferimentos que indicam que teria sido abusada sexualmente.

– Meu Deus!

– Pia, acha que podemos nos encontrar em breve?

– Sim, claro. Você tem tempo agora? – Pia olhou para o relógio de pulso. Faltava pouco para a uma hora da tarde. – Conhece o Gimbacher Hof, entre Kelkheim e Fischbach?

– Conheço, sim.

– Em vinte minutos estarei lá. Assim, tomamos um café e você me conta tudo, certo?

– Tudo bem. Obrigada. Até mais.

– Até mais. – Pia desligou o telefone, levantou-se e pôs a mochila nas costas. – Imagine só, Kai, o promotor-chefe Frey estava na revista do trailer de Rothemund.

– Não me surpreende – respondeu Kai, sem levantar os olhos da tela. – Foi o Frey quem colocou Rothemund na cadeia.

– Ah, é? Como sabe disso?

– Leio os autos. – Kai levantou a cabeça e sorriu. – Além do mais, na época, eu ainda estava em Frankfurt. Foi pouco depois de eu voltar a trabalhar usando a prótese na perna. Foi um caso que deu o que falar. A profunda queda do belo doutor Rothemund. A imprensa fez um grande estardalhaço: Frey e Rothemund eram colegas e amigos, ambos começaram a trabalhar no Ministério Público após o segundo exame nacional, antes de Rothemund mudar de lado e tornar-se advogado. Frey poderia ter conduzido o caso de maneira mais discreta, mas, em uma coletiva de imprensa, colocou o velho companheiro na berlinda. Estranho você não ter sabido de nada.

– Nessa época eu seguia a carreira de dona de casa e passava meu tempo livre principalmente nos porões do Instituto Médico Legal – lembrou-lhe Pia. – Bom, vou comer alguma coisa rapidinho. Me ligue se precisar.

* * *

O calor e a sede eram insuportáveis. Seria aquilo uma alucinação, uma peça que seu cérebro ressecado estaria lhe pregando? Leonie morava havia anos naquela casa, que tinha quase dois séculos de idade e grossas paredes, que isolavam melhor do que qualquer placa de poliestireno que atualmente as pessoas colam nas paredes das casas. Segundo ela, graças a esse bom isolamento, sua casa permanecia quente no inverno e fresca no verão. Como é que agora estava tão quente ali dentro? O suor escorria por seus olhos e queimava como fogo. Por duas vezes, contou até três mil e seiscentos, a fim de não perder a noção do tempo na escuridão nem enlouquecer. Tinha voltado para casa às quinze para as quatro da manhã, dormido um pouco, mas como não estava toda molhada de urina, não podiam ter passado mais do que, no máximo, algumas horas. Embora as persianas estivessem abaixadas, podia reconhecer que o sol estava batendo na janela direita da sala de terapia, a que apontava para o Oeste. Portato, já era tarde. Quatro ou cinco horas. Saberia exatamente quando o sol ia se pôr.

Sentiu a língua áspera e inchada na boca. Não conseguia se lembrar de algum dia ter sentido uma sede tão grande. Mais do que querer saber quem lhe tinha feito aquilo, atormentava-a o porquê. O que tinha feito para merecer uma punição daquelas? O cara que ligou disse que ela havia escolhido os amigos errados. A quem estaria se referindo? Será que aquilo tudo tinha realmente alguma coisa a ver com Hanna Herzmann ou com a questão para a qual ela própria tinha atraído Hanna? Mas aqueles não eram *amigos*, e sim *pacientes*. Uma enorme diferença.

O telefone sobre a mesa voltou a tocar, e Leonie teve um sobressalto.

– *Leoniiiiie... Ah, você ainda está bonitinha sentada na sua cadeirinha.*

Por um momento, o som daquela voz pérfida e sarcástica espantou o medo de Leonie e o transformou em raiva. Se pudesse, gritaria, diria que ele era um desgraçado sádico e doente. Mesmo que de nada lhe servisse, gostaria de lhe dizer essas palavras.

– *Já deve estar um calor bem gostoso aí, não é? É para você ficar bem quentinha quando morrer; por isso, também liguei o aquecimento.*

Estava explicado aquele calor dos infernos.

– *Consegue se lembrar do que falei sobre os estágios da morte por sede? Preciso me corrigir. Quanto maior o calor, mais rápido se morre. Fique tranquila. Você vai sofrer no máximo três ou quatro dias.*

Uma risada quase inaudível e malévola.

– *E você nem sequer chorou. É mesmo muito valente. Ainda tem esperança de alguém encontrá-la?*

Como ele podia saber que não tinha chorado? Conseguia vê-la? Naquela escuridão? Leonie virou a cabeça de um lado para outro, tentando enxergar alguma coisa, mas a luz não era suficiente para mostrar mais do que meros contornos.

– Você está procurando a câmera, não é? Acabei me traindo. Sabe, Leonie, na verdade, você deveria morrer logo. Mas existe uma porção de gente no mundo que paga uma porção de dinheiro para assistir a uma verdadeira agonia em DVD. Da sua, vamos ter de cortar umas partes; afinal, quem é que vai querer ficar 24 horas vendo uma cretina horrorosa como você em uma cadeira? – A voz era abafada e aveludada. Sem nenhuma coloração dialetal. Chegava a ser até amigável. – *Mas o fim certamente será grandioso. Os espasmos, os tremores... ah, isso eu nunca vi. Realmente estou ansioso. Vai ser mesmo emocionante se ninguém a encontrar. Talvez você nem se decomponha, mas fique ressecada e mumificada.*

Nesse momento, ficou claro para Leonie que o homem ao telefone era um psicopata, alguém que se divertia causando sofrimento aos outros. Já chegara a lidar algumas vezes com esse tipo de pessoa, quando ainda trabalhava no hospital psiquiátrico, em Kiedrich. Essas experiências a levaram a se especializar no trabalho com mulheres traumatizadas que haviam sido vítimas desse tipo de besta perversa.

De repente, ouviu-se um bipe, e a voz emudeceu. A fita de sua velha secretária eletrônica estava cheia.

Fez-se grande silêncio, exceto pelo barulho da sua respiração. Seu nariz estava ressecado, tinha de fazer força para inspirar e sentia-se como em uma sauna, quando os pelos do nariz ardem com o ar quente. Mas já não suava. O reconhecimento de que já não tinha nenhuma chance de sair viva daquela sala, de que morreria ali, em sua própria casa, onde sempre se sentira bem e segura, atingiu-lhe em cheio. Pouco lhe importava que aquele filho da mãe anormal pudesse observá-la. Com toda a força, Leonie tentou se livrar das amarras, gritou com a boca fechada pela fita adesiva até suas cordas vocais doerem e ela ter a sensação de que sua cabeça ia estourar. Não queria admitir o medo da morte nem que a violência a vencesse; não, não queria morrer!

* * *

O amplo jardim do Gimbacher Hof estava cheio. Quase não havia lugar vago às mesas nem nos bancos à sombra das imponentes árvores antigas. O histórico restaurante regional, localizado no vale entre Kelkheim e Fischbach, era um destino muito procurado naquele esplêndido verão, especialmente por famílias e turistas que iam para lá passar o dia. Pia só se deu conta disso ao notar muitas crianças correndo alegres e despreocupadas no parquinho, mas antes, como estava muito ocupada com o promotor Frey e Kilian Rothemund, nem se lembrara. Emma parecia não ligar para a agitação ao seu redor. Estava mesmo em estado de choque. Não era de admirar; afinal, para ela, a situação era catastrófica em vários sentidos: além do medo por Louisa, havia a preocupação com a criança que estava para nascer, sem contar a terrível suspeita de que seu marido podia ser um pedófilo.

Pia dera a Emma o número de telefone de uma terapeuta experiente da casa de apoio a meninas vítimas de maus-tratos, a quem ela podia se dirigir com sua suspeita. Abuso de crianças era um tema com o qual Pia nunca precisou lidar profissionalmente. Embora acompanhasse os casos dramáticos que sempre apareciam na mídia, em geral ficava apenas superficialmente consternada. Ver Emma tão desesperada, desamparada e cheia de preocupação com o bem-estar físico e psíquico da sua filhinha tocou-a profundamente. Talvez tivesse ficado mais sensível por causa de Lilly. A responsabilidade dos pais por um ser tão pequeno era enorme. Em certa medida, era possível proteger os filhos contra perigos vindos de fora, mas o que fazer quando o próprio parceiro, em quem mais se confiava, revelava esses abismos sombrios?

Após uma hora, Emma teve de partir; queria visitar Louisa no hospital. Pia olhou pensativa para o carro da sua antiga amiga de escola e se dirigiu ao próprio carro, que tinha estacionado um pouco mais longe. Foi a expressão nos olhos de Emma, aquela mistura de medo, raiva e profundo ressentimento que a fez pensar em Britta Hackspiel. Kilian Rothemund era um pedófilo condenado. Embora tivesse contestado a acusação com veemência durante o julgamento, as provas de sua culpa eram irrefutáveis e absolutamente claras. O Ministério Público tinha apresentado fotos que mostravam Rothemund nu na cama com crianças, em poses inequívocas, além de milhares de fotos e inúmeros vídeos da pior espécie em seu laptop.

Desde que haviam identificado no laboratório o esperma encontrado na vagina de Hanna Herzmann como sendo de Rothemund, Bodenstein estava firmemente convencido de que era ele quem tinha espancado e violentado Hanna e a trancado no porta-malas do carro, talvez com a colaboração de Bernd Prinzler. Só se podia especular sobre o motivo do crime cometido pelos dois homens; porém, embora os indícios apontassem claramente para autoria de Rothemund, Pia tinha uma ligeira dúvida. Hanna Herzmann era uma mulher adulta: tinha 46 anos, era segura de si, bem-sucedida, bonita e muito feminina. Incorporava tudo que um homem com predisposições pedófilas abominava. Raiva e ódio podiam até ser uma explicação para a brutalidade desmedida, e o estupro nada tinha a ver com desejo, e sim com violência e domínio. Mesmo assim, alguma coisa naquele caso incomodava Pia. Como solução, estava lhe parecendo fácil e claro demais.

Atravessou Kelkheim, virou à esquerda, atrás dos trilhos do bonde no centro da cidade, e seguiu pelo Gagernring até a Bundesstraße. Ali, ligou a seta da direita, mas mudou de ideia e acabou virando à esquerda, para ir a Bad Soden por Altenhain. Alguns minutos mais tarde, estava na frente da casa onde Kilian Rothemund havia morado. Praticamente não havia lugar para estacionar. Pia teve de parar a viatura às margens do campo e andar um trecho a pé. Ao tocar a campainha, foi atendida pelo marido de Britta Hackspiel, que tinha visto apenas de relance no dia anterior. O sorriso amigável de recepção apagou-se em seu rosto ao vê-la.

– Hoje é domingo – lembrou desnecessariamente a Pia, quando ela pediu para falar com a esposa dele. – Precisa mesmo ser agora? Estamos com visitas.

Já tinha perdido a conta de quantas vezes tentaram livrar-se dela à porta com desculpas, mas fazia parte do seu trabalho de agente da Polícia Criminal não ser bem-vinda, e fazia tempo que isso já não a incomodava.

– Tenho apenas algumas perguntas a fazer à sua esposa – respondeu Pia, sem se deixar impressionar. – Não vamos demorar.

– Por que não pode deixar minha mulher em paz? – sibilou. – Só Deus sabe o que ela já passou por causa daquele desgraçado e não precisa ser lembrada disso o tempo todo. Vá embora. Volte amanhã.

Pia encarou o homem, e ele respondeu a seu olhar com franca antipatia. Externamente, Richard Hackspiel era o completo oposto de Kilian Rothemund: alto, balofo, com nariz de batata, cara avermelhada e olhos úmidos de um beberrão. Tinha um ar de superioridade, e ela gostaria muito de ter lhe perguntado se não se sentia incomodado por morar na mesma casa onde antes vivera *aquele desgraçado*.

– Não sou nenhuma vendedora de aspirador de pó – respondeu Pia amavelmente e sorrindo, pois sabia que isso deixaria o homem furioso. – Ou o senhor vai chamar sua mulher agora, ou mando uma patrulha vir buscá-la para uma conversa na delegacia. Como preferir.

Na verdade, não era seu estilo impor-se como tira, mas algumas pessoas não entendiam outra linguagem. Hackspiel desapareceu apertando os lábios e, pouco depois, voltou com a mulher.

– Do que se trata agora? – perguntou ela friamente, de braços cruzados. Não fez nenhuma menção de convidar Pia para entrar.

– Do seu ex-marido. – Pia não estava a fim de rodeios. – Acha que ele seria capaz de espancar uma mulher até deixá-la irreconhecível, torturá-la e trancá-la no porta-malas de um carro?

Britta Hackspiel engoliu em seco e arregalou os olhos. Pia pôde perceber a luta que ela travava dentro de si.

– Não. Não acho que seria capaz disso. Desde que o conheço, Kilian nunca bateu em ninguém. Só que... – Seu rosto endureceu. – Só que também nunca achei que ele fosse capaz de ter uma queda por crianças. Faz vinte anos que o conheço. Embora trabalhasse muito, era muito apegado à família, sempre foi escrupuloso ao cuidar de tudo e nunca deixou faltar nada para mim nem para as crianças.

Seus ombros penderam para a frente. A distância fria com que se protegia se desfez. Pia deixou que continuasse a falar. Nesses momentos, era melhor simplesmente deixar a pessoa falar do que importuná-la com perguntas, sobretudo quando havia tanta afetividade em jogo, como no caso de Britta Hackspiel.

– Era um pai e um marido amoroso. Sempre discutimos e planejamos tudo juntos, nunca guardamos segredos um do outro. Talvez... talvez por isso eu tenha ficado tão... perplexa quando tudo veio à tona – concluiu a ex-mulher de Kilian Rothemund. Tinha lágrimas nos olhos. – Nunca teria pensado isso dele. Mas, de repente, tudo não passou de uma mentira.

– Na época, a imprensa escreveu que antes seu ex-marido era amigo do promotor público que o processou – disse Pia. – É verdade isso?

– Sim, é verdade. Markus e Kilian estudaram juntos na faculdade e eram ótimos amigos. No verão em que Kilian e eu nos conhecemos, ele e Markus saíram de moto. Depois disso, em algum momento romperam a amizade. – Deu um suspiro resignado. – Kilian se tornou advogado e ganhou muito dinheiro. Não sei bem o que aconteceu entre os dois, mas foi o Markus que armou essa campanha aniquiladora feita pela imprensa.

– Em algum momento a senhora chegou a ter dúvidas sobre as acusações que faziam a seu marido? – quis saber Pia.

Trêmula, Britta Hackspiel respirou fundo, lutando para manter o controle.

– Sim, no início tive dúvidas, sim. Acreditei nele quando afirmou que era inocente, porque achava que o conhecia. Até eu ver... aqueles filmes repugnantes. – Sua voz não passava de um sussurro. – Aí já não havia do que duvidar. Ele mentiu para mim, abusou da minha confiança. Nunca vou perdoá-lo por isso. Mesmo que, de certo modo, sempre continue a existir uma ligação entre nós, por causa das crianças, como pessoa ele morreu para mim.

* * *

Um estalo no seu tornozelo esquerdo a pegou de surpresa. Seu coração deu um pulo. Um dos lacres com que aquele desgraçado tinha amarrado seu pé à perna da cadeira parecia ter arrebentado, pois, de repente, ela conseguiu mexer o pé e até tocar o chão com a ponta dos dedos! Uma nova esperança percorreu cada veia do seu corpo, e ela mobilizou todas as forças e empurrou o chão com os dedos. Conseguiu empurrar um pouco a cadeira para trás. Dois centímetros, depois mais alguns. Leonie ficou quase sem fôlego de tanto esforço que fez com o corpo debilitado. Diante de seus olhos dançavam pontos claros, mas, do lado de fora, já tinha ficado completamente escuro. Não entrava nenhuma luz pelas fendas da persiana; portanto, já devia ser noite. Tinham-se passado mais de 24 horas desde que bebera a Coca-Cola light na cozinha. Suas mãos se contraíram em torno dos braços da cadeira, ela empurrou o chão com os dedos do pé, mas por mais esforço que fizesse, a cadeira parou de se mover. O chão de tábuas de madeira na sala de terapia estava gasto e irregular, e as pernas da cadeira ficaram presas em um obstáculo. Totalmente desesperada, Leonie tensionou todos os músculos do corpo. De repente, sentiu que a cadeira pendia para trás. Não conseguiu inclinar-se para a frente, pois seu tronco estava bem amarrado ao encosto. A cadeira virou, e sua cabeça bateu no piso de madeira. Durante alguns segundos, Leonie ficou imóvel e atordoada. Teria melhorado ou piorado sua situação? Ficou deitada de costas, como um besouro, sem saber o que fazer. O pé, a única parte do corpo que conseguia se mover um pouco, erguia-se no ar. O tórax arfava intensamente, mas ela percebeu que já não estava tão quente. O ar quente sobe; por isso, no chão estava um pouco mais fresco. Leonie tentou imaginar a disposição da sala. A que distância estaria da mesa? Mas de que isso lhe adiantaria? De todo modo, não conseguia se mexer! Furiosa, tentou se livrar das amarras, revoltando--se contra a situação sem esperanças. O telefone em cima da mesa tocou. A secretária eletrônica foi acionada, mas a voz automática anunciou que a fita tinha chegado ao fim. Com certeza o desgraçado tinha visto o que havia acontecido. Ela sentiu o coração bater na garganta. E se ele viesse para matá-la? Onde estaria? De quanto tempo precisaria para chegar? Quanto tempo ainda lhe restava?

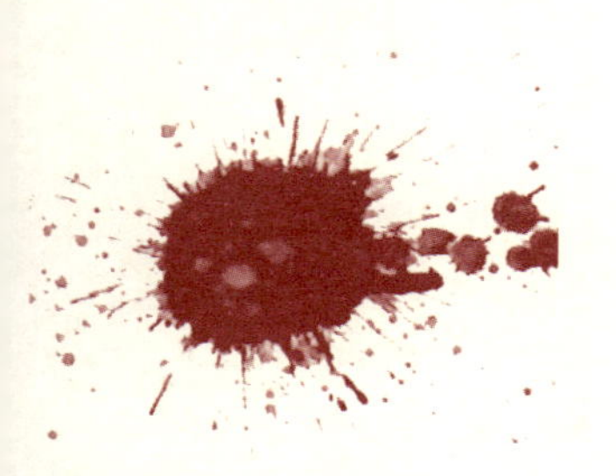

Segunda-feira, 28 de junho de 2010

Faltava pouco para as nove horas, e Corinna tinha marcado para as nove uma reunião no prédio da administração. Emma temia a comemoração na próxima sexta-feira, pois certamente voltaria a ver Florian na ocasião e teria de fazer das tripas coração para não arruinar a festa de aniversário do sogro.

Pegou o atalho que atravessava o gramado e que ainda estava úmido da chuva noturna. No hospital, a médica lhe assegurara que Louisa estava bem. Emma havia ligado para o juizado de menores e deixado recado na secretária eletrônica, pedindo para a funcionária retornar sua ligação. Estava firmemente decidida a proibir Florian, por vias oficiais, de ter acesso a Louisa.

A conversa com a terapeuta não dissipara a preocupação de Emma; ao contrário, a intensificara consideravelmente. Ela havia contado à especialista sobre a suspeita da médica do hospital e sobre o comportamento alterado de Louisa nas últimas semanas, que Florian classificava como uma fase normal do desenvolvimento de uma criança de 5 anos. A terapeuta foi cuidadosa em seu julgamento. De fato, poderia haver uma explicação totalmente diferente para o retalhamento do bichinho de pelúcia preferido, para a mudança abrupta entre acessos de raiva e letargia exausta e a agressividade em relação a Emma, mas, em todo caso, era muito importante observar esse comportamento com mais atenção. Infelizmente, o abuso sexual cometido por pais, tios, avôs ou amigos íntimos da família era muito mais comum do que se costumava supor.

– Crianças pequenas entendem instintivamente que aquilo que é feito com elas não é correto. Mas quando o abuso é cometido por pessoas de confiança, elas não se defendem – dissera a terapeuta. – Ao contrário, geralmente os criminosos conseguem tornar as crianças cúmplices. Dizem algo do tipo: "Este é o nosso segredo; a mamãe ou os irmãozinhos não podem saber que amo tanto você, senão vão ficar tristes ou com ciúme".

Quando Emma lhe perguntou como deveria se comportar, o que deveria fazer nas próximas semanas, quando o bebê nascesse, não recebeu nenhuma resposta especialmente construtiva. Deveria deixar Louisa com uma pessoa de sua confiança.

Que ótimo. Emma confiava em Corinna e nos seus sogros, mas como impedir que eles permitissem o acesso de Florian à menina? Como explicação, teria de contar-lhes sobre sua suspeita. Emma não queria nem imaginar a reação que uma acusação de pedofilia contra Florian provocaria em sua família. Provavelmente, a considerariam histérica ou até vingativa.

Mergulhada em seus pensamentos, passou pelos arbustos de rododendros, que ao longo de décadas tinham se tornado uma verdadeira selva.

– Olá! – disse alguém, e Emma teve um sobressalto. Em um banco de ferro fundido estava sentada uma senhora de jaleco branco, fumando um cigarro. Sobre os cabelos brancos usava uma redinha; seus pés nus estavam em sandálias de plástico.

– Olá! – respondeu Emma gentilmente. Somente então reconheceu Helga Grasser, mãe de Helmut Grasser, o faz-tudo dos Finkbeiners, que ela conhecia apenas de vista.

– E então? – perguntou a senhora, pisando na bituca do cigarro. – Falta muito?

– Mais duas semanas – respondeu Emma, supondo que a pergunta se referisse à sua gravidez.

– Não foi o que quis dizer. – Helga Grasser levantou-se com um gemido e se aproximou. Era alta e forte, tinha o rosto avermelhado e coberto por rugas e pequenas veias estouradas. Um odor penetrante de suor exalava de seu jaleco, que parecia ser um número menor e ficava entreaberto na barriga e no tórax. Emma pôde ver sua pele rosada e estremeceu. A mulher não vestia nada por baixo.

– Tenho uma reunião. – Emma quis continuar andando rapidamente, mas a senhora Grasser pegou seu pulso com um movimento repentino.

– Onde há luz também há sombra – sussurrou expressivamente. – Conhece a história do lobo e das cabras? Não? Quer que eu lhe conte?

Emma tentou se desvencilhar, mas a velha apertava seu braço como um torno.

– Era uma vez uma cabra que tinha seis cabritinhos e os amava como uma mãe ama seus filhos – começou Helga Grasser.

– Até onde me lembro, eram sete cabritinhos – objetou Emma.

– Na minha história são seis. Ouça... – Os olhos escuros da mulher brilharam, como se ela fosse contar uma boa piada. O incômodo de Emma cresceu. Certa vez Corinna lhe dissera que Helga Grasser tinha um atraso mental, mas era indispensável na cozinha para ajudar a lavar a louça. Florian fora bem menos delicado ao falar sobre o estado mental da mãe de Helmut Grasser. Desde que sofrera de meningite, quarenta anos antes, Helga tinha ficado completamente biruta. Antigamente, todas as crianças morriam de medo dela, pois ela adorava lhes contar histórias pavorosas e sangrentas. Passara muitos anos no hospital psiquiátrico, mas Florian dizia não saber por quê.

– Um dia – cochichou a velha com voz rouca e aproximando o rosto bem perto de Emma –, a cabra precisou viajar; então, chamou todos os seis e disse: “Queridos filhos, vou ter de ficar uns dias fora. Tenham cuidado com o lobo e não subam no sótão! Se ele os encontrar lá, irá comê-los com pelo e tudo. O malvado se disfarça, mas vocês poderão reconhecê-lo graças à sua voz rouca e ao seu pelo preto”.

Os cabritinhos responderam: "Querida mamãe, vamos tomar cuidado; pode ir sem se preocupar". Então, a cabra baliu e partiu confiante.

– Preciso mesmo ir agora – Emma interrompeu a mulher, limpando com a mão livre gotas de saliva em sua face.

– Você também acha que sou maluca, não é? – Soltou o braço de Emma. – Mas não sou, não. Anos atrás aconteceram coisas ruins aqui. Não acredita em mim?

Deu uma risadinha ao ver a expressão espantada de Emma, desvelando uma mandíbula completamente sem dentes, a não ser pelos caninos. No maxilar superior, sobressaíam apenas dois dentes de ouro na gengiva.

– Então pergunte ao seu marido sobre a irmã gêmea dele.

Corinna apareceu na esquina. Seu olhar pousou no rosto pálido de Emma.

– Helga! De novo contando essas histórias de horror? – perguntou, severa, com as mãos na cintura.

– Ah! – exclamou a velha e retirou-se na direção da cozinha.

Corinna esperou até ela desaparecer atrás dos rododendros, depois colocou o braço sobre os ombros de Emma.

– Você parece realmente assustada – constatou, preocupada. – O que ela lhe disse?

– Queria me contar a história do lobo e dos sete cabritinhos. – Emma forçou uma risada, torcendo para que parecesse ter achado graça. – Ela é mesmo um pouco estranha.

– Não leve Helga a sério. Às vezes ela parece meio louca, mas é inofensiva. – Corinna sorriu. – Venha, vamos andando. Já estamos atrasadas.

* * *

O balcão na recepção da Herzmann Production estava abandonado, exatamente como todas as salas. Em busca de uma alma viva, Pia e

Bodenstein foram abrindo todas as portas e acabaram dando em uma espécie de reunião de funcionários, que ocorria em uma sala de reuniões. As nove pessoas sentadas em volta da mesa redonda ouviam com atenção um homem que, ao deparar com a Polícia Criminal, se calou. O diretor executivo Niemöller se levantou e dispensou os colegas; em seguida, apresentou a Pia e seu chefe o orador como o doutor Wolfgang Matern, diretor de programação da Antenne Pro. A julgar pelas expressões desoladas dos presentes, este não tinha dado boas notícias.

– Também gostaríamos de falar com a senhorita. – Pia bloqueou a passagem de Meike, quando esta quis escapar sem ser notada. – Por que não me ligou de volta?

– Porque não estava a fim. – A jovem foi logo mostrando as garras.

– Então certamente também não estava a fim de visitar sua mãe – supôs Pia.

– Isso não é da sua conta – respondeu Meike Herzmann, furiosa.

– É verdade. – Pia deu de ombros. – Estive no hospital. Sua mãe está muito mal. E eu gostaria de encontrar quem fez aquilo com ela.

– Deveria ser para isso também que nós, contribuintes, pagamos vocês – rebateu Meike Herzmann, com arrogância. Pia adoraria ter dito à antipática megera o que achava dela, mas se controlou.

– A senhorita esteve na manhã de quinta-feira na casa da sua mãe, recolheu a correspondência e a colocou no aparador – afirmou simplesmente. – Alguma carta ou algum bilhete chamou sua atenção?

– Não – respondeu Meike Herzmann. A Pia não escapou o rápido olhar que a moça lançou ao diretor de programação da Antenne Pro, que conversava com Bodenstein.

– Está mentindo – constatou e decidiu fazê-la baixar a crista. – Por quê? Está metida com aqueles que atacaram sua mãe? Tem alguma coisa a ver com isso? Talvez esteja esperando que sua mãe morra para herdar o dinheiro dela.

Primeiro, Meike Herzmann ficou vermelha, depois pálida, ofegando indignada.

– É crime esconder provas e, com isso, dificultar as investigações. Se ficar comprovado que a senhorita fez isso, terá um problemão. – Pia viu a insegurança nos olhos da moça. – Por favor, escreva o endereço onde podemos encontrá-la. E, no futuro, atenda ao celular quando ligarmos; do contrário, vou mandar prendê-la por destruição de provas.

Obviamente, isso era invencionice, mas Meike Herzmann parecia não ter formação jurídica e acabou ficando intimidada. Pia deixou-a e foi até Bodenstein e o doutor Matern, que, segundo havia declarado, também não sabia do que Hanna Herzmann andava se ocupando nos últimos tempos.

– Sou diretor executivo e diretor de programação – estava dizendo. – Trabalhamos com muitas produtoras. Não tenho como saber quem faz o que para qual programa, menos ainda nos formatos semanais. A mim só interessam os índices de audiência; não tenho nada a ver com os conteúdos.

Afirmou que conhecia Hanna havia muitos anos, que o relacionamento de ambos era totalmente amigável, mas profissional. Pia ouviu-o em silêncio. Matern era um perfeito homem de negócios, gentil, objetivo, extremamente hábil. Hanna Herzmann era a rainha de audiência da emissora, que detinha trinta por cento da Herzmann Production. Matern não teria nenhum interesse em uma ausência muito longa de sua galinha dos ovos de ouro. No momento em que Pia queria lhe perguntar sobre Kilian Rothemund e Bernd Prinzler, seu telefone tocou. Christoph! Imediatamente, pensou em Lilly. Tomara não tivesse acontecido nada! Quando Christoph sabia que ela estava trabalhando em investigações importantes, nunca telefonava; no máximo, mandava um SMS.

– Oi, Pia! – ouviu a voz de Lilly e sentiu-se aliviada. – Faz tanto tempo que não te vejo.

– Oi, Lilly. – Pia baixou a voz e caminhou ao redor da mesa de reunião. – Mas nos vimos ontem à noite. Onde você está?

– No escritório do vovô. Sabe, Pia, eu estava com um carrapato no cabelo! Mas o vovô já arrancou.

– Nossa! Doeu muito? – Pia sorriu e virou-se para a parede. Ouviu um pouco Lilly, depois lhe prometeu que voltaria mais cedo para casa naquela noite.

– Vou falar para o vovô preparar uma salada de batata beeeem gostosa para você.

– Ótimo! É um motivo a mais para voltar mais cedo para casa.

Pia viu que Bodenstein lhe fazia sinal de que estava querendo ir embora. Despediu-se de Lilly e guardou o celular no bolso de trás da calça jeans. Estava sinceramente triste porque a menina logo voltaria para casa.

– Acho meio estranho que nenhum dos colaboradores e colegas mais próximos soubesse alguma coisa sobre as pesquisas de Hanna – disse ao chefe quando saíram do prédio de escritórios e se dirigiram ao carro. – E essa filha parece totalmente suspeita. Afinal, não se pode ter tão pouca compaixão pela própria mãe.

Estava muito insatisfeita com o resultado da conversa. Raras vezes antes os trabalhos de investigação se mostraram tão difíceis como os dois casos atuais. Na reunião matutina, a superintendente Engel dissera isso pela primeira vez e com razão, pois nem no caso "Sereia" nem naquele de Hanna Herzmann havia progressos. Bodenstein pedira ajuda aos colegas de Hanau. Uma vigilância 24 horas da caixa postal no correio de Hanau lhe pareceu a última possibilidade de descobrir a residência de Bernd Prinzler, depois que a análise de todos os departamentos de registro de habitantes em toda a Alemanha não deu nenhum resultado satisfatório.

– Depois da exibição do *Aktenzeichen XY*, na quarta-feira, vamos ter alguma coisa – profetizou Bodenstein. – Tenho certeza.

– Bom, que Deus te ouça – respondeu Pia secamente, abrindo o carro. Olhou para cima, pois se sentiu observada. Meike Herzmann estava junto de uma janela no quinto andar, olhando para ela.

– Ainda te pego – murmurou Pia. – Não vou deixar que me faça de otária.

Seus sogros já tinham ido para o aeroporto quando Emma voltou para casa depois da reunião. Durante toda a tarde, o estranho encontro com Helga Grasser não lhe saíra da cabeça. Claro que poderia ligar para Florian e perguntar de maneira bem direta por que ele nunca lhe falara da sua irmã gêmea, mas depois de tudo que havia acontecido, não era capaz de fazer isso.

Emma hesitou diante da porta da casa dos sogros. A porta nunca ficava trancada, ela podia ir e vir o quanto quisesse, mas se sentiu uma invasora ao entrar e olhar ao redor. Renate guardava os álbuns de fotografia no armário da sala; eram ordenados por ano, e Emma começou pelo de 1964, ano do nascimento de Florian. Uma hora depois, tinha folheado dúzias de álbuns, visto Florian, seus irmãos de criação e adotivos e muitas outras crianças em todas as idades, mas nenhuma menina que se assemelhasse a uma irmã gêmea. Com um misto de decepção e alívio, Emma interrompeu sua busca e deixou a casa dos sogros. Será que Corinna tinha razão? Seria Helga Grasser realmente apenas uma louca que gostava de contar histórias? Mas por que tinha mudado a história do lobo e dos cabritinhos? Pensativa, Emma inseriu a chave na fechadura da porta. Por que tinha falado de *seis* cabritinhos? Estaria se referindo a Florian e a seus irmãos de criação? Florian, Corinna, Sarah, Nicky, Ralf – estava faltando um, então. Mas quem? O olhar de Emma subiu a escada que conduzia ao sótão, nos fundos. Tinha estado uma única vez lá em cima, junto com Renate, quando esta lhe mostrara a casa. Helga não tinha falado de um sótão na sua versão da história? Emma voltou a tirar a chave da fechadura e, no último momento, decidiu subir a escada estreita. A porta de compensado estava emperrada, precisou empurrá-la com os ombros para abri-la com um rangido lamentoso. O ar quente e abafado atingiu-lhe em cheio. Sob o telhado mal isolado, represava-se o calor dos últimos dias. Pelas minúsculas lucarnas entrava pouca luz, mas estava claro o suficiente para ver caixas de mudança cuidadosamente empilhadas, móveis que já não eram utilizados e toda sorte de tranqueira que se acumulara em quarenta anos. Uma espessa camada de poeira cobria o chão de tábuas rangentes, teias de aranha pendiam das vigas do teto. Havia no ar um cheiro de madeira, pó e naftalina.

Emma olhou ao redor, sem saber por onde começar. Em seguida, afastou uma cortina de veludo comida pelas traças, que estava presa em uma das traves. Teve um sobressalto ao ver à sua frente uma mulher no lusco-fusco, e precisou de alguns segundos para entender que era sua imagem refletida. Encostado à parede havia um grande espelho, cujo vidro, com o passar do tempo, se tornara enevoado e quase opaco. Também atrás da cortina havia caixas de madeira e papelão, todas cuidadosamente rotuladas. Casacos de inverno, autorama, Playmobil, brinquedos de madeira, recibos, livros do Florian, escola da Corinna, roupas de bebê, fantasias de carnaval, enfeites de árvore de Natal, cartões de Natal de 1973 a 1983.

Josef e Renate só voltariam de Berlim no dia seguinte; portanto, tinha tempo suficiente para revistar as inúmeras caixas e os armários. Mas por onde começar?

Finalmente, Emma puxou uma caixa na qual estava escrito “Florian – jardim de infância, escola primária e ginásio”. Espirrou ao levantar a tampa. Sua sogra tinha realmente guardado tudo: cadernos e livros escolares, desenhos feitos por ele, recibos referentes ao leite consumido na escola, distintivos de natação, certificados dos jogos nacionais juvenis e até uma sacola de ginástica com as iniciais FF bordadas em ponto de cruz. Emma folheou um caderno após o outro, observou a caligrafia desajeitada, a tinta quase apagada. Será que Florian sabia que essas relíquias da sua infância ainda existiam?

Fechou as caixas e as colocou de volta no lugar, continuou a vagar por ali, observou móveis arranhados, cadeirinhas riscadas, um carrinho de bebê antiquado, uma maravilhosa máquina de escrever antiga, que certamente renderia uma fortuna no eBay. Não parava de espirrar, a camiseta estava colada em suas costas e os olhos coçavam. Emma estava para desistir quando seu olhar passou por uma caixa escondida sob uma viga do telhado, atrás da parede da lareira. Nunca tinha ouvido falar do nome escrito nela, com letras maiúsculas e regulares, e isso despertou sua curiosidade. Acocorou-se – o que, em seu estado, não era nada fácil –, puxou a caixa de papelão e a abriu. Ao contrário das recordações de infância de Florian, que haviam sido cuidadosamente guardadas, nesta caixa o conteúdo parecia ter sido jogado sem a menor consideração. Livros, cadernos, desenhos, uma boneca, bichinhos de pelúcia, fotos, documentos, roupas, um álbum florido de poesia com cadeado, um capuz vermelho. Emma pegou uma caixa de sapato, abriu-a e dela tirou uma foto em preto e branco com borda branca, como as que se faziam nos anos 1960. Por um breve instante, seu coração parou de bater, depois continuou a acelerar em um *staccato* desenfreado. A foto mostrava uma Renate sorridente com duas crianças pequenas e louras no colo; em primeiro plano, dois bolos, cada um com duas velas. Emma virou a foto, e seus dedos tremeram. "Florian e Michaela, 2º aniversário. 16 de dezembro de 1966."

De volta à sua mesa, Pia iniciou o Google no computador e digitou os nomes "Wolfgang Matern + Antenne Pro" na barra de pesquisa. Logo apareceram centenas de resultados. Wolfgang Matern, nascido em 1965, era filho do doutor Hartmut Matern, conhecido magnata da mídia, que foi um dos primeiros a reconhecer e utilizar as chances e

as lucrativas possibilidades da televisão privada na Alemanha, construindo, assim, um patrimônio. Ainda agora, apesar dos seus 78 anos, Matern sênior detinha o cargo de presidente de uma complicada holding, à qual pertenciam diferentes emissoras privadas de televisão e TVs por assinatura, bem como inúmeras outras empresas e partes de empresas. Wolfgang havia estudado administração e ciências políticas e se formado nesta última disciplina. No website do Grupo Matern, com sede em Frankfurt, era apresentado como membro da presidência e detinha os cargos de diretor de programação e diretor executivo de várias emissoras privadas, pertencentes ao conglomerado de empresas. Pia encontrou diversas fotos em que geralmente aparecia ao lado do pai em eventos públicos, palestras, entrega de prêmios ou festas de gala da televisão. Sobre a vida particular dos Materns não havia absolutamente nada na internet. Como verdadeiros profissionais da mídia, deviam saber muito bem como proteger a esfera privada. Pia também não conseguiu grande coisa quando escreveu apenas o nome Wolfgang Matern na barra de pesquisa. Pura perda de tempo. Do hospital, não havia novidade. Hanna Herzmann continuava impossibilitada de prestar depoimento; Kilian Rothemund continuava desaparecido, e no correio de Hanau ninguém tinha ido buscar correspondência na caixa postal de Prinzler.

Como não tinha nada melhor para fazer, Pia esquadrinhou todas as redes sociais disponíveis, mas Wolfgang Matern não estava no XING, nem no Facebook nem no Wer kennt wen.*

– Você tem alguma ideia de onde mais posso obter informações sobre esse homem? – perguntou Pia a seu colega.

– LinkedIn, 123people, yasni, cylex, firma24.de – enumerou Kai, sem levantar os olhos do monitor.

---

* Rede social, muito popular na Alemanha, que literalmente significa “quem conhece quem”. [N. da T.]

– Já tentei em todos. – Pia reclinou-se e, resignada, cruzou os braços atrás da cabeça. – Que droga! Esse cara era minha última esperança. Mas ele também está muito complicado. Alguém deve saber em que Hanna Herzmann estava trabalhando! Não é possível!

– Já checou a filha?

– Já, claro. Mas ela também é quase inexistente na internet.

– Stayfriends – sugeriu Kai, levantando o olhar. – Nossa, estou com uma fome de leão. Você ainda tem por aí alguma coisa para beliscar?

– Não. Você acabou com meu último pacote de batata frita. Vá buscar alguma coisa antes de ficar de mau humor. – Pia voltou a colocar os dedos sobre o teclado e escreveu o endereço do Stayfriends, que se autodesignava como "site de busca de amigos".

– Kebab ou hambúrguer? – disse Kai, levantando-se da cadeira.

– Kebab. Extrapicante, com carne dupla e queijo de ovelha – respondeu Pia. – Eu sabia!

– O quê?

– Sabia que esse Wolfgang Matern tem o rabo preso! – Pia sorriu triunfante e apontou para sua tela. – Está registrado no Stayfriends, assim como Hanna Herzmann. Imagine que os dois até estudaram na mesma escola, e ele chegou a afirmar, com a maior cara de pau, que conhecia Hanna apenas superficialmente! Por que fez isso?

– Talvez tenha ficado com medo de ser envolvido em alguma coisa – supôs Kai. – Já volto.

Pia foi mais além na página, clicando nos perfis de Hanna Herzmann e Wolfgang Matern, bem como na foto de classe do 11º ano letivo de 1982 do ginásio particular de Königshofen, em Niedernhausen. Como não era nenhum "membro de ouro", não pôde ver nada, mas isso não tinha importância, pois a ligação estava ali, e Wolfgang Matern tinha mentido para Bodenstein. Conhecia Hanna Herzmann havia muito tempo e muito mais do que tinha afirmado. Mas não era só isso: Hanna e ele tinham estudado juntos na Universidade Ludwig-Maximilian, em

Munique, e eram membros da mesma associação de veteranos. Pia passou mais uma hora e meia examinando fotos de Hanna Herzmann na internet, das quais, infelizmente, havia milhares. Já estava no final do seu kebab, que neste ínterim tinha esfriado, quando encontrou o que estava procurando. Era uma foto de 1998, publicada em uma revista de celebridades, mostrando uma radiante Hanna em vestido de noiva com seu segundo ou terceiro marido. Do seu outro lado estava Wolfgang Matern e, na frente dele, Meike como adolescente mal-humorada e gordinha. *Wolfgang Matern (34), filho do magnata da comunicação Hartmut Matern, amigo íntimo da noiva e padrinho da filha Meike (11), no papel de testemunha*, dizia a legenda.

– Aha! – exclamou, clicando na foto e dando o comando para imprimir. Estava extremamente ansiosa para saber que explicação o diretor de programação da Antenne Pro iria dar. Com a folha impressa ainda quente, foi até a sala de Bodenstein e quase trombou com ele no vão da porta.

– Veja só o que eu... – começou, mas Bodenstein não a deixou continuar.

– O *scooter* de Kilian Rothemund foi encontrado na estação central e apreendido – interrompeu-a de maneira pouco cortês. – E uma testemunha reconheceu Rothemund: ele embarcou hoje, às 10h44, no ICE* para Amsterdã! Já conversei com os colegas holandeses, que estarão esperando por ele quando o trem chegar às 17h22. Com alguma sorte, em poucas horas o teremos.

* * *

Meike tinha aberto todas as janelas do apartamento, para permitir que pelo menos ventilasse um pouco; mesmo assim, não parava de suar, embora estivesse apenas de calcinha e sutiã. No escritório, ninguém

---

* Trem expresso Intercity. [N. da T.]

tinha notado que ela havia pegado o computador de Hanna, nem mesmo a tira superesperta e loura tinha pensado nisso! A partir daquela manhã, teria todo o tempo do mundo, pois já estava sem trabalho. Irina e Jan manteriam o cargo na empresa; todos os outros teriam de tirar suas férias anuais até que se esclarecesse se Hanna voltaria a ter condições de aparecer diante de uma câmera de televisão. A Antenne Pro foi justa – pelo menos não pretendiam colocar um novo programa no lugar daquele de Hanna, mas repetir episódios da série *Auf Herz und Nieren*.

O dia anterior havia sido o mais bonito da vida de Meike: café da manhã na maravilhosa mansão em Oberursel, almoço no castelo Schwarzenstein, em Rheingau, passeio no Aston Martin, com a capota aberta, e, à noite, champanhe no terraço do Frankfurter Hof, com vista para as torres iluminadas dos bancos. Meike nunca tinha vivido algo parecido. Havia notado os olhares curiosos das pessoas e pensado se talvez estivessem considerando Wolfgang e ela um casal. Uma diferença de mais de vinte anos não era nada incomum; muitas mulheres andavam com homens bem mais velhos. Wolfgang era seu padrinho, conhecia-o desde que se sabia por gente e nunca o vira como homem. Até aquele dia. De repente, constatou as mãos bonitas que ele tinha e como era bom seu perfume. Teve de se forçar a não ficar olhando por muito tempo a boca e as mãos dele, mas, uma vez imaginada, a ideia de como seria bom beijá-lo e dormir com ele já não se deixava reprimir. Nunca se apaixonara de fato nem tivera namorado fixo até então; tampouco podia sentir orgulho de suas poucas experiências com o outro sexo. No dia anterior, pudera ter uma noção de como era bom pertencer a alguém. Wolfgang era muito atencioso e charmoso: tinha aberto a porta do carro para ela e puxado a cadeira para ela se sentar, ouviu-a com atenção, colocou o braço em seu ombro.

Passara metade da noite acordada, analisando cada palavra que Wolfgang lhe dissera. Prometera-lhe um estágio na Antenne Pro, embora ela ainda não tivesse concluído seu curso na faculdade, mas ele achava que ela seria ideal, pois já tinha muita experiência com o trabalho em uma emissora de televisão. Por que havia feito isso? Por ela ser filha de Hanna? Pensando bem, ele não tinha dito nem feito nada que ela pudesse interpretar como paquera. Só tinha sido gentil com ela. A eufórica sensação de felicidade, que saboreara durante o dia inteiro, acabou se transformando em decepção. Bastava um homem ser gentil com ela para seus hormônios começarem a enlouquecer. Que carência!

– Ai! – Meike bateu bruscamente a cabeça contra o tampo da mesa, sob o qual havia desembaraçado o emaranhado de cabos, tentando inserir os plugues nas entradas certas na parte posterior do computador de Hanna. Felizmente, a amiga, de cujo apartamento ela estava cuidando, tinha deixado seu computador com monitor, mouse e teclado em cima da mesa. Meike esfregou o local dolorido da cabeça e ligou o computador de Hanna. Estava funcionando. Clicou no menu e escolheu o WLAN na configuração do sistema. Pouco depois, estava online. Primeiro, checou a página de fãs no Facebook de sua mãe, que era cuidado e abastecido por Irina com alguns conteúdos. Nenhuma palavra sobre o ataque nem sobre o hospital. Com toda a certeza, Irina apagaria toda mensagem que pudesse levar a isso. Também no Google não se encontrava nenhum registro; as últimas novidades referiam-se ao programa com os candidatos ridicularizados e o especial de verão. Em seguida, quis ver os e-mails. Mais de cem novas mensagens aguardavam na caixa de entrada de sua conta comercial; no endereço privado, tinham chegado 14. Um nome logo saltou aos olhos de Meike, que ficou perplexa. Kilian Rothemund! O que sua mãe tinha a ver com esse pedófilo?

Clicou na mensagem e leu o texto curto, enviado no sábado, às 11h43.

Hanna, por que você não dá notícia?!? Aconteceu alguma coisa? Eu disse ou fiz algo que te aborreceu? Por favor, me ligue. Infelizmente, não consegui mais falar com a Leonie; ela também está fora do ar, mas mesmo assim vou na segunda-feira para A encontrar as pessoas com as quais B entrou em contato. Finalmente, estão prontas para conversar comigo. Tenho pensado em você! Não me esqueça. K.

Que diabos significava aquilo? Meike ficou olhando desnorteada para a tela, releu o e-mail várias vezes. *Tenho pensado em você. Não me esqueça.* O que haveria entre Rothemund e sua mãe? Sem dúvida, o "K" do bilhete com o endereço daquela associação de motociclistas furiosos em Langenselbold era de Kilian Rothemund, que o havia jogado na caixa de correspondência, mas nada daquilo fazia sentido. O que Leonie Verges tinha a ver com Kilian Rothemund e Hanna? Estaria Hanna envolvida em alguma história sobre os Frankfurt Road Kings? No passado, Rothemund fora advogado e conhecia os motociclistas porque trabalhara para eles, só essa terapeuta mentirosa é que não se encaixava na história.

Pensativa, Meike apoiou o queixo na mão. Deveria ligar para Wolfgang e contar-lhe sobre essa notícia? Não. *Ele* tinha prometido naquela manhã que ligaria para *ela*. Ela não queria pagar esse mico e ficar telefonando para ele como uma adolescente apaixonada.

Talvez houvesse mais mensagens. Normalmente, Hanna carregava seus e-mails no laptop, mas, com alguma sorte, não tinha feito isso desde quinta-feira. Concentrada, Meike examinou todas as pastas do computador. Sua mãe estava entre aquela espécie de usuário que era o terror de todos os especialistas em computação: nunca apagava nada e salvava os dados segundo um sistema puramente intuitivo e sem nenhuma lógica. Após uma hora, Meike desistiu, desiludida. Ficou sentada por alguns minutos, pensando. Se quisesse descobrir alguma coisa, teria de falar de novo com a terapeuta.

O relógio digital na margem inferior do monitor indicava 20h23. Ainda não era muito tarde para ir até Liederbach.

* * *

À medida que a tarde caía, o horroroso terraço do "Main-Riviera" transformava-se em uma ilusão grotesca à luz de centenas de lampadazinhas coloridas. Melosas canções italianas de sucesso saíam das caixas de som e iludiam os poucos clientes que tinham ido parar ali com um ambiente italiano de férias. No salão, junto ao bar, estavam sentados clientes fixos do camping, com chinelos de borracha, abrigos de náilon e o olhar fixo em um enorme aparelho de televisão, que transmitia uma partida de futebol. Bodenstein ficou com vontade de uma cerveja gelada; além disso, seu estômago roncava em alto e bom som. Um vento quente trazia cheiro de chuva. Ao longe relampejava, um trovão ecoou; mesmo assim, decidiu-se pelo terraço. Sentou-se a uma mesa livre e pediu uma cerveja. O garçom trouxe a cerveja pouco depois, fez um traço no porta-copo de papelão e, sem dizer palavra, ofereceu a Bodenstein o cardápio inserido em um plástico marrom grudento.

– Obrigado. Não, não vou querer comer. – Embora seu estômago se lamentasse, Bodenstein não conseguiu pedir nada para comer. Só de olhar para os pratos da mesa ao lado, perdeu o apetite: enormes bifes à milanesa, que pendiam nas bordas dos pratos, cobertos por molho holandês, sobre o qual se amontoavam, sem nenhum cuidado, batatas fritas encharcadas e uma salada cujas folhas davam a impressão de terem sido colhidas às margens da rodovia e temperadas com molho pronto. Que diferença estratosférica em relação às delícias que Rosalia havia preparado com arte no dia anterior e que lhe tinham garantido o terceiro lugar na competição de culinária da Chaîne des Rôtisseurs!

– Tudo bem. – O garçom deu de ombros e desapareceu.

Bodenstein deu um gole na sua cerveja.

Os colegas holandeses tinham perdido Kilian Rothemund em Amsterdã, se é que ele pegara mesmo o trem para lá. A conta detalhada do telefone de Hanna Herzmann dera poucas informações úteis, pois os números que mais apareciam eram de telefones anônimos e pré-pagos, que não podiam ser rastreados. Bernd Prinzler continuava desaparecido. Ninguém tinha ido buscar a correspondência na caixa postal, e nenhum dos contatos com a esfera de Frankfurt tinha informações concretas, mas isso não surpreendia Bodenstein. Tudo que ele sabia era que, supostamente, Prinzler já não tinha nada a ver com a associação dos Road Kings de Frankfurt havia muitos anos.

As primeiras gotas pesadas de chuva estalaram no guarda-sol.

Os clientes da mesa vizinha foram se refugiar no salão. Bodenstein também pegou seu copo e o porta-copo e os seguiu. Ficou em pé, junto da porta aberta, olhando para a chuva no lado de fora, que rumorejava como uma parede cinza sobre o Meno e trazia um jato de ar quente e úmido.

– Ei, está ventando muito! Feche a porta! – gritou um dos clientes fixos. Nenhum dos garçons sentiu-se solicitado, por isso, Bodenstein a fechou. Estava totalmente consciente dos olhares desconfiados e curiosos dos clientes fixos, mas fingiu que nada tinha percebido. No jogo de futebol saiu um gol. Os homens junto ao balcão vociferaram e gritaram seus comentários uns aos outros. O que mais gritava, um gordão de cara vermelha e regata preta, pagou seu berreiro arrogante com um forte acesso de tosse. Escorregou do seu banquinho, tropeçou pelo salão e escancarou a porta que Bodenstein tinha acabado de fechar. Tossindo e respirando com dificuldade, saiu cambaleando e apoiou-se contra muro, embaixo do beiral.

– Quer que eu chame uma ambulância? – Somente Bodenstein foi atrás dele. A preocupação dos companheiros de balcão parecia ser mínima.

– Não... logo vai melhorar – ofegou o gordo, acenando. – É por causa da asma de merda. Não posso passar nervoso; o futebol é um verdadeiro veneno para mim...

Ofegou, tossiu e cuspiu uma gosma amarela e repugnante no cinzeiro que transbordava ao lado da porta.

– Desculpe – disse. – Pelo menos tinha certo decoro.

– Se lhe faz bem... – respondeu Bodenstein, lacônico.

– Trabalhei muitos anos como operário na Ticona.* Deu no que deu. A saúde ficou arruinada. Atacou os pulmões.

– Sei. – Bodenstein supôs que os milhares de cigarros fumados eram mais responsáveis pelo estado dos seus pulmões do que o trabalho de operário. Mas as pessoas tendem a buscar a culpa em outro lugar que não em si mesmas.

– Diga uma coisa... – O gordo havia se recuperado e conseguia respirar novamente. Examinou Bodenstein. – O senhor é da polícia, não é?

– Sou, sim. Por quê?

– Ouvi dizer que está procurando o doutor. Recebo alguma recompensa se lhe contar alguma coisa? – Esfregou o polegar no indicador. Em seus olhos faiscou uma cobiça matuta.

– Foi prometida uma recompensa para informações relevantes – confirmou Bodenstein. Um dos garçons enfiou a cabeça pela porta de correr aberta.

– Você está bem, Kalleinz? – perguntou. – O chefe disse que é para você não bater as botas antes de pagar sua cerveja.

– Ele que enfie essa cerveja naquele lugar. Me traga outra Pilsen. – Karl-Heinz afastou-se do muro e baixou a voz em um sussurro conspiratório. – Não sei se é relevante. Moro bem na frente do doutor. E passamos boa parte do dia em casa, minha mulher e eu.

Fez uma pausa para que sua informação provocasse certo efeito e para aumentar o suspense. Bodenstein esperou pacientemente. Por sua longa experiência, sabia que a necessidade incontrolável que pessoas como o gordo Karl-Heinz têm de se comunicar não suporta o silêncio por muito tempo. E assim aconteceu.

– Recentemente, há três ou quatro semanas – continuou –, o doutor voltou a receber visitas. Mas não aquelas que vinham para pedir conselho. Não, desta vez foi uma mocinha. Loura. Linda. Semi-

---

* Indústria de polímeros. [N. da T.]

nua. Minha mulher acha que teria, no máximo, quinze anos. E quer saber de uma coisa...?

Breve pausa.

– Entrou com ele no trailer. Não a vi sair mais. E alguns dias depois, vocês a pescaram no Meno. Juro para o senhor que era a garota. Cem por cento de certeza...

Os limpadores de para-brisa moviam-se freneticamente sobre o vidro para controlar o dilúvio que caía rumorejando do céu. Meike diminuiu a velocidade, à procura de uma vaga para estacionar na rua em que se encontrava a propriedade de Leonie. Depois de seguir um primeiro impulso de entrar no carro e partir, somente no caminho de Frankfurt a Liederbach é que pensou no que iria perguntar à terapeuta. Sua raiva pela mulher crescia a cada minuto. Por que Verges tinha mentido para Wolfgang e para ela, afirmando que de nada sabia? Não havia dúvida de que estava metida com aquele pedófilo e de que tinha envolvido Hanna em alguma coisa.

As vagas na frente da padaria estavam ocupadas. Meike praguejou e virou à esquerda, no final da rua, para dar uma volta no quarteirão. Não estava a fim de correr debaixo de chuva e depois ficar parecendo um gato molhado! Seu olhar passou por um carro grande e preto, estacionado diante do muro do celeiro que também fazia parte da propriedade de Leonie. Tinha placa de Frankfurt! Era o carrão do motociclista tatuado de Langenselbold! O que estaria fazendo ali? Alguns metros adiante, Meike encontrou uma pequena vaga em que cabia seu Mini. A chuva tinha cedido um pouco. Percorreu a rua, ficou parada entre dois carros estacionados e, de uma distância segura, sondou a situação. O terreno de Leonie Verges estendia-se de uma rua a outra, e na parede do celeiro havia uma porta, pela qual certamente também se podia chegar à propriedade. Meike sentiu um calafrio e cobriu a cabeça com o capuz do suéter. Depois do calor que havia feito durante o dia, a chuva trazia frio. O que faria agora? Ver se a porta estava aberta? Não, não era nem louca de fazer isso! Talvez o melhor fosse tirar algumas fotos de prova do Hummer preto com seu iPhone, pois, àquela altura, tinha certeza de que aquela gangue de motociclistas tinha alguma coisa a ver com o ataque a Hanna. Enquanto ainda pensava, a porta verde de madeira se abriu, dois homens com a cabeça encolhida saíram e correram para o carro, como se o diabo estivesse atrás deles. Meike se abaixou. Um motor roncou, faróis se acenderam e o gigantesco carro preto passou por ela. Esperou um momento, depois se esgueirou pela porta ainda semiaberta. Podia até ser falta de educação chegar à noite pelos fundos, mas certamente Verges não lhe abriria a porta se lhe anunciasse seu nome. Meike atravessou o celeiro, que servia de depósito para a terra de jardim e recipientes de todo tipo. A porta da casa estava escancarada, o refletor junto à parede da casa estava aceso, iluminando o pátio repleto de plantas e flores.

– Tem alguém aí? – gritou Meike. Ficou parada junto à porta aberta. – Olá!

Com cuidado, deu um passo para dentro da casa. Nossa, que calor estava ali! Havia luz em uma sala ao final do corredor estreito; o brilho da luz passava por uma fenda pequena e desenhava uma linha clara nas lajotas avermelhadas.

– Tem alguém aí? Senhora Verges?

Meike começou a suar e tirou o capuz da cabeça. Onde estava aquela imbecil, afinal? Talvez estivesse no banheiro. Percorreu o corredor, bateu à porta da sala, na qual estava pendurada uma placa com a inscrição TERAPIA CONVERSACIONAL. Quer dizer, então, que sua mãe tinha estado ali. Claro que nunca lhe dissera que fazia terapia. Bem típico dela! Hanna sempre tentava manter as aparências a todo custo, isso já tinha virado uma compulsão.

Curiosa, Meike abriu a porta. Uma onda de ar seco e quente atingiu-a em cheio, com um odor acre de urina. Seu cérebro precisou de alguns segundos até registrar o que seus olhos estavam vendo. No chão, no meio da sala, estava Leonie Verges. Alguém a tinha amarrado a uma cadeira, que estava caída.

– Que merda! – murmurou Meike, aproximando-se. A mulher estava amordaçada com fita adesiva; seus olhos estavam abertos, mas ela não piscou nem uma só vez. Uma mosca-varejeira preta e gorda arrastou-se por seu rosto e desapareceu em sua narina. Meike tentou segurar a ânsia de vômito e tapou a boca com a mão. Somente então entendeu que Leonie Verges estava morta.

A mulher de Karl-Heinz Rösner confirmou o que o marido tinha dito. Não havia sido a primeira vez que Kilian Rothemund recebera a visita de mocinhas. Com isso, violara claramente os termos da condicional, pois o tribunal havia proibido que se aproximasse de moças menores de idade. Por que os Rösner não disseram nada antes à polícia era óbvio, e Bodenstein poupou-se da crítica. Ali, ninguém se importava com os outros, pois cada um já estava ocupado demais com sua própria miséria. As pessoas do camping eram seres fracassados, nenhuma delas se interessava minimamente pelo que acontecia no mundo ou na vizinhança mais próxima. Depois de dar mais uma olhada no interior do trailer de Rothemund, Bodenstein pagou sua cerveja no restaurante e voltou lentamente para o carro. Só de imaginar o que Kilian Rothemund poderia ter feito no trailer com as meninas era quase insuportável para Bodenstein. Tinha se entregado a seus desejos praticamente aos olhos do público, sob a proteção de vizinhos totalmente indiferentes. Com que promessas havia atraído as meninas? Involuntariamente, Bodenstein pensou em Sophia e em como ela era crédula. Podia-se recomendar milhares de vezes a uma criança a nunca aceitar nada de pessoas estranhas, mas se não fosse um estranho, e sim um parente ou um bom amigo da família a se aproximar com intenções perversas, não havia possibilidade de protegê-la. Tampouco havia alternativa de preservá-la em demasia da realidade da vida, pois o dia em que teria de se virar sozinha chegaria de toda maneira. Quanto mais Bodenstein pensava a respeito, menos despropositada lhe parecia a ideia de que, de fato, a adolescente loura poderia ser a sereia morta retirada do Meno. No terreno do camping havia uma piscina, um buraco de concreto pintado de azul, mas que tinha um dispositivo de cloro e ozônio funcionando.

A tempestade tinha passado, o asfalto fumegava, sentia-se um odor de terra úmida no ar. Bodenstein tinha acabado de chegar ao carro quando seu celular tocou. Teve um mau pressentimento ao ler o nome de Pia àquela hora no visor.

– Temos um corpo em Liederbach – anunciou-lhe. – Já estou no caminho para lá e tentando falar com Henning.

Passou-lhe o endereço, e ele prometeu ir direto ao local. Com um suspiro, sentou-se atrás do volante. No dia seguinte, logo cedo, mandaria Kröger para o camping, a fim de que ele coletasse uma amostra da água da piscina e a comparasse com a análise química extraída dos pulmões da sereia.

Vinte minutos depois, entrou na rua e, de longe, já viu a luz azul piscante. À sua frente andava a perua Mercedes prateada do doutor Henning Kirchhoff; a van Volkswagen azul da Polícia Científica estava estacionada ao lado de uma viatura, diante de um portão totalmente aberto. Pia já tinha mobilizado toda a equipe utilizada na descoberta de um corpo. Bodenstein saiu do carro e curvou-se para passar embaixo da fita de isolamento. Nas calçadas havia alguns curiosos. Pia conversava com um homem e uma mulher e fazia anotações. Quando o avistou, encerrou a conversa e virou-se para Bodenstein.

– O cadáver é de Leonie Verges, psicoterapeuta – relatou. – Morava aqui há mais de dez anos, mas tinha pouco contato com os vizinhos. Estava justamente conversando com o dono da padaria ali da frente. Nos últimos dias, ele observou umas coisas interessantes.

Henning Kirchhoff atravessou a rua com um macacão no braço e uma mala de metal na mão esquerda.

– Nossa! – Pia cumprimentou o ex-marido. – Mudou de óculos de novo?

Henning Kirchhoff sorriu, contrariado.

– A Nana Mouskouri pediu seus óculos de volta – respondeu, mordaz. – Aonde preciso ir?

– Ali, na propriedade.

– Aquela ameba espirituosa do seu departamento de escoteiros também está lá?

– Se está se referindo a Christian, sim, já está na casa.

– Por que esse sujeito nunca tira férias? – murmurou Henning pelo caminho. – Hoje não estou tendo trégua.

– O padeiro anotou a placa de dois automóveis que lhe chamaram a atenção várias vezes. – Pia consultou seu bloco de anotações. Falava ainda mais rápido do que o normal, sinal de que tinha deparado com alguma coisa. – F-X 562. Um Hummer preto. É o carro de Bernd Prinzler! O outro carro era uma perua com placa HG.* Vou pedir agora mesmo informação sobre o proprietário do veículo.

Como sempre, Pia já estava mentalmente alguns passos na frente, e Bodenstein, cujos pensamentos ainda circulavam em torno das visitas de menores a Kilian Rothemund, esforçou-se para entender o contexto.

– Afinal, o que aconteceu aqui? – interrompeu a loquacidade de Pia no caminho para a porta da casa.

– A mulher foi amarrada a uma cadeira e amordaçada – respondeu Pia. – Os vizinhos achavam que ela tinha ido viajar, porque havia uma placa pendurada na porta. Por isso, ninguém sentiu sua falta.

A pequena casa estava cheia de gente vestida de macacão branco; o calor lá dentro era insuportável.

---

* F: sigla de Frankfurt am Main; HG: sigla do distrito de Hochtaunus. [N. da T.]

– O aquecimento estava ligado no máximo – disse alguém. – Ela deve ter ficado assim por muito tempo.

Bodenstein e Pia entraram no cômodo. Um flash foi disparado. Kröger fotografava o corpo e o espaço ao redor dele.

– Santo Deus, que calor é esse! – gemeu Pia.

– Exatamente 37,8 graus – disse Kröger. – Deveria estar mais quente, mas a porta estava aberta quando chegamos. Aliás, vocês já podem abrir as janelas.

– Não, não podem, não – anunciou Henning Kirchhoff, ajoelhado ao lado do corpo. – Só depois que eu medir a temperatura do corpo. Mas provavelmente não é nesta vida que o inspetor-chefe Kröger vai entender isso.

Christian Kröger ignorou as alfinetadas de Henning e continuou a fotografar estoicamente.

– Como ela morreu? – perguntou Bodenstein.

– Em todo caso, de maneira bastante dolorosa – respondeu Henning, sem levantar o olhar. – Acho que está totalmente desidratada. Prova disso são a pele seca e escamosa e as têmporas afundadas. Hum. Seus globos oculares estão amarelados. Isso pode indicar falência dos rins. Em pessoas que morrem de sede ou, melhor dizendo, que se desidratam completamente, o sangue torna-se mais espesso por falta de líquido e ocorre um abastecimento insuficiente dos órgãos vitais. Por fim, a pessoa acaba morrendo por falência múltipla dos órgãos. Geralmente, os rins são os primeiros a parar.

Pia e Bodenstein viram Henning pinçar primeiro os lacres nos pulsos e tornozelos do cadáver, depois, a corda sintética de varal, com a qual a vítima havia sido amarrada na cadeira.

– Pelo visto, ela lutou muito. – Apontou para as escoriações na pele e para os hematomas nas articulações das mãos e dos pés. Com cuidado, retirou a fita adesiva enrolada em volta da cabeça da morta. Tufos de cabelo ficaram presos às faixas.

– Outro indício de desidratação é quando os cabelos se desprendem com tanta facilidade – notou Kröger.

– Sabichão – resmungou Henning

– Arrogante metido a besta – rebateu Kröger.

– Sei quem a matou – disse de repente uma voz fina vinda da porta. Bodenstein e Pia se viraram. Diante deles estava um fantasma pálido em um casaco preto com capuz, inteiramente molhado.

– O que está fazendo aqui? – deixou escapar Pia.

– Queria conversar com a senhora Verges. – Meike Herzmann parecia uma personagem de mangá, com seu rosto pontiagudo e os olhos enormes, bem maquiados. – Estive... estive aqui recentemente, mas, na ocasião... ela afirmou que não sabia em que minha mãe estava trabalhando. Era mentira. Descobri que ela também conhecia Kilian Rothemund.

– Ah, é? E quando estava pensando em nos comunicar isso? – Pia preferia ter lhe dado um safanão.

– Quem matou a senhora Verges, então? – intrometeu-se Bodenstein, antes que Pia pudesse abrir a boca.

– Aquele motociclista tatuado – sussurrou Meike, fitando como que hipnotizada o cadáver de Leonie Verges. – Ele e outro homem saíram correndo da propriedade e entraram no carro bem na hora em que cheguei.

– Bernd Prinzler? – Bodenstein tampou-lhe a visão.

Em silêncio, Meike Herzmann fez que sim. Já não restava nada do seu jeito rabugento. Era apenas uma pobre coitada com a consciência pesada.

– Por acaso vocês notaram a minicâmera no aquecedor, ao lado da porta? – perguntou Kröger de repente. Bodenstein e Pia viraram a cabeça. De fato! No aquecedor preso à parede ao lado da porta havia uma câmera minúscula, quase do tamanho do pulso de uma criança.

– O que significa isso?

– Alguém filmou a morte dela – supôs Kröger. – Que maldade!

Bodenstein foi com Meike Herzmann para a cozinha, Pia aproximou-se da mesa e apertou a tecla PLAY da secretária eletrônica. Sete novas mensagens. Por três vezes, desligaram logo após a gravação, mas, em seguida, ouviu-se uma voz na fita.

– *Está com sede, Leonie?* – disse o interlocutor. – *Vai sentir mais sede ainda. Sabia que a sede é capaz de causar a morte mais dolorosa que existe? Não? Hum... A regra geral é a seguinte: de três a quatro dias sem água, e você morre. Mas com o calor que está fazendo agora, vai muito mais rápido.*

Pia e Christian Kröger trocaram um olhar.

– Que coisa mais repugnante! – disse Pia. – Sempre que penso já ter visto tudo, chega alguma coisa que supera o que veio antes. Essa mulher foi realmente observada ao morrer.

– Ou até filmada – completou Kröger. – Chamam de *snuff-movie* quando alguém morre de verdade em uma filmagem. Com certeza há idiotas doentes o suficiente para gastar dinheiro com isso.

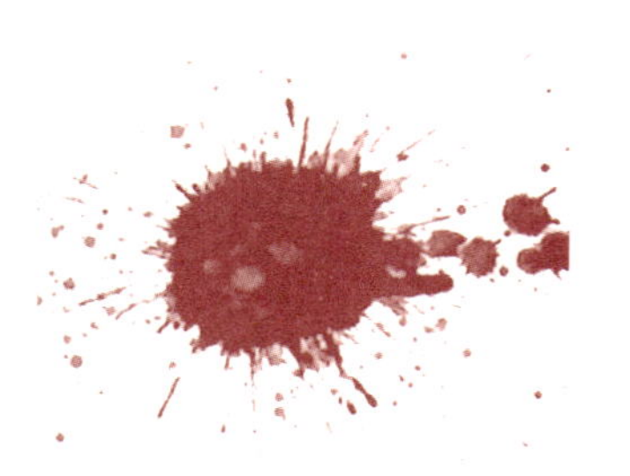

Terça-feira, 29 de junho de 2010

Emma já não tinha sossego. Sentia saudade da sua filhinha e, ao mesmo tempo, temia o momento em que Louisa voltasse para casa. Até então, nunca sentira a responsabilidade por uma criança como um fardo, mas as coisas tinham mudado. Louisa tinha se tornado um fardo que ela teria de carregar completamente sozinha. Era tarefa sua proteger Louisa e o bebê que estava para nascer.

Emma não conseguia entender por que Florian nunca lhe contara sobre sua irmã gêmea. O que mais havia escondido dela? Como seria sua vida no futuro? Tinha juntado dinheiro, e, depois de morrer, seu pai lhe deixara um apartamento em Frankfurt, de cujo aluguel poderia sobreviver por uns tempos. No meio da noite, Emma chegou a escrever um e-mail para sua ex-chefe, perguntando cautelosamente se ela não teria algum trabalho para ela no serviço interno. Até amanhecer, ficou pesquisando na internet, visitando fóruns em que mulheres, cujos filhos haviam sofrido abuso, trocavam ideias; leu histórias horríveis sobre maridos e pais amorosos que se revelaram pedófilos. Em todos esses relatos, tentou encontrar paralelos com sua vida e com Florian. Homens que abusavam de crianças costumavam ter sido vítimas de abuso na infância; em outro lugar, dizia-se que, frequentemente, a predisposição para a pedofilia era genética.

Às seis e meia, Emma fechou o laptop. Somente nas últimas horas é que realmente se conscientizou da extensão de sua suspeita de que Florian poderia ter abusado de Louisa, e o fato de ela considerar tudo isso possível era a declaração de falência do seu casamento. Nunca mais confiaria nele, nunca mais se sentiria tranquila quando ele ficasse sozinho com a menina. Tudo isso era tão repugnante, tão doentio! E não havia ninguém com quem pudesse conversar a respeito. Conversar de verdade. Embora a terapeuta e a mulher do juizado de menores a tivessem ouvido e aconselhado sobre como se comportar, Emma queria conversar com alguém que conhecesse Florian, que a tranquilizasse e lhe dissesse que tudo aquilo era um absurdo total. Seus sogros estavam fora de questão. Impossível confrontar os pais dele com um tema como esse, ainda mais poucos dias antes da grande festa de aniversário de Josef!

Então lhe ocorreu Corinna. A irmã adotiva de Florian sempre fora sincera com ela, tornara-se sua amiga, e Emma estimava seu aconselhamento e sua opinião. Talvez ela pudesse lhe contar alguma coisa sobre a misteriosa irmã gêmea! Sem mais hesitar, Emma digitou um SMS e pediu a Corinna 15 minutos de seu tempo.

Nem um minuto depois chegou a resposta.

De pé já tão cedo! ☺ Venha hoje à uma à nossa casa. Almoço e conversa, ok? Beijos, C., escreveu.

Ok. Obrigada, respondeu Emma. Deu um suspiro. Para ela era profundamente desagradável sondar outras pessoas sobre seu marido, mas ele próprio, com sua desonestidade, não lhe deixara alternativa.

– Por favor, feche. Estou com frio – disse Kathrin Fachinger irritada quando Christian Kröger escancarou a janela na sala de reuniões. A tempestade da última noite tinha refrescado um pouco; um ar fresco e agradável entrava e expulsava o calor abafado.

– Está 21 graus – respondeu Kröger. – E o ar aqui dentro está parado.

– Mesmo assim. Estou bem na corrente. Esta noite fiquei com a nuca enrijecida.

– Então vá se sentar em outro lugar.

– Sempre me sento aqui!

– Dez minutos de ar fresco não vão matá-la. Passei a noite toda em pé e preciso de um pouco de oxigênio – disse Kröger.

– Não aja como se fosse o único que trabalha aqui – encolerizou-se Kathrin, que se levantou querendo fechar a janela, mas Christian segurou a maçaneta.

– Agora chega! A janela vai ficar aberta. Controlem-se vocês dois – advertiu Bodenstein. – Sente-se em outro lugar por dez minutos, Kathrin.

Kathrin bufou, irritada, pegou sua bolsa e mudou de lugar. Pia já estava bebendo o terceiro café daquela manhã e, mesmo assim, lutava contra um ataque de bocejo após o outro. Olhou para o grupo e viu apenas rostos cansados e olhos avermelhados. O novo caso trazia uma montanha de trabalho consigo. Todos estavam trabalhando há quase três semanas sem descanso e, aos poucos, estavam ficando exaustos. Sobretudo porque não havia resultados palpáveis que, de algum modo, os fizessem avançar. Até então, haviam tateado no escuro, e não apenas Pia estava perdendo a paciência. Mais uma vez, a noite tinha sido muito curta; voltara para casa às dez para as três e ainda precisara de uma hora para desligar e adormecer.

Depois que Kai enumerou as informações básicas, foi a vez de Kröger. As impressões digitais encontradas nos batentes das portas e na cadeira eram de Bernd Prinzler, e, infelizmente, os especialistas da Agência Estadual de Investigação tentaram em vão descobrir para onde e desde quando a câmera na sala de terapia transmitia imagens. Além disso, até então não tinham conseguido acessar o laptop de Leonie Verges. Sem a senha, não havia muita esperança. As cruéis mensagens gravadas na fita da secretária eletrônica tinham vindo de uma ligação sem identificação; portanto, era outro beco sem saída.

Kröger e sua equipe encontraram na casa armários repletos de fichas de pacientes; impossível analisar todas. Além do mais, era questionável se o criminoso deveria realmente ser procurado nos arquivos de pacientes da psicoterapeuta. Segundo o website do Centro de Psicotraumatologia, Leonie Verges não tratava homens, mas exclusivamente mulheres traumatizadas.

– Pode ser que um ex-marido ou ex-companheiro tivesse tanto ódio dela que quisesse matá-la – supôs Kathrin.

– Encontramos as impressões de Prinzler nos batentes das portas e na cadeira – disse Pia. – Mas como ele entrou na casa?

– Levou uma chave quando a amarrou à cadeira e instalou a câmera – sugeriu Cem.

– Mas por que voltou lá? – pensou Pia em voz alta, olhando para a lousa onde tinha escrito o nome "Leonie Verges". Setas apontavam para Hanna e Meike Herzmann, para Prinzler e Rothemund. Tinha certeza de que o ataque a Hanna Herzmann e o assassinato de Leonie Verges estavam ligados, eventualmente até teriam sido cometidos pelo mesmo criminoso. Na noite anterior, não pensara a respeito, mas naquela manhã, ao acordar, perguntara-se quem tinha avisado a polícia e o médico de emergência. Meike Herzmann é que não tinha sido. Pia havia acabado de pegar o registro da chamada na central de emergência. Um homem ligara às 22h12, sem se identificar. "Em Liederbach, Alt Niederhofheim 22, há uma mulher morta dentro de casa. O portão da propriedade e a porta da casa estão abertos."

– O carro de Prinzler foi visto várias vezes pelos vizinhos – disse Pia, pensativa. – Será que ele descobriu a situação depois de espioná-la ou conhecia Leonie Verges?

– Se eu quisesse espionar alguma coisa, não sairia por aí com um carro tão chamativo – respondeu Kai. – Além do mais, a câmera infravermelha sem fio é um produto muito comum no mercado. Vai ser muito difícil descobrir onde foi comprada.

Bodenstein, que até então ficara sentado em silêncio, só ouvindo, pigarreou.

– Para mim, o que mais interessa é saber o que Kilian Rothemund tem a ver com Leonie Verges – disse. – Esteve junto com Prinzler na casa de Hanna Herzmann. Acho que, em primeiro lugar, temos de nos concentrar nele. Rothemund violentou Hanna Herzmann, tem antecedente por abuso sexual infantil, vive em um trailer em um camping decadente, sem contatos sociais, e costuma ser visitado por moças menores de idade. Não me espantaria se também tivesse algo a ver com nossa sereia.

– Qual seria seu motivo? – perguntou Pia. – O negócio dele são crianças pequenas, mas violentou uma mulher adulta. E depois deixou a terapeuta dela morrer. Por quê?

– Porque é doente – afirmou Kathrin. – Talvez Hanna e Leonie tenham descoberto que ele reincidiu e violou os termos da condicional. Ou ficaram sabendo que matou uma adolescente, então ele quis impedir que fossem à polícia.

Por um momento, ninguém disse nada. Cada um refletia sobre essa suposição.

– E Prinzler o acobertava ou até o ajudava – completou Kai. – Deve favores a Rothemund pelos velhos tempos.

– Mas de onde ambos conheciam Leonie? – tentou adivinhar Bodenstein.

Boa pergunta. Nenhuma resposta.

– Se é como supôs a Kathrin – acrescentou Pia –, então Hanna Herzmann ainda corre um grande perigo. Afinal, não morreu e pode se lembrar de tudo.

– Você tem razão – concordou Bodenstein. – A partir de agora, ela precisa de proteção.

O telefone sobre a mesa tocou. Meike Herzmann estava aguardando no andar de baixo. Na noite anterior, havia ficado em choque e mal conseguira concatenar algumas frases, mas prometera ir à delegacia. Kathrin saiu para buscá-la na sala de vigilância.

– Continuamos mais tarde – decidiu Bodenstein. – Pia e eu vamos conversar com a moça. Kai, providencie a proteção para Hanna Herzmann. Cem, vá com a Kathrin às 11 horas para a autópsia de Leonie Verges.

Todos acenaram com a cabeça, Cem e Kai se levantaram e deixaram a sala de reuniões.

– Agora estou louca para ver se ela finalmente vai contar o que sabe. – Pia se levantou, fechou a janela e baixou as persianas, para que a sala não voltasse a se aquecer de imediato.

Pouco depois, Meike Herzmann estava sentada à mesa de reuniões, pálida e visivelmente abatida.

– Fui visitar minha mãe na noite passada – começou em voz baixa. – Ainda está muito mal e não consegue se lembrar de nada. Mas... eu... eu sei que foi estupidez da minha parte não ter ido vê-la antes. Eu... eu... não sabia quão grave era tudo isso...

Sua voz ficou trêmula, e ela se calou. Abriu a mochila e tirou duas folhas de papel.

– Imprimi um e-mail de Kilian Rothemund, que encontrei no computador da minha mãe – disse, empurrando a primeira folha sobre a mesa. – E este aqui... é o bilhete que ele jogou na caixa de correspondência na casa dela.

Pia observou a folha, que claramente havia sido arrancada de um caderno de anotações, e leu as poucas frases.

Esperei até 1h30. Queria ter visto você. Celular sem bateria! Aqui vai o endereço, BP já sabe. Me ligue. K.

Virou o bilhete e leu o endereço. Em seguida, passou os olhos pela folha com o e-mail impresso.

Hanna, por que você não dá notícia?!? Aconteceu alguma coisa? Eu disse ou fiz algo que te aborreceu? Por favor, me ligue. Infelizmente, não consegui mais falar com a Leonie; ela também está fora do ar, mas mesmo assim vou na segunda-feira para A encontrar as pessoas com as quais B entrou em contato. Finalmente, estão prontas para conversar comigo. Tenho pensado em você! Não me esqueça. K.

Sua irritação com a moça, que estava ali sentada, cabisbaixa e intimidada, como se a tivessem surpreendido enquanto colava na prova, transformou-se em verdadeira ira. Que mulherzinha imbecil!

– Tem noção das consequências que causou por ter nos escondido essas informações? – disse ela, esforçando-se para se controlar e passando o bilhete para seu chefe. – Há dias estamos procurando Prinzler e Rothemund. Talvez Leonie Verges ainda pudesse estar viva se a senhorita simplesmente tivesse cooperado.

Meike Herzmann mordeu o lábio inferior e, sentindo-se culpada, baixou a cabeça.

– Existe mais alguma coisa que não nos contou até agora? – perguntou Bodenstein. Pelo tom áspero de sua voz, Pia percebeu o quanto ele também estava bravo. Porém, ao contrário dela, Bodenstein tinha nervos de aço e conseguia manter as emoções sob controle.

– Não – sussurrou Meike. Seu olhar era vazio; sua expressão, desesperada. – Eu... eu... Vocês não entendem...

– Não, de fato, não entendo – respondeu Bodenstein com frieza.

– Não conhecem minha mãe! – De repente, começou a chorar. – Ela fica uma fera quando alguém mete o nariz nas suas pesquisas. Por isso, também fui a esse endereço. Eu... pensei que descobriria alguma coisa e depois poderia contar a vocês...

– A senhorita fez *o quê*? – Pia achou que tivesse ouvido mal.

– É um sítio antigo, com um ferro-velho, e todo rodeado por uma cerca alta. – Meike Herzmann soluçava. – Subi em um posto de observação para espiar o que havia lá dentro. Mas esses motociclistas me viram e mandaram um cão de guarda pra cima de mim. Eu... tive sorte porque apareceu um guarda-florestal ou algo parecido que atirou nele e eu pude escapar.

Raramente acontecia de Pia ficar sem palavras, mas naquele momento ela perdeu a fala.

– A senhorita reteve informações importantes – disse Bodenstein. – Provavelmente por isso uma pessoa acabou morrendo. E o computador da sua mãe, do qual tirou esse e-mail? Onde está?

– Na minha casa – disse Meike Herzmann após uma breve hesitação.

– Muito bem. Então vamos agora até lá para buscá-lo. – Bodenstein bateu levemente a palma da mão no tampo da mesa e se levantou. – Seu comportamento lhe trará consequências, senhorita Herzmann, isso eu posso lhe garantir.

* * *

Diante de Corinna, Emma sempre se sentia pequena e simplória. Estava sentada à grande mesa na sala de jantar, banhada em suor e disforme, como uma baleia fora da água, enquanto Corinna preparava a refeição em sua cozinha hightech de aço inoxidável para os quatro filhos que chegavam da escola nos horários mais diferentes. Corinna estava de pé desde as seis da manhã, já tinha trabalhado no escritório e, paralelamente, ocupava-se da família e da casa, e Emma se sentia estressada com uma criança só. No entanto, quando trabalhava, era capaz de viabilizar, planejar, organizar, improvisar as coisas mais impossíveis, e muitas vezes sob as condições mais difíceis e primitivas. Saíra de casa aos 19 anos e sempre levara a vida sozinha, sem nenhum problema.

O que havia mudado? Quando havia deixado de confiar em si mesma? Antigamente, seu trabalho era fazer com que toneladas de alimentos e equipamentos médicos chegassem aos cantos mais remotos do planeta, e agora ir fazer compras no supermercado já significava um desafio.

Sentiu cheiro de tomate e manjericão, alho e carne assada, e seu estômago contorceu-se dolorosamente de fome. Ao mesmo tempo, Corinna tirou a louça da máquina de lavar e lhe contou sobre os últimos preparativos para a grande festa na sexta-feira.

– Está quase pronto – disse Corinna, sorrindo. – Você tem alguns minutos, não tem?

Tenho o dia inteiro, pensou Emma, mas não disse; contentou-se em anuir. Em silêncio, ouviu as anedotas cotidianas que Corinna lhe contava de seu marido e seus filhos, e, de repente, sentiu inveja. Como gostaria de também ter uma casa, um marido, que à noite trazia sushi espontaneamente para casa, regava o jardim, fazia todo tipo de atividade com os filhos e toda noite recapitulava o dia com a mulher, tomando uma taça de vinho! Em comparação a isso, como parecia sua vida? Seu lar era um apartamento na casa dos sogros, com móveis que não lhe pertenciam, e, ainda por cima, um homem que mal lhe contava sobre a própria vida e a abandonara pouco antes do nascimento do segundo filho. Isso para não falar da terrível suspeita do que ele poderia ter feito com Louisa. Aos poucos, nela foi se instalando a sensação de ter perdido Florian para sempre e, nos últimos dias, essa sensação transformou-se em certeza. Não dava para cancelar o que havia acontecido.

– Pronto. – Corinna sentou-se com Emma à mesa. – Sobre o que você queria me falar?

Emma reuniu toda a sua coragem.

– Florian nunca me contou que tinha uma irmã gêmea. Ninguém fala dela.

O sorriso apagou-se no rosto de Corinna. Ela apoiou os cotovelos no tampo da mesa, juntou as mãos e levou-as à boca e ao nariz. Pelo tempo que Corinna ficou calada, Emma já temia não receber nenhuma resposta, mas finalmente ela baixou as mãos e deu um suspiro.

– A história de Michaela é muito triste e dolorosa para toda a família Finkbeiner – disse em voz baixa. – Desde menina tinha problemas psicológicos. Talvez hoje fosse possível ajudá-la, mas, naquela época, nos anos 1970, ainda não se tinha avançado tanto em psicologia infantil nem se sabia o que é um transtorno de personalidade. Simplesmente a consideravam uma criança teimosa e mentirosa. Por isso, cometeram uma grande injustiça com ela, mas não foi por mal.

– Isso é horrível! – sussurrou Emma, abalada.

– Josef e Renate se preocuparam mais com Michaela do que com os outros filhos – continuou Corinna. – Mas, no fim, todo o amor e todo o cuidado de nada serviram. Aos 12 anos, ela saiu de casa pela primeira vez, foi pega roubando em uma loja. Em seguida, voltou a ter problemas com a polícia. Josef conseguia resolver muitas coisas graças à suas relações, mas Michaela não entendeu isso. Começou a beber e a se drogar cedo, nenhum de nós se aproximava mais dela. Para Florian foi muito ruim.

Toda alegria tinha se retirado de seus olhos, e Emma lamentou ter tocado em um assunto que despertava em Corinna recordações tão dolorosas.

– Mas por que Florian nunca me falou dela? – perguntou Emma. – Eu teria entendido. Toda família tem uma ovelha negra.

– Você precisa entender como foi horrível para ele e quanto sofreu. No fundo, acho que também foi por isso que ele saiu daqui assim que pôde – respondeu Corinna. – Ficava sempre à sombra da irmã, que recebia cada vez mais atenção do que ele. Por mais carinhoso, esforçado e competente que fosse, só se pensava na Michaela.

– O que aconteceu com ela?

– Abandonou a escola aos 15 anos e se prostituiu para financiar seu vício em drogas. Em dado momento, voltou. Josef tentou de tudo para resgatá-la, mas ela não queria que a ajudassem. Após uma tentativa de suicídio, passou uns anos internada no hospital psiquiátrico. Nunca mais quis falar com os pais nem com nenhum dos irmãos.

Emma notou que Corinna falava da meia-irmã apenas no passado.

– E onde está agora? Alguém sabe?

No fogão, a água do macarrão já fervia, sibilando ao soltar vapor; ao mesmo tempo, um carro passou diante da janela da cozinha. O barulho do motor se calou, duas portas de automóvel bateram, e uma voz clara de criança ecoou:

– Mamãe, estou com fome!

Corinna pareceu não ter percebido nada. De repente, toda a energia como que tinha deixado seu corpo. Comprimiu os lábios, e sua expressão era de infinita tristeza.

– Michaela morreu há alguns anos – disse. – Apenas Ralf, Nicky, Sarah e eu fomos ao enterro. Desde então, ninguém mais mencionou seu nome.

Chocada, Emma fitou a amiga.

– Acredite, Emma, foi melhor assim. – Corinna colocou rapidamente a mão sobre a de Emma, depois se levantou e foi para o fogão, a fim de colocar o macarrão na água fervente. – Não mexa em feridas antigas. Michaela realmente deu muita dor de cabeça para o Josef e a Renate.

Torben, filho caçula de Corinna, entrou como um furacão na sala de jantar pela porta aberta, lançou a mochila em um canto e correu para a cozinha, sem tomar conhecimento de Emma.

– Estou com uma fome enoooorme! – anunciou.

– Vá lavar as mãos e leve sua mochila para cima. Em dez minutos a comida pronta. – Perdida em pensamentos, Corinna afagou sua cabeça, depois olhou na direção do terraço. – Obrigada por ter ido buscá-lo, Helmut. Quer comer um macarrão com a gente?

Somente então Emma notou o caseiro Helmut Grasser, que estava em pé, parado à porta do terraço. Ela se levantou.

– Olá, senhor Grasser – disse.

– Olá, senhora Finkbeiner. – Sorriu. – Como tem passado com esse calor?

– Até agora bem, obrigada. – Emma também forçou um sorriso. Tinha a esperança de ainda poder conversar com Corinna sobre sua suspeita em relação a Florian e Louisa, mas já não daria se Torben e o caseiro também se sentassem à mesa.

– Bom, já vou indo – disse, e Corinna não fez nenhuma tentativa para detê-la. Sua expressão estava anuviada; seu sorriso costumeiro, apagado. Tirou a tampa da panela em que cozinhava o molho de carne moída e mexeu-o. Será que a tinha levado a mal por ter perguntado pela irmã gêmea de Florian?

– Obrigada por ter sido sincera. – Emma não ousou abraçar a amiga como sempre fazia. – Até amanhã.

– Sim, até amanhã, Emma. – Seu sorriso pareceu forçado. – Não leve Florian a mal.

* * *

Bodenstein apertou-se no banco do passageiro do Mini de Meike, pois achou que ela seria bem capaz de tentar escapar deles. Pia pegou a viatura e os seguiu até a cidade. Enquanto isso, Kai solicitou um mandado de prisão para Bernd Prinzler e outro de busca em sua residência. Pia ainda não estava acreditando no que Meike Herzmann havia feito. Seu celular tocou logo quando estava passando pelo prédio do centro de convenções, e atendeu.

– Olá, senhora Kirchhoff, aqui é o Frey. Acabei de ser informado sobre os avanços em suas investigações – disse o promotor-chefe, e Pia ficou surpresa ao ver que a comunicação no Ministério Público de Frankfurt parecia mesmo eficiente.

– Sim, já temos o endereço do suspeito no caso Hanna Herzmann e ficamos sabendo de outro assassinato – respondeu.

– Outro assassinato?

Bom, pelo visto o intercâmbio de informações não era tão eficiente assim.

Pia esclareceu-lhe sucintamente a morte dolorosa de Leonie Verges e relatou que Prinzler tinha estado nas proximidades da casa dela.

– Bernd Prinzler é membro do Frankfurt Road Kings – disse ela. – Sabemos que teve contato com a senhora Herzmann e encontramos suas digitais na casa da falecida senhora Verges. Além disso, o carro dele foi visto várias vezes pelos vizinhos em Liederbach. Também sabemos que Prinzler conhece Kilian Rothemund, que estamos procurando por estupro e lesão corporal no caso Herzmann.

– Seja como for, os dois se conhecem – confirmou o promotor. – Pelo menos o escritório de advocacia do qual Rothemund era sócio representou Prinzler e companhia por muitos anos.

– Recebemos a informação de que Rothemund viajou para Amsterdã. Foi visto no trem, mas infelizmente os colegas holandeses o perderam na estação. Além disso, ficamos sabendo que violou os termos da sua condicional – disse ela.

– Como assim?

– Vizinhos no camping viram várias vezes meninas menores de idade entrar em seu trailer. Por isso, vai voltar para a prisão.

– É inacreditável.

– É mesmo. Nesse meio-tempo, consideramos até possível que Rothemund possa estar envolvido no caso da adolescente morta, retirada do Meno. Em todo caso, há uma relação entre o ataque à senhora Herzmann e o assassinato de Leonie Verges. Bom, meu chefe estará amanhã no programa *Aktenzeichen X Y*, e esperamos que, depois disso, alguém que tenha visto ou saiba onde Rothemund possa estar entre em contato conosco.

– Existe, de fato, uma possibilidade – concordou o promotor-chefe.

Pia precisou acelerar, pois Meike Herzmann, que estava à sua frente, passou no semáforo amarelo no cruzamento Friedrich-Ebert-Anlage/Mainzer Straße. O flash de uma câmera piscou.

– Merda! – deixou escapar Pia.

– O quê? – perguntou o promotor-chefe Frey.

– Desculpe. É que acabei de ser multada. Passei no farol vermelho falando ao celular.

– Vai sair caro. – O promotor parecia achar graça. – Obrigado pelas informações, senhora Kirchhoff. De resto, como vai Lilly?

– Bem, obrigada. – Pia sorriu. – A não ser pelo fato de ter pegado um carrapato, que teve de ser removido em uma operação dramática.

O promotor-chefe riu.

– Lamento ter tão pouco tempo para passar com ela – disse Pia. – Mas, com um pouco de sorte, logo vamos esclarecer nossos casos.

– É o que também espero. Se puder fazer alguma coisa pela senhora, não hesite em me ligar.

Pia assegurou-lhe de que faria isso e encerrou a conversa. Somente então lhe ocorreu o que a ex-mulher de Rothemund e Kai Ostermann tinham lhe contado. O promotor-chefe Frey e Rothemund haviam sido grandes amigos; no entanto, Frey não apenas acusara o ex-colega, como também o entregara sem dó nem piedade aos lobos da imprensa. Refletiu se não deveria ligar para ele e perguntar-lhe a respeito, mas logo desistiu da ideia. Não lhe importava o que havia acontecido antigamente entre os velhos amigos. Alguns minutos depois, parou diante do prédio na Schulstraße, em Sachsenhausen, e esperou por Bodenstein, que tinha ido buscar o computador de Hanna no apartamento da filha. Pia estava irritada com Meike Herzmann, porém, mais ainda consigo mesma. Dois dias antes, pela manhã, quando Bodenstein e ela tinham estado na Herzmann Production, ainda pensara no computador, mas acabou deixando-se distrair com a ligação de Lilly por causa do carrapato. Não havia sido um lapso, mas um erro grosseiro, que não deveria ter lhe escapado.

Na verdade, Pia deveria ter ido com Cem e Kathrin diretamente do Instituto Médico Legal para Langenselbold para prender Bernd Prinzler, mas a doutora Nicola Engel chamou-a de volta. Ainda que Prinzler não fosse fichado havia mais de 14 anos, ainda pertencia ao núcleo dos Frankfurt Road Kings, portanto, era considerado perigoso e pronto para usar de violência. A superintendente da Polícia Criminal havia ordenado uma "ação orquestrada" em cooperação com uma unidade do Comando de Operações Especiais. Bodenstein considerou um total exagero, mas Engel continuou inflexível. Temia que Prinzler não reagisse se tocassem gentilmente sua campainha, mas ficasse de sobreaviso; por isso, sua prisão tinha de ocorrer de maneira decidida e inesperada. Ela própria assumira a organização da ação, o que permitiu a Pia terminar o expediente extraordinariamente mais cedo. A caminho de casa, passou no supermercado de Liederbach e fez as compras para o jantar. Ao longo dos últimos meses, Christoph tinha ficado cada vez mais responsável pela cozinha. Ele adorava cozinhar e o fazia muito melhor do que Pia, que, depois do trabalho, geralmente já não tinha vontade de ir para o fogão. Mas, naquele dia, foi diferente. Ligou a churrasqueira elétrica, que estava no terraço, na frente da cozinha, cortou abobrinha e berinjela em fatias finas e colocou-as na grelha. Enquanto os legumes assavam, Pia misturou em uma travessa uma marinada de óleo de oliva, sal, pimenta e alho espremido.

O resultado da autópsia de Leonie Verges tinha confirmado a primeira suposição de Henning: a mulher havia morrido por falência múltipla dos órgãos em decorrência de uma completa desidratação. Uma morte dolorosa. Se a tivessem encontrado duas horas antes, talvez ainda pudesse ser salva. Foi um modo cruel de morrer, e Pia não quis imaginar o que a mulher devia ter passado nas últimas horas de vida. Teria esperado por ajuda ou estaria consciente de que iria morrer? Mas por que teve de morrer? E por que desse modo? A câmera voltada diretamente para a cadeira e as terríveis mensagens na secretária eletrônica, que Leonie fora obrigada a ouvir, denunciavam um sadismo extraordinário. Nada típico de alguém como Bernd Prinzler, que antigamente havia se sobressaído por lesão corporal e uso de arma de fogo. No entanto, Pia já estava havia tempo demais na polícia para acreditar que criminosos se prendiam a algum padrão de comportamento.

Hanna Herzmann havia sido paciente de Leonie Verges; não pairavam dúvidas sobre essa ligação. Teria Leonie apresentado Hanna a Kilian Rothemund ou o contrário? Rothemund e Prinzler se conheciam de outros tempos, isso também estava claro. Tomara que Hanna pudesse se lembrar logo de alguma coisa! Era a única que poderia lançar alguma luz na escuridão dessa história intrincada.

Mergulhada em pensamentos, Pia colocou as fatias assadas de abobrinha na marinada e pôs uma camada de fatias de berinjela na grelha. Nesse meio-tempo, tirou um punhado de folhas de sálvia do arbusto que ficava no parapeito da janela da cozinha, entre o manjericão fresco, a erva-cidreira e o alecrim. Lilly adorava a receita especial de Pia – espaguete com sálvia, presunto de Parma, alcaparras e alho –, e Christoph também sempre o comia com gosto.

Diante da casa, os cães começaram a latir em um tom que sinalizava pura alegria – Christoph e Lilly tinham chegado. Apenas alguns segundos depois, Lilly entrou correndo na cozinha, com as tranças balançando e os olhos brilhando. Abraçou Pia. As palavras jorravam de sua boca como uma cachoeira. Trampolim, vovô, pôneis, guepardos, filhote de girafa... Pia deu risada.

– Devagar, devagar! – refreou a menina. – Falando rápido assim, não estou entendendo nem uma palavra.

– Mas eu *tenho* que ser rápida – respondeu Lilly, esbaforida, e com tanta sinceridade e seriedade como só uma criança de 7 anos conseguia ter. – Já que você está aqui, quero te contar tudo, tudinho!

– Mas temos a noite toda!

– Isso é o que você sempre diz – afirmou Lilly. – Aí, o seu telefone toca, e você deixa o vovô e eu sozinhos.

Christoph entrou na cozinha, seguido pelos cachorros. Na mão, segurava uma sacola, que colocou no balcão antes de dar um beijo em Pia.

– Quando ela tem razão, ela tem razão. – Sorriu, deu uma olhada nos ingredientes que Pia havia separado e levantou as sobrancelhas. – Macarrão ao molho de sálvia?

– É o que eu estava querendo! – exclamou Lilly. – Eu sou louca por macarrão ao molho de sálvia! O vovô comprou costeleta de cordeiro. Eca!

– Vamos chegar a um acordo – sorriu Pia. – Macarrão e costeleta de cordeiro combinam muito bem. E de entrada tem abobrinha e berinjela marinadas.

– E antes da entrada tem banheira – completou Christoph.

Lilly inclinou a cabeça, com ar de crítica.

– Tudo bem – disse após refletir brevemente. – Mas só se a Pia vier junto.

– Combinado. – Pia afugentou todos os pensamentos sobre o trabalho. Não tardaria muito para recuperá-los.

– Oi, mãe.

Meike permaneceu ao pé da cama e forçou-se a olhar para o rosto desfigurado de sua mãe à fraca luz que a luminária de leitura emitia no painel de iluminação sobre a cama. Os inchaços tinham diminuído um pouco, mas os hematomas pareciam piores do que de manhã.

Pelo menos, naquele dia, Hanna tinha sido transferida da Unidade de Terapia Intensiva para um quarto, e diante da porta estava sentado o tira uniformizado, tal como o inspetor Bodenstein havia anunciado.

– Oi, Meike – murmurou Hanna. – Pegue uma cadeira e sente-se aqui.

Meike fez o que lhe foi pedido. Estava se sentindo arrasada. A repreensão da policial de que ela era culpada pela morte de Leonie Verges, porque não tinha entregado aquele maldito bilhete, a perseguira durante o dia todo.

Não havia desculpa nem justificativa, ainda que ela tivesse se convencido de que o havia feito para não pôr em risco as pesquisas de Hanna. Na verdade, simplesmente pouco tinha se importado.

Hanna esticou a mão e deu um suspiro quando Meike, hesitante, a segurou.

– O que aconteceu? – perguntou Hanna em voz baixa.

Meike estava lutando consigo mesma. Naquela manhã, nada dissera sobre a morte de Leonie Verges e, naquele momento, tampouco queria tocar no assunto. Tudo ao seu redor parecia se despedaçar, se

dissolver. Uma pessoa que ela conhecia, com quem tinha falado, estava morta. Tinha morrido de forma dolorosa, enquanto ela havia pensado apenas em si mesma e não nas possíveis consequências para os outros. Durante toda a sua vida, sentira-se como vítima, tratada injustamente e não amada. Queria de todo jeito conquistar a simpatia dos outros, havia engordado de pirraça e passado fome para emagrecer, fora perversa, injusta e agressiva, tudo na busca desesperada por amor e atenção. Muitas vezes acusara sua mãe de egoísmo, mas a verdadeira egoísta havia sido ela mesma, pois apenas pedira e exigira em vez de dar. Não, não tinha sido digna de amor; não sem razão nunca tivera uma melhor amiga ou até mesmo um namorado. Quem não gostava de si mesmo tampouco podia esperar receber amor dos outros. A única pessoa no mundo que sempre a aceitara com esse seu jeito era justamente a mãe, que ela tinha erigido a uma imagem de inimiga, pois, no fundo, sentia inveja dela. Hanna era tudo que ela própria gostaria de ser, mas nunca seria: segura de si, bonita e rodeada de homens.

– Para você também não é fácil, eu sei – murmurou Hanna indistintamente, e apertou a mão de Meike. – Que bom que veio.

As lágrimas vieram aos olhos de Meike. Preferia deitar a cabeça no colo de Hanna e chorar, porque muito se envergonhava da sua infâmia e da sua maldade. Lembrou-se das atrocidades que dissera e fizera à mãe e desejou ter ao menos a coragem para o arrependimento e a sinceridade.

Risquei seu carro e furei os pneus, mãe, pensou. Vasculhei seu computador e não entreguei à polícia o bilhete que Kilian Rothemund escreveu para você, só porque quis me fazer de interessante para o Wolfgang. Talvez tenha sido por causa disso que a Leonie Verges acabou morrendo. Sou invejosa, má e repugnante; não mereci sua paciência nem sua tolerância.

Pensou tudo isso, mas não disse.

– Você pode me arrumar um novo iPhone? Ainda tenho um chip Twin na mesa do meu escritório – sussurrou Hanna. – Talvez você consiga sincronizá-lo. Meus dados de acesso para o MobileMe estão em um papel embaixo do meu *desk pad*.

– Sim, claro. Vou fazer isso amanhã cedo – disse Meike, com dificuldade.

– Obrigada. – Hanna fechou os olhos.

Meike ainda ficou um tempo sentada junto da cama, observando a mãe dormir. Mas somente quando deixou o hospital e sentou-se no carro é que lhe ocorreu que não lhe tinha perguntado como ela estava.

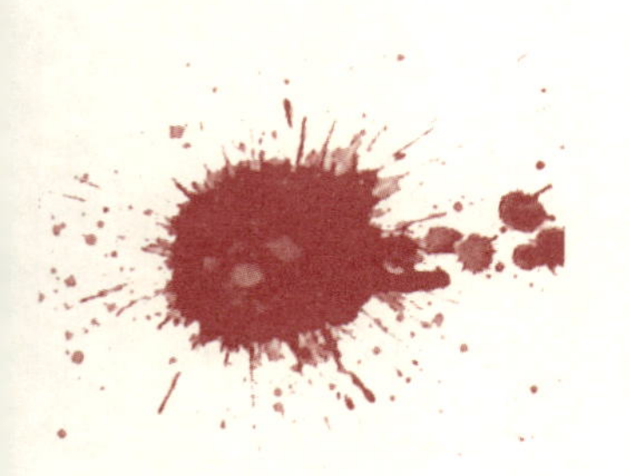

Quarta-feira, 30 de junho de 2010

Eram cinco da manhã em ponto quando um helicóptero surgiu por cima das copas das árvores. Ao mesmo tempo, deu-se sinal de vida à beira da floresta, em torno da propriedade de Bernd Prinzler. Figuras camufladas e vestidas de preto apareceram no meio do matagal e circundaram o terreno cercado. O sol nascente ainda se escondia por trás do nevoeiro vaporoso do ar úmido de chuva. Bodenstein, Pia, Cem Altunay e Kathrin Fachinger acompanhavam a ação a partir da floresta e observavam enquanto dez agentes armados do Comando de Operações Especiais desciam por cordas do helicóptero, que pairava alguns metros acima do campo nas proximidades da casa. Alicates cortaram as grades de metal do grande portão como se fossem de manteiga. Cinco dos possantes veículos pretos com para-brisas espelhados, utilizados pelo Comando de Operações Especiais, atravessaram ruidosamente a trilha coberta de cascalho em meio à floresta e entraram a toda velocidade na propriedade. Nem três minutos depois do aparecimento do helicóptero, a fortaleza foi tomada.

– Nada mal – comentou Cem após consultar o relógio.

– Isso é o que eu chamo de disparar canhões contra pardais – resmungou Bodenstein. Sua expressão imóvel não denunciou o que se passava dentro dele, mas Pia sabia que estava aborrecido com a crítica de Nicola Engel. No caminho de Hofheim até ali, ninguém mais abrira a boca, depois que Bodenstein e a superintendente Engel tiveram uma breve mas intensa discussão na altura do trevo viário de Offenbach. Na noite anterior, com o auxílio de fotos feitas por satélite, havia-se analisado a localização da propriedade atrás do trecho de floresta entre Langenselbold e Hüttengesäß e coordenado a ação com uma unidade do Comando de Operações Especiais mais cem homens da tropa de choque. Bodenstein havia qualificado a ação como totalmente exagerada e puro desperdício de dinheiro do contribuinte. Por conseguinte, Nicola Engel respondeu-lhe asperamente, criticando-o porque fazia três semanas que ele não conseguira nenhum resultado, o que a obrigara a se justificar perante o Ministério do Interior.

Pia e Cem apenas trocaram um olhar e, por prudência, se calaram, pois uma única palavra mal colocada naquela situação tensa e altamente explosiva poderia ter o efeito de um combustível.

Assustada com a inquietação repentina e com o barulho, uma manada de corças saiu correndo, dando saltos graciosos pela mata. Nas árvores ao redor, as primeiras aves entoavam seu concerto matinal, nem um pouco impressionadas com o que acontecia embaixo delas.

– Por que você está tão irritado com o que a Engel disse? – perguntou Pia ao chefe. – Se ela estragar as coisas por aqui, não é problema nosso.

– Não é com isso que estou irritado – respondeu Bodenstein. – Mas em Frankfurt e na Agência Estadual de Investigação já sabiam onde Prinzler mora. Faz tempo que estão na cola dele, mas até ontem não tinham nenhuma razão para uma busca em sua casa.

– Como é que é? Já conheciam esta propriedade aqui? – perguntou Pia, incrédula. – Por que não recebemos nenhuma informação? Pelo menos desde que estivemos na casa da mãe do Prinzler, o pessoal em Frankfurt já sabe que estamos atrás dele!

– Porque, aos olhos deles, não passamos de uns tiras provincianos e malucos – respondeu Bodenstein, coçando o queixo não barbeado. – Mas isso não vai ficar assim. Se descobrirem que Prinzler matou Leonie Verges e que poderíamos ter impedido esse homicídio se a comunicação com Frankfurt não fosse tão ruim, então, cabeças vão rolar.

O rádio, que Pia segurava na mão, emitiu um ruído e um estalo.

– Já entramos – ouviram uma voz distorcida. – Um homem, uma mulher, duas crianças. Nenhuma resistência.

– Estamos indo – disse Bodenstein.

Desceram um trecho, por entre folhas secas, escalaram um fosso e entraram no terreno. Do lado esquerdo havia um grande celeiro, com uma churrasqueira na frente. Atrás de uma cerca com grades de aço, estava depositada uma enorme quantidade de peças de automóveis e motocicletas, ordenadamente separadas e empilhadas. A casa ficava nos fundos e era cercada por um amplo e idílico jardim com árvores centenárias e arbustos floridos. Havia uma piscina e um parquinho. Um verdadeiro paraíso.

Na grama úmida, não muito distante da casa, um homem estava deitado de bruços. Descalço, vestia apenas uma camiseta e shorts. Suas mãos estavam amarradas com lacres atrás das costas. Naquele momento, dois agentes ajudavam-no a se levantar. À porta da casa, aberta com violência, estava uma mulher de cabelos escuros, abraçando um menino de cerca de 12 anos, que soluçava histericamente. Outro menino, um pouco mais velho e já quase da altura da mãe, não se entregou às lágrimas, mas em seu rosto também estava estampado o susto provocado pelo ataque em plena madrugada.

A doutora Nicola Engel, de calça e blazer cinza, sobre o qual vestira um colete à prova de balas, ficou em pé diante do homenzarrão barbudo como Davi diante de Golias – impassível e segura de si, como era seu jeito de ser.

– Está detido temporariamente, senhor Prinzler – disse. – Parto do princípio de que o senhor conhece bem os seus direitos.

– Vocês realmente são uns babacas – respondeu Bernd Prinzler, indignado. Sua voz era grave e rouca, definitivamente, não a que ficara gravada na fita da secretária eletrônica de Leonie Verges. – Precisavam assustar minha família desse jeito? Tem uma campainha lá na frente, ao lado do portão.

– Tem mesmo – murmurou Bodenstein.

– Leve-o – ordenou a superintendente Engel.

– Será que antes posso trocar de roupa? – perguntou Prinzler.

– Não – respondeu Nicola Engel, com frieza.

Pia percebeu que o homem preferia ter dito algo bem grosseiro, mas já tinha passado por algumas detenções e sabia que uma ofensa não melhoraria em nada sua situação. Por isso, contentou-se em cuspir na grama, bem perto dos sapatos Louboutin de Nicola Engel, e caminhou de cabeça erguida entre os dois homens do Comando de Operações Especiais, que ao seu lado mais pareciam anões, até um dos ônibus pretos.

– Senhor Bodenstein, senhora Kirchhoff, agora já podem conversar com a esposa dele – disse Nicola Engel.

– É com o senhor Prinzler que quero conversar, não com a mulher dele – respondeu Bodenstein, recebendo em troca um olhar austero, que, no entanto, não chegou a abalá-lo. Uma inquietação e um vozerio na casa livraram-na de uma resposta. Em um cômodo subterrâneo, foram encontradas duas moças.

– Pronto, aí está – disse a doutora Nicola Engel com um tom claramente triunfante. – Eu sabia.

* * *

Na noite anterior, depois de deixar o hospital, Meike escreveu-lhe um SMS, e desde então aguardava uma resposta, mas em vão. Desde domingo não tivera mais nenhuma notícia de Wolfgang, sem contar a conversa no escritório, na manhã de segunda-feira, durante a qual, porém, não pudera trocar com ele nenhuma palavra pessoal. Estava se sentindo abandonada. Afinal, não tinha ele prometido solenemente que cuidaria dela e ficaria ao seu lado? Por que não dava notícias? Teria ela feito alguma coisa de errado ou o ofendido? Várias vezes durante a noite, Meike acordou para dar uma olhada em seu smartphone, mas ele não havia escrito nem SMS nem e-mail. Sua decepção crescia a cada minuto. Se havia uma pessoa em sua vida em quem sempre pudera confiar era Wolfgang. A decepção transformou-se em raiva, depois em preocupação. E se tivesse acontecido alguma coisa também com ele?

Às nove, já não conseguia aguentar e ligou para o celular dele, e ele atendeu já no segundo toque. Meike, que não estava esperando por isso, não sabia o que dizer.

– Oi, Wolfgang – disse, então.

– Oi, Meike. Li seu SMS só hoje de manhã; tinha desligado o som do telefone – respondeu, e ela teve a sensação de que não estava dizendo a verdade.

– Não tem problema – mentiu. – Só queria dizer que minha mãe está um pouco melhor. Ontem estive duas vezes com ela.

– Que bom. Ela precisa de você neste momento.

– Infelizmente, ainda não consegue se lembrar de nada. Os médicos dizem que pode demorar até a lembrança do ataque voltar. Às vezes, nem volta.

– Talvez seja até melhor assim. – Wolfgang pigarreou. – Meike, infelizmente tenho uma reunião importante agora. Depois te ligo...

– Leonie Verges morreu – Meike interrompeu-o.

– Quem morreu?

– A tiazinha psicóloga da minha mãe, com quem estivemos no sábado.

– Meu Deus, que horror! – exclamou Wolfgang, perplexo. – Como soube?

– Porque, por acaso, estive lá. Queria perguntar uma coisa para ela, por causa da minha mãe. A porta da casa estava aberta e... e então a vi. Foi... horrível. Simplesmente não consigo esquecer a cena. – Meike fez a voz soar trêmula, como a de uma menina totalmente assustada. Esse artifício sempre deu certo com Wolfgang. Talvez agora ele ficasse com pena dela e a convidasse para dormir de novo na casa dele. – Alguém a tinha amarrado em uma cadeira e tampado sua boca com fita adesiva. Morreu de sede. Então, a polícia chegou, e dei a eles o computador da minha mãe, que ficava no escritório. Acha que fiz certo?

Ele levou certo tempo para responder. Wolfgang era uma pessoa ponderada, alguém que pensava bem antes de dizer alguma coisa. Talvez tivesse de digerir a informação primeiro. Meike ouviu um vozerio ao fundo. Passos, uma porta se fechando e silêncio.

– Claro que fez certo – disse Wolfgang, por fim. – Meike, você deveria ficar fora de toda essa história e deixar que a polícia faça seu trabalho. É perigoso o que você está fazendo. Não pode ir para a casa do seu pai por alguns dias?

Meike achou que tivesse entendido errado. Que sugestão mais imbecil era aquela?

Criou coragem.

– Acho... acho que talvez eu pudesse ficar uns dias na sua casa. Afinal, você já me ofereceu isso – respondeu com voz infantil. – Não posso ir para Stuttgart agora e deixar minha mãe.

Novamente, infinitos segundos se passaram até Wolfgang responder. Sua pretensão de ir morar na casa dele pegara-o de surpresa, e, na verdade, ele não tinha feito essa oferta. Intimamente, ela esperava palavras de consolo e um espontâneo "Mas claro!", só que quanto mais ele a deixava esperando por uma resposta, mais certeza lhe dava de que estava procurando uma desculpa que não a magoasse.

– Infelizmente não vai dar – disse.

Ela percebeu o desconforto em sua voz; sabia que estava provocando nele um conflito de consciência e sentiu uma satisfação perversa.

– Estamos com a casa cheia de convidados até o final de semana.

– Tudo bem, então, deixa pra lá – respondeu simplesmente, embora preferisse ter chorado de raiva por causa da recusa. – Você chegou a pensar sobre o estágio? Estou sem trabalho.

Neste momento, talvez outro homem pedisse para não aborrecê-lo, mas sua amabilidade inata impedia Wolfgang de agir assim.

– Mais tarde conversamos por telefone a respeito – escusou-se. – Agora realmente preciso ir para a reunião; estão todos esperando por mim. Não desanime! E se cuide!

Meike arremessou o celular no sofá e, decepcionada, rompeu em lágrimas. Nada estava saindo como ela esperava! Droga! Ninguém se interessava por ela! Em outros tempos, ela teria mesmo ido até a casa do pai e exigido sua compaixão, mas desde que ele arranjara uma nova companheira, seu interesse por ela tinha diminuído. Na última vez que fora a Stuttgart, aquela loura imbecil tinha ousado lhe dizer que tinha de se comportar como uma adulta de uma vez por todas, e não como uma adolescente de 15 anos. Desde então, Meike não dera mais as caras.

Jogou-se no sofá e pensou no que podia fazer, para quem podia ligar. Mas não lhe ocorreu ninguém.

* * *

As duas moças assustadas, encontradas no porão da casa de Bernd Prinzler, não ficaram nem um pouco entusiasmadas com sua "libertação". Para o comando da operação, o fato de serem russas e de estarem alojadas em um quarto com pouco luxo era prova suficiente de que se tratava de prostitutas ilegais, detidas contra a própria vontade. No êxtase da euforia por esse suposto êxito, não lhes permitiram pegar os pertences pessoais; por isso, somente mais tarde se constatou na sede da polícia de Frankfurt que Natascha e Ludmilla Walenkowa não iam para as calçadas rodar bolsinha. Natascha era *au pair* na casa dos Prinzlers, tinha passaporte e visto de permanência válido, e Ludmilla, sua irmã mais velha, que morara antes dela como *au pair* na residência, estudava informática em Frankfurt e vivia na Alemanha com visto de estudante, de maneira perfeitamente legal.

Em resumo, a ação matinal excedera qualquer absurdo e apenas custara um bom dinheiro. A advogada de Prinzler, uma mulher

durona de cerca de 35 anos, tinha deixado claro que pediria indenização pelos danos materiais causados e um alto ressarcimento por danos morais.

Pia sabia que Bodenstein não estava se sentindo nem um pouco satisfeito por ter tido razão; estava extremamente irritado com o fato de os colegas de Frankfurt não terem permitido até o momento que conversassem com Prinzler. Mas o circo armado durante a manhã tinha tido um lado bom, pois Bodenstein encontrara por acaso, na sede da polícia da Adickesalle, um ex-colega que, na época, havia conduzido a prisão de Kilian Rothemund. Entre outras coisas, Lutz Altmüller tinha estado no Comando Especial "Leopardo", que trabalhara com o caso até o momento não esclarecido da adolescente igualmente encontrada morta no rio Meno, em 31 de julho de 2001. Altmüller estava disposto a se reunir com Pia, Christian Kröger e Cem Altunay, e como ponto de encontro havia sugerido o restaurante Unterschweinstiege, não muito longe do aeroporto de Frankfurt. Para Pia, vinha bem a calhar, pois tinha prometido levar Bodenstein ao aeroporto. Seu voo para Munique partiria às duas e meia, e como só ia levar bagagem de mão e Kai já tinha feito seu check-in online e carregado o bilhete de bordo em seu iPhone, estava dentro do horário quando ela o deixou à uma e meia diante da área de embarque do aeroporto.

Dirigiu até o Unterschweinstiege, deixou o carro no estacionamento e atravessou a rua. Cem e Christian Kröger esperavam diante do posto da guarda-florestal e lhe acenaram quando ela caminhou um pouco desorientada, em busca do restaurante entre os prédios de escritório e o hotel do aeroporto.

O inspetor-chefe Lutz Altmüller estava sentado logo à primeira mesa ao lado da porta de entrada e saboreava um apetitoso filé com molho de ervas e salada de batatas. Tendo passado o dia inteiro sem comer, Pia ficou com água na boca ao ver o prato.

– Achei que, como íriamos nos encontrar na hora do almoço, podíamos unir o útil ao agradável – reconheceu Altmüller com franqueza, depois que se cumprimentaram e se apresentaram. – Sentem-se! Já comeram? Recomendo o filé com molho de ervas.

Gesticulava com a faca e o garfo e falava de boca cheia.

– Onde deixaram o Bodenstein?

– Ele vai para Munique – respondeu Pia. – Hoje à noite vai participar do *Aktenzeichen X Y*.

– Ah, sim, é verdade, ele me contou.

Era difícil imaginar que algum dia Lutz Altmüller tinha sido um atleta de sucesso. Em 1996, chegou até a participar dos Jogos Olímpicos em Atlanta e, por conta disso, sempre teve um status especial na polícia de Frankfurt. Só que, nesse meio-tempo, os músculos se transformaram em banha flácida, o triste resultado de uma comida muito gordurosa, combinada à falta de exercício físico.

– E então, crianças, o que querem saber? – passou o guardanapo de pano na boca e no rosto, tomou um gole do *spritzer* de vinho de maçã e recostou-se. A cadeira rangeu sob o peso de seu corpo avantajado.

– No momento, estamos investigando três casos, e nos três deparamos com os nomes de Kilian Rothemund e Bernd Prinzler – disse Pia. Hoje de manhã, Prinzler foi detido, mas Rothemund continua foragido. Gostaríamos de saber mais sobre ele.

Lutz Altmüller ouviu com atenção. Com o passar do tempo, seu corpo até podia ter se tornado pesado, mas sua memória, não. Na época, em julho de 2001, ele fora um dos agentes da Polícia Criminal que estivera no local onde havia sido encontrado o corpo da adolescente e responsável, sobretudo, pelo estabelecimento de uma comissão especial. Nos três dias que se seguiram à descoberta do corpo da adolescente houve grande inquietação entre os membros dessa comissão. Um anônimo informara por telefone que sabia de onde vinha a adolescente. Era a primeira pista quente – e, infelizmente, também a última. O anônimo não quis aparecer pessoalmente e, por isso, mandou seu advogado.

– Kilian Rothemund – supôs Pia.

– Exatamente – confirmou Lutz Altmüller. – Nos encontramos com Rothemund em um bar, em Sachsenhausen. Naquele momento, ele não quis revelar a identidade do seu cliente. Afirmou que a adolescente poderia ter se tornado vítima de um grupo de pornografia infantil e que seu cliente, que também havia sido vítima do mesmo grupo, poderia nos passar os nomes das pessoas envolvidas. Naturalmente, tudo soava muito vago, mas era a primeira pista promissora. Só que, poucos dias depois, o Ministério Público investigou Rothemund por conta própria, e em uma busca em seu escritório e em sua residência encontrou uma porção de fotos e filmes incriminadores e, por fim, até mesmo um filme comprometedor, que mostrava Rothemund tendo relações sexuais com menores.

– Mas isso é totalmente irracional – notou Christian Kröger. – Por que Rothemund chamaria atenção para si mesmo?

– Você disse tudo, colega. – Altmüller anuiu e franziu a testa. – Era realmente estranho. Rothemund foi processado, posto em cana, seu cliente permaneceu anônimo e nunca voltou a se manifestar. Assim, o caso ficou até hoje sem esclarecimento.

– Nove anos depois, pescamos no Meno outra adolescente morta com vestígios de abuso sexual – disse Christian. – E, ao mesmo tempo, esse Rothemund volta para o foco das nossas investigações.

– Até agora, não sabemos se ele realmente tem alguma coisa a ver com a nossa sereia – interveio Cem. – É só uma suposição.

O garçom apareceu à mesa e tirou o prato de Altmüller. Pia não deu ouvidos aos roncos do seu estômago e pediu apenas uma Coca Light. Cem e Christian também não quiseram comer.

Altmüller esperou até o garçom trazer as bebidas, depois se inclinou para a frente.

– Na época, meus colegas e eu achamos que tramaram contra Rothemund – disse em voz baixa. – A máfia da pornografia infantil usa de todos os meios de intimidação. Não têm pudores quando se veem ameaçados de serem descobertos e estão muito bem conectados.

As relações chegam a órgãos e repartições públicas e aos níveis mais altos da economia e da política. E é claro que ninguém tem interesse que isso venha a público. Muitas vezes, são necessários anos para alguém ser incriminado ou até se conseguir prender todo o grupo, mas, na maioria das vezes, ficamos a ver navios. Estão mais bem equipados, têm muito dinheiro, conexões e possibilidades técnicas, contra as quais nada podemos fazer com nossos meios. Estamos sempre mancando alguns passos atrás desses criminosos.

– Por que Rothemund não se defendeu, se era inocente? – perguntou Pia.

– Ele se defendeu, sim. Contestou até o fim que as provas tivessem alguma coisa a ver com ele – respondeu Altmüller. – Mas eram tão inequívocas que o tribunal não deu atenção às suas objeções. Além disso, o pré-julgamento do público foi divulgado pela imprensa. Esse foi outro mistério. Apesar da imposição de silêncio à imprensa, tudo vazou. E depois ainda houve aquela entrevista coletiva memorável com o promotor Markus Maria Frey...

– ... de quem Rothemund era amigo – completou Pia.

– Pois é, todo mundo sabia disso – Lutz Altmüller anuiu. – Mas essa amizade terminou quando Rothemund começou a defender criminosos da pesada e venceu em alguns casos espetaculares porque conseguiu provar erros de processo e falhas aos órgãos de investigação e ao Ministério Público. Estava no caminho certo para alcançar a nata dos advogados na Alemanha, pôde se permitir uma mansão, ternos sob medida e automóveis caros. Tenho certeza de que seu velho colega Frey simplesmente ficou com inveja e tentou encontrar uma brecha para passar uma rasteira em Rothemund.

– Desse jeito? – Christian Kröger abanou a cabeça. – Chega a ser repugnante.

– Pois é... – Altmüller contorceu o rosto, pensativo. – Imagine ser humilhado publicamente por alguém que, um dia, foi seu melhor amigo. E este ainda comete um deslize realmente catastrófico. O que um promotor faria? Acompanhar o caso oficialmente.

– É, com toda a certeza. Ainda mais quando se trata de abuso sexual infantil – concordou Cem Altunay. – Mas Frey deveria ter recusado o caso por envolvimento pessoal.

– Talvez devesse. Mas, de certo modo, viu uma chance de se reabilitar pelos erros do seu departamento e ser reconhecido. Não foi por acaso que o cara se tornou promotor-chefe aos 35 anos. É ambicioso, inflexível e incorruptível.

– O que sabe sobre Bernd Prinzler? – indagou Pia.

– Prinzler já foi o chefão dos Road Kings – respondeu Altmüller. – O público romantiza os Kings como uma gangue de motociclistas envolvida em negócios escusos. Na verdade, são uma tropa rigidamente organizada, com uma hierarquia quase militar. Na briga pela hegemonia no ambiente dos albaneses do Kosovo e dos russos, chegaram a ter danos colaterais, que levaram um ou outro deles ao tribunal e à prisão, mas, de modo geral, não eram incomodados, pois mantinham a ordem com mão de ferro e, assim, nos poupavam trabalho. Nos anos 1990, Prinzler era vice-presidente do grupo em Frankfurt; era temido e respeitado. Rothemund livrou-o da cadeia algumas vezes. De repente, Prinzler saiu de cena. Primeiro se achou que ele tinha caído em desgraça junto aos colegas, e por um tempo se esperou encontrar seu corpo em algum lugar, mas ele simplesmente deixou a rotina dos negócios e assumiu outras tarefas dentro da organização.

– Que tarefas? E por quê? – quis saber Christian Kröger.

– A esse respeito, só posso especular. Na época até conseguimos infiltrar um informante entre os Kings, mas ele foi morto em uma batida policial. – Altmüller deu de ombros. – Parece que Prinzler se casou e já não queria ficar na linha de frente.

– Vimos a mulher e os filhos dele hoje de manhã – confirmou Cem. – Dois meninos entre 12 e 16 anos.

– Faz sentido, então – disse Altmüller.

Pia tinha ouvido tudo calada. As inúmeras informações que acabavam de receber de Altmüller esvoaçavam em sua mente como peças de um quebra-cabeça, tentando se encaixar nos lugares certos da imagem ainda bastante incompleta. Em vez de respostas úteis para suas perguntas, produziram-se dúzias de novas indagações. Será que Hanna Herzmann estava mesmo fazendo uma pesquisa sobre os Road Kings, como haviam suposto até então? Como se dera o contato com Rothemund e Prinzler? E onde entrava Leonie Verges em toda essa história?

– Quando foi a história do informante morto? – perguntou Pia.

Seu subconsciente lhe enviava sinais que ela não conseguia interpretar nem avaliar, e isso a deixava quase louca.

– Já faz uns bons anos – respondeu Altmüller. – Acho que foi em 1998. Ou 1997? Mas o Prinzler ainda estava na ativa, disso tenho certeza, pois na época o Rothemund conseguiu livrá-lo de toda a história. E, de fato, descobriu-se que quem atirou no informante e em dois dos Kings não foi ninguém do grupo, mas um dos nossos rapazes.

– Erik Lessing – disse Pia.

Lutz Altmüller, que tinha acabado de levantar a mão para chamar o garçom, ficou perplexo, e sua cara vermelha de hipertenso empalideceu.

– De onde conhece esse nome? – Sua resposta foi mais do que elucidativa. O cérebro de Pia estava a mil. Erick Lessing. Kathrin. Behnke. Doutora Nicola Engel, Kilian Rothemund. A velha história em Frankfurt, razão pela qual Engel e Behnke não se suportavam. Por que Behnke sempre teve tantas regalias? Por que nunca o afastaram do serviço policial, apesar de ter cometido os piores erros, e ainda o colocaram no controle interno da Agência Estadual de Investigação? Estaria sendo protegido por algum figurão? E se estivesse, por quê?

– Teria sido este outro erro do Ministério Público? – perguntou ela em vez de responder a Altmüller. – Poderia ter alguma ligação com nossos casos atuais?

– Menina, acho que agora você viajou – disse o velho inspetor--chefe, abanando a cabeça. Sua disposição para dar mais informações tinha acabado. Acenou para o garçom, para que trouxesse a conta, pois tinha uma consulta médica. Cem e Christian agradeceram sua ajuda. No momento em que se levantaram e deixaram a casa da guarda-florestal, outro pensamento atravessou em disparada a mente de Pia, que ficou arrepiada de agitação. Claro, só podia ser isso!

– Senhor Altmüller – dirigiu-se mais uma vez ao colega de Frankfurt –, por acaso na época Rothemund disse *alguma coisa* sobre seu cliente? Falou se era um cliente ou uma cliente?

O homem gordo apoiou-se em uma das mesinhas de bar que estavam no jardim, diante da entrada do restaurante, e franziu a testa, pensativo.

– Eu teria de consultar os autos – disse após um instante. – Gravamos a conversa com ele e fizemos uma transcrição para os autos. Vou ver se consigo essa ata.

– Obrigada. – Pia acenou com a cabeça. – Até que ponto esse cliente era uma "vítima"? E de quê?

– Hum. – Lutz Altmüller passou a mão pela calva. – Acho que ele estava querendo dizer que seu cliente também havia sido vítima da máfia de pornografia infantil. Infelizmente, só houve essa conversa com ele; por isso, não tivemos como perguntar de novo.

As peças do quebra-cabeça caíam como que sozinhas nos lugares certos, e Pia entendeu o que eles – distraídos por Bernd Prinzler – não tinham conseguido enxergar. De repente, ficou com pressa.

– Quem é Erik Lessing? – perguntou Christian, depois que Altmüller foi embora cambaleando. – Por que o velho ficou tão chocado quando você mencionou esse nome?

– Foi só um tiro no escuro – respondeu Pia. – Eu mesma não estou entendendo muito bem tudo isso. Mas precisamos de todo jeito voltar à casa de Leonie Verges. Não sei por quê, mas tenho certeza de que vamos encontrar a chave de tudo nas fichas dos pacientes.

* * *

Durante o trajeto do hospital, em Bad Homburg, para casa, Louisa ficou apenas chupando o polegar, sem dizer uma palavra. Ao chegar, negou-se a descer do carro e subir até a casa. Nem a perspectiva de um pudim de chocolate nem o apelo a seu bom senso nem a bronca adiantaram. Emma já estava à beira das lágrimas e justamente quando tentava, apesar do seu estado, carregar a menina escada acima, Helmut Grasser saiu da casa dos seus sogros como um anjo salvador. Antes que Louisa pudesse protestar, ele a pegou no colo, levou-a para cima e colocou-a na frente da porta da casa. Mais tarde, Corinna e Sarah passaram por lá, levando presentinhos para ela, mas não conseguiram arrancar nem um sorriso da menina. Em determinado momento, ela foi para o quarto e fechou a porta atrás de si.

Então Emma caiu em prantos. Não era culpa dela que sua filha tinha quebrado o braço! Mesmo assim, sentia-se responsável. Como ia continuar aquela situação? Por um lado, queria que Florian estivesse presente e a apoiasse; por outro, temia que sua presença pudesse ser inapropriada. As amigas tentaram consolá-la e lhe asseguraram que cuidariam de Louisa; além do mais, Emma estaria por perto quando desse à luz na sala de parto da instituição.

– Talvez até lá Florian já esteja de volta – disse Corinna.

– Ele não vai voltar – soluçou Emma. E desabafou toda a história. Contou que encontrara a embalagem vazia da camisinha no bolso da calça e lhe pedira satisfação, mas ele nada dissera. Não havia confessado nem contestado que a tinha enganado; por isso, ela lhe pedira que saísse de casa.

Por um momento, Corinna e Sarah ficaram perplexas.

– Mas o pior é que... que... a médica no hospital acha que Louisa poderia... ter sofrido abuso sexual. – Lágrimas de desespero correram por seu rosto e já não podiam ser contidas, como se um dique em seu íntimo tivesse se rompido. – Ela estava com hematomas na parte

interna das coxas e na... na vagina. E isso não foi causado pela queda do pônei. Florian ficou furioso quando a médica disse isso, e desde então não deu mais as caras. Se ele é realmente capaz de fazer uma coisa dessas, não posso deixar a Louisa com ele a cada dois finais de semana!

Contou a Corinna e a Sarah sobre o comportamento alterado de Louisa, os acessos incontrolados de raiva, a atitude agressiva no jardim de infância, as fases de letargia assustadora e o lobo de pelúcia todo picotado.

– Conversei com uma terapeuta da casa de apoio a meninas vítimas de maus-tratos, em Frankfurt, e pesquisei na internet – disse com voz trêmula. – Esses distúrbios de comportamento são sinais típicos de que uma criança pequena como a Louisa teria sofrido abuso sexual. É uma mudança de personalidade, uma espécie de reação psíquica de proteção, porque a criança já não se sente segura em meio à própria família.

Limpou o nariz e olhou para o rosto chocado das amigas.

– Vocês entendem agora por que estou com tanto medo de deixar a Louisa sozinha? E não sei como vai ser quando o bebê nascer e eu já não puder dar a ela minha atenção exclusiva.

– O que o Florian diz a respeito? – quis saber Corinna. – Você chegou a lhe dizer abertamente que desconfia dele?

– Não! Quando é que poderia fazer isso? A última vez que o vi foi quando ele levou Louisa para o hospital.

– Quer que eu fale com ele? – perguntou Corinna. – Afinal, é meu irmão.

– Sim, talvez. – Emma deu de ombros. – Também não sei o que se pode fazer. Já não sei de mais nada.

– Agora tente se acalmar – aconselhou Sarah, acariciando seu braço com compaixão. – Cuide da Louisa sem exigir demais de você. Ficar no hospital é uma experiência muito traumática para crianças na idade dela, e mesmo você estando por perto, ela de repente se viu cercada por pessoas estranhas. Vai precisar de uns dias até se ambientar de novo aqui. Tudo vai ficar bem novamente.

– Vou dar uma olhada nela agora. – Emma suspirou e se levantou. – Obrigada pelos presentes. E obrigada por me ouvirem. – Abraçou primeiro Sarah, depois Corinna, e acompanhou-as até a porta. Depois que ambas foram embora, Emma respirou fundo antes de entrar no quarto da filha.

Louisa estava sentada no chão, em um canto, e não levantou o olhar quando Emma entrou. Tinha colocado um CD de contos de fadas em seu aparelho de som e ouvia sua historinha preferida, a da *Gata Borralheira*. Quieta, quase apática, a menina estava sentada, com o polegar na boca.

– Quer comer biscoito? Ou uma maçã? – perguntou Emma, afável, e sentou-se à sua frente sobre o tapete.

Louisa abanou a cabeça em negativa, sem dizer nada nem olhar para ela.

– Vamos chamar a vovó e o vovô para dizer "oi"?

Abano de cabeça.

– Vamos ficar juntinhas?

Novo abano de cabeça.

Preocupada e sem saber o que fazer, Emma olhou para a filha. Queria tanto ajudá-la, assegurar-lhe de que, com ela, estaria em segurança e de que nada teria a temer, mas talvez Sarah tivesse razão ao dizer que não deveria pressioná-la.

– Posso ficar aqui com você, ouvindo a *Gata Borralheira*?

Louisa deu de ombros. Seu olhar vagou pelo quarto.

Por um momento, ficaram em silêncio, sentadas e ouvindo a voz do narrador.

De repente, Louisa tirou o polegar da boca.

– Quero que o papai venha me buscar – disse.

* * *

Toda a equipe da delegacia de homicídios estava sentada, tensa, diante da televisão na sala da doutora Nicola Engel. Embora tivesse sido um dia longo para todos, estavam bem despertos e ansiosos pela aparição de Bodenstein no *Aktenzeichen X Y*. Em média, sete milhões de espectadores acompanhavam o programa; no período de férias, o número poderia até cair um pouco, mas era a oportunidade de alcançar um público amplo.

Como havia pouquíssima informação sobre a adolescente retirada do rio, não faria sentido gravar um *establishing shot*; em compensação, havia sido preparado um quadro sobre o caso Hanna Herzmann. Bodenstein era logo o primeiro da fila e, quando entrou no ar, o silêncio na sala da superintendente da Polícia Criminal era tão grande que daria para ouvir um alfinete cair no chão. Pia não conseguiu se concentrar direito ao ver o chefe, que, com sua objetividade eloquente, não ficava nem um pouco atrás do apresentador, ao contrário da maioria dos outros colegas, que, por nervosismo, se mostravam desajeitados e atrapalhados. Desde a conversa com Lutz Altmüller, predominava uma grande confusão na cabeça de Pia. Às vezes, acreditava ser capaz de reconhecer claramente um fio condutor, uma ligação, mas depois os fragmentos das informações voltavam a se embaralhar em um emaranhado sem solução. Pelo menos duas pessoas que estavam sentadas com ela na sala poderiam trazer clareza a seus pensamentos: na época em que o informante e dois Road Kings foram mortos a tiros em uma batida policial na zona do meretrício, em Frankfurt, Nicola Engel era chefe de um departamento na Polícia Criminal da mesma cidade. E Kathrin pelo menos conhecia o nome Erik Lessing.

Christian, Cem e ela haviam passado a tarde toda verificando as fichas dos pacientes de Leonie Verges, à procura de algum indício, mas em vão. Depararam com destinos trágicos e deprimentes de mulheres maltratadas, traumatizadas e psiquicamente doentes, mas nada encontraram que tivesse alguma relação com Rothemund, Prinzler ou Hanna Herzmann.

A foto de Kilian Rothemund apareceu na tela. Realmente era um homem bonito, e seus olhos azul-claros eram uma característica muito marcante de sua identificação. Seria muito improvável ninguém tê-lo visto em algum lugar. E se ele realmente tivesse sido vítima de uma conspiração pérfida? Pia tentou imaginar como ela própria se comportaria se ficasse sabendo que um amigo próximo com quem se aborrecera fosse pedófilo. Como reagiria se ele lhe garantisse que era inocente? Acreditaria nele, apesar das diferenças ocorridas? Fitou pensativa a tela da televisão, na qual aparecia o número de telefone para informações relevantes: 0800/22 44 98 98.

– Vou descer rapidinho para fumar – disse Kathrin ao seu lado e se levantou.

– Espere, vou com você. – Pia pegou a mochila e também se levantou. Kai estava com o telefone ao alcance da mão, caso de fato alguma chamada relativa aos casos que Bodenstein estava apresentando fosse encaminhada. Pia seguiu Kathrin pelas escadas até o porão e parou do lado de fora, diante da sala de espera raramente utilizada.

– O chefe podia ser ator – observou Kathrin, acendendo o cigarro. – Acho que eu não conseguiria dizer nenhuma palavra inteligente se tivesse de ficar na frente de uma câmera.

– Tomara que dê resultado. – Pia também pegou um cigarro e encostou-se na parede. Embora naquela manhã tivesse se levantado logo depois das três, não estava nem um pouco cansada. A ideia de que possivelmente estivesse a poucos milímetros de distância do sucesso que todos esperavam e que poderia dar uma virada decisiva nas investigações já a deixava eletrizada.

Por um momento, fumaram em silêncio. De um dos jardins vizinhos, atrás das altas cercas de arame farpado, chegavam até elas risadas e um vozerio, além do apetitoso odor de carne assada.

– Kathrin – disse Pia. – Preciso te fazer uma pergunta.

– Vá em frente. – A colega mais jovem olhou curiosa para Pia.

– Recentemente, quando o Frank esteve aqui, você mencionou um nome para o chefe. Erik Lessing. De onde o conhece?

– Por que quer saber? – A curiosidade se transformou em desconfiança.

– Porque talvez tenha uma ligação com nossos casos atuais.

Kathrin deu uma longa tragada e piscou quando a fumaça entrou em seus olhos. Depois, voltou a expirar.

– Na época em que o Frank começou a me aborrecer, eu tinha acabado de conhecer alguém – disse. – Tinha estado em um seminário, em Wiesbaden, e o coordenador e eu... bem... a gente se aproximou.

Pia acenou com a cabeça. Ainda se lembrava bem da mudança pela qual Kathrin havia passado naquela época. De um dia para o outro, começou a usar óculos novos e elegantes, um corte de cabelo moderno e seu estilo de roupa tinha se alterado radicalmente.

– Por um bom tempo, rolou um lance com ele, mas não oficialmente, porque era casado. Queria se separar, mas, não sei por quê, nada aconteceu. Levou um tempo até eu entender que ele só estava precisando de uma amante para seu ego arranhado. – Kathrin deu um suspiro. – Mas não importa. Por acaso, fiquei sabendo que ele conhecia o Frank. Tinham trabalhado juntos em uma unidade especial. O cara tinha um baita complexo de inferioridade, vivia me contando dos seus antigos feitos. E um dia me contou dessa ação em que um informante foi morto.

Pia mal podia acreditar no que estava ouvindo.

– Ninguém sabia dessa batida policial em um bordel da Elbestraße; nem mesmo o Comando de Operações Especiais tinha sido comunicado. Uns caras uniformizados invadiram o local. Parece que, por acaso, Erik e dois dos motociclistas estavam ali justamente nesse momento para arrecadar dinheiro. Houve tiroteio nos fundos do bordel. E agora, segure-se para não cair...

Fez uma pausa, mas Pia imaginou o que vinha pela frente.

– Foi o Frank que atirou nos três. Com uma arma que não era da polícia e que, mais tarde, foi encontrada no carro de um motociclista, mas este tinha um álibi incontestável para o momento do crime. Seu advogado o livrou da encrenca antes que se pudesse prestar queixa. O caso foi varrido para debaixo do tapete, Frank foi mandado primeiro para o hospital psiquiátrico, depois para Hofheim. Até hoje essa história toda é altamente confidencial.

Pia apagou o cigarro com o pé.

– Como seu namorado ficou sabendo disso?

– Frank lhe confiou a história uma vez em que bebeu além da conta.

– Quando exatamente isso aconteceu?

– Em 1996. Em algum dia de março, se bem me lembro.

– O chefe e a Engel sabem que você está a par dessa história?

– O chefe quis conversar comigo a respeito no dia em que mencionei o nome de Erik Lessing, mas até hoje não disse nada. – Kathrin deu de ombros. – Também, tanto faz. Para mim, é só uma carta na manga perfeita contra o Frank, caso ele tente me encher a paciência.

Hanna acordou quando a enfermeira da noite entrou no quarto. As enfermeiras e os enfermeiros, que trabalhavam o dia inteiro na unidade, respeitavam seu desejo de ficar em paz e só falavam o necessário com ela. Contudo, Lena, a enfermeira da noite, uma loura alegre e cheia de energia, ignorava seu silêncio e tagarelava à toa, sem a menor cerimônia, como uma animadora do Club Méd. Só faltava que lhe arrancasse a coberta, batesse palmas e a obrigasse a fazer abdominais com todos aqueles drenos e tubos.

– Ah, este é o novo iPhone – disse, alegre, depois de medir sua febre e sua pressão. – Puxa, é chique, hein! Legal mesmo; até eu ia gostar de ter um desses. Caro, não é? Meu namorado também tem um, e agora vive baixando aplicativos e coisas do tipo.

Hanna fechou os olhos e deixou-a tagarelar. De fato, Meike tinha arrumado para ela um novo smartphone e carregado nele todos os dados, para que Hanna pudesse voltar a ler seus e-mails. Sobretudo, agora finalmente sabia que dia era. Tinha perdido a noção do tempo por completo.

– A senhora até foi tema do *Aktenzeichen X Y* – continuou a enfermeira Lena. – Assistimos na sala das enfermeiras. Realmente assustadora a reconstituição.

Hanna enregelou-se por dentro e voltou a abrir os olhos.

– O que exibiram? – rouquejou, receosa.

Por que ninguém tinha lhe contado a respeito? Irina, Jan, Meike ou, pelo menos, sua agência devia saber de alguma coisa!

– Bom, como a senhora foi encontrada no porta-malas do seu carro. – Lena pôs o braço esquerdo na cintura. – E antes ainda, uma cena na sua garagem. Ah, sim, no começo mostraram a senhora saindo do estúdio de televisão e indo para o seu carro.

Santo Deus!

– Disseram meu nome? – perguntou Hanna.

– Não, não exatamente. Diziam sempre "a apresentadora de TV Johanna H.".

Não era bem um consolo. De que serviria a proibição de veicular as informações se seu nome era divulgado em um dos programas mais vistos da televisão alemã? A partir do dia seguinte, a imprensa se lançaria sobre ela.

– Estão achando que seu ataque tem a ver com o assassinato daquela psicoterapeuta – continuou a enfermeira Lena, com a sensibilidade de um tanque de guerra, e entrou no banheiro.

– De quem está falando? Quem foi assassinada? – sussurrou Hanna com voz rouca.

A enfermeira da noite voltou; não tinha ouvido a pergunta de Hanna.

– Não é horrível? – tagarelou. – Só de imaginar ser presa e amordaçada, depois morrer lentamente de sede... Francamente! Que monstros são esses? Vejo muita coisa feia por aqui, mas...

Suas palavras caíram na consciência de Hanna como pedras na água. As ondas de choque do entendimento expulsaram a névoa consoladora de sua cabeça. De repente, como se uma cortina tivesse sido aberta, deparou com a lembrança sem nenhum aviso prévio. Ofegou de horror e sentiu o corpo se contrair.

Os policiais que não eram da polícia. A tempestade. Ela, trancada no porta-malas. Lembrou-se do seu medo, de suas tentativas, em pânico, de se libertar. A garagem da sua casa, em que sempre se sentira segura. Ouviu o estalo quando seus ossos foram quebrados, provou o gosto de cobre do sangue na boca. As dores insuportáveis, o medo de morrer, a certeza repentina de que iria morrer. Ouviu uma respiração ofegante e risadas, viu a luz vermelha e piscante de uma câmera através de um véu de lágrimas, sentiu o cheiro acre de suor masculino. *Não meta seu nariz em coisas que não lhe dizem respeito, sua vadia! Se fizer isso, morre. Vamos encontrá-la em qualquer lugar, você e sua filha também. Seus fãs vão adorar ver na internet o filminho de hoje.*

O horror daquela noite voltou com um ímpeto que lhe tirou o fôlego. Tentou permanecer calma, mas as lembranças que dormitavam em algum canto nas profundezas da sua memória irromperam com a violência de um vulcão e a arrastaram para um abismo negro de terror.

– O que a senhora tem? Não está se sentindo bem? – Somente então a enfermeira Lena notou que havia algo errado.

– Calma, fique calma! – Inclinou-se sobre Hanna, pôs as mãos em seus ombros e a empurrou de volta para a cama. – Não se esqueça de inspirar e expirar.

Hanna virou a cabeça, quis se defender, mas estava muito fraca. Ouviu um grito estridente e apavorado, e levou alguns segundos para entender que esse som horrível saía de sua boca.

* * *

Louisa adormeceu às oito e meia. Não pediu mais por Florian, e Emma esforçou-se para não levar a mal o que a filha tinha dito. Seu bom senso lhe dizia que, para uma criança de 5 anos, era normal querer o pai. Provavelmente, Louisa quisesse ficar com ela se estivesse na casa de Florian. Contudo, no fundo do seu coração, havia ficado magoada e ferida com essa nítida rejeição. É uma criança pequena – Emma tentou persuadir-se –, está confusa e assustada com a temporada no hospital. Associa o pai a rir, tomar sorvete, brincar, trocar afagos; já você lhe lembra rigor, obrigações e cotidiano.

Mas pouco importava até que ponto o comportamento de Louisa podia ser explicado com a razão; simplesmente era injusto o modo como Florian tinha angariado e conquistado o amor da filha com suas visitas esporádicas! Era ela quem sempre esteve junto da menina, desde o nascimento! Foi ela que massageou a barriguinha de Louisa nos seus primeiros três meses de vida, quando esta berrava quase ininterruptamente; foi ela que passou pomada nas suas gengivas quando os primeiros dentinhos despontaram. Foi ela quem a consolou, quem cuidou dela, trocou suas fraldas e a carregou para todo canto. Noite após noite embalou o sono da filha ou lhe cantou cantigas de ninar, leu histórias para ela, deu-lhe mamadeira e passou horas brincando com ela. E agora era esse o agradecimento que recebia!

Emma colocou as mãos em volta da xícara com chá de jasmim insosso. Aos poucos, foi ficando enjoada de tomar chá. A vontade de um café preto e forte, de um bom expresso meio amargo ou de uma taça de vinho já vinha atormentando-a em seus sonhos, quando conseguia dormir. Estava exausta, incrivelmente cansada. Como gostaria de simplesmente voltar a dormir dez horas sem interrupção nem a preocupação constante com o bem-estar da filha! Mas no máximo em duas semanas outra criança exigiria toda a sua atenção, e ela já estava no fim de suas forças física e psíquica. Não é a toa que a natureza faz com que o corpo da mulher tenha sua maior capacidade de concepção aos 20 anos. Quanto mais velha, mais sensíveis ficam os nervos. Ela já estava velha demais para duas crianças pequenas, que ainda por cima tinha de criar sem o auxílio de um homem.

Dali a dois dias, estaria frente a frente com ele. Com toda certeza, Florian apareceria para a festa de aniversário do pai. Emma reprimiu a ideia dessa confrontação. Havia passado o dia todo em casa porque Louisa não queria sair do quarto. Agora que a menina dormia profundamente, podia se permitir um breve passeio ao ar fresco, para mexer um pouco os pés. Pegou a babá eletrônica e desceu. Diante da porta da casa, respirou profundamente. Já tinha quase escurecido. O ar agradável estava impregnado do perfume entorpecedor e adocicado dos lilases. Tirou os crocs dos pés, segurou-os na mão e continuou a caminhar descalça. A grama úmida parecia um tapete. Seus nervos se acalmavam a cada passo. Esticou os ombros, inspirou e expirou regularmente. Não queria ir muito longe, só até o chafariz, que ficava no meio do parque, embora certamente Louisa não fosse acordar antes das sete da manhã do dia seguinte. Emma chegou até o chafariz, sentou-se à sua borda e mergulhou a mão na água, que ainda estava aquecida por conta do sol. No biótopo mais acima, à beira da floresta, sapos coaxavam e grilos cantavam.

Por hábito, Emma deu uma olhada na babá eletrônica, mas obviamente já estava fora do alcance da radiocomunicação. Lembrou que Florian era terminantemente contra esse aparelho. Segundo afirmava, a radiação a que o bebê ficava exposto seria prejudicial. Também achava que as fraldas modernas davam erupções cutâneas e eczema, porque não permitiam a ventilação.

Estranho. Por que só lhe ocorriam coisas negativas quando pensava no marido? De repente uma batida, seguida por um grito estridente, rompeu o silêncio idílico. Preocupada, Emma deu um salto e voltou correndo para casa. Mas a voz que soava irritada vinha da direção dos três bangalôs e era de Corinna! Emma ficou atrás de uma cerca de buxo, olhando para as casas. O bangalô dos Wiesners estava aceso, e Emma viu, para seu espanto, os sogros sentados no sofá da sala. Além de Josef e Renate, também estavam presentes Sarah, Nicky e Ralf. Nunca antes Emma tinha visto sua amiga tão furiosa. Embora não conseguisse entender o que estava dizendo, pois a porta do terraço estava fechada, deu para ver que Corinna gritava com Josef. Em um gesto de apaziguamento, Ralf colocou a mão sobre o ombro de Corinna, que o repeliu, contrariada, mas baixou a voz. Emma observou a cena, que mais parecia uma peça de teatro que não era capaz de interpretar. Normalmente, Corinna, Josef e Renate eram muito unidos. Qual seria a razão para esse forte desentendimento? Teria acontecido alguma coisa? Renate se levantou e saiu da sala. De repente, Nicky interveio. Disse alguma coisa; depois, levantou o braço e deu um tapa em Corinna que a fez cambalear. Assustada, Emma ficou sem fôlego. Nesse momento, Renate apareceu no terraço e passou a caminhar bem na sua direção. Foi o tempo de Emma se agachar atrás da cerca de buxo. Ao olhar novamente para a casa dos Wiesners, a sala estava vazia, exceto por Josef, que estava sentado no sofá, inclinado para a frente e com o rosto enterrado nas mãos. Exatamente como estivera sentado à sua mesa pouco tempo antes, quando Emma surpreendera por acaso, como naquele dia, Corinna brigando com ele. Como podia tratar o pai daquele jeito? E por que Ralf ficou tão sem ação quando Nicky deu um tapa na mulher? Emma não estava entendendo nada daquele comportamento estranho. Talvez simplesmente os nervos estivessem à flor da pele na antevéspera da grande festa. Afinal, Corinna também era apenas um ser humano.

Durante sua permanência na Holanda, Kilian Rothemund mantivera o celular desligado na maior parte do tempo. Embora na prisão tivesse perdido a conexão com os progressos da telecomunicação moderna,

sabia muito bem que poderiam localizar seu celular com acesso à internet, mesmo que a função *roaming* estivesse desligada. Não tinha familiaridade com cibercafés, *wifi* em hotéis nem coisas semelhantes, mas em hipótese alguma poderia deixar pistas que levassem aos dois homens que só conseguira encontrar sob um complicadíssimo esquema de segurança. O caráter explosivo do que lhe contaram e entregaram era enorme. Desde que Kilian vira sua própria foto no *De Telegraaf*, jornal holandês de maior circulação, sabia que estava sendo procurado com mandado internacional de prisão. Embora não falasse holandês, conseguia ler razoavelmente na língua. O criminoso sexual Kilian Rothemund, com antecedentes penais, estava sendo procurado, mas não se mencionava a razão por questões táticas de investigação. Um de seus clientes do camping lhe enviara um SMS, comunicando-lhe que a polícia fizera uma busca em seu trailer no domingo e estava atrás dele; por Bernd soubera que Leonie Verges estava morta. Alguém a havia torturado em sua própria casa de maneira cruel até a morte. Na verdade, ele deveria ter ficado chocado, mas não ficou. Ainda no sábado vira Leonie na casa do Bernd. Ela havia afirmado que, apesar de todos os avisos, Hanna não tinha entendido a seriedade da situação e deixara escapar alguma coisa. Embora Kilian tivesse defendido Hanna, no fundo também ficara com uma ligeira dúvida quanto à sua lealdade, pois na quinta-feira já não lhe mandara notícias, nem por SMS, nem por e-mail, nem por telefone. Já fazia mais de uma hora que estavam discutindo quando Leonie dissera, com um tom rancoroso, que Hanna merecia o que lhe tinham feito. Kilian quase caiu para trás quando ela contou que na noite de quinta para sexta Hanna havia sido atacada e estuprada e que, desde então, estava internada. O tom casual e indiferente com que dissera isso fora a gota d'água para Kilian. Tiveram uma briga feia; depois, ele pegara sua *scooter* e ainda à noite fora até Langenhain, na esperança de talvez encontrar a filha de Hanna e saber mais notícias dela, mas a casa estava escura e em silêncio.

Kilian já não sabia se as informações que obtivera na Holanda ainda tinham alguma importância. Haviam mexido em um vespeiro, e as vespas atacaram de modo brutal: Leonie estava morta, Hanna, gravemente ferida no hospital, e ele, procurado pela polícia. Bernd havia decidido não dizer nada a Michaela em um primeiro momento, pois ninguém era capaz de julgar como ela reagiria a essas notícias ruins.

Fazia horas que Kilian tentava descobrir por que justamente em um jornal holandês tinha sido impressa sua foto com a notificação de captura. Será que alguém sabia que ele tinha viajado para Amsterdã ou a notícia tinha sido publicada em todos os grandes jornais europeus?

Por volta do meio-dia, decidiu enviar o material altamente explosivo das suas conversas pelo correio para a Alemanha, para o caso de o prenderem no caminho para casa. Comprou um envelope forrado e pensou um bom tempo em quem seria o destinatário da sua correspondência, antes de escrever um endereço no pacote e levá-lo ao correio. Em seguida, foi para um café perto da estação central de Amsterdã esperar seu trem, que partiria às 19h15. Cinco minutos antes, pagou os dois cafés e o pedaço de bolo que havia consumido, pegou a bolsa e dirigiu-se à plataforma.

Estava contando com o fato de que o esperariam na chegada a Frankfurt, mas não em Amsterdã. Como do nada, dois homens vestidos com roupas pretas de combate apareceram repentinamente à sua frente. Um deles mostrou-lhe a identificação e, em um alemão que mais lembrava Rudi Carrell,* deu-lhe voz de prisão. Kilian não opôs resistência. Cedo ou tarde, seria extraditado para a Alemanha, e finalmente tinha as provas que até então sempre lhe faltaram; provas concludentes, inequívocas e toda sorte de nomes. A organização tinha tantas cabeças quanto uma hidra, que voltavam a crescer tão logo eram cortadas. No entanto, com as informações de que

* Ator e cantor holandês que fez muito sucesso na Alemanha de 1960 a 1990. [N. da T.]

dispunha agora, enfraqueceria sensivelmente aqueles malditos perversos e inescrupulosos e, ao mesmo tempo, limparia seu nome e se reabilitaria. Alguns dias em uma cela de detenção holandesa já não podiam assustá-lo.

* * *

Ainda durante o programa chegaram as primeiras chamadas com informações, mas a chamada talvez mais importante foi recebida não pelo estúdio do *X Y*, e sim por Kai Ostermann, deixando toda a equipe em polvorosa. Eram 11 e dez quando Pia digitou o número de Bodenstein e ele a atendeu no mesmo instante.

Sentou-se na escada na frente do posto policial, acendeu um cigarro e lhe relatou os detalhes em poucas palavras. Uma mulher tinha ligado, contando que vira a moça morta em Höchst no início de maio, na Emmerich-Josef-Straße. Estava voltando para casa, carregada de sacolas de compras, e procurava pela chave quando uma moça loura, com olhos arregalados de pânico, correu até ela e lhe implorou por ajuda em um alemão capenga. Apenas poucos segundos depois, um automóvel prateado parou junto da guia ao lado delas. Um homem e uma mulher desceram. A moça se encolheu na entrada da casa, protegendo a cabeça com os braços – uma cena lamentável. O casal explicara à testemunha que sua filha tinha problemas psíquicos e sofria de alucinações. Ambos se desculparam gentilmente, depois levaram a moça, que os acompanhou sem oferecer resistência. Quando perguntaram por que não ligara antes para a polícia, a mulher respondeu que no início de junho foi fazer um cruzeiro de três semanas e quase já tinha esquecido a ocorrência até que, por acaso, naquela noite viu a foto da adolescente morta, retirada do rio Meno. Tinha cem por cento de certeza de que se tratava da mesma moça que lhe pedira ajuda e prometeu ir à delegacia na manhã seguinte para prestar depoimento.

– É, realmente parece promissor – disse Bodenstein. – Agora trate de ir para casa. Amanhã vou pegar o avião às sete e, no mais tardar às oito e meia estarei no escritório.

Despediram-se, e Pia guardou o celular. Precisou de uma enorme força de vontade para levantar-se do degrau e arrastar-se até o carro, que estava estacionado justamente na última vaga do estacionamento.

– Pia! Espere! – exclamou Christian Kröger atrás dela. Pia parou e virou-se. Seu colega aproximou-se com passo apressado, e não foi a primeira vez que ela se perguntou se ele era um ser humano ou algo como um vampiro que não precisasse dormir. Tal como ela, Kröger estava em pé desde a madrugada, e nas últimas noites também quase não dormira; mesmo assim, parecia bem desperto.

– Escute, Pia, passei o dia todo com uma coisa rodando na minha cabeça – disse indo até ela no estacionamento mal iluminado entre os prédios da Inspeção Criminal Regional e a rua. – Talvez seja apenas uma coincidência sem importância, mas talvez também não. Você se lembra do automóvel que os vizinhos de Leonie Verges observaram várias vezes perto da casa dela?

– O Hummer do Prinzler? – supôs Pia.

– Não, o outro carro. A perua prateada. Você até anotou a placa – respondeu Christian, impaciente. – Segundo o pedido de informação sobre o proprietário do veículo, o carro está registrado em nome da Associação Sonnenkinder e. V., em Falkenstein.

– Sei. E daí?

– O promotor Markus Maria Frey preside o conselho administrativo da Fundação Finkbeiner, que dirige essa associação.

– Eu sei. – Pia anuiu e ficou parada junto ao seu carro.

– Você também sabia que ele foi tutelado pelo doutor Josef Finkbeiner? – Christian olhou para ela com expectativa, mas Pia já tinha chegado ao limite da sua capacidade intelectual de assimilação por aquele dia. – Estudou jurisprudência graças a uma bolsa da Fundação Finkbeiner.

– Sim, e daí? Aonde está querendo chegar?

Christian Kröger era daquele tipo de pessoa que sabia uma quantidade enorme de coisas inacreditáveis e complicadas e as mantinha bem guardadas em seu cérebro, prontas para serem evocadas a qualquer momento. Era só ouvir uma coisa, uma única vez, que nunca mais a esquecia. Esse dom era um fardo que às vezes o fazia sofrer, pois não raro as pessoas à sua volta tinham muita dificuldade em acompanhar o ritmo dos seus pensamentos.

– Pessoas como Frey costumam ser socialmente engajadas. – Pia quase deslocou a mandíbula ao bocejar; seus olhos lacrimejavam de cansaço. – E o fato de ele atuar na fundação de quem o criou e a quem está estreitamente ligado por várias razões é evidente, não?

– É, sim, você tem razão. – Christian franziu a testa. – Foi só uma ideia.

– Estou morta de cansada – disse Pia. – Amanhã a gente volta a conversar sobre isso, está bem?

– Está bem. – Acenou com a cabeça. – Então, boa noite.

– Sim, boa noite. – Pia abriu o carro e sentou-se ao volante. – Veja se também dorme um pouco.

– Está preocupada comigo? – Christian inclinou a cabeça e sorriu.

– Claro! – Pia deu um leve tom de flerte à sua voz. – Afinal, você é meu colega preferido.

– Sempre achei que fosse Bodenstein.

– Ele é meu chefe preferido. – Deu a partida no motor, engatou a marcha a ré e piscou para ele. – Nos vemos amanhã!

Quinta-feira, 1º de julho de 2010

Na delegacia de homicídios predominava um otimismo cheio de esperança. A participação de Bodenstein no *Aktenzeichen X Y* trouxera uma nova onda de informações, que teriam de ser verificadas. A testemunha Karen Wenning compareceu às nove horas em ponto à delegacia e ilustrou o incidente do dia 7 de maio com riqueza de detalhes. Tinha absoluta certeza de que a moça que lhe pedira desesperadamente ajuda era a sereia, e declarou-se pronta a fazer o retrato falado dos supostos pais junto com um especialista da Agência Estadual de Investigação.

– Ela é maquiadora no teatro de Frankfurt, tem olho bom para rostos – explicou Pia a seu chefe, que entrou na sala depois que ela e Cem terminaram o interrogatório da testemunha. – Já trabalhou para o cinema, a televisão e o teatro.

– É confiável? – Bodenstein tirou o paletó e o pendurou no encosto de sua cadeira.

– É, sim, sem dúvida. – Pia sentou-se diante da mesa do chefe e lhe fez um resumo das informações adquiridas na conversa com Lutz Altmüller. Bodenstein ouviu com atenção.

– Está duvidando que Rothemund seja o criminoso? – Bodenstein franziu a testa.

– Estou. Entre ele e Hanna Herzmann existe alguma coisa que ultrapassa o mero interesse profissional – respondeu Pia. – Na noite de quarta-feira, ela lhe deu uma carona até o camping, esteve em seu trailer. O cabelo encontrado ali é dela. E se os dois simplesmente tiveram uma relação sexual de comum acordo naquela noite?

– Pode ser – admitiu Bodenstein. – E o Prinzler?

– Os colegas de Frankfurt me fizeram o favor de marcar uma hora para hoje à tarde, em Preungesheim – disse Pia com sarcasmo. – Aliás, fiquei sabendo que a busca na propriedade de Prinzler foi um fracasso, exatamente como você tinha suposto. Nada de armas nem de drogas, nenhum carro roubado, nenhuma garota ilegal.

Bodenstein bebericou seu café e absteve-se de qualquer comentário. Pia continuou, relatando-lhe que tinham verificado as fichas dos pacientes de Leonie Verges, mas sem resultado.

– Por que razão fizeram isso? – Bodenstein quis saber.

– Minha intuição me diz que Hanna Herzmann não estava pesquisando sobre os Road Kings – respondeu Pia cruzando os braços. – E acho que o caso de Hanna Herzmann e o de Leonie Verges estão ligados. Talvez até tenha sido o mesmo criminoso.

– Sei. E como chegou a essa conclusão?

– Kai, Christian e eu conversamos sobre um possível perfil psicológico do assassino. Achamos que tem entre 40 e 50 anos, problemas de relacionamento ou problemas com mulheres de modo geral e uma autoestima baixa. Tem uma veia sádico-voyeurista, se compraz com o sofrimento alheio e quando suas vítimas imploram e lutam pela vida. Gosta de exercer poder sobre pessoas que, na verdade, lhe são superiores, mas que ele pode rebaixar e humilhar amarrando e amordaçando. Não conhece nenhum senso de valor moral, é de natureza colérica, mas, por outro lado, é muito inteligente e provavelmente também tem instrução.

Sorriu quando Bodenstein fez cara de espanto.

– A formação continuada do Kai valeu a pena, não?

– Em todo caso, parece impressionante – respondeu Bodenstein. – Qual dos nossos suspeitos tem esse perfil?

– Infelizmente, até o momento, não conhecemos Rothemund nem Prinzler o suficiente para poder julgar – admitiu Pia. – Por isso, gostaria de levar Kai ou Christian comigo hoje à tarde para Preungesheim.

– Por mim, tudo bem. – Bodenstein terminou de beber seu café. – Isso é tudo?

– Não. – Pia tinha deixado o assunto mais delicado para o final. – Gostaria muito de saber de você alguma coisa sobre a morte de Erik Lessing.

Bodenstein, que já estava quase colocando a xícara de volta à mesa, interrompeu o movimento. Sua expressão se anuviou, como se dentro dele uma persiana tivesse sido bruscamente fechada. A xícara ficou suspensa alguns centímetros sobre o pires.

– Não sei nada a esse respeito – disse, pousando a xícara e levantando-se. – Vamos para a sala de reuniões.

Pia ficou decepcionada, embora quase já estivesse contando com essa reação.

– Foi o Frank que atirou nele e nos dois Road Kings?

Bodenstein parou, sem se virar para ela.

– O que significa isso? – perguntou. – O que isso tem a ver com nossos casos?

Pia levantou-se de um salto e foi até ele.

– Acho que o Frank foi usado para afastar uma testemunha perigosa, ou seja, o informante Erik Lessing, que deve ter ficado sabendo de alguma coisa que ninguém deveria saber. Aquilo não foi um erro nem legítima defesa. Foi um homicídio triplo, encomendado por alguém. Frank cumpriu essa ordem, sabe-se lá o que lhe disseram. Ele matou um colega.

Bodenstein deu um profundo suspiro e se virou.

– Então você já sabe de tudo – disse.

Por um momento, fez-se completo silêncio; apenas o toque abafado de um telefone atravessou a porta fechada.

– Por que nunca me contou essa história? – Pia quis saber. – Nunca entendi por que Frank tinha essa posição especial, por que você sempre o protegeu. Sua falta de confiança me magoa.

– Não tem nada a ver com falta de confiança – respondeu Bodenstein. – Na época, eu mesmo não tinha nada a ver com isso, estava em um departamento completamente diferente. A razão pela qual fiquei sabendo de alguns detalhes foi...

Parou de falar, hesitou.

– A doutora Nicola Engel – Pia completou a frase. – Ela era a diretora do departamento responsável. Acertei?

Bodenstein fez que sim. Olharam-se.

– Pia – disse finalmente em voz baixa. – Essa questão é muito perigosa. Até hoje. Eu mesmo não sei de nenhum nome, mas alguns dos responsáveis daquele período ainda devem estar ocupando seus cargos. Se na época já passaram por cima de cadáveres, agora farão o mesmo.

– Quem?

– Não sei. Nicola não me contou os detalhes. Supostamente, para me proteger. Eu também não quis saber mais.

Pia examinou o chefe. Perguntou-se se ele estava lhe dizendo a verdade. O que saberia realmente? E, de repente, percebeu que já não confiava nele. O que ele faria, até onde iria para proteger a si mesmo e os outros?

– O que está pensando em fazer?

– Nada – mentiu, levantando os ombros. – É um caso antigo. Temos mais o que fazer.

Seu olhar encontrou o dele. Seria uma espécie de alívio o que cintilou por um ínfimo instante em seus olhos?

Bateram à porta. Kai enfiou a cabeça para dentro.

– Acabei de falar com um cara ao telefone que que viu algo interessante atrás da área de descanso em Weilbach, na noite em que Hanna Herzmann foi violentada. – O fato de o próprio Kai, que geralmente irritava todos com sua serenidade inabalável, estar realmente fora de si mostrava o quanto a tensão das últimas semanas também o estava corroendo. – Por volta das duas da manhã, ele estava na estrada vicinal entre Hattersheim e Weilbach, quando, de repente, um carro com farol apagado passou correndo pela esquerda, saindo de uma estradinha de terra. De susto, o homem quase foi atropelado na valeta, mas conseguiu dar uma olhada rápida no rosto do motorista.

– Como ele era? – perguntou Bodenstein.

– Um homem de barba, com cabelos penteados para trás.

– Bernd Prinzler?

– Pela descrição, poderia ser. Infelizmente, ele não consegue se lembrar do modelo nem da placa do carro. Disse que era grande e escuro. Poderia perfeitamente ser o Hummer.

– Certo. – Cansado, Bodenstein refletiu. – Prinzler deve ser trazido até aqui. Quero uma acareação com a testemunha, amanhã logo cedo.

Pia sentou-se em seu carro e praguejou por quase queimar as mãos no volante. O veículo tinha ficado ao sol e estava tão quente como o interior de um forno. Precisava de calma para conseguir refletir sobre o que tinha acabado de saber. A algumas centenas de metros da Inspeção Criminal Regional começavam os campos de Kriftel, as plantações de frutas e morangos, que se estendiam até a A66. Virou à esquerda, na L3016, popularmente conhecida como "a rota do morango", e dirigiu até a primeira estradinha entre os campos. Ali deixou o carro e continuou o caminho a pé.

Naquele dia, o sol tinha reconquistado sua supremacia climática; porém, como na maioria das vezes, vinha acompanhado de ar fresco, e no final da tarde certamente cairia outra tempestade. As estradas entre os campos, cobertas de grama, estavam impregnadas de poças d'água lamacentas, deixadas pela última chuva. A linha do horizonte de Frankfurt parecia bem mais distante do que nos dias claros, assim como as encostas das montanhas do Taunus, a oeste.

Pia enfiou as mãos nos bolsos da calça jeans. Cabisbaixa e com passos pesados, passou por latadas de ameixeiras e macieiras. Ficou profundamente abalada por saber que Bodenstein tinha esse tipo de segredo. Pia o conhecia e o respeitava como um homem que defendia as próprias convicções, mesmo que fossem impopulares; alguém com um notável senso de justiça e elevados valores morais, incorruptível, disciplinado, justo e correto. Havia considerado sua tolerância em relação às falhas de Behnke uma fraqueza desculpável, uma prova de lealdade para com um colaborador de longa data que passava por dificuldades pessoais e financeiras, pois esta fora a justificativa que Bodenstein lhe dera certa vez. Agora ela entendia que tinha sido mentira. Desde o começo, tinham se entendido bem e se completado, mas sempre predominou certa distância entre eles. Isso mudou quando o casamento de Bodenstein terminou. Desde então, entre eles se desenvolvera uma verdadeira relação de confiança, quase uma amizade. Pelo menos era assim que Pia imaginava, pois, pelo visto, a confiança deixava muito a desejar. Teve um sobressalto ao pensar que seu chefe poderia ter mais a ver com a história de Erick Lessing do que havia admitido. Ela não tinha nada em mente; muito pelo contrário. Assim que Kathrin lhe revelasse o nome de seu ex-amante, conversaria com ele, isso mesmo; estava até pensando em tirar satisfação com Behnke. No fundo, a história nada a tinha a ver com o caso antigo, mas seu instinto lhe dizia que havia uma relação entre a encomenda de homicídio triplo, o ataque a Hanna Herzmann e o assassinato de Leonie Verges. Não podia ser um acaso o fato de Rothemund e Prinzler desempenharem um papel tanto antes como agora.

O celular tocou. No começo, não deu atenção, mas depois venceu seu senso de dever. Era Christian Kröger.

– Onde você está? – perguntou.

– No horário de almoço – respondeu sucintamente. – Por quê?

– Vi seu carro na beira da estrada. Ontem acabei não conseguindo lhe contar mais uma coisa. A que horas você volta?

– Às 14 horas, 11 minutos e 43 segundos – respondeu asperamente, como não costumava fazer, e logo se arrependeu, pois justo Christian não merecia ser para-raios do seu mau humor. – Desculpe – disse, então. – Está a fim de um passeio entre pitorescas plantações de morango? Estou precisando me mexer um pouco e respirar ar fresco.

– Sim, claro. Com prazer.

Pia explicou-lhe o caminho que tinha feito e sentou-se em uma pedra, que devia servir para demarcar limites. Virou o rosto para o sol, fechou os olhos e desfrutou do calor na pele. Uma cotovia rodopiou gorjeando no céu azul. O rumor constante da rodovia distante era um ruído familiar; Birkenhof ficava, no máximo, a três quilômetros em linha reta, logo à beira da A66. Aparentemente, Christian não tinha a mesma necessidade de movimento e ar fresco que ela; a van Volkswagen azul da Polícia Científica sacolejou pela estradinha de terra. Pia se levantou e foi até seu colega.

– Ei – disse ele, examinando-a. – Aconteceu alguma coisa?

Sua sensibilidade sempre a surpreendia. Era o único de todos os colegas homens que tomava a liberdade de lhe fazer uma pergunta como essa. Todos os outros a tratavam como se tratavam entre si. Antes que algum colega perguntasse sobre os sentimentos ou o estado emocional do outro, provavelmente mordia própria língua.

– Venha, vamos caminhar um pouco – disse Pia em vez de responder. Por um momento, caminharam em silêncio. Christian colheu ameixas pelo caminho e lhe ofereceu algumas.

– Ladrão de ameixas. – Pia sorriu, esfregou uma fruta em seus jeans e a colocou na boca. Estava deliciosa, aquecida pelo sol, doce e, involuntariamente, despertou nela lembranças da infância.

– Furto de comestíveis não é crime. – Christian também sorriu, mas logo voltou a ficar sério. – Acho que na biografia do promotor Frey há algumas manchas escuras.

Pia parou.

– Como chegou a essa conclusão? – perguntou, surpresa.

– Me lembrei de um artigo de jornal – respondeu. – Foi publicado pouco depois de Rothemund ser preso. Entrevistaram a mulher dele, e ela afirmou que a prisão tinha sido uma vingança pessoal do Frey contra seu marido, pois Rothemund teria descoberto que Frey havia comprado seu título de doutor.

Cuspiu o caroço da ameixa.

– Por isso, ontem à noite fiz algumas investigações e descobri quem foi o orientador do Frey. Por coincidência, também faz parte do conselho administrativo da Fundação Finkbeiner. Professor Ernst Haslinger. Foi decano da Faculdade de Direito e vice-presidente da Goethe-Universität. Em seguida, foi nomeado para o Supremo Tribunal Federal, em Karlsruhe.

– Isso não quer dizer nada – disse Pia. – Por que está interessado no promotor Frey?

– Porque acho estranho o interesse dele pelo caso. – Christian Kröger ficou parado. – Faz mais de dez anos que trabalho na perícia e nunca vi um promotor-chefe aparecer pessoalmente na busca a uma residência. Quando muito, mandam um subordinado qualquer.

– De fato, o interesse dele ultrapassa a questão profissional – respondeu Pia. – Ele e Rothemund já foram grandes amigos.

– E por que ele esteve em Eddersheim na noite em que encontramos a adolescente morta no rio?

– Estava num churrasco na casa de amigos, que ficava ali perto. – Pia tentou se lembrar como Frey havia justificado seu aparecimento naquela noite. De fato, ela mesma também tinha ficado surpresa.

– Acredito na história do churrasco – disse Christian. – Mas o fato de que era perto dali, nisso já não acredito.

– Aonde quer chegar? – perguntou Pia.

– Eu mesmo não sei direito – admitiu Christian. Arrancou um talo de grama e enrolou-o distraidamente no dedo. – Mas, para mim, é coincidência demais.

Continuaram a caminhar.

– E o que está te preocupando? – perguntou após algum tempo.

Pia pensou se deveria lhe contar sobre a história de Erik Lessing e a participação de Frank Behnke nela. Tinha de conversar com alguém a respeito. Excluiu Kai, pois estava muito preso aos acontecimentos atuais. Cem ela não conhecia o suficiente; Bodenstein e Kathrin estavam envolvidos e não eram neutros. Na verdade, Christian Kröger tinha se tornado, cada vez mais, a única pessoa em seu ambiente de trabalho em quem ela realmente confiava. Por fim, tomou coragem e ilustrou para ele sua suspeita.

– Caramba! – disse, perturbado, quando ela terminou seu relato. – Isso explica muita coisa. Principalmente o comportamento do Frank.

– Quem poderia na época ter mandado eliminar Lessing? – perguntou Pia. – A Engel não poderia ser, pois era chefe de departamento. Essa ordem deve ter vindo bem mais de cima. Do comandante da polícia? Do Ministério do Interior? Do Departamento Federal da Polícia Criminal? Até hoje, Behnke está sob a proteção de alguém. Normalmente, por tudo que fez, ele não apenas teria de ser suspenso, mas também afastado do serviço público.

– É preciso investigar quem teria interesse em tirar Lessing do caminho – refletiu Christian. – O que ele teria descoberto? Realmente deve ter sido algo muito explosivo, algo que poderia se tornar uma séria ameaça para algum figurão.

– Corrupção – supôs Pia. – Tráfico de drogas, comércio de meninas.

– Seja como for, certamente, foi uma missão oficial para um informante – respondeu Christian. – Não, deve ter sido algo pessoal. Algo que poderia arruinar uma pessoa.

– Precisamos perguntar isso a Prinzler – disse Pia dando uma olhada no relógio. – E daqui a uma hora. Vem comigo a Preungesheim?

* * *

– Sei que você queria que eu não viesse, mas eu precisava vê-la de qualquer jeito. – Wolfgang olhou ao redor, girando, sem graça, o ramalhete de flores nas mãos.

– Coloque-as em cima da mesa. Mais tarde, as enfermeiras põem em um vaso. – Hanna teria preferido lhe pedir para levar as flores embora imediatamente. Ainda por cima lírios brancos! Odiava o odor intenso que lhe lembrava velórios e cemitérios. Lugar de flores era no jardim, não em um quarto pequeno e mal ventilado.

Na noite anterior, escrevera a ele um SMS, pedindo-lhe para não ir ao hospital. Era desagradável para ela ser vista naquele estado por um homem que não fosse um médico. Podia imaginar sua própria aparência, havia tateado o rosto com as mãos, sentido os inchaços e os pontos na testa, na sobrancelha esquerda e no queixo. Será que as maquiadoras seriam hábeis o suficiente para transformar aquele campo de batalha desastroso em um rosto novamente adequado para a televisão?

A última vez que se vira no espelho foi naquela noite, em seu camarim na emissora. Seu rosto ainda estava sem nenhuma mancha e bonito, exceto por algumas ruguinhas. Agora não queria se ver, sabia que não poderia suportar sua aparência. O horror nos olhos dos visitantes já lhe bastava.

– Sente-se um pouco – disse, convidando Wolfgang.

Ele puxou a cadeira para junto da cama e, desajeitado, pegou a mão dela. Os vários tubos que entravam e saíam de seu corpo deixaram-no desconcertado; Hanna viu que ele tentava evitar olhar diretamente para eles.

– Como você está?

– Se dissesse que estou bem, estaria mentindo – rouquejou ela.

Sua conversa ocorreu de maneira forçada, interrompendo-se a todo instante. Wolfgang parecia pálido e tresnoitado, além de nervoso. Sob seus olhos havia olheiras arroxeadas, que ela nunca vira antes nele. Em determinado momento, ele ficou sem assunto e se calou.

Hanna também não disse nada. Afinal, o que poderia lhe contar? Que era uma merda evacuar por sonda? Quão grande era seu medo de ficar desfigurada e traumatizada pelo resto da vida? Fosse em outros tempos, teria desabafado isso com ele, mas agora a situação era outra. Agora havia outra pessoa que ela desejava que estivesse ali, sentada a seu lado e segurando sua mão.

– Ah, Hanna – disse Wolfgang, suspirando. – Sinto muito mesmo por você ter passado por uma coisa dessas. Queria fazer alguma coisa por você. Tem ideia de quem a atacou?

Hanna engoliu em seco. Refreou o horror crescente. A lembrança do medo da morte, das dores e do pavor.

– Não – sussurrou. – Sabia que Leonie Verges, minha terapeuta, foi morta?

– Meike me contou anuiu ele. – Que horror tudo isso!

– Não entendo. No meu caso, a polícia tem dois suspeitos. – Falar cansava muito Hanna. – Mas com certeza não foi nenhum dos dois. Por que teriam feito isso? Trabalhei junto com eles. Acho que foi mais por causa da história em que me meti...

De repente, veio-lhe uma suspeita. Uma suspeita horrível.

– Você não contou a ninguém a respeito, contou, Wolfgang?

Tentou erguer-se, mas não conseguiu. Sem força, afundou na cama.

Wolfgang hesitou. Por um ínfimo instante, seu olhar deslizou para o lado.

– Não. Quer dizer, só para o meu pai – admitiu, sem graça. – Ele não ficou nem um pouco entusiasmado e até tivemos uma briga homérica por causa disso. Segundo ele, às vezes não se pode levar em conta apenas o índice de audiência. Justo ele vem me dizer isso!

Deu uma curta risada forçada.

– Ele não queria que sua emissora se ocupasse desse tipo de difamação sem provas. Os nomes foram o que mais o incomodaram. Morre de medo de um processo ou de uma publicidade ruim. Eu... eu realmente sinto muito, Hanna. Muito mesmo.

– Tudo bem. – Hanna acenou com a cabeça, extenuada.

Conhecia o pai de Wolfgang havia trinta anos e podia imaginar muito bem a reação dele. Também conhecia muito bem Wolfgang. Podia ter adivinhado que ele iria contar ao pai autoritário sobre seu projeto. Wolfgang tinha um respeito imenso por ele e lhe obedecia incondicionalmente. Ainda morava na mansão dos pais, e só tinha o cargo de diretor de programação graças ao papai. Embora Wolfgang desempenhasse seu trabalho de maneira competente e conscienciosa, faltavam-lhe coragem e capacidade para se impor. Durante a vida inteira, foi apenas o filho do grande magnata da mídia Hartmut Matern. Na amizade de ambos, ela sempre fora mais bem-sucedida, mais esperta e forte. Hanna sabia que ele não se importava com isso, mas não tinha tanta certeza quanto ao que ele sentia por ainda hoje, aos 45 anos, ser humilhado pelo pai na frente de toda a equipe quando lhe escapava algum erro ou quando se permitia tomar uma decisão sozinho. Wolfgang nunca falava a respeito. De modo geral, não gostava nem um pouco de falar de si mesmo. Pensando bem, Hanna quase nada sabia sobre ele, pois tudo sempre girava ao seu redor: seu programa, seu sucesso, seus homens. Em seu egoísmo desmedido, isso nunca lhe ocorrera, mas agora lamentava. Aliás, como muitas outras coisas que fizera ou deixara de fazer em sua vida.

Sua garganta doía por ter falado, as pálpebras ficaram pesadas.

– É melhor você ir agora – murmurou, virando a cabeça. – Falar me cansa muito.

– Sim, claro. – Wolfgang soltou a mão dela e se levantou.

Os olhos de Hanna se fecharam, seu espírito se retirou da realidade insuportavelmente ofuscante para a paisagem crepuscular de um mundo intermediário, no qual era saudável, feliz e... apaixonada.

– Fique bem, Hanna – ouviu a voz de Wolfgang, como se viesse de muito longe. – Talvez algum dia você possa me perdoar.

* * *

– Lousia? Louisa!

Emma havia procurado pela casa inteira. Enquanto usava rapidamente o banheiro, a menina havia sumido.

– Louisa! O vovô e a vovó estão esperando pela gente. A vovó fez bolo de cenoura especialmente para você.

Nenhuma reação. Será que tinha fugido?

Emma foi até a porta da casa. Não, a chave estava no fecho, do lado de dentro, e a porta estava trancada. Desde que, certa vez, trancara-se sem querer do lado de fora, deixava sempre a chave no fecho. Na ocasião, Louisa ficou correndo pela casa, gritando em pânico, até Emma chamar às pressas o senhor Grasser para abrir a porta antiga com uma chave falsa.

Não podia ser! Emma precisou se controlar para não perder a paciência. Bem que gostaria de gritar naquele momento. Sempre tinha de respeitar os outros, mas quem a respeitava?

– Louisa?

Entrou no quarto da menina. O armário não estava fechado direito. Emma abriu a porta e teve um sobressalto ao ver a filha encolhida embaixo dos vestidinhos e dos casacos pendurados. Estava com o polegar na boca, fitando o vazio.

– Ah, meu amor! – Emma se agachou. – O que está fazendo aí?

Nenhuma resposta. A menina chupou o polegar com mais intensidade e, ao mesmo tempo, coçou com o indicador o narizinho, que já estava todo vermelho.

– Não quer descer comigo para comer bolo de cenoura com chantili na casa da vovó e do vovô?

Louisa abanou categoricamente a cabeça.

– Não quer ao menos sair do armário?

Novo abano de cabeça.

Emma sentiu-se desamparada. O que teria acontecido com essa menina? Teria Louisa se tornado um caso para psicólogos infantis? Que medos a estariam atormentando?

– Quer saber de uma coisa? Vou ligar para a vovó e dizer que não vamos. E depois vou me sentar aqui e ler alguma coisa para você, está bem?

Louisa fez que sim, hesitando e sem olhar para ela.

Emma se levantou com dificuldade e foi ao telefone. À sua preocupação misturava-se raiva. Se descobrisse que Florian realmente tinha feito alguma coisa à sua filha, ai dele!

Ligou para a sogra e desculpou-se, dizendo que não iria tomar chá na casa dela porque Louisa não estava muito bem. Cortou logo de cara a lamentação decepcionada de Renate; não estava a fim de se justificar.

Louisa ainda estava sentada no armário quando Emma voltou.

– Que livro quer que eu leia para você? – perguntou.

– *Franz Hahn e Johnny Mauser* – balbuciou Louisa, sem tirar o polegar da boca. Emma tirou o livro da estante, puxou o pufe para perto da porta aberta do armário e se sentou.

Era extremamente desconfortável, no seu estado, sentar-se quase no chão. Primeiro foi sua perna esquerda que adormeceu, depois a direita. Mas aguentou firme e leu o livro, pois estava fazendo bem a Louisa. A menina parou de chupar o dedo; depois, saiu do armário e aninhou-se no braço de Emma, para também poder olhar o livro. Riu e se divertiu com as figuras que já conhecia de cor. Quando Emma fechou o livro, Louisa suspirou e fechou os olhos.

– Mamãe?

– Diga, meu amor. – Emma acariciou a bochecha da filha. Era tão pequena e inocente, e sua pele delicada, tão transparente, que dava para ver as veias em suas têmporas.

– Não quero nunca mais ficar longe de você, mamãe. Tenho muito medo do lobo mau.

Emma ficou sem ar.

– Não precisa ter medo. – Precisou se esforçar para fazer a voz soar tranquila e firme. – Aqui não vem nenhum lobo.

– Vem, sim – sussurrou Louisa, sonolenta. – Sempre que você sai. Mas é segredo. Não posso te contar nada, senão ele me come.

Pela manhã, Bernd Prinzler foi apresentado ao juiz e transferido da cela na sede da polícia, onde havia passado a noite, para a prisão preventiva em Preungesheim. Demorou quase meia hora até o levarem para a sala de visitas em que Pia e Christian o aguardavam. Os dois funcionários judiciais que o acompanhavam eram mais altos do que Pia, mas Prinzler os ultrapassava em uma cabeça. Pia estava preparada para a dificuldade que seria conversar com ele. O homem tinha uma experiência de anos de cadeia; a atmosfera da prisão preventiva não o impressionava nem um pouco, como costumava acontecer com pessoas que passavam uma noite na cela pela primeira vez na vida e experimentavam a angústia de ficar encarceradas. Geralmente, homens como Prinzler não diziam uma palavra sequer; no máximo, recorriam ao seu advogado.

– Bom dia, senhor Prinzler – disse Pia. – Meu nome é Pia Kirchhoff, este é meu colega, o inspetor-chefe Kröger, da delegacia de homicídios de Hofheim.

A expressão sombria de Prinzler não transmitia nenhuma emoção, mas em seus olhos escuros havia uma expressão de preocupação e de tensão que surpreendeu Pia.

– Sente-se, por favor. – Virou-se para os dois funcionários da penitenciária. – Obrigada. Podem esperar lá fora, por favor.

Prinzler sentou-se com as pernas abertas na cadeira, cruzou os braços tatuados e olhou fixamente para Pia.

– O que eu tenho a ver com vocês? – perguntou quando a chave girou na fechadura pelo lado de fora. – Do que se trata, afinal?

Sua voz era profunda e rouca.

– Estamos investigando o assassinato de Leonie Verges – disse Pia. – Uma testemunha viu o senhor e um segundo homem saindo da casa da senhora Verges, na noite em que o corpo dela foi encontrado. O que fazia lá?

– Quando chegamos na casa, ela já estava morta – respondeu. – Liguei do meu celular para o 110 e informei sobre o corpo.

Depois desse começo promissor, ele já não respondeu a nenhuma outra pergunta que Pia e Christian lhe fizeram alternadamente.

– Por que esteve na casa da senhora Verges?

– De onde a conhecia?

– Seu carro foi visto várias vezes pelos vizinhos da senhora Verges. O que ia fazer lá?

– Quem era o homem que o acompanhou?

– Quando conversou com Kilian Rothemund pela última vez?

– O que fez na noite de 24 para 25 de junho?

Finalmente, dispôs-se a abrir a boca.

– Por que querem saber disso?

– Nessa noite, a apresentadora de TV Hanna Herzmann foi atacada, espancada e brutalmente violentada.

Pia notou um flamejar nos olhos de Prinzler. A musculatura de sua mandíbula se comprimiu; ele tensionou visivelmente os músculos do pescoço.

– Não preciso violentar mulher nenhuma. Também nunca bati em mulher. No dia 24 estive em um encontro de motociclistas, em Mannheim. Há cerca de quinhentas pessoas que podem testemunhar.

Em todo caso, não negou que conhecia Hanna Herzmann.

– Por que na noite anterior esteve na casa da senhora Herzmann, acompanhado de Kilian Rothemund?

Pia não esperava encontrar em Bernd Prinzler um tagarela, mas sua paciência, que era a máxima virtude de um investigador, estava sendo exposta a uma dura prova. O tempo corria.

– Ouça, senhor Prinzler – Pia resolveu tomar um caminho não convencional. – Meu colega e eu não o consideramos culpado nos dois casos. Acho que o senhor está querendo acobertar ou proteger alguém. Posso entender isso. Mas precisamos encontrar um psicopata perigoso que abusou de forma extremamente cruel de uma adolescente, a violentou e a afogou, antes que ela fosse descartada no Meno como se fosse lixo. O senhor tem filhos; e se acontecesse uma coisa dessas com eles?

O olhar de Prinzler exprimiu espanto. E respeito.

– Hanna Herzmann foi brutalmente estuprada com um cabo de guarda-sol e tão gravemente ferida que quase morreu de hemorragia interna – continuou Pia. – Deixaram-na no porta-malas do carro dela, e só sobreviveu por muita sorte. Leonie Verges foi amarrada a uma cadeira. Alguém a assistiu morrer de sede; havia uma câmera sem fio apontada para ela, registrando sua morte agonizante. Se puder nos ajudar de algum modo a prender e responsabilizar o criminoso ou os criminosos, ficaríamos realmente muito gratos ao senhor.

– Se ajudarem a me tirar daqui – respondeu Prinzler –, então também posso ajudá-los.

– Por nós, o senhor poderia sair agora mesmo. – Pia levantou os ombros, pesarosa. – Mas há instâncias superiores em jogo.

– Não me incomoda nem um pouco ficar uns dias aqui – disse. – Vocês não têm nenhuma prova contra mim. Minha advogada vai entrar com recurso contra o mandado de captura e eu ainda vou ganhar uma grana pelos dias que passei aqui.

Seu rosto, com a barba bem-feita, parecia cinzelado em pedra, mas a expressão dos olhos revelava sua impassibilidade. O homem com inúmeros interrogatórios nas costas, habituado a ser tratado com rudeza e que certamente não era melindroso, estava preocupado. Muito preocupado. A pessoa que queria proteger devia ser mesmo muito importante para ele. Pia decidiu tentar um tiro no escuro.

– Se está preocupado com sua família, posso providenciar proteção policial para ela – disse.

Prinzler pareceu achar graça na ideia de proteção policial para a família; um ínfimo sorriso esboçou-se em sua boca, mas logo voltou a se apagar.

– Prefiro que tente me tirar daqui ainda hoje. – Observou-a de maneira penetrante e desafiadora. – Tenho residência fixa, não vou fugir de vocês.

– Então responda às nossas perguntas – interveio Christian.

Prinzler não lhe deu atenção. Tinha tanta autoconfiança que abriu a guarda e quase pediu para uma policial vadia ajudá-lo. Em geral, homens do seu calibre só tinham desprezo pela polícia.

– Viram o senhor no local em que a senhora Herzmann foi encontrada no porta-malas do carro. Amanhã será feita uma acareação com a testemunha.

– Já disse onde estive naquela noite. – Prinzler evitava ofensas, trejeitos de machão e o jargão que, sem dúvida, ele normalmente usava. Era inteligente, tinha se retirado havia catorze anos dos negócios cotidianos dos Road Kings e vivia em um paraíso, distante dos círculos e estabelecimentos da zona de prostituição, que já havia sido seu lar. Por quê? O que o motivara a isso? Pia estimou que tivesse uns 55 anos; na época, portanto, devia ter quase 40. Não era uma idade em que alguém como Bernd Prinzler simplesmente se aposenta. De quem estaria se escondendo? E, novamente, por quê?

O tempo passava, ninguém dizia nada.

– Por que Erik Lessing precisou morrer? – perguntou Pia, rompendo o silêncio. – O que ele sabia?

Prinzler controlava bem sua expressão facial, mas não conseguiu impedir que suas sobrancelhas se arqueassem, como por reflexo.

– É justamente disso que também se trata agora – disse asperamente.

– E *do que* se trata agora? – perguntou Pia.

Não desviou seu olhar do dele.

– Pense bem – respondeu Prinzler. – Não vou dizer mais nada sem minha advogada.

* * *

Estava de mau humor. De péssimo humor. E magoada.

O que aquele babaca estava pensando para dispensá-la daquele jeito? Descendo as escadas toda emproada e com passos rígidos, Meike sentia os olhos arder com as lágrimas de raiva.

Após uma visita a Hanna, foi até Oberursel ver Wolfgang. Ela mesma não sabia por que de repente ele se tornara tão importante em sua vida e por que tinha a sensação de que estava mentindo para ela. De onde vinha sua desconfiança? Quando ele lhe disse ao telefone que ela não podia passar a noite em sua casa porque seu pai tinha hóspedes, ela não acreditou.

Mas, de fato, a rampa e a bem-arrumada esplanada de cascalho estava lotada de veículos. Uns carrões com placa de Karlsruhe, Munique, Stuttgart, Hamburgo, Berlim e até do exterior. Tudo bem, Wolfgang não tinha mentido. Por um instante, ficou ali parada, pensando se devia ir embora ou simplesmente tocar a campainha. Wolfgang sabia que ela estava sozinha e sem ocupação. Se estava dando uma festa em sua casa, bem que podia tê-la convidado! Hanna sempre era convidada para todo tipo de ocasião. Meike observou o casarão antigo, de que tanto gostava. As altas janelas com pinázio, as venezianas verde-escuras, o telhado de três águas com empenas inclinadas, coberto por telhas planas, a escadaria cujos oitos degraus conduziam à porta dupla verde-escura, na qual havia uma cabeça de leão em latão como aldraba. Naquele fim de tarde quente de verão, os arbustos de lavanda diante da casa exalavam um intenso odor, que lembrava a Meike suas férias no sul da França. Muitos anos antes, Hanna era quem havia trazido da Provença a lavanda para a mãe de Wolfgang.

Antigamente, estivera muitas vezes ali com Hanna, e se lembrava da casa como a essência da proteção e da segurança. Mas agora a tia Christine tinha morrido e Hanna estava no hospital, mais morta do que viva. E ela não tinha ninguém que a esperasse, para onde pudesse ir e se sentir segura e protegida. Não se podia negar que, com o passar dos anos, Wolfgang se tornara sua referência mais importante, uma espécie de pai substituto, por quem ela demonstrava uma profunda confiança. Seus padrastos vieram e foram, e só a viam como um apêndice inevitável de Hanna; já seu próprio pai tinha se casado com uma megera ciumenta.

Meike deu uma última olhada na casa, depois se virou para ir embora. Nesse momento, um Maybach escuro fez-se ouvir no pátio. Parou diante da escadaria. Um homem elegante, de cabelos brancos, desceu, e seu olhar encontrou o dela. Meike sorriu, acenou e notou a expressão de incômodo que passou pelo rosto bronzeado de Peter Weißbecker ao vê-la. Peter era um velho conhecido de Hanna, quase um amigo. Como ator e apresentador, era uma lenda da televisão alemã. Meike o conhecia desde que se sabia por gente. Achava meio idiota, aos 23 anos de idade, chamá-lo de tio Pitti, mas era assim que sempre se dirigia a ele.

– A pequena Meike! Que bom ver você – disse com entusiasmo forçado. – E a mamãe? Também veio com você?

Abraçou-a de modo desajeitado.

– Não, a mamãe está no hospital – respondeu, dando-lhe o braço.

– Puxa, sinto muito. É alguma coisa grave?

Subiu a escadaria com ele. A porta se abriu, o pai de Wolfgang apareceu no vão. Ao vê-la, sua expressão facial também revelou perturbação e incômodo. Só que não conseguiu disfarçar seu descontentamento com tanta habilidade quanto o tio Pitti, o profissional dos palcos.

– O que está fazendo aqui? – resmungou Hartmut Matern para Meike.

Um tapa não teria doído mais do que essa recepção hostil.

– Oi, tio Hartmut! Por acaso, estava aqui perto – mentiu Meike. – Só queria dar um alô.

– Hoje não vai dar – respondeu Hartmut Matern. – Como vê, tenho visitas.

Meike fitou-o, estupefata. Nunca tinha sido tão grosseiro com ela. Atrás dele surgiu Wolfgang. Parecia nervoso e tenso. Seu pai e o tio Pitti desapareceram na casa, deixando-a ali plantada, como uma estranha, sem se despedir dela nem mandar lembranças para Hanna, ao menos por educação. Meike ficou profundamente magoada.

– O que está acontecendo aqui? – perguntou. – É o Clube do Bolinha, por acaso? Ou será que minha mãe também foi convidada?

Wolfgang pegou-a pelo braço e conduziu-a para fora.

– Meike, por favor. Hoje realmente não é um dia bom. – Falava baixo e rápido, como se não quisesse que alguém ouvisse. – É... uma espécie... uma espécie de reunião de acionistas. Trata-se de negócios.

Uma mentira deslavada, e sua cara de pau a magoou ainda mais do que a sensação humilhante de ser posta para fora.

– Por que não atende ao telefone quando ligo? – Meike odiou o tom de sua própria voz. Queria parecer tranquila, mas soou como uma mulherzinha histérica e magoada.

– Nas últimas semanas, tenho trabalhado feito louco. Por favor, Meike, não faça escândalo – suplicou-lhe.

– Com certeza não vou fazer nenhum *escândalo* – bufou furiosa. – Só achei que pudesse acreditar no que você disse e que pudesse vir te visitar a qualquer momento.

Sem graça, Wolfgang hesitou em falar, gaguejou alguma coisa sobre reunião emergencial e reestruturação. Que banana!

Meike tirou a mão dele de seu braço. A decepção havia sido colossal.

– Já entendi. Foram só palavras, com as quais você sossegou sua consciência pesada. Na verdade, você não está nem aí comigo. Bom divertimento hoje à noite.

– Meike, espere! Por favor! Também não é assim!

Ela seguiu em frente, na esperança de que ele a seguiria e a consolaria, pediria desculpas ou diria alguma coisa, mas, quando se virou para perdoá-lo melodramaticamente, ele já tinha entrado em casa e fechado a porta. Nunca antes se sentira tão sozinha e excluída. Reconhecer que a afeição e a amizade dessas pessoas nunca lhe foram dirigidas como a um ser humano, mas que a aceitavam somente como a filha inconveniente e irritante da famosa Hanna Herzmann foi desolador.

Meike desceu a rampa com passos pesados, lutando contra as lágrimas de raiva. Antes de chegar à rua, tirou algumas fotos dos carros estacionados com seu iPhone. Se aquilo era uma reunião de acionistas, ela era a Lady Gaga. Estava acontecendo alguma coisa ali, e ela iria descobrir o quê. Aqueles idiotas!

– Meu Deus! – inclinou a cabeça para trás e olhou a fachada de um conjunto habitacional cinza, no alto do Schillerring, em Hattersheim. – Não imaginava que agora ele estivesse morando aqui!

– Por quê? Onde ele morava antes? – perguntou Christian Kröger. Parado diante da porta do prédio, estudava com os olhos apertados as inúmeras plaquinhas ao lado das campainhas.

– Em um prédio antigo, em Sachsenhausen – lembrou-se Pia. – Não longe do apartamento em que morei com Henning.

Ficou muito surpresa quando, pouco antes, o computador lançou na tela aquele endereço como a atual residência de Frank Behnke. Ao seu chefe tinha dito que tiraria o dia de folga; porém, vinte minutos depois, Christian e ela se encontraram no estacionamento do supermercado Real, em Hattersheim. Não ficou com a consciência pesada por guardar segredos de Bodenstein. Mesmo sem saber que papel que ele poderia ter desempenhado nessa história antiga, Pia tinha certeza de que não estava diretamente envolvido no caso. Nesse sentido, não era da conta dele se agora ela interrogasse algumas pessoas sem lhe dizer nada.

– Ah, achei – disse Christian ao seu lado. – O que devo dizer?

– Seu nome – sugeriu Pia. – Você nunca teve problemas com ele.

Seu colega apertou a campainha. Segundos depois, ouviu-se uma voz rouca dizer "alô?", e Christian respondeu. A porta se abriu com um zumbido, entraram no saguão que, embora antigo, era bem mais arrumado do que o horroroso conjunto habitacional permitia supor pelo lado de fora. Segundo a placa do fabricante, o elevador era de 1976, e os barulhos que fazia na viagem até o 16º andar não inspiravam muita confiança. O corredor cheirava a comida e produto de limpeza, as paredes haviam sido pintadas com tinta látex, num horrível tom ocre, que faziam a passagem sem janelas parecer mais desoladora do que realmente era.

Pia, que se lembrava muito bem do profundo horror que Behnke tinha por esse tipo de construção social e seus moradores, sentiu certa compaixão ao pensar que ele estava morando entre eles.

Uma porta se abriu, e Behnke apareceu no vão. Vestia uma calça de moletom e uma camiseta manchada; estava com a barba por fazer e descalço.

– Se você tivesse dito que *essa aí* estava junto, não teria deixado você entrar – disse a Christian Kröger, e um cheiro de aguardente soprou pelo corredor. – O que querem comigo?

– Oi, Frank. – Pia ignorou a saudação hostil. – Podemos entrar?

Examinou-a sem esconder sua antipatia, depois abriu caminho, contrariado, e fez uma reverência.

– Por favor. É uma honra recebê-la em minha luxuosa cobertura – disse com sarcasmo. – Infelizmente, o champanhe acabou, e meu mordomo está de folga.

Pia entrou no apartamento e ficou chocada. Havia apenas um cômodo de cerca de 35 metros quadrados, com uma cozinha minúscula e aberta, e a cama era separada por uma cortina. Um sofá puído, uma mesinha de centro, um aparador barato de pinho, sobre o qual havia uma pequena televisão ligada, sem som. De uma arara, no canto, pendiam camisas, gravatas e ternos; no chão havia alguns sapatos alinhados, além de um aspirador de pó. Toda área livre estava preenchida por alguma coisa, e com três adultos o espaço ficou totalmente cheio. A cada passo topava-se com algum móvel. A única coisa realmente bonita era a vista da varanda para o Taunus, mas isso não era nenhum consolo. Que deprimente ter de viver assim!

– Agora vocês dois formam o "time dos sonhos"? – perguntou Behnke, hostil. – O Bernardo e Bianca* de Hofheim...

Pia notou que em seus olhos úmidos e avermelhados cintilava pura inimizade. Não era de agora que Frank revelava tendências misantrópicas, mas, naquele meio-tempo, ele passara a abominar a humanidade inteira, sem exceção.

– Mas esta não é uma visita de cortesia. Vamos, digam logo o que querem de mim e me deixem em paz.

– Estamos aqui porque queremos saber de você o que houve por trás da história de Erik Lessing. – Pia sabia que não fazia sentido enrolar; por isso, foi direto ao assunto.

– Erik quem? Nunca ouvi esse nome – afirmou Behnke, sem pestanejar. – Era isso? Então podem ir embora.

– Nos nossos casos atuais, apareceram dois nomes que na época também foram importantes – continuou Pia, impassível. – Achamos que pode haver uma relação.

– Não sei do que você está falando. – Behnke cruzou os braços. – E não estou nem um pouco interessado.

– Sabemos que você matou três homens em um bordel de Frankfurt. E não foi por legítima defesa, mas a mando de alguém. Usaram

---

* Referência aos personagens do filme de animação produzido pela Walt Disney. [N. da T.]

você sem antes te dizer a verdade. Você nunca se conformou com o fato de ter matado um colega.

Primeiro, Behnke ficou vermelho, depois, pálido. Cerrou os punhos.

– Acabaram com a sua vida, mas, para eles, pouco importava – disse Pia. – Se descobrirmos quem está por trás disso, vamos poder responsabilizá-lo.

– Saiam daqui – disse Frank entre os dentes. – Caiam fora e nunca mais apareçam.

– Você foi soldado voluntário antes de entrar para a polícia – Christian Kröger assumiu a conversa. – Formou-se como atirador de elite, esteve em uma unidade especial. Era muito bom. Escolheram você a dedo para essa operação, porque sabiam que obedeceria e não faria perguntas. Quem lhe deu essa ordem? E, acima de tudo, por quê?

Frank Behnke olhou Pia e Kröger, alternadamente.

– Mas que diabos é isso? – ralhou, furioso. – O que querem de mim? Já não estou ferrado o suficiente?

– Frank! Não queremos nada – reiterou Kröger. – Mas pessoas estão morrendo! Uma adolescente foi brutalmente violentada e assassinada, simplesmente a jogaram no Meno! Há pouco falamos com um homem, em cujo carro, na época, a arma do crime foi colocada. Ele e seu antigo advogado estão envolvidos em pelo menos dois dos casos atuais.

– E vocês acham que podem vir aqui para um bate-papo? Vamos perguntar ao Frank; com certeza ele vai nos contar tudo. – Behnke deu uma risada sarcástica. – Vocês são completamente idiotas ou o quê? Essa merda toda arruinou a minha vida! Deem só uma olhada no que virei! Por acaso estão achando que vou deixar que me metam em outra encrenca? E ainda por cima pelo velho e sua... sua princesinha de ouro!

Em seu pescoço se formaram manchas vermelhas e flamejantes; o suor brotava em sua testa. Seu corpo inteiro tremia. Pia o conhecia suficientemente bem para saber que bastava uma minúscula faísca para que ele explodisse.

– Vamos, Christian, vamos embora – disse em voz baixa. Não adiantava. Behnke havia sido corroído pela amargura, pelo ódio e pelo desejo de vingança. Não a ajudaria, ainda que ela aparecesse à sua frente toda ferida e ensanguentada. Ele era daquele tipo de pessoa que sempre buscava um culpado para sua ruína pessoal, e, aos seus olhos, Pia era culpada por Bodenstein ter retirado a benevolência que tinha com ele.

– Não se trata de Bodenstein, Pia, nem de mim. – Christian Kröger não desistia tão rápido. – O fato é que assassinatos têm sido encomendados e permanecido impunes.

– Vocês não fazem ideia do que são capazes. Não fazem a menor ideia. – Frank se virou e foi para a minicozinha. Pegou uma garrafa com um líquido transparente e encheu um copo quase até a borda.

– Quem são "eles"? – perguntou Pia.

Frank fitou-a, depois, levou o copo à boca e bebeu tudo de um só gole. Seu olhar vagou pelo pequeno cômodo. De repente, e com um acesso de raiva que assustou Pia, arremessou o copo contra a parede, mas ele não se quebrou.

– Estão vendo? Olhem só para isso! – Frank riu com amargura. – Não consigo fazer mais nada! Nem quebrar um copo eu consigo mais, merda!

Estava completamente embriagado, como Pia havia imaginado. Ao tentar pegar o copo do chão, perdeu o equilíbrio e bateu contra uma estante, que desabou fazendo enorme barulho. Rindo, rolou no chão, mas sua risada se transformou em um soluço desesperado. O fanático por esporte, que sempre treinava, só comia produtos naturais e nunca havia tocado em um cigarro, havia se transformado em um beberrão. O fato ocorrido em março de 1997, em Frankfurt, havia arruinado sua vida, pois ele nunca o havia digerido. Seu casamento tinha acabado, e sua vida era uma pilha de escombros.

– Não consigo fazer mais nada! – balbuciou, batendo os punhos no chão. – Nada! Estou no fim porque sou um zero à esquerda!

Pia e Christian trocaram um olhar de preocupação.

– Vamos, Frank, levante-se! – Christian inclinou-se sobre ele e lhe estendeu a mão.

– Nem mulher eu consigo pegar mais – continuou Frank a gaguejar. – Também, o que uma mulher iria querer com um cara como eu? Minha ex embolsa minha grana, e mal me sobra o suficiente para morar neste muquifo!

As últimas palavras saíram em um grito. Ergueu-se, ignorou a mão estendida de Christian e levantou-se sem ajuda.

– Vou lhe dizer uma coisa – dirigiu-se a Pia, soprando o bafo de aguardente no rosto dela. – Desde o primeiro dia não fui com a sua cara. A mulher do rico doutor Kirchhoff, que, com suas ações milionárias, comprou rapidinho um sítio e fez os homens babarem por seus peitões! Ah! Você e essa sua maldita... competência e essa sua... esperteza do cacete, sempre querendo mais trabalho! Perto de você, todos parecíamos uns vagabundos preguiçosos! Sempre que podia, puxava o saco do chefe!

O álcool deixou sua fala incompreensível. O ódio, por muito tempo represado, havia encontrado uma válvula de escape, e Pia aceitou as ofensas, sem responder nada.

– É verdade, sim, matei três pessoas! Não sabia o que estava acontecendo ali. Também não sabia nada da existência de um informante. Entramos no bordel porque alguém tinha informado que rolava crime da pesada ali. Talvez eu devesse ter desconfiado, porque antes me passaram outra arma. Foi tudo armado. Quando chegamos ao local, um dos motociclistas apareceu logo atirando. Devia ter deixado que me matasse? Também atirei, e acertei melhor que o imbecil. Dois, acertei na cabeça; o terceiro, no pescoço. Foi a maior encrenca. Antes que eu pudesse entender alguma coisa, já estava sentado em um carro. E foi isso. Mais, não sei.

Pia acreditou nele. Montaram uma armadilha não apenas para o informante Lessing, mas também para Behnke, que serviu de peão em um jogo sujo de homens poderosos, para os quais uma vida humana não tinha nenhum valor.

– Quem esteve com você no local? – perguntou Christian.

Frank Behnke bufou. Passou cambaleando por Pia e jogou-se no sofá. Ela olhou para ele. Apesar de tudo que ele havia lhe dito, não sentia raiva, só uma profunda compaixão.

– Querem saber quem esteve lá comigo? – balbuciou com os olhos semiabertos. – É mesmo? Querem saber quem me disse: "Droga, minha arma de serviço está no carro"? Vou lhes dizer. Vou, sim, vou lhes dizer. Porque, para mim, pouco importa. Foi ela que me meteu em tudo isso, aquela vagabunda egoísta! E depois ainda me ameaçou. Se algum dia eu dissesse uma palavra a respeito, minha vida nunca mais seria feliz!

Fez um ruído que pareceu uma mistura de risada e soluço; depois, bateu no encosto do sofá com a palma da mão.

– Nunca mais fui feliz depois daquilo. Em trinta segundos, minha vida inteira estava fodida. Matei um colega! E sabem por quê? Porque uma vagabunda maldita mandou.

– Quem, Frank? – perguntou Christian, embora ele e Pia já imaginassem.

– A Engel. – Frank Behnke ergueu metade do corpo. Seu rosto estava desfigurado de ódio e amargura. – A superintendente da Polícia Criminal, a doutora Nicola Engel.

* * *

Eram 23h48. Fazia mais de 24 horas que não via viva alma, não ouvia nenhum barulho, a não ser o rangido enervante que vinha do ventilador atrás de uma grade no teto da cela. Provavelmente, era o único duto de ar fresco, pois não havia janela nem claraboia. A única fonte de luz era uma lâmpada empoeirada de 25 Watts, presa ao teto, para a qual não havia interruptor. O local devia ter ficado fechado por muito tempo, pois cheirava a mofo e umidade, um odor típico de porão.

Kilian Rothemund estava deitado no catre estreito, com os braços cruzados atrás da cabeça, e fitava a porta de metal enferrujada, que era mais estável do que parecia. Ao ser preso, não sentiu medo, mas aos poucos o temor começou a tomar conta dele. Não estava sob a custódia da polícia holandesa; disso tinha certeza. Mas onde estava? Quem eram os mascarados vestidos de preto que o haviam detido na plataforma da estação? Por que o estavam mantendo naquele buraco? Como ficaram sabendo que ele estava em Amsterdã? Será que a Leonie tinha revelado alguma coisa antes de ser amarrada e amordaçada?

Sua última refeição havia sido dois pedaços de bolo; naquele meio-tempo, seu estômago passou a roncar de maneira deplorável. Deu apenas alguns goles na água morna, pois não sabia quanto teria de durar. Haviam confiscado seu cinto e os cadarços dos sapatos, embora naquele cômodo de paredes altas e lisas não houvesse nada onde pudesse se enforcar. Pelo menos haviam lhe deixado o relógio.

Kilian Rothemund fechou os olhos e permitiu que seus pensamentos deixassem a prisão com cheiro de mofo e voassem para campos mais agradáveis. Hanna! No segundo em que seus olhares se encontraram pela primeira vez, alguma coisa aconteceu, uma coisa que ele nunca tinha vivido antes. Já a vira na televisão, mas pessoalmente era bem diferente. Naquela noite não estava maquiada, tinha prendido os cabelos em um simples coque, mas, mesmo assim, possuía um carisma que o fascinara.

Leonie não suportava Hanna. A sugestão de Bernd de levar a terrível história de Michaela a público com a ajuda de Hanna Herzmann não lhe agradara nem um pouco. Dizia que ela era arrogante, metida, egoísta e sem uma gota de empatia.

Nada disso era verdade.

Kilian não escondeu nada de Hanna, foi sincero e honesto com ela, mesmo correndo o risco de ela não acreditar nele. Mas ela acreditou. Em pouco tempo, uma profunda confiança se desenvolveu entre os dois; o tom e os detalhes dos seus e-mails mudaram, e o fascínio inicial se transformou em afeto. Nunca Kilian tinha passado uma hora e meia com alguém ao telefone, mas com Hanna isso não era raro. Depois de duas semanas, sabia que era mais do que uma mera paixão. Hanna o fazia se sentir gente de novo. A firme convicção dela de que tudo voltaria aos eixos, de que ele se reabilitaria com seu apoio e teria novamente uma vida normal lhe deu uma força que acreditava ter perdido para sempre. Chiara já não teria de visitá-lo às escondidas no camping; talvez em breve pudesse rever seus filhos de maneira totalmente oficial.

Deu um suspiro. A saudade da voz de Hanna, da sua risada despreocupada, do seu corpo quente e macio junto ao seu misturou-se a uma enorme preocupação. Como gostaria de estar com ela naquele momento e confortá-la! Justo agora em que tudo parecia melhorar, o destino voltava a se fechar impiedosamente. Seria culpado por terem-na atacado? A preocupação, o medo e o desamparo a que estava condenado transformaram-se em desespero. De repente, ouviu um ruído. Ergueu-se. Aguçou os ouvidos. De fato, passos se aproximavam. Uma chave girou na fechadura. Levantou-se diante da cama, cerrou os punhos e, internamente, armou-se contra tudo que pudesse acontecer. O desespero desapareceu. Pouco importava o que fariam com ele naquele momento; sobreviveria, pois queria rever os filhos. E Hanna.

* * *

– Não gostou?

Christoph estava sentado à sua frente, à mesa da cozinha, e viu como ela empurrava a comida de um lado para outro do prato. O *ratatouille* com arroz estava delicioso, mas o estômago de Pia parecia ter dado um nó.

– Gostei, sim. Mas é que não estou com muita fome. – Pia pousou os talheres e suspirou.

A visita a Frank Behnke a tinha deixado em um estado de choque do qual ainda não havia se recuperado, e sabia que não se esqueceria mais daquilo que tinha visto e ouvido. Frank e ela nunca foram amigos; no tempo em que trabalharam juntos na delegacia de homicídios, em Hofheim, ele demonstrava má vontade e nenhuma camaradagem, deixava grande parte do trabalho para ela e os colegas, além de ofender e tratar de maneira grosseira quem tentasse ser gentil com ele. Como os outros, depois de algum tempo ela também acabou chegando à conclusão de que ele era mesmo um babaca. Tanto pior foi reconhecer o quanto havia sido injusta com ele, pois, no fundo, Behnke era uma vítima. Fora usado e deixado na mão, arruinando sua psique, sua consciência e, portanto, toda a sua vida. Embora Frank a tenha xingado e ofendido como sempre fizera, saber dessa tragédia humana, que por vários anos se passara diante dos seus olhos, deixou-a com uma estranha sensação de tristeza.

– Quer conversar? – perguntou Christoph. Em seus olhos escuros, havia uma expressão de preocupação. Conhecia-a bem o suficiente para poder avaliar se estava apenas mergulhada em pensamentos e precisando ficar quieta após um dia cansativo de trabalho ou se realmente tinha ficado abalada com os acontecimentos. A falta de apetite era motivo para séria preocupação, pois Pia conseguia comer em quase toda situação.

– No momento, não. – Apoiou os cotovelos na mesa e, com o polegar e o indicador, massageou a raiz do nariz. – Não saberia por onde começar. Meu Deus, que encrenca!

De uma coisa estava certa: nem de longe tinha assimilado as proporções do que pouco antes vivera naquele apartamento deprimente. Christian e ela tinham combinado a princípio não contar a ninguém sobre o que Frank lhes havia dito, mas para eles estava claro que deveriam fazer alguma coisa, ainda mais agora que sabiam o que havia acontecido tempos atrás.

Christoph não disse nada, não a forçou. Nunca fazia isso. Levantou-se, colocou rapidamente a mão no ombro dela e, em seguida, começou a arrumar a mesa.

– Deixe que eu faço isso – bocejou Pia, mas ele apenas sorriu.

– Sabe de uma coisa, amor? – sugeriu. – É melhor você tomar uma ducha agora, e depois tomamos juntos uma taça de vinho.

– Boa ideia. – Pia sorriu de lado. Levantou-se, foi até ele e o abraçou pela cintura.

– O que fiz para merecer você? – murmurou. – Sinto muito se nos últimos tempos não me ocupei nem um pouco de você e da Lilly. Realmente te deixei na mão.

Ele segurou o rosto dela e beijou-a de leve na boca.

– Tem toda razão. Estou me sentindo completamente abandonado.

– Posso fazer alguma coisa para remediar isso? – Pia respondeu a seu beijo e deslizou as mãos por suas costas. Desde que Lilly tinha chegado não dormiam juntos. Era menos por causa da menina do que pelo fato de que havia dias ela chegava tarde em casa e, logo de manhã cedo, já tinha de pular da cama e sair correndo.

– Tenho uma ideia – sussurrou Christoph em seu ouvido e puxou-a com firmeza para seus braços. Pia sentiu que ele a desejava. O cheiro da sua pele, o toque das suas mãos, o corpo quente e esguio colado ao seu acendeu uma faísca de desejo em seu íntimo.

– Por acaso está pensando na mesma coisa que eu? – Pia aninhou sua face contra a dele. Depois de três anos e meio, o íntimo temor de que a rotina pudesse prejudicar a parte física do relacionamento deles era infundado. Acontecia justamente o contrário.

– Em que está pensando? – perguntou Christoph com tom irônico.

– Em... sexo – respondeu Pia.

– Ah, então é isso. – Beijou seu pescoço, depois sua boca. – Exatamente o que eu estava pensando.

Soltaram-se. Pia subiu para o banheiro. Despiu-se, deixou as roupas suadas no chão e entrou no chuveiro. A água quente lavou o suor grudento da sua pele e afugentou de sua cabeça a lembrança do mísero apartamento de Frank, de seu desespero e a ideia angustiante de que Bodenstein guardava dela segredos obscuros.

Christoph já estava deitado na cama quando, pouco depois, ela entrou no quarto. Música baixa soava nos alto-falantes, sobre o criado-mudo havia duas taças e uma garrafa de vinho branco. Pia juntou-se a ele debaixo das cobertas, acomodando-se em seus braços. Pelas janelas abertas da varanda, entrava uma brisa fresca e úmida, trazendo o odor de grama recém-cortada e lilases. O abajur com cúpula de papel lançava uma luz fraca e dourada sobre seus membros em movimento, e Pia sentiu a excitação e o incrível prazer que as carícias de Christoph desencadeavam nela. De repente, a porta se abriu. Uma pequena figura de cabelos louros e desgrenhados apareceu no vão. Christoph e Pia se soltaram, assustados.

– Vovô, tive um pesadelo – disse Lilly com voz de choro. – Posso dormir com vocês?

– Caramba! – murmurou Christoph, puxando rapidamente a coberta sobre si e sobre Pia.

– Vovô – Pia deu uma risadinha e apoiou a testa em suas costas.

– Agora não vai dar, Lilly – disse Christoph à neta. – Volte para a cama. Já vou lá ver você.

– Vocês estão pelados! – constatou Lilly, aproximando-se com curiosidade. – Estão querendo fazer um bebê?

Christoph perdeu a fala.

– A mamãe e o papai também tentam isso quase toda noite e às vezes até durante o dia – disse Lilly, com ar de entendida, e sentou-se na beira da cama. – Mas até agora não ganhei nenhum irmãozinho. Vovô, se a Pia ganhar neném, ele vai ser meu netinho?

Pia apertou a boca com a mão, tentando segurar um ataque de riso.

– Não – suspirou Christoph. – Mas, para falar a verdade, não consigo me concentrar em relações de parentesco agora.

– Tudo bem, vovô. Você já está velho. – Lilly inclinou a cabeça. – Mas vou poder brincar com o bebê, não vou?

– Você vai poder é voltar para sua cama – respondeu Christoph. Lilly bocejou e fez que sim, mas então se lembrou do pesadelo.

– Estou com medo de descer sozinha – afirmou. – Não pode vir comigo? Por favor, vovô. Vou dormir rapidinho.

– Mas você subiu sozinha – disse Christoph, porém, já estava vencido.

– Desça com ela – riu Pia. – Vou beber uma taça de vinho até você voltar.

– Traidora – reclamou Christoph. – Você sabota toda tentativa de educação. Lilly, espere junto da porta, já estou indo.

– Está bem. – A menina desceu escorregando da beira da cama. – Boa noite, Pia.

– Boa noite, Lilly – respondeu Pia e, quando a menina saiu, caiu na risada. Riu tanto que as lágrimas correram por seu rosto.

Christoph se levantou, enfiou a cueca e a camiseta.

– Essa menina! – Abanou a cabeça, fingindo desespero. – Acho que vou ter uma conversa com a Anna sobre educação infantil.

Pia rolou de costas e sorriu.

– Ei, volte logo, hein, garotão! – cantarolou e riu.

– Não vá pensando que vai se livrar de mim assim tão fácil – disse Christoph, rindo. – Volto logo. Não ouse dormir!

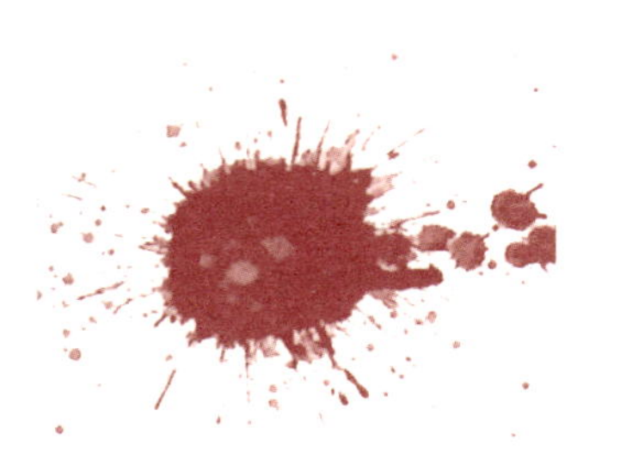

Sexta-feira, 2 de julho de 2010

Vendaram seus olhos e algemaram suas mãos atrás das costas. Ninguém disse uma palavra sequer durante o trajeto, que durou cerca de meia hora. O veículo não era uma van como a que o havia transportado da estação central de Amsterdã para o prédio com porão. Desta vez era um carro, um sedã. Nem BMW nem Mercedes; a suspensão era macia demais. Devia ser um automóvel inglês. Jaguar ou Bentley. Kilian Rothemund sentiu o leve odor de couro e madeira, ouviu o ronco suave de um motor de 12 cilindros e a delicada inclinação da carroceria a cada curva. O desligamento dos estímulos ópticos aguçava os outros sentidos, e Kilian se concentrou no que ouvia, cheirava e sentia. Além dele, havia, no mínimo, mais três homens no carro, dois na frente e outro no banco de trás, ao seu lado. Conseguiu perceber o perfume de um caro pós-barba, mas também as exalações do corpo de um homem que havia muito tempo não tomava banho. Era o que estava sentado ao seu lado. Vestia uma jaqueta de couro barata e tinha fumado pouco antes. Embora nada disso adiantasse para saber aonde o estavam levando e o que queriam dele, a concentração nas circunstâncias externas o ajudava a reprimir o medo. Depois de um tempo a alta velocidade em uma via sem desníveis consideráveis, o motorista desacelerou e virou em uma curva fechada à direita. Saída de rodovia, imaginou Kilian. Ouviu-se o ruído da seta. O homem no banco do passageiro tossiu.

– Ali na frente, à esquerda – disse com voz abafada. Alemão sem sotaque. Pouco depois, o carro passou por um pavimento de paralelepípedos e parou. As portas se abriram, Kilian foi rudemente pego pelo braço e arrancado do automóvel. No silêncio da noite, o cascalho crepitou em alto e bom som sob seus sapatos; o ar estava morno. O cheiro de terra úmida misturava-se a odores rurais. Sapos coaxavam ao longe.

Era estranho caminhar sem enxergar.

– Cuidado, degrau – disse alguém ao seu lado. Mesmo assim, tropeçou e bateu o ombro em um muro áspero de tijolo aparente.

– Para onde estão me levando? – perguntou Kilian. Não esperou resposta e não recebeu nenhuma. Mais degraus. Desceram uma escada. Havia no ar um cheiro doce de maçãs e uvas. Um porão, que, a julgar pela intensidade do odor, talvez fosse até um lagar. Outra escada, que, desta vez, subia.

Uma porta se abriu à sua frente, as dobradiças rangeram baixinho. Já não se sentia o cheiro de porão. Assoalho que havia sido encerado recentemente. E livros. O cheiro de livros antigos, couro, papel, pó. Uma biblioteca?

– Ah, aí estão vocês – disse alguém em voz baixa. Pernas de cadeira arranharam o chão.

– Sente-se!

Essa ordem era para ele. Ele se sentou em uma cadeira, seus braços foram rudemente dobrados para trás, e seus tornozelos, presos às pernas da cadeira. Com um puxão, alguém tirou a venda de seus olhos. Uma luz ofuscante bombardeou sua retina, seus olhos lacrimejaram, ele piscou.

– O que foi fazer em Amsterdã? – perguntou um homem, cuja voz nunca tinha ouvido antes. Essa pergunta fez soar todos os alarmes no cérebro de Kilian e confirmava seus piores temores. Estava em poder daqueles que haviam destruído sua vida dez anos antes. Na época, não tiveram a menor compaixão; não seria agora que a teriam. Era inútil perguntar como sabiam, de onde tinham recebido a informação de que tinha viajado para a Holanda. No final das contas, não fazia nenhuma diferença.

– Visitar amigos – respondeu.

– Sabemos quem são os "amigos" que foi visitar – disse o homem. – Agora chega de brincadeiras. Sobre o que conversaram?

Kilian distinguiu apenas o contorno dos homens atrás da luz; não conseguiu reconhecer seu rosto, nem mesmo seu perfil.

– Sobre velejar – disse Kilian.

O golpe veio sem aviso e acertou-o bem no meio do rosto. A raiz de seu nariz estalou, e ele sentiu gosto de sangue.

– Não gosto de perguntar duas vezes – disse o homem. – Portanto, sobre o que conversaram?

Kilian se calou. Com os músculos tensionados, esperou o próximo golpe, a próxima dor. Em vez disso, alguém virou para a esquerda a cadeira em que estava sentado. À parede pendia uma televisão.

Teve um sobressalto ao ver de repente o rosto de Hanna. Estava amordaçada. Sangue escorria em sua testa, e os olhos estavam arregalados de pânico. A câmera desviou-se um pouco. Hanna estava nua e amarrada, de joelhos sobre o chão liso de concreto. Aqueles filhos da puta tinham filmado seu espancamento e seu estupro. Aquilo rasgou o coração de Kilian. Virou o rosto e fechou os olhos, não conseguia assistir à mulher que amava ter de sofrer toda aquela tortura e o medo da morte.

– Olhe! – Alguém o agarrou pelos cabelos e ergueu sua cabeça, mas ele apertou os olhos. Não podiam obrigá-lo a ver, mas teve de ouvir os gritos desesperados de Hanna, a voz irônica do torturador, que comentava em detalhes sua ação repugnante. Seu estômago se contraiu, e ele deu uma golfada de líquido amargo como fel.

– Seus filhos da puta! – balbuciou. – Seus filhos da puta miseráveis e imundos! O que fizeram?

Uma sucessão de golpes se abateu sobre ele, que não tinha como se defender. Quando o osso do crânio se quebrou, foi como se uma arma tivesse disparado contra sua cabeça; a pele estourou, o sangue escorreu por seu queixo, misturando-se às lágrimas que não conseguiu conter.

– Quer que o mesmo aconteça com sua filha? – sibilou uma voz bem perto do seu ouvido. – É isso que você quer? Aqui, olhe, é ela, sua filhinha inocente, não é?

Kilian abriu os olhos. O filme era de má qualidade, provavelmente feito com uma câmera escondida, mas não havia dúvida de que era Chiara diante do portão do clube de hóquei, conversando com um rapaz, que virou a mochila para a câmera. Ria, coquete, os longos cabelos louros sobre os ombros nus, quando levantou o olhar para o rapaz. Kilian ficou sem ar. Seu pescoço estava como que estrangulado, seu nariz ficou obstruído pelo sangue e pelas lágrimas. Gelado, o medo arrastou-se por todas as veias do seu corpo.

– Um verdadeiro piteuzinho, a pequena Chiara. Tetinhas bonitas e um belo traseiro – disse a voz atrás dele. – Um filminho com ela no papel principal certamente faria um enorme sucesso.

Risadas.

– Se você não abrir logo o bico, no mais tardar hoje, ao meio-dia, a garota vai ter a mesma experiência que a tia da TV.

Kilian sucumbiu. Teria suportado qualquer dor, qualquer tormento e qualquer tortura, mas só de imaginar que aquelas pessoas poderiam fazer com sua filha o mesmo que haviam feito com Hanna era simplesmente insuportável. Abriu a boca e começou a falar.

– Venha, Lomax!

Abriu a porta da casa. O cão pulou do seu cesto como um raio e passou em disparada por ela, rumo ao ar livre. Atravessou o pátio e tomou o caminho pelo jardim, como todas as manhãs. Pássaros cantavam nas árvores, gotas de orvalho reluziam na grama ao brilho do sol nascente. O Staffordshire macho e malhado brincou no gramado, urinou a cada duas roseiras e, rosnando, escavou o chão com as patas traseiras. Era o rei, o chefe do lar. Os outros cães o respeitavam sem contestação. Assim como todos os homens respeitavam Bernd. Fazia dois dias que ela não sabia do marido. Antigamente, isso acontecia com mais frequência, mas fazia muitos anos que ele não se metia com os tiras. Embora não ficasse sozinha na grande propriedade nem precisasse ter medo de ladrões, sua ausência a inquietava. Desde o dia anterior as crianças também estavam fora, iam passar dez dias de férias no mar Báltico com a associação esportiva. Depois que os tiras haviam aterrorizado sobretudo o mais novo com sua ação idiota, seria mesmo bom para eles sair um pouco. Não deixá-los viajar com os amigos e os colegas de time teria sido um erro.

Mesmo assim, Michaela sentia falta dos dois. A casa ficava silenciosa sem Bernd e as crianças. Embora Natascha gostasse de lhe fazer companhia, não era tão conversadeira como Ludmilla, que antes trabalhara como *au pair* em sua casa. Michaela terminou seu passeio na frente da oficina. Três dos rapazes já estavam lá.

– Bom dia, bom dia – cumprimentou Freddy, o chefe da oficina. – Quer um café, patroa?

– Bom dia. Quero, sim – respondeu Michaela. Sentou-se no banco, diante do celeiro, e encostou-se na madeira, que já estava aquecida pelo sol. Com um suspiro, Lomax deitou-se aos seus pés e pousou o focinho nas patas dianteiras. Apenas alguns segundos depois, Freddy trouxe uma xícara grande de café fumegante.

– Um pouco de leite, duas colheres de açúcar – disse, sorrindo. – De resto, tudo bem? Alguma notícia do chefe?

– Não, infelizmente, não. – Michaela agradeceu, acenando com a cabeça, e bebericou o café. – Mas, de resto, está tudo bem.

Os rapazes sempre eram atenciosos. Às vezes até demais, porque queriam fazer tudo para ela, até as compras. Tentou pegar o *Bild*, que um dos homens havia trazido e deixado em cima da mesa. Raramente Michaela lia o jornal. Não se interessava muito pelo que acontecia no mundo. Catástrofes, guerras e crises a deprimiam. Preferia os livros. Com um rosnado satisfeito, Lomax virou-se de lado e aproveitou o calor do sol.

De repente, Michaela teve um sobressalto. A foto de um homem saltou-lhe aos olhos, e ela engoliu em seco. Antes que pudesse evitar, seus olhos leram as primeiras linhas, e ela prosseguiu a leitura como que à força.

O doutor Josef Finkbeiner, ex-empresário e fundador da Sonnenkinder e. V., instituição de assistência a mães e crianças, completa hoje 80 anos. Condecorado, entre outras, com a primeira classe da Ordem do Mérito da República Federal da Alemanha e com a carta de honra do Estado de Hessen por seu engajamento filantrópico, o aniversariante será homenageado por sua família e inúmeros convidados em uma cerimônia solene no jardim de sua mansão. Outra ocasião para comemorar é o quadragésimo ano de existência da Sonnenkinder e. V. ...

O texto desvaneceu-se diante dos seus olhos; seus dedos contraíram-se na asa da xícara. Sentiu calor e frio, alternadamente. Josef Finkbeiner! Alguma coisa em sua cabeça, alguma coisa, fragmentada em milhares de pedacinhos, que ela e Leonie tinham reunido com dificuldade. De repente, tinha de novo 6 anos de idade. Estava sentada a uma grande mesa oval; à sua frente havia um livro aberto, que ela gostaria muito de ser capaz de ler. Via tão nitidamente suas figuras, como se o tivesse segurado no dia anterior, mas, na verdade, o tivera nas mãos quarenta anos antes. Michaela Prinzler fitou a foto do homem de cabelos brancos, que sorria amigável e bondoso para a câmera. Ah, como o amara! Ele tinha sido o sol radiante do seu universo infantil. As lembranças mais felizes de sua infância, que não eram muitas, estavam ligadas a ele. Durante muitos anos ela não entendera o que lhe havia acontecido, por que em sua vida costumavam faltar horas, às vezes até dias e semanas inteiras, por que simplesmente já não faziam parte de sua lembrança. Leonie havia descoberto que ela não estava sozinha em seu corpo. Havia não apenas a Michaela. Havia outras, que tinham seus próprios nomes, suas próprias lembranças, seus sentimentos, suas preferências e suas aversões. Por muito tempo, Michaela não quis aceitar isso. Parecia-lhe totalmente louco, mas era a explicação para esses *blackouts* estranhos e angustiantes. Desde menina, teve de partilhar seu tempo com Tanja, Sandra, Stella, Dorothee, Carina, Nina, Babsi e inúmeras outras identidades.

– Pare com isso, Michaela – disse em voz alta para si mesma. Era perigoso mergulhar em lembranças, pois, inesperadamente, sua mente poderia se infiltrar em outra identidade, e ela voltaria a perder tempo. Energicamente, continuou a folhear o jornal, e já na página seguinte seu olhar prendeu-se a outro rosto conhecido.

– Kilian! – murmurou, espantada. Por que a foto dele estava no *Bild*? Rapidamente, passou os olhos pelo breve texto sob a imagem. Estremeceu. Não! Não era verdade. Não podia ser verdade! Afinal, o Bernd havia dito que a Leonie estava de férias. Embora tivesse ficado surpresa, pois justamente naquele período, naquela fase do plano, não era o momento oportuno para viajar, Leonie tinha feito tanto por ela que achava mesmo que merecia umas férias. Porém, no jornal estava escrito que ela tinha morrido. E Kilian era procurado por estar relacionado à sua morte e ao ataque à apresentadora de TV Johanna H.

Michaela ficou atordoada; suas mãos tremiam tanto que não conseguiu segurar a xícara. Lomax sentiu sua tensão, pulou e tentou lamber sua mão.

O que era realidade, o que era imaginação? Teria o tempo sido tragado de novo, sem que ela tivesse percebido? Talvez as crianças nem estivessem de férias, mas já fossem adultas, casadas e morassem em suas próprias casas! E o Bernd? Onde estava? Que dia era aquele? Quantos anos tinha? Michaela dobrou o jornal, enfiou-o no bolso do seu colete e se levantou. Sentiu-se tonta. Onde estava mesmo o livro de contos de fadas que acabara de folhear? Sua mãe iria ralhar com ela se o tivesse largado em um lugar qualquer, pois era apegada a ele, que era seu desde a infância. Droga! Fazia pouco que o tinha colocado ali! Ou será que não? Olhou ao redor. Onde estava? Quem eram aqueles homens?

Michaela pôs as mãos na cabeça. Não, não, não, aquilo não podia acontecer de novo, tinha de impedir. Tinha de ligar para a Leonie, não podia deixar a vida de Michaela escapar. Senão, seria uma catástrofe.

* * *

Pia subiu a escada correndo, sempre de dois em dois degraus. Havia passado metade da noite acordada, pensando no que poderia fazer para reconquistar a confiança de Bodenstein. Não podia deixar aquela questão de lado, de jeito nenhum, nem fazer como se de nada soubesse. Dividida entre a lealdade a seu chefe e seu senso de dever, somente ao amanhecer Pia conseguiu cair em um sono agitado, cheio de pesadelos, que a fez perder a hora. De todo modo, tinha metade do dia livre, pois às 11 queria ir a Falkenstein para a recepção que Emma a convidara.

Eram oito e vinte quando abriu a porta da sala de reuniões, murmurou bom dia e uma desculpa. Sentou-se em uma cadeira livre entre Cem e Kathrin e percebeu o olhar de desaprovação da superintendente Engel, que tomara por hábito participar das reuniões matutinas da delegacia de homicídios.

– Até agora, a busca por informações junto aos psicólogos residentes em Höchst e Unterliederbach e junto ao departamento de psiquiatria no hospital de Höchst não deu nenhum resultado – estava dizendo Kai Ostermann. – Ninguém teria visto a adolescente no local. E também ninguém reconheceu o retrato falado.

– Por que está tão chique hoje? – cochichou Kathrin.

– Porque tenho uma festa de aniversário – cochichou Pia de volta. Sentia-se como que usando um disfarce com o vestido de verão azul-claro decotado, o casaco de tricô fino e os escarpins abertos atrás, tão novos que estavam apertando o peito do seu pé direito. Todos os colegas que a encontraram enquanto subia para a sala notaram-na e lhe fizeram elogios; um deles chegou até a assobiar para ela, brincando. Talvez devesse achar graça, mas a observação cáustica de Behnke sobre seus peitos não lhe saía da cabeça. Odiava ser reduzida às medidas do seu corpo.

– Os retratos falados estão prontos? – perguntou à colega. Kathrin fez que sim e empurrou-lhe duas cópias feitas por computador. O homem usava barba, mas nitidamente não era Bernd Prinzler. Seu rosto era pequeno, e a barba, cheia; além disso, tinha olhos fundos e nariz largo. A mulher tinha cabelos escuros, em um corte estilo pajem, e um rosto bonito, mas nem um pouco expressivo. Nenhuma característica marcante que sobressaísse à vista. Pia ficou decepcionada. Tinha esperado mais.

– Hoje vamos continuar as buscas nos consultórios de psicoterapeutas que tratam, sobretudo, de crianças e adolescentes – continuou Kai. – Segundo nossa testemunha, o casal falava um alemão impecável, mas a adolescente tinha um forte sotaque. Eles a chamaram de "nossa filha", portanto, talvez fosse adotiva. Por isso, vamos checar todos os postos de adoção.

Por volta das nove horas, Bernd Prinzler seria levado de Preungesheim para a delegacia de homicídios. Para a doutora Engel, Bodenstein e Cem, junto com Kilian Rothemund ele era o principal suspeito no caso Hanna Herzmann. Pia nada disse a respeito; ouvia apenas parcialmente o que era dito. Era uma sensação muito ruim já não conseguir confiar em duas pessoas da equipe, e, intimamente, perguntava-se se Nicola Engel não estaria participando das reuniões por puro interesse ou para impedir que as investigações tomassem um rumo que pudesse prejudicá-la pessoalmente.

– Tudo bem, vamos continuar assim – disse Bodenstein. – Pia, gostaria que você estivesse junto na acareação com a testemunha e no interrogatório de Prinzler.

– Só que, no máximo às vinte para as 11, tenho de sair – lembrou ao chefe. – Tenho meio dia de folga hoje.

– Folga? Em pleno curso das investigações? – A doutora Engel arqueou as sobrancelhas. – Quem autorizou isso?

– Eu. – Bodenstein afastou sua cadeira e se levantou. – Até lá, acho que já teremos terminado. Então, daqui a dez minutos lá embaixo.

– Tudo bem. – Pia pegou a bolsa, que naquele dia usava em vez da habitual mochila, e foi para sua sala. Kai seguiu-a.

– Por que não usa vestidos mais vezes? – observou.

– Você também vai começar? – resmungou Pia.

– Com o quê? – perguntou Kai, inocente. – Acho suas pernas um colírio para os olhos.

– Claro, minhas *pernas*!

– Sim, suas pernas. Desde que fiquei só com uma, me tornei um admirador de pernas. – Sorriu e sentou-se atrás de sua mesa. – O que estava pensando?

– Eu... eu não estava pensando nada – apressou-se Pia em dizer e ligou o computador. Por que estava reagindo de maneira tão sensível? Inseriu a senha e checou os e-mails. Nada de especial. O servidor da polícia tinha a vantagem de que spams e propagandas eram eliminados antecipadamente. Logo quando estava para sair do programa de e-mails, uma nova mensagem surgiu, com o nome "Lilly" na caixa de assunto. Não conhecia o remetente. Clicou na mensagem, que continha um anexo.

Volta e meia, meninas pequenas desaparecem e nunca mais são encontradas. Que pena se uma coisinha fofa dessas sumisse só porque sua mãe está metendo o nariz em coisas que não são da sua conta.

Anexada havia uma foto, que mostrava Pia e Lilly com os cães perto de um dos cercados, em Birkenhof. A imagem estava um pouco desfocada, como se tivesse sido tirada de muito longe. Por alguns segundos, Pia fitou as linhas sem conseguir entendê-las direito. Somente aos poucos se deu conta do que significava aquele e-mail, e ficou arrepiada. Era uma inequívoca ameaça! Achavam que Lilly era sua filha e estavam ameaçando fazer alguma coisa com ela caso Pia não parasse... Sim, com o que deveria parar? Em que coisas havia metido seu nariz?

– Não vá ficar de tromba amarrada só porque lhe fiz um elogio – disse Kai. – É que você realmente tem...

– Por favor, venha cá e dê uma olhada nisso – Pia interrompeu seu colega.

– O que foi? – Aproximou-se dela. – Você ficou pálida.

– Aqui, veja! – Pia afastou um pouco a cadeira, apanhou a bolsa e a vasculhou em busca do celular. Sentiu-se enjoada, e suas mãos não paravam de tremer. Tinha de ligar imediatamente para Christoph e avisá-lo! Ele não podia perder Lilly de vista nem por um milésimo de segundo!

– É uma ameaça séria – também achou Kai, que, preocupado, franziu a testa. – MaxMurks@hotmail.com. Com certeza um endereço falso. O chefe precisa ver isso.

Pouco depois, Bodenstein, Christian, Cem e Kathrin estavam ao redor da mesa de Pia, com uma expressão séria. Pia já tinha ligado para Christoph, que logo entendeu a gravidade da situação e lhe garantiu que prestaria atenção em Lilly e lhe recomendaria expressamente para sempre ficar perto dele.

– Você deve ter pisado no calo de alguém – disse Cem.

– Sim, mas de quem? – Pia ainda estava perplexa. Alguém sabia onde ela morava e a fotografara com Lilly! Só de pensar que alguém tinha rondado sua casa já despertou em seu íntimo temores que ela acreditava esquecidos havia muito tempo. – Não entendo! Não sabemos de nada!

– Pelo visto, sabemos, sim – opinou Bodenstein, examinando-a de maneira insistente. – Pense bem! Com quem falou a respeito?

Pia engoliu em seco. Deveria revelar ao colega que, no dia anterior, tinha conversado com Behnke sobre Erik Lessing? Será que a ameaça vinha desse canto? Estaria Frank por trás disso? Seu olhar cruzou com o de Christian, que quase imperceptivelmente abanou a cabeça.

Alguém bateu à porta. Uma funcionária da vigilância comunicou-lhes que os homens selecionados para a acareação já esperavam por eles no andar de baixo.

– Já estamos indo – disse Bodenstein. – Não pode fazer mais do que já fez, Pia. Kai vai informar os colegas em Königstein, e Christoph tem só de avisar se notar algo suspeito.

Pia anuiu. Embora isso não a tranquilizasse nem um pouco, seu chefe tinha razão. No momento, não podia fazer mais nada.

* * *

São Pedro mostrou-se misericordioso e, no dia do octogésimo aniversário do sogro de Emma, presenteou-o com um céu azul-cobalto, entremeado de nuvens brancas, como carneirinhos de algodão. Não havia nada que atrapalhasse a recepção e a festa ao ar livre. Da janela do banheiro, Emma olhou para o jardim, enquanto secava os cabelos. No dia anterior, Helmut Grasser e seus diligentes ajudantes já tinham arrumado um púlpito, cadeiras, mesas altas e um pequeno palco para diversas apresentações. De manhã, instalaram os equipamentos de som e testaram o áudio. Lá embaixo, o clima era de frenesi. Fazia uma hora que a banda de jazz, que Josef ganhara de presente de Nicky, Sarah, Ralf e Corinna, se aquecia; nesse meio-tempo, o coral da *Sonnenkinder* também havia ensaiado, e foi com esse fundo musical que Emma travara uma dura batalha com a filha, que se recusava terminantemente a colocar o vestidinho rosa e xadrez, de gola branca, que, na verdade, adorava. Paciência e rigor não deram resultado; nenhum argumento fez efeito. Louisa teimou em vestir uma calça jeans e uma camiseta branca de manga comprida. A menina foi ficando cada vez mais obstinada, até finalmente romper em um grito histérico, que superou até mesmo os sons da banda de jazz. Mesmo assim, Emma não cedeu e pôs o vestido na menina que não parava de gritar. Agora

Louisa estava sentada em seu quarto, amuada, e Emma aproveitou a ocasião para tomar um banho rápido e lavar os cabelos.

Já estava mais do que na hora de descer. O serviço de bufê entregava canapés, aperitivos, taças, louças, talheres e as bebidas para a recepção. O almoço para um grupo menor de convidados seria feito na cozinha da própria casa. A equipe que Corinna havia contratado além do bufê já circulava entediada. Embora ainda faltassem 45 minutos para a chegada dos primeiros convidados oficiais, Renate e Josef queriam, antes, brindar com "seus" filhos ao aniversário e ao reencontro.

Emma deu um profundo suspiro e torceu para que a noite chegasse logo. Antigamente, adorava essas festas, mas agora temia o encontro com Florian e não estava nem um pouco a fim de bater papo com os convidados que lhe eram totalmente indiferentes. Foi para o quarto e enfiou o vestido de grávida, amarelo-limão, a única peça de roupa do seu armário que ainda cabia nela, embora também já estivesse apertada. O telefone tocou. Renate!

– Emma, onde vocês estão? A maioria já chegou; faltam justamente Florian, você e Louisa...

– Já estamos indo – Emma interrompeu a sogra. – Em cinco minutos estamos aí embaixo.

Desligou, deu uma boa olhada no espelho e foi pelo corredor até o quarto da filha. Vazio! Essa pestinha! Na sala também não estava. Emma foi para a cozinha.

– Louisa? Louisa! Venha, temos de descer! A vovó já ligou e... – As palavras ficaram entaladas em sua garganta. Pôs as mãos na boca e, chocada, fitou sua filhinha. Louisa estava sentada no chão, no meio da cozinha, vestindo apenas a calcinha e com uma tesoura na mão. Os lindos cachos louros, que ainda na noite anterior ela tinha lavado, estavam espalhados no chão ao seu redor.

– Ai, meu Deus, Louisa! O que você fez? – sussurrou Emma, perplexa.

Louisa soluçou, arremessou a tesoura, que deslizou tilintando embaixo da mesa. O soluço cresceu até se tornar um choro desesperado. Emma agachou-se, esticou a mão e passou-a pelos tufos mal cortados, espalhados por toda a cabeça de Louisa. A menina recuou ao seu toque e desviou o olhar, mas depois se aninhou nos braços de Emma. Seu corpo se sacudia com os intensos soluços, as lágrimas corriam como enxurradas por seu rostinho.

– Por que você cortou seus cabelos tão bonitos? – perguntou Emma em voz baixa. Embalou a menina nos braços e encostou a face em sua cabecinha. Não foi por capricho que aquilo tinha acontecido, nem por protesto ou raiva. Cortava-lhe o coração ver a filha tão infeliz e angustiada e não conseguir ajudá-la. – Me diga, por que você fez isso, meu amor?

– Porque quero ficar bem *feia* – murmurou Louisa, enfiando o polegar na boca.

Desligou o despertador às oito e dormiu até as dez. Afinal, já não tinha trabalho nem quem a esperasse. Depois de ter estado em Oberursel, Meike tinha decidido não ir para Sachsenhausen, e sim para Langenhain. Depois de se levantar, ficou meia hora na banheira de hidromassagem no terraço; depois, provou alguns cremes e esfoliantes dos inúmeros potinhos e recipientes que se acumulavam por toda parte no banheiro da sua mãe. Hanna gastava uma fortuna em toda aquela tralha, que nela parecia fazer efeito. Em si mesma, Meike não achava o resultado nem um pouco satisfatório. Simplesmente estava com uma cara horrível, e sua pele era ruim. Seu humor foi para o espaço.

– Que canhão! – disse para sua imagem no espelho e fez uma careta.

No andar de baixo, a porta se abriu. Alarmada, ergueu a cabeça e aguçou os ouvidos. Quem poderia ser? A faxineira sempre vinha às terças; não ia fazer hora extra de livre e espontânea vontade. Será que algum vizinho tinha a chave? Meike passou sorrateiramente para o corredor. Com o coração disparado, apertou-se contra a parede e olhou para baixo, para o hall de entrada. Havia dois homens na casa! Um estava de costas para ela, e o outro, um barbudo baixinho, com rabo de cavalo, foi logo entrando na cozinha, com toda a naturalidade, como se estivesse na própria casa. Ladrões em plena luz do dia!

Meike voltou de mansinho para o quarto de Hanna, onde tinha dormido, e olhou ao redor. Merda! Onde estava seu celular? Vasculhou a cama, então lhe ocorreu que pouco antes, na banheira de hidromassagem tinha ouvido música com o fone de ouvido. Provavelmente o aparelho ainda estava ali.

Em vez do celular, pôs a arma de choque, que carregava consigo desde o ataque a Hanna, no bolso de trás da calça jeans. Nada mais lhe restava a não ser descer furtivamente e tentar fugir pela porta da frente, se não quisesse cair na armadilha dos caras ali em cima. Ambos conversavam no térreo, em voz alta, sem o menor constrangimento. Estavam na cozinha e, de repente, deu até para ouvir o ruído do moedor da máquina de café expresso. Mas que atrevimento!

Meike se agachou no topo da escada e tentou ouvir o que conversavam lá embaixo. Para a fuga, teria de esperar o momento mais adequado. Então, um dos homens saiu da cozinha com o celular ao ouvido. Meike não acreditou no que viu.

– Wolfgang? – perguntou, incrédula, erguendo-se.

O homem teve um sobressalto. Com o susto, o celular escorregou de sua mão e caiu no chão. Olhou perplexo para ela, como se estivesse diante de um fantasma.

– O que... que... você está fazendo aqui? – gaguejou ele. – Por que não está em Frankfurt?

Meike desceu as escadas.

– Passei a noite aqui. Por que você está aqui? – respondeu friamente. Não tinha esquecido como ele a tinha despachado no dia

anterior. – E quem é seu amigo? Que negócio é esse de entrar aqui e já ir fazendo café?

Colocou a mão na cintura e observou Wolfgang, com indignação bem ensaiada.

– Minha mãe está sabendo disso?

Todas as cores se esvaíram do rosto de Wolfgang, que ficou totalmente pálido.

– Por favor, Meike! – Levantou as mãos, suplicando. Seu pomo de adão saltitava. O suor brilhava em sua testa. – Por favor, vá embora e esqueça que nos viu aqui...

Calou-se quando o barbudo de rabo de cavalo apareceu atrás dele, no vão da porta da cozinha.

– Ora, ora – disse o homem –, quem temos aqui?

– Gostou do nosso café? – perguntou Meike, mordaz.

– Obrigado, dá para o gasto – respondeu o barbudo, um homem robusto, musculoso, cujo bronzeado revelava que devia passar muito tempo ao ar livre. Seus olhos faiscaram com ironia. – Para o meu paladar, a Saeco faz um café melhor, mas este aqui é perfeitamente aceitável.

Meike fitou-o, zangada. O que esse cara estava pensando? Quem era, afinal? E o que o Wolfgang estava fazendo em uma manhã de sexta-feira na casa da sua mãe? Desceu os dois últimos degraus.

– Por favor, Meike! – Wolfgang colocou-se entre ela e o homem. – Vá embora. Você não nos viu aqui...

– Tarde demais – disse o homem de rabo de cavalo, lamentando-se, e empurrou-o para o lado. – Vá dar uma olhada na correspondência, Wolfi.

Meike olhou desconfiada para ele e para Wolfgang, mas este desviou seu olhar e afastou-se. Inacreditável! Simplesmente a deixou plantada!

– Wolfgang, por que você...?

O golpe veio do nada e acertou em cheio seu rosto. Ela cambaleou para trás e ainda conseguiu se escorar na balaustrada da escada. Tocou o rosto e notou, perplexa, o sangue na mão. Uma onda de calor pulsou por seu corpo.

– Seu filho da puta, você ficou louco? – gritou, furiosa. Mike não sabia o que mais a irritava: se aquele cara de pau, que realmente a tinha machucado, ou Wolfgang, que se afastou covardemente, pegou seu celular e deixou-a entregue à própria sorte! Ódio, decepção e adrenalina deixaram-na possessa, e em vez de correr para a porta, para pedir por socorro, lançou-se com um grito de raiva sobre o homem barbudo.

– Epa! Sua mamãezinha não se defendeu tanto assim. Comparada a você, foi até bem sem graça. – Teve trabalho para se livrar dela, mas, no fundo, Meike não tinha chance, pois ele era um homem feito, e ela, uma franguinha de nada. Contudo, o homem estava ofegante quando fincou o joelho em sua coluna e amarrou com brutalidade seus pulsos atrás das costas.

– Você é uma gata selvagem – sibilou.

– E você é um filho da puta! – balbuciou Meike entre os dentes, tentando chutá-lo.

– Vamos, levante-se! – O barbudo puxou-a e arrastou-a escada abaixo.

– Wolfgang! – ela berrou. – Faça alguma coisa, porra! *Wolfgang!*

– Cale a boca! – arquejou o homem, dando-lhe uns tapas. Meike cuspiu nele, chutou-o e acertou-o em um lugar sensível. Foi então que ele perdeu a cabeça. Empurrou-a para o porão, onde ficava o aquecedor central, e espancou-a até ela cair no chão.

Por fim, pareceu-lhe o bastante. Levantou-se ofegante e passou o braço pela testa. Seu rabo de cavalo tinha se soltado, e os cabelos caíram em seu rosto. Meike encolheu-se tossindo no chão frio de concreto.

No andar de cima, alguém tocou a campainha.

– A correspondência chegou – disse o homem. – Não vá embora. Você tem um encontro.

– Com você, por acaso? – rouquejou Meike. Ele se inclinou sobre ela, agarrou-a pelos cabelos e obrigou-a a olhar para ele.

– Não, baby. Não é comigo. – Seu sorriso era diabólico. – Você tem um encontro com o Anjo da Morte.

* * *

O homem abanou a cabeça.

– Não – disse com determinação. – Não é nenhum destes aí.

– Tem certeza? – quis certificar-se Bodenstein. – Veja com calma.

– Não. – A testemunha Andreas Hasselbach não tinha nenhuma dúvida. – Embora o tenha visto rapidamente, não é nenhum destes aí.

Cinco homens estavam em pé, do outro lado do vidro espelhado; cada um deles segurava uma placa com um número na mão. Prinzler estava com o número três, mas a testemunha não despendeu mais tempo nem mais intensidade para olhar para ele do que em relação aos outros quatro. Pia viu a decepção na cara do chefe, mas não tinha dúvida de que o homem que procuravam não estava ali, pois, tirando Bernd Prinzler, todos os outros eram colegas.

– E este aqui? – Estendeu a Hasselbach a folha impressa com o retrato falado, que havia sido feito com o auxílio da testemunha de Höchst. Bastou-lhe um único olhar.

– É ele! – exclamou agitado e sem hesitar.

– Obrigada. – Pia acenou com a cabeça. – O senhor nos ajudou muito.

Agora, tinham de encontrar aquele homem. Talvez o público ajudasse de novo. Os colegas voltaram para suas mesas, a testemunha foi dispensada, e Prinzler foi levado para a sala de interrogatório que ficava ao lado. Bodenstein e Pia sentaram-se na frente dele, e Cem encostou-se na parede.

– Por que estão me mantendo aqui? – Prinzler estava de mau humor. – Não há nada contra mim! Isso é um verdadeiro terror policial! Quero ligar para a minha mulher.

– Converse com a gente – sugeriu Bodenstein. – Diga de onde conhece Leonie Verges e Hanna Herzmann e por que esteve na casa delas. Depois, poderá ligar para sua mulher ou até ir embora.

Prinzler examinou Bodenstein, com ponderação.

– Não vou dizer nada sem minha advogada. Vocês estão querendo me dar a corda para eu me enforcar.

Bodenstein bombardeou o homem com as mesmas perguntas que Pia e Kröger já lhe haviam feito dias antes e, como eles, recebeu poucas respostas.

– Primeiro quero ligar para a minha mulher – respondeu Prinzler, como um estereótipo, a cada pergunta. Realmente isso parecia ser muito importante para ele, embora tentasse parecer relaxado. Estava preocupado com a mulher. Mas por quê?

Pia deu uma olhada em seu relógio. Em uma hora teria de estar em Falkenstein. Daquele jeito, não iriam adiante. Empurrou para ele o retrato falado.

– Quem é este homem?

– É este o cara que estão procurando? Por isso a acareação?

– Isso mesmo. Conhece-o?

– Conheço. É Helmut Grasser – respondeu bruscamente. – Se tivessem me perguntado logo, podiam ter se poupado de todo aquele circo.

Pia sentiu a raiva crescer dentro dela, como o sangue que brota de um corte profundo na pele. O tempo estava correndo, e aquele cara, que talvez tivesse a chave para a solução dos casos, não a entregava. Ela simplesmente não sabia por onde começar. Bernd Prinzler era como um muro de concreto sem rachaduras nem fendas, uma parede insuperável de determinação obstinada.

– De onde o conhece? Onde o encontramos?

Deu de ombros.

Pia sentiu seu sangue ferver aos poucos. Será que teriam mesmo de arrancar tudo com saca-rolha desse cara?

Cem saiu da sala.

– Olhe isto aqui. – Pia mostrou a Prinzler uma cópia do e-mail que havia recebido naquela manhã. – Alguém fotografou a mim e a neta do meu companheiro, ontem mesmo.

Ele deu uma olhada no papel.

– Estou sem meus óculos de perto – afirmou.

– Então, vou ler para o senhor. – Pia apanhou a folha. *Volta e meia, meninas pequenas desaparecem e nunca mais são encontradas. Que pena se uma coisinha fofa dessas sumisse só porque sua mãe está metendo o nariz em coisas que não são da sua conta.*

– Não tenho nada a ver com isso. – Prinzler não desviou o olhar do rosto de Pia. – Estou preso desde quarta-feira. Esqueceu?

– Mas sabe do que se trata! – Precisou se controlar para não gritar com o homem. – Quem escreve esse tipo de e-mail? Por quê? O que Hanna Herzmann estava investigando? Por que Leonie Verges teve de morrer? Quem mais precisa morrer para o senhor abrir a boca? Sua mulher? Quer que a tragamos aqui? Talvez ela fale conosco, já que o senhor não fala.

Prinzler passou a mão no queixo e refletiu.

– Vamos fazer um trato: me deixem fazer uma ligação – respondeu, por fim. – Se eu souber que ela está bem, então lhes conto tudo que sei.

Aquilo não era um trato, era pura chantagem. Mas era também uma ínfima brecha no impenetrável muro de proteção que Prinzler havia construído em torno de si. Uma chance. Pia trocou um olhar com Bodenstein, que anuiu com a cabeça. Pia pegou o celular e colocou-o sobre a mesa, diante de Prinzler.

– Então faça isso – exortou-o. – Ligue para ela.

* * *

O carro diminuiu a velocidade e inclinou-se em uma curva à esquerda. Kilian percebeu que alguém se debruçou sobre ele e que a porta se abriu de repente. Sentiu o vento bater e a força centrífuga puxá-lo para o lado. Assustado, apertou os joelhos contra o banco da frente; por reflexo, quis segurar-se em algum lugar, mas suas mãos estavam amarradas. Recebeu um forte empurrão pela lateral, tombou e caiu. Por alguns segundos de espanto, sentiu-se sem gravidade, até seu cérebro entender o que tinha acontecido. Droga, tinham-no empurrado para fora do carro em movimento! Caiu com toda força sobre o ombro direito, e sua clavícula se quebrou com um estalo. A dor tirou-lhe o fôlego. Ouviu pneus cantar e arranhar o asfalto, guincho de freios, a buzina de um caminhão ressoou bem ao seu lado. Desesperado, Kilian tentou rolar para fora da pista e acabou batendo a cabeça contra a borda cortante de um guard-rail. Estaria seguro? Onde era aquela estrada? O cascalho granulado arranhou sua face. Sentiu cheiro de grama.

A porta de um carro bateu, passos rápidos se aproximaram. Kilian puxou as pernas e continuou a tomar impulso na direção da grama.

– Ei! Olá! – Alguém tocou seu braço, e a dor explodiu incandescente em seu cérebro.

Vozes preocupadas se misturavam.

– Chame uma ambulância!

– ... caiu do carro!

– Ainda está vivo?

– Quase o atropelei!

Mãos em sua cabeça. A pressão da venda nos olhos afrouxou. Kilian piscou com a claridade, viu um homem de bigode, em uma camisa xadrez, com o susto estampado no rosto.

– Como você está, cara? Consegue se mexer? Sente dor em algum lugar?

Kilian fitou-o e, lentamente, fez que sim.

– Só no ombro – sussurrou com dificuldade. – Acho que quebrei alguma coisa.

– A ambulância já está chegando – garantiu o homem no mais perfeito sotaque de Colônia. – Puxa, cara, o que é que aconteceu?

O campo de visão de Kilian se ampliou. Levantou a cabeça e constatou que estava embaixo do guard-rail, à beira de uma estrada vicinal de duas mãos. Um caminhão grande, com pisca-alerta ligado, estava parado na metade da pista contrária, e outro, logo atrás.

– Eles simplesmente te jogaram para fora do carro! – O homem, que devia ser o motorista do caminhão, estava em choque. Seu rosto, pálido como cera. – Por um triz não passei por cima de você!

– Onde estou? – Kilian passou a língua nos lábios secos e tentou se levantar.

– Na L56, pouco antes de Selfkant.

– Na Alemanha?

– É. O que aconteceu?

Um segundo rapaz se aproximou com um celular na mão.

– Sem sinal – disse, curvando-se igualmente preocupado sobre Kilian. – Ei, cara, o que foi isso? O que aconteceu com você?

– Preciso ir para Frankfurt. E preciso telefonar. – Kilian podia imaginar seu estado. – Por favor, nada de ambulância nem de polícia.

– Pô, mas você está um morto-vivo! – disse o mais jovem. Kilian só conseguia pensar em Chiara. Tinha de alcançá-la antes que lhe acontecesse alguma coisa. Os dois o levantaram com cuidado e o apoiaram no guard-rail, depois o libertaram das amarras. Com a ajuda deles, conseguiu ficar em pé.

– Poderiam me dar uma carona? – perguntou. – Tenho mesmo urgência em ir para Frankfurt.

Os dois motoristas de caminhão não tinham a menor intenção de arrumar problemas com suas transportadoras por terem feito boletim de ocorrência na polícia. Não lhe fizeram nenhuma pergunta, deram-lhe uma garrafa d'água e um pano para limpar o sangue do rosto e das mãos.

– Estou indo para Mönchengladbach – disse o de bigode. – Talvez pelo rádio encontre algum colega que de lá possa te levar até Frankfurt.

– Obrigado. – Kilian acenou com a cabeça. Mal conseguiu subir no caminhão. Seu corpo estava todo dolorido. A pele do rosto esticava. No retrovisor lateral, uma carranca de horror, toda inchada, que já não se parecia em nada com ele, olhou-o perplexa.

O bigodudo deu partida no motor do gigantesco veículo e manobrou-o, levando-o de volta para a pista. Kilian estremeceu. Os pneus da carreta poderiam ter triturado seus ossos como uma noz. Talvez fosse justamente isso que seus sequestradores queriam.

* * *

O jardim estava repleto de convidados bem-humorados, com roupas de verão; a banda de jazz tocava, e os garçons abriam caminho entre a multidão com taças de champanhe e aperitivos em bandejas. Emma procurou pelos sogros. Embora soubesse de todos os nomes dos convites e da lista de convidados, não conhecia quase ninguém pessoalmente. Louisa segurava sua mão e apertava-se contra ela com muita timidez, como se fosse uma estranha no lugar. Emma precisou de toda habilidade para transformar a obra destrutiva de Louisa em um corte de cabelo aceitável. De jeans e camiseta branca de mangas compridas, mais parecia um menino.

– Ah, lá estão o vovô e a vovó – disse Emma. Os sogros estavam no grande terraço, Josef em um terno claro de linho, Renate em um vestido abricó, que combinava perfeitamente com sua pele bronzeada e seus cabelos brancos, e ambos cumprimentavam os convidados que chegavam. Renate estava radiante, parecia feliz e tranquila.

Emma cumprimentou o sogro pelo aniversário.

– Ué, cadê minha princesinha? – Josef inclinou-se para Louisa, que se escondeu atrás da mãe. – Não vai dar um beijinho no vovô pelo seu aniversário?

– Não! – Louisa abanou fortemente a cabeça. Os circunstantes riram, achando graça.

– O que aconteceu com os cabelos lindos da Louisa? – perguntou Renate, consternada. – E onde está o vestidinho rosa, tão bonito?

– Preferimos cabelos curtos – apressou-se Emma em dizer. – Não é, Louisa? É muito mais rápido de lavar.

– Mas o quê...? – retomou Renate, mas Emma a fez calar com um olhar de súplica.

– Papai! – exclamou Louisa nesse momento, soltando a mão de Emma e correndo para Florian. Ao ver o marido, o coração de Emma disparou. Como o pai, Florian também vestia um terno claro e estava deslumbrante. Pegou Louisa no colo. Ela enlaçou seu pescoço com os bracinhos e apertou a bochecha contra seu rosto.

– Oi – disse Florian para Emma. Não disse nenhuma palavra sobre o corte de cabelo de Louisa nem sobre os jeans. – Tudo bem?

– Oi – respondeu Emma friamente. – Tudo. E você?

Embora a raiva e a sensação de humilhação que sua traição havia lhe causado tivessem se dissipado momentaneamente, a distância entre eles permanecia. Ele lhe parecia um estranho.

Renate e Josef cumprimentaram o filho, que beijou a mãe no rosto por obrigação e apertou a mão do pai com um sorriso forçado. Antes que Emma pudesse trocar algumas palavras com o marido, Renate pegou-a pelo braço e apresentou-lhe uma porção de gente. Emma sorriu com educação, apertou mãos. Nomes ganharam rostos, e ela voltou a esquecê-los tão logo os ouviu. Volta e meia olhava para Florian, que conversava com inúmeras pessoas; pela postura dele, porém, pôde perceber que não se sentia à vontade.

Apontando para a barriga, Emma recusava brindar com champanhe. Finalmente conseguiu desvencilhar-se da sogra e ir até Florian, que se havia refugiado a uma mesa à beira do terraço. Louisa brincava de pega-pega com outras crianças.

– Festa legal – comentou.

– É – respondeu Emma. Sentiu seu incômodo como um eco de seus próprios sentimentos. – Queria que já tivesse acabado.

– Eu também. O que aconteceu com Louisa?

Emma lhe contou e mencionou igualmente o fantoche e o fato de Louisa ter dito que tinha medo do lobo mau.

– *O que* ela disse? – De repente, sua voz pareceu frágil. Pela primeira vez, seus olhares se encontraram. Emma assustou-se ao notar a forte emoção nos olhos dele, que ele tentava esconder com uma expressão estoica. Sua mão segurava o pé da taça de champanhe com tanta força que os nós dos dedos ficaram brancos sob a pele.

– Florian... sinto muito, mas... mas eu... – Emma interrompeu-se.

– Eu sei – disse constrangido. – Você pensou que eu tivesse feito alguma coisa com a Louisa. Que eu tivesse *abusado* dela...

Suspirou abanando fortemente a cabeça, como se quisesse espantar um pensamento, uma lembrança desagradável.

– O que você tem? – perguntou, cautelosa.

– Medo do lobo mau – murmurou, sombrio. – Simplesmente não acredito numa coisa dessas.

Emma não estava entendendo nada do comportamento estranho dele. Seu olhar errou pela multidão sorridente e alegre em busca de Louisa. Viu Corinna, bem mais atrás, onde o jardim emendava com o parque, falando ao telefone e andando de um lado para o outro. Ralf estava perto dela, com as mãos nos bolsos da calça e, como sua mulher, parecia tenso e irritado. Que falta de educação por parte dos dois demonstrar desinteresse de modo tão escancarado durante a recepção!

O prefeito e o administrador distrital haviam chegado e, por fim, apareceu o governador. Com ele, o grupo dos dignitários estava completo.

– Eis os amigos de longa data do meu pai que chegam marchando. Ou, melhor dizendo, rolando – constatou Florian, mal disfarçando seu desprezo. – Com certeza minha mãe apresentou todos eles a você, não é?

– Ela me apresentou umas cinco mil pessoas – respondeu Emma. – Não guardei nem um único nome.

– O velho careca que está ao lado da minha mãe é meu padrinho – explicou Florian. – Hartmut Matern, o grande guru da televisão privada da Alemanha. Ao lado dele, o doutor Richard Mehring, ex-juiz na Corte Constitucional Federal. E o gordo baixinho de gravata-borboleta é o professor Ernst Haslinger, que foi presidente da Universidade Goethe, em Frankfurt. Ah, e o altão de juba grisalha você certamente conhece da televisão: Peter Weißbecker. Oficialmente, faz duas décadas que tem 54 anos.

Emma espantou-se com o sarcasmo de Florian.

– E ali está também Nicky – notou, com amargura. – Meu pai ficaria totalmente desolado se justamente ele não viesse.

– Pensei que Nicky fosse seu amigo – disse Emma, surpresa.

– Claro, todos são meus *melhores* amigos – respondeu Florian, rindo com ironia. – Todas as crianças vindas de famílias desamparadas e marginalizadas, os órfãos, os desfavorecidos, que de repente se tornaram minhas irmãs e meus irmãos e precisavam de toda a atenção dos meus pais.

Emma notou que Nicky procurava alguém em torno de si. Corinna tinha terminado sua ligação e correu até ele, seguida por Ralf. Parecia não ter guardado mágoa do irmão que havia lhe dado um tapa. Os três conversaram alguma coisa, então Nicky arrumou a gravata, pôs um sorriso no rosto e foi até Josef e Renate. Corinna e Ralf o seguiram, também sorrindo, como se tudo estivesse na mais perfeita ordem.

– Sempre diziam que eu tinha de ter consideração, pois as pobres crianças precisavam de amor, calor e proteção e que eu, afinal, tinha tudo isso – continuou Florian. – Quantas vezes também não quis ter sido órfão de pais drogados e alcoólatras. Quanto não quis ser também preguiçoso, difícil, atrevido ou ir mal na escola, mas nunca pude me permitir isso.

Nesse segundo, Emma entendeu o verdadeiro problema do marido, que sofrera a infância e a adolescência inteiras porque outras crianças receberam mais atenção dos seus pais do que ele próprio.

Florian apanhou outra taça de champanhe da bandeja de um garçom que passava e a bebeu de um só gole, enquanto os filhos adotivos e de criação de seus pais se posicionavam em um semicírculo para cantar "Parabéns a você". Josef ficou radiante, e Renate enxugou as lágrimas de emoção em sua face.

– Ah, Emmi – disse Florian dando um profundo suspiro. – Sinto muito pelo que aconteceu nas últimas semanas. Vamos procurar uma casa para nós e sair daqui.

– Por que nunca me falou sobre tudo isso? – Emma lutava contra as lágrimas. – Por que segurou isso por tanto tempo?

– Porque... – interrompeu-se, olhou para ela e buscou as palavras certas. – Pensei que eu fosse aguentar até o bebê chegar. Mas, de repente... não sei... você estava tão feliz aqui. Então pensei que preferisse ficar.

– Mas... mas... por que você me...? – Emma não conseguiu pronunciar a palavra "traiu". O que ele tinha feito ficaria sempre entre ambos, e ela não tinha certeza se um dia conseguiria perdoá-lo.

– Não tenho outra mulher, muito menos outro relacionamento. Eu... eu estive... – respirou fundo e tomou coragem. – Pela primeira e última vez na vida estive em Frankfurt, na... zona. Eu... eu não queria ir até lá, foi... eu... o farol fechou, e havia uma mulher ali. Sei que foi imperdoável o que fiz. Realmente me arrependo muito por ter magoado você. E também não há desculpa para isso. Só posso esperar que um dia você me perdoe.

Emma viu o brilho das lágrimas em seus olhos. Pegou sua mão e apertou-a em silêncio. Talvez tudo voltasse a ficar bem.

Graças à avó de Miriam, Pia já tinha adquirido experiência quanto às ocasiões sociais como aquela recepção de aniversário, mas, como antes, não se sentia bem entre os desconhecidos chiques, que pareciam

se conhecer uns aos outros. Mulheres de idade madura, marinadas em perfume e com um bronzeado escuro de crocodilo, que revelavam décadas monótonas, passadas em campos de golfe e iates, desfilavam especialmente seus chapéus e suas caras joias, libertas dos cofres de bancos. Gritos agudos de cumprimento misturavam-se a cacarejos, como em um galinheiro. Pia avançou por entre a multidão em busca de Emma e perguntou-se o que tinha ido fazer ali. Estava abarrotada de trabalho, extremamente preocupada com Lilly e perdendo seu tempo porque, em um momento sentimental, tinha feito uma promessa absurda a uma ex-colega de classe que não vira por 25 anos. Na verdade, estava torcendo para conseguir conversar com Emma sobre a consulta com a terapeuta da casa de apoio a meninas vítimas de maus-tratos, em Frankfurt, que lhe havia recomendado. Pia nunca fora do tipo maternal, mas, por causa de Lilly, algo tinha mudado, e desde que Emma manifestara seu temor de que sua filhinha pudesse ter sofrido abuso, Pia não conseguia parar de pensar que sua sereia do Meno pudesse ter passado exatamente pela mesma coisa. Seria mesmo apenas uma coincidência o fato de Kilian Rothemund, o pedófilo com antecedentes penais, viver a poucos quilômetros de distância do local onde o corpo da adolescente fora encontrado? Estaria Prinzler acobertando seu ex-advogado por uma solidariedade mal interpretada? Ou estaria mancomunado com Rothemund? Pouco antes, Prinzler não conseguira falar com a mulher nem com a advogada e continuou calado, embora tivessem permitido que telefonasse.

Uma criança chocou-se bruscamente contra ela.

– Desculpe! – exclamou sem fôlego e continuou a correr, seguida por outras crianças.

– Tudo bem. – Pia já tinha notado que, extraordinariamente, havia muitas crianças na festa, até que se lembrou de que a comemoração era não apenas pelo octogésimo aniversário do sogro de Emma, mas também pelo quadragésimo ano da fundação da Associação Sonnenkinder para mães solteiras.

Pia procurou ao redor e, de vez em quando, verificava o celular, que havia deixado no modo silencioso. Dissera ao chefe que queria ser informada e que ele poderia ligar para ela a qualquer momento caso Prinzler finalmente decidisse abrir a boca. Já estava quase torcendo para que isso acontecesse; assim, teria uma desculpa para poder sumir dali.

A uma mesa perto da entrada estavam os guarda-costas do governador, quatro homens de terno preto, óculos escuros e ponto no ouvido, mascando, entediados, amendoins com wasabi e palitinhos salgados. Seu chefe estava justamente cumprimentando o aniversariante, que, junto com a esposa, recebia os parabéns e os presentes no grande terraço. Ao lado dele, Pia reconheceu o promotor-chefe Markus Maria Frey e ficou um pouco surpresa com sua presença, até se lembrar do que Christian Kröger havia lhe contado sobre ele: Frey era pupilo dos Finkbeiners e havia estudado Direito graças a uma bolsa da fundação pertencente a seu pai de criação.

Uma mulher se aproximou do microfone do púlpito, na lateral de um palco, em frente ao maravilhoso cenário, construído com rododendros quase murchos, e pediu que os presentes se sentassem. Obedientes, os convidados dirigiram-se para as fileiras de cadeiras, e Pia viu Emma e um homem de cabelos escuros com uma criança no colo, que estavam se sentando na segunda fila. Deveria ir até a frente para cumprimentá-los? Não, melhor não. Emma poderia convidá-la a se sentar a seu lado, e, assim, Pia não poderia sair sem ser notada.

Encontrou um assento na última fileira, à esquerda do corredor central, e sentou-se quando o coral infantil iniciou a parte oficial da comemoração, com a comovente canção "Wie schön, dass du geboren bist".* Cerca de cinquenta meninas e meninos com camisetas rosa e azul-claras cantaram a plenos pulmões e encantaram todos os convidados, fazendo-os sorrir. Pia também se flagrou com um sorriso

---

* Que bom que você nasceu. [N. da T.]

comovido, mas depois pensou em Lilly e na estranha ameaça. Inquieta, deslizava de um lado para o outro da cadeira. Fazia algum tempo que seu subconsciente se esforçava para lhe dizer alguma coisa, mas esteve tão ocupada que não encontrou nenhuma sinapse livre. Estrondosos aplausos recompensaram as crianças, que deixaram o palco, marchando aos pares pelo corredor central. E, nesse momento, deu-se um "clique" em Pia! Como uma torrente d'água, que, após uma forte tempestade, se lança pelos meandros entrelaçados de um vale seco, as informações inundaram seu cérebro, caindo como que sozinhas em seus devidos lugares e produzindo, repentinamente, um sentido. Seu coração disparou. Os pedaços de tecido rosa retirados do estômago da sereia! As letras que haviam decifrado com base nas fotos: S-O-N-I-D.

– Esperem, por favor! – pediu a duas meninas, pegando o celular na bolsa. – Posso tirar uma foto de vocês?

As duas sorriram e concordaram com a cabeça. Pia fez a foto de ambas de frente, uma segunda, de costas, e enviou as imagens diretamente a Kai, Christian e Bodenstein. SONnen-kInDer e. V. Caramba, era isso! Exatamente isso!

* * *

O caminhão parou quando o semáforo fechou.

– Obrigado – disse Kilian ao motorista, que aceitou fazer um grande desvio para ajudá-lo. Em vez de ir diretamente pela A3 até o aeroporto, deixou a rodovia em Niedernhausen e se dirigiu a Bad Soden passando por Fischbach e Kelkheim. Afirmou que estava com tempo e que podia muito bem ir pela A66 e pelo trevo viário de Frankfurt. Kilian ficou profundamente comovido com essa inesperada disposição em ajudar. Nos últimos anos, pessoas que ele acreditava conhecer se afastaram dele, traíram-no e, aos poucos, o abandonaram, mas esse homem totalmente desconhecido, por intermédio do outro que salvara sua vida, deu-lhe uma carona até Frankfurt e o ajudou sem fazer perguntas.

– De nada – sorriu o motorista, mas depois ficou sério. – Mas vá ao médico, cara. Você realmente não parece nada bem.

– Vou, sim – garantiu-lhe Kilian. – Mais uma vez, obrigado.

Desceu o degrau e fechou a porta. O caminhão avançou, ligou a seta e voltou para o trânsito. Kilian respirou fundo e olhou ao redor, antes de atravessar a rua. Fazia sete anos que não punha os pés em Bad Soden. Antigamente, nunca andava por ali sem carro; tinha subestimado a subida cada vez mais íngreme da Alleestraße até Dachberg, no topo. Sua garganta estava ressecada, e a cada passo que dava, sentia dores insuportáveis. Somente agora, que a adrenalina baixava aos poucos, sentia as consequências dos golpes, dos chutes e da queda para fora do carro. Com a ameaça à sua filha, tinham realmente conseguido arrancar tudo dele, e ele acabou abrindo o bico. Contudo, apesar do medo de morrer e das dores, teve presença de espírito suficiente para não lhes revelar para onde realmente tinha enviado o pacote com as gravações e atas das suas conversas com os dois homens de Amsterdã. Que esperassem sentados na frente da casa de Hanna!

Levou 45 minutos até chegar à casa na Oranienstrasse, que um dia fora sua. Em silêncio, ficou parado do outro lado da rua. Como a cerca de buxo tinha crescido! O louro-cereja e o rododendro ao lado da porta da casa também tinham dado uma bela espichada. Uma sensação de melancolia rasgou seu coração, e ele se perguntou como tinha conseguido sobreviver nos últimos anos. Sempre fora uma pessoa que precisava de ordem na vida, de rituais e portos seguros. Tinham-lhe roubado tudo isso, nada havia restado, a não ser sua própria vida, que já não valia muito. Decidido, atravessou a rua, empurrou o portão e subiu os degraus até a porta. Apertou a campainha, ao lado da qual havia um nome desconhecido. Após a separação-relâmpago, Britta logo arrumara um novo provedor, segundo lhe havia contado Chiara, que detestava o padrasto. Como deveria se sentir o homem que simplesmente estava tapando o buraco deixado pelo seu antecessor?

Passos se aproximaram do outro lado da porta, e Kilian armou-se internamente. Então Britta apareceu à sua frente, pela primeira vez desde aquele dia em que a polícia fora buscá-lo. Tinha envelhecido. Estava velha e amarga. O novo marido não a fazia feliz.

Kilian notou susto e horror em seus olhos, e rapidamente empurrou o pé no vão da porta, antes que ela a batesse em sua cara.

– Onde está Chiara? – perguntou.

– Suma daqui! – respondeu. – Sabe muito bem que não está autorizado a vê-la.

– Onde ela está? – repetiu.

– Por que quer saber?

– Está em casa? Por favor, Britta, se não estiver, ligue para ela e peça para vir imediatamente para casa!

– O que significa isso? Por que quer saber onde estão as crianças? E que cara é essa?

Kilian poupou-se de dar-lhe explicações, até porque sua ex-mulher não entenderia nada, como nunca entendera. Para ela, ele era o inimigo; não havia esperança nenhuma de obter sua compreensão.

– Por acaso está querendo atraí-la para seu mundo sujo? – sibilou Britta, cheia de ódio. – Já não trouxe infelicidade demais para nós? Caia fora! E agora mesmo!

– Quero ver a Chiara – insistiu.

– Não! Agora trate de tirar seu pé da porta, senão chamo a polícia! – Sua voz se tornou estridente. Estava com medo, não dele, mas do falatório dos vizinhos. Antigamente, essa preocupação também havia sido mais importante do que a verdade.

– Por favor, faça isso. – Kilian retirou o pé. – Vou ficar aqui. Se necessário, o dia inteiro.

Britta bateu a porta, e ele se sentou no degrau mais alto da escada. Melhor mesmo que a polícia fosse buscá-lo ali do que ter de descer todo o caminho a pé. A polícia era sua única chance de proteger Chiara.

Não levou nem três minutos para livrar as mãos das amarras. O cara não tinha se dado muito ao trabalho de amarrá-la direito. Meike esfregou os pulsos doloridos. A pesada porta de ferro do porão abafava todo ruído; por isso, não conseguiu ouvir o que se passava no andar de cima da casa nem quando o cara retornaria. A janelinha minúscula e gradeada atrás do queimador era mais um tubo de ventilação do que uma janela propriamente dita. Mesmo para uma pessoa tão magra como ela, não era apropriada como possibilidade de fuga.

Meike ainda estava perplexa com o comportamento covarde de Wolfgang. Mesmo tendo gritado e implorado por socorro, ele simplesmente lhe deu as costas e foi embora quando o barbudo a derrubou! Reconhecer o quanto tinha se iludido a respeito dele durante todos aqueles anos doía muito mais do que todos os golpes que o sujeito tinha lhe dado. Pela primeira vez desde que o conhecia, Meike viu Wolfgang Matern como ele realmente era: não o amigo compreensivo, protetor e paternal, que idealizara em sua solidão, mas um cagão, um covarde sem dignidade, um medroso que aos 45 anos ainda morava na casa do papai e não tinha peito para impor-se contra ele. Que balde de água fria!

Meike tateou o rosto. O sangramento do nariz havia cessado. Olhou ao redor em busca de algum objeto com que pudesse se defender do barbudo. Mas infelizmente o local estava um brinco, mérito de Georg, segundo marido de Hanna, que era um fanático sem igual por arrumação. Fora a instalação do aquecimento, havia apenas algumas prateleiras na parede. Um varal enrolado, um saco com pregadores, dois rolos empoeirados de sacos de lixo azuis, uma pilha de camisetas velhas e cuecas que Georg usava para limpar os sapatos e polir o carro. Nada que servisse de arma. Droga!

Contudo, ao pensar no padrasto número dois, Meike se lembrou da arma de choque. Pôs a mão no traseiro e comemorou intimamente. Sim! Ainda estava no bolso de trás dos jeans! No calor da luta, o amigo de Wolfgang tinha se esquecido de revistá-la em busca de possíveis armas; provavelmente também não contava com isso. Decidida a não se entregar ao destino sem lutar, Meike posicionou-se ao lado da porta. Ele voltaria para matá-la; essa ameaça tinha sido inequívoca.

Não precisou esperar muito. Apenas alguns minutos mais tarde, a chave girou rangendo na fechadura, e a porta se abriu com um chiado. Como um animal de rapina, Meike saltou contra o homem, aproveitou-se do efeito surpresa e pressionou a arma de choque no peito dele. Quinhentos mil volts chicotearam seu corpo, arrancaram-no do chão e arremessaram-no contra a parede. Ele desabou e fitou Meike como um pateta. Ela não fazia ideia de quanto tempo durava a paralisia; por isso, não hesitou muito. Simplesmente deixá-lo deitado ali seria humano demais; ele teria de sofrer, e muito. Meike voltou a guardar a arma de choque no bolso, depois pegou o varal na prateleira.

Não foi fácil amarrar o corpo dormente com a corda de náilon. O cara pesava quase uma tonelada, mas Meike estava furiosa e firmemente decidida a vingar-se dele, e mobilizou forças que não imaginava ter. Ofegante, rolou de um lado para o outro o homem incapaz de se mover, até realmente amarrá-lo como um pacote.

– Pronto! O Anjo da Morte virou um querubim. – Meike se levantou e afastou do rosto os cabelos molhados de suor. Com satisfação perversa, registrou o medo em seus olhos. Torceu para que o filho da puta sentisse o mesmo medo que sua mãe teve de morrer quando foi atacada e cruelmente torturada!

O homem mexeu os dedos de uma mão e balbuciou algo incompreensível.

Meike não resistiu à tentação de descarregar nele um segundo choque elétrico, e desta vez em um local em que sentisse dor de verdade. Sem dó nem piedade, observou-o virar os olhos, a saliva escorrendo do canto de sua boca e seu corpo ser sacudido por uma convulsão. Na parte da frente de sua calça jeans clara, espalhou-se uma mancha escura.

Satisfeita, observou sua obra.

– Pronto. Agora vou para Munique. Aqui, ninguém vai te encontrar. Até minha mãe sair do hospital e descer aqui por acaso, você já vai ser um esqueleto.

Para despedir-se, ainda lhe deu um chute na lateral, saiu do cômodo e fechou a porta atrás de si. Talvez revelasse à polícia o que havia ali no porão. Mas talvez também não.

Bodenstein esperou pacientemente. Tinha as mãos unidas sobre a mesa, observava seu interlocutor com uma tranquilidade quase suspeita e nada disse. Bernd Prinzler esforçou-se bastante para parecer relaxado, mas Bodenstein notou o retesamento nervoso dos músculos de sua mandíbula e as gotas de suor em sua testa.

O gigante durão, que não temia absolutamente nada, menos ainda a polícia, estava muito preocupado. Nunca daria o braço a torcer, mas sob aquela montanha de músculos e pele tatuada batia um coração sensível.

– Na época, tirei-a da rua – disse de repente. – Trabalhava na zona para um cafetão qualquer. Por acaso, fiquei sabendo que ele a tinha espancado e fui tomar satisfação. Isso foi há 17 anos, ela não tinha nem 30 anos e já estava no fundo do poço. – Pigarreou, respirou fundo e encolheu os ombros. – Não fazia a menor ideia do que tinha acontecido com ela. Simplesmente gostei dela.

Bodenstein evitou interrompê-lo com perguntas.

– Tirei-a de lá, fomos morar no campo e nos casamos. Nosso caçula tinha acabado de completar 1 ano quando ela tentou se suicidar. Pulou de uma ponte, quebrou as pernas. Foi para o hospital

psiquiátrico, onde conheceu Leonie. Leonie Verges. Até então, minha própria mulher não sabia o que realmente tinha.

Calou-se, refletiu por um momento, antes de continuar seu relato.

– Já quando bebê, Michaela foi abusada pelo pai e os amigos perversos dele. Ela realmente comeu o pão que o diabo amassou. Para suportar tudo isso, dividiu-se internamente. Ou seja, dentro dela havia não apenas a Michaela, mas inúmeras outras com nomes próprios, mas ela não sabia disso. Não sei explicar tão bem como a psicóloga, mas, durante anos a fio, Michaela foi outra pessoa; por isso, não conseguia se lembrar de muitas coisas.

Prinzler coçou a barba, pensativo.

– Michaela passou anos fazendo terapia com a Leonie, e o que se descobriu foi realmente terrível. Não dá para imaginar que pessoas sejam capazes de fazer aquilo com uma criança. O pai dela era um homem importante, assim como seus amigos. Homens respeitáveis, a nata da sociedade – bufou com desprezo. – Mas, na verdade, é tudo gente que não presta, uns filhos da puta degenerados, que abusam de crianças. Até das suas próprias! Quando as crianças crescem, têm de ir embora. A maioria vai parar na zona, acaba caindo na bebida ou nas drogas. Esses desgraçados fazem tudo com muita habilidade, ficam sempre de olho nelas. E, se criam alguma dificuldade, são mandadas para o exterior ou apagadas. Ninguém sente falta delas. Michaela sempre as chamou de "crianças invisíveis". Os órfãos, por exemplo. Ninguém está nem aí para eles. Essa organização de abusadores de crianças é pior do que a máfia. Não recuam diante de nada nem permitem que alguém caia fora. Por muito tempo, a família da Michaela tentou reaproximar-se dela, mas comigo bateram na porta errada. Lá pelas tantas, tive a ideia de agirmos como se ela tivesse morrido. Providenciamos enterro e tudo mais. Depois disso, tivemos paz.

Bodenstein, que esperava uma história completamente diferente, ouvia em silêncio e com perplexidade crescente.

– Há alguns anos – continuou Prinzler –, uma adolescente foi encontrada morta no Meno. Foi o maior estardalhaço em toda a imprensa. De algum modo, Michaela ficou sabendo da notícia, embora eu sempre tente manter esse tipo de coisa fora do alcance dela, porque não lhe faz bem. Mesmo assim, ela soube e pirou totalmente. Estava mais do que certo que os caras que fizeram tudo aquilo com ela estavam por trás dessa morte. Pensamos no que podíamos fazer. Michaela queria de todo jeito levar isso a público. Achei que seria perigoso demais. Esses caras estão por toda parte, são muito influentes. Se fosse para atacar, então teríamos de estar blindados, com provas, nomes, locais, testemunhas e assim por diante. Conversei a respeito com um advogado, e ele achou que conseguiríamos.

– Está falando de Kilian Rothemund? – perguntou Bodenstein.

– Exatamente. – Prinzler fez que sim. – Mas Kilian cometeu algum erro, e acabaram com ele. Todas aquelas provas de que ele seria um pedófilo foram falsificadas. Não teve chance alguma de provar o contrário. Arruinaram a vida dele porque se tornou perigoso para eles.

– Por que na época não seguiu em frente? – quis saber Bodenstein. – O que aconteceu com as provas que sua mulher tinha?

– Em quem podíamos confiar? – respondeu Prinzler com outra pergunta. – Os caras estavam por toda parte, até entre os tiras. E quem ia acreditar em um motociclista e em uma mulher que havia passado metade da vida em um hospital psiquiátrico? Não fizemos mais nada, fomos para a sombra. Sei muito bem do que são capazes as pessoas que têm muito a perder. Pouco antes de me retirar de todos os negócios, aconteceu aquele episódio da morte do informante de vocês e de dois dos nossos rapazes em um dos nossos estabelecimentos. A questão era a mesma.

– Que questão? – quis saber Bodenstein.

Prinzler examinou-o, apertando os olhos.

– Vocês sabem que uma coisa está ligada à outra. Ontem sua colega me interrogou a respeito, sobre o informante e por que seus colegas o apagaram.

Bodenstein não se aprofundou na observação, pois, do contrário, teria de admitir a Prinzler que não sabia do que ele estava falando nem do que sua colega havia feito. Sentiu uma forte irritação crescer dentro dele. O que havia dado na Pia para esconder dele resultados da investigação? Febrilmente, tentou recuperar na memória a cronologia do dia anterior. Quando Pia teria falado com Prinzler na prisão de Preungesheim? Antes ou depois de ter conversado com ele em sua sala e tê-lo interpelado sobre Erik Lessing? O que teria descoberto? E como havia obtido essa informação?

Para não demonstrar nenhuma fraqueza na frente de Prinzler, pediu que continuasse seu relato.

– De todo modo – disse Prinzler –, junto com Leonie, minha mulher começou a escrever sua história. Leonie achava que faria bem a ela como tratamento. Era essa a ideia. Mas então encontraram outra adolescente morta no rio. Sempre mantive contato com Kilian. Com Leonie, desta vez decidimos ir até o fim. Só que não mais com os tiras e o Ministério Público. Queríamos ir logo a público. Tínhamos provas suficientes, além de depoimentos de integrantes que confirmaram o que minha mulher viveu.

Bodenstein mal podia acreditar no que estava ouvindo. Pia havia acertado em sua suspeita: os três casos estavam interligados.

– Conversamos sobre qual a melhor maneira de agir para que ninguém atrapalhasse nossos planos. Em algum momento Leonie nos falou de Hanna Herzmann, e eu tive a ideia de trazê-la para o nosso barco. Ela também ficou muito entusiasmada e checou com o Kilian as anotações da Michaela. Mas então...

Bateram à porta da sala de interrogatório. Kai colocou a cabeça para dentro e fez sinal para Bodenstein de que tinha algo importante a lhe comunicar. Bodenstein se desculpou, levantou-se e saiu para o corredor.

– Chefe, o Kilian Rothemund se entregou – anunciou Kai, mal Bodenstein tinha fechado a porta atrás de si. – Os colegas o estão trazendo para cá.

– Ótimo. – Bodenstein foi até o filtro de água e encheu um copo. Kai seguiu-o.

– Além disso, tenho informações sobre Helmut Grasser. Ele mora em Falkenstein, Reichenbachweg 132 b.

– Então mande alguém até lá buscá-lo para que seja interrogado.

– Um momento. – Kai pegou o celular. – O senhor chegou a ver essas fotos que a Pia enviou?

– Não. O que é? – Bodenstein apertou os olhos. Sem óculos de perto, via apenas manchas coloridas no visor.

– Duas meninas de camiseta rosa com a inscrição "Sonnenkinder e. V." – respondeu, agitado. – Lembra-se dos restos de tecido no estômago da nossa sereia? De algodão rosa, com letras brancas estampadas? Podia ser uma dessas camisetas!

– E em que isso nos ajuda agora? – Bodenstein estava com o pensamento em um lugar totalmente diferente. Teria deixado passar algum erro nas investigações dos casos da sereia e de Hanna Herzmann? Teria deixado de notar alguma coisa importante? Deveriam ter concluído antes que, por trás do ataque brutal e do assassinato da terapeuta, escondia-se um grupo de pedófilos? Seria verdade tudo aquilo?

– Pia está justamente em uma festa em Falkenstein. Aniversário de 80 anos do fundador da Associação Sonnenkinder e. V. Ela acha que essa organização de caridade pode ter algo a ver com a nossa sereia.

– Sei. – Bodenstein terminou de beber a água e voltou a encher o copo. E se Prinzler estivesse mentindo, só para tirar a si mesmo e o grupo criminoso a que pertencia do campo de tiro? Embora seu relato soasse concludente, poderia muito bem ter sido inventado.

– O endereço da Associação Sonnenkinder e. V. é Reichenbachweg 134.

Ostermann olhou-o com expectativa, mas Bodenstein não entendeu de imediato a que estava se referindo.

– Helmut Grasser, aquele visto pela testemunha na noite em que Hanna Herzmann foi violentada, está ligado a essa associação – Kai ajudou-o a recordar.

Antes que Bodenstein pudesse responder alguma coisa, um colega uniformizado saiu da sala de vigilância.

– Ah, aí estão vocês – disse. – Acabamos de receber uma chamada de emergência. Rotkehlchenweg 8, em Langenhain. Esse endereço é do caso de vocês, não é?

Mais essa!

– Que chamada foi essa? – perguntou Bodenstein, ligeiramente irritado. Não estava tendo a menor chance de, pelo menos, selecionar seus pensamentos.

– Invasão, ataque, lesão corporal. – O agente franziu a testa. – A informação não foi muito clara, mas a mulher que ligou disse que era para nos apressarmos; parece que ela dominou e amarrou o ladrão no porão de aquecimento da casa.

– Então mande alguém lá para dar uma olhada. – Bodenstein jogou o copo no lixo, ao lado da máquina automática. – Kai, venha comigo para o interrogatório. Acho que, aos poucos, estou conseguindo ligar os pontos.

Ostermann acenou com a cabeça e o seguiu.

– Posso ir embora, agora? – perguntou Prinzler. – Contei tudo a vocês.

– Não, ainda não – respondeu Bodenstein. – Já ouviu falar na Associação Sonnenkinder e. V.?

A expressão de Prinzler anuviou-se.

– Já, claro. O pai da minha mulher fundou esse negócio – respondeu. O tom de sua voz ficou sarcástico. – Esperto, ele, não? Sortimento inesgotável para terríveis pedófilos.

* * *

Pia sentiu o celular vibrar e pegou-o na bolsa.

Leu o nome de Bodenstein no visor e atendeu.

– Onde você está? – perguntou seu chefe, sem parecer muito amigável.

– Na festa de aniversário de Josef Finkbeiner – respondeu com voz abafada. – Disse a você que...

– Rothemund se entregou e Prinzler abriu o bico – interrompeu-a Bodenstein. – Esse Finkbeiner é pai da mulher do Prinzler!

Pia tampou o ouvido esquerdo para ouvi-lo melhor, pois ao seu redor repentinamente elevou-se um vozerio geral.

– ... e ele é ... líder de um ... de pedófilos! ... queria ... Hanna Herzmann, mas ... acabou vazando... fique aí... mandar... colegas... eu mesmo estou... nada...

– Não estou te ouvindo direito – disse. – Oliver? Eu...

– Está com uma pistola! Cuidado! – gritou uma mulher subitamente.

Quase no mesmo instante, Pia ouviu o estampido de dois tiros e levantou o olhar, confusa.

– O que foi isso? – perguntou Bodenstein ao seu ouvido, depois ela não ouviu mais nada, pois um tumulto irrompeu. Mais dois tiros foram disparados. Com gritos histéricos, pessoas pulavam de suas cadeiras ou se jogavam no chão; os quatro guarda-costas do governador despertaram de sua letargia e abriram caminho por entre os convidados que corriam em pânico.

– Puta que pariu! – Por alguns segundos, Pia ficou em choque, como que paralisada. O que tinha sido aquilo? Um atentado ao governador? Um tiroteio cometido por algum louco? Resistiu ao reflexo de pôr-se em segurança, ergueu-se e observou, perplexa, a elegante mulher de cabelos escuros e vestido rosa, que estivera o tempo todo atrás dela, na diagonal, segurando um ramalhete de flores, ser dominada por um homem pelas costas.

Pia enfiou o celular na bolsa e tentou avançar. Lembranças desagradáveis de uma multidão em pânico, como ocorrido no ano anterior no clube Dattenbachhalle, em Ehlhalten, vieram à sua memória. Na ocasião, fora bruscamente arrastada por pessoas que não paravam de gritar, mas conseguiu abrir caminho até o púlpito por entre as cadeiras viradas.

– Um médico, um médico, rápido! – gritavam várias vozes em confusão.

Com o corpo todo tremendo, Pia esforçou-se para ter um panorama do caos. Em questão de segundos, o idílio pacífico do jardim decorado para a festa transformou-se em um campo de batalha. Ao seu redor, pessoas soluçando em choque se abraçavam, os músicos da banda de jazz ficaram parados no tablado, com seus instrumentos nas mãos; homens, mulheres e crianças chamavam em pânico uns aos outros. Um dos mortos pendia de sua cadeira com as pernas e os braços cruzados, como se ainda estivesse ouvindo um discurso, mas faltava-lhe a metade da cabeça – que imagem assustadora! Outro homem havia tombado para o lado. Acabou aterrissando bem no colo do vizinho. Que horror! Pia olhou ao redor, sem saber o que fazer. O promotor-chefe Markus Maria Frey estava no meio da multidão, petrificado e extremamente pálido. Na mão, segurava uma pistola, e a seus pés estava a mulher de cabelos escuros e vestido rosa. Uma senhora de cabelos brancos jogou-se sobre o corpo do marido caído no chão. Pia não conseguiu identificar se ele estava morto ou ferido. Essa mulher de cabelos brancos gritava como uma louca; chorando, outra mais nova, de cabelos escuros, tentava afastá-la do corpo. Pia avistou Emma na segunda fileira. Sua amiga estava sentada, imóvel, com olhos esbugalhados de espanto. Seu vestido amarelo, seu rosto, seus braços e cabelos estavam completamente salpicados de sangue, e, por um momento, Pia temeu que estivesse morta. Ao lado de Emma havia uma criança que, com olhar vazio, fitava os mortos sentados bem à sua frente. Foi o olhar da menina que imediatamente catapultou

Pia para a realidade. Decidida, afastou uma cadeira, puxou Emma pelo braço, depois pegou rapidamente a criança no colo, tirando-a dali. Atordoada, Emma seguiu-a aos tropeços.

– O que aconteceu? – perguntou Pia, cujos joelhos ainda estavam bambos de susto. Com cuidado, pôs a menina no chão.

– A mulher... a mulher... – gaguejou Emma. – De repente... de repente apareceu ali e... e atirou... havia... havia sangue por todo lado. Vi a cabeça do homem na minha frente explodir como... como uma... melancia. – Somente então despertou do choque, olhou para a filha, cujas costas também estavam salpicadas de sangue. – Ai, meu Deus, Louisa! Meu Deus!

– Sente-se. – Pia ficou preocupada. Emma já estava no final da gravidez! – Onde está seu marido?

– Eu... eu não sei... – Emma afundou em uma cadeira e abraçou a filha. – Estava... estava sentado ao meu lado, com a Louisa no colo...

Ao longe se ouvia o barulho de uma sirene se aproximar. Um helicóptero sobrevoava as copas das árvores. Pouco depois, duas viaturas atravessaram o parque fazendo muito barulho.

Pia sempre relutou em fazer perguntas aos parentes das vítimas de assassinato quando ainda estavam sob choque, mas, por sua experiência, este era o melhor momento, pois as lembranças ainda estavam frescas e inalteradas.

– Conhece aquela mulher? – perguntou, então.

– Não. – Emma abanou a cabeça. – Nunca a vi.

– O que ela fez exatamente?

– Apareceu de repente, como se tivesse brotado do chão – respondeu Emma, com voz trêmula. – Ficou parada na frente do meu sogro e disse alguma coisa.

– Consegue se lembrar do quê? – Pia sacou seu bloco de anotações e vasculhou a bolsa em busca de uma caneta. Aquilo era rotina para ela, o que lhe deu um pouco de segurança.

Emma concentrou-se e, com movimentos mecânicos, acariciou as costas da filha, que se havia aninhado a ela, com o polegar na boca.

– Consigo. – Ergueu a cabeça e olhou para Pia. "Não está feliz por rever sua princesinha?" Foi exatamente isso que disse; em seguida... atirou. Primeiro no meu sogro e logo depois nos dois homens que estavam sentados ao lado dele. Eram velhos amigos dele.

– Sabe quem eram os dois?

– Sei. Hartmut Matern era o padrinho do meu marido; o outro se chamava doutor Richard Mehring.

Pia acenou com a cabeça e fez as anotações.

– Posso ir para casa? – pediu Emma. – Preciso trocar de roupa e trocar Louisa.

– Pode, claro. Sei onde te encontrar caso tenha mais perguntas.

Socorristas empurravam a maca com o sogro de Emma até uma ambulância estacionada a poucos metros. A senhora de cabelos brancos que vira pouco antes, amparada por duas mulheres mais jovens, apertava chorando a mão contra a boca.

– Quem é ela? – quis saber Pia.

– Renate, minha sogra. E minhas cunhadas. Sarah e Corinna. Corinna é a chefe administrativa da Sonnenkinder e. V. – Lágrimas vieram aos olhos de Emma. – Que catástrofe. Coitada da minha sogra! Estava tão feliz por este dia!

As portas da ambulância se fecharam, a luz azul do giroflex começou a piscar. Louisa tirou o polegar da boca.

– Mamãe?

– Diga, meu amor.

– O lobo mau morreu? – perguntou a menina. – Ele nunca mais vai me machucar?

Pia deparou com o olhar estupefato da amiga e, em seguida, reconheceu uma expressão de compreensão perplexa nos olhos de Emma.

– Não – sussurrou Emma chorando e embalando a filha nos braços. – O lobo mau nunca mais vai te machucar. Prometo.

* * *

Pegou a identificação policial na bolsa e voltou para o lugar do horror. O promotor Frey estava em pé, como que petrificado, ainda com a arma na mão. Sua camisa e sua calça estavam cheias de sangue. Como que hipnotizado, fitava a mulher a seus pés. Pia tocou o braço de Frey, e ele despertou de seu torpor.

– Senhora Kirchhoff – sussurrou, rouco. – O que... o que está fazendo aqui?

– Venha – disse Pia, enérgica, dando-lhe o braço. Agentes uniformizados invadiram o jardim. Pia mostrou-lhes sua identificação e instruiu-os a bloquear boa parte do jardim, do parque e da rua e a não deixar entrar nenhum curioso, sobretudo a imprensa. Além disso, aceitou um par de luvas de látex e um envelope plástico, retirou cuidadosamente a pistola da mão do promotor, removeu o carregador e colocou ambos no envelope.

– Quem é a mulher? – perguntou Pia. – O senhor a conhece?

– Não, nunca a vi. – O promotor Frey abanou a cabeça. – Eu estava ao lado do púlpito e a vi chegar pelo corredor central com um ramalhete de flores. E, de repente... de repente, tinha uma pistola na mão e... e...

Sua voz falhou. Passou as mãos pelos cabelos, ficou parado por um momento, cabisbaixo; em seguida, levantou o olhar.

– Ela atirou no meu pai. – Soava inacreditável, como se ele ainda não tivesse entendido realmente o que acabara de acontecer. – Por um momento, fiquei como que paralisado. Eu... eu não pude evitar que ela atirasse em mais duas pessoas!

– Seu pai não morreu – respondeu Pia. – Mas o senhor arriscou a própria vida ao desarmar aquela mulher.

– Nem cheguei a refletir – murmurou Frey. – De repente, eu estava atrás dela, segurando seu braço com a pistola... devo ter disparado um tiro. Ela... ela... morreu?

– Não sei – disse Pia.

Crianças perdidas procuravam chorando pelos pais. Ambulâncias e médicos chegavam, mais policiais apareceram. O celular de Pia zumbia e vibrava sem parar, mas ela não notou.

– Preciso voltar para a minha família. – Decidido, o promotor Frey esticou os ombros. – Preciso procurar minha mulher. E minha mãe está precisando de mim agora. Meu Deus, ela viu tudo aquilo.

Olhou para Pia.

– Obrigado, senhora Kirchhoff – disse com voz trêmula. – Se precisar de mim, estarei sempre à disposição.

– Tudo bem. Mas agora vá cuidar de sua família – respondeu Pia, compreensiva, apertando o braço dele. Olhou-o afastar-se e não quis estar na pele dele naquele momento. Somente então percebeu seu celular e atendeu.

– Porra, Pia, onde você está? – gritou Bodenstein em seu ouvido. – Por que não atendeu ao celular?

– Houve um tiroteio aqui – respondeu. – Pelo menos dois mortos e dois gravemente feridos.

– Já estamos a caminho. – Bodenstein parecia um pouco mais calmo. – Você está bem?

– Estou sim, não aconteceu nada comigo – assegurou ao chefe. Virou-se e deu alguns passos no parque. De longe, todo aquele cenário parecia tão irreal quanto um *set* de filmagem. Sentou-se à beira de um chafariz, apertou o celular entre a orelha e o ombro e vasculhou a bolsa à procura dos cigarros.

– Escute – disse Bodenstein –, Prinzler abriu o bico. Hanna Herzmann estava investigando o tema de abuso sexual infantil. A mulher do Prinzler foi abusada quando criança pelo próprio pai e queria levar a verdade a público depois que ficou sabendo da nossa sereia pela televisão. Leonie Verges foi sua terapeuta por muitos anos. Através dela surgiu o contato entre Hanna Herzmann, Rothemund e Prinzler. De fato, está tudo interligado. E a coisa vai muito mais longe do que podíamos imaginar. Por trás de tudo há um grupo de pedófilos que age internacionalmente, e, pelo visto, Josef Finkbeiner desempenha um papel central nele. Mas se for verdade o que Prinzler disse, então ainda há uma porção de gente influente metida nisso e que passa por cima de qualquer cadáver para evitar ser descoberta. Pia, provavelmente até o assassinato daquele informante, anos atrás em Frankfurt, tem relação com o caso!

Suas palavras ecoaram em seus ouvidos como se ele tivesse gritado. Pia pôs um cigarro entre os lábios e abriu o isqueiro, mas seus dedos tremiam tanto que quase não conseguiu acendê-lo.

– Pia? Pia! Você ainda está aí?

– Estou, sim, estou te ouvindo – disse em voz baixa. Tirou os sapatos e revolveu com os dedos o cascalho aquecido pelo sol. A água murmurava no chafariz; um melro saltitou sobre o gramado à sua frente e alçou voo lamentando-se. Silêncio. Paz. No entanto, vinte minutos antes, a menos de cem metros dali, duas pessoas haviam sido brutalmente executadas.

– Em dez minutos estamos aí – ouviu Bodenstein dizer e desligar o aparelho. Pia levantou a cabeça e olhou para o céu de um azul profundo, pelo qual flutuavam pequenas nuvens brancas.

Sentiu-se subjugada ao reconhecer que, mais uma vez, contra toda razão, estivera certa. A tensão em seu íntimo se soltou, e ela começou a chorar.

Bodenstein já tinha visto vários cenários de homicídio doloso e culposo e os classificava intimamente segundo um critério pessoal. Sem dúvida, aquele ali era o pior de todos, categoria cinco estrelas. Aos olhos de duzentos adultos e crianças, uma mulher tinha executado dois homens e ferido gravemente outro. Talvez o resultado tivesse sido ainda pior se alguém não tivesse arriscado a própria vida para dominar e desarmar a autora do atentado. Bodenstein conhecia Markus Maria Frey, promotor-chefe de Frankfurt, havia muitos anos e nunca poderia imaginar que ele fosse capaz de uma intervenção tão destemida. Porém, em situações de perigo, algumas pessoas se superam, sobretudo quando se trata da própria família. No caminho para Falkenstein, foi informado pelo colega Kröger sobre as relações familiares de Frey, e Pia lhe relatou em poucas palavras o que havia acontecido. Já tinha superado o primeiro choque. O que precisava fazer naquele momento era o seu trabalho, e ela era profissional o suficiente para realizá-lo, embora não estivesse se sentindo muito diferente dos outros convidados.

– Onde estava o governador quando os tiros foram dados? – quis saber Bodenstein.

– Até onde sei, ele, o administrador distrital e o prefeito estavam sentados do outro lado do corredor. À direita estavam sentados Josef Finkbeiner e a mulher; ao lado deles, os dois mortos. – Deu uma olhada em seu bloco de anotações. – Hartmut Matern e Richard Mehring, velhos amigos dos Finkbeiners. Na fileira de trás estava sentado Florian, filho de Finkbeiner, com a filha no colo; ao lado dele, sua mulher Emma, minha colega de classe, que me convidou para a festa.

– *O* Hartmut Matern? – Bodenstein ergueu as sobrancelhas.

– Sim, ele mesmo, o... – Pia olhou para o chefe. – O filho dele, Wolfgang, é amigo de Hanna Herzmann. Não é uma estranha coincidência?

– Não, penso que nada disso seja coincidência – respondeu Bodenstein. – Como já te disse pelo telefone, pelo visto, tudo está realmente ligado. Espero que Rothemund nos confirme isso mais tarde.

O doutor Josef Finkbeiner, atingido por dois tiros, um no peito e outro no pescoço, já tinha sido levado pela ambulância. Os dois mortos, que ainda estavam sentados em suas cadeiras, haviam sido cobertos. Bodenstein passou a Cem Altunay o comando da operação, pois lhe pareceu mais urgente conversar com Rothemund. Um médico-legista chegou, e a equipe de intervenção em situações de crise, chamada por Altunay, veio pouco depois. Dois psicólogos cuidavam dos parentes de Finkbeiner, que estavam sentados logo atrás das duas vítimas. Christian Kröger e sua equipe já tinham iniciado o trabalho da Polícia Científica. Estavam isolando e fotografando o local do crime e os dois corpos. Um pouco mais adiante, um médico tratava a mulher que havia cometido o atentado e estava inconsciente. O tiro a atingira na barriga. Ao lado de sua cabeça, um homem de cabelos escuros e terno claro estava ajoelhado. Chorava e acariciava o rosto da mulher.

– Por favor – disse o médico, irritado –, deixe-nos fazer nosso trabalho agora.

– Também sou médico – insistiu o homem. – Ela é minha irmã.

Bodenstein e Pia trocaram um olhar surpreso.

– Venha. – Bodenstein inclinou-se sobre o homem, colocando a mão sobre seu ombro. – Deixe que os médicos trabalhem.

O homem levantou-se cambaleando, seguiu Bodenstein e Pia, mas apenas a contragosto, até uma mesa. Apertava contra o tórax uma bolsa feminina, suja de sangue.

– Posso lhe perguntar quem é o senhor? – iniciou Bodenstein depois de ter se apresentado.

– Florian Finkbeiner – respondeu o homem com voz frágil.

– É parente de... ? – começou Bodenstein.

– Sou. Josef Finkbeiner era meu pai. *Nosso* pai. – Imediatamente, as lágrimas brotaram dos seus olhos. – Essa mulher... é minha irmã gêmea, Michaela. Fazia... fazia mais de trinta anos que não a via, desde que tínhamos 14 anos! Pensei que estivesse morta; foi... foi o que meus pais sempre me disseram. Eu... eu passei muito tempo no exterior, mas no ano passado estive no enterro de Michaela. Quando ela apareceu hoje, de repente, foi... um choque.

Ficou sem voz, soluçou. E Bodenstein entendeu. Subitamente, seus pensamentos se ordenaram, formaram as peças de um todo e produziram um sentido.

A mulher, que havia matado os dois homens e ferido gravemente Josef Finkbeiner era a mulher de Bernd Prinzler, desde pequena abusada e torturada pelo próprio pai e, por fim, levada à prostituição. Prinzler tinha dito a verdade.

– Por que sua irmã atirou no próprio pai? E por que nos dois homens? – quis saber Pia.

Tal como Bodenstein esperava, o homem não fazia a menor ideia do martírio vivido pela irmã gêmea.

– Não é verdade! – sussurrou horrorizado, quando Bodenstein confrontou-o com o que ficara sabendo. – Minha irmã era problemática, é verdade. Fugiu várias vezes de casa, bebia e se drogava. Meus pais também me contaram que passou anos no hospital psiquiátrico. Mas eu também nunca fui feliz. Não é fácil para uma criança quando os pais cuidam mais de crianças estranhas do que dos próprios filhos. Mas meu pai nunca... tocaria em minha irmã! Ele a amava mais do que tudo!

– Infelizmente você está enganado – disse Pia. – Quando seu pai foi levado para a ambulância, agora há pouco, sua filhinha perguntou à mãe se o lobo mau estaria morto e nunca mais lhe poderia fazer mal.

Caso ainda fosse possível, Florian Finkbeiner ficou um tom mais pálido. Incrédulo, abanou a cabeça.

– Lembra-se da suspeita da médica do hospital de que sua filha havia sofrido abuso sexual? – perguntou Pia. – Emma temeu que o senhor pudesse ter feito alguma coisa com a garota. Não foi o senhor. Foi seu pai.

Florian Finkbeiner fitou-a; engoliu em seco, com dificuldade. Seus dedos ainda apertavam a bolsa da irmã.

– No passado, Michaela também vivia com medo do lobo mau. Não entendi que eram gritos de socorro. Achei que ela fosse meio louca – sussurrou, rouco. – Também foi ideia minha trazer minha mulher e minha filha para morarem aqui até o bebê nascer. Nunca vou me perdoar por isso.

– Poderia nos dar a bolsa, por favor? – pediu Pia, e Finkbeiner entregou-a a ela.

O promotor Frey veio em sua direção, acompanhado por uma mulher de cabelos escuros. A mulher foi retida por alguém, mas Frey aproximou-se deles junto à mesa. Quis pôr o braço sobre os ombros de Finkbeiner, mas este se esquivou.

– Com certeza vocês sabiam que Michaela estava viva – acusou seu irmão adotivo. – Vocês sempre sabem de tudo, você, o Ralf e a Corinna!

– Não! Não sabíamos – afirmou o promotor. – Até estivemos no enterro dela. Também estou totalmente chocado.

– Não acredito em uma palavra sua – bufou Finkbeiner, cheio de ódio. – Vocês sempre bajularam meus pais, sempre foram puxa-sacos deles, só para superarem a mim e Michaela! Com vocês por perto, nunca tivemos uma chance, seu bando de bastardos! E agora você ainda mata minha irmã! Tomara que você queime no quinto dos infernos por causa disso!

Cuspiu aos pés de Frey e foi embora. Frey suspirou. Seus olhos estavam marejados de lágrimas.

– Não levo Florian a mal – disse em voz baixa. – Para todos nós é um choque, mas para ele deve ser muito ruim. É verdade que, no passado, ele sempre era obrigado a ter consideração pela gente.

O celular de Bodenstein tocou. Era Kai Ostermann, relatando que, de fato, no porão da casa de Hanna Herzmann havia sido encontrado um homem.

– O senhor não vai acreditar, chefe – disse Ostermann. – O sujeito se chama Helmut Grasser. Está aqui, agora. Não quis ir para o hospital.

Bodenstein afastou-se e deu mais algumas instruções a Ostermann.

– Pia, vamos indo – disse, então. – Encontramos o Grasser.

– Quem? – quis saber Frey, e Bodenstein, que queria ignorar a pergunta, lembrou-se de que ele era o promotor responsável nos três casos.

– O homem se chama Helmut Grasser – respondeu, então. – Uma testemunha o viu na noite em que Hanna Herzmann foi atacada, não longe do local onde a encontraram no dia seguinte. O senhor deve conhecê-lo. Ele mora aqui na propriedade, não?

Percebeu o olhar de Pia, que de perplexidade passou à irritação. Logo o repreenderia por não tê-la informado; porém, sem contar o fato de que não tivera tempo, ela também tinha guardado alguns segredos dele.

– Conheço Helmut Grasser há séculos – afirmou Frey. – É caseiro aqui e pau pra toda obra. Desconfia dele por alguma razão?

– Até que se prove o contrário, sim. – Bodenstein acenou com a cabeça. – Vamos conversar com ele agora, depois, veremos.

– Gostaria de estar presente no interrogatório – disse Frey.

– Tem certeza? Talvez hoje o senhor devesse...

– Não, não há problema – interrompeu-o o promotor. – Seja como for, aqui já não posso fazer nada. Se me permitir, vou mudar rapidamente de roupa e, em seguida, sigo para Hofheim.

– Claro.

– Então nos vemos daqui a pouco.

Pia e Bodenstein observaram-no atravessar o parque falando ao telefone.

– Há pouco ele estava em total estado de choque; agora está frio como o focinho de um cachorro – notou Pia, estranhando.

– Talvez esteja tentando refugiar-se na rotina – supôs Bodenstein.

– Nem reconheci a senhora Prinzler. Parecia completamente mudada. Depois, foi tudo tão rápido...

– Venha, vamos embora. O primeiro da fila é Rothemund. Estou realmente ansioso para saber o que vai nos contar.

Kai Ostermann havia levado Helmut Grasser e Kilian Rothemund para as salas de interrogatório 2 e 3 no térreo do prédio da Inspeção Criminal Regional, mas Bodenstein passou primeiro para ver Prinzler, que ainda aguardava na sala número 1. Em silêncio e com expressão petrificada, ouviu o relato de Bodenstein e Pia sobre os incidentes em Falkenstein. Independentemente do que estivesse sentindo, manteve as emoções em perfeito controle e não deixou transparecer raiva nem preocupação.

– Isso não teria acontecido se vocês não tivessem me segurado aqui – disse em tom de crítica a Bodenstein. – Mas que merda!

– Engano seu – respondeu Bodenstein. – Se o senhor tivesse nos dito logo do que se tratava, então o teríamos mandado muito antes para casa. Por que sua mulher fez isso? Onde conseguiu uma arma?

– Não faço a menor ideia – resmungou Prinzler, furioso, cerrando os punhos. – Será que agora vocês me deixam ir?

– Sim, pode ir. – Bodenstein acenou a cabeça. – Aliás, sua mulher foi levada para o hospital em Bad Soden. Se quiser, mando alguém deixá-lo lá.

– Obrigado, mas não quero. – Prinzler se levantou. – Já andei demais em carro de tira ao longo da vida.

Saiu da sala e foi acompanhado pelo funcionário uniformizado, que estava presente, até a saída do prédio. Bodenstein e Pia o seguiram. Diante da porta da sala de interrogatório, a doutora Nicola Engel aguardava.

– Por que o deixaram ir? – quis saber. – O que aconteceu em Falkenstein?

– Ele nos contou tudo e tem residência fixa – respondeu Bodenstein. Antes que pudesse continuar, Pia o interrompeu. Não lhe saía da cabeça o que Behnke havia contado sobre a participação de Nicola Engel no caso Erik Lessing e constatou que desconfiava profundamente da sua chefe. Se de fato houvesse uma relação entre este e os casos daquele dia, então seria melhor não informá-la inicialmente sobre cada detalhe.

– Primeiro Rothemund, depois Grasser? – perguntou Pia, então, a Bodenstein.

– Isso, primeiro Rothemund – concordou o chefe.

O celular da superintendente da Polícia Criminal tocou, e ela se afastou alguns metros para atender. Pia quebrou a cabeça para achar um jeito de se livrar de Engel e impedi-la de ouvir a conversa com Rothemund através de caixas de som atrás do vidro espelhado. Não

havia tempo para uma explicação muito extensa; tinha de contar com a sorte para que ele não a indagasse.

– Prefiro interrogar Rothemund na sua sala – pediu, então.

– Boa ideia – respondeu Bodenstein, para seu alívio. – Depois de meia hora debaixo daquela luz néon, fico com dor de cabeça. Mandem levá-lo para cima. Ainda preciso falar rapidamente com os rapazes.

– Ah, Oliver. – Pia viu que Engel tinha terminado sua ligação. – Gostaria que a conversa com Rothemund ocorresse apenas entre nós, sem a chefe. Acha que consegue isso?

Ela notou a interrogação em seus olhos, mas ele acabou anuindo.

– O promotor-chefe Frey está aí – anunciou a doutora Nicola Engel. – Como vamos fazer agora?

– Primeiro a senhora Kirchhoff e eu vamos conversar a sós com Rothemund e Grasser – respondeu Bodenstein. – Mais tarde, Frey pode entrar.

Pia lançou-lhe um olhar aguçado, depois foi para a sala de interrogatório 3, a fim de providenciar que Kilian Rothemund fosse levado para o primeiro andar.

– Também gostaria de estar presente – Pia ouviu Engel dizer. Não entendeu a resposta de Bodenstein, mas torceu para que ele tivesse se imposto. Ao voltar, a superintendente já tinha saído; em compensação, o promotor-chefe Frey vinha pelo corredor. Vestia terno cinza-claro, camisa branca e gravata; seus cabelos ainda estavam úmidos e esticados para trás. Externamente, parecia tão controlado e tranquilo como sempre, mas seu olhar, que costumava ser claro, estava anuviado e triste.

– Olá, doutor Frey – cumprimentou-o. – Como está?

– Olá, senhora Kirchhoff. – Estendeu-lhe a mão; o esboço de um sorriso cintilou ao redor dos seus lábios. – Nada bem. Acho que ainda não compreendi realmente o que aconteceu e como pôde ter acontecido.

Se Pia não tivesse visto com os próprios olhos o estado em que se encontrava menos de duas horas antes, não acharia possível que ele tivesse presenciado algo tão horrível. O profissionalismo do promotor levou-a a sentir um sincero respeito por ele.

– Gostaria de lhe agradecer mais uma vez – disse. – Foi realmente louvável o modo como a senhora se comportou.

– Não há o que agradecer. – Pia se perguntou por que antes o considerava um burocrata presunçoso e não gostava dele.

Bodenstein saiu do toalete masculino. Ao mesmo tempo, abriu-se a porta da sala de interrogatório, bem no fundo do corredor, e um funcionário conduziu Kilian Rothemund, que estava algemado, à escada dos fundos que levava ao primeiro andar. Frey olhou para ele. Pia notou que sua expressão se alterou por uma fração de segundo. Seu corpo retesou-se, e ele elevou o queixo.

– Mas este não é Helmut Grasser – constatou.

– Não – respondeu Bodenstein. – É Kilian Rothemund. Entregou-se hoje. Minha colega e eu vamos interrogá-lo agora, depois Grasser.

Markus Maria Frey olhou o homem de quem um dia fora amigo íntimo e que, não obstante, mandara para a prisão por vários anos, e acenou com a cabeça.

– Gostaria de estar presente no interrogatório – disse.

– Não, primeiro a senhora Kirchhoff e eu vamos conversar a sós com os dois homens – respondeu Bodenstein, com firmeza. – Enquanto isso, o senhor pode aguardar na sala de espera.

O promotor-chefe Frey não estava acostumado a ter um pedido negado. Sua contrariedade perante a resposta de Bodenstein não passou despercebida. Franziu a testa e abriu a boca para responder, mas pensou melhor e deu de ombros.

– Tudo bem – disse. – Então vou tomar um café. Nos vemos mais tarde.

Emma e Florian estavam sentados na sala de espera diante do ambulatório cirúrgico do hospital de Bad Soden. Estavam de mãos dadas e

aguardavam. Louisa havia adormecido no colo de Florian. Já fazia mais de uma hora que Michaela estava sendo operada. A bala havia perfurado seu corpo na diagonal, abaixo do tórax, atingido o intestino e o fígado e se alojado no osso da bacia. Josef havia sido levado de helicóptero para a clínica universitária de Frankfurt, e Emma ficou feliz, pois não suportaria ficar debaixo do mesmo teto que esse desgraçado repugnante que havia abusado de sua filhinha inocente. Lançou um olhar de soslaio a Florian. Até que ponto aquilo tudo não estaria sendo pior para ele?

Sempre tivera um relacionamento difícil com o pai; sentia-se negligenciado e não amado. Essa foi a principal razão pela qual escolheu uma profissão que o conduzisse para bem longe de casa. Ter de entender agora que o próprio pai era alguém que abusava de crianças, um pedófilo que havia violentado sua filha, devia ser horrível. Gaguejando, Florian lhe contara a respeito de Michaela, sobre o quanto ele a invejara por ela receber o amor do pai e por sua estreita amizade com Nicky, que chegou a amar e odiar quando criança. Nicky chegara à família Finkbeiner aos 8 anos, depois de várias famílias adotivas desistirem dele e o devolverem ao orfanato. Quando criança, já era um manipulador talentoso, muito inteligente, ambicioso e narcisista. Florian havia ficado feliz por ganhar um amigo para brincar e que tinha a mesma idade que ele, mas Nicky preferira Michaela e a monopolizara.

Michaela sempre foi estranha, mentirosa e agressiva, mas Florian venerava a irmã gêmea, que era apenas dez minutos mais nova do que ele. Sofreu ainda mais por ter perdido para Nicky sua única aliada dentro da família. A Nicky e Michaela, seus pais perdoavam tudo pelo qual ele era repreendido e punido; os dois podiam fazer o que bem entendessem. Aos 10 anos, ambos começaram a fumar; aos 11, Michaela fugiu de casa pela primeira vez; aos 13, fumava maconha; aos 14, injetava-se heroína. Depois, desapareceu. Primeiro foi parar na casa de detenção de menores delinquentes; em seguida, no hospital psiquiátrico. Nicky, por sua vez, deu a volta por cima, tornou-se um aluno brilhante e foi quem tirou as melhores notas na escola ao terminar o ensino médio. Nunca mais falou de Michaela; em vez disso, ficou muito amigo de Corinna, a irmã preferida de Florian depois de Michaela.

Tinha lembranças nada felizes da irmã e, depois de conhecer as razões de fundo, Emma conseguiu entender por que nunca a mencionara. Do lado de fora, no corredor, as vozes se tornaram mais altas. Ouviu-se o nome “Michaela Prinzler”. Florian e Emma ficaram alertas. Um homem entrou na sala de espera. Era tão alto que quase batia a cabeça no batente da porta. Seus braços eram completamente cobertos de tatuagens, e sua aparência era assustadora.

– Você que é o irmão da Michaela? – perguntou a Florian, com uma voz extraordinariamente rouca.

– Sim, sou eu – respondeu Florian. – Quem é o senhor?

– Sou o marido dela. Bernd Prinzler.

Perplexa, Emma fitou o gigante tatuado.

Prinzler sentou-se em uma cadeira de plástico na frente deles e esfregou as duas mãos no rosto. Em seguida, apoiou os cotovelos nos joelhos e examinou Florian com olhar penetrante.

– O que aconteceu? – quis saber.

Florian pigarreou e contou ao desconhecido.

– Achei que minha irmã estivesse morta há muitos anos – concluiu seu relato. – Foi o que meus pais me disseram.

– Era para acreditarem nisso mesmo – respondeu Prinzler. – Na época, encenamos o enterro de Michaela, para que ela não fosse mais perseguida por aqueles monstros.

– Por quem? – perguntou Florian, confuso.

– Pelo seu pai e seus amigos pedófilos. Aquilo é uma máfia. Nunca perdem de vista quem cai em suas garras. Conhecem cada passo dado pelas garotas. E são mais bem organizados do que qualquer serviço secreto.

– O que... o que está dizendo? – quis saber Florian.

Emma preferiria não saber, mas Bernd Prinzler contou com franqueza brutal a respeito das estruturas e dos meios com os quais o círculo de pedófilos agia. Os detalhes repugnantes eram insuportáveis.

Emma estremeceu. Será que algum dia conseguiria se livrar desse pesadelo horrível? E será que Louisa conseguiria esquecer o que haviam feito com ela? Por que não tinha percebido muito antes? Poderia ter percebido? Deveria ter percebido? Tentou se lembrar de como seu sogro se comportava com Louisa e encontrar um pretexto, uma prova de que não teria abusado de sua filha. Sempre fora gentil com ela.

Um médico em uniforme azul de cirurgia entrou na sala de espera. Prinzler e Florian se levantaram de um salto.

– O que aconteceu com minha mulher? – quis saber Prinzler.

– Como está minha irmã? – perguntou Florian ao mesmo tempo.

O médico olhou para um e outro.

– Ela resistiu bem à operação, seu estado é estável – respondeu, por fim, esforçando-se para tentar olhar Prinzler no rosto, quase no pescoço. – Ela foi levada para a Unidade de Terapia Intensiva, para observação, mas conseguimos remover a bala e reparar a parte lesada do intestino.

De repente, Emma sentiu uma dor violenta no abdômen. Assustada, ficou ofegante; sua bolsa estourou no mesmo instante, e o líquido amniótico molhou sua calcinha.

– Florian – disse em voz baixa. – Acho que o bebê vai nascer.

– O que aconteceu com o senhor? – perguntou Pia horrorizada quando Kilian Rothemund se virou para ela. Seu rosto, que ela tinha visto na foto divulgada na notificação de captura e que lembrava ser marcante e bonito, estava todo inchado, com a metade esquerda transformada em um único hematoma violeta e furta-cor, que se estendia até o olho.

O nariz parecia quebrado; o braço direito, como se tivesse passado por um moedor de carne. Kilian Rothemund tinha de ser levado urgentemente para o hospital.

– Anteontem, quando estava para entrar no trem, em Amsterdã, já estava sendo aguardado – respondeu.

– Por quem? – Pia sentou-se à sua frente, do outro lado da mesa, na sala de Bodenstein, que fez sinal para Rothemund esperar para responder. Ligou o gravador, colocou-o em cima da mesa e registrou algumas informações.

– Não foi a polícia holandesa que me deteve – disse Rothemund, contorcendo o rosto, quando a fita começou a gravar. – Também não foi a polícia que me torturou ontem à noite e me empurrou hoje de manhã de um carro em movimento. Foram os capangas da máfia de pedófilos, para os quais me tornei perigoso. Me obrigaram a ver um filme em que Hanna Herzmann era violentada e, com isso, me ameaçaram, dizendo que o mesmo aconteceria à minha filha se eu não lhes revelasse para onde tinha enviado as informações que havia recebido de dois integrantes.

– Revelou as informações a eles? – perguntou Bodenstein.

– Não. – Com cuidado, Rothemund coçou o queixo não barbeado. – Consegui ter presença de espírito suficiente para impedir que o material caísse nas mãos deles. Como sabia que Hanna está no hospital, afirmei que tinha mandado o pacote com as gravações para a casa dela.

– Foi muito inteligente da sua parte – disse Pia. – De fato, alguém esteve na casa da senhora Herzmann para esperar a correspondência. Infelizmente, sua filha Meike também estava no local quando essa pessoa chegou.

– Santo Deus! – assustou-se Rothemund.

– Meike conseguiu dominar o homem e prendê-lo no porão. Ele também está aqui agora.

Kilian Rothemund respirou aliviado.

– Quem foi? Helmut Grasser? – perguntou.

– Sim, ele mesmo. De onde o conhece?

– É o capanga do Finkbeiner que faz o trabalho sujo. Ele próprio foi uma das crianças da Associação Sonnenkinder. Tem problemas psiquiátricos.

– Onde está sua filha agora? Está em segurança? – quis saber Pia.

– Está. Minha ex-mulher ligou para ela, que chegou em casa bem na hora em que a polícia apareceu para me buscar. – Rothemund acenou com a cabeça. – Consegui falar rapidamente com ela, que me prometeu não sair de casa por enquanto.

– Vamos providenciar proteção policial para ela – disse Pia.

Bodenstein pigarreou.

– Uma coisa de cada vez – disse. – Já ficamos sabendo de algumas coisas por Bernd Prinzler; estamos a par da história de vida da mulher dele. Hoje ela apareceu na festa de aniversário de Josef Finkbeiner, matou dois homens a tiros e feriu gravemente o pai.

– Minha nossa! – balbuciou Rothemund, impressionado. Essa notícia o deixou visivelmente abalado; tentou recuperar o autocontrole. – Em quem ela atirou?

– No doutor Hartmut Matern e no doutor Richard Mehring, ex-juiz no Superior Tribunal Regional.

– Ambos pertencem ao círculo interno do grupo de pedófilos – afirmou Kilian Rothemund. – São os líderes, junto com outros três homens, e isso há mais de quarenta anos. Durante todo esse tempo, vêm praticando suas maldades sem serem incomodados. Tenho uma longa lista com nomes e toda sorte de dados que comprovam que essa lista é correta. Michaela Prinzler me ilustrou e descreveu minuciosamente seu martírio de anos. Nas últimas semanas, a senhora Herzmann e eu conseguimos reunir muitas provas e declarações de antigas vítimas e criminosos, que alicerçam a história de Michaela. Nos últimos anos, me ocupei intensamente desse tema, como os senhores podem imaginar.

Por mais que seu rosto estivesse terrivelmente desfigurado, seus olhos extraordinariamente azul-claros eram de uma intensidade tão alerta que Pia sentiu dificuldade em olhar para eles. Precisou forçar-se a não desviar seu olhar.

– Há nove anos, quando Bernd Prinzler veio até mim, pedindo que eu ajudasse sua mulher, fiquei fascinado com o tema – continuou Rothemund após uma breve pausa. – Subestimei totalmente a determinação e a periculosidade dessas pessoas. Acabaram comigo. Perdi tudo: minha família, meu prestígio e meu trabalho. Fui para a prisão e tenho antecedentes penais por abuso sexual infantil e posse de fotos e filmes de pornografia infantil, que foram encontrados em meu computador. Tudo isso foi uma armadilha preparada com muita habilidade, na qual acabei caindo.

– Como isso pôde acontecer? – perguntou Pia.

– Fui ingênuo. – Deu um breve sorriso, que logo se apagou. – Confiei nas pessoas erradas, me senti muito seguro. Colocaram um "boa noite cinderela" na minha bebida. Vinte e quatro horas depois, acordei em meu carro e não me lembrava de nada. Durante o período em que fiquei inconsciente, me despiram, me deitaram com crianças nuas em uma cama e fizeram fotos. Esse tipo de coisa é um recurso comum para manter sob controle pessoas desagradáveis. Sei de dois funcionários do juizado de menores, com os quais aconteceu a mesma coisa, de um professor, que quis denunciar sua suspeita de abuso contra um aluno, e de pelo menos outros três homens. A pessoa simplesmente não tem a menor chance, pois as ligações dessa gente chegam aos ministérios, aos círculos econômicos e políticos e até à polícia. Todos se acobertam reciprocamente, não apenas na Alemanha. É um negócio internacional, em que há muito dinheiro em jogo.

Pensativo, observou sua mão direita ferida, girando-a levemente de um lado para outro.

– Há algumas semanas, quando a adolescente morta foi encontrada no Meno, Michaela quis, de uma vez por todas, botar tudo no ventilador. Bernd me ligou, e eu logo lhe assegurei de que queria participar. Já não tinha nada a perder, mas talvez uma pequena chance de reabilitação se conseguíssemos provar tudo em público. Através de Leonie Verges, terapeuta da Michaela, entramos em contato com Hanna Herzmann, que ficou entusiasmada por receber um tema tão explosivo para seu programa. E embora a tenhamos avisado, pelo visto ela também subestimou a periculosidade dessas pessoas. Exatamente como eu. Contou a respeito a Wolfgang Matern, seu velho amigo de juventude e diretor de programação da emissora, para a qual ela produzia seu programa. – Rothemund suspirou. – Hanna não fazia a menor ideia de que Hartmut, pai de Wolfgang, estava envolvido no caso. É claro que eu sabia que a emissora lhe pertencia e, conscientemente, não coloquei seu nome na lista, para não lançar Hanna em um conflito de lealdade. Além disso, no começo, não estava certo de que ela era realmente confiável. Infelizmente, na ocasião, não sabia que ela era amiga de Wolfgang e que o informaria com tantos detalhes.

– Acha que Wolfgang Matern atacou Hanna Herzmann? – interrompeu-o Pia.

– Não, com certeza não foi ele próprio. Acho que foi Helmut Grasser que fez isso. E que matou Leonie. Afinal de contas, não dá para intimidar uma mulher com fotos ou filmes comprometedores. Com as mulheres, esses criminosos agem de modo diferente do que com os homens.

Pia lembrou-se do automóvel com a placa HG, que o vizinho de Leonie vira várias vezes nas proximidades de sua casa. Era de propriedade da Associação Sonnenkinder.

– Essa Associação Sonnenkinder – disse Bodenstein – faz realmente alguma coisa pelas mães e pelas crianças ou é apenas uma organização de fachada?

– Não, faz muita coisa – respondeu Kilian Rothemund. – É de fato uma coisa muito boa. Incentivam a formação de mães jovens; dão bolsas para crianças e adolescentes. Mas também há crianças que não existem oficialmente. Mães jovens desaparecem logo depois do parto e deixam seus filhos para trás, pois pensam que ali vão ser bem criados. Finkbeiner também pega órfãos do Extremo Oriente e do Leste europeu, onde essas crianças nunca são procuradas; simplesmente não existem e ninguém sente falta delas. São elas que alimentam os pedófilos. Michaela sabia disso tudo e as chamava de "crianças invisíveis". É inconcebível o que fazem com elas. Quando crescem e já não são atraentes para os pedófilos, são encaminhadas a cafetões ou simplesmente apagadas.

Pia se lembrou dos dois retratos falados, feitos com a ajuda da testemunha de Höchst. Pediu licença, foi à sua sala e, logo depois, voltou com as cópias.

– Conhece estas duas pessoas? – perguntou a Kilian Rothemund.

Bastou-lhe uma olhada rápida.

– O homem é Helmut Grasser – disse. – E a mulher é Corinna Wiesner, também filha adotiva dos Finkbeiners, exatamente como seu marido, Ralf Wiesner, diretor executivo da holding Finkbeiner. Corinna e ele seriam os soldados mais subservientes do exército clandestino do Finkbeiner. Oficialmente, ela é chefe administrativa da Associação Sonnenkinder, mas, na realidade, coordena a "polícia secreta" do grupo. Sabe de tudo, é fria e absolutamente impiedosa.

Helmut Grasser falou como uma torrente por quinze minutos. Grato por finalmente ter encontrado um público atento, contou sobre sua infância triste e sem amor em diversas famílias adotivas e abrigos, sobre sua mãe, doente mental, que o rejeitara como o produto indesejado de um estupro e que tinha 16 anos quando ele nasceu. O juizado de menores acabou encaminhando-o aos Finkbeiners, com os quais, pela primeira vez em sua vida, recebeu afeto e dedicação; contudo, continuou sendo sempre uma criança de segunda classe.

Como tinha mãe, os Finkbeiners não o adotaram nem o tutelaram; cresceu no estabelecimento da Associação Sonnenkinder e. V. e fez tudo para ser reconhecido por aqueles dos quais queria tanto fazer parte. No entanto, os filhos de Finkbeiner, que eram mais jovens do que ele, trataram-no com desdém, exploraram sem o menor pudor seus esforços para obter seus favores e o ridicularizaram. Grasser não era casado e vivia com a mãe em uma das casas no terreno dos Finkbeiners, em Falkenstein, bem ao lado das pessoas que ele idolatrava havia trinta anos e que, exatamente como antes, se aproveitavam da sua devoção para pôr em prática seus próprios planos.

– Tudo bem – interrompeu-o Bodenstein, por fim. – O que aconteceu com Hanna Herzmann e Leonie Verges?

– Tive de intimidar a Herzmann, para que ela parasse de se intrometer – admitiu Grasser. – A situação saiu um pouco do controle.

– Saiu um pouco do controle? – Bodenstein elevou a voz. – O senhor violentou brutalmente aquela mulher e quase a matou! Depois deixou-a no porta-malas para que sua morte se tornasse inevitável!

– Só fiz o que me mandaram – defendeu-se, e seus olhos profundamente escuros deixavam transparecer laivos de autocompaixão. Em sua lógica, não se via como criminoso, mas como vítima. – Não tive escolha!

– Sempre se tem escolha – respondeu Bodenstein. – Quem o mandou fazer isso?

Grasser era inteligente o suficiente para odiar sua dependência e as constantes humilhações, mas muito indolente para livrar-se delas. Justificou sua ação dizendo que apenas havia cumprido ordens de terceiros e vingou impiedosamente contra pessoas mais fracas seu orgulho ridicularizado durante toda a vida.

– Quem o mandou fazer isso? – repetiu Bodenstein.

Grasser reconheceu que já não adiantava mentir e aproveitou a ocasião para finalmente dar o troco em seus opressores.

– Corinna Wiesner. É minha chefe direta. Faço o que ela manda sem fazer perguntas.

O telefone de Pia começou a zumbir. Ela deu uma rápida olhada no visor. Era o número de Hans Georg, lavrador de Liederbach, que sempre comprimia o feno para ela. Provavelmente, queria avisar que já havia ceifado. Podia esperar.

– Foi Corinna que o mandou filmar Hanna Herzmann sendo violentada? E foi ela quem lhe ordenou deixar Leonie Verges morrer de sede e também filmá-la? – perguntou Bodenstein asperamente.

– Não diretamente – esquivou-se Grasser. – Não disse com tantos detalhes o que eu tinha de fazer.

– Ah, é? – Bodenstein inclinou-se para a frente. – Mas o senhor acabou de dizer que só fazia o que mandavam!

– Bom – Grasser deu de ombros –, ela diz o que tem de ser feito, mas o modo como deve ser feito, deixa por minha conta.

– O que isso significa concretamente?

– Tive a ideia de simular uma batida policial. – Grasser parecia quase orgulhoso. – Encomendei toda a parafernália pela internet, não é nem um pouco difícil. E sempre dá certo. Às vezes, fazemos isso só por diversão, embolsamos um dinheirinho e fica tudo bem.

– E os filmes? – perguntou Pia.

– Tem uma porção de gente que curte esse tipo de coisa – respondeu.

– O quê?

– Bom, assistir a alguém morrer de verdade, e não de brincadeira. – Grasser parecia totalmente insensível. – Por um filme como o da tia da TV, a gente consegue fácil uns dois mil.

Kröger já tinha contado sobre os chamados *snuff-movies*. Pia nunca tinha visto esse tipo de filme, mas sabia que na internet, nos chats IRC, nos fóruns Usenet e em grupos fechados de usuários ofereciam-se filmes que supostamente mostravam homicídios autênticos em toda a sua duração, muitas vezes como clímax perverso das cenas mais brutais de pornografia, mas também execuções, torturas, assassinato de bebês e crianças em contexto de pornografia infantil.

Grasser ilustrou seus feitos repugnantes deleitando-se tanto com os detalhes que Pia sentiu-se mal. Viu-o como um gorila no cio, que bate os punhos no tórax.

– Para nós, bastam os fatos – interrompeu a descrição do ataque a Hanna Herzmann. – O que aconteceu com a adolescente? Como foi parar no rio?

– Devagar. Uma coisa de cada vez – respondeu Grasser, desfrutando da condição de ser o centro das atenções, já que, de modo geral, a vida havia previsto para ele apenas um papel secundário.

Pia fingiu receber uma ligação e saiu da sala de interrogatório. O modo como o cara a fitava, despindo-a com os olhos, era demais depois de tudo pelo que já tinha passado naquele dia.

Do lado de fora, encostou-se à parede, fechou os olhos, inspirou fundo e expirou, para não sofrer de hiperventilação. Quanta gente repugnante e doente havia no mundo!

– Ei! Está tudo bem? – Christian Kröger saiu da pequena sala que ficava entre as salas de interrogatório. Dela era possível acompanhar o procedimento através de vidros espelhados. Pia abriu os olhos e olhou para o rosto preocupado dele.

– Não aguento ouvir esse cara nem mais por um segundo – desabafou. – Não volto lá para dentro nem arrastada.

– Deixe que eu assumo. – Com compaixão, Christian passou a mão por seu braço. – Os outros estão na sala de escuta. Junte-se a eles e fique só ouvindo.

Pia deu um longo suspiro.

– Obrigada – disse.

– Já comeu alguma coisa hoje? – quis saber Christian.

– Não. Mais tarde eu como. – Pia esforçou-se para sorrir. – Tomara que isso termine logo.

Foi até a sala, onde estavam Kai, Cem e Kathrin e sentou-se em uma cadeira. Helmut Grasser estava fazendo observações obscenas quando Christian entrou na sala e sentou-se atrás de sua cadeira.

– Vá direto ao ponto, seu pervertido doente – disse. – Senão vai receber tratamento de choque.

O sorriso arrogante no rosto de Grasser logo se apagou.

– Ouviu isso? Ele está me ameaçando de tortura! – indignou-se.

– Não ouvi nada. – Bodenstein não esboçou reação. – Estávamos falando da adolescente; portanto, prossiga, por favor.

Grasser lançou um olhar sombrio a Kröger.

– A Oksana, aquela vadia imbecil – disse, então –, vivia fugindo. Sempre fui responsável por trabalhos sujos como esse e levo bronca quando essas vacas causam problema. Não sei como, ela foi parar no centro da cidade, então tivemos de fazer de conta que éramos seus pais.

– Quem é "nós"? – interrompeu-o Bodenstein.

– Corinna e eu – respondeu Grasser.

– De onde a menina estava fugindo?

– Do Palácio.

– Dá para ser mais específico?

Helmut Grasser fez uma cara mal-humorada, mas depois começou a falar. Nas catacumbas do Palácio Ettringhausen, em Höchst, que pertencia à Fundação Finkbeiner, ficavam os porões onde eram cometidos os abusos e gravados os filmes que eram vendidos como água. Normalmente, as crianças ficavam alojadas em Falkenstein, mas sempre havia algumas delas "à disposição" em Höchst.

Só essa expressão já fez Pia sentir calafrios na espinha.

Segundo Grasser, na verdade Oksana já estava grande demais para as necessidades dos pedófilos; no entanto, por razões inexplicáveis, o chefe tinha uma queda por ela. Certa noite, Oksana atraiu sua ira recusando-se a fazer algo que ele tinha exigido.

– Quando são pequenas, é fácil intimidá-las – disse Grasser com insensibilidade, como se estivesse falando de animais. – Quando crescem, ficam traiçoeiras e espertas, essas pestes. Por isso, de vez em quando é preciso agir com mais força.

Pia se afastou e mergulhou o rosto nas mãos.

– Não consigo mais ouvir isso – murmurou.

– Eu também não – respondeu Cem, atônito. – Tenho duas filhas. Não posso nem pensar nelas.

– Oksana era uma bichinha teimosa; geralmente essas meninas russas são assim. Deve estar nos genes – soou a voz de Helmut Grasser pelos alto-falantes. – O chefe a espancou até ela mal conseguir respirar; em seguida, mergulhou-a na banheira de hidromassagem. Provavelmente, um pouco demais. Foi um acidente.

Deu de ombros.

– E depois? – Bodenstein não deixou transparecer nenhuma emoção.

– Às vezes acontece de uma menina não sobreviver. Então tenho de me livrar dela na mesma noite – respondeu Grasser. – Mas estava com pouco tempo; por isso, acabei jogando-a no rio.

– É inacreditável! Porque estava com pouco tempo! – murmurou Kathrin.

– *Ainda bem* que estava com pouco tempo – corrigiu Cem, com cinismo. – Do contrário, ninguém nunca iria descobrir o que acontece ali.

– Puts! – exclamou Pia, simplesmente. A descoberta da adolescente morta foi o que desencadeou toda uma série de tragédias que não conseguiram evitar. Se a testemunha tivesse se manifestado antes, se na época tivesse visto a foto de Oksana no jornal, e não apenas no programa Aktenzeichen X Y, então talvez nada tivesse acontecido a Hanna Herzmann, Leonie Verges poderia estar viva e Michaela Prinzler não teria matado duas pessoas.

Teria, seria, se...

– Atenda este seu celular logo de uma vez! – disse Kathrin, pois o telefone de Pia não parava de zumbir.

– Mais tarde. Não é tão importante – respondeu Pia, curvando-se para a frente, pois Bodenstein tinha empurrado uma foto até Grasser.

– O que é isto? – perguntou. – Encontramos no estômago da adolescente.

– Hum. Parece o pedaço de uma camiseta. O chefe faz questão de que as meninas usem roupas cor-de-rosa, sobretudo quando já estão um pouco mais crescidas. Assim, parecem mais novas.

– Encontramos o tecido *no estômago* da garota – repetiu Bodenstein.

– Vai ver, ela comeu. A gente sempre tinha de fazer a Oksana passar fome; do contrário, ela ficava muito atrevida.

Cem perdeu o fôlego.

– Isso tudo não pode ser verdade, pode? – Pia estava perplexa. – Um ser humano não pode fazer uma coisa dessas.

– Pode, sim – disse Kai acenando com a cabeça. – Infelizmente os seres humanos podem fazer esse tipo de coisa. Pense nos guardas dos campos de concentração. À noite, iam para casa e eram pais de família totalmente normais, depois de terem conduzido pessoas às câmaras de gás durante o dia todo.

– Como eu mesmo gostaria de fazer isso com este daí! – resmungou Cem. – Mas, provavelmente, um sujeito desses não vai nem para a cadeia, e sim para o hospital psiquiátrico, porque teve uma infância difícil! Quando ouço uma coisa dessas!

O celular de Pia voltou a tocar. Ela abaixou seu volume.

– Fez tudo sozinho ou teve um ajudante? – perguntou Christian do outro lado do vidro.

– Às vezes eu levava alguém junto – disse Grasser. – No caso da tia da televisão, até o patrão foi junto. Para o da Leonie, levei o Andi comigo; geralmente ele só está autorizado a dar uma volta com as crianças.

– O patrão foi junto – repetiu Christian Kröger. – Ele já não está um pouco velho demais para essas... missões externas?

– Missões externas – riu Grasser, achando engraçado. – Gostei. Mas velho por quê? Não é muito mais velho do que o senhor.

– Não estamos falando de Josef Finkbeiner, estamos? – quis confirmar Bodenstein.

– Que nada! O Josef não faz mais essas coisas – afirmou, acenando com a mão. – Quando muito, dá umas apalpadas em alguma criança que por acaso caia em suas mãos. Nicky é o chefe.

– Nicky? – perguntaram Bodenstein e Kröger ao mesmo tempo. – Quem é ele?

Grasser olhou-os surpreso, depois sorriu achando graça e recostou-se.

– Mas vocês o prenderam! – disse. – Acabei de vê-lo passar no corredor.

– Quem é Nicky? – perguntou Bodenstein, que aos poucos ia perdendo a paciência, com tom ameaçador e batendo a mão aberta no tampo da mesa.

– Bom, realmente vocês não são muito espertos. – Helmut Grasser abanou a cabeça, um tanto intimidado. – Nicky se chama, na realidade, Markus Maria Frey.

* * *

– Precisamos imediatamente de um mandado de prisão para Frey e Corinna Wiesner – disse Bodenstein. – Quero agora mesmo um alarme geral de busca. Ele não pode ter ido muito longe.

– Vou cuidar disso – Kai Ostermann acenou com a cabeça.

Quando se constatou que o promotor-chefe Frey tinha fugido, Bodenstein reuniu os funcionários da delegacia de homicídios na sala de descanso atrás da sala de vigilância. Os poucos colegas das outras delegacias e da guarda civil ainda presentes que apareceram eram os que já estavam de folga, mas foram chamados e convocados a voltar ao serviço.

– Quem viu Frey pela última vez? – quis saber Bodenstein.

– Ele deixou o prédio às 16h36, supostamente porque ia buscar o celular no carro – disse a colega que, naquele momento, fazia a guarda do portão.

– Tudo bem. – Bodenstein consultou seu relógio. – Agora são 18h42. Isso significa que ele está com duas horas de vantagem.

Bateu palmas.

– Vamos, pessoal, ao trabalho! – exclamou. – O tempo está correndo. Frey vai tentar apagar provas importantes. Quero um mandado de busca para o Palácio Ettringhausen e todas as instalações dessa Associação Sonnenkinder, bem como para as residências de Grasser, Wiesner e Frey. Para a busca em Höchst, vamos precisar do Comando de Operações Especiais, uma tropa de cem homens, para o caso de Frey fugir, e um helicóptero. Além disso, os colegas da Polícia Fluvial precisam ser informados.

Sentada em uma cadeira encostada à parede, Pia estava atordoada; as vozes ao seu redor eram apenas um ruído distante em seus ouvidos.

Como não percebeu que o promotor-chefe a havia manipulado e envolvido com habilidade? Como pôde deixar-se enganar por ele? Aos poucos, foi se dando conta do que havia causado. Ingenuamente, havia contado a ele que Rothemund tinha ido a Amsterdã, relatado sobre cada passo de seu trabalho de investigação, só porque ele tinha sido gentil com Lilly!

Lilly! Santo Deus! Pia teve um sobressalto, como se tivessem despejado água fervente sobre ela. O e-mail com a ameaça que recebera naquela manhã devia ter sido enviado por Frey! Obviamente, ele partiu do princípio de que Lilly era sua filha porque ela nunca falara de Christoph para ele.

– Cães, médicos de emergência – ressoou a voz de Bodenstein em sua consciência. – Em uma hora nos encontramos em Höchst. O prédio deverá ser amplamente cercado e isolado. Kai, informe a polícia de trânsito e os colegas de Frankfurt.

– Pia? – Rüdiger Dreyer, motorista em serviço do turno da noite, enfiou a cabeça pelo vão da porta.

Pia levantou o olhar.

– Sim, o que é?

– Acabamos de receber uma chamada de emergência – disse o colega, aproximando-se. Sua expressão preocupada fez com que todos os alarmes de Pia soassem em sua cabeça. – Aconteceu alguma coisa em Birkenhof.

– Ah, meu Deus, não! – sussurrou Pia, levando as mãos à boca. Lilly, não! Se tivesse acontecido alguma coisa com a menina, ela seria a única culpada. Na grande sala fez-se um silêncio sepulcral. Todos olharam para Pia, que pegou o celular. Vinte e três chamadas não atendidas, cinco SMS, todos de Hans Georg! E ela que tinha achado que ele só estava querendo falar da colheita do feno!

– Venha – disse Christian Kröger com determinação, dando um tapinha em seu ombro. – Vou levá-la até lá.

Sim, obrigada, quis dizer Pia aliviada, mas então se deu conta dos olhares críticos dos colegas. Não deveria mostrar nenhuma fraqueza, nem mesmo em uma situação como essa, na qual todos os homens eram necessários. Era inspetora-chefe da Polícia Criminal e tinha de agir com profissionalismo; não podia simplesmente perder o controle e sair correndo. Sua vida particular não podia, de modo algum, ser mais importante do que a prisão de um criminoso perigoso, a quem justamente ela havia dado informações de primeira mão.

– Obrigada, vou sozinha – disse, então, com voz firme e esticando os ombros. – Nos vemos mais tarde em Höchst.

* * *

– Você não vai dirigindo em hipótese alguma! – Christian Kröger alcançou-a no estacionamento e tirou de sua mão a chave do carro. – Nem adianta reclamar! Vou levá-la até lá!

Pia anuiu em silêncio. Todo o seu corpo tremia de medo e preocupação. Se recebesse um processo disciplinar por ter passado muitas informações ao promotor, seria uma punição merecida por sua estupidez. Mas nunca se perdoaria se acontecesse alguma coisa com Lilly e fosse a culpada.

Kröger destrancou o carro e abriu-lhe a porta do passageiro, acomodou-a quando ela se sentou e prendeu-a ao cinto de segurança, como se faz com uma criança.

– Dei muitas informações a Frey. Por que fui fazer isso?

– Porque ele era o promotor ligado a essa investigação – respondeu Kröger. – Se você não o tivesse informado, ele teria ficado sabendo pelos autos.

– Não, não é verdade. – Pia abanou a cabeça. – Contei a ele que Kilian Rothemund ia para Amsterdã. Frey deve ter mandado logo em seguida seus contatos para a Holanda.

Kröger entrou no carro, deu a partida e deu marcha a ré.

– Pia, você não cometeu nenhum erro. Você não podia imaginar que Frey estava envolvido nessa história. Se um promotor me pede informações, eu também dou.

– Você só está dizendo isso para me consolar – suspirou Pia. – Quando Frey apareceu na busca no trailer de Rothemund, você não contou a ele tudo que sabia, não entregou o ouro. Eu já devia ter desconfiado do interesse dele pelo caso.

Pia calou-se. Kröger desceu a rota do morango, rumo à rodovia, sem respeitar o limite de velocidade prescrito.

– Vire à esquerda e pegue a estrada entre os campos. É mais rápido – disse Pia, antes que ele pudesse avançar até a ponte. Kröger freou, ligou a seta e fez uma curva fechada para a esquerda, atravessando a pista contrária. Um motorista que vinha na direção contrária acendeu os faróis e buzinou.

– Se Erik Lessing morreu porque ficou sabendo desse caso de pedofilia através do Bernd Prinzler – disse Kröger após um momento –, então me pergunto o que a Engel sabia na época. E o que sabe hoje. Pense um pouco: de algum modo, ela está envolvida nisso!

– Não quero nem pensar – respondeu Pia, melancólica. – Seja como for, Bodenstein não faz ideia do que realmente aconteceu na época. E Frank também não sabia de nada. Se não apanharmos todas as pessoas por trás disso, Kilian Rothemund e seus filhos correrão perigo pelo resto da vida.

Kröger diminuiu a velocidade porque tinha de atravessar a estradinha que ligava Zeilsheim até a B519, rumo a Kelkheim. Do outro lado, a via era asfaltada e corria paralelamente à A66. Já estava anoitecendo; não obstante, havia muita gente na rua andando de skate ou correndo e que, por causa do barulho da rodovia, não chegava a ouvir o carro passar e, por isso, não desviava. Impaciente, os dedos de Kröger tamborilavam o volante, e Pia percebeu a tensão em seu rosto. Ele também estava tão preocupado quanto ela. Alguns minutos depois, chegaram a Birkenhof. Diante do portão estava o trator verde de Hans Georg e duas viaturas com a luz azul ligada. Debaixo da nogueira, no pátio, estavam estacionados uma Unidade móvel de Terapia Intensiva e uma ambulância. Ao vê-las, Pia sentiu o sangue congelar nas veias. Até então, tinha se preocupado com Lilly e nem pensara que a Christoph também poderia ter acontecido alguma coisa!

Contra a luz do sol em declínio, viu uma coisa escura, estendida na subida de cascalho entre os cercados e o picadeiro. Kröger também a viu e pisou com tanta força no freio que fez o cascalho espirrar. Pia saltou do carro antes que ele parasse.

– Ah, meu Deus!

Todas as forças esvaíram-se de seu corpo, e ela se sentiu mal. As lágrimas banharam seus olhos.

– O que foi? – perguntou Kröger atrás dela; depois, ele mesmo viu o que era. Abraçou-a e afastou-a do local, impedindo-a de ver a cena por mais tempo. Um dos cães estava morto, deitado em meio a uma poça de sangue; nem cinco metros adiante havia outro na mesma condição.

– Pia!

Um homem alto, de cabelos grisalhos, em um macacão verde correu até ela. Era Hans Georg, que ela reconheceu apenas indistintamente. A visão dos dois cães mortos a tiros fez com que temesse o pior; o medo dentro dela tornou-se pânico e a dominou.

– Onde está o Christoph? O que aconteceu aqui? – gritou de modo estridente e tentou se livrar das mãos de Kröger, que, no entanto, segurou-a inflexivelmente, puxando-a para a faixa de grama, para que ela não tivesse de passar por cima do cadáver do cão.

– Tentei falar com você uma porção de vezes – disse o agricultor, mas Pia não o ouviu.

– Onde estão o Christoph e a Lilly? Onde estão eles? – gritou, histérica, e apoiou as mãos no tórax de Kröger, que a soltou.

– Na casa – disse Hans Georg. Seu tom de voz soou suplicante. – Espere, Pia!

Esquivou-se quando ele entrou em seu caminho para detê-la. Como uma condenada à morte a caminho do cadafalso, morrendo de medo dos segundos seguintes, dirigiu-se com olhar fixo para a porta da casa. Medos que ela acreditava ter reprimido havia muito tempo jorraram dentro dela, e seu coração batia com tanta força que chegava a doer. Estava molhada de suor e gelada ao mesmo tempo.

– Senhora Kirchhoff! – Um agente uniformizado saiu da casa. Ela não reagiu. Fitou a poça de sangue na escada, o sangue na parede e na porta. Teria agora de suportar o pesadelo de todo policial, que era encontrar um parente morto?

– Venha – disse o colega. Christian Kröger estava logo atrás dela. Sua casa, sua cozinha, tudo estava repleto de pessoas estranhas. Viu os coletes vermelhos e laranja do médico de emergência e dos assistentes de salvamento, malas abertas, mangueiras, cabos, roupas sujas de sangue e no meio de tudo estava Christoph no chão, vestindo apenas uma cueca. Em seu tórax nu estavam grudados eletrodos de um eletrocardiograma.

– Sua mulher chegou – ouviu alguém dizer. Abriram caminho para ela. Christoph estava vivo! Aliviada, Pia ficou até tonta. Foi até ele, ajoelhou-se ao seu lado e, com cuidado, tocou-lhe o ombro. Ele estava com uma laceração na cabeça que estava sendo tratada pelo médico naquele instante.

– O que aconteceu? – sussurrou. – Onde está a Lilly?

– Pia – murmurou, perturbado. – Ele a levou. Ele... ele parou na frente do portão... e acenou. Lilly... disse que o conhecia... do zoológico e... e da avó da Miriam. Eu... eu não desconfiei de nada... e abri o portão...

O coração de Pia parou por alguns instantes. Obviamente Lilly conhecia o promotor-chefe Frey! Pegou a mão de Christoph.

– ... Lilly correu até ele... de repente, ele sacou uma pistola. Empurrou-a para dentro do carro, então os cachorros o... ele está com ela... – Interrompeu-se e fechou brevemente os olhos. Seu tórax subiu e desceu com intensidade.

– Eu vi. – Pia lutou contra as lágrimas. – O que aconteceu com você?

– Eu... eu saí correndo atrás dele. Ele quis atirar em mim, mas... mas o carregador já devia estar sem balas. E então... então o Hans Georg apareceu de repente...

– Traumatismo craniano – interveio o médico de emergência. – Levou pelo menos três pancadas na cabeça. Vamos levá-lo para o hospital.

Pia ouviu que Kröger telefonava e falava com voz baixa sobre Lilly e Frey.

– Queria ir com você ao hospital – disse a Christoph, passando a mão em sua face. Ele segurou sua mão.

– Não – implorou desesperado. – Você precisa encontrar a Lilly! Por favor, Pia, prometa que vai encontrá-la! Nada pode acontecer com ela.

Temia tanto quanto ela pela menina. Para proteger Lilly, partiu de mãos nuas para cima de um homem armado, que matou os cães e, assim, demonstrou que não hesitaria em atirar. Se o carregador da arma não estivesse vazio, talvez Frey também tivesse matado Christoph.

Pia inclinou-se sobre ele e beijou-lhe a face.

– Não apenas prometo que vou encontrá-la – disse ela com voz rouca. – Eu juro.

– Vou com você a Höchst – anunciou, decidida, quando a ambulância deixou o pátio. – Só vou trocar rápido de roupa.

Ainda estava com o vestidinho de verão e os escarpins abertos, que vestira naquela manhã para ir à festa de aniversário. Para ela, era como se o dia já tivesse acabado.

– Vou levar os outros dois cães, que já estão no meu trator – disse Hans Georg. – E pode deixar que cuido dos cavalos.

– Obrigada. – Pia acenou-lhe com a cabeça, depois subiu a escada. No quarto, arrancou o vestido, enfiou uma camiseta e um jeans e pegou a arma no cofre dentro do armário. Com os dedos trêmulos, vestiu o coldre de ombro e nele colocou a P30. Meias, tênis e um agasalho cinza com capuz – já se sentia novamente ela mesma.

Cinco minutos depois, entrou no carro com Kröger.

– Você está bem? – perguntou quando passavam por Unterliederbach.

– Estou – respondeu Pia brevemente. Seu medo tinha se transformado em uma raiva fria. Quando tiveram de parar junto a uma barreira na Kasinostraße, seu celular tocou. Inúmeros curiosos se aglomeravam no local, ávidos por uma interrupção bem-vinda em suas vidas monótonas. As pessoas nunca entendiam como essa atitude podia ser perigosa; por isso, as barreiras policiais tinham de ser bem amplas.

– Já chegamos – disse Pia a Bodenstein. – Onde você está?

Mostrou sua identificação ao policial da barreira, que a afastou um pouco e os deixou passar.

– Na rua bem na frente do Palácio. – respondeu-lhe o chefe. – O Comando de Operações Especiais invadiu o prédio e conseguimos

deter algumas pessoas da Associação Sonnenkinder justamente quando tentavam levar embora algumas crianças.

– E a Lilly? – quis saber Pia. Kröger já havia informado a Bodenstein que Lilly se encontrava em poder de Frey.

– Ainda estamos procurando o acesso às catacumbas. Em todo caso, Frey está aqui. O carro dele está no pátio.

Pia e Kröger atravessaram correndo a Bolongarostraße, que parecia morta à luz dos postes. Nenhum automóvel, nenhum ciclista nem pedestre podia circular pela área isolada. Ao longe, um bonde rangeu. De resto, silêncio absoluto. Bodenstein, Kathrin e Cem aguardavam no pátio do Palácio Ettringhausen, que ficava logo ao lado do Palácio Bolongaro. Com eles estavam os chefes do Comando de Operações Especiais e da tropa de choque; o pátio fervilhava de policiais. Por toda parte, expressões sérias e abaladas. Ninguém estava para brincadeira. À luz clara de um refletor estava estacionada uma van VW azul-escura, com a inscrição Sonnenkinder e. V.

– Corinna Wiesner também está aí? – quis saber Pia.

– Não. – Bodenstein abanou a cabeça. Nele também transparecia a tensão das últimas horas. Sob seus olhos, olheiras escuras, queixo e faces cobertos pela sombra azulada da barba por fazer. – Ainda deve estar lá embaixo, no porão. Conseguimos deter duas mulheres que estavam para fugir com seis crianças na van.

– Quantas pessoas ainda estão lá embaixo? – quis saber Pia.

– Pelo que disseram as duas mulheres, só os Wiesners e Frey – respondeu Bodenstein. – E mais quatro crianças.

– E Lilly – completou Pia. – Esse desgraçado feriu o Christoph e matou meus cachorros. Quando o pegar...

– Você vai ficar aqui em cima, Pia – interrompeu-a Bodenstein. – O Comando de Operações Especiais assumiu o caso.

– Não – contestou Pia, firmemente. – Vou descer lá agora e buscar a Lilly. Prometo a você que não vou prender ninguém.

Bodenstein contorceu o rosto.

– Você não vai fazer nada – disse. – Não nesse estado emocional.

Pia calou-se. Não fazia sentido discutir com Bodenstein. Tinha de esperar o momento oportuno.

– É esta a planta do porão? – Acenou com a cabeça na direção de um carro, em cujo capô estava aberta a planta de um edifício, apresentando as amplas ramificações do porão.

– É. Mas você não vai descer – repetiu Bodenstein.

– Já entendi. – Pia observou a planta, que um colega iluminava com sua lanterna. Vibrava de impaciência. Em algum lugar lá embaixo, Lilly estava em poder de um louco, e eles tagarelando ali em cima.

– Todas as saídas estão sendo vigiadas; nem mesmo um rato vai conseguir sair sem ser visto – explicou o chefe do Comando de Operações Especiais.

– Todo o edifício pertence à holding Finkbeiner – esclareceu Bodenstein. – Sua sede é aqui. Além disso, lá dentro também há uma sociedade de consultoria tributária, um escritório de advocacia e, no térreo, dois consultórios médicos e um centro municipal de orientação para jovens. O disfarce perfeito!

Duas ambulâncias com a sirene e a luz desligadas entraram no pátio para levar a um hospital as crianças que ainda estavam na van azul.

– Assim, os senhores pedófilos podiam ir e vir à luz do dia, sem levantar a suspeita de ninguém – disse Cem. Os cem homens da tropa de choque havia cercado todo o terreno, até o rio Nidda.

Pia aproveitou um momento de desatenção de Bodenstein, atravessou furtivamente o pátio e entrou no Palácio pela entrada principal. Dois colegas do Comando de Operações Especiais quiseram impedi-la de seguir adiante, mas depois que ela os mandou para o inferno, mostraram-lhe a contragosto o caminho para uma discreta porta de madeira debaixo da escadaria arqueada. Do cômodo que servia de depósito para produtos e equipamentos de limpeza, além de papel higiênico, outra porta conduzia às catacumbas.

– Sabia que você não ia me ouvir – disse Bodenstein atrás dela. Sua voz soou ofegante. – Aquilo era uma ordem, não um pedido!

– Então abra um processo disciplinar contra mim. Não ligo. – Pia sacou a arma. Além do chefe, Christian e Cem também estavam presentes e desciam a escada atrás dela. A passagem anexa era tão estreita que seus ombros quase tocavam as paredes de concreto. De poucos em poucos metros, um tubo de luz néon providenciava uma iluminação crepuscular. Pia sentiu calafrios. O que as crianças não devem ter sentido ao serem trazidas para aquele lugar e conduzidas por aquela passagem? Teriam gritado, tentado se defender ou se entregado com fatalismo a seu cruel destino? Como uma psique infantil poderia suportar uma coisa dessas?

A passagem fazia uma curva acentuada, depois descia por mais alguns degraus e se tornava mais larga e mais alta. Havia um cheiro de mofo e umidade no ar. Pia reprimiu o pensamento de que havia toneladas de terra acima da sua cabeça.

– Me deixe ir na frente! – sussurrou Christian atrás dela.

– Não. – Pia continuava a marchar, decidida. Cada célula do seu corpo estava tão cheia de adrenalina que ela já não sentia nada, nem medo nem raiva. Quantas vezes homens teriam caminhado furtivamente por ali, impulsionados por sua obsessão repugnante? Quão perverso e doente tinha de ser um adulto, que talvez até tivesse filhos, para cometer violência contra uma criança e ainda por cima sentir prazer?

De repente, ouviu vozes e parou de modo tão abrupto que Bodenstein chocou-se contra ela.

– Estão ali na frente – sussurrou Pia.

– Você fica aqui agora e nos deixa resolver isso! – ordenou Bodenstein em voz baixa. – Se nos seguir, sofrerá sérias consequências.

Palavras e mais palavras, pensou Pia, anuindo. Deixou o chefe, Cem e Christian passar na frente, aguardou trinta segundos e seguiu-os até um cômodo comprido e de teto baixo, e o que viu ali a fez paralisar-se. Muitos anos antes, participara de uma missão em Frankfurt em um clube sadomasoquista que era parecido, porém com a diferença de que os frequentadores do clube eram adultos e se entregavam por livre e espontânea vontade a seus prazeres esquisitos. O que via ali era uma instalação destinada ao abuso de crianças. Naquele lugar, Oksana, a sereia, tinha sido maltratada e torturada. Ao ver balcões de estiramento, correntes, algemas, jaulas e outros acessórios assustadores, Pia sentiu o horror e o medo que penetravam as paredes de concreto, corroendo-as como ácido.

– Mãos ao alto! – ouviu Bodenstein exclamar e teve um sobressalto. – Para a parede! Vamos, vamos!

Em outras circunstâncias, Pia teria obedecido à ordem do seu chefe, mas, naquele momento, não conseguia agir de modo diferente. Sua preocupação com Lilly era maior do que qualquer razão. Passou pela porta e parou em um cômodo mais amplo, no qual à direita e à esquerda encontravam-se celas gradeadas. Seu olhar passou por um grupo de quatro crianças que não tinham mais de 8 ou 9 anos e, letárgicas e imóveis, estavam em pé diante de uma das celas. Christian e Cem apontaram suas armas para um homem e uma mulher, e Pia reconheceu a mulher de cabelos escuros, que naquela manhã tentara afastar Renate Finkbeiner de seu marido ferido. Aquela era, portanto, Corinna Wiesner, a mulher que se fizera passar pela mãe de Oksana! Mas onde estava Frey?

– Lilly? – Pia gritou o mais alto que pôde. – Onde você está?

Temia revê-lo. Tudo dentro dela se opunha a ser vista por ele, tão desamparada e feia em uma cama de hospital. Mas quando, pouco antes, ele entrara em seu quarto de modo totalmente inesperado, pegando em seu braço sem hesitar e beijando-a com cuidado, todos os temores de vaidade se dissiparam no ar. Por um momento, simplesmente ficaram ali sentados, olhando-se. Como em seu primeiro encontro, na cozinha de Leonie, Hanna notou primeiro seus olhos, aqueles olhos de um azul-claro extraordinário, que exerciam um poder de atração quase magnética sobre ela. Na época, estavam repletos de amargura e desespero, agora irradiavam calor e confiança. Somente então reparou em seu rosto e que seu braço direito estava enfaixado.

– O que aconteceu? – perguntou em voz baixa. Ainda sentia dificuldade para falar.

– É uma longa história – respondeu Kilian, apertando carinhosamente sua mão esquerda contra a direita dela –, que talvez esteja terminando neste momento.

– Não quer me contar? – pediu Hanna. – Não consigo me lembrar de muita coisa.

– Há tempo para isso, mais tarde. – Seus dedos se entrelaçaram aos dela. – Agora você precisa se curar.

Hanna soltou um profundo suspiro. Até aquele momento, havia sentido medo do dia em que deixaria as paredes protetoras do hospital e tivesse de encarar novamente a vida de frente. Agora esse medo também desaparecia. Kilian estava ali. Não estava ligando para sua aparência. Ainda que nunca mais recuperasse cem por cento da sua beleza perfeita, ele sempre estaria ao seu lado.

– Ainda tem nossos e-mails? – perguntou Hanna.

– Tenho. Todos. – Sorriu, embora isso não lhe fosse fácil por causa dos hematomas. – Dou sempre uma lida neles.

Hanna respondeu a seu sorriso.

Nos últimos dias, também tinha lido seus e-mails em seu novo iPhone, tanto que quase os sabia de cor. Kilian passara pelas piores coisas que podem acontecer a um ser humano. Tinha perdido tudo que constituía sua vida anterior e fora parar na prisão sendo inocente. Nem o banimento humilhante da sociedade nem a perda do status, da propriedade e da família conseguiram derrubá-lo. Ao contrário. Hanna também fora arrancada de seu mundo de futilidades e lançada bruscamente nos abismos mais profundos do inferno. Mas ambos iriam superar tudo isso, voltar ao topo no trabalho; porém, nunca mais deixariam de dar valor àquilo que a vida lhes deu de presente.

– Meike passou agora há pouco por aqui – rouquejou Hanna. – Me deixou um envelope ali. Não entendi direito o que disse. Dê uma olhada na gaveta do criado-mudo.

Kilian soltou sua mão e abriu a gaveta.

– Aqui está o envelope – disse.

– Abra-o, por favor – respondeu Hanna. Os analgésicos a deixavam tão atordoada que seus olhos já estavam quase se fechando de novo. A expressão de Kilian mudou quando ele viu as folhas. Franziu a testa.

– O que é? – quis saber Hanna.

– São fotos de... carros. – Sua voz soou como se não fosse importante, mas Hanna, apesar de atordoada, percebeu sua repentina tensão.

– Posso dar uma olhada? – Hanna esticou a mão, e Kilian passou-lhe as fotos, que haviam sido impressas em cores.

– Isso é na frente da mansão dos Matern, em Oberursel – constatou Hanna, surpresa. – Mas o que... o que significa? Por que Meike me deu isso?

– Não sei. – Kilian tirou as folhas de sua mão com delicadeza, dobrou-as e colocou-as de volta na gaveta. – Infelizmente, tenho de ir agora, Hanna. Esta noite vou poder dormir à custa do Estado.

– Então, pelo menos, não vou precisar ficar preocupada com você – murmurou Hanna. O cansaço fez com que suas pálpebras pesassem como chumbo. – Volta amanhã para me visitar?

– Claro! – Inclinou-se sobre ela. Seus lábios tocaram os dela, e ele acariciou sua face. – Assim que retirarem a ordem de prisão contra mim e eu voltar a ser livre, venho te ver.

* * *

Após deixar o hospital, Meike dirigiu algumas horas sem rumo pela região. Sentia-se terrivelmente sozinha. Depois do que lhe tinha acontecido, nunca mais voltaria a pôr os pés na casa em Langenhain; por isso, decidiu ir para o apartamento da sua amiga em Sachsenhausen. Hanna ainda não tinha melhorado; os analgésicos a deixavam atordoada e impossibilitavam uma conversa razoável com ela. No entanto, havia muitas coisas sobre as quais Meike tinha de conversar com a mãe. Tomara que, pelo menos, entregasse o envelope com as fotos para os tiras.

Meike percorreu a Deutschherrnufer e virou na Seehofstra e. Graças às férias de verão, encontrou um lugar para estacionar não longe do prédio onde ficava o apartamento. Manobrou o Mini na vaga, pegou a mochila e desceu do carro. O barulho da porta do carro batendo ecoou alto demais no silêncio da noite, e Meike olhou ao redor. Seu corpo doía por causa dos golpes e dos chutes; estava morta de cansada, mas, ao mesmo tempo, desperta devido ao nervosismo. Aquilo que vivera no dia anterior nunca mais a deixaria, sabia disso. Sua experiência com o cão de guarda na floresta já tinha sido bastante ruim, mas nada comparado ao que acontecera na casa da mãe. Sentiu um calafrio. Aquele cara a teria matado sem pensar duas vezes; viu essa intenção em seus olhos impiedosos. Não queria nem imaginar o que teria acontecido se não tivesse a arma de choque!

Meike atravessou a rua e vasculhou a mochila em busca da chave. Com o canto do olho, percebeu um movimento entre os carros estacionados. O medo a fez estremecer. Seu pulso se acelerou. Começou a suar e correu os últimos metros até a porta do prédio.

– Droga! – sussurrou. Seus dedos tremiam tanto que não conseguia enfiar a chave na fechadura. Finalmente deu certo. Empurrou a porta e teve um sobressalto quando algo escuro passou correndo por ela. O gato da vovozinha do apartamento no térreo!

Meike fechou a porta atrás de si, encostou-se aliviada contra ela e esperou até seu coração desacelerar um pouco. Agora, à sua frente, havia apenas o pequeno pátio e a porta do prédio dos fundos, onde ficava o apartamento; depois, por enquanto, estaria em segurança. Estava louca por uma ducha quente e 24 horas de sono. No dia seguinte decidiria se seria melhor desaparecer dali por algum tempo e buscar abrigo na casa do pai e da mulher dele.

Empurrou a porta. O detector de movimento deu um estalo, a luz no corredor se acendeu; pouco depois, entrou no prédio e, arrastando--se, subiu os degraus que rangiam. Pronto! Abriu a porta do apartamento quando, de repente, ouviu uma voz atrás de si.

– Finalmente você chegou. Passei a noite inteira te esperando.

O sangue gelou em suas veias, e os finos cabelos em sua nuca se eriçaram. Bem devagar, virou-se e olhou diretamente para os olhos avermelhados de Wolfgang Matern.

– Pia! Estou aqui! – A vozinha clara estava estridente de medo.

Nesse segundo, em Pia despertou uma leoa. Preferia morrer a deixar a menina com aquele monstro.

– Fique onde está! – repreendeu-a Bodenstein, mas Pia não ouviu; virou-se e voltou correndo para a direção de onde tinha vindo a voz de Lilly. No local onde a galeria se dividia, virou à direita e tentou trazer a planta do prédio à memória, mas foi em vão. O porão era um labirinto subterrâneo de galerias, canais de esgoto, antigos abrigos antibomba e inúmeros outros cômodos. A parte que vira até o momento parecia ter sido reformada recentemente; o chão era cimentado, havia lâmpadas fluorescentes e interruptores modernos, mas então chegou a uma área que parecia tão velha quanto o próprio Palácio. A galeria tornou-se ameaçadoramente baixa e sombria, as paredes e o teto eram feitos de tijolos, e o chão não era pavimentado. As únicas fontes de luz eram luminárias antigas, gradeadas, que irradiavam pouca luz. Quanto mais Pia avançava, mais forte se tornava o cheiro

podre de umidade e fezes de rato. De repente, abriu-se à sua frente um buraco negro. Apenas no último momento ela viu os degraus que conduziam a outro túnel estreito e escuro. Água pingava do teto, e os degraus eram tão escorregadios que Pia teve de agarrar-se ao corrimão enferrujado para não cair. Parou. Tentou ouvir alguma coisa na escuridão.

– Lilly! – gritou novamente, mas não recebeu resposta. O único ruído que ouvia era sua própria respiração ofegante. Estaria no caminho certo? Medo e desespero ameaçaram dominá-la. Teve de se obrigar a continuar andando, e não simplesmente voltar para trás. Agora a galeria seguia em linha reta, sem ramificações nem outros cômodos, e Pia entendeu que devia estar embaixo do parque do Palácio Ettringhausen, na passagem secreta que descia até o rio Nidda. Ao mesmo tempo, reconheceu o plano de Frey. Queria fugir com Lilly, talvez houvesse um barco no rio, esperando por ele. Tinha de se apressar! Atrás de si, ouviu passos e arriscou olhar por cima dos ombros.

– Espere por nós, Pia! – exclamou Christian. Porém, em vez de esperar, correu ainda mais depressa. Frey estava em vantagem e tinha de ser alcançado. De repente, o corredor se ampliou, dando em um pesado portão gradeado, com um dos lados ainda aberto. Pia saiu e, de repente, deu de cara com ela, a fera cruel em forma de gente.

– Olá, senhora Kirchhoff. – Markus Maria Frey estava um pouco ofegante, mas sorriu. À luz pálida da lua cheia, Pia conseguiu reconhecer seu rosto e seus olhos. Era o sorriso vazio de um louco, de um espírito doente, que o atormentaria pelo resto da vida, assim esperava ela. Frey recuou sem tirar os olhos de Pia. Com uma mão, segurava firmemente o braço de Lilly e, com a outra, apertava uma pistola contra a nuca da menina. – Jogue sua arma no chão, agora mesmo! E fique parada aí em cima. Do contrário, serei obrigado a atirar na menina.

Helmut Grasser devia ter jogado Oksana no rio exatamente naquele lugar. Carregou a menina morta nos braços pela galeria, esperou o momento oportuno, em que ninguém estivesse passando por acaso pelo caminho à margem do rio, que corria poucos metros mais abaixo. Frey alcançou o caminho. Entre ele e o rio havia apenas o estreito declive da margem.

– Entregue-se! – disse Pia com voz firme. – O senhor não tem nenhuma chance. O local está cheio de policiais.

Milhares de pensamentos passaram a toda por sua cabeça. Frey estava a menos de dez metros de distância, e ela era uma boa atiradora. Só teria de apertar o gatilho. Mas e se, por reflexo, ele também apertasse o gatilho da sua arma, que certamente estava carregada?

– Fique tranquila, Lilly – disse, abaixando a arma. – Nada vai te acontecer.

– Pia, esse cara não foi bonzinho comigo – queixou-se a menina. Seus olhos estavam esbugalhados de medo; sua vozinha tremia. – Ele atirou no Robbie e no Simba e machucou o vovô!

Atrás de Pia surgiram Christian e Bodenstein. Acima deles, junto ao muro do parque, refletores resplandeciam e mergulhavam todo o cenário em uma luz clara e espectral. Pia ouviu seu chefe falar ao telefone em voz baixa, pedindo que o barco da polícia fluvial, que aguardava mais adiante, onde o Nidda deságua no Meno, subisse até aquele ponto. Da esquerda e da direita aproximavam-se figuras vestidas de preto, colegas do Comando de Operações Especiais, que, porém, se mantiveram fora do cone de luz.

– Promotor Frey! – exclamou Bodenstein. – Solte a menina!

– O que ele está pensando em fazer? – sibilou Christian. – Ele não tem saída, já devia ter percebido isso.

Pia já não conseguia pensar direito. Via apenas Lilly, cujos cabelos louros brilhavam como ouro à luz clara. Que medo aquela criaturinha não estaria sentindo! Como um homem que tinha filhos na mesma idade era capaz de fazer uma coisa dessas com uma criança pequena?

Repentinamente, Frey pôs-se em movimento, depois de permanecer por quase um minuto imóvel no topo do declive. Tudo aconteceu muito rápido. Pegou Lilly pela cintura e pulou nas águas escuras do rio.

– Não! Lilly! – gritou Pia totalmente em pânico e quis sair correndo, mas Bodenstein agarrou seu braço e puxou-a bruscamente para trás. Pia viu Christian dar alguns passos e pular no rio. Em alguns segundos, o passeio à margem do rio, que até então estivera vazio, transformou-se em um pandemônio. De todas as direções irromperam policiais, uma ambulância apareceu, e o barco iluminado da polícia fluvial saiu do Meno e entrou no Nidda. Bodenstein segurava Pia firmemente.

– Ali está ela! – exclamou. – Kröger pegou a menina!

Aliviada, Pia sentiu os joelhos fraquejar. Se seu chefe não a estivesse segurando, simplesmente teria desmoronado. Colegas da tropa de choque ajudaram Christian a sair da água; alguém pegou Lilly no colo e enrolou-a em uma coberta. Apenas dois minutos depois, Pia conseguiu abraçá-la. O que tinha sido feito de Frey pouco lhe importava. Por ela, poderia morrer afogado no rio como uma ratazana.

Sábado, 3 de julho de 2010

Através das placas, foi fácil para Ostermann descobrir de quem eram os automóveis, pelo menos aqueles licenciados na Alemanha. Ficou muito surpreso ao ler os nomes, que aos poucos eram associados às fotos. Uma hora e meia antes, dois colegas do serviço de patrulha apareceram com Kilian Rothemund, que lhe entregou um envelope com fotos de carros estacionados. Meike Herzmann tinha fotografado os automóveis na noite de quinta-feira diante da casa do magnata da mídia Hartmut Matern, em Oberursel. Por que havia feito isso, Rothemund também não sabia, mas tinha uma tese interessante sobre o que haveria por trás de todos aqueles carros e que era reforçada com os nomes ligados a eles.

Na noite anterior à festa de aniversário de Finkbeiner, os líderes do círculo de pedófilos se reuniram na mansão de Matern; muitos homens influentes, respeitados, que haviam realizado muitas coisas na vida e faziam parte da nata da sociedade. Dois deles estavam mortos, executados por uma de suas antigas vítimas; o terceiro ainda lutava para viver. Rothemund falou com Prinzler ao telefone e lhe pediu para que levasse até ele o mais rápido possível o gravador e as anotações que tinha enviado para sua caixa postal.

Bodenstein, Cem e Kathrin se encontraram às três da manhã na delegacia. O horror do que haviam visto nas catacumbas sob o Palácio Ettringhausen estava estampado em seus rostos cansados. Em Höchst, tinham conseguido libertar onze das "crianças invisíveis", como Michaela Prinzler as chamara, e entregá-las à guarda do juizado de menores. Outras três meninas foram encontradas em um porão em

Falkenstein. Nenhuma delas sabia o próprio sobrenome; de nenhuma havia certidão de nascimento – oficialmente, não existiam. As duas colaboradoras de Corinna Wiesner já estavam em Preungesheim. Tal como Helmut Grasser, aguardavam ser apresentadas ao juiz no dia seguinte.

Markus Maria Frey tinha desaparecido. A polícia fluvial procurou pelo rio e, com a primeira luz do dia, os mergulhadores entraram em ação, mas havia o temor justificado de que encontrariam apenas seu corpo.

– Venha, tome um café primeiro. – Bodenstein estava sentado à mesa da sala de reunião da delegacia de homicídios, na frente da doutora Nicola Engel, a última a deixar sua sala. – Melhor ainda: vá para casa e continue amanhã.

– Não. – Bodenstein abanou a cabeça. Tinha conversado com Corinna Wiesner e estava espantado com o fato de que ainda havia pessoas capazes de chocá-lo. A mulher, tão bonita e gentil à primeira vista, mãe de quatro filhos, era na verdade uma controladora contumaz, impiedosa e sem coração. O fascínio por sua própria importância e pelo poder sobre outras pessoas transformara-se em seu vício; no entanto, diferentemente de Grasser, o que impulsionava sua ação não era o poder sobre os mais fracos; ao contrário, não estava nem aí com as crianças. O que gostava era de dominar aqueles homens poderosos, que não conseguiam controlar seus prazeres perversos. Com uma percepção aguçada e capacidade de organização, Corinna Wiesner dirigira a sociedade de pedófilos com perfeição e eficiência, mas, por fim, também a ela e a Frey escaparam alguns deslizes.

O primeiro erro fatal consistiu em ter perdido Michaela Prinzler de vista. Mesmo assim, ainda conseguiram guardar por muitos anos seu terrível segredo graças aos melhores contatos com os lugares certos, bem como a chantagens e intimidações. O segundo erro foi cometido por Frey, ao ter perdido o controle sobre Oksana.

Corinna Wiesner não negou a responsabilidade pelas atrocidades nem demonstrou o menor sentimento de culpa, estando firmemente segura de si e convencida de ter feito a coisa certa. Obstinada e fria, encontrou justificativa para tudo de que Bodenstein lhe acusara.

Helmut Grasser havia contado o quanto Corinna ficara furiosa ao saber que Frey tinha afogado Oksana. Em sua ira, ameaçara cancelar a festa de aniversário. E quando ouvira de sua cunhada Emma que Louisa tinha aparentemente sido violentada, acusara o velho Finkbeiner de pôr tudo em risco por causa do seu comportamento. Houve uma briga violenta entre Finkbeiner, Frey e Corinna, que chegou ao ponto de Frey dar um tapa na irmã.

– Ainda não terminei – disse Bodenstein à sua chefe. – Pelo que parece, temos todos os nomes do círculo interno desse grupo de pedófilos, e Corinna Wiesner acabou de me confirmar isso. Ainda quero expedir alguns mandados de prisão esta noite.

Estava blefando, pois Corinna Wiesner tinha se calado quando confrontada com os nomes, e ele ousou duvidar de que conseguissem arrancar alguma informação dela. Ralf Wiesner não abrira a boca. Se não tivessem sorte, nunca conseguiriam provar que as pessoas que estiveram na mansão de Matern na quinta-feira à noite tinham alguma coisa a ver com o grupo de pedófilos.

A superintendente da polícia criminal levantou as sobrancelhas.

– Mandados de prisão? Contra quem? – perguntou.

Bodenstein empurrou-lhe a lista que Ostermann tinha preparado.

– Ainda faltam alguns nomes do exterior, mas já entramos em contato com os colegas na Holanda, na Bélgica, na Áustria, na França e na Suíça. Amanhã vamos identificar todos que se encontraram na quinta-feira à noite na casa do Matern.

– Sei. – A doutora Engel deu uma olhada rápida na lista.

– Temos uma confissão completa de Helmut Grasser; espero que, nos próximos dias, Corinna, Ralf Wiesner e seus colaboradores nos confirmem tudo. – Bodenstein esfregou o rosto com as mãos, depois levantou o olhar. – Frey matou a garota, e Grasser jogou o corpo no rio. Ele e Frey atacaram Hanna Herzmann, e o assassinato de Leonie Verges foi obra de Grasser.

– Muito bem. Vocês esclareceram os três casos. – A superintendente acenou com a cabeça. – Meus parabéns, inspetor-chefe.

– Obrigado. Além disso, vamos conseguir provar que Kilian Rothemund foi acusado e julgado injustamente. Na época, no verão de 2001, quando ficou sabendo dos nomes dos pedófilos através de Michaela Prinzler, dirigiu-se justamente a Frey para pedir-lhe ajuda. Frey viu os nomes e ficou alarmado. Percebeu que aquilo poderia se tornar altamente ameaçador para toda a organização; por isso, atraiu seu velho amigo Kilian Rothemund para uma armadilha. Só que ele e Corinna não chegaram a Michaela. Prinzler protegeu sua mulher e até simulou sua morte. Houve enterro, anúncio fúnebre e uma lápide; assim, ele a afastou da linha de tiro. – Bodenstein fez uma breve pausa. – Markus Frey não teve uma boa infância, passou por várias famílias até finalmente desembarcar entre os Finkbeiners. Era muito subserviente ao velho Finkbeiner, tal como seus irmãos de criação. Suponho que também tenha sofrido abuso sexual e que, em algum momento, tenha passado a cometer os mesmos atos. Talvez sentisse prazer em exercer poder sobre os mais fracos.

– Sua própria mulher, Sarah, a indiana, parece uma criança – observou Kathrin Fachinger. – Por que não entendemos antes que Nicky, na verdade, é Markus Maria Frey? Afinal, sabíamos que ele tinha uma estreita ligação com os Finkbeiners.

– Também não me ocorreu – respondeu Bodenstein. – Na verdade, pelo que fiquei sabendo de Corinna Wiesner, ele se chama Dominik. Mas Renate Finkbeiner não gostou do nome e passou a chamá-lo de "Markus", só que o apelido "Nicky" ficou. O nome do meio, "Maria", foi adotado mais tarde pelo próprio Frey, que achava Markus Frey simples demais.

– Pfff... – fez Kai Ostermann. – Não contente, ainda comprou um título de doutor. Que pobreza!

– Ambição de poder e vaidade – observou Nicola Engel.

– Como sempre. O sistema funcionou perfeitamente. Meninas que ficavam velhas demais eram vendidas a cafetões, iam parar na boca do lixo, entre viciados, ou no hospital psiquiátrico. Corinna Wiesner tinha tudo isso sob controle. Apenas Michaela escapou. – Bodenstein fez uma pausa, observou o rosto da mulher que amara muitos anos antes e que acreditava conhecer. – Sem contar o fato de que esclarecemos nossos casos, ainda podemos provar mais coisas. Graças a Rothemund e Prinzler, agora sei por que, na época, o informante Erik Lessing teve de morrer.

– É mesmo? – Essa notícia pareceu não inquietar Nicola Engel, o que despertou em Bodenstein a ínfima esperança de que talvez ela própria também não soubesse de nada, mas tivesse simplesmente recebido ordens superiores. Isso em nada mudava o fato de que tinha acobertado um crime; porém, em uma mulher tão ambiciosa como Nicola, ainda era compreensível.

Bateram à porta aberta. Pia e Christian Kröger, que havia trocado suas roupas molhadas por outras secas, entraram.

– Como está a menina? – quis saber a superintendente da Polícia Criminal.

– Até agora, bem – respondeu Pia. – Está dormindo lá em cima, na minha sala. Ostermann está com ela.

– Bem, então... nada mais me resta a não ser dar os parabéns a vocês. – A doutora Engel sorriu. – Foi realmente um bom trabalho.

Levantou-se.

– Um momento, por favor – deteve-a Bodenstein.

– O que há? Estou cansada, foi um dia longo – disse a superintendente. – E vocês também já deviam ir se preparando para voltar para casa.

– Erik Lessing, que foi infiltrado como informante entre os Frankfurt Road Kings, ficou sabendo através de Bernd Prinzler, de quem acabou virando amigo, da existência de um grupo de pedófilos do qual, entre outros, fazia parte o chefe da sede da polícia de Frankfurt na época. Desse grupo também participavam um secretário de Estado do Ministério do Interior, um juiz do Superior Tribunal Regional e toda uma série de promotores, magistrados, políticos e gente graúda da economia. Ele quis tornar pública essa informação e, por isso, acabou sendo morto.

– Isso é um absurdo – contestou Nicola Engel.

– O superior de Lessing sempre soube quando e onde ele se encontrava – continuou Bodenstein, sem dar atenção à sua objeção. – Por debaixo do pano, organizou-se uma batida policial. Não com uma unidade do Comando de Operações Especiais, como geralmente se fazem as batidas nesse tipo de lugar, sobretudo quando se trata dos Road Kings. Não, procurou-se um perfeito pau-mandado, que ainda por cima fosse um excelente atirador, e uma inspetora-chefe ambiciosa, conhecida por não ter escrúpulos morais: a senhora, doutora Engel.

A expressão da doutora Nicola Engel petrificou-se.

– Cuidado com o que está dizendo, Oliver – disse em tom de advertência e esquecendo-se de tratá-lo por "senhor", como costumava fazer na presença dos outros. Bodenstein também passou a chamá-la de "você".

– Você foi com o Behnke àquele bordel e, antes, passou-lhe às escondidas outra arma, que não estava registrada e que mais tarde foi encontrada no carro de Prinzler, para dar a impressão de que havia ocorrido um tiroteio no local. Você fez o Behnke cometer triplo homicídio.

Bodenstein não ficaria surpreso se, diante de todas essas acusações, ela perdesse a compostura, mas Nicola Engel permaneceu completamente impassível, como antes Corinna Wiesner.

– É mesmo uma história emocionante. – Abanou a cabeça. – Quem a inventou? Behnke, aquele imbecil bebum e vingativo?

– Ele nos contou tudo – confirmou Kröger. – E não me pareceu que estivesse mentindo.

A doutora Nicola Engel olhou-o de cima a baixo, depois desviou o olhar para Pia e Bodenstein.

– Essa suspeita injustificada vai custar o emprego de vocês três, podem ter certeza – disse com voz tranquila. Por um momento, fez-se um silêncio tão grande que seria possível ouvir um alfinete cair no chão.

– Engano seu. – Bodenstein levantou-se da cadeira. – A senhora é a única nesta sala que perderá o emprego, doutora Engel. Está presa pela suspeita de incitação a triplo homicídio. Infelizmente, não posso poupá-la, pois temo que, do contrário, a senhora tentará apagar as provas.

A manhã despontava do outro lado das janelas quando Wolfgang Matern se calou. Durante quase uma hora e meia, discorreu, gaguejando no início, depois de modo cada vez mais fluente, como se estivesse sob pressão. Meike ouviu-o, perplexa e abalada. Ele lhe confessou que tinha sido ele a trair Hanna. Justamente a ele, seu melhor e mais antigo amigo, em quem ela confiara sem pensar, devia o pior momento de sua vida.

– Não pude agir de outro modo – respondeu simplesmente quando Meike perguntou por que tinha feito aquilo. – Quando ela me deu aquele relatório para ler e vi os nomes, sabia que haveria uma catástrofe.

– Mas não para você! – Meike estava sentada em uma poltrona à sua frente, com os braços envolvendo os joelhos. – Você não tinha nada a ver com essa história. Muito pelo contrário! Finalmente podia ter se libertado do seu pai e dessa... dessa sujeirada toda.

– É. – Suspirou profundamente e esfregou os olhos cansados. – É, eu poderia, sim. Mas também não pensei que fosse acontecer uma coisa dessas. Pensei... pensei que fosse dissuadir Hanna, mas antes que conseguisse conversar com ela, meu pai avisou os Finkbeiners, que incitaram seus cães de caça para cima dela.

Wolfgang evitou olhar para ela.

– À noite, estive com Hanna no hospital. Foi tão horrível vê-la naquele estado – sussurrou, rouco. – Meike, você não pode imaginar o quanto me atormenta o fato de que justamente eu sou o culpado por isso. Já pensei em me matar, mas até para isso sou covarde.

Diante dela não estava sentado um homem, mas apenas sua sombra.

– Desde quando sabia que seu pai estava envolvido nisso? – quis saber Meike.

– Desde sempre – confessou. – Quer dizer, desde os 16 ou 17 anos. No começo, não entendia direito; achava que eles se encontrassem com garotas, com prostitutas. Minha mãe sempre fechou os olhos. Devia saber qual era a do meu pai.

– Talvez por isso ela tenha se matado. – Aos poucos, Meike reconheceu as relações e entendeu que dramas deviam ter acontecido por trás dos muros da bela mansão em Oberursel.

– Com toda certeza se matou por causa disso – confirmou Wolfgang. Estava sentado, todo curvado, no sofá e parecia doente. – Ela deixou uma carta de despedida. Encontrei essa carta na época e... a guardei. Ninguém mais a leu além de mim.

– E você ainda protegeu seu pai, esse filho da puta perverso que levou sua mãe a se matar? – indignou-se Meike. – Por quê? Por que razão fez isso?

Pela primeira vez em uma hora, Wolfgang olhou para ela. Sua expressão era vazia, tão atônita e desesperançada que acabou assustando Meike.

– Porque... porque ele era meu pai – sussurrou. – Queria admirá-lo, não ver nada de ruim nele. Ele era... ele era exatamente como eu sempre quis ser, tão forte, tão seguro de si. Sempre quis receber o reconhecimento dele, tive a esperança de que um dia fosse gostar de mim e me respeitar. Mas... mas isso nunca aconteceu. E agora... agora está morto, e não posso mais dizer a ele que eu o... desprezo!

Enterrou o rosto nas mãos e começou a chorar.

– Não tenho como remediar tudo isso – soluçou como um menino. Meike não conseguiu sentir nenhuma compaixão por ele, depois de tudo que ele fizera e permitira por covardia e fraqueza.

– Tem sim – disse.

– Como? De que modo? – Desesperado, levantou a cabeça; as lágrimas corriam por seu rosto não barbeado. – Como posso consertar todos esses erros?

– Você pode ir agora à polícia e contar tudo para que esses caras sejam presos – respondeu Meike. – Isso é o mínimo que você pode fazer.

– E o que vai acontecer comigo? Não sou cúmplice? – A pergunta soou chorosa e marcada por autocompaixão. Meike contorceu o rosto e examinou o covarde, um fracote deplorável, com total aversão. O que é que tinha amado e admirado nele um dia?

– Você vai ter de correr o risco – disse ela. – Do contrário, nunca mais vai ser feliz na vida.

Com cuidado, Christian Kröger acomodou a menina que dormia no banco traseiro do automóvel de Pia. Lilly dormia como uma pedra, esgotada pela maior aventura da sua vida. Nesse meio-tempo, tinha acordado e, grogue de sono, perguntado a Pia se Robbie e Simba já estariam no céu e o que iria acontecer com as crianças do porão. Antes que Pia pudesse responder, a menina voltou a dormir, e agora estava deitada no banco, enrolada em uma coberta macia de lã, como um anjinho que ressonava.

– Tomara que não fique traumatizada pelo resto da vida – disse Pia. Christian fechou a porta do carro tentando não fazer barulho.

– Acho que não – respondeu. – É uma garotinha forte.

Pia suspirou e olhou para ele.

– Obrigada, Christian. Você salvou a vida dela.

– Pois é. – Sem graça, deu de ombros e sorriu. – Eu também nunca pensei que algum dia fosse pular de livre e espontânea vontade em um rio, ainda por cima à noite.

– Por Lilly eu teria pulado no Grand Canyon – respondeu Pia. – Sinto como se ela fosse minha própria filha.

– Toda mulher tem um instinto materno – afirmou Christian Kröger. – Por isso, não consigo entender como uma mulher como Corinna Wiesner conseguia fazer e permitir que uma coisa daquelas acontecesse.

– Ela é doente. Exatamente como Helmut Grasser e todos aqueles pedófilos.

Pia encostou-se no para-lama do carro e acendeu um cigarro. Tinha passado. Haviam resolvido os três casos, mais alguns antigos. Mesmo assim, não sentia nenhum alívio, muito menos orgulho. Kilian Rothemund seria reabilitado, e talvez Hanna Herzmann se curasse um dia. Michaela Prinzler sobrevivera à cirurgia, e Emma dera à luz um menino. Pia pensou em Louisa. Tinha pais amorosos e era jovem o suficiente para conseguir esquecer o que havia vivido. Muitas outras crianças não tinham a mesma sorte; teriam de conviver com as lembranças das crueldades sofridas, talvez com sequelas psíquicas, que as acompanhariam como uma sombra por toda a sua vida adulta.

– Vá para casa e tente dormir um pouco – disse Christian.

– É o que vou fazer. – Pia tragou o cigarro. – Deveria ficar feliz por termos realmente acabado com um grupo de pedófilos. Mas não consigo. O abuso de crianças nunca vai parar.

– Infelizmente, não. – Christian anuiu. – Também nunca vamos conseguir impedir que as pessoas se matem.

No Leste, o céu começava a se avermelhar; em pouco tempo, o sol nasceria, como todas as manhãs, havia milhares de anos, independentemente das tragédias que pudessem ocorrer na Terra.

– Espero que aquele maldito esteja no fundo do Nidda e pague pelo que fez sendo comido pelos peixes. – Pia deixou o cigarro cair e apagou-o com o pé. – Ainda preciso passar no hospital para levar algumas coisas para o Christoph.

Kröger e ela se olharam, depois ela abraçou o colega espontaneamente.

– Obrigada por tudo – murmurou.

– Por nada – respondeu ele.

Pia estava para entrar no carro quando um Mini vermelho entrou no estacionamento. Meike Herzmann e Wolfgang Matern!

– O que querem aqui?

– Vá para casa agora. – Kröger empurrou-a para dentro do carro. – Deixe que cuido disso. Nos vemos na segunda.

Pia estava esgotada demais para contradizê-lo. Afivelou o cinto de segurança, deu partida no motor e foi embora. Nas primeiras horas da manhã de um domingo, as ruas estavam vazias, e ela não levou nem dez minutos para chegar a Birkenhof. Diante do portão havia um táxi com o motor ligado. Pia puxou o freio de mão e desceu do carro. Seu coração disparou, mas, desta vez, não de medo, e sim de alegria e alívio. No banco do passageiro estava sentado Christoph. Estava um pouco pálido e tinha uma atadura na cabeça, mas, de resto, sua aparência era a de sempre. Ao vê-la, desceu do carro. Ela o abraçou.

– A Lilly está bem – disse em voz baixa. – Está deitada no carro, dormindo.

– Graças a Deus! – murmurou Christoph. Pegou seu rosto com as duas mãos e olhou para ela. – E você? Como está?

– Eu é que tinha de lhe perguntar isso – respondeu Pia. – Deixaram você sair assim do hospital?

– A cama não era nada confortável – Christoph deu um sorriso de lado. – Além do mais, não preciso ficar no hospital por causa de um traumatismo craniano.

O motorista do táxi baixou a janela do lado do passageiro.

– É muito bonito o reencontro de vocês – reclamou –, mas será que dá para me pagarem?

Pia pegou a carteira na mochila e lhe entregou uma nota de vinte euros.

– Fique com o troco – disse; depois, abriu o portão e voltou para o seu carro. Christoph sentou-se no banco do passageiro, e Pia seguiu em frente. Os cadáveres dos cães e as manchas de sangue tinham desaparecido, certamente graças a Hans Georg.

No banco de trás, uma criaturinha se mexeu.

– Já estamos em casa? – quis saber Lilly, sonolenta.

– Como assim, "já"? – Pia parou o carro na frente da casa. – São quatro e meia da manhã.

– Muito cedo – disse Lilly; então notou Christoph e arregalou os olhos.

– O vovô está de turbante! Que engraçado! – Deu uma risadinha.

Pia olhou para Christoph. De fato, parecia meio engraçado. A tensão das últimas horas cedeu, e ela começou a rir.

– Atrás do apedrejado correm as pedras – comentou Christoph secamente. – Saiam do carro, suas bobonas. Preciso urgentemente de um café.

– Eu também. – Lilly deu um profundo suspiro. – Não vou contar nada para a mamãe e o papai.

– Do quê? – Pia e Christoph se viraram ao mesmo tempo.

– Que posso tomar café, claro – respondeu Lilly sorrindo.

FIM

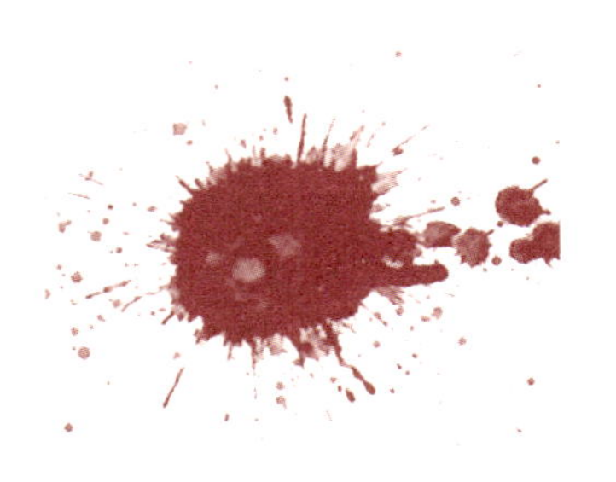

Epílogo

— *Välkomen til Sverige,** Mr de la Rosa. – A jovem funcionária da alfândega sorriu gentilmente e entregou-lhe seu passaporte diplomático argentino. – *Jag hoppas att ni hade em trevlig flygning.***

– *Yes, thank you.* – Markus Maria Frey acenou com a cabeça, sorriu igualmente e deixou a área da alfândega do aeroporto de Estocolmo. Ela estava esperando do lado de fora, junto ao portão, e ele a reconheceu de imediato, embora não a visse havia alguns anos. O tempo tinha feito bem a ela, estava mais bonita do que a imagem que havia guardado na memória.

– Nicky! – Sorriu e beijou-lhe na face direita e na esquerda. – Que bom vê-lo! Bem-vindo à Suécia!

– Oi, Linda. Que gentil você ter vindo me buscar – respondeu. – Como está o Magnus?

– Está esperando lá fora, no carro. – Deu-lhe o braço. – Que bom que está aqui. O alvoroço na Alemanha deixou nossos amigos muito preocupados.

– Uma tempestade em copo d'água – rejeitou com um aceno Markus Maria Frey, que, segundo o passaporte, agora se chamava Hector de la Rosa. – Logo tudo volta ao normal.

Diante deles havia uma família na escada rolante. O pai tentava se virar com o carrinho carregado com a bagagem, e a mãe parecia

* Bem-vindo à Suécia. [N. da T.]

** Espero que tenha tido um voo agradável. [N. da T.]

nervosa. O filho fez cara de teimoso. A menina, que não tinha mais do que 5 ou 6 anos, saltitava e não percebeu o final da escada. Antes que pudesse cair e se machucar, Frey agarrou-a rapidamente e colocou-a em pé.

– *Kann du inte titta på?** – ralhou a mãe com a filha.

– Não foi nada – sorriu Frey, passando a mão sobre os cabelos da menina e prosseguiu. Que menininha linda, embora estivesse chorando. Somente as crianças davam um sentido à vida.

---

* Quer fazer o favor de prestar atenção? [N. da T.]

Agradecimentos

Em minhas pesquisas para escrever *Lobo mau*, deparei com o livro *Vater unser in der Hölle* [*Pai nosso que estás no inferno*], de Ulla Fröhling (Bastei Lübbe Verlag). Fiquei chocada, abalada e profundamente emocionada com o terrível destino da protagonista, e percebi que a história que originariamente queria escrever apenas raspava na superfície daquilo que realmente se esconde por trás da expressão "abuso sexual infantil". Pesquisei e li muito sobre o tema.

No âmbito do meu patrocínio ao projeto "101 Schutzengel gesucht" [Procuram-se 101 anjos da guarda], da Associação FeM Mädchenhaus,* em Frankfurt, conversei com as terapeutas da instituição que cuidam de meninas traumatizadas. Soube que casos como o descrito por Ulla Fröhling em seu livro infelizmente não são únicos. O sofrimento das crianças e das mulheres se repete diariamente a portas fechadas, em famílias, círculos de amigos e conhecidos. Dei-me conta de quão atual é o tema "abuso sexual infantil" e quão grandes são a necessidade e o medo da menina que o sofre.

Agradeço imensamente a Ulla Fröhling seu corajoso e importante livro. Espero que, com este livro, eu possa contribuir talvez um pouco para que esse tema tabu não caia no esquecimento.

Durante a sua elaboração, muitas pessoas queridas me acompanharam e apoiaram, encorajando-me e me colocando conceitualmente no caminho certo quando eu não conseguia prosseguir. Nesse sentido,

* Casa de apoio a meninas vítimas de maus-tratos. [N. da T.]

menciono especialmente Susanne Hecker e minha querida colega, também escritora, Steffi von Wolff.

Agradeço a meus pais, dr. Bernward e Carola Löwenberg, minhas maravilhosas irmãs, Claudia Cohen e Camilla Altvater, e minha sobrinha, Caroline Cohen, o apoio, a paciente leitura preliminar do manuscrito e suas observações, que muito me ajudaram. Vocês são a melhor família que alguém pode desejar.

Um muito obrigada a Margrit Osterwold e, mais uma vez, a Steffi. Vocês fizeram de Hamburgo meu segundo lar.

Agradeço a Catrin Runge, Gaby Pohl, Simone Schreiber, Ewald Jakobi, Vanessa Müller-Raidt, Iska Peller, Frank Wagner, Susanne Trouet, Andrea Wildgruber, Anke Demmig, Anne Pfenninger, Beate Caglar, Claudia Gnass e Claudia Herrmann. *Amicus certus in re incerta cernitur.** Obrigada por sua amizade.

Devo um agradecimento especial a Andrea Rupp, inspetora da Polícia Criminal, por sua exaustiva leitura preliminar e suas observações úteis no que se refere ao trabalho da Polícia Criminal.

Um grande agradecimento aos excelentes colaboradores da editora Ullstein pela confiança e pelo apoio. Agradeço especialmente às ótimas revisoras Marion Vazquez e Kristine Kress, que com sensibilidade e encorajamento transformaram uma ideia inicial em um livro.

A todas as minhas leitoras e a todos os meus leitores, obrigada por gostarem dos meus livros. Isso me deixa muito feliz.

E, finalmente, meu sincero agradecimento a uma pessoa muito especial. Be45, cheguei. Que assim seja, que assim permaneça.

Nele Neuhaus, agosto de 2012.

* O amigo certo se reconhece em uma situação incerta. (Cícero, *Da amizade*, XVII, 64). [N. da T.]